SANDRA BROWN
Im Haus meines Feindes

Buch

Immer wenn Strafverteidiger und Staranwalt Pinkie Duvall seine Mandanten im Strafsaal vertritt, kommt es garantiert zu einem Freispruch. Und nach jedem Freispruch wird dies mit den Mächtigsten und Reichsten sowie auch ehrbaren Bürgern, ja sogar mit der Polizei aus New Orleans gebührend gefeiert. Doch Pinkie verdient sein Geld nicht nur legal, nein, im Drogenhandel, bei Prostitution und Korruption mischt er angeblich tüchtig mit. Dies ist Detective Burke Basile, der im Drogendezernat arbeitet, ein Riesendorn im Auge. Das ganze eskaliert, als Duvall bei einer Razzia versehentlich seinen eigenen Kollegen und Freund Steve erschießt. Burke quittiert seinen Dienst bei der Polizei, denn er hat nur ein Ziel: seinen Freund zu rächen. Er entführt Duvalls schöne Frau Remy, und dies löst eine Riesenhetzjagd in den Sümpfen Louisianas aus. Doch während Basile und Remy von Duvall verfolgt werden, kommen sich die beiden immer näher, und sie begehen einen folgenschweren Fehler: In der Hitze der Nacht vergessen sie ihren gemeinsamen Feind...

Autorin

Sandra Brown arbeitete als Schauspielerin und TV-Journalistin, bevor sie mit ihrem Roman *Trügerischer Spiegel* auf Anhieb einen großen Erfolg landete. Inzwischen ist sie eine der erfolgreichsten internationalen Autorinnen, die mit jedem ihrer Bücher weltweit Spitzenplätze der Bestsellerlisten erreicht. Sandra Brown lebt mit ihrer Familie abwechselnd in Texas und South Carolina.

Von Sandra Brown bei Blanvalet erschienen (Auswahl)

Envy – Neid (36370) · Crush – Gier (36608) · Rage – Zorn (36838) · Weißglut (36986) · Eisnacht (37396) · Warnschuss (37206) · Ewige Treue (37205) · Süßer Tod (37806) · Sündige Gier (37805) · Blinder Stolz (38361) · Böses Herz (0158) · Kalter Kuss (0083) · Eisige Glut (0489; gebundene Ausgabe)

Sandra Brown

Im Haus meines Feindes

Roman

Aus dem Amerikanischen
von Wulf Bergner

blanvalet

Die Originalausgabe erschien 1997
unter dem Titel »Fat Tuesday« bei Grand Central Publishing, New York.

Der Verlag weist ausdrücklich darauf hin, dass im Text
enthaltene externe Links vom Verlag nur bis zum Zeitpunkt der
Buchveröffentlichung eingesehen werden konnten. Auf spätere
Veränderungen hat der Verlag keinerlei Einfluss. Eine Haftung des
Verlags ist daher ausgeschlossen.

Verlagsgruppe Random House FSC® N001967

1. Auflage
Neuveröffentlichung Mai 2016 bei Blanvalet Verlag,
einem Unternehmen der
Verlagsgruppe Random House GmbH,
Neumarkter Str. 28, 81673 München
Copyright © 1997 by Sandra Brown Management, Ltd.
Copyright © 1999 für die deutsche Ausgabe
by Verlagsgruppe Random House GmbH, München
Umschlaggestaltung: www.buerosued.de
Umschlagmotiv: Arcangel Images/Dave Wall
LH · Herstellung: wag
Satz: Uhl+Massopust, Aalen
Druck und Bindung: GGP Media GmbH, Pößneck
Printed in Germany
ISBN: 978-3-7341-0336-0

www.blanvalet.de

1. Kapitel

»Die sprechen ihn frei!« Burke Basile streckte die Finger seiner rechten Hand und ballte sie dann zur Faust. Diese unwillkürliche Streckbewegung hatte er sich in letzter Zeit angewöhnt. »Er wird unter gar keinen Umständen schuldig gesprochen.«

Captain Douglas Patout, der Chef des Drogen- und Sittendezernats des New Orleans Police Departments, seufzte entnervt. »Vielleicht.«

»Nicht ›vielleicht‹. Die sprechen ihn frei«, wiederholte Burke nachdrücklich.

Nach kurzer Pause fragte Patout: »Warum hat Littrell die Anklage in diesem Fall ausgerechnet diesem Staatsanwalt übertragen? Er ist neu hier, lebt erst seit ein paar Monaten im Süden, ist aus dem Norden hierher verpflanzt worden. Aus Wisconsin oder so ähnlich. Er hat die... Nuancen dieses Verfahrens nicht begriffen.«

Burke, der aus seinem Fenster gestarrt hatte, drehte sich wieder um. »Pinkie Duvall hat sie dagegen recht gut begriffen.«

»Dieser aalglatte Wortverdreher! Er tut nichts lieber, als auf die Polizei einzuschlagen und uns alle als unfähig hinzustellen.«

Obwohl es Burke widerstrebte, den Strafverteidiger zu loben, sagte er: »Eins muss man ihm lassen, Doug, sein

Schlussplädoyer war brillant. Eindeutig gegen die Polizei, aber ebenso eindeutig für die Gerechtigkeit. Die zwölf Geschworenen haben jedes Wort gierig aufgesogen.« Er sah auf seine Armbanduhr. »Sie beraten seit einer halben Stunde. Ich würde sagen, in zehn Minuten sind sie wieder da.«

»Glaubst du wirklich, dass es so schnell geht?«

»Ja, glaub ich.« Burke setzte sich auf einen zerschrammten Stuhl mit hölzernen Armlehnen. »Nüchtern betrachtet, haben wir nie eine Chance gehabt. Welcher Staatsanwalt die Anklage auch vertreten hätte, mit welchen juristischen Tricks beide Seiten auch gearbeitet haben mögen – es steht leider fest, dass Wayne Bardo nicht abgedrückt hat. Er hat die Kugel, die Kevin den Tod brachte, nicht abgefeuert.«

»Ich wollte, ich hätte fünf Cent bekommen für jedes Mal, dass Pinkie Duvall das während der Verhandlung gesagt hat«, meinte Patout missmutig. »›Mein Mandant hat die tödliche Kugel nicht abgefeuert.‹ Das hat er gebetsmühlenhaft wiederholt.«

»Leider ist es die Wahrheit.«

Dieses Thema hatten sie mindestens schon tausendmal diskutiert – grübelnd, Vermutungen anstellend, aber immer wieder auf die eine unangenehme, unbestreitbare, unumkehrbare Tatsache zurückkommend: Der in diesem Verfahren angeklagte Wayne Bardo hatte Detective Sergeant Kevin Stuart faktisch nicht erschossen.

Burke Basile rieb sich müde seine von dunklen Ringen umgebenen Augen, strich sich das zerzauste, lockige Haar aus der Stirn, fuhr sich über den Schnurrbart und rieb dann nervös über seine Oberschenkel. Er streckte die Finger seiner rechten Hand. Zuletzt stützte er die Ellbogen auf die Knie, ließ die Schultern entmutigt nach vorn hängen und starrte blicklos auf den Fußboden.

Patout musterte ihn prüfend. »Du siehst verdammt schlecht aus. Warum gehst du nicht raus und rauchst eine Zigarette?«

Burke schüttelte den Kopf.

»Wie wär's mit einem Kaffee? Ich hole dir einen, bringe ihn dir, damit die Reporter nicht über dich herfallen können.«

»Nein, vielen Dank.«

Patout setzte sich auf den Stuhl neben Burke. »Wir dürfen den Fall noch nicht abschreiben. Die Geschworenen sind oft unberechenbar. Man glaubt, man hätte so einen Dreckskerl überführt, und er verlässt den Gerichtssaal als freier Mann. Ein andermal rechnet man mit einem sicheren Freispruch, aber sie sprechen ihn schuldig, und der Richter verhängt die Höchststrafe. Im Voraus weiß man das nie.«

»Ich schon«, murmelte Burke hartnäckig. »Bardo wird freigesprochen.«

Eine Zeitlang sagte keiner der beiden Männer etwas, um das bedrückende Schweigen zu brechen. Dann meinte Patout: »Heute ist der Jahrestag der mexikanischen Verfassung.«

Burke sah auf. »Wie bitte?«

»Der mexikanischen Verfassung. Sie wurde am fünften Februar angenommen. Das habe ich heute Morgen in meinem Terminkalender gelesen.«

»Hmmm.«

»Allerdings hat nicht dringestanden, in welchem Jahr. Vor mindestens hundert Jahren, schätze ich.«

»Hmmm.«

Als dieses Thema erschöpft war, schwiegen sie wieder und hingen ihren eigenen Gedanken nach. Burke überlegte, wie er sich in den ersten Sekunden nach der Urteilsverkündung verhalten sollte.

Dass es zu einer Gerichtsverhandlung kommen würde, hatten sie von Anfang an gewusst. Pinkie Duvall würde nicht im Traum daran denken, einen Deal mit der Anklagebehörde anzustreben, wenn er den Freispruch für seinen Mandanten schon so gut wie in der Tasche zu haben glaubte. Und Burke hatte ebenfalls gewusst, wie dieser Prozess ausgehen würde. Jetzt, wo der Augenblick der Wahrheit bevorstand – falls seine schlimmen Vorahnungen sich bestätigten –, machte er sich darauf gefasst, gegen die Wut anzukämpfen, die er empfinden würde, wenn er sah, wie Bardo das Gerichtsgebäude als freier Mann verließ.

Gott behüte ihn davor, diesen Dreckskerl mit bloßen Händen zu erwürgen.

Eine große, brummende Stubenfliege, die nicht in diese Jahreszeit passte und von Insektiziden high war, hatte sich irgendwie in den kleinen Raum im Gerichtsgebäude des Orleans Parish verirrt, in dem schon unzählige Anklagevertreter und Angeklagte angstvoll geschwitzt hatten, während sie auf den Spruch der Geschworenen gewartet hatten. Bei ihren verzweifelten Fluchtversuchen prallte die Fliege immer wieder mit einem selbstmörderischen kleinen *Platsch!* gegen die Fensterscheibe. Das arme Fliegenvieh wusste nicht, dass es verloren hatte. Es erkannte nicht, dass es sich mit seinen vergeblichen Versuchen, so tapfer sie auch waren, nur zum Narren machte.

Burke unterdrückte ein selbstkritisches Auflachen. Dass er sich mit dem vergeblichen Bemühen einer Stubenfliege identifizieren konnte, bewies ihm, dass er auf einem absoluten Tiefpunkt angelangt war.

Als das Klopfen ertönte, wechselten Patout und er zuerst einen Blick, bevor sie zur Tür hinübersahen, die von der Gerichtsdienerin geöffnet wurde. Sie steckte den Kopf herein. »Die Geschworenen sind wieder im Saal.«

Auf dem Weg zur Tür warf Patout einen Blick auf seine Uhr und murmelte: »Verdammt! Genau zehn Minuten.« Er sah zu Burke hinüber. »Wie hast du das erraten?«

Aber Burke hörte nicht zu. Seine Aufmerksamkeit galt der offenen zweiflügeligen Tür des Gerichtssaales am Ende des Korridors. Prozessbeobachter und Medienvertreter strömten durch das Portal, aufgeregt wie Kolosseumsbesucher im alten Rom bei der Aussicht darauf, dass ein paar Märtyrer von Löwen zerfleischt werden.

Kevin Stuart – Ehemann, Familienvater, verdammt guter Cop und bester Freund – war einen Märtyrertod gestorben. Wie bei vielen Märtyrern im Lauf der Geschichte war sein Tod die Folge eines Verrats. Jemand, dem Kevin vertraut hatte, jemand, der auf seiner Seite hätte stehen und ihn unterstützen sollen, war zum Verräter geworden. Ein anderer Cop hatte die Bösen gewarnt, dass die Guten unterwegs waren.

Ein heimlicher Anruf von irgendjemandem aus ihrem Dezernat, und Kevin Stuarts Schicksal war besiegelt. Gewiss, er war im Dienst umgekommen, aber das machte ihn nicht weniger tot. Sein Tod war unnötig gewesen. Unnötig und blutig. Mit diesem Verfahren wurde lediglich ein Schlussstrich gezogen. Der Prozess war nur eine teure und zeitraubende Übung, der eine zivilisierte Gesellschaft sich unterzog, um die Tatsache zu kaschieren, dass sie einen Dreckskerl laufenließ, nachdem er dem Leben eines anständigen Menschen ein Ende gesetzt hatte.

Die Auswahl der Geschworenen hatte zwei Wochen gedauert. Der Staatsanwalt war von Anfang an vom Strafverteidiger, dem glanzvollen Pinkie Duvall, eingeschüchtert und ausgetrickst worden. Ohne auf energische Gegenwehr seitens der Anklagebehörde zu stoßen, hatte Duvall sämtliche Einspruchsmöglichkeiten genutzt, um die Geschworenenbank mit handverlesenen Leuten zu besetzen, die seinen Mandanten vermutlich begünstigen würden.

Der Prozess selbst hatte nur vier Tage gedauert. Aber seine Kürze stand in umgekehrtem Verhältnis zu dem Interesse der Öffentlichkeit an seinem Ausgang. Voraussagen hatte es reichlich gegeben.

Am Morgen nach dem tödlichen Vorfall wurde der Polizeipräsident mit den Worten zitiert: »Jeder unserer Beamten fühlt diesen Verlust und ist persönlich betroffen. Kevin Stuart war im Kollegenkreis sehr beliebt und geachtet. Wir setzen alle uns zur Verfügung stehenden Mittel ein, um die genauen Umstände der tödlichen Schüsse auf diesen ausgezeichneten Beamten gründlich und vollständig aufzuklären.«

»Das Verfahren müsste sich rasch abschließen lassen«, hatte ein Leitartikler am ersten Prozesstag in der *Times Picayune* geschrieben. »Durch einen krassen Fehler der Polizei hat einer ihrer Beamten den Tod gefunden. Tragisch? Bestimmt. Aber eine Rechtfertigung dafür, seinen Tod einem unschuldigen Sündenbock anzulasten? Meiner Ansicht nach nicht.«

»Der Staatsanwalt vergeudet Steuergelder, indem er einen unschuldigen Bürger dazu zwingt, sich vor Gericht wegen einer erfundenen Anklage zu verantworten, die allein den Zweck hat, das New Orleans Police Department vor der öffentlichen Demütigung zu bewahren, die es wegen dieses Vorfalls verdient hätte. Alle Wähler wären gut beraten, sich an diese Farce zu erinnern, wenn Staatsanwalt

Littrell sich zur Wiederwahl stellt.« Dieses Zitat stammte von Pinkie Duvall, dessen »unschuldiger« Mandant Wayne Bardo, geborener Bardeaux, ein Vorstrafenregister hatte, das so lang war wie die Brücke über den Lake Pontchartrain.

Pinkie Duvalls Beteiligung an einem Gerichtsverfahren sorgte immer für reges Medieninteresse. Jeder Wahlbeamte im öffentlichen Dienst wollte an dieser kostenlosen Publicity teilhaben und benutzte den Prozess gegen Bardo als Forum für sein oder ihr Programm, was immer es beinhalten mochte. Ungebetene Meinungen wurden so freigiebig unters Volk gebracht wie Konfetti an Mardi Gras.

Im Gegensatz dazu hatte Lieutenant Burke Basile seit der Nacht, in der Kevin Stuart umgekommen war, hartnäckiges, verächtliches Schweigen bewahrt. Während der Anhörungen vor Prozessbeginn, während all der Anträge, die beide Seiten bei Gericht stellten, und inmitten der künstlich erzeugten Medienhysterie war dem schweigsamen Drogenfahnder, dessen Partner und bester Freund in jener Nacht, in der die Drogenrazzia schiefgelaufen war, einer Schussverletzung erlegen war, nichts Zitierbares zu entlocken gewesen.

Als er jetzt wieder den Verhandlungssaal betreten wollte, um den Spruch der Geschworenen zu hören, erklärte Burke Basile einem Reporter, der ihm sein Mikrofon unter die Nase hielt und wissen wollte, ob er etwas zu sagen habe, kurz und bündig: »Ja. Verpiss dich!«

Captain Patout, den die Reporter als höheren Polizeibeamten erkannten, wurde aufgehalten, als er Burke in den Saal zu folgen versuchte. Obwohl Patout sich weit diplomatischer ausdrückte als sein Untergebener, stellte er unmissverständlich fest, Wayne Bardo habe Stuarts Tod verschuldet und der Gerechtigkeit werde nur Genüge getan, wenn die Geschworenen auf schuldig erkannt hatten.

Burke saß bereits, als Patout sich wieder zu ihm gesellte. »Für Nanci wird das bestimmt schwierig«, meinte er besorgt, als er Platz nahm.

Kevin Stuarts Witwe saß in derselben Reihe wie sie, aber auf der anderen Seite des Mittelgangs. Rechts und links neben ihr hatten ihre Eltern Platz genommen. Burke beugte sich leicht nach vorn, erwiderte ihren Blick und nickte ihr aufmunternd zu. Aus ihrem schwachen Antwortlächeln sprach mehr Optimismus, als sie tatsächlich empfand.

Patout winkte ihr grüßend zu. »Andererseits ist sie ein tapferer Kerl.«

»Na klar, auf Nanci kann man immer zählen, auch wenn ihr Mann eiskalt umgelegt wird.«

Patout quittierte diese sarkastische Bemerkung mit einem Stirnrunzeln. »Dieser Seitenhieb war unnötig. Du weißt genau, was ich gemeint habe.« Burke äußerte sich nicht dazu. Nach kurzer Pause fragte Patout gespielt nonchalant: »Kommt Barbara noch?«

»Nein.«

»Ich dachte, sie würde vielleicht kommen, um dir moralische Unterstützung zu gewähren, falls die Sache für uns ungünstig ausgeht.«

Burke hatte keine Lust, ihm zu erklären, warum seine Frau es vorzog, der Verhandlung fernzubleiben. Er sagte einfach: »Wir haben vereinbart, dass ich sie anrufe, sobald das Urteil gesprochen ist.«

Aus den Lagern der beiden Prozessparteien kamen ganz unterschiedliche Signale. Burke teilte Patouts Einschätzung, der Staatsanwalt habe als Vertreter der Anklage versagt. Nachdem er das Verfahren mehr schlecht als recht hinter sich gebracht hatte, saß er jetzt an seinem Tisch und klopfte mit dem Radiergummi an seinem Bleistift auf einen Schreibblock, auf dem er sich keine einzige Notiz gemacht hatte. Er wippte nervös mit dem linken Bein und machte den Eindruck, er wäre am liebsten woanders – notfalls zur Wurzelbehandlung auf einem Zahnarztstuhl.

Dagegen schienen Bardo und Duvall am Verteidigertisch über einen geflüsterten Scherz zu grinsen. Beide schmunzelten hinter vorgehaltener Hand. Burke wäre es schwergefallen, sofort zu sagen, wen er mehr hasste – den Berufsverbrecher oder seinen ebenso kriminellen Verteidiger.

Als Duvall von einem seiner Assistenten angesprochen wurde und sich abwandte, um in einem Schriftsatz zu blättern, lehnte Bardo sich auf seinem Stuhl zurück, hielt die Fingerspitzen seiner aneinandergelegten Hände unters Kinn und sah himmelwärts. Burke konnte sich nicht vorstellen, dass der Dreckskerl tatsächlich betete.

Bardo sah zu ihm hinüber, als spürte er, dass der Lieutenant ihn durchdringend anstarrte. In den kalt glitzernden dunklen Augen, die nun Burkes Blick erwiderten, hatte bestimmt noch niemals ein Anflug von Schuldbewusstsein gestanden. Reptilienschmale Lippen verzogen sich zu einem eisigen Lächeln.

Dann blinzelte Bardo ihm frech zu.

Burke wäre aufgesprungen, um sich auf den Kerl zu stürzen, wenn Patout, der diese unverschämte Geste beobachtet hatte, ihn nicht am Arm gepackt und zurückgehalten hätte.

»Mach keinen Unsinn, verdammt noch mal!« Gereizt fügte er mit gedämpfter Stimme hinzu: »Drehst du jetzt durch, spielst du diesem Dreckskerl doch nur in die Hände. Das wäre der Beweis für alle negativen Behauptungen, die sie während dieses Prozesses über dich aufgestellt haben. Wenn du das willst, dann nur zu!«

Ohne diese Zurechtweisung auch nur mit einer Antwort zu würdigen, riss Burke sich von seinem Vorgesetzten los. Bardo, der weiter selbstgefällig grinste, sah wieder nach vorn. Im nächsten Augenblick rief die Gerichtsdienerin den Saal zur Ordnung, und der Richter nahm seinen Platz wieder ein. Mit einer Stimme, die so honigsüß war wie Geißblattnektar im Sommer, ermahnte er die Zuhörer, sich anständig zu betragen, wenn der Spruch der Geschworenen verkündet werde, und wies dann die Gerichtsdienerin an, die Geschworenen hereinzuholen.

Sieben Männer und fünf Frauen nahmen auf der Geschworenenbank Platz. Sieben Männer und fünf Frauen hatten einstimmig entschieden, Wayne Bardo treffe keine Schuld daran, dass Detective Sergeant Kevin Stuart erschossen worden sei.

Das hatte Burke Basile erwartet, aber es war schwerer zu verkraften, als er es sich vorgestellt hatte, und er hatte sich schon vorgestellt, es würde unmöglich zu verkraften sein.

Trotz der Ermahnungen des Richters beherrschten oder verbargen die Zuhörer ihre Reaktionen nicht. Nanci Stuart stieß einen spitzen Schrei aus, dann sackte sie zusammen. Ihre Eltern schützten sie vor den Kamerascheinwerfern und der gierig herandrängenden Reportermeute.

Der Richter dankte den Geschworenen und entließ sie. Sobald der Richter die Verhandlung mit lauter Stimme offiziell geschlossen hatte, stopfte der unfähige Staatsanwalt seinen unbenutzten Schreibblock hastig in seinen neu aussehenden Aktenkoffer und trabte den Mittelgang entlang, als hätte jemand »Feuer!« gerufen. Er wich Burkes und Patouts Blicken aus.

Burke glaubte auf seiner Stirn lesen zu können, was der andere dachte: *Es ist nicht meine Schuld. Manchmal gewinnt man, manchmal verliert man. Wie es auch ausgeht, am Freitag gibt's den nächsten Gehaltsscheck, also was soll's.*

»Arschloch«, murmelte Burke.

Am Verteidigertisch herrschte wie erwartet Jubel, und der Richter hatte es aufgegeben, ihn unterbinden zu wollen. Pinkie Duvall sprach wortgewandt in die hingehaltenen Mikrofone. Wayne Bardo trat von einem Bally-Slipper auf den andern und wirkte selbstzufrieden und gelangweilt, während er seine Manschetten etwas weiter aus den Jackenärmeln zog. Seine mit Brillanten besetzten Manschettenknöpfe glitzerten im Licht der Fernsehscheinwerfer. Burke sah, dass die Stirn des Mannes mit dem dunklen Teint nicht einmal feucht war. Der Dreckskerl hatte genau gewusst, dass er auch diesmal wieder straffrei davonkommen würde.

Patout, der als Polizeisprecher fungierte, weil der Vorfall sein Dezernat betraf, war damit beschäftigt, Reporter und ihre Fragen abzuwehren. Burke behielt Bardo und Duvall im Visier, während sie sich triumphierend durch die Reportermeute zum Ausgang vorarbeiteten. Sie wichen keiner Kamera und keinem Mikrofon aus. In der Tat pflegte und genoss Duvall jegliche Publicity, deshalb sonnte er sich auch jetzt im Scheinwerferlicht. Im Gegensatz zum Staatsanwalt hatten sie es nicht eilig, den Saal zu verlassen, sondern ließen sich absichtlich Zeit, um den Beifall ihrer Anhänger einzuheimsen.

Sie wichen Burke Basiles Blick auch nicht aus.

Sie gingen im Gegenteil langsamer, als sie an der Reihe vorbeikamen, an deren Ende Burke stand und seine rechte Hand zur Faust ballte und die Finger wieder streckte. Beide starrten Burke ganz bewusst ins Gesicht.

Wayne Bardo beugte sich sogar leicht vor und stellte flüsternd eine Burke verhasste, aber unwiderlegbare Tatsache fest. »Ich hab diesen Cop nicht erschossen, Basile. *Sie* waren es.«

2. Kapitel

»Remy?«

Sie drehte sich um und strich sich mit dem Rücken ihrer in einem Gummihandschuh steckenden Hand eine Haarsträhne aus der Stirn. »Hallo. Ich habe dich nicht so früh erwartet.«

Pinkie Duvall stolzierte den Mittelgang des Treibhauses entlang, schloss sie in die Arme und küsste sie nachdrücklich. »Ich habe gewonnen.«

Sie erwiderte sein Lächeln. »Das habe ich mir gedacht.«

»Wieder ein Freispruch.«

»Glückwunsch.«

»Danke, aber diesmal war es kaum eine Herausforderung.« Ein breites Grinsen zeigte, dass seine Bescheidenheit nur gespielt war.

»Für einen weniger brillanten Anwalt wäre es eine gewesen.«

Sein Grinsen wurde noch breiter, denn er freute sich über ihr Lob. »Ich fahre ins Büro, um ein paar Anrufe zu erledigen, aber wenn ich zurückkomme, bringe ich die ganze Gesellschaft mit. Roman hat dafür gesorgt, dass alles in Bereitschaft ist. Als ich reingekommen bin, sind schon die ersten Lieferwagen vom Partyservice vorgefahren.«

Ihr Butler Roman und das gesamte Hauspersonal hatten sich seit Prozessbeginn in Alarmbereitschaft befunden. Die

Partys, die Pinkie zur Feier seiner Siege gab, waren so berühmt-berüchtigt wie der protzige Brillantring, den er am kleinen Finger der rechten Hand trug und dem er seinen Spitznamen »Pinkie« verdankte.

Seine Siegesfeiern nach einem Prozess wurden so begierig erwartet wie die Verfahren selbst und von den Medien ausführlich geschildert. Remy hatte den Verdacht, dass manche Geschworenen nur deshalb für einen Freispruch stimmten, um endlich auch einmal eine von Pinkie Duvalls berühmten Feten miterleben zu können.

»Kann ich irgendwie helfen?« Natürlich gab es für Remy nichts zu tun, was sie schon im Voraus wusste.

»Du brauchst nur zu kommen und so wunderbar wie immer auszusehen«, erklärte er ihr, ließ seine Hände über ihren Rücken gleiten und küsste sie nochmals. Dann ließ er sie los und wischte ihr ein paar Krümel Erde von der Stirn. »Was machst du überhaupt hier? Du weißt doch, dass ich hier drinnen nicht allzu viel Betrieb haben will.«

»Hier war auch kein Betrieb. Ich bin allein hergekommen. Ich habe einen Farn aus dem Haus rübergebracht, weil er nicht gesund aussieht und wahrscheinlich ein bisschen Dünger braucht. Keine Angst, ich habe deine Pflanzen nicht angefasst.«

Das Treibhaus war Pinkies Reich. Die Orchideenzucht war sein Hobby, aber er nahm es sehr ernst und achtete im Treibhaus ebenso auf Ordnung und Präzision wie in seiner Anwaltskanzlei und allen übrigen Lebensbereichen.

Jetzt nahm er sich einen Augenblick Zeit, um die Reihen der von ihm gezogenen Pflanzen stolz zu betrachten. Nur wenige seiner Freunde und noch weniger seiner Feinde wussten, dass Pinkie Duvall mit Leidenschaft Orchideen züchtete und ein Experte auf diesem Gebiet war.

Extreme Maßnahmen stellten sicher, dass im Treibhaus immer ideale Kulturbedingungen herrschten. Es gab dort sogar einen eigenen Raum für die Mess- und Steuergeräte, die das empfindliche Treibhausklima regelten. Pinkie hatte sich gründlich mit der Orchideenzucht beschäftigt und nahm alle drei Jahre am internationalen Orchideenkongress teil. Er wusste genau, bei welcher Beleuchtung, Luftfeuchtigkeit und Temperatur jede einzelne Orchideenart am besten gedieh. Ob Cattleyen, Laelien, Cymbidien oder Oncidien – Pinkie pflegte und hegte sie wie eine Krankenschwester eine Frühgeburt und bot allen den Nährboden, die Belüftung und die Feuchtigkeit, die sie brauchten. Als Gegenleistung erwartete er, dass seine Pflanzen beispielhaft und außergewöhnlich gediehen.

Ganz als wollten sie ihren Gebieter nicht enttäuschen, taten sie das auch.

Im Allgemeinen. Aber jetzt runzelte er die Stirn, während er auf eine Gruppe von Pflanzen mit der Bezeichnung *Oncidium varicosum* zutrat. Ihre Rispen waren dicht mit Blüten besetzt – aber nicht so üppig wie die ihrer Nachbarn. »Diese blöden Dinger habe ich wochenlang aufgepäppelt. Was ist mit ihnen los? Das ist eine verdammt schlechte Leistung.«

»Vielleicht hatten sie noch nicht genug Zeit, sich wirklich...«

»Sie hatten reichlich Zeit.«

»Manchmal dauert's einfach etwas länger, bis...«

»Es sind minderwertige Pflanzen. Mehr ist dazu nicht zu sagen.« Pinkie griff gelassen nach einem der Töpfe und ließ ihn zu Boden fallen. Er zerschellte beim Aufprall auf die Bodenfliesen, und ein Häufchen aus Tonscherben, Orchideensubstrat und geknickten Blütenrispen blieb zurück. Wenig später folgte der nächste Topf.

»Nein, Pinkie, nicht!« Remy kauerte sich nieder und barg eine der zarten Pflanzen zwischen ihren Händen.

»Lass sie liegen«, sagte er gleichmütig, indem er bereits den nächsten Topf zerschellen ließ. Er verschonte keinen einzigen. Wenig später lag die ganze Gruppe in Trümmern auf den Fliesen. Er trat auf eine der Rispen und zermalmte die Blüten unter seinem Absatz. »Sie haben das Gesamtbild des Treibhauses ruiniert.«

Remy war über diese Vergeudung empört und fing an, die Pflanzen einzusammeln, aber Pinkie sagte: »Gib dich nicht damit ab. Ich schicke einen der Gärtner her, damit er saubermacht.«

Bevor er ging, hatte sie ihm versprochen, gleich hineinzugehen und sich für die Party umzuziehen, aber sie verließ das Treibhaus nicht sofort, sondern kehrte die zertrümmerten Orchideentöpfe selbst auf. Sie achtete darauf, alle von ihr benutzten Gegenstände wegzuräumen und das Treibhaus mustergültig aufgeräumt zurückzulassen.

Der mit Natursteinplatten belegte Weg zum Haus schlängelte sich über den Rasen. Alte, moosbewachsene Eichen beugten sich über sorgfältig gepflegte Blumenbeete. Die Bäume hatten schon hier gestanden, lange bevor das Haus im neunzehnten Jahrhundert erbaut worden war.

Remy betrat es durch einen der Hintereingänge und benutzte die rückwärtige Treppe, um nicht an Küche, Anrichteraum und Speisezimmer vorbeigehen zu müssen. Aus dem Speisezimmer war die scharfe Stimme der Chefin eines Partyservices zu hören, die ihrem halben Dutzend Mitarbeiter knappe Anweisungen erteilte. Bis Pinkie und seine Gäste eintrafen, wäre alles fertig und die Versorgung mit Speisen und Getränken würde reibungslos funktionieren.

Remy wusste, dass sie kaum Zeit genug hatte, sich für die Party umzuziehen, aber inzwischen waren schon Vorbereitungen getroffen worden, um diesen Vorgang zu beschleunigen. Ein Dienstmädchen hatte ihr bereits ihr Bad eingelassen und wartete auf weitere Anweisungen. Sie besprachen gemeinsam, was Remy tragen würde, und nachdem alles herausgelegt war, ließ das Dienstmädchen sie allein, damit sie baden konnte, was sie rasch tat, weil sie wusste, dass sie für Frisur und Make-up einige Zeit brauchen würde. Pinkie erwartete, dass sie bei seinen Partys immer besonders hübsch aussah.

Als sie fünfzig Minuten später an ihrem Toilettentisch saß und noch etwas Rouge auflegte, hörte sie jemanden ins Schlafzimmer kommen. »Bist du's, Pinkie?«

»Ein anderer hat hier ja hoffentlich nichts zu suchen!«

Sie stand auf, ging aus dem Ankleideraum ins Schlafzimmer hinüber und nickte dankend, als er einen anerkennenden Pfiff ausstieß. »Möchtest du einen Drink?«

»Bitte.« Er begann sich auszuziehen.

Bis sie ihm einen Scotch eingeschenkt hatte, war er schon ganz ausgekleidet. Auch mit fünfundfünfzig war Pinkie noch beeindruckend fit. Er stählte seinen Körper durch tägliches Krafttraining und leistete sich einen eigenen Masseur. Er war stolz darauf, sich seine Schlankheit bewahrt zu haben – trotz seiner Vorliebe für große Weine und die exquisite einheimische Küche mit ihren berühmten Desserts wie Brotpudding mit Whiskeysauce und Sahnepralinen mit Pecannussfüllung.

Er küsste Remy auf die Wange, griff nach dem Highballglas, das sie ihm hinhielt, und nahm einen kleinen Schluck von dem teuren Scotch. »Ich habe dir ein Geschenk mitgebracht – du hast dich ja gewaltig zurückgehalten. Du hast es nicht erwähnt, obwohl ich weiß, dass du's gesehen hast.«

»Ich fand, du sollst entscheiden, wann du's mir geben willst«, sagte sie zurückhaltend. »Woher hätte ich außerdem wissen sollen, dass es für mich ist?«

Er lachte halblaut, als er ihr die als Geschenk verpackte flache Schachtel gab.

»Aus welchem Anlass?«

»Ich brauche keinen Anlass, um meiner schönen Frau ein Geschenk zu machen.«

Sie knüpfte das schwarze Satinband auf und zog das Goldpapier vorsichtig ab. Pinkie lachte wieder halblaut.

»Warum lachst du?«, fragte sie.

»Die meisten Frauen reißen Geschenkpapier mit unverhohlener Gier auf.«

»Ich genieße ein Geschenk lieber.«

Er streichelte ihre Wange. »Weil du als kleines Mädchen nicht viele bekommen hast.«

»Bis ich dich kennengelernt habe.«

Unter dem Goldpapier kam ein mit schwarzem Samt bezogenes Etui zum Vorschein, in dem auf weißem Satin eine Platinkette lag, an der ein mit länglichen Diamanten eingefasster Aquamarin im Smaragdschnitt hing.

»Ein wundervolles Stück«, flüsterte Remy.

»Es ist mir aufgefallen, weil dieser Stein genau die Farbe deiner Augen hat.« Pinkie stellte sein Glas auf den Nachttisch, nahm das Collier aus dem Etui und drehte es um. »Auf die kannst du einen Abend lang verzichten, glaube ich«, sagte er, indem er ihr die Goldkette mit dem Kreuz abnahm, die sie sonst immer trug. Er ersetzte sie durch das neue Collier und schob Remy dann auf einen Standspiegel aus dem achtzehnten Jahrhundert zu, der einst das Prunkstück im Pariser Boudoir einer dem Untergang geweihten französischen Adeligen gewesen war.

Über ihre Schulter hinweg musterte er kritisch ihr Spiegelbild. »Hübsch, aber nicht perfekt. Das Kleid passt irgendwie nicht dazu. Schwarz wäre viel besser. Tief ausgeschnitten, damit der Stein direkt auf deiner Haut liegt.«

Er zog den Reißverschluss des Kleides auf und streifte es von ihren Schultern. Dann hakte er ihren trägerlosen Büstenhalter auf und zog ihn weg. Als sie den Stein am Ansatz ihrer Brüste ruhen sah, wandte Remy den Blick vom Spiegel ab und verschränkte die Arme.

Pinkie drehte sie zu sich um und drückte ihre Arme herunter. Sein Blick wurde dunkel, während er sie prüfend musterte. Sein Atem streifte ihre Haut. »Ich hab's gewusst«, sagte er heiser. »Nur dort wirkt dieser Stein richtig.«

Er zog sie zum Bett, ohne ihren leisen Protest zu beachten. »Pinkie, ich bin schon zurechtgemacht.«

»Dafür gibt's Bidets.« Er drückte sie nach hinten in die Kissen und folgte ihr aufs Bett.

Pinkies von Haus aus starker Geschlechtstrieb war nach einer siegreichen Verhandlung noch stärker. An diesem Abend war er besonders ausgeprägt. Nach wenigen Minuten war alles vorbei. Remy trug noch Strümpfe und Pumps, aber Frisur und Make-up hatten unter seinem aggressiven Liebesspiel gelitten. Er wälzte sich zur Seite und griff nach seinem Glas, das er beim Aufstehen leerte. Danach durchquerte er leise pfeifend das Schlafzimmer und verschwand in seinem eigenen Ankleideraum.

Remy drehte sich auf die Seite und legte beide Hände flach unter ihre Wange. Ihr graute davor, sich noch einmal anziehen zu müssen. Hätte sie die Wahl gehabt, wäre sie im Bett geblieben und hätte ganz auf die Party verzichtet.

Sie hatte sich schon morgens müde gefühlt, und die Lethargie lag ihr wie Blei in den Gliedern. Aber sie wollte unter allen Umständen verhindern, dass Pinkie diesen Mangel an Energie bemerkte, den sie ihm schon seit Wochen verheimlichte.

Sie zwang sich dazu, endlich aufzustehen. Gerade ließ sie sich ein weiteres Bad ein, als er frisch geduscht und rasiert in einem untadelig geschnittenen schwarzen Anzug aus seinem Ankleideraum trat. Er starrte sie überrascht an. »Ich dachte, du wärst fertig!«

Sie hob hilflos die Hände. »Es ist einfacher, von vorn anzufangen, als zu versuchen, etwas zu reparieren. Außerdem benutze ich nicht gern ein Bidet.«

Er zog sie an sich und küsste sie neckend. »Vielleicht habe ich dich ein Jahr zu lange in dieser Klosterschule gelassen. Du hast dir ein paar schrecklich prüde Gewohnheiten zugelegt.«

»Du hast nichts dagegen, wenn ich etwas später herunterkomme, nicht wahr?«

Er gab sie nach einem Klaps auf den Po wieder frei. »Du bist bestimmt so hinreißend, dass sich das Warten lohnt.« Von der Tür aus fügte er hinzu: »Denk daran, etwas zu tragen, was sexy, schwarz und tief ausgeschnitten ist.«

Remy ließ sich mit ihrem zweiten Bad Zeit. Von unten herauf war zu hören, wie die Musiker ihre Instrumente stimmten. Bald würden die ersten Gäste eintreffen. Bis in die frühen Morgenstunden würden sie sich nun mit Delikatessen und starken Getränken bewirten lassen, und dabei gäbe es Musik, Lachen, Tanz, Flirts und Gerede, Gerede, Gerede.

Allein der Gedanke daran ließ sie müde seufzen. Würde es irgend jemand merken, wenn die Hausherrin beschlösse, in ihrem Zimmer zu bleiben und nicht zur Party zu kommen?

Pinkie würde es merken.

Um seinen Sieg vor Gericht zu feiern, hatte er Remy ein weiteres kostbares Schmuckstück als Ergänzung ihrer schon beschämend umfangreichen Sammlung gekauft. Er wäre beleidigt gewesen, wenn er gewusst hätte, mit welchem Widerstreben sie zu seiner Siegesfeier ging oder wie wenig sein Geschenk ihr bedeutete. Aber es war unmöglich, sich aufrichtig über seine Großzügigkeit zu freuen, weil seine schönen, teuren Geschenke nur ein schwacher Ersatz für alles waren, was er ihr vorenthielt.

Noch in der Wanne liegend, drehte sie ihren Kopf zur Seite und sah zu dem Toilettentisch hinüber, wo ihr neuer Schatz in dem mit Satin ausgeschlagenen Etui lag. Sie hatte keinen Blick für die Schönheit dieses speziellen Steines. Er strahlte keine Wärme aus, sondern wirkte ausgesprochen kalt. Seine Facetten schickten keine Feuerblitze aus, sondern glitzerten in eisigem Licht. Der Aquamarin erinnerte sie an den Winter, nicht an den Sommer. Bei seinem Anblick fühlte sie sich nicht glücklich und erfüllt, sondern hohl und leer.

Pinkie Duvalls Frau begann still zu weinen.

3. Kapitel

Pinkie machte viel Aufhebens um Remy, als sie herunterkam. Er bemächtigte sich ihres Armes und verkündete, mit ihrem Erscheinen könne die Party jetzt offiziell beginnen. Dann führte er sie durch die Menge und stellte ihr alle Gäste vor, die sie nicht kannte – auch die sichtlich beeindruckten Geschworenen aus dem Prozess gegen Bardo.

Viele der Gäste waren wegen ihrer Verwicklung in Skandale, Verbrechen oder Kombinationen aus beiden berüchtigt. Manchen wurde nachgesagt, sie gehörten der Metropolitan Crime Commission an, aber da die Mitgliedschaft in dieser Elite, für die man sich nicht selbst bewerben konnte, geheim war, wusste das niemand genau. Die unbegrenzten Geldmittel dieser Gruppe wurden nur von ihrer unbegrenzten Macht übertroffen.

Einige der Gäste waren Politiker, die es verstanden, ihre Wähler in eigennützigem Sinn zu beeinflussen. Andere waren neureiche Erfolgsmenschen, während wieder andere aus altehrwürdigen und betuchten Familien stammten, die das hiesige Gesellschaftsleben despotisch beherrschten. Einige wenige hatten Verbindung zum organisierten Verbrechen. Alle waren Freunde, Geschäftspartner und ehemalige Mandanten Pinkies. Alle waren gekommen, um ihm Tribut zu zollen.

Remy ertrug die Schmeicheleien der Gäste ihres Mannes

aus demselben Grund, aus dem sie ihr schmeichelten – um weiter in seiner Gunst zu stehen. Das neue Schmuckstück wurde neidvoll bewundert, und das Dekolleté, in dem es ruhte, zog ebenfalls bewundernde Blicke auf sich, was Remy peinlich war. Sie stand nicht gern im Mittelpunkt übertriebener Aufmerksamkeit und hasste es, von gerissenen Männern angegafft zu werden, während die ebenso gerissenen Ehefrauen sie mit kaum verhüllter Missgunst und Geringschätzung musterten.

Pinkie, der die Unaufrichtigkeit dieser Leute nicht wahrzunehmen schien, stellte sie wie eine lebende Jagdtrophäe zur Schau. Remy spürte, dass seine falsch lächelnden Freunde bei ihr erste Abnutzungserscheinungen suchten und sich fragten: Wer hätte gedacht, dass eine so unwahrscheinliche Ehe *derartig* lange halten würde?

Irgendwann kam das Gespräch auf den Prozess, und Remy wurde nach ihrer Meinung über das Urteil gefragt. »Pinkie engagiert sich bei jedem Verfahren hundertprozentig«, antwortete sie. »Mich hat nicht im Geringsten überrascht, dass sein Mandant freigesprochen wurde.«

»Aber Sie müssen doch zugeben, meine Liebe, dass der Ausgang diesmal leicht vorauszusagen war.« Diese herablassende Bemerkung machte eine Dame der Hautevolee, an deren dürrem, faltigem Hals Unmengen von Diamanten hingen.

Pinkie antwortete an Remys statt. »Wie ein Prozess ausgehen wird, lässt sich nie voraussagen. Dieser hier hätte ebenso gut anders enden können. Sobald man einen Polizeibeamten im Zeugenstand hat, muss man verdammt hellwach sein.«

»Bitte, Pinkie«, warf einer der Umstehenden spöttisch ein. »Die Glaubwürdigkeit von Polizeibeamten vor Gericht ist doch seit Mark Fuhrmanns Aussage im Prozess gegen O. J. Simpson für immer dahin.«

Pinkie schüttelte den Kopf. »Gut, ich gebe zu, dass Fuhrmann der Anklage mehr geschadet als genützt hat. Aber Burke Basile ist ein völlig anderer Typ. Wir haben in seiner Vergangenheit irgendwas gesucht, was ihn diskreditieren würde. Er hat sich nie das Geringste zuschulden kommen lassen.«

»Bis zu der Nacht, in der er den eigenen Partner erschossen hat«, kicherte einer der Gäste. Er schlug Pinkie auf die Schulter. »Sie haben ihm im Zeugenstand wirklich Daumenschrauben angelegt.«

»Nur schade, dass der Richter keine Fernsehübertragung zugelassen hat«, meinte ein anderer Gast. »Sonst hätte die Öffentlichkeit live miterleben können, wie ein Cop auseinandergenommen wird.«

Ein weiterer Gast behauptete: »Mich hätte es nicht gewundert, wenn die Geschworenen den Prozess während Basiles Aussage unterbrochen und den Antrag gestellt hätten, gleich heimgehen zu dürfen.«

»Wir reden hier über den Tod eines Menschen«, platzte Remy heraus. Sie fand die Scherze und das Lachen der Gäste obszön. »Ganz egal, wie dieses Verfahren ausgegangen ist – Mr. Stuart wäre nicht erschossen worden, wenn Bardo ihn nicht als lebenden Schutzschild benutzt hätte. Habe ich nicht recht?«

Das Gelächter verstummte schlagartig. Plötzlich waren alle Augen auf sie gerichtet.

»Rein faktisch, meine Liebe, stimmt das«, antwortete Pinkie. »Wir haben vor Gericht eingeräumt, dass Mr. Bardo hinter dem verletzten Polizeibeamten gestanden hat, als dieser erschossen wurde, aber davon, dass Stuart als

Schutzschild benutzt worden sei, kann keine Rede sein. Das Ganze war ein bedauerlicher Unfall, was aber nicht rechtfertigt, dass dafür ein Unschuldiger ins Gefängnis geschickt wird.«

Remy war noch nie eingeladen worden, an einer Gerichtsverhandlung teilzunehmen und Pinkie in Aktion zu erleben, aber sie kannte alle Einzelheiten dieses Falles, weil sie die Berichterstattung in den Medien verfolgt hatte. Die Drogenfahnder Stuart und Basile waren als Erste ihrer Einheit in einem Lagerhaus eingetroffen, in dem vermutlich Drogen hergestellt und versandfertig gemacht wurden.

Die Männer in dem Lagerhaus waren vor der bevorstehenden Razzia gewarnt worden. Als Stuart und Basile sich dem Gebäude näherten, wurden sie beschossen. Ohne auf Verstärkung zu warten, war Stuart in das Lagerhaus gestürmt, hatte sich einen Schusswechsel mit einem Mann namens Toot Jenkins geliefert und ihn erschossen.

Toot Jenkins lag tot da; Stuart war schwer verwundet. Seine kugelsichere Weste hatte potenziell tödliche Treffer abgelenkt, aber eine Kugel hatte seinen Oberschenkel getroffen und die Schlagader nur knapp verfehlt. Eine zweite Kugel hatte die Elle seines rechten Armes zerschmettert.

»Der Arzt hat vor Gericht ausgesagt, Stuart habe vermutlich unter Schock gestanden, hätte aber trotz dieser Verletzungen überleben können«, sagte Remy. »Sie waren schwer, aber nicht lebensgefährlich.«

»Aber Ihr Mann hat die Glaubwürdigkeit des Arztes erschüttert.«

Pinkie hob abwehrend eine Hand, als wollte er andeuten, er brauche keine Unterstützung, zumal die Herausforderin seine eigene Frau sei. »Versetz dich in Mr. Bardos Lage, Liebling«, sagte er. »Ein Mann liegt tot da, ein zweiter ist verletzt und blutet. Daraus hat Mr. Bardo ganz richtig geschlossen, er sei unabsichtlich in eine sehr gefährliche Situation geraten.

Er hat sich überlegt, die Männer dort draußen seien vielleicht gar keine Polizeibeamten, wie sie behaupteten, sondern in Wirklichkeit Mr. Jenkins' Konkurrenten, die sich als Polizisten *ausgaben.* Toot Jenkins hatte Geschäfte mit einer asiatischen Bande gemacht. Diese Bandenmitglieder können äußerst clever sein, weißt du?«

»Stuart war rothaarig und sommersprossig. Mit einem Asiaten hat man ihn kaum verwechseln können.«

»*Touché,* Pinkie«, versetzte einer der Gäste lachend. »Pech für die Staatsanwaltschaft, dass nicht Remy die Anklage vertreten hat.«

Pinkie lachte mit den anderen über diese kleine Schlappe, aber wahrscheinlich merkte nur Remy, dass sein Lachen gezwungen klang. Er musterte sie von Kopf bis Fuß. »Remy vor Gericht? Das kann ich mir nicht recht vorstellen. Ihre Begabung liegt anderswo.« Während er das sagte, fuhr er mit einer Fingerspitze über ihr tiefes Dekolleté.

Die anderen lachten alle, aber Remy fühlte, wie eine heiße Welle von Demütigung und Zorn ihren Körper durchflutete. »Entschuldigung, ich habe noch nichts gegessen«, murmelte sie und kehrte der Gruppe den Rücken zu.

Remy glaubte zu wissen, was in jener Nacht, in der Stuart umgekommen war, passiert war, aber es wäre nicht klug gewesen, das vor Pinkie und seinen Freunden zu äußern. Sie feierten den Freispruch seines Mandanten, nicht seine Unschuld – was nicht unbedingt ein und dasselbe war. Remy glaubte keine Sekunde lang, Wayne Bardo sei verwirrt gewesen, als plötzlich Schüsse fielen. Er hatte mit voller Überlegung gehandelt, als er den verletzten Polizeibeamten hochgezogen und als Schutzschild benutzt hatte, während er durchs offene Tor in die Dunkelheit hinausgetreten war. Ihm war klar gewesen, dass er unter Beschuss geraten würde, wenn ihn draußen Polizeibeamte erwarteten.

Leider verfügte Burke Basile über ausgezeichnete Reflexe und war ein erstklassiger Schütze. Da er glaubte, auf einen Angreifer zu schießen, hatte er auf den Kopf gezielt und ihn auch getroffen. Der Spruch der Geschworenen hatte ihm die Alleinschuld an Stuarts Tod zugeschoben.

Weil Remy behauptet hatte, hungrig zu sein, ging sie ins elegante Speisezimmer. Das Buffet hätte – wie erwartet – jeden Schlemmer entzückt. In randvollen Wärmeschüsseln aus Sterlingsilber dampften Flusskrebsragout, Reis mit roten Bohnen und gegrillte Garnelen in einer so scharfen Sauce, dass allein ihr Duft genügte, um Remy Tränen in die Augen zu treiben.

Rohe Austern in der Halbschale lagen auf Tabletts mit zerstoßenem Eis. Ein Koch mit weißer Mütze säbelte von riesigen Hinterschinken und Rinderbraten Scheiben ab. Es gab scharf gewürzte Eier und Krabben, dazu Salate, Beilagen, Würstchen, verschiedene Brotsorten und Nachspeisen für jeden Geschmack. Der Anblick und die Düfte so vieler Speisen reizten Remy jedoch gar nicht, im Gegenteil, ihr wurde leicht übel.

Sie sah sich um und stellte fest, dass Pinkie sich mit einigen der Geschworenen unterhielt, die Bardo freigesprochen hatten. Sie schienen an seinen Lippen zu hängen, und da Pinkie aufmerksame Zuhörer liebte, würde er seine Frau nicht so bald vermissen.

Sie schlüpfte unbeobachtet durch eine Terrassentür in den stillen, abgeschiedenen Garten hinter dem Haus hinaus. Draußen war es so kühl, dass ihre Atemfeuchtigkeit zu sehen war, aber Remy genoss die belebende Kühle auf ihrer nackten Haut. Sie folgte dem Gartenweg, der zum Pavillon führte. Der reich verzierte schmiedeeiserne Rundbau mit zwiebelförmiger Kuppel in der hintersten Ecke des Grundstücks war einer ihrer liebsten Aufenthaltsorte. Empfand sie das verzweifelte Bedürfnis, allein zu sein – oder wenigstens die Illusion der Einsamkeit zu haben –, zog sie sich in den Pavillon zurück.

Sie trat in den Rundbau, lehnte sich an einen der Pfeiler, umarmte ihn beinahe, während sie die Wange an das kalte Metall legte. Was Pinkie vorhin vor seinen Gästen angedeutet hatte, war ihr noch immer peinlich. Solche Bemerkungen unterstrichen nur, was ohnehin schon jeder von ihr glaubte: dass sie ein verwöhntes Luxusweibchen mit beschränkter Intelligenz und belanglosen Meinungen war, dessen einziger Daseinszweck darin bestand, ihrem prominenten Ehemann in der Öffentlichkeit als schmückendes Beiwerk zu dienen und ihn im Bett zu befriedigen. Die Leute schienen auch zu glauben, dass sie keine Gefühle hätte, dass seine subtilen Beleidigungen spurlos an ihr abprallten. Sie dachten, das behütete Leben, das sie führte, mache sie glücklich und sie hätte alles, was ihr Herz begehrt.

Aber sie täuschten sich.

Keine Macht der Welt hätte ihn daran hindern können herzukommen.

Burke Basile gestand sich ein, dass es nicht ratsam war, sich hier aufzuhalten. *Nicht ratsam? Quatsch,* es war regelrecht *dämlich* von ihm, im Schatten der hohen, dichten Azaleenhecke zu lauern und Pinkie Duvalls Villa im Garden District feindselig anzustarren.

Das Haus war weiß und verziert wie eine Hochzeitstorte – nach Burkes Meinung geschmacklos überladen. Aus hohen Fenstern fiel goldgelbes Licht auf den Rasen, der so perfekt gepflegt war, dass er einem grünen Teppich glich. Musik und Lachen drangen aus den lichtüberfluteten Räumen.

Burke verschränkte seine Arme und umfasste seine Ellbogen mit den Händen, weil er in der kühlen Abendluft zu frösteln begann. Er hatte nicht einmal daran gedacht, eine warme Jacke anzuziehen. Der Herbst war gekommen und gegangen. Die Feiertage waren buchstäblich unbemerkt verstrichen, der milde Winter von New Orleans war schon fast wieder vorüber. Der Wechsel der Jahreszeiten und der kommende Frühling gehörten zu den Dingen, die Burke am wenigsten beschäftigten.

Kevin Stuarts Tod vor acht Monaten hatte ihn ganz in Anspruch genommen, gelähmt und für seine Umgebung unempfindlich gemacht.

Barbara hatte zuerst gemerkt, wie ausschließlich ihn dieses Thema beschäftigte, aber das war nur natürlich, weil sie mit ihm zusammenlebte. Als seine Trauer sich zur Besessenheit auswuchs, hatte sie eine gerechtfertigte Beschwerde vorgebracht. Und dann noch eine. Und noch eine, bis sie von ihrem Gekeife selbst erschöpft war. In letzter Zeit war ihre Haltung eher gleichgültig gewesen.

Als der Prozess gegen Wayne Bardo bevorstand, hatten alle Kollegen in seinem Dezernat gemerkt, dass Burke nicht mehr wie früher mit Leib und Seele bei der Arbeit war. Er konnte sich nicht auf neue Fälle konzentrieren, weil er in Gedanken noch bei dem einen war, der Kevin und ihn in dieses Lagerhaus geführt hatte.

Ein Jahr lang, bis zu jener schicksalshaften Nacht, hatten sie diesen einen Dealerring stetig verkleinert, indem sie die wichtigsten Dealer nacheinander aus dem Verkehr gezogen hatten. Aber die Bosse im Hintergrund hatten sich nicht fassen lassen und lachten sich vermutlich schief über die unbeholfenen und kontraproduktiven Bemühungen der Drogenfahndung.

Wie um das Dezernat noch mehr zu frustrieren, war ihre Erfolgsquote gegen null gesunken. Jede Razzia hatte mit einem Misserfolg geendet. Selbst bei noch so strengen Sicherheitsmaßnahmen, auch bei sorgfältig geheim gehaltenen Razzien wurden die Verbrecher immer rechtzeitig gewarnt. Drogenlabors waren verlassen, obwohl die Chemikalien noch dampften. Riesige Lagerbestände wurden nur wenige Augenblicke vor dem Eintreffen der Drogenfahnder preisgegeben. Das waren Verluste, die sich die Dealer leisten konnten; sie rechneten solche Verluste einfach zu den Geschäftskosten. Und am nächsten Tag machten sie woanders ein neues Drogenlabor auf.

Die Dreckskerle stoben schneller auseinander als Kakerlaken, wenn das Licht angeht. Die Cops standen wie Idioten da. Nach jeder fehlgeschlagenen Razzia befand sich das Dezernat wieder auf Feld eins und musste erneut mühsam versuchen, die Lieferanten aufzuspüren.

Burke, der seit vielen Jahren Drogenfahnder war, war nicht leicht zu erschüttern. Er wusste, dass sie mit Rückschlägen und Verzögerungen rechnen mussten. Er wusste, dass es Monate dauerte, Hinweise zusammenzutragen. Er wusste, dass die verdeckt arbeitenden Kollegen Beziehungen aufbauen mussten, die Zeit und Geduld erforderten. Er wusste, dass die Erfolgschancen minimal waren – und dass auch Erfolge nur wenig Anerkennung brachten. Trotzdem bestand ein himmelweiter Unterschied dazwischen, das alles zu wissen und es auch zu akzeptieren.

Geduld gehörte nicht zu Burkes Tugenden. Er hielt sie nicht einmal für eine Tugend. Nach seiner Auffassung war Zeitbedarf gleichbedeutend mit Versagen. Denn an jedem Tag, den sie brauchten, um gute Arbeit zu leisten und handfeste Beweise zu sammeln, mit denen der Staatsanwalt eine Verurteilung erreichen konnte, ließen Dutzende von Jugendlichen sich von Dealern in ihrem Wohnviertel verführen. Oder ein Yuppie, der von einer Designerdroge high war, raste mit seinem BMW in einen Kleinbus, in dem eine Seniorengruppe zu einem Ausflug unterwegs war. Weitere Crack-Babys wurden geboren. Ein Teenager starb aufgrund von Drogenmissbrauch an Herzversagen. Ein anderer spritzte sich eine Überdosis und starb einen jämmerlichen Tod.

Aber da die einzige Alternative eine bedingungslose Kapitulation gewesen wäre, arbeiteten Burke und seine Kollegen weiter. Sie trugen in mühsamer Arbeit Beweise zusammen. Aber jedes Mal, wenn sie dachten, es endlich geschafft zu haben, wenn sie glaubten, ihre nächste Razzia wäre die Mutter aller Razzien, wenn sie dachten, diesmal würden sie die Schweinehunde auf frischer Tat ertappen und für Jahre aus dem Verkehr ziehen, ging irgend etwas schief.

Es gab einen Verräter im Drogendezernat des New Orleans Police Department.

Es musste einen geben. Anders ließ sich die Tatsache, dass die Dealer ihnen immer einen Schritt voraus waren, nicht erklären. Das war zu oft passiert, als dass man dafür den Zufall oder Karma oder Künstlerpech oder menschliches Versagen oder Schicksalsmächte hätte verantwortlich machen können. Irgendjemand im Dezernat arbeitete für die andere Seite.

Gott helfe dem Dreckskerl, wenn Burke Basile herausbekam, wer es war, denn durch den Verrat dieses Cops war Nanci Stuart zur Witwe, waren ihre beiden jungen Söhne vaterlos geworden.

Burke hatte Kevin dringend ermahnt, in Deckung zu bleiben, bis das Fahrzeug mit dem Rest ihrer Gruppe kam, das Rammböcke, Gasmasken und Schnellfeuergewehre mitbringen würde. Sie waren einige Minuten vor den anderen eingetroffen, und Burke hatte die Haftbefehle in der Tasche. Aber in seiner Frustration wegen der vielen in letzter Zeit fehlgeschlagenen Razzien war Kevins irisches Temperament mit ihm durchgegangen. Er war durch das offene Rolltor ins Lagerhaus gestürmt. Burke hatte den Schusswechsel gehört, das Mündungsfeuer aufblitzen sehen und den Pulverdampf gerochen.

Dann waren Schreie zu hören gewesen.

Verdammt, irgendjemand war getroffen worden.

Burke hatte verzweifelt Kevins Namen gerufen.

Schweigen.

Je länger Kevins Antwort ausblieb, desto besorgter wurde er. »Gott im Himmel, nein, bitte nicht«, betete er. »Kevin, sag endlich was, du verdammter Ire!«

Dann wankte ein Mann aus dem schwarzen Rachen des offenen Lagerhaustors. In der Dunkelheit konnte Burke nicht erkennen, warum er sich so unbeholfen bewegte – aber er sah, dass der Mann eine Pistole in der Hand hielt und auf ihn zielte. Burke forderte ihn auf, er solle die Waffe fallen lassen, aber der Mann kam unbeirrbar weiter auf ihn zu. »Weg mit der Waffe!«, rief Burke nochmals. »Hände hoch!«

Der Mann drückte zweimal ab.

Burke schoss nur einmal.

Aber dieser eine Schuss genügte. Kevin war tot, bevor Bardo seinen Leichnam zu Boden fallen ließ.

Als Burke auf seinen Freund zulief, den er versehentlich erschossen hatte, hörte er Bardos Lachen von den Metallwänden des Lagerhauses widerhallen. Wer dieser Unbekannte war, hatte er erst erfahren, nachdem seine Kollegen, die gerade noch rechtzeitig eingetroffen waren, um Bardo abzufangen, ihn hinter dem Lagerhaus festgenommen hatten. Der Vorbestrafte hatte Spuren von Kevins Blut und Fleisch und Knochen und Gehirnmasse im Gesicht, aber sein dreiteiliger Armani-Anzug hatte keinen einzigen Spritzer abbekommen. Wayne Bardo hatte sich nicht einmal die Hände schmutzig gemacht.

Die Pistole, mit der er geschossen hatte, wurde nie gefunden. In den wenigen Minuten bis zu seiner Festnahme hatte Bardo sie erfolgreich beseitigt, so dass es keinen Beweis für Burkes Behauptung gab, Bardo habe zwei Schüsse auf ihn abgegeben.

Vor Gericht wurde auch nie geklärt, weshalb Bardo in Toot Jenkins' Drogenlabor gewesen war. Pinkie Duvall hatte argumentiert, Bardos Anwesenheit in einem Drogenlabor stehe in keinem Zusammenhang mit den Ereignissen, um die es in diesem Verfahren gehe, und könne nur dazu dienen, die Geschworenen gegen seinen Mandanten einzunehmen.

Mach Sachen, Einstein, hatte Burke sich dabei gedacht. Das *sollte* die Geschworenen gegen Bardo einnehmen.

In diesem Punkt hatte der Richter zugunsten des Angeklagten entschieden. Dafür gab es eine einfache Erklärung. Duvall spendete für die Wahlkampagnen vieler Richter. Die Kandidaten, die das meiste Geld ausgeben konnten, gewannen im Allgemeinen – und behandelten dann die Anwälte, die ihnen zu ihrem Amt verholfen hatten, besonders zuvorkommend. Duvall hatte die meisten von ihnen in der Tasche.

Aber das war nicht das einzige schmutzige Spiel, das Pinkie Duvall trieb. Wayne Bardo war in jener Nacht in dem Lagerhaus gewesen, um einen Auftrag für seinen Boss auszuführen, und sein Boss war Pinkie Duvall.

Im Drogendezernat galt es als ausgemacht, wenn es auch nicht beweisbar war, dass Pinkie Duvall der große Drahtzieher im Hintergrund war, hinter dem die Beamten seit Jahren her waren. Er hatte mehr Verbindungen zum Drogenhandel als Nutten zu Herpes. Jede Spur führte zu ihm, endete dann aber kurz vorher in einer Sackgasse. Obwohl es keinen handfesten Beweis gegen ihn gab, wusste Burke, dass dieser Dreckskerl im Drogenhandel mitmischte. Dass er ihn beherrschte.

Trotzdem blieb er unbehelligt, lebte in seiner Luxusvilla wie ein Fürst und feierte Kevin Stuarts Tod mit einer großen, lärmenden Party.

Die Bewegung, mit der eine der Terrassentüren sich öffnete, lenkte Burke von seinen verbitterten Überlegungen ab. Er trat etwas zwischen die Büsche zurück, damit die Frau, die durch den Garten zum Pavillon ging, ihn nicht sehen konnte.

Die Unbekannte war allein. Sie lehnte sich zuerst an einen der Eisenpfeiler, dann machte sie langsam einen Rundgang durch den Pavillon, eine Hand auf dem efeubewachsenen Geländer. Als sie den Ausgangspunkt wieder erreichte, lehnte sie sich erneut an den Pfeiler – diesmal mit dem Rücken.

Jetzt sah Burke zum ersten Mal ihr Gesicht, und obwohl er es nicht laut sagte, dachte er: *Wahnsinn!*

Im kalten bläulichen Mondlicht schimmerte ihr schwarzes Haar, und ihre Haut wirkte blass und fast durchsichtig wie Alabaster. Das kurze Cocktailkleid ließ sehr viel Bein sehen. Ihr Busen quoll fast aus dem tiefen Ausschnitt.

Burke schätzte sie sofort als eine der teuren Nutten ein, deren Jagdrevier die Bars von Luxushotels waren, wo Kongressteilnehmer von auswärts viel Geld für ein bis zwei Stunden Fleischeslust mit einer Frau ausgaben, die ihnen als echte heißblütige Kreolin angepriesen wurde.

Burke Basile lächelte grimmig. Er wäre jede Wette eingegangen, dass die hier teurer als die meisten anderen war. Ihre ganze Aufmachung verkündete: *Ich bin teuer und jeden Cent wert.* Sie gehörte zu einer Elite, die sich prominente, finanzkräftige Freier wie Duvall angeln konnte.

Allerdings musste sie dabei mit starker Konkurrenz rechnen. Ein Multimillionär wie Pinkie Duvall brauchte sich nicht mit hässlichen Frauen zu umgeben. Vielleicht war die Schwarzhaarige nur für heute Abend zur Dekoration engagiert worden. Oder vielleicht war sie die Freundin eines Gastes. Oder sie konnte eine gewohnheitsmäßige Schmarotzerin sein, die Duvall und seinen Freunden für Designerkleidung und gute Drogen jederzeit zur Verfügung stand.

Dass Männer eine Geliebte aushielten, wurde in New Orleans seit Gründung der Stadt allgemein akzeptiert. Fleischvermarktung war in jeder Kongressstadt ein wichtiger Gewerbezweig; New Orleans war in dieser Beziehung ganz sicher keine Ausnahme. Jeder Taxifahrer der Stadt kannte die Adresse von Ruby Bouchereaux' Etablissement. Ihre Mädchen waren große Klasse. Ruby selbst gehörte zu den reichsten Frauen Louisianas.

Und es gab die Straßenmädchen, deren Revier die dunklen Ecken des French Quarter waren. Für einen Hit Crack waren sie zum Oralverkehr in einem Gassenwinkel bereit. Sie waren nicht wählerischer als die blutjungen Mädchen, die Storyville zu einem der berüchtigtsten Rotlichtbezirke der Welt gemacht hatten. Im Big Easy gab es in jeder Preisklasse Arbeit für hartgesottene Nutten.

Aber noch während Burke das dachte, erkannte er, dass diese hier nicht hartgesotten wirkte. Drogenhandel und Prostitution gingen oft Hand in Hand, und er hatte durch die Beobachtung dieser Mädchen viel gelernt. Er erkannte auf einen Blick, ob eine an diesem Leben zerbrechen würde oder den Killerinstinkt besaß, der zum Überleben notwendig war.

Er hätte nicht darauf wetten mögen, dass diese es schaffen würde. Klar, sie hatte Klasse. Aber sie sah nicht raubgierig und berechnend aus. Sie wirkte... traurig.

Noch immer ohne zu merken, dass sie beobachtet wurde, legte sie den Kopf entspannt an den reichverzierten Eisenpfeiler und schloss die Augen. Dann ließ sie die Hände über ihren Körper hinabgleiten, bis sie sich über dem Unterleib berührten.

Burke bekam einen trockenen Mund. Sein Magen verkrampfte sich.

Die Beamten des Sittendezernats zeigten oft pornographische Videos, Filme und Magazine herum, die sie als Beweismaterial beschlagnahmt hatten. Burke sah sie sich in der Regel nicht an, aber er war ganz normal veranlagt, und welcher Mann, ob er nun Cop war oder einen anderen Beruf hatte, hätte sich von dieser Szene abwenden können, ohne abzuwarten, was als Nächstes geschehen würde?

Tatsächlich geschah gar nichts. Sie streifte kein Kleidungsstück ab. Sie streichelte diese erogene Zone nicht wirklich. Sie stöhnte und keuchte nicht, sie wand sich nicht und atmete auch nicht schwer durch teilweise geöffnete Lippen.

Trotzdem war ihre Haltung hinreißend. Sogar erregend.

Und offenbar war er nicht der Einzige, der das fand.

Burke war von ihrem Anblick so gefesselt, dass er den Mann nur wenige Sekunden früher sah, als sie selbst Wayne Bardo wahrnahm.

4. Kapitel

Bardo, dachte Burke und verzog verächtlich den Mund, so dass sein Schnurrbart sich nach unten kräuselte.

Er hatte sie für eine Klassefrau gehalten, während sie in Wirklichkeit auf Bardo gewartet hatte – den Herrn der Erbärmlichen, diesen Berufsverbrecher, dem es dank Pinkie Duvalls geschickter Hilfe stets gelungen war, seiner gerechten Strafe zu entgehen.

Wusste sie, dass Bardo als Sechzehnjähriger eine Prostituierte ermordet hatte? Die beiden hatten S/M-Spiele getrieben, er hatte ihren Hals mit ihrem Handgelenk verwechselt und sie mit ihrem eigenen Strumpf erdrosselt. Nach Jugendstrafrecht war er wegen Körperverletzung mit Todesfolge angeklagt worden und hatte nur ein Jahr seiner Haftstrafe absitzen müssen, bevor er auf Bewährung freigekommen war. Wenn diese exklusive Nutte auf solche Verbrechertypen stand, hatte sie verdient, was sie bekam.

Bardo begrapschte sie jetzt überall, und sie drängte sich gegen ihn. Burke wandte sich angewidert ab, bahnte sich einen Weg durch die Hecke und kehrte zu seinem Toyota zurück, den er zwischen den BMWs und Jaguars geparkt hatte, die Duvalls Gästen gehörten.

»Angenehm kühl hier draußen, was?«

Remy zuckte zusammen, als sie die Augen öffnete und Wayne Bardo wie sprungbereit am Eingang des Pavillons stehen sah. Er hatte sich bewusst lautlos angeschlichen, weil er sie erschrecken wollte. Seine dunklen Gesichtszüge waren überschattet und unkenntlich wie die einer Gestalt in einem Alptraum.

Obwohl sie sofort die Hände sinken ließ, wusste sie, dass er gesehen hatte, wie sie ihren Körper berührten, denn sein Grinsen war diesmal noch anzüglicher als sonst. Er versperrte ihr den Weg. Wenn sie nicht über die Brüstung setzen wollte, konnte sie nirgendwohin ausweichen.

Ohne sich die Mühe zu machen, ihren Widerwillen zu verbergen, fragte sie: »Was tun Sie hier draußen?«

»Ich hab Sie auf der Party vermisst. Bin losgegangen, um Sie zu suchen.« Er trat näher. Obwohl Remy sich zwingen musste, nicht vor ihm zurückzuzucken, hielt sie tapfer stand. Als er sich dicht vor ihr aufgebaut hatte, ließ er seinen Blick frech über ihren Körper gleiten und starrte besonders ihr Dekolleté an. Er senkte vertraulich die Stimme und sagte: »Und jetzt finde ich Sie hier.«

Bardo sah in der Art eines Stummfilmhelden gut aus. Sein schwarzes Haar war straff aus der breiten Stirn gekämmt, in deren Mitte sein Haaransatz spitz auslief. Er hatte einen dunklen, ebenmäßigen Teint. Er war schlank und sehnig und immer modisch angezogen. Aber seit Remy ihn kannte, hatte sie seinen glatten Manieren misstraut und die Intensität, die er zur Schau trug, abstoßend gefunden.

Noch bevor Pinkie im Fall Stuart seine Verteidigung übernommen hatte, waren die beiden Geschäftspartner gewesen, so dass Bardo ein häufiger Gast im Hause Duvall war. Remy behandelte ihn mit kühler Höflichkeit, vermied aber jeglichen engeren Kontakt mit ihm. Von seinen glühenden Blicken bekam sie nur eine Gänsehaut.

Bei den seltenen Gelegenheiten, wo sie mit ihm allein war – meistens von ihm geschickt herbeigeführt –, sagte er unweigerlich irgendetwas Anzügliches, während aus seinem Grinsen alle möglichen Andeutungen sprachen. Dabei tat er immer so, als teilten Remy und er ein unanständiges kleines Geheimnis.

»Pinkie sucht mich bestimmt schon.«

Sie wollte an ihm vorbeigehen, aber anstatt ihr Platz zu machen, bedeckte er ihren Unterleib mit seiner Hand und massierte ihn mit den Fingern. »Wie wär's, wenn Sie mich weitermachen ließen?«

Er hatte es noch nie gewagt, sie zu berühren, und sie war im ersten Augenblick vor Angst und Widerwillen wie gelähmt. Remy hatte genug von seinen prahlerischen Bemerkungen mitbekommen, um zu wissen, dass er alle Formen von Gewalt genoss – eine Vorliebe, die sich logischerweise auch auf seine Beziehungen zu Frauen auswirken musste. Nicht weniger fürchtete sie jedoch das, was Pinkie tun würde, wenn er hörte, dass ein anderer Mann sie angefasst hatte.

Bardos Kühnheit an diesem Abend war vermutlich darauf zurückzuführen, dass er sich nach seinem Freispruch unbesiegbar glaubte, und möglicherweise auf den Alkohol, den sie in seinem Atem roch. Seine Erregung hätte sich nur gesteigert, wenn sie sich ihre Angst hätte anmerken lassen. Stattdessen forderte sie ihn in scharfem, deutlichem Tonfall auf, seine Hand wegzunehmen.

Sein schmallippiges Grinsen wurde breiter, während er den Druck seiner Handfläche verstärkte. »Und wenn nicht, Mrs. Duvall?«

Remy hatte Mühe, die Worte zwischen zusammengebissenen Zähnen hervorzustoßen. »Wenn Sie nicht sofort Ihre Hand von mir wegnehmen ...«

»Er hat Sie gevögelt, stimmt's?«

Sie schlug seine Hand weg, weil sie die Berührung keine Sekunde länger ertragen konnte. »Lassen Sie mich gefälligst in Ruhe!« Diesmal wollte sie sich an ihm vorbeidrängen, aber er packte sie grob an den Schultern und stieß sie gegen den Eisenpfeiler.

»Deshalb sind Sie zu spät zur Party gekommen, stimmt's? Pinkie hat sich die Seele aus dem Leib gevögelt. Ich würd's tun, wenn Sie mir gehörten. Tag und Nacht. Ich würd Ihnen keine Ruhe mehr lassen. So oder so.«

Er rieb sein Becken lüstern an ihrem Unterleib. »Sie finden Pinkie gut? Bis Sie mich gehabt haben, wissen Sie nicht, was gut ist, Mrs. Duvall.« Er streckte die Zunge heraus, bewegte sie obszön und ließ sie dann über Remys Kehle gleiten. »Alles nur eine Frage der Zeit, wissen Sie. Irgendwann bekomme ich Sie.«

Sie schluckte ihre Übelkeit hinunter und stieß ihn mit aller Kraft von sich fort. Körperlich hätte sie ihn nicht überwältigen können, aber er ließ zu, dass sie ihn wegstieß. Während er einen Schritt zurücktrat, lachte er über ihre Bemühungen, ihn loszuwerden.

»Kommen Sie mir ja nicht wieder zu nahe, sonst ...«

»Was sonst? Los, reden Sie schon, Mrs. Duvall: Was tun Sie sonst?«

Bardo legte eine Hand über ihrem Kopf an den Eisenpfeiler und beugte sich über sie. Seine Stimme klang herausfordernd. »Was tun Sie sonst? Mich bei Pinkie verpetzen?« Er schüttelte den Kopf. »Das täte ich nicht. Wenn Sie Ihrem Mann erzählen, dass ich mich an Sie rangemacht habe, kann's passieren, dass er die Schuld dafür eher Ihnen als mir gibt. Er vertraut mir, wissen Sie? Und Sie haben so eine gewisse Art, Ihre Vorzüge zur Geltung zu bringen.«

Er griff nach ihrer Brust, aber sie schlug seine Hand weg. »Damit belästige ich Pinkie erst gar nicht. Mit Ihnen werde ich selbst fertig.«

»Sie werden mit mir fertig?«, fragte er spöttisch. »Klingt vielversprechend.«

Ihre Augen glitzerten eisig wie das Schmuckstück an ihrem Hals, als sie ruhig fragte: »Mr. Bardo, Sie halten sich doch nicht etwa für den einzigen Killer, den mein Mann beschäftigt?«

Für einen kurzen Augenblick verrutschte sein arrogantes Grinsen, während seine dunklen Augen etwas von ihrem Glanz einbüßten. Remy nutzte diese vorübergehende Schwächung seines Selbstvertrauens aus, um ihn wegzustoßen. Diesmal gelang ihr die Flucht.

Sie ging rasch und entschlossen zum Haus zurück und konnte nur hoffen, dass Wayne Bardo nicht merken würde, wie weich ihre Knie waren. Denn sie war sich trotz ihrer Drohung nicht ganz sicher, wem Pinkie in einer Situation, in der Bardos Aussage gegen ihre stand, glauben würde.

Barbara schlief schon, als Burke nach Hause kam. Er zog sich aus, ohne Licht zu machen, weil er sie nicht wecken wollte. Aber als er zu ihr ins Bett kroch, drehte sie sich zu ihm um. »Wo bist du gewesen?«

»Tut mir leid, dass ich dich geweckt habe.«
»Es ist schon spät, stimmt's?«
»Kurz nach Mitternacht.«
»Wo bist du gewesen?«, wiederholte sie.
»Ich hab gearbeitet.«

»Du hast mir erzählt, dass Douglas dir den Rest der Woche freigegeben hat.«

»Richtig.« Er wünschte, sie würde es dabei bewenden lassen, aber er spürte ihre unausgesprochene Forderung nach einer Erklärung. »Ich habe nur versucht, etwas zum Abschluss zu bringen, Barbara. Ist das nicht ein Modeausdruck geworden? Etwas zum Abschluss zu bringen?«

Sie schnaubte missbilligend. »Gott im Himmel, Burke! Kevin Stuart ist seit Monaten tot. Im Prozess gegen Bardo ist heute das Urteil gesprochen worden.«

»Das weiß ich alles.«

»Dann sieh zu, dass du darüber hinwegkommst!«, fauchte sie.

»Das ist nicht so einfach.«

»Klar ist es nicht einfach, aber du machst alles noch schwieriger, als es sein müsste.«

Ihm fiel ein Dutzend scharfe Antworten ein, aber er behielt sie für sich. Barbara und er hatten dieses Thema schon unzählige Male diskutiert. Er wollte es in dieser Nacht nicht schon wieder diskutieren. Nach jedem Streit fühlte er sich wie ausgewrungen und zum Trocknen aufgehängt. Heute konnte er keine weitere Niederlage mehr verkraften.

»Was Kevin zugestoßen ist«, sagte sie in etwas versöhnlicherem Tonfall, »war schrecklich. Aber die traurige Wahrheit ist, dass man als Polizeibeamter im Dienst umkommen kann. Das ist euer Berufsrisiko.«

»Aber es ist verdammt selten, dass dieses Risiko vom eigenen Partner ausgeht.«

»Es war nicht deine Schuld.«

»Die Geschworenen müssen es geglaubt haben. Jedenfalls haben sie Wayne Bardo freigesprochen.« Während Burke unbewusst die Finger seiner rechten Hand streckte, sah er Duvalls Villa vor sich: wie Shangri-La beleuchtet, von Alkohol überfließend, mit Delikatessen und schönen Frauen angefüllt. »Er und Duvall geben heute Abend eine große Party, um die Ermordung eines guten Polizeibeamten zu feiern.« Er strampelte seine Bettdecke beiseite, setzte sich auf die Bettkante und stützte den Kopf in beide Hände.

Hinter ihm setzte Barbara sich ebenfalls auf. »Woher weißt du, was sie tun?«

»Weil ich drüben war und sie beobachtet habe.«

Obwohl er ihr den Rücken zukehrte, glaubte Burke zu sehen, wie sie verständnislos die Stirn runzelte. »Bist du übergeschnappt? Willst du unbedingt rausfliegen? Wäre alles in Ordnung, wenn Doug Patout dich rausschmeißen müsste? Würde der Verlust deines Jobs dich glücklich machen?«

»Er würde *dich* glücklich machen.«

»Was soll das nun wieder heißen?«

Er warf ihr über die Schulter hinweg einen vielsagenden Blick zu. »Als ob du nicht seit Jahren hinter mir her wärst, bei der Polizei aufzuhören.«

»Aber ich will nicht, dass du mit Schimpf und Schande entlassen wirst«, sagte sie aufgebracht.

Er schnaubte sarkastisch lachend. »Ach, ich verstehe! Kein Wunder, dass du dich an keinem Verhandlungstag im Gerichtssaal hast sehen lassen. Du wolltest nichts damit zu tun haben, dass ich Schande übers New Orleans Police Department gebracht habe – übrigens eine Organisation, die du jahrelang schlechtgemacht hast.«

In ihrer Ehe hatte es immer wieder Auseinandersetzungen wegen seiner Arbeit gegeben. Barbara wollte, dass er den Polizeidienst zugunsten eines weniger anstrengenden und lukrativeren Jobs aufgab. Diskussionen über dieses

Thema begannen in gereizter Stimmung und endeten gewöhnlich damit, dass sie sich anbrüllten, was das Problem nicht löste, sondern nur dazu führte, dass beide Abneigung und Groll empfanden.

Barbara führte regelmäßig das Argument ins Feld, wenn er sie liebte, würde er Rücksicht auf ihre Gefühle nehmen. Burke argumentierte seinerseits damit, wenn sie ihn liebte, würde sie nicht verlangen, dass er seinen geliebten Beruf aufgebe. Was wäre, wenn er darauf bestünde, sie solle ihren Beruf als Lehrerin aufgeben? Wäre das fair? Aus diesem ständig wiederkehrenden Streit konnte keiner als Sieger hervorgehen.

Heute Nacht war Burke zu müde, um sich auf eine weitere sinnlose Debatte einzulassen. Er streckte sich wieder aus und starrte die Zimmerdecke an.

Nach langem Schweigen sagte sie zerknirscht: »Hör zu, ich hab's nicht so gemeint. Das mit Schimpf und Schande.« Aus ihrem Tonfall sprach ehrliches Bedauern, aber sie streckte dabei nicht die Hand aus, um ihn zu berühren. Er konnte sich nicht daran erinnern, wann sie sich zuletzt anders als flüchtig berührt hatten. Nicht mehr seit der Nacht, in der Kevin gestorben war. Vielleicht sogar schon länger nicht. Nein, bestimmt schon viel länger nicht.

Er sah zu ihr hinüber und murmelte: »Vergiss es, Barbara. Es ist nicht weiter wichtig.«

Obwohl die Jahre chronischer Unzufriedenheit ihre Spuren auf Barbaras Gesicht hinterlassen hatten, war sie noch immer eine sehr attraktive Frau. Als Sportlehrerin an einer staatlichen Schule hatte sie sich ihre schlanke und biegsame Gestalt bewahrt. Tatsächlich hörte Burke von seinen Kollegen oft neidische, wenn auch anzügliche Kommentare über ihre Figur. Alle fanden, er könne sich verdammt glücklich schätzen, Barbara jede Nacht in seinem Bett zu haben.

Leider konnte Burke sich nicht daran erinnern, wann sie im Bett zuletzt etwas anderes gemacht hatten als schlafen. In den Monaten vor dem Prozess hatten ihn seine Schuldgefühle und die Arbeitsüberlastung zu viel Kraft gekostet, als dass er an Sex auch nur hätte denken können. Und Barbara hatte ebenfalls nie die Initiative ergriffen.

Aber jetzt war der Prozess gegen Bardo vorbei. Die Schuldfrage war Geschichte. Kevin war gestorben, aber Burke nicht. Es wurde Zeit, dass er wieder richtig zu leben begann. Sex würde ihm neue Tatkraft schenken. Vielleicht würde er dann endlich Dankbarkeit dafür empfinden, dass er nicht neben Kevin beigesetzt worden war.

Ein weicher Frauenkörper konnte heilen, konnte einem Mann nicht nur körperliche Entspannung, sondern auch eine Ruhepause von seelischen Konflikten verschaffen. Burke sehnte sich plötzlich nach diesem Gefühl des Friedens, sehnte sich verzweifelt nach ein paar Minuten süßen Vergessens. Er sehnte sich danach, etwas anderes als bittere Reue und quälende Schuldgefühle zu empfinden.

Er umfasste Barbaras Nacken und zog ihren Kopf zu sich herunter, um sie zu küssen. Sie sträubte sich nicht allzu sehr, aber er fühlte eine gewisse ungute Spannung. Andererseits fand er ihren Mangel an Begeisterung nur allzu verständlich. Sie hatten sich lange nicht mehr geliebt, und er ermahnte sich, sich Zeit zu lassen und nichts zu überstürzen. Sie brauchten beide ein langsames, gleichmäßiges Aufwärmen, eine ungezwungene Anpassung, eine Rückkehr zu alter Vertrautheit. Vielleicht gab sie sich auch bewusst spröde. Vielleicht hatte ihre lange Abstinenz ihr Ego verletzt, so dass sie jetzt umworben werden wollte.

Er küsste sie drängender, weil er hoffte, dadurch ihre Leidenschaft – und seine eigene – wecken zu können. Er umfasste ihre Brust unter dem Nachthemd, aber die Brustspitze reagierte nicht auf sein Streicheln. Er drückte sein Knie gegen ihre Oberschenkel, aber sie blieben fest geschlossen. Zwischen Küssen flüsterte er ihren Namen.

Als die Situation peinlich zu werden begann, löste Barbara sich aus seiner Umarmung. »Ich muss morgen ganz früh in die Schule. Unser Volleyballturnier beginnt in der ersten Stunde.«

Er ließ sie los. »Okay, ich verstehe.«

»Tut mir leid, Burke. Ich ...«

»Alles klar. Du brauchst dich nicht zu entschuldigen.«

»Ich muss wirklich früh aufstehen, aber ...«

»Schon gut, Barbara«, sagte er schärfer, als eigentlich beabsichtigt. »Entschuldige, dass ich dich überhaupt geweckt habe. Versuch jetzt, wieder zu schlafen.«

»Und du bist nicht ...«

»Keine Angst, ich werd's überleben. Man stirbt nicht daran, dass man nicht hat bumsen dürfen.«

»Ich kann nichts dafür, Burke«, fauchte sie ihn an. »Das hast du dir selbst zuzuschreiben. Du hast dich in diesen Kummer viel zu lange reingesteigert. Das ist unnatürlich! Warum kommst du einfach nicht darüber hinweg?«

Er wusste keine Antwort.

»Schön, dann eben nicht«, sagte sie. »Gute Nacht.«

»Gute Nacht.«

Er schloss die Augen, wusste aber, dass er keinen Schlaf finden würde, und konnte tatsächlich nicht einschlafen. Er war wegen ihrer Reaktion sauer, aber nicht so sauer, wie er mit vollem Recht hätte sein können – und schon das allein störte ihn.

Als er merkte, dass Barbara wieder schlief, stand er auf, ging in die Küche und machte sich ein Sandwich. Dann saß er am Küchentisch, stützte seinen Kopf in die Hände und starrte blicklos das Sandwich an, das ungegessen blieb.

5. Kapitel

»Ich wette zehn zu eins, dass sie vor uns stehen bleibt und uns Gelegenheit gibt, sie aus nächster Nähe zu bewundern. Na was ist, gilt die Wette?«

»Nein.« Burke rieb sich die Schläfen, hinter denen sich vor einer Stunde Kopfschmerzen eingenistet hatten, die bisher lauter als das Schlagzeug der Jazzband dröhnten und zwei Kopfschmerztabletten widerstanden hatten. Vielleicht hätte er Patouts Angebot, ihm eine Woche bezahlten Urlaub zu gewähren, annehmen sollen, aber er war lieber im Dienst, als zu Hause herumzuhängen, da er dort zu viel Zeit zum Nachdenken hatte. »Ich habe diese Spielchen satt, Mac. Jetzt ist Pause, okay?«

Mac McCuen ließ sein unwiderstehliches Grinsen aufblitzen. »Du sollst bloß 'ne Chance bekommen, einen Teil deines verlorenen Geldes zurückzugewinnen.«

»Nein, danke.«

McCuen setzte auf alles: darauf, wer die Baseball-Weltmeisterschaften gewann, oder darauf, welche Kakerlake als Erste die Doughnutschachtel erreichen würde. Jetzt wandte er sich, enttäuscht von Burkes Desinteresse, ab und konzentrierte sich auf die Oben-ohne-Tänzerin, die sich tatsächlich direkt vor ihm aufbaute. Während ihre Brüste hüpften, blinzelte sie dem gutaussehenden jungen Drogenfahnder zu, der sich wie ein Dressman kleidete, selbst wenn er nicht als gaffender Tourist auftrat, der sich ins Nachtleben auf der Bourbon Street stürzte.

Im Vergleich zu ihm sah Burke müde, zerzaust und übelgelaunt aus – und genauso fühlte er sich auch. Er hatte letzte Nacht kaum geschlafen, sondern sich abwechselnd in Selbstmitleid gesuhlt und seinen Zorn über Barbaras Zurückweisung rasiermesserscharf zugeschliffen. Heute Morgen hatten sie sich beide damit begnügt, feindselig »Morgen« und »Wiedersehn« zu murmeln, und Burke war den ganzen Tag rekordverdächtig sauer gewesen.

Burke beobachtete mit finsterer Miene, wie Mac die barbusige Tänzerin beobachtete. Wie hieß er eigentlich wirklich mit Vornamen? Alle kannten ihn nur als Mac. McCuen hatte sich wiederholt bemüht, zum Drogen- und Sittendezernat versetzt zu werden, bevor es vor gut einem Jahr mit der Versetzung geklappt hatte. Aber Burke fand, für einen guten Drogenfahnder sei der Kerl zu auffällig und redselig.

»Ich wette fünf Dollar, dass sie ihre Titten hat vergrößern lassen«, sagte McCuen, als die Tänzerin fortstolzierte. »Na, was sagst du?«

»Ich wäre blöd, wenn ich darauf wetten würde. Wie willst du das feststellen? Indem du sie fragst?«

McCuen ließ sich nicht provozieren. Er grinste weiter gewinnend, als er sein Glas Club Soda hob, um einen Schluck zu trinken. »Ich quatsche nur mit dir, Basile. Ich will, dass du mal lächelst. Außerdem würde meine Alte mich umbringen, wenn ich mich mit so 'ner Mieze einließe. Sie ist eifersüchtig wie der Teufel. Dabei habe ich ihr nie Anlass dazu gegeben. Ich sehe mich um, klar, aber ich war ihr nie untreu, und wir sind jetzt schon seit fast drei Jahren verheiratet.« Seine vorbildliche eheliche Treue schien ihn selbst zu überraschen. »Hast du mal rumgebumst, Basile?«

»Nein.«

»Niemals?«

»Nein.«

»Gott, das ist ja toll! Bei all den Frauen, die du kennengelernt hast... Und du bist schon lange verheiratet, stimmt's? Wie lange?«

»Lange genug.«

»Glücklich?«

»Spielst du jetzt Eheberater oder was?«

»Brauchst nicht gleich sauer zu sein«, sagte Mac gekränkt. »Ich frag doch bloß.«

»Lass das gefälligst. Wir sind dienstlich hier – nicht um Tänzerinnen anzugaffen oder über unser Privatleben zu diskutieren. Sich nicht auf die Arbeit zu konzentrieren kann sehr schnell tödlich sein, wenn...«

»Eben ist unser Mann reingekommen«, unterbrach Mac ihn. Er sah Burke weiter an, lächelte weiter. Vielleicht war er ein besserer Cop, als Burke ihm zugestehen wollte. »Kommt auf uns zu. Trägt ein scheußliches gelbes Sportsakko.«

Burke drehte sich nicht um, aber er spürte den vertrauten Adrenalinschub, der jeder Festnahme vorausging.

Ein verdeckt arbeitender Ermittler kaufte seit Monaten von diesem Kerl, einem gewissen Roland Sachel. Er war ein Kleindealer, der aber nur Qualität lieferte und keine Nachschubprobleme zu kennen schien. Nach Auffassung der Drogenfahnder war er nicht wegen des Verdienstes, sondern wegen des Nervenkitzels zum Dealer geworden. Sein Geld verdiente er sich auf legitime Weise mit einer Handtaschenfabrik, die Designerstücke kopierte und bei Discountern verkaufte.

Sachels Revier waren nicht die Straßen, sondern die

schicken Clubs. Er hatte gern Umgang mit Berühmtheiten, Sportgrößen und ihren Groupies. Er genoss das gute Leben und bewegte sich in Kreisen, die es ebenfalls zu schätzen wussten.

Die Beamten des Drogendezernats arbeiteten unter der Annahme, wenn es gelänge, Sachel auf frischer Tat zu ertappen, wäre er vielleicht bereit, ihnen Duvall ans Messer zu liefern. Bei einer Geheimbesprechung an diesem Morgen hatte der auf ihn angesetzte verdeckte Ermittler weitere Informationen geliefert.

»Sachel ist ehrgeizig und geldgierig. Er meckert dauernd über den ›Boss‹, und da er in seiner Firma selbst der Boss ist, vermute ich, dass er den Boss verpfeifen würde, wenn wir einen Deal anbieten würden.«

»Hat er mal einen Namen genannt?«, hatte Burke gefragt.

»Nein, nie. Er redet immer nur vom ›Boss‹.«

»Aber ich gehe jede Wette ein, dass Duvall sein Boss ist«, sagte Mac.

Patout fragte: »Wissen Sie bestimmt, dass Sachel sich auf einen Deal einlassen würde?«

»Er hat einen Jungen, der Football spielt«, erklärte ihnen der verdeckte Ermittler. »Sachel ist in ihn vernarrt, gibt ständig mit ihm an. Der Junge studiert nächstes Jahr an der Louisiana State University, und Sachel will ihn natürlich spielen sehen. Aber er dürfte kaum zu den Spielen kommen können, wenn er eine Haftstrafe verbüßt – und sei es nur als Kleindealer.«

Burke selbst hielt nichts von Deals mit Gesetzesbrechern. Deals waren nicht abschreckend genug. Sachel würde ihnen bald wieder Probleme machen. Sobald er wieder in Freiheit war, würde er seinen Kleinhandel weiterführen.

Aber Burke hatte es auf Duvall abgesehen. Er war bereit, auf einen kleinen Fisch wie Sachel zu verzichten, wenn er dafür Duvall bekam.

Zum Schluss der Geheimbesprechung hatte ihr verdeckt arbeitender Kollege ihnen mitgeteilt, dieser Club gehöre zu Sachels Lieblingslokalen, was nicht weiter verwunderlich war, da die Tänzerinnen alle bildhübsch waren und das Publikum aus besseren Kreisen stammte. Und weil der Club einer von Pinkie Duvalls Scheinfirmen gehörte.

Aus dem Augenwinkel heraus sah Burke, dass Sachel stehen blieb und sich eine Zigarette anzündete, während er beobachtete, wie die Startänzerin dieses Abends ihren Unterleib an einem senkrechen Messingpfosten rieb. Die Darbietung schien ihn völlig gefangen zu nehmen. Nach dem simulierten Orgasmus der Tänzerin klatschte er begeistert, ging dann weiter, schlängelte sich durch das verräucherte Lokal, links und rechts Leute grüßend, offensichtlich auf der Suche nach jemandem. Schließlich sah er ihn an einem Tisch in einer halbdunklen Ecke sitzen.

Sein erster Abnehmer an diesem Abend war ein gutgekleideter Yuppie, der mager, fast ausgemergelt war. Seine fahrigen Bewegungen und sein unsteter Blick ließen erkennen, wie dringend er seine Prise Koks brauchte. Sachel winkte eine Serviererin heran und bestellte Drinks für sie beide.

»Donnerwetter!«, rief McCuen aus, indem er aufstand. »Das war ja 'ne tolle Nummer, was? So was hab ich noch nie gesehen. Irgendwie macht mich 'ne rasierte Muschi total scharf. Ich muss mal aufs Klo.«

Er verließ den Tisch, an dem er mit Burke gesessen hatte, und ging zu den Toiletten im Hintergrund des Clubs. Auch Burke stand auf, während er vorgab, die Rechnung zu prüfen, die eine vollbusige Serviererin ihm hingelegt hatte.

Als Mac die Toilettentür erreichte, ließ er ein Zündholzbriefchen fallen und bückte sich, um es aufzuheben.

Burke sah, dass der Yuppie dem Dealer etwas hinschob, was wie ein zusammengefalteter Geldschein aussah. Sachel bedeckte das Geld geschickt wie ein Falschspieler mit einer Hand, während er mit der anderen in die Innentasche seines gelben Sportsakkos griff.

Burke sprang mit wenigen Sätzen durch den Raum, baute sich mit gezogener Pistole vor Sachel auf und herrschte ihn an: »Halt, keine Bewegung!« Mac war schon da und drückte dem Yuppie die Mündung seiner Pistole hinter das rechte Ohr.

Zwei weitere Drogenfahnder, die sich als betrunkene Partygänger ausgegeben hatten, hatten auf ein Signal gewartet. Jetzt kamen sie aus der Toilette gestürmt und halfen mit, die beiden zu verhaften.

Während der ausgezehrte Yuppie über seine Rechte belehrt wurde, zitterte und weinte er und blubberte, er könne nicht ins Gefängnis gehen, Mann, im Knast flippe er bestimmt aus. Als die Polizeibeamten Sachel Handschellen anlegten und ihm die kleinkalibrige Pistole aus dem Knöchelhalfter abnahmen, beschimpfte er sie und fragte, was zum Teufel sie sich eigentlich dächten. Sie wüssten anscheinend nicht, mit wem sie sich anlegten. Dann verlangte er seinen Anwalt – Pinkie Duvall – zu sprechen.

»Zehn zu eins, dass der Drecksack vor uns im Präsidium ist«, sagte Mac, als Burke und er den Club verließen.

»Die Wette kannst du nicht verlieren, Mac.«

»Lieutenant Basile, wie nett, Sie schon so bald wiederzusehen.«

»Dieses Vergnügen hätten Sie nicht, Duvall, wenn Sie

nicht massenhaft kriminelle Freunde hätten«, wehrte Burke ab.

Wie Mac vermutet hatte, war der Anwalt bereits im Dezernat, als sie zurückkamen. Ein treuer Clubangestellter musste ihm sofort mitgeteilt haben, Sachel sei bei der Übergabe von Drogen auf frischer Tat ertappt worden.

»Sie sind wohl noch immer sauer wegen Wayne Bardos Freispruch?«

Burke hätte nichts lieber getan, als seine Faust in Pinkie Duvalls gutaussehendes, selbstgefälliges Gesicht zu rammen und sein teures Lächeln zu demolieren. Obwohl es auf Mitternacht zuging und man hätte erwarten können, der Anwalt würde leicht verknittert aussehen wie jemand, den man gerade aus dem Bett geholt hat, trug er einen dreiteiligen Anzug und ein gestärktes weißes Hemd. Er duftete nach Rasierwasser. Jedes silbergraue Haar war an seinem Platz.

Douglas Patout witterte eine potenziell gefährliche Situation und trat zwischen die beiden. »Ich begleite Mr. Duvall jetzt zu seinem Mandanten. Burke, du wirst dort drinnen erwartet.«

Patout nickte zu einem Vernehmungsraum hinüber. Durch die verglaste Tür sah Burke den Yuppie gierig eine Zigarette rauchen, als fürchtete er, sie sei die letzte seines Lebens.

»Wie heißt er?«, fragte Burke.

»Raymond...« Patout warf einen Blick auf die Akte, bevor er sie Burke gab. »Hahn.«

»Vorstrafen?«

»Drogenbesitz, minderes Delikt. Zur Bewährung ausgesetzt.«

Als Burke sich abwandte und in den Vernehmungsraum

gehen wollte, fragte Duvall: »Warum haben Sie ihn nicht einfach erschossen, statt ihn zu verhaften, Basile?«

Da Burke genau wusste, dass Duvall ihn nur provozieren wollte, etwas zu tun, was eine Anzeige wegen Körperverletzung rechtfertigte, ging er unbeirrt weiter. Sicher fühlte er sich erst wieder, als die Tür des Vernehmungsraums hinter ihm ins Schloss fiel und ihn von dem Anwalt trennte.

Er beobachtete, wie Patout Duvall in einen ähnlichen Raum begleitete, wo Sachel wartete. Duvall würde Sachel raten, die Aussage zu verweigern, was dieser tun würde. Aber später hatten sie Sachel für sich allein. Dann konnten sie ihn hoffentlich dazu bewegen, eine Aussage zu machen, und wenn alles wie geplant klappte, würde morgen um diese Zeit nicht Sachel, sondern Duvall in Untersuchungshaft sitzen.

McCuen hatte Raymond Hahn bereits verhört. Auch die als Partygänger getarnten Cops hatten ihn ausgefragt. Bevor Burke ihn sich vornahm, goss er sich eine Tasse lauwarmen, bitteren Kaffee ein, zog sich einen Stuhl heran und setzte sich dem Verhafteten gegenüber.

»Erzählen Sie mir was, Ray.«

Der verdeckte Drogenfahnder hob seine gefesselten Hände und nahm einen langen Zug von seiner Zigarette. »Die Sache ist zweifelhaft.« Sein Blick glitt durch den Raum und streifte die ernsten Gesichter der Männer, die ihn beobachteten. »Er hat nicht viel in der Tasche gehabt. Stimmt's?«, fragte er einen der Partygänger.

»Ein paar Unzen. Sein Auto wird gerade durchsucht, aber es scheint clean zu sein.«

»Also ist ihm nicht viel nachzuweisen«, fuhr Hahn fort. »Duvall sorgt dafür, dass er keine lange Haftstrafe bekommt. Seine Lage ist nicht besonders schlimm, deshalb haben wir ihm nicht viel zu bieten. Kann mir die mal jemand abnehmen?«

Einer der Beamten trat vor, um ihm die Handschellen abzunehmen. »Danke.« Raymond Hahn rieb sich die Handgelenke, um die Durchblutung wieder in Gang zu bringen. »Sie haben mich verdammt erschreckt, als Sie mit der Pistole in der Hand auf uns zugestürmt sind«, sagte er zu Burke.

Hahn war immer noch nervös. Burke vermutete, er kokste tatsächlich – und wirkte deshalb auf Dealer so überzeugend.

»Seit heute Morgen haben wir mit mehreren ehemaligen Abnehmern Sachels geredet, gegen ihn auszusagen, wenn sie dafür frühzeitig auf Bewährung freikommen. Diese Anklagepunkte, und dann noch Verzögerungen bei den Prozessterminen, könnten dafür sorgen, dass Sachel für längere Zeit aus dem Verkehr gezogen wird. Vielleicht so lange, dass sein Sohn sein Studium abschließt, ohne dass er ein einziges Spiel zu sehen bekommt – außer vielleicht im Fernsehen.«

»Das könnte funktionieren«, sagte Hahn, während er an einem eingerissenen Fingernagel herumnagte. »Oder auch nicht. Er ist ein Fatzke mit einem Ego so groß wie Dallas, aber andererseits kein Dummkopf. Und obwohl er sich ständig über den Boss beschwert, vermute ich, dass er Angst vor ihm hat. Außerdem könnte er gegen Kaution freikommen, falls sich das Verfahren in die Länge zieht.«

Douglas Patout kam herein. »So 'ne Überraschung! Mr. Duvall hat seinem Mandanten geraten, den Mund zu halten. Hoffentlich haben Sie was Handfestes für uns, Ray.«

Bevor der verdeckte Ermittler antworten konnte, sagte Burke: »Wisst ihr, was ich glaube?« Er stand langsam auf und rieb sich die immer noch pochenden Schläfen. »Ich glaube, dass es dumm war, Sachel wegen ein paar Unzen Stoff festzunehmen. Wir hätten abwarten sollen, bis wir uns seine Fabrik mitsamt dem Lagerhaus hätten vornehmen können.«

»Von dort aus handelt er nicht mit Drogen«, stellte Hahn fest. »Ich habe versucht, dort von ihm zu kaufen. Aber er hat nicht mitgemacht. Er achtet darauf, seine Geschäfte getrennt abzuwickeln.«

»Eine Lektion, die er von Duvall gelernt hat«, sagte Mac trocken.

»Außerdem haben wir es damit schon versucht und sind nicht weitergekommen«, erinnerte Patout Burke. »Wir haben keinen ausreichenden Verdacht für die Durchsuchung einer offenbar legalen Firma. Dafür würde uns kein Richter einen Durchsuchungsbefehl ausstellen.«

»Ich meine nur, dass…«

»Wenn die nächste Razzia auch schiefgeht, haben wir nie mehr eine Chance, Duvall zu schnappen. Falls *er* unser Mann ist.«

»Er ist unser Mann«, sagte Burke mit gepresster Stimme.

»Umso mehr Grund, vorsichtig zu taktieren.«

»Das weiß ich, Doug, aber…«

»Littrell fasst keinen Fall an, den wir nicht mit handfesten Beweisen…«

»Untermauern können!«, ergänzte Burke schreiend laut. »Ich hab's kapiert, okay? Diese alte Leier hab ich weiß Gott oft genug gehört.«

»Ich will bloß keine weitere Riesenpleite erleben«, erwiderte Patout ebenso laut. »Das Dezernat kann sich keine mehr leisten – und du auch nicht!«

Patouts laute Erwiderung stieß auf plötzliches unbehagliches Schweigen. Die anderen Beamten vermieden es, die Streitenden anzusehen.

»Nicht aufregen, Leute«, murmelte Mac. »Immer schön cool bleiben.«

Wie jeder andere wusste auch Burke, dass Patout ihn allen Kollegen im Dezernat vorzog. Nicht nur, weil er ihn für einen guten Cop hielt, sondern auch, weil sie alte Freunde waren. Die beiden waren schon auf der Polizeiakademie Jahrgangskameraden gewesen. Patout hatte sich frühzeitig gegen den Streifendienst entschieden, um in der Verwaltung Karriere zu machen, aber Dienstgradunterschiede hatten sich nie auf ihre Beziehung ausgewirkt.

Früher zumindest nicht. Die Begleitumstände von Kevin Stuarts Tod hatten ihre Freundschaft belastet. Das hatte Burke gespürt. Aber er hatte es auch verstanden. Doug war seinen Vorgesetzten für Verhalten und Leistung aller ihm unterstellten Polizeibeamten verantwortlich. Seine ohnehin schwierige Rolle als Mittelsmann wurde noch schwieriger, wenn er versuchte, einen Beamten in Schutz zu nehmen, der zugleich sein Freund war.

Doug wollte offensichtlich verhindern, dass Burkes Laufbahn einem einzigen schrecklichen Fehler zum Opfer fiel. Er hatte sich für ihn eingesetzt, als man nach dem Vorfall Burkes Ausgeglichenheit und Zuverlässigkeit in Frage stellte. In dieser kritischen Zeit hatte er öffentlich und privat hundertprozentig hinter seinem Freund gestanden. Trotz seiner momentanen Verärgerung begriff Burke, dass Doug ihn davon abhalten wollte, den Kopf zu verlieren. Unüberlegtes zu tun, was den nervösen Entscheidungsträgern einen plausiblen Grund lieferte, ihm seine Polizeiplakette abzunehmen.

Seit dem Ausbruch hielten Doug und er Blickkontakt.

Aber nun hatte Burke sich wieder unter Kontrolle und sagte: »Lass mich versuchen, Sachel umzudrehen.«

»In deiner gegenwärtigen Gemütsverfassung lieber nicht«, antwortete Patout ruhig. »Vielleicht morgen.«

»Bis morgen hat Duvall ihn hier rausgeholt.«

»Mit der Kautionsentscheidung tun wir erst mal langsam.«

Burke seufzte, rieb sich den Nacken und musterte die anderen Beamten mit säuerlicher Miene. »Dann fahre ich heim.«

»Was ist mit mir?«, fragte Hahn.

Patout nickte Burke zu. »Das musst du entscheiden. Dies ist deine Show.«

»Davon merke ich verdammt wenig«, knurrte Burke. Dann erklärte er Hahn: »Wir sperren Sie für ein paar Stunden ein.«

»Himmel! Ich hasse dieses stinkende Loch!«

»Sorry, Ray, aber wir dürfen nicht zulassen, dass Sie enttarnt werden, sonst sind wir wirklich erledigt.«

Pinkie stand auf und ließ die Schlösser seines Aktenkoffers zuschnappen.

»Sie gehen?«, rief Sachel ungläubig aus. »Sie dürfen nicht gehen! Was soll ich denn jetzt tun?«

»Sie sollen die Nacht im Gefängnis verbringen.«

»Im Gefängnis? *Gefängnis?* Wann können Sie mich hier rausholen?«

»Ich beantrage gleich morgen früh eine Entscheidung über eine Kaution. Aber diese Nacht bleiben Sie drin, fürchte ich.«

»Das ist ja großartig! Verdammt großartig!«

»Ein bisschen Zeit hinter Gittern tut Ihnen bestimmt

gut, Sachel. Vielleicht nutzen Sie die Gelegenheit, um über Ihre Dummheit nachzudenken.«

Sachel hörte zu meckern auf und starrte Pinkie forschend an. »Was soll das heißen?«

»Das soll heißen, dass Sie ein Trottel sind, weil Sie sich beim Verkauf im Club haben schnappen lassen.«

Pinkie hatte sich beherrscht, solange die Polizeibeamten anwesend waren, aber jetzt, wo er einen Augenblick ungestört mit seinem Mandanten reden durfte, ließ er seinem Zorn freien Lauf.

»Dieser Kerl war kein Unbekannter«, sagte Sachel, um sich zu verteidigen. »Er ist ein Stammkunde. Ich verkaufe ihm ständig was. Ich fand nichts dabei …«

»Maul halten!«, knurrte Pinkie. »Seit wann koksen Sie selbst?«

»Ich? Ich kokse doch nicht. Hab ich noch nie getan.«

»Aber Ihre Freundin kokst.«

»Freundin? Was zum Teufel soll das heißen, Pinkie? Ich habe eine Frau. Und einen Sohn. Aber keine Freundin.«

Pinkie hasste es, belogen zu werden. Aber er hasste es noch mehr, wenn die Lüge offenkundig war, weil das den Schluss nahelegte, man hielte ihn für dumm. »Die akrobatische Tänzerin. Krauses rotes Haar. Magerer Hintern. Kleine Titten, riesige Brustwarzen. Kommen Sie, Sachel, Sie wissen, wen ich meine.«

Sachel schluckte trocken. Auf seiner Stirn standen plötzlich Schweißperlen, und sein Teint nahm eine grünliche Färbung an, die überhaupt nicht zu seinem kanariengelben Sportsakko passte.

»Ihr treibt es seit einem Vierteljahr«, sagte Pinkie halblaut, beinahe verständnisvoll. »Sex gegen Stoff. *Meinen* Stoff. Sie beliefern sie umsonst. Und das ist Diebstahl, Sachel.

Und weil der Stoff nichts kostet, nimmt sie so viel davon, dass sie fast jeden zweiten Abend zu zugeknallt ist, um aufzutreten. Wie Sie wissen, ist sie die beliebteste Tänzerin im Club. Die Männer trinken stundenlang, während sie auf ihren Auftritt warten. Sie geben viel aus, um dazubleiben und ihr berühmtes Finale zu sehen, aber wenn sie ihren Auftritt absagt, gehen sie vorzeitig.« Pinkie trat so dicht an Sachel heran, dass dieser sein Mundwasser mit Pfefferminzgeschmack riechen konnte. »Ihre Rumfickerei kostet mich Geld, Sachel.«

Sachels Hemdkragen schien ihm zu eng zu werden. »Ich würde nie etwas tun, das Ihnen schaden könnte, Pinkie. Das wissen Sie doch.«

»Wirklich?« Er schüttelte seinen silberweißen Kopf. »Ich habe Gerüchte gehört, Sachel. Beunruhigendes Gerede über Sie und Ihre Ambitionen.«

Sachel versuchte zu lächeln, aber seine zitternden Lippen machten nicht recht mit. »Auf Gerüchte dürfen Sie nichts geben.«

»Aber ich gebe viel darauf. Zumindest nach allem, was heute Abend passiert ist!«

»Was... wie meinen Sie das?«

»Wozu sollte ein gerissener Drogenfahnder wie Burke Basile Sie wegen ein paar Unzen Stoff verhaften? Er hat einmal unbedacht gehandelt, aber er ist viel zu clever, um sich mit einem billigen, schmierigen Kleindealer wie Ihnen abzugeben, wenn er nicht etwas von Ihnen will.«

»Zum Beispiel was?«

»Informationen. Beweismaterial.«

»Ich würde ihn zum Teufel schicken!«

Pinkie ignorierte Sachels Empörung und fuhr fort: »Die Cops lassen Sie ein, zwei Nächte bei den allerschlimmsten Fällen im Gefängnis verbringen, damit Sie sehen, was Sie in der Haft zu erwarten hätten, und nützen Ihre Notlage dann aus, um Ihnen einen Deal anzubieten. Vermutlich würde es darauf hinauslaufen, dass die Ermittlungen gegen Sie eingestellt werden, wenn Sie Informationen über unsere Organisation liefern.«

»Ich würde mich nie auf einen Deal einlassen.«

Pinkie lächelte. »Nein, das glaube ich auch nicht.«

Sachels Verkrampfung löste sich. »Teufel noch mal, nein. Ich würde nie einen Freund verraten.«

»Davon bin ich überzeugt.« Pinkies Tonfall klang irreführend sanft. »Bestimmt sitzen Sie lieber eine Haftstrafe ab, als zu riskieren, dass Ihrem Jungen etwas zustößt.«

Mit Sachels gespielter Bravour war es schlagartig vorbei. »Meinem Jungen? O Gott, Pinkie, nein! Ich...«

Pinkie legte Sachel eine Hand auf die Schulter, um ihn zu beruhigen und das Gestottere zu beenden. »Ich freue mich schon darauf, Ihren Jungen bei den Tigers spielen zu sehen – wie viele andere Leute auch.« Sanft knetete er Sachels verkrampften Deltamuskel. »Wäre es nicht jammerschade, wenn er bei irgendeinem Unfall so schwer verletzt würde, dass seine vielversprechende Karriere als Footballspieler zu Ende ist, bevor sie richtig begonnen hat?«

Sachel begann zu weinen.

»Wäre es nicht schlimm für Sie, Ihren Sohn durch einen tragischen Unfall zu verlieren, Sachel?«

Sachel nickte, hemmungslos schluchzend.

6. Kapitel

»Möchten Sie ein paar Eier?«

»Nein, danke, Pinkie.« Bardo sah zu Roman hinüber. »Aber ich nehme eine Tasse Kaffee.«

Nach seiner Rückkehr aus dem Polizeipräsidium hatte Pinkie gemerkt, dass er heißhungrig war. Er hatte den Butler geweckt und ihm aufgetragen, ein Frühstück zuzubereiten. Roman war keineswegs ungehalten gewesen, sondern hatte den Auftrag bereitwillig ausgeführt. Aus der Todeszelle gerettet zu werden erzeugt lebenslängliche Loyalität.

Roman stellte die Kanne mit frischem Kaffee und eine weitere Tasse mit Untertasse auf den Küchentisch. »Brauchen Sie sonst noch etwas, Mr. Duvall?«

»Nein, danke, Roman. Gute Nacht.«

Über den Rand seiner Kaffeetasse hinweg beobachtete Bardo, wie der alte Gentleman den Flur entlang in sein Zimmer ging. »Nigger wie den gibt's nicht mehr viele auf der Welt.«

»Das sollten Sie ihn lieber nicht hören lassen«, bemerkte Pinkie, während er den Dotter eines seiner Spiegeleier zerteilte. »Als Roman seine Frau mit einem anderen Mann im Bett erwischt hat, hat er beide mit einer Axt erschlagen.«

»Echt wahr?« Bardo war sichtlich beeindruckt. »Hmmm.«

Pinkie kam sofort zum Thema ihrer überraschend angesetzten Besprechung. »Ich rechne damit, dass Basile uns Schwierigkeiten machen wird.«

»Ach, wirklich?«

Pinkies Gabel machte auf halbem Weg zu seinem Mund halt. Er sah zu Bardo auf und stellte zufrieden fest, dass der andere seine drohende Miene richtig deutete.

»Entschuldigung«, murmelte Bardo, »das sollte nicht klugscheißerisch klingen. Aber ich hab mir schon gedacht, dass wir mit diesem Pfadfinder noch nicht fertig sind.«

»Bisher war ich der Ansicht, wir könnten uns seiner irgendwann annehmen, aber jetzt habe ich meine Meinung geändert. Ich glaube, wir sollten nicht länger warten.«

»Warum? Was ist passiert?«

Pinkie berichtete von Sachels Verhaftung. »Ich denke, es wird Zeit, Mr. Basile eine Botschaft zu übermitteln.«

»Okay.«

»Eine deutliche Botschaft, dass ihn Unannehmlichkeiten erwarten, wenn er sich mit uns anlegt. Große Unannehmlichkeiten.«

»Was soll ich tun?«

»Pinkie?« Als sie Remys Stimme hörten, sahen die beiden Männer zur offenen Küchentür hinüber. Dort stand sie im Morgenrock, mit zerzaustem Haar und Schlaf in den Augen. »Ich hab dich nicht reinkommen hören.«

»Ich bin schon lange wieder da.« Pinkie fiel auf, dass sie es bewusst vermieden hatte, Bardo anzusehen, und fragte sich natürlich, woran das liegen mochte. »Mr. Bardo und ich haben etwas Geschäftliches zu besprechen.«

»Um diese Zeit?«

»Dringende Geschäfte.«

»Ach so.«

»Geh wieder ins Bett. Ich komme bald nach.«

Ihr Blick streifte Bardo, bevor sie wieder zu Pinkie hinübersah. »Bitte nicht so spät.«

Pinkie setzte das unterbrochene Gespräch mit Bardo halblaut fort. Für seine Anweisungen brauchte er nicht länger als für die Spiegeleier. Abschließend sagte er: »Ich möchte, dass Sie sich sofort darum kümmern.«

»Klar.«

»*Sofort*«, wiederholte Pinkie nachdrücklich. »Die Wirkung muss schnell und kräftig eintreten – wie bei einem Schlag auf den Kopf. Ich möchte, dass Basile und das gesamte Drogendezernat gründlich wachgerüttelt werden.«

»Verstanden.«

»Was Ihr Honorar betrifft ...«

»Die übliche Summe?«

Pinkie nickte. »Sie können die Hintertür benutzen, durch die Sie reingekommen sind.«

Nachdem Bardo gegangen war, schaltete Pinkie die Alarmanlage wieder ein und ging dann ins Schlafzimmer hinauf. Remy lag im Bett, war aber noch wach. »Was hattet ihr so spät denn noch zu besprechen?«

»Ich hab's dir schon gesagt. Geschäftliches.« Auch als er sich auszuziehen begann, blieb sein Blick auf sie gerichtet. »Fühlst du dich wohl, Remy?«

Er merkte, dass seine Frage ihr Unbehagen bereitete. »Natürlich. Ja. Warum sollte ich mich nicht wohl fühlen?«

»Du bist in letzter Zeit anders als sonst.«

Remy bedachte ihn mit einem wenig überzeugenden Lächeln. »Du weißt, dass mich der Winter immer ein bisschen melancholisch macht. Ich sehne mich nach dem Frühling. Aber der will einfach nicht kommen.«

»Du lügst.« Ein anderer Mann hätte sich nackt vielleicht verwundbar und weniger imposant gefühlt. Nicht jedoch

Pinkie. Nacktheit hemmte ihn keineswegs. Er stemmte die Arme in die Hüften und musterte seine Frau streng. »Du kriegst schon wochenlang den Arsch nicht mehr richtig hoch.«

»Ich hab dir doch gesagt, das liegt…«

»An der Jahreszeit? Bockmist. Wo hast du überhaupt diese neumodischen Ideen her?«

»Welche neumodischen Ideen?«

»Die du unseren Gästen gestern Abend so freimütig mitgeteilt hast.« Seine Stimme sank beinahe zu einem Flüstern herab, als er hinzufügte: »Du warst verdammt nahe dran, dich auf die Seite meiner Gegner zu schlagen, Remy.«

»Unsinn! Du weißt, auf welcher Seite ich stehe.«

»Weiß ich das?«

»Du solltest es wissen.«

Sie sah ihm direkt in die Augen. Obwohl er keine Unaufrichtigkeit in ihrem Blick sah, war er noch nicht bereit, dieses Thema fallenzulassen. Die Rolle, die er ihr zugedacht hatte, sah nicht vor, dass sie über wichtige Dinge eine eigene Meinung äußerte. »Missfallen hat mir auch, dass du während meiner Party verschwunden bist.«

»Ich bin nicht verschwunden. Ich hatte Kopfschmerzen und musste raufgehen und mich ein bisschen hinlegen.«

»Kopfschmerzen?«, wiederholte er skeptisch. »Du hast sonst nie Kopfschmerzen. Und du warst auch nie so lethargisch. Bist du krank? Soll ich einen Arzttermin für dich vereinbaren?«

»Nein!«

Der Nachdruck, mit dem ihre Antwort kam, überraschte sie selbst. Sie milderte ihn mit einem kurzen Auflachen ab. »Mir fehlt wirklich nichts, Pinkie. Ich fühle mich ganz wohl. Ich bin nur ein bisschen schlecht gelaunt, das ist alles.«

Er setzte sich dicht neben sie aufs Bett und streichelte ihren Nacken. »Wenn ich eins nicht vertrage, Remy, dann ist es, belogen zu werden.« Er hörte auf, sie zu streicheln. »Los, erzähl mir, was zum Teufel du hast!«

»Also gut!«, rief sie aufgebracht. Sie warf die Bettdecke zurück, stand auf und drehte sich zu Pinkie um. »Es liegt an diesem *Mann*.«

Er stand ebenfalls auf. »Wen meinst du?«

»Wayne Bardo.«

»Was ist mit ihm?«

»Wenn ich ihn sehe, bekomme ich eine Gänsehaut.« Remy rieb sich die nackten Arme. »Ich verabscheue ihn. Ich kann es nicht ertragen, im selben Raum mit ihm zu sein.«

»Warum nicht? Hat er irgendetwas getan, hat er etwas zu dir gesagt?«

»Nein, nein, das nicht.« Sie holte sichtlich irritiert tief Luft und fuhr sich mit einer Hand durchs Haar. »Ich habe nur so ein ungutes Gefühl, wenn ich ihn sehe. Von ihm geht etwas Böses aus. Ich hatte gehofft, dass er nach seinem Prozess nicht mehr so häufig aufkreuzen würde. Und dann sitzt er heute Abend an unserem Küchentisch.«

Pinkie hätte beinah erleichtert aufgelacht. Die meisten Frauen fanden Wayne Bardo attraktiv – bis sie ihn besser kennenlernten. Es freute ihn, dass seine junge, schöne Frau Bardos südländisches gutes Aussehen keineswegs reizvoll fand. Dass sie ihn geflissentlich mied, war auf Widerwillen zurückzuführen, nicht auf Bardos Anziehungskraft.

Ohne sich seine Erleichterung anmerken zu lassen, sagte er: »Bardo übernimmt gelegentlich Aufträge für mich. Er arbeitet einen Teil des Honorars ab, das er mir schuldet.«

»Nun, dann möchte ich dich bitten, eure Besprechungen in Zukunft nicht mehr hier im Hause abzuhalten.«

»Warum verabscheust du ihn so?«

»Ist das nicht klar? Er macht mir Angst.«

Jetzt lachte Pinkie. »Er macht vielen Leuten Angst. Deshalb ist er so nützlich für mich.«

»Du benutzt ihn, um Leuten Angst zu machen?«

Er runzelte über ihrem Kopf die Stirn. Es kam selten vor, dass sie auch nur die harmloseste Frage nach seinen Geschäften stellte. Aber in letzter Zeit ließ sie mehr als nur vorübergehendes Interesse erkennen – und das konnte gefährlich werden. Nicht wenige seiner Mandanten waren von rachsüchtigen Ehefrauen oder Freundinnen, die zu viel wussten, ans Messer geliefert worden. »Warum bist du so neugierig, was meine Geschäftsbeziehungen mit Bardo betrifft?«

»Das bin ich nicht, solange er nicht ins Haus kommt. Ich will ihn hier nicht mehr sehen.«

»Also gut. Wenn Bardo dir so zuwider ist, versuche ich, euch auseinanderzuhalten.«

»Danke, Pinkie.«

»Nachdem das jetzt geregelt ist, musst du mir versprechen, mit dieser ewigen Trübsalblaserei aufzuhören.«

»Ich werd's versuchen.«

Er legte seinen Daumen unter ihr Kinn und hob ihren Kopf an. »Ich bitte darum.« Er sprach leise, aber er brauchte nicht laut zu werden, damit sie verstand, worauf er hinauswollte. »Habe ich dir irgendeinen Grund zur Unzufriedenheit gegeben, Remy?« Sie schüttelte den Kopf. »Gut.« Er ließ seinen Daumen über ihre Lippen gleiten. »Freut mich, das zu hören, denn ich möchte, dass du glücklich bist. So etwas wie Galveston darf nicht noch mal passieren.«

»Das liegt lange zurück.«

»Aber nicht so lange, dass wir es vergessen haben.«
»Nein, ich habe es nicht vergessen.«
»Du bist also glücklich?«
»Natürlich.«
Er griff nach ihrer Hand und führte sie an seinen Schoß. »Zeig's mir.«
Später, als er gerade am Einschlafen war, sagte sie: »Ein Besuch bei Flarra würde mich aufheitern. Ich besuche sie morgen, glaube ich.«
»Gute Idee. Ich sage Errol, dass er dich hinfahren soll.«
»Danke, nicht nötig. Ich kann selbst fahren.«
Pinkie dachte kurz darüber nach. Seine Beunruhigung war weder durch ihr Gespräch noch den anschließenden Liebesakt völlig beseitigt worden. Sie hatte ihm eine plausible Erklärung für ihre Melancholie gegeben, aber er vermutete, dass dahinter mehr steckte als nur ihr Abscheu vor Bardo.
Zweifel konnten die Denkfähigkeit eines vernünftigen Mannes lähmen. Misstrauen und Eifersucht waren schwächend und destruktiv. Andererseits handelte Pinkie lieber übervorsichtig, als danach wie ein Narr dazustehen. Vor allem im Umgang mit einer Frau.
»Errol fährt dich hin.«

»Hör zu, weißt du bestimmt, dass du das auch willst?«
Die Frau zog einen Schmollmund und spielte mit den Knöpfen seines Hemdes. »Klar weiß ich das. Hätte ich dich zu mir eingeladen, wenn ich's nicht wüsste?«
»Aber wir kennen uns erst seit einer Stunde.«
»Spielt keine Rolle. Ich hab gleich gewusst, dass ich dich heute Nacht will.«
Er grinste. »Worauf warten wir dann noch?«

Sie begrapschten einander, während sie die zwei Treppen hinaufstolperten. Das alte Haus war in sechs Apartments unterteilt worden – jeweils zwei in jedem der drei Geschosse. Ihre Wohnung war nicht sehr groß, aber hübsch eingerichtet. Die Schlafzimmerfenster gingen auf einen zum Haus gehörenden Hinterhof hinaus.

Vor einem der Fenster legte sie einen unbeholfenen Strip für ihn hin. »Siehst du was, was dir gefällt?«

»Hübsch«, murmelte er und griff nach ihr. »Sehr hübsch.«

Auf sexuellem Gebiet hatte sie nicht die geringsten Hemmungen. Oder sie war zu high, um sich darum zu kümmern, was er mit ihr machte. Aber als ihre Begierde nach einiger Zeit gestillt war, wurde sie müde und mürrisch.

»Ich will jetzt schlafen.«

»Dann schlaf doch«, sagte er. »Mich stört's nicht.«

»Ich kann aber nicht schlafen, wenn du das machst.«

»Klar kannst du das.«

Das brachte ihm ein Kichern ein. »Du bist pervers.«

»Das höre ich zum ersten Mal.«

»Hast du ehrlich 'nen Gummi benutzt?«

»Ich hab gesagt, dass ich einen nehme, oder?«

»Ja, aber ich hab's nicht sehen können. Komm, jetzt ist echt Schluss. Ich bin müde. Wir machen ein andermal weiter, okay?«

»Die Nacht ist jung, Süße.«

»Jung? Schön wär's«, ächzte sie. »Bald ist es Zeit zum Aufstehen.«

»Du kommst bloß allmählich wieder runter. Was du brauchst, ist ein kleiner Muntermacher.«

»Ich kann heute Nacht keine Drogen mehr brauchen. In ein paar Stunden muss ich in die Arbeit. Komm, wir lassen's für diesmal und ... He, das hat weh getan!«

»Wirklich?«

»Ja. Lass das gefälligst bleiben. Mit so was hab ich nichts am Hut. Aua! Ich mein's ernst, verdammt noch mal! Hör auf damit!«

»Nicht aufregen, Süße. Das Beste kommt erst noch. Wart's nur ab.«

Raymond Hahn fuhr aus dem Polizeipräsidium nach Hause und behielt dabei ständig den Rückspiegel im Auge. Er leistete in seinem Beruf vor allem deshalb gute Arbeit, weil er überaus vorsichtig war. Zur Tarnung hatte er einen Job in einem Buchhaltungsbüro, das drei Mann beschäftigte, aber seinen Gehaltsscheck bekam er von der Polizei. Während er scheinbar Kunden besuchte, konnte er sich mühelos durch alle Stadtviertel bewegen, sich mit Leuten treffen und ein ganzes Netzwerk von Drogenabhängigen und Dealern aufbauen.

Seine Arbeit war gefährlich. Er konnte Monate damit zubringen, das Vertrauen eines paranoiden Dealers zu gewinnen, wobei er ständig sein eigenes Leben riskierte und immer damit rechnen musste, dass seine Bemühungen vergebens waren. Ein erstklassiges Beispiel dafür war die Pleite in dem Lagerhaus gewesen, als Kevin Stuart umgekommen war.

Man brauchte kein nobelpreisverdächtiges Genie zu sein, um zu dem Schluss zu gelangen, dass jemand aus dem Dezernat die Dealer vor geplanten Razzien warnte. Aber damit musste sich die Dienststelle befassen. Seine Aufgabe war es, am Leben zu bleiben, indem er dafür sorgte, dass er nicht enttarnt wurde.

Hahn arbeitete seit drei Jahren als verdeckter Ermittler, was eigentlich schon zu lange war. Er hatte es satt, sich ständig ängstlich umsehen zu müssen, hatte es satt, jedem Menschen, dem er begegnete, misstrauen zu müssen, und hatte es satt, ein Doppelleben führen zu müssen.

In letzter Zeit hatte er mit dem Gedanken gespielt, diesen Job aufzugeben und sich eine andere Beschäftigung zu suchen. Aber das hätte einen großen Nachteil gehabt: In keinem anderen Beruf hätte er so leichten Zugang zu Drogen gehabt. Diesen Vorteil musste er immer im Auge behalten, wenn er daran dachte, den Job zu wechseln.

Nachdem er sich vergewissert hatte, dass er auf der Heimfahrt nicht beschattet worden war, schloss er seine Wohnungstür auf, schlüpfte hindurch und schob dann alle drei Riegel vor. Wenn er sich verhaften und einsperren lassen musste, war er hinterher jedes Mal völlig fertig. Er spielte seine Rolle so gut, dass er manchmal fast selbst glaubte, alles wirklich zu erleben.

Burke Basile und er gehörten zum gleichen Team. Trotzdem jagte dieser Kerl ihm regelrecht Angst ein. Hahn mochte sich nicht vorstellen, was passieren würde, wenn Basile herausbekäme, dass er drogenabhängig war. Jedenfalls wollte er Basile nicht gegen sich aufbringen. Dienstlich verstand der Kerl keinen Spaß. Tatsächlich hatte er sich durch seine Überkorrektheit bei den Kollegen nicht nur Freunde gemacht.

Bestechlichkeit gehörte in den Augen der Mehrheit zum dienstlichen Alltag. Sie war keine Ausnahme, sondern die Regel. Manche Polizisten fanden, in einer ständig krimineller werdenden Gesellschaft sei es nur vernünftig, über kleinere Vergehen hinwegzusehen und nur Straftaten zu verfolgen, die Menschenleben bedrohten.

Burke Basile sah das anders. Gesetz war Gesetz. Was jemand tat, war entweder recht oder unrecht, legal oder illegal, Punktum. Er hielt darüber keine Vorträge. Das war nicht nötig. Seine stumme Missbilligung war so wirkungsvoll, dass bestechliche Cops ihn möglichst mieden. Seit Kevin Stuarts Tod war Douglas Patout der einzige andere Polizeibeamte, den Basile als Freund und Saufkumpan betrachten konnte. Und die Tatsache, dass er mit dem Boss befreundet war, machte ihn bei seinen Kollegen auch nicht beliebter.

Allerdings schien es Basile nicht zu stören, dass er nicht dazugehörte. In dieser Beziehung waren Basile und er einander etwas ähnlich, fand Hahn. Er arbeitete allein und tat es gern, wie vermutlich auch Basile. Er bezweifelte, dass Basile wegen seiner Unbeliebtheit jemals bittere Tränen vergossen hatte.

Hahn zog sich aus, ohne Licht zu machen. Seine Freundin war sauer, wenn er sie weckte. Es gefiel ihr auch nicht, dass er sie fast jeden Abend allein ließ und bis spät nachts fortblieb. Sie glaubte, er sei von Beruf Buchhalter, und konnte nicht verstehen, wieso er sich selbst an Wochentagen ständig in Nachtclubs herumtrieb.

Sie hatten nicht oft gleichzeitig frei, aber tatsächlich kamen sie umso besser miteinander aus, je weniger sie sich sahen. Ihre Beziehung war fast ausschließlich eine Zweckgemeinschaft. Als sie ihm vorgeschlagen hatte, bei ihr einzuziehen, war es für ihn einfacher gewesen, ihre Einladung anzunehmen, als sich einen Grund für eine Ablehnung auszudenken. Außerdem mochten sie die gleichen Drogen. Sie vertrugen sich am besten, wenn sie gemeinsam Drogen nahmen. In der übrigen Zeit kamen sie mehr oder weniger gut miteinander aus, aber ihr Verhältnis war nicht besonders eng, außer wenn sie miteinander ins Bett gingen.

Er war sich bewusst, dass seine Hauptanziehungskraft in

den Drogen lag, die er ihr mitbrachte, aber das störte ihn nicht weiter. Er vermutete sogar, dass sie ihn mit anderen Männern betrog, aber da er fast jede Nacht unterwegs sein musste, konnte er ihr das gar nicht übelnehmen. Er hoffte nur, dass sie sich keine Geschlechtskrankheit einfing. Die Aufklärungsspots im Fernsehen warnten vor genau solchen Beziehungen, aber in seinem Fall war das Risiko, von einem Drogenhändler, der durch seine Schuld aufgeflogen war, umgelegt zu werden, weit größer als die Gefahr, an Aids zu sterben.

Er kroch zu ihr ins Bett und war froh, dass sie sich nicht bewegte. Er wollte keine Szene mehr. Nicht nach allem, was er an diesem Abend erlebt hatte, die paar Stunden hinter Gittern eingeschlossen. Was für ein verdammtes Affentheater!

Er war in eine Zelle mit zwei Hinterwäldlern gesperrt worden, zwei mit selbstgefertigten Tätowierungen bedeckte Brüder, die einem weiteren Bruder bei einem Familienstreit mit einem Büchsenöffner die Kopfhaut aufgeschlitzt hatten. Der dritte Insasse war ein Transvestit gewesen, der in einer Ecke gekauert und aus Angst vor den brutalen Hinterwäldlern laut geweint hatte. Er hatte so sehr über ihre Beleidigungen geweint, dass seine künstlichen Wimpern abgegangen waren, was einen weiteren Weinkrampf ausgelöst hatte, der erneute Beschimpfungen provoziert hatte.

Raymond konnte nie gut einschlafen, aber heute Nacht fiel es ihm besonders schwer, zur Ruhe zu kommen und abzuschalten. Nach einiger Zeit setzte er sich auf, weil er dachte, ein Joint könne ihm vielleicht helfen, sich zu entspannen.

Er griff über seine schlafende Freundin hinweg und knipste die Nachttischlampe an.

Er hatte kaum noch Zeit, den Anblick aufzunehmen, bevor er eine Bewegung hinter sich spürte.

Raymond Hahn starb mit einem stummen Schrei auf den Lippen.

7. Kapitel

Burke wusste, dass irgendetwas passiert sein musste, sobald er zum Dienst kam. Die Männer, die an der Kaffeemaschine herumlungerten, erwiderten murmelnd seinen Gruß, aber alle wichen seinem Blick aus, und als Burke sich seinen Kaffee eingegossen hatte, hatten sie sich verkrümelt.

Am Schreibtisch schlüpfte er aus seiner Jacke, hatte aber nicht einmal Zeit, sie aufzuhängen, bevor Patout die Tür seines Dienstzimmers öffnete und ihn hereinrief. Burke ließ die Jacke auf dem Schreibtisch liegen, nahm aber seinen Kaffee mit. »Was ist los?«

Patout machte die Tür zu, damit sie ungestört waren. »Setz dich.«

»Ich will mich nicht hinsetzen. Ich will wissen, was hier los ist, verdammt.«

»Raymond Hahn ist tot.«

Burke setzte sich.

»Seine Freundin und er sind heute früh in ihrem Bett aufgefunden worden.«

Burke trank einen Schluck Kaffee. »Vermute ich richtig, dass es weder ein Unfall noch ein natürlicher Tod war?«

»Sie sind ermordet worden.«

Patout berichtete, die Frau habe als Kassiererin in einer Bankfiliale gearbeitet. Sie sei immer um halb sieben zur

Arbeit gekommen, um den Drive-in-Schalter um sieben Uhr zu öffnen. Als sie nicht kam und sich auch nicht krankmeldete, fuhr eine Kollegin zu ihr, um nach ihr zu sehen – weil man annahm, sie sei verkatert oder zugekifft. Sie hatte einen ohne Vorwarnung angesetzten Drogentest nicht bestanden, aber eine zweite Chance erhalten, weil sie versprochen hatte, sich freiwillig einer Therapie zu unterziehen. Die Kollegin fand die Wohnungstür unverschlossen vor und ging hinein. »Es hat... schrecklich ausgesehen.«

»Du brauchst mir die Einzelheiten nicht zu ersparen«, sagte Burke irritiert. »Ich falle nicht gleich in Ohnmacht.«

»Nun, die Frau aus der Bank *ist* in Ohnmacht gefallen. Die Leiche von Hahns Freundin weist ein halbes Dutzend Stichwunden auf. Nach ersten Feststellungen des Coroners war nur eine davon tödlich. Der Mörder hat sich Zeit gelassen – offenbar hatte er seinen Spaß daran, sie langsam umzubringen. Sie war gefesselt und scheint auch vergewaltigt worden zu sein. Hahn hat noch Glück gehabt – wenn man das so sagen kann. Er wurde mit einem einzigen Messerstich in den Hals getötet. Der Killer hat genau gewusst, wo er ihn treffen musste, um ihn schnell und lautlos umzubringen.«

Burke stand auf, trat mit seinem Kaffee an das Fenster im zweiten Stock und starrte auf die Straße hinunter, während er mit kleinen Schlucken aus seinem persönlichen Becher mit den bunten Seepferdchen trank. Dieses Andenken hatte Barbara ihm auf einer ihrer seltenen Urlaubsreisen in Florida gekauft. Er wusste gar nicht mehr, wie lange diese Reise schon zurücklag. Äonen. Zumindest kam es ihm so vor. Er konnte sich nicht mehr vorstellen, etwas so Unbefangenes zu tun wie an den Strand fahren und kitschige Souvenirs kaufen. Seit der Nacht, in der er Kevin Stuart erschossen hatte, war alle Leichtigkeit aus seinem Leben verschwunden.

»Spuren?«

»Die Spurensicherer sind bei der Arbeit, aber bisher haben sie nichts gefunden. Vielleicht liefert die Autopsie einen Hinweis. Scheide und Rektum der Toten weisen Spuren von Gewaltanwendung auf, aber Sperma ist bisher keins entdeckt worden.«

Mit solchen Untersuchungen vergeudeten die Labortechniker nur ihre Zeit. Spuren würde es keine geben. Bardo hatte eine Vorliebe für Messer, und dieser Doppelmord trug seine Handschrift. Sein liebster Zeitvertreib war gewalttätiger Sex – aber selbst in den Fängen seiner gemeinen Leidenschaft hatte er bestimmt daran gedacht, ein Kondom zu benutzen. Er war zu clever, um einen DNA-Fingerabdruck zu hinterlassen, aber vielleicht hatten die Kriminaltechniker Glück und fanden ein Haar oder eine Gewebeprobe.

Burke hatte Hahn gestern Abend der Form halber einsperren lassen. Hatte der verdeckte Ermittler in der Ausnüchterungszelle gesessen, während seine Freundin von Bardo vergewaltigt und ermordet wurde? War er heimgekommen und hatte die beiden überrascht?

»Kampfspuren?«

»Keine«, antwortete Patout. »Ich kann mir nicht vorstellen, wie der Täter es geschafft hat, beide zu ermorden. Hat er Hahn erstochen und danach die junge Frau gequält, bevor er sie ebenfalls umgebracht hat?«

»Schon möglich. Oder...« Burke dachte nach. »Oder er hat erst die junge Frau ermordet und Hahn dann in seiner Wohnung aufgelauert.«

Patout runzelte zweifelnd die Stirn. »Hahn hat ausgezogen im Bett gelegen, als es ihn erwischt hat.«

»Hahn ist sehr spät heimgekommen. Der Täter hat gewartet, bis der arme Kerl im Bett war. Er hat sich bestimmt ausgezogen, ohne Licht zu machen. Das tue ich auch immer, wenn ich Barbara nicht wecken will. Hahn hat nicht gemerkt, dass seine Freundin tot war. Er hat kein Blut gesehen und nicht gewusst, was passiert ist.« Burkes Hand umklammerte seinen Kaffeebecher. »Das klingt ganz nach ihm.«

»Nach wem?«

»Bardo. Er hätte sich bestimmt darüber amüsiert, dass sein Opfer ihn eingeschlossen hat, statt ihn auszusperren.«

»Wie kommst du auf Bardo?«

»Wir verhaften Hahn und Sachel. Dann kreuzt Duvall mitten in der Nacht hier auf. Wir wissen, dass Sachel zu Duvalls Geschäftspartnern gehört. Bardo ist Duvalls bezahlter Killer. Unser verdeckter Ermittler wird ermordet. Die Zusammenhänge liegen auf der Hand. Das kann kein Zufall gewesen sein.«

»Klar kann's einer gewesen sein!«, rief Patout aus. Burke drehte sich zu ihm um, aber der Captain sprach weiter, bevor er etwas sagen konnte. »Du weißt so gut wie ich, dass Hahn ein Junkie war. Die Frau anscheinend auch. Vielleicht ging es um einen geplatzten Drogendeal. Oder um eine Dreiecksbeziehung. Oder ...«

»Vielleicht hat Duvall gewusst, dass Raymond einer von uns war, und wollte ihn beseitigen lassen, um uns damit eine deutliche Lektion zu erteilen.«

»Gut, auch das ist möglich«, gab Patout zu. Er stand auf. »Aber ich möchte, dass du es nicht persönlich nimmst. Als ob es nur dir passiert wäre. Das ganze Dezernat wird sich deswegen beschissen fühlen. Wir sind ein Team, Burke. Wir müssen zusammenhalten. Wir dürfen nicht zulassen, dass ein paar Rückschläge uns ins Trudeln bringen. Wir müssen ganz methodisch weiterarbeiten.«

Dieser managerhafte Blödsinn passte nicht zu Doug. Im Allgemeinen sparte er sich solche aufmunternden Phrasen für die Ansprachen vor versammelter Mannschaft auf. Unter vier Augen sprachen Burke und er sich freimütiger aus.

»Was gibt's noch?«, fragte Burke.

»Wie meinst du das?«

»Ich meine, das ist noch nicht alles, stimmt's? Was traust du dich nicht zu sagen?«

Patout rieb sich den Nacken. Er war ein schlanker Mann mit hoher, glatter Stirn und zurückweichendem Haaransatz. An diesem Morgen wirkte er um Jahre gealtert. »Du bist klüger, als dir guttut.«

»Schon gut, das bekomme ich oft zu hören«, sagte Burke ungeduldig. »Was ist?«

»Sachel hat den Deal abgelehnt.«

»Lass mich eine Viertelstunde mit ihm reden.«

»Aussichtslos, Burke. Er hat ihn abgelehnt, bevor wir unsere Bedingungen erläutern konnten. Er will sich auf keinerlei Verhandlungen einlassen.«

»Er riskiert lieber einen Prozess?«

»Er will sich schuldig bekennen. In allen Punkten der Anklage.«

»Verdammt!«, fluchte Burke. »Dahinter steckt natürlich Duvall.«

»Ja, das vermute ich auch.«

»Gott, ist der Kerl denn unverwundbar?« Burke lachte humorlos. »Er manövriert uns ständig aus.«

»Duvall spielt nicht fair. Wir halten uns an die Spielregeln.«

Burke nagte an seiner Unterlippe, dann murmelte er: »Vielleicht wird's Zeit, dass wir damit aufhören.«

»Wie bitte?«

»Nichts. Hör zu, Doug, ich muss raus hier.«

»Burke ...«

»Wir sehen uns später.«

Er knallte die Tür hinter sich zu, nahm seine Jacke mit, als er an seinem Schreibtisch vorbeihastete, und wäre auf dem Weg zum Ausgang fast mit Mac McCuen zusammengestoßen. »Hallo, Burke. Ich hab dich schon überall gesucht. Wir müssen miteinander reden.«

»Nicht jetzt.« Er war nicht in der richtigen Stimmung für Mac. Im Augenblick hätte er den unerschütterlichen Optimismus des Jüngeren und seine irritierende, unerschöpfliche Energie nicht ertragen können. Ohne auch nur langsamer zu gehen, sagte er: »Später, Mac.«

»Hallo Burke. Komm rein.« Nanci Stuart forderte ihn mit einer Handbewegung auf, ihr Vororthaus zu betreten.

Nach allem, was Burke über Hahn, seine Freundin und Sachel gehört hatte, war es masochistisch, heute hierherzukommen. Aber nachdem er stundenlang vor Wut kochend und fluchend herumgefahren war, wusste Burke nicht, was er sonst mit sich hätte anfangen sollen. Warum sollte er nicht den ganzen Tag blaumachen, wenn er sich diese Woche ohnehin hätte freinehmen sollen?

Das Haus der Stuarts war ein Ziegelbau mit gestrichener Holzverblendung. Der Rasen war nicht mehr so gepflegt wie zu Kevins Lebzeiten. Er hatte gern im Garten gearbeitet und damit angegeben, sein Rasen sei der grünste in der gesamten Nachbarschaft. Burke stellte fest, dass der Fensterladen an einem der Fenster auf der Straßenseite schief hing. Der Teppichboden in der Diele musste gereinigt werden, und eine der Glühbirnen in der gewölbten Decke war durchgebrannt. Demnächst würde er sich einmal einen Tag freinehmen müssen, um Nanci bei Reparaturarbeiten am Haus zu helfen.

»Komm, wir gehen in die Küche«, sagte sie über die Schulter hinweg, während sie vorausging. »Ich bin schon dabei, für abends zu kochen. Wir essen heute etwas früher, weil wir zum Open House in der Schule wollen. Möchtest du etwas trinken?«

»Am liebsten einen Kaffee.«

»Stört's dich, wenn es nur Instantkaffee ist?«

Eigentlich mochte er keinen Instantkaffee, aber er schüttelte trotzdem den Kopf. In der nicht sehr geräumigen Küche war es gemütlich. Gleich neben der Tür hing ein großer Kalender mit Eintragungen, wann Nanci ihre Söhne und die Nachbarskinder zur Schule fahren musste, Zahnarztterminen und dem heutigen Open House in der Schule. Magneten in Form von Ketchupflaschen und Senfgläsern hielten Notizzettel und die Klassenfotos der beiden Jungen am Kühlschrank fest. Von der Arbeitsplatte grinste ihm eine Plätzchendose in Form eines Teddybären entgegen.

Nanci, die seinem Blick gefolgt war, bot ihm auch Plätzchen an. »Die sind allerdings aus dem Laden. Ich backe nicht mehr viel.«

»Nein, danke«, sagte er. »Mir genügt der Kaffee.«

Sie stand wieder vor ihrer Mixerschüssel und zerbröselte Cracker über Hackfleisch. Kleingehackte Zwiebeln, Paprikaschoten und eine Büchse Tomatenpüree warteten darauf, hinzugefügt zu werden. »Hackbraten?«, fragte er.

»Woher weißt du das?«

»Meine Mom hat oft genug einen gemacht.«

»Deine Mutter?« Sie starrte ihn verwundert an. »Weißt du, Burke, das ist das erste Mal, glaub ich, dass du deine Familie erwähnst. In all den Jahren, die ich dich nun schon kenne.«

Er zuckte mit den Schultern. »Ich habe Racheakte befürchtet, weißt du, irgendwas in dieser Art. Deshalb rede ich absichtlich nicht viel über meine Angehörigen. Viel Familie habe ich ohnehin nicht mehr. Mein Vater war Eisenbahner. Als ich in der dritten Klasse war, ist er zwischen einer Lok und einem Güterwaggon zerquetscht worden. Meine Mom war eine berufstätige alleinerziehende Mutter, bevor das in Mode gekommen ist. Sie hat bei einer Telefongesellschaft gearbeitet, bis sie vor ein paar Jahren an Krebs gestorben ist.

Jetzt sind nur noch mein jüngerer Bruder und ich übrig. Er wohnt in Shreveport. Hat eine Frau und zwei Kinder.« Er lächelte wehmütig. »Mom hat bestimmt drei Dutzend Möglichkeiten gekannt, ein Pfund Hackfleisch zu strecken.«

»Das kann ich mir vorstellen.«

»Wie geht's den Jungs?«

»Gut.«

Er trank einen kleinen Schluck Kaffee, der schlechter als erwartet schmeckte. »Wie kommen sie in der Schule zurecht?«

»Ihre letzten Zeugnisse waren gut.«

»Ich meine nicht nur die Noten.«

Nanci zögerte, weil sie wusste, dass er das seelische Wohlbefinden der Jungen meinte. »Ihnen geht's nicht schlecht. Den Umständen entsprechend.«

»Nun, das ist gut.« Burke spielte mit den Salz- und Pfefferstreuern auf dem Tisch, stellte sie nebeneinander, trennte sie und schob sie wieder zusammen. »In letzter Zeit ist es ziemlich warm, finde ich.«

»Ich hoffe immer, dass der Winter endlich vorbei ist. Aber vielleicht kommt noch ein Kälteeinbruch.«

»Ja. Das passiert sogar noch im März.«

In letzter Zeit schienen sie nichts Besseres zustande zu bringen als solche lahmen Unterhaltungen. Sie vermieden es, wesentliche oder wichtige Themen anzusprechen, was merkwürdig war, weil die schlimmste Zeit eigentlich hinter ihnen lag.

Burke hatte ihr damals die Nachricht von Kevins Tod überbracht. Douglas Patout hatte sich erboten, diese unangenehme Aufgabe zu übernehmen, aber Burke hatte darauf bestanden, dafür sei er zuständig. Er war Nanci eine Stütze gewesen, als sie auf die Nachricht hin zusammengebrochen war, hatte ihr bei den Vorbereitungen für Kevins Beisetzung geholfen und war auf dem Friedhof nicht von ihrer Seite gewichen.

In den folgenden Wochen und Monaten hatte er Nanci bei der Bewältigung des Versicherungspapierkrams geholfen, bei der Beantragung der kümmerlichen Hinterbliebenenrente des New Orleans Police Department, der Einrichtung eigener Kredit- und Bankkonten und bei der Regelung weiterer finanzieller Angelegenheiten.

Als Nanci Kevins Kleiderschrank ausräumte, war Burke auf ihren Anruf hin zu ihr gefahren. Sie hatte ihm einige seiner besseren Sachen angeboten, und er hatte sie dankend angenommen. Aber auf der Heimfahrt hatte er sie in einen Sammelbehälter für Kleiderspenden geworfen. Er hätte sie nicht tragen können.

Im Herbst hatte er die Ölheizung überprüft und den Kessel gereinigt. Zu Weihnachten hatte er den Baum aufgestellt und Nanci geholfen, ihn zu schmücken. Obwohl Kevin nun schon fast ein Jahr tot war, fühlte Burke sich noch immer verpflichtet, alle paar Wochen vorbeizukommen und seiner Witwe Unterstützung anzubieten.

Das Problem war nur, dass es immer schwieriger wurde, Gesprächsthemen zu finden. Im Lauf der Zeit waren ihre Unterhaltungen nicht lockerer, sondern anstrengender geworden. Burke vermied es, über seine Dienststelle und die Kollegen zu sprechen, die Nanci noch kannte. Da der Dienst das Wichtigste in seinem Leben war, fiel es ihm zunehmend schwerer, die immer häufigeren Gesprächspausen durch Bemerkungen übers Wetter und Fragen nach dem Wohlergehen der beiden Jungen zu überbrücken.

Sie empfing ihn immer freundlich, aber sie hatte sich verändert – subtil, aber unbestreitbar. Dieser Tage war sie zurückhaltender als zu Kevins Lebzeiten. Damals hatten sie oft schallend miteinander gelacht. Sie konnte einen ebenso aufziehen und gutmütig verspotten wie ein Kollege. Burke nahm an, dass es einer Frau leichtfiel, mit dem Freund ihres Mannes zu scherzen, wenn ihr Mann dabei war und mitlachte. Nach seinem Tod war das nicht mehr so einfach.

Sie hatten viel Zeit damit verbracht, Vermutungen über den Ausgang des Verfahrens gegen Bardo anzustellen. Worüber hätten sie jetzt noch reden können, nachdem das Verfahren abgeschlossen, nachdem das Schlusskapitel dieser traurigen Episode in ihrem Leben geschrieben war?

»Äh ...«

»Burke ...«

Ihr musste der schleppende Gang ihrer Unterhaltung so unangenehm aufgefallen sein wie ihm, denn sie begannen gleichzeitig zu reden. Er nickte ihr zu, sie solle weitersprechen.

»Nein, du«, sagte sie.

Zum Glück blieben ihnen weitere Peinlichkeiten durch die Ankunft der Jungen erspart. Da sie Burkes Auto draußen gesehen hatten, stürmten sie herein und erfüllten das Haus mit dem Geruch verschwitzter kleiner Jungen und ihrem Willkommensgeschrei. Sie ließen ihre Jacken und Schultaschen fallen, drängten sich an Burke, rangelten miteinander, um ihm noch näher sein zu können.

Nachdem sie rasch eine Kleinigkeit gegessen hatten, ging er mit ihnen in den Garten hinaus. Das machten sie jedes Mal. Nach seinem Besuch bei Nanci beschäftigte er sich eine Zeitlang allein mit David und Peter. Die Jungen durften sich aussuchen, was gespielt werden sollte. Diesmal entschieden sie sich für Baseballtraining.

»Ungefähr so, Burke?«, fragte der kleine Peter.

Seine Haltung war grässlich, aber Burke antwortete: »Genau richtig. Du machst deine Sache schon recht gut, Sportsfreund. Nimm den Schläger bloß noch etwas höher. So, jetzt wollen wir mal sehen, was du kannst.«

Er warf den Ball, der eher Peters Schläger traf als umgekehrt. Peter stieß einen Jubelschrei aus und umrundete ihre improvisierten Laufmale. Am Schlagmal klatschte Burke gegen seine hochgereckte Hand und gab ihm einen anerkennenden Klaps auf den Po.

»Wir versuchen, ins Team der Little League zu kommen. Vielleicht hast du Lust, dir eins unserer Spiele anzusehen, Burke«, sagte David hoffnungsvoll.

»Bloß eins? Ich wollte mir 'ne Saisonkarte kaufen.« Das Haar, das er neckend zauste, war ebenso kupferrot, wie es das ihres Vaters gewesen war. Und weil die beiden mit Kevins Lächeln zu ihm aufsahen, hatte Burke plötzlich einen Kloß im Hals. Er hätte sich vielleicht lächerlich gemacht, wenn Nanci nicht in diesem Augenblick an die Hintertür gekommen wäre und die Jungen hereingerufen hätte, weil sie sich duschen sollten.

»Wir essen in einer Viertelstunde«, erklärte sie ihnen.

»Bis dann, Burke.«

»Bis dann, Burke«, plapperte Peter seinem älteren Bruder nach, während sie ins Haus trampelten.

»Du kannst es großartig mit ihnen«, stellte Nanci fest.

»Mit anderer Leute Kinder nett umzugehen ist leicht. Mit eigenen ist es schwieriger, habe ich mir sagen lassen.«

»Warum habt ihr keine Kinder?«

»Weiß ich nicht. Irgendwie kam es nie dazu. Es hat immer einen guten Grund gegeben, das Kinderkriegen hinauszuschieben. Anfangs hatten wir nicht genug Geld.«

»Und später?«

»Geldmangel.« Das war scherzhaft gemeint, aber der Witz kam nicht an.

»Ich weiß nicht, wie ich ohne meine Söhne zurechtgekommen wäre. Kevin lebt in ihnen weiter.«

Er nickte mit verständnisvollem Ernst. Als er merkte, dass er die Finger seiner rechten Hand beugte und streckte, hörte er damit auf und sagte rasch: »Ich verschwinde jetzt lieber. Ich möchte nicht schuld daran sein, dass die zukünftigen Baseballhelden zu spät zum Open House kommen.«

»Du kannst gern zum Abendessen bleiben.«

Ihre Einladung war obligatorisch. Nanci sprach sie jedes Mal aus, und er lehnte sie jedes Mal ab. »Nein danke. Barbara wartet bestimmt schon auf mich.« Er setzte sich in Richtung Haustür in Bewegung.

»Sag ihr einen schönen Gruß von mir.«

»Wird gemacht.«

»Burke.« Sie sah den Flur entlang zum Bad, in dem sich

die Jungen stritten. Dann konzentrierte sie sich plötzlich wieder auf ihn und sagte: »Ich will nicht, dass du noch mal kommst.«

Er wollte seinen Ohren nicht trauen. »Was?« Auch nachdem sie den Satz wiederholt hatte, starrte er sie nur verständnislos an.

Nanci holte tief Luft und straffte die Schultern. Sie hatte sich anscheinend gut überlegt, was sie ihm bei nächster Gelegenheit erklären wollte. Obwohl sie es kaum über die Lippen brachte, war sie entschlossen, es nun zu sagen, und nahm ihre Kräfte zusammen.

»Ich kann nicht mit dir zusammen sein, dich nicht mal ansehen, ohne an Kevin zu denken. Wenn ich dich bloß sehe, mache ich alles noch mal durch. Nach jedem deiner Anrufe oder Besuche weine ich tagelang. Ich bin wütend, bekomme Selbstmitleid. Und kaum habe ich mich von dem Rückschlag erholt, meldest du dich wieder, und alles fängt von vorn an.«

Sie biss sich auf die Unterlippe und machte eine Pause, um ihre Gefühle in den Griff zu bekommen. »Ich versuche, mir ein Leben ohne Kevin aufzubauen. Ich sage mir, dass er für mich verloren ist. Für immer. Und dass ich mit diesem Bewusstsein weiterleben kann. Wenn ich mich fast davon überzeugt habe, kreuzt du auf und...« Ihre Tränen ließen sich nicht länger zurückhalten. Sie suchte in ihrer Tasche nach einem Papiertaschentuch. »Du verstehst, was ich meine?«

»Ja, ich weiß, was du meinst.« Er versuchte nicht einmal, die Bitterkeit in seinem Tonfall zu verbergen. »Es tut dir weh, dem Mann, der dich zur Witwe gemacht hat, Kaffee zu servieren.«

»Das habe ich nicht gesagt.«

»Das war auch nicht nötig.« Er drängte sich an ihr vorbei durch die Haustür.

»Burke, so versteh mich doch!«, rief sie ihm nach. »Bitte.«

Er blieb auf dem Gehsteig stehen und drehte sich zu ihr um. Aber sein Zorn verflog, als er ihren gequälten Gesichtsausdruck sah. Wie konnte er ihr böse sein? Nanci wollte ihn nicht verletzen. Ihre Entscheidung betraf nicht ihn, sondern sie selbst. Sie hatte ihn aus reinem Selbsterhaltungstrieb gebeten, nicht mehr wiederzukommen.

»Doch, Nanci, ich verstehe dich. Mir ginge es an deiner Stelle genauso.«

»Du weißt, was du den Jungen und mir bedeutest. Wir wissen, was du Kevin bedeutet hast. Aber ich...«

Er hob beide Hände. »Red dir deswegen keine Schuldgefühle ein, okay? Du hast recht. Es ist die beste Lösung.«

Sie schniefte und tupfte sich die Nase mit ihrem Taschentuch ab. »Danke für dein Verständnis, Burke.«

»Sag den Jungs...« Er versuchte, sich etwas einfallen zu lassen, was sie den Jungen erzählen konnte, um zu begründen, weshalb er wie ihr Vater plötzlich aus ihrem Leben verschwunden war.

Sie unterdrückte ein Schluchzen. »Mir fällt schon was ein. Die beiden sind erstaunlich robust.« Sie lächelte unter Tränen. »Nach allem, was du für uns getan hast, ist mir der Gedanke schrecklich, dir weh zu tun. Für mich ist es auch sehr schwer, falls dir das ein Trost ist. Es ist fast, als würde ich mir den rechten Arm abschneiden, um mein Leben zu retten. Du warst mir ein guter Freund.«

»Das bin ich noch. Immer.«

Nanci sagte leise: »Ich komme nicht davon los, bis ich loslasse, Burke.«

»Ja, ich verstehe.«

»Das gilt auch für dich. Wann willst *du* loslassen?«

Einige Sekunden verstrichen. Dann sagte er: »Solltest du jemals etwas brauchen, weißt du, wo ich zu finden bin.«

8. Kapitel

Barbaras Auto stand in der Einfahrt, als er nach Hause kam. Sie würde sich freuen, dass er ausnahmsweise einmal pünktlich oder sogar etwas zu früh heimkam. Er hatte mit schlechtem Gewissen gehofft, das Volleyballturnier oder irgendwelche anderen Aktivitäten würden sie noch eine Zeitlang in der Schule festhalten. Er brauchte etwas Ruhe, etwas Zeit für sich allein.

Der Tag hatte mit Patouts zwiefacher Hiobsbotschaft begonnen. Dann hatte Nanci Stuart ihn im Prinzip auf gefordert, abzuhauen und sich nie wieder blicken zu lassen. Heute wäre selbst die kleinste Auseinandersetzung mit Barbara zu viel für ihn. Eine belanglose Meinungsverschiedenheit, ein unwirsches Wort hätte ihn aus dem Gleichgewicht bringen können. Er fürchtete, dass es in seiner gegenwärtigen Verfassung nicht weit war von bloßer Gereiztheit bis zu einem unverzeihlichen Wutausbruch.

Er betrat das Haus durch die Hintertür und rief dabei ihren Namen. Als er sie weder in der Küche noch in den vorderen Räumen antraf, ging er nach oben. Auf dem Treppenabsatz hörte er, dass der Fernseher im Schlafzimmer lief. In der Dusche rauschte Wasser.

Als er ins Schlafzimmer trat, zeigte sich jedoch, dass er nur halb recht gehabt hatte. In der Dusche lief Wasser, aber die Stimmen, die er hörte, kamen nicht aus dem Fernseher.

Er durchquerte das Schlafzimmer und ging durch die Verbindungstür ins Bad. Der Raum war voller Wasserdampf. Burke riss die Glastür der Duschkabine auf.

Barbara lehnte mit offenem Mund an der gekachelten Wand, hielt ihre Augen geschlossen und umschlang mit einem Bein die energisch pumpenden Hüften des kleinen, stämmigen Footballtrainers ihrer Schule.

Burke sah rot, packte den Kerl mit beiden Händen und zerrte ihn aus der Duschkabine. Der Trainer rutschte auf den nassen, glitschigen Fliesen aus und wäre hingeknallt, wenn Burke ihn nicht am Hals festgehalten hätte.

Barbara stieß einen gellenden Schrei aus und schlug dann beide Hände vor den Mund, während sie beobachtete, wie ihr Mann ihren Liebhaber mehrmals gegen die Badezimmerwand knallte und dann anfing, ihn mit den Fäusten zu bearbeiten. Klatschend und mit maschinengleicher Präzision hämmerten seine Fäuste auf den Körper des Mannes ein.

Der andere war fünfzehn Jahre jünger als Burke, muskulös und topfit, aber Burke hatte das Überraschungsmoment auf seiner Seite. Trotzdem kämpfte er ohne bestimmte Strategie. Er spürte nur den wilden Drang, jemand anderem Schmerzen zuzufügen, damit er nicht als Einziger leiden musste, und diesen geilen Dreckskerl ebenso zu verletzen, wie er verletzt war. Mit Genugtuung nahm er wahr, wie unter seinen Fäusten Knorpel knirschten, Haut aufplatzte und weiches Gewebe nachgab.

Burke hatte den Kerl in ein zitterndes, schluchzendes, jämmerlich flehendes Häufchen Elend verwandelt, bevor er ihm den Gnadenstoß versetzte. Er rammte ihm sein Knie mit voller Wucht zwischen die Beine, so dass der Trainer mit einem lauten Schmerzensschrei an der Wand hinab zu Boden glitt, wo er seine verwundete Männlichkeit mit beiden Händen umfasste und weinend liegen blieb. Sein zerschlagenes Gesicht war mit Blut, Schleim und Tränen bedeckt.

Burke beugte sich schwer atmend übers Waschbecken. Nachdem er sich die Hände gewaschen und sein Gesicht unter das kalte Wasser gehalten hatte, richtete er sich auf. Barbara war in ihren Bademantel geschlüpft, womit sie immerhin etwas Schamgefühl bewies, aber sie hatte sich nicht im Geringsten um ihren zusammengeschlagenen Liebhaber gekümmert, was Burke überraschte. Machte sie sich denn gar nichts aus ihm? Vielleicht nicht. Vielleicht hatte sie sich nur einen Liebhaber genommen, um seine Aufmerksamkeit zu erregen. Oder vielleicht schmeichelte er sich damit selbst.

»Na, fühlst du dich jetzt besser?«, fragte sie ihn unüberhörbar sarkastisch.

»Nein«, antwortete Burke aufrichtig, während er sich das Gesicht abtrocknete. »Nicht sehr.«

»Hast du vor, auch mich zu verprügeln?«

Er wandte sich vom Waschbecken ab, betrachtete sie nachdenklich und fragte sich, wann Barbara so zynisch und unnahbar geworden war. War sie schon immer so gewesen? Oder hatten Jahre der Unzufriedenheit und des Unglücklichseins sie zu der verbitterten Frau gemacht, die ihm jetzt gegenüberstand? Jedenfalls erkannte er in ihr kaum noch die Jungverheiratete, mit der er damals ein gemeinsames Leben begonnen hatte. Er kannte diese Frau überhaupt nicht und sah in ihr nichts, was er hätte kennenlernen wollen.

»Ich werde dir nicht den Gefallen tun, darauf auch nur zu antworten.«

»Du hast mich misshandelt, Burke, wenn auch nicht mit deinen Fäusten.«

»Wie du meinst.« Er ging an ihr vorbei ins Schlafzimmer, zog seinen Koffer unter dem Bett hervor und machte sich daran, den Inhalt seiner Kommodenschubladen hineinzukippen.

»Was machst du da?«

»Ist das nicht offensichtlich?«

»Bild dir ja nicht ein, du könntest wegen Ehebruchs auf Scheidung klagen. Unsere Probleme haben schon begonnen, bevor ...«

»Bevor du angefangen hast, mit anderen Männern in unserer Dusche zu bumsen?«

»Ja!«, fauchte sie. »Und er war nicht der erste.«

»Das interessiert mich nicht.« Nachdem er ein paar Sachen aus dem Kleiderschrank in den Koffer geworfen hatte, ließ er die Verschlüsse zuschnappen.

»Wohin willst du?«

»Keine Ahnung.«

»Aber ich weiß ja, wo ich dich finden kann, nicht wahr?«

»Richtig«, antwortete er und ließ es dabei bewenden. Der Teufel sollte ihn holen, wenn er vor seiner ehebrüchigen Frau seine Arbeitsmoral rechtfertigte. »Die Sache mit der Scheidungsklage überlasse ich dir, Barbara. Ich werde die Gründe, die du vorbringst, nicht anfechten. Meinetwegen kannst du sagen, ich sei ein schlechter Versorger, gewalttätig oder schwul. Das ist mir alles völlig egal.«

Als er sich umsah, um zu kontrollieren, ob er etwas Wichtiges vergessen hatte, dachte er traurig, wie leicht und schnell er gepackt hatte. Sie hatten in diesen Räumen nicht miteinander *gelebt;* sie hatten hier nur *gewohnt.* Er verließ das Haus ohne irgendwelche persönliche Besitztümer. Er hatte nur das Notwendigste zusammengepackt, und das hätte jedem gehören können. Er ließ nichts zurück, was ihm etwas bedeutete. Auch Barbara zählte nicht dazu.

Burke wusste nicht einmal, ob das Gebäude noch stand. Aber er fand es geduckt zwischen ähnlichen Bauten stehend, die alle den näher rückenden Modernisierungsmaßnahmen hartnäckig widerstanden.

Der zunehmende Tourismus zerstörte rasch die Einzigartigkeit von New Orleans – und damit die große Attraktion, die die Touristenströme erst anlockte. Diesem Paradoxon war mit Logik nicht beizukommen.

Burke hätte es bedauert, dieses Gebäude nicht mehr vorzufinden – es war zwar heruntergekommen, aber es besaß Charakter. Wie eine würdevolle Greisin, die einer seit Jahrzehnten veralteten Mode die Treue hielt, trug es sein Alter mit Würde und bewundernswerter Gelassenheit. Aus dem schmiedeeisernen Balkongitter im ersten Stock war ein Stück herausgebrochen. Der gepflasterte Weg zum Hauseingang war bucklig. Aus Rissen im Mörtel spross Unkraut, aber aus den Schalen mit Stiefmütterchen zu beiden Seiten des Tores sprach ein gewisser Stolz. Das Eisentor quietschte, als Burke es aufstieß.

Hinter der ersten Tür links wohnte der Hausmeister. Burke drückte auf den Klingelknopf. Der Mann, der an die Tür kam, war nicht derselbe, der ihm vor vielen Jahren ein Zimmer vermietet hatte, aber dieser Mann und die Gestalt aus seiner Erinnerung waren praktisch austauschbar. Die Wohnung des gebeugt dastehenden älteren Gentleman war mit ungefähr dreißig Grad völlig überheizt und roch nach Katzenklo. Tatsächlich hielt er eine große Tigerkatze auf dem Arm, während er Burke mit den wässrigen Augen eines lebenslänglichen Alkoholikers neugierig anstarrte.

»Ist bei Ihnen was frei?«

Um ein Apartment zu mieten, brauchte man lediglich einen Hundertdollarschein für die erste Woche. »Dazu gehört auch, dass am dritten Tag die Handtücher gewechselt werden«, fügte der Hausherr hinzu. Er war in Pantoffeln die Treppe hinaufgeschlurft, um Burke die Eckwohnung im ersten Stock zu zeigen.

Im Prinzip war es ein Einzimmerapartment. Ein zerschlissener Vorhang trennte eine Nische mit WC, Waschbecken und Badewanne ab. Das französische Bett war in der Mitte eingesunken. Die Küche bestand aus einer Spüle, einem schmalen Regal, einem winzigen Kühlschrank und einer Doppelkochplatte, die laut Hausherr wohl funktionierte.

»Ich koche nicht viel«, versicherte Burke ihm, als er sich den Schlüssel geben ließ.

Ein an die Wand geketteter Schwarzweißfernseher war ungefähr die einzige Annehmlichkeit, die hinzugekommen war, seit Burke vor zwanzig Jahren hier gewohnt hatte, nachdem er seine Heimatstadt Shreveport verlassen hatte, um zum New Orleans Police Department zu gehen. Damals hatte er sich hier einquartiert, um in Ruhe eine geeignete Wohnung suchen zu können – und war anderthalb Jahre geblieben.

Seine Erinnerungen daran waren verschwommen, denn er hatte nicht viel Zeit im Apartment verbracht. Er war fast ständig auf dem Revier gewesen, hatte von den Veteranen gelernt, Überstunden gemacht und sich in den Papierkram eingearbeitet, die Geißel von Polizeibeamten in aller Welt. Damals war er ein Idealist gewesen, der sich den Kampf gegen Verbrechen und Verbrecher auf die Fahne geschrieben hatte.

Heute ließ ein weniger idealistischer Burke Basile die uralte Badewanne mit Klauenfüßen volllaufen und setzte sich mit einer Flasche Jack Daniel's Black hinein. Er trank gleich aus der Flasche und beobachtete leidenschaftslos, wie ein daumengroßer Kakerlak über die wasserfleckige Tapete lief.

Wenn ein Mann seine Frau in flagranti mit einem anderen Kerl überrascht, muss er sich, gleich nachdem er den anderen zusammengeschlagen und sich eine Flasche Whiskey gekauft hat, die er zu leeren gedenkt, davon überzeugen, dass er ihn noch hochkriegt.

Also verschaffte er sich mit seiner freien Hand eine Erektion. Er schloss die Augen und bemühte sich, das Bild, wie Barbara sich von dem Footballtrainer vögeln ließ, durch eine Fantasievorstellung zu ersetzen, die seine Erektion lange genug aufrechterhalten würde, dass er sie genießen und zu einem Höhepunkt gelangen konnte, der sein Ego aufbauen würde.

Sofort stand sie wieder vor seinem inneren Auge: die Nutte in Duvalls Pavillon.

Er verdrängte alle unangenehmen Gedanken und konzentrierte sich auf die Frau in dem hautengen schwarzen Kleid mit ihrem glänzenden rabenschwarzen Haar und ihren im Mondschein leuchtenden Brüsten.

Ihr Gesicht war zunächst noch undeutlich. Er brachte es in Gedanken näher an sich heran. Sie schenkte ihm einen glutvollen Blick. Sie sprach seinen Namen. Sie streichelte ihn mit sanfter Hand. Noch weichere Lippen liebkosten ihn. Ihre Zunge …

Dann kam er, zwischen gefletschten Zähnen einen Fluch hervorstoßend.

Danach fühlte er sich schwach und benommen und leicht desorientiert, aber das konnte ebenso an dem heißen Bad und dem Whiskey wie an der Lösung seiner sexuellen Spannung liegen. Die Gewissheit, dass körperlich alles in Ordnung war, beruhigte ihn. Aber seelisch fühlte er sich nur geringfügig besser.

Er war schon reichlich angetrunken, als er aus der Wanne stieg, sich eins der dünnen Handtücher um die Hüften wickelte und sich auf die Bettkante setzte, um über seine Zukunft nachzudenken.

Vermutlich hätte er sich an einen Scheidungsanwalt wenden, Bankkonten sperren, Kreditkarten kündigen und all das tun sollen, was Leute aus Boshaftigkeit und zum eigenen Schutz tun, wenn ihre Ehe in die Brüche geht.

Aber für langwierige juristische Auseinandersetzungen fehlte ihm das nötige Kleingeld. Seinetwegen konnte Barbara alles behalten, was immer sie von den kümmerlichen Überresten ihres gemeinsamen Lebens für sich beanspruchte. Er hatte alles gerettet, was er brauchte: ein paar Kleidungsstücke, seine Polizeiplakette und seine 9-mm-Pistole.

Burke griff über seine auf dem Bett liegenden Sachen hinweg nach der Pistole und wog sie prüfend in der Hand. Aus dieser Waffe war die Kugel gekommen, die Kevin Stuart tödlich getroffen hatte.

Sein Privatleben war beschissen. Sein Berufsleben auch. Was Tapferkeit und Pflichterfüllung anging, hegte er keine Illusionen mehr. Diesen Scheiß glaubten nur Dummköpfe. Solche veralteten Normen passten nicht mehr in die heutige Gesellschaft. Als er sich an der Polizeiakademie einschrieb, hatte er sich als Ritter ohne Furcht und Tadel gesehen, aber König Arthurs Tafelrunde war Geschichte gewesen, lang bevor er seine Ausbildung begonnen hatte.

Burke Basile war ein Paria, eine Belastung für das Drogendezernat, weil er einen seiner eigenen Leute erschossen hatte und selbst dann noch Gerechtigkeit forderte, als sich außer ihm offenbar niemand mehr für diesen Fall interessierte.

Wayne Bardo war wieder frei, konnte weitermorden und hatte es schon getan.

Duvall saß in seiner uneinnehmbaren Festung – mit seiner Dienerschaft, seinen reichen Freunden und ihren Luxusnutten.

Unterdessen wurden Burke Basiles Sympathiebekundungen zurückgewiesen, und seine Frau vögelte in seinem eigenen Haus mit jüngeren Männern.

Burke wog die Pistole nochmals in der Hand. Er wäre nicht der erste Cop gewesen, der Selbstmord verübte, weil ihn die Vergeblichkeit seiner Arbeit deprimierte. Wie lange würde es dauern, bis ihn jemand vermisste? Wer würde ihn vermissen? Patout? Mac? Vielleicht. Aber insgeheim wären sie vielleicht froh, dass er das Problem für sie aus der Welt geschafft hatte.

Sobald dieser grässliche kleine Raum zu stinken begann, sobald die Katze des Hausherrn an seiner Tür zu kratzen begann, würden sie ihn finden. Wen würde es überraschen, dass er sich das Leben genommen hatte? Er habe seine Ehe zerstört, würde es heißen. Ein Gerücht würde behaupten, er habe seine Alte, die mit der Klassefigur, in seiner eigenen Dusche mit einem anderen Kerl beim Bumsen erwischt. Armer Teufel! Sie würden die Köpfe schütteln und die Tatsache beklagen, dass er nach Stuarts Tod nie mehr richtig auf die Beine gekommen war. Damit hatten all seine Probleme begonnen.

Während Stuarts Witwe überall sparen musste, um ihren

Kindern ein Essen auf den Tisch stellen zu können, gaben skrupellose Anwälte und Verbrecher grandiose Partys, um ihre unrechtmäßigen Erfolge zu feiern. Das konnte der alte Burke Basile nicht länger ertragen. Er konnte nicht länger mit seinem schuldbeladenen Gewissen leben. Also... *peng!* Einfach und unkompliziert.

Er war sich bewusst, dass er vermutlich unter einem schlimmen Anfall von Selbstmitleid litt, aber warum zum Teufel auch nicht? Hatte er kein Recht auf eine kleine Selbstanalyse und etwas Bedauern? Nanci Stuarts Entscheidung hatte ihn tief verletzt, obwohl er sich eingestehen musste, dass sie für Nanci richtig war. Sie hielt ihr Leben mit beiden Händen fest. Irgendwann würde der Schmerz über Kevins Tod abklingen; sie würde einen anderen Mann kennenlernen und wieder heiraten. Obwohl sie ihn nicht für den Unfall verantwortlich machte, musste jeder seiner Besuche in ihr schmerzlichste Erinnerungen wecken.

Barbara hätte er am liebsten als treulose Schlampe gesehen, die nicht einmal zu begreifen versucht hatte, durch welche Hölle er nach dem Tod seines Partners gegangen war. Aber das wäre nicht ganz fair gewesen. Gewiss, sie hatte ihre Fehler, aber er war nicht gerade ein idealer Ehemann gewesen – schon vor dem tragischen Vorfall nicht und danach erst recht nicht. Sie hätten sich schon längst scheiden lassen sollen, das hätte ihnen beiden viel Leid erspart.

Er hatte auf allen Gebieten schlechte Entscheidungen getroffen. Er hatte die falsche Frau geheiratet. Er hatte den falschen Beruf gewählt. Was zum Teufel hatten all die Überstunden und all die harte Arbeit letztlich gebracht? Er hatte nichts erreicht. *Nichts.*

Nun, etwas ja doch. Er hatte Kevin Stuart umgebracht.

Verdammt, wie sehr ihm dieser Rotschopf fehlte! Er vermisste Kevins ruhige Vernunft, seine dämlichen Witze und sein unerschütterliches Bewusstsein für Recht und Unrecht. Er vermisste sogar seine Wutausbrüche. Kevin hätte nichts dagegen gehabt, im Dienst zu sterben. Wahrscheinlich wäre ihm das sogar die liebste Todesart gewesen.

Aber Kevin hätte nicht ertragen, dass sein Tod ungesühnt blieb. Das Rechtssystem, das er ein Leben lang verteidigt hatte, hatte die Schuldigen nicht bestraft. Damit hätte Kevin Stuart sich wahrscheinlich nie abfinden können.

Und dieser Gedanke ernüchterte Burke Basile wie eine eiskalte Dusche.

Er stellte die Flasche Jack Daniel's auf den wackeligen Nachttisch und legte seine Pistole daneben. Dann zog er das Handtuch von seinen Hüften, streckte sich auf dem klumpigen Bett aus und faltete die Hände unter dem Kopf. So lag er stundenlang da, starrte die Zimmerdecke an und dachte nach.

Obwohl es an sich nichts mehr zu überlegen gab.

Er wusste jetzt, was er zu tun hatte. Er wusste, wen er umzubringen hatte. Jedenfalls nicht sich selbst.

Als er dann endlich Schlaf fand, schlief er wie seit Monaten nicht mehr – tief und traumlos.

9. Kapitel

»Kündigen?«

»Kündigen«, bestätigte Burke.

Patout war einen Augenblick sprachlos. »Einfach Knall und Fall? Um Himmels willen, warum?«

»Ich kündige nicht ›Knall und Fall‹, Doug. Und du weißt, warum.«

»Wegen Kevin?«

»In erster Linie. Und wegen Duvall, Bardo und Sachel. Genügt dir das?«

»Wie kannst du nur an so etwas denken?« Patout stand auf und fing an, hinter seinem Schreibtisch auf und ab zu gehen. »Wenn du ihretwegen den Beruf aufgibst, den du liebst, haben sie gewonnen. Du machst es ihnen verdammt leicht. Du erlaubst ihnen, dein Leben zu beherrschen.«

»So sieht es vielleicht aus, aber das ist nicht der Fall. Ich wollte, meine Gründe wären so einfach und klar definierbar.«

Patout blieb stehen und starrte ihn prüfend an. »Du hast weitere?«

»Barbara und ich haben uns getrennt.«

Patout sah sekundenlang zu Boden, dann warf er Burke einen mitfühlenden Blick zu. »Das tut mir leid. Habt ihr euch probeweise getrennt?«

»Nein, endgültig.«

»Himmel! Ich habe gespürt, dass ihr Probleme habt, aber ich habe nicht gewusst, dass ihr euch so auseinandergelebt habt.«

»Ich auch nicht«, gestand Burke. »Bis gestern Abend nicht. Ich will dich nicht mit Einzelheiten langweilen, aber du kannst mir glauben, dass wir das Ende der Fahnenstange erreicht haben. Ich bin ausgezogen und habe sie aufgefordert, mit einer ihr genehmen Begründung die Scheidung einzureichen. Unsere Ehe ist gescheitert.«

»Das tut mir leid«, wiederholte Patout. Dass die schlechte Ehe seines Freundes nun gescheitert war, tat ihm nicht mehr leid als Burke. Er bedauerte nur, dass die Trennung zu diesem Zeitpunkt erfolgt war.

»Ich bin deswegen nicht unglücklich«, sagte Burke. »Wirklich nicht. Das hat sich schon lange angekündigt. Und diese Sache mit dem Job hat sich ebenfalls schon lange angekündigt. Ich bin ausgebrannt, Doug. In meiner gegenwärtigen Gemütsverfassung kann ich dir nichts nützen.«

»Bockmist. Du bist mein bester Mann.«

»Danke, aber ich weiß, dass mein Entschluss richtig ist.«

»Hör zu, wir haben gerade einen enttäuschenden Prozess hinter uns. Du bist wegen dieser Geschichte mit Barbara durcheinander. Das ist kein guter Zeitpunkt für eine berufliche Weichenstellung. Nimm dir eine Woche frei und …«

Burke schüttelte den Kopf, bevor Patout ausgeredet hatte. »Darum geht es nicht. Eine Woche Urlaub wäre wie ein Heftpflaster für einen Kranken, der eine Herzoperation braucht.«

»Vielleicht brauchst du eine Zeitlang einen Schreibtischjob«, schlug Patout vor. »Du könntest als Berater tätig sein. In einer Funktion, in der du weniger unter Druck stehst.«

»Sorry, Doug. Mein Entschluss steht fest.«

»Nimm wenigstens bloß unbezahlten Urlaub. Dann kannst du zurückkommen, wann du willst. Dein Job bleibt dir auf jeden Fall erhalten.«

Diese Alternative klang verlockend, aber Burke erwog sie nur einige Sekunden lang, bevor er standhaft den Kopf schüttelte. »Wenn mir dieses Hintertürchen bliebe, würde ich es vielleicht nutzen. Und in ein paar Wochen wäre ich dann wieder am selben Punkt angelangt. Nein, Doug, ich brauche eine saubere Trennung.«

Patout ließ sich wieder in seinen Schreibtischsessel fallen. Er fuhr sich mit einer Hand durch sein schütter werdendes Haar. »Ich kann's einfach nicht glauben. Ich bin der Kopf des Dezernats, aber du bist sein Herz, Burke.«

Er grinste spöttisch. »Versuchst du's mit 'ner neuen Taktik, Doug? Schmeichelei?«

»Es ist die Wahrheit.«

»Vielen Dank für das Kompliment, aber es kann mich nicht umstimmen.«

»Okay«, sagte Patout mit einer ungeduldigen Handbewegung, »vergiss das Dezernat. Was ist mit *dir*? Hast du dir diese Sache reiflich überlegt? Was hast du beruflich vor?«

»Das gehört zu den Vorteilen, wenn man kündigt, Doug. Ich habe keine Pläne.«

Damit hatte Burke seinen Freund zum ersten Mal im Leben angelogen.

Das Bordell war ebenso imposant wie eine Zweigstelle der Stadtbibliothek.

Es stand auf einem großen, von einem schmiedeeisernen Zaun umgebenen Grundstück in einem prächtigen Magnolienhain. Das Haus war von einer reichen Kreolenfamilie erbaut worden, die vor dem allgemein als Aggressionskrieg des Nordens bezeichneten Bürgerkrieg Baumwolle angepflanzt und importiert hatte.

In diesem Krieg hatten die Yankees alle Schiffe und Lagerhäuser der Familie beschlagnahmt, ihre flussaufwärts gelegene Plantage niedergebrannt und in dieser Villa, ihrem Stadthaus, Offiziere der Nordstaatenarmee einquartiert. Von dieser tiefen Demütigung hatte sich die Familie nie mehr erholt.

Nach dem Bürgerkrieg verfiel das Herrenhaus, weil niemand es sich leisten konnte, es zu besitzen und die Grundsteuer zu zahlen. Anfang der achtziger Jahre des vorigen Jahrhunderts begeisterte sich ein Unternehmer aus dem Norden für die verfallende Villa. Er ließ sie mit immensen Kosten renovieren, bis sie prächtiger war als je zuvor. Das blieb sie, bis sein Enkel und Alleinerbe dabei ertappt wurde, dass er seine Partner betrog, worauf er nicht nur das Familienvermögen, sondern bei einem höchst verdächtigen »Schießunfall« unter den Duell-Eichen auch sein Leben verlor.

Danach stand das Haus wieder leer, bis es in den zwanziger Jahren von einer Investorengruppe in eine Flüsterkneipe verwandelt wurde. In den oberen Räumen herrschte mindestens so viel, wenn nicht sogar mehr Betrieb als in den eleganten Salons im Erdgeschoss. Mädchen wurden ebenso aggressiv angeboten wie schwarzgebrannter Whiskey. Bald hatte die Puffmutter so viel verdient, dass sie ihre Partner ausbezahlen konnte. Unter ihrer Leitung blühte das Geschäft.

Als sie dann starb, vererbte sie das Geschäft ihrer Tochter, und Ruby Bouchereaux, die gegenwärtige Inhaberin, war in dritter Generation Bordellbesitzerin. Das elegante Etablissement stand seit den sechziger Jahren unter Rubys

Leitung. Sie war sogar noch reicher geworden als ihre unternehmungslustigen Vorgängerinnen.

Im Big Easy gehörte Ruby Bouchereaux' Haus zu den Attraktionen. Zwischen Ruby und der hiesigen Polizei gab es eine stillschweigende Übereinkunft. Sie durfte ihr Geschäft ungestört betreiben, solange in ihrem Haus nicht mit Drogen gehandelt wurde. Es kam immer wieder vor, dass eins von Rubys Mädchen eine Möglichkeit sah, nebenbei etwas Geld zu verdienen, indem es einem Freier gesteigertes Empfinden und Stehvermögen mit Hilfe einer verbotenen Substanz versprach. Ruby gefiel es nicht, wenn der Geschäftsbetrieb durch eine Razzia unterbrochen wurde, aber die Aussicht auf endgültige Schließung, falls einer ihrer reichen Kunden auf dem Höhepunkt der Lust erstickte oder einem Herzschlag erlag, gefiel ihr noch weniger. Außerdem war sie keineswegs scharf darauf, dass ihre Mädchen Nebeneinnahmen hatten, an denen sie nicht beteiligt war. Deshalb betrachtete sie gelegentliche Razzien als notwendiges Übel und kam weiter gut mit den Behörden aus.

Burke war zweimal dienstlich in ihrem Etablissement gewesen. Nackte Männer, die dann ihre dreiteiligen Geschäftsanzüge und Rolex-Armbanduhren an sich drückten, wurden aus Luxusbetten gezerrt und ebenso geschäftsmäßig befragt wie hohlwangige Junkies, die am Jackson Square um Kleingeld bettelten. Wenn einer von Rubys Kunden dabei ertappt wurde, dass er sich im Bett mit Drogen aufgeputscht hatte, schreckte Burke nicht davor zurück, ihn zu verhaften – ganz egal, wie reich er war oder welches öffentliche Amt er bekleidete.

Die Tür wurde von einem Rausschmeißer geöffnet, der Burke misstrauisch musterte. »Bitte sagen Sie Mrs. Bouchereaux, dass Burke Basile sie sprechen möchte.«

»Sie sind doch ein Cop!«

»Haben Sie denn was zu verbergen?«

Der andere knallte Burke die Tür vor der Nase zu und ließ ihn geschlagene fünf Minuten lang auf der Schwelle stehen, bevor er wieder auftauchte. »Sie sollen reinkommen«, sagte er nicht besonders erfreut.

Er führte Burke in ein Büro, das jeder schwer arbeitenden, ehrgeizigen Führungskraft hätte gehören können, die nur wenig delegierte und darauf bestand, alles unter absoluter Kontrolle zu behalten. Es war mit einem Telefon für mehrere Amtsleitungen, zwei Faxgeräten und einem Computer ausgestattet. Die Prostitution war zu einem Hightechgeschäft geworden.

Die Frau hinter dem Schreibtisch bot ihm mit einer Handbewegung einen Sessel an. »Ihr Besuch ist ein unerwartetes Vergnügen, Lieutenant Basile.«

»Danke, dass Sie mich unangemeldet empfangen haben.«

Sie bot ihm einen Drink an, den er dankend ablehnte. Nachdem sie den Rausschmeißer weggeschickt hatte, sagte sie: »Ich hoffe, dass Sie gekommen sind, um ein Kundenkonto bei uns einzurichten. Meine Mädchen werden begeistert sein. Ihr markantes Aussehen – vor allem Ihr attraktiver Schnurrbart – ist bei Ihren bisherigen Besuchen nicht unbemerkt geblieben, auch wenn Sie dabei unangenehme Dienstpflichten zu erfüllen hatten.«

Sie war eine winzige Person, kaum größer als eins fünfzig, mit platinblondem Haar, das angeblich nicht gefärbt war. Ihr Teint war glatt und weiß wie eine Gardenie, als setzte sie ihre Haut niemals einem Sonnenstrahl aus. Gerüchteweise wurde behauptet, sie habe sich einer Gesichtsstraffung ohne Narkose unterzogen, um die Arbeit des Chirurgen beaufsichtigen und sich vergewissern zu können, dass er sich genau an ihre Anweisungen hielt. Aber diese Story war etwas zu weit hergeholt, um glaubwürdig zu sein – auch wenn sie Ruby Bouchereaux betraf, um die sich zahlreiche Gerüchte rankten. Jedenfalls war sie als Gesamtkunstwerk sehr sehenswert.

Ihre lavendelblauen Augen hatten ihn nicht mehr losgelassen, seit er das Büro betreten hatte. Sie war alt genug, um seine Mutter zu sein, und er wusste, dass sie ihre Flirtkünste durch jahrelange Übung perfektioniert hatte. Trotzdem spürte er, dass ihr Kompliment ihn leicht erröten ließ.

»Ich kann mir Ihre Dienste nicht leisten, fürchte ich.«

»Wir haben schon anderen städtischen Bediensteten Rabatte eingeräumt.« Sie spielte mit ihrer Perlenkette, während sie ihn interessiert beobachtete. »Ich kann Ihnen die verschiedenen Rabattmodelle gern erläutern.«

Er lächelte, schüttelte aber den Kopf. »Sorry, nein. Trotzdem weiß ich das Angebot zu schätzen.«

Bedauernd schob sie die Lippen vor. »Die Mädchen werden enttäuscht sein. Und ich bin's auch.« Danach faltete sie ihre kleinen Hände auf der Schreibtischplatte und erkundigte sich nach dem Grund seines Besuchs.

»Pinkie Duvall.«

Ihr Gesichtsausdruck veränderte sich so minimal, dass es nur jemandem aufgefallen wäre, der wie Burke darin erfahren war, die Reaktionen anderer zu beurteilen. »Was ist mit ihm?«

»Duvall und Sie sind früher Partner gewesen – Sie haben einen Club im French Quarter betrieben, bevor Sie sich vor einigen Jahren zerstritten haben.«

»Ja, das stimmt.«

»Was ist passiert?«

»Inoffiziell?«

»Völlig.«

»Pinkie wollte, dass eins meiner Mädchen im Club als Tänzerin auftritt. Sie hatte kein Interesse daran und hat sein Angebot höflich abgelehnt. Wenig später ist Wayne Bardo hier aufgekreuzt und hat dieses Mädchen verlangt. Nach einer Stunde mit ihm hat sie nicht mehr gehen und erst recht nicht mehr tanzen können.«

»Duvall hat Bardo hergeschickt, um ihr eine Lektion erteilen zu lassen?« Als Ruby mit leichtem Nicken Zustimmung signalisierte, bat er, das Mädchen sprechen zu dürfen.

»Das ist leider nicht möglich, Lieutenant. Zwei Tage nach Bardos Besuch hat sie sich die Pulsadern aufgeschnitten. Sie hat nicht geglaubt, dass ihr Gesicht jemals wieder so aussehen würde wie früher – und alle von uns konsultierten Ärzte haben das ebenfalls befürchtet. Sie war eine richtige Schönheit. Mr. Bardo hat sie nicht nur für diesen Beruf, sondern auch für jeden anderen ruiniert, bei dem man sich in der Öffentlichkeit zeigen muss.«

»Anzeige haben Sie wohl keine erstattet?«

»Weil eine Hure im Bordell misshandelt worden ist?«, fragte sie verächtlich lachend. »Wie hätte die Polizei wohl darauf reagiert? Ich konnte nicht beweisen, dass die Misshandlung hier stattgefunden hatte, dass Bardo der Täter war oder dass er in Pinkie Duvalls Auftrag gehandelt hatte.

Außerdem wäre das schlecht fürs Geschäft gewesen. Ich hänge unsere Fehler und Missgeschicke nicht an die große Glocke. Jedes meiner Mädchen, das allein mit einem Mann aufs Zimmer geht, riskiert, verletzt zu werden. Ich und mein Personal tun alles Menschenmögliche, um so etwas zu verhindern, aber wir können nicht in den Zimmern bleiben, um es auszuschließen. Das ist ein Berufsrisiko.«

Burke beugte sich leicht nach vorn. »Mrs. Bouchereaux, wissen Sie als frühere Partnerin etwas über Duvalls zweites geschäftliches Standbein?«

»Ich vermute, dass Sie damit den Drogenhandel meinen.«

»Sie wissen also davon?«

»Natürlich, aber ich könnte es so wenig beweisen wie Sie. Pinkie ist unglaublich gerissen. Wenn, dann haben wir nur über Angelegenheiten unseres Clubs gesprochen. Er hat nicht in meinen sonstigen Geschäften herumgeschnüffelt, und ich habe mich nicht für seine interessiert.«

»Sehen Sie, in welchem Dilemma ich stecke?«, fragte Burke. »Staatsanwalt Littrell verlangt hieb- und stichfeste Beweise, um gegen Duvall vorgehen zu können, aber es ist sinnlos, darauf zu warten, dass Duvall irgendwann einen Fehler macht, den wir ausnützen können.«

»Was hat das alles mit mir zu tun?«

»Ich habe gehofft, Sie würden bereit sein, mit dem Drogendezernat zusammenzuarbeiten. Vielleicht ließe sich im Gegenzug eine Vereinbarung treffen.«

»Zum Beispiel eine zeitweilige Aussetzung von Razzien, wenn ich Ihnen helfe, Pinkie Duvall zu fassen?«

»Irgendwas in dieser Art.«

Ruby betrachtete ihn nachdenklich, während sie wieder mit ihrer Perlenkette spielte. »Sie sind doch gar nicht befugt, eine solche Vereinbarung zu treffen. Schließlich arbeiten Sie nicht mehr beim New Orleans Police Department.«

Leugnen wäre zwecklos gewesen. Burke atmete langsam aus, lehnte sich zurück und musterte sie mit neuem Respekt. »Entschuldigung, aber die Sache war einen Versuch wert.«

»Mir kam es recht merkwürdig vor, dass ein Polizeibeamter mich vormittags aufsucht. Deshalb habe ich ein Telefongespräch geführt, während Sie gewartet haben.«

»Ich habe meine Plakette heute Morgen abgegeben.«

»Warum?«

»Ich will das Schwein selbst erledigen.«

Ihre Augen verengten sich leicht. »Interessant! Eine persönliche Vendetta.«

»So könnte man es wohl nennen.«

»Bestimmt wegen Stuarts Tod. Ich habe den Fall verfolgt.«

Er nickte, ohne sich weiter dazu zu äußern. »Ich habe mir ausgerechnet, dass Sie nach der geplatzten Partnerschaft nicht gut auf Duvall zu sprechen sein würden. Trotzdem gehe ich mit meinem Besuch ein Risiko ein. Aber ich vertraue darauf, dass Sie, sollte ihm ein bedauerlicher Unfall zustoßen, vergessen, dass ich bei Ihnen war.«

»Ich gebe Ihnen mein Wort darauf, Mr. Basile.«

»Danke.«

»Wie kann ich Ihnen behilflich sein?«

»Das wollen Sie tun? Obwohl ich versucht habe, Sie zu täuschen?«

»Sagen wir einfach, dass ich Leidenschaft in allen Erscheinungsformen zu schätzen weiß.«

Burke erwiderte ihr Lächeln und rutschte eifrig nach vorn. »Wo bewahrt Duvall seine Unterlagen auf? Nicht die seiner Anwaltskanzlei. Seine privaten Unterlagen.«

»Hier«, sagte Ruby und tippte sich an die Schläfe. »Über die Dinge, die Sie wissen müssten, existieren keine schriftlichen Aufzeichnungen.«

»Bestimmt nicht?«

»Todsicher nicht! Sie haben sich etwas sehr Schwieriges vorgenommen. Damals nach dem Vorfall mit meinem Mädchen habe ich versucht, eine Möglichkeit zu finden, mich an Pinkie zu rächen. Erpressung. Unterschlagung. Ich habe sogar mit dem Gedanken gespielt, ihn umzubringen.« Sie lachte melodisch. »Sehen Sie, jetzt verrate ich Ihnen *meine* Geheimnisse, Mr. Basile.«

»Auch ich gebe Ihnen mein Wort, dass dieses Gespräch unter uns bleibt.«

Ihr Lächeln verblasste allmählich. »Leider habe ich meine Rache nie bekommen. Ich habe ein Dutzend Pläne ausgearbeitet, aber letztlich alle verworfen, weil ich selbst zu verwundbar gewesen wäre.«

»Sehen Sie, das ist mein großer Vorteil«, erklärte Burke. »Ich habe nichts zu verlieren. Absolut nichts.«

Sie sah ihm tief in die Augen, dann sagte sie leise: »Dass Sie sich da nur nicht täuschen.«

»Das glaube ich nicht.«

»Hoffentlich behalten Sie recht.« Einen Augenblick später stand sie auf und trat an den Barschrank. »Sie sind also entschlossen, sich zu rächen?«

»Koste es, was es wolle.«

»Das könnte teurer werden, als Sie denken. Ab sofort dürfen Sie keinem Menschen mehr trauen.«

»Auch Ihnen nicht?«

Das war als Scherz gemeint, aber sie antwortete ernsthaft: »Auch mir nicht. Pinkie sorgt dafür, dass viele seiner ehemaligen Mandanten bei ihm verschuldet sind. Geraten sie mit den Zahlungen in Rückstand, lässt er sie ihre Schulden abarbeiten. Da er mit Verbrechern aller Art Umgang hat, kann ich nicht genug betonen, wie tödlich er sein kann.«

»Dieser Gefahr bin ich mir bewusst.«

Burke hatte letzte Nacht beschlossen, mit vollem Einsatz zu spielen. Ob er dabei umkam, war ihm gleichgültig, wenn er nur Duvall und Bardo mitnahm. Trotzdem wäre es töricht gewesen, Rubys Warnung leichtfertig zu ignorieren.

Sie schenkte zwei Gläser Bourbon ein und brachte ihm eines, das er dankend annahm, obwohl er vorhin einen Drink abgelehnt hatte. Sie trank nachdenklich einen kleinen Schluck. Dann schnippte sie mit einem Fingernagel gegen das Kristallglas. »Vielleicht gibt's doch eine Möglichkeit, Mr. Basile. Pinkies Achillesferse ist seine Remy.«

Burke kippte den Inhalt seines Glases. Der Whiskey brannte in seiner Kehle, reizte seine Augen. Er musste husten. »Was zum Teufel ist eine *Remy*?«

10. Kapitel

»Remy, ich muss dich bestimmt nicht daran erinnern, dass dies schon die dritte Episode in diesem Schuljahr ist.«

»Nein, Schwester Beatrice. Ich bin mir der Verstöße meiner Schwester gegen die Schulordnung nur allzu gut bewusst.« Sie strich ihren Rock glatt – eine unwillkürliche Reuegeste aus ihrer eigenen Zeit als Internatsschülerin. »Ich gebe zu, dass Flarras Benehmen unmöglich ist.«

»Wir sind nicht nur für die Schulbildung unserer Mädchen verantwortlich«, fuhr die Nonne fort, »sondern auch für ihr Seelenleben und ihre Ausgeglichenheit. Hier in Blessed Heart nehmen wir die Aufgabe, unsere Schülerinnen in allen Lebensbereichen zu leiten, sehr ernst.«

»Genau wegen dieser hohen Maßstäbe ist Flarra ja auch bei Ihnen.«

»Trotzdem scheint sie es geradezu darauf anzulegen, gegen unsere Schulordnung zu verstoßen, die nicht nur Selbstdisziplin fördern soll, sondern auch ihrer eigenen Sicherheit dient. Kommt dergleichen wieder vor, müssten wir sie von der Schule weisen.«

»Ja, ich verstehe«, murmelte Remy, die sich selbst streng gemaßregelt fühlte.

Obwohl sie die Blessed Heart Academy schon vor zwölf Jahren verlassen hatte, waren die wenigen Strafpredigten, die sie wegen Ungehorsams oder ungenügender Leistungen über sich hatte ergehen lassen müssen, unauslöschlich in ihr Gedächtnis eingegraben. Trotz aller Barmherzigkeit, zu der ihre Berufung sie verpflichtete, verstanden sich die Internatsleiterinnen darauf, Bagatellverstöße aufzublasen, bis sie als Todsünden erschienen.

»Darf ich jetzt bitte allein mit meiner Schwester reden?«

Schwester Beatrice stand auf. »Gewiss. Mein Büro steht dir eine Viertelstunde lang zur Verfügung. Richte Mr. Duvall bitte einen Gruß aus und danke ihm im Namen des Lehrkörpers für seine neuerliche Spende. Seine Großzügigkeit ist wahrhaft unerschöpflich. Der Herr wird seine Gabe segnen.«

»Ich richte es ihm aus.«

Schwester Beatrice wollte das Büro verlassen, blieb dann aber stehen und legte Remy eine Hand auf den Arm. »Wie geht es dir, Remy?«

»Sehr gut.«

»Glücklich?«

»Gewiss.«

Die Nonne hatte Remy in englischer Literatur unterrichtet, bevor sie die Leitung der Internatsschule übernommen hatte. Sie konnte bei Bedarf strikt sein, aber sie war so gütig, wie sie streng war. Ihr Leben und ihre Laufbahn waren dem Erziehungswesen gewidmet, aber sie wäre als Psychologin ebenso erfolgreich gewesen. Oder als Kriminalbeamtin. Sie betrachtete Remy mit beunruhigend scharfsichtigem Blick.

»Ich denke noch immer oft an dich, Remy. Und wenn ich das tue, bete ich für dich.«

»Danke, Schwester.«

»Manchmal frage ich mich...« Sie führte diesen Gedanken nicht zu Ende, sondern sagte: »Ich liebe alle jungen

Damen, die Gott mir anvertraut. Aber ich bin auch nur ein Mensch. Ab und zu ist eine dabei, die mein Herz besonders anrührt. Dich wird nicht überraschen, wenn ich dir sage, dass du eine dieser wenigen Auserwählten warst, Remy. Ich habe meine Vorliebe bestimmt nicht verbergen können – vor allem nicht vor dir.«

»Ja, ich habe Ihre Liebe gespürt. Ich bin Ihnen noch heute dankbar, dass Sie sich meiner angenommen haben, als ich Unterstützung nötig hatte.«

»Ich habe mir sehr gewünscht, dass du glücklich wirst. Für mich wäre es ein schrecklicher Gedanke, dein Leben habe sich nicht ganz so entwickelt, wie du es dir erhofft hast.«

»Dass ich heute etwas missmutig wirke, liegt daran, dass ich mich über Flarras neuesten Streich ärgere.«

Schwester Beatrice betrachtete sie noch einen Augenblick länger, dann tätschelte sie ihren Arm, bevor sie ihn losließ. »Mach dir nicht allzu viel Sorgen wegen Flarra. Deine Schwester ist ein entzückendes Mädchen. Vielleicht etwas eigensinniger und impulsiver als du.«

»Oder einfach nur mutiger.«

»Vielleicht«, sagte die Nonne mit halblautem Lachen. »Du bist viel später zu uns gekommen als Flarra. Du hattest schon mehr von der Welt gesehen.«

»Was ich gesehen hatte, war nicht gerade verlockend.«

Schwester Beatrice lächelte mitfühlend. »Flarra hält ihren Mangel an Erfahrung für einen Fluch, nicht für einen Segen. Im Grunde genommen ist sie mehr neugierig als unfolgsam. Sie fühlt sich eingeengt.« Nach kurzem Zögern fügte sie hinzu: »Auch wenn ich sie ungern verlieren würde, wird es vielleicht Zeit, dass du dir überlegst, ob ihr sie nicht auf eine öffentliche Schule schicken wollt, in der sie Umgang mit anderen jungen Menschen hat und die Welt besser kennenlernt.«

»Ich werd's mir überlegen.«

Schwester Beatrice zog sich langsam, elegant und beinahe lautlos zurück; die einzigen Geräusche waren das Rascheln ihrer Schwesterntracht und ein leises Klappern der Holzperlen ihres Rosenkranzes.

Im Gegensatz dazu kam Flarra hereingestürmt, knallte die Tür hinter sich zu, warf sich mit trotziger Miene in den Sessel, der Remy gegenüberstand, und starrte die ältere Schwester zornig an. »Na? Schmeißen sie mich raus? Hoffentlich!«

»Da hast du leider Pech.«

Flarras Trotz hielt nur noch wenige Sekunden an. Dann fiel ihre hochmütige Pose in sich zusammen, und ihr stiegen Tränen in die Augen. »Remy, ich halt's hier nicht länger aus!«

»Hast du dich deshalb mit drei deiner Freundinnen rausgeschlichen?«

»Sehr weit sind wir nicht gekommen.«

Ein Polizeibeamter hatte die Mädchen gesehen, hatte befunden, dass sie in ihrem Alter nach Mitternacht nichts mehr auf der Straße zu suchen hatten, hatte sie in seinen Streifenwagen geladen und ins Internat zurückgebracht.

»Wohin wolltet ihr?«, fragte Remy.

»Ins French Quarter.«

»So spät nachts? Ist dir nicht klar, wie unverantwortlich und verrückt das war, Flarra? Im French Quarter ist es nicht sicher.«

»Woher soll ich das wissen? Ich darf ja nie hin.«

»Pinkie und ich führen dich ständig dorthin aus. Du hast in den besten Restaurants gegessen, in den teuersten Boutiquen eingekauft.«

»Mit Pinkie und dir. Na toll! Das ist nicht das Gleiche wie mit ein paar Freundinnen.«

Remy musste sich eingestehen, dass ihre Schwester recht hatte, und milderte ihren strengen Tonfall ab. »Nein, natürlich nicht.«

Flarra, der diese Veränderung nicht entgangen war, starrte sie forschend an. »Hast du dich mal rausgeschlichen?«

»Einmal«, gab Remy schalkhaft lächelnd zu. »Mit einer guten Freundin. Aber wir sind nicht erwischt worden. Wir haben uns wieder reingeschlichen, bevor uns jemand vermisst hat.«

»Wenn du das Schwester Bea nachträglich beichten würdest, müsstest du wahrscheinlich Buße tun.«

»Wahrscheinlich.« Remy lachte. »Tatsächlich hatte ich weniger Angst vor ihr als davor, was Pinkie tun würde, wenn er davon erführe.«

»Wie alt warst du damals?«

»Siebzehn. Ungefähr.«

»Du hast mit siebzehn geheiratet.«

»Hmmm. Am Tag nach der Schulabschlussfeier.«

»Du hast eben einfach Glück«, maulte Flarra mit gesenktem Kopf. »Ein Mann hat sich so schrecklich in dich verliebt, dass er keinen Tag länger warten konnte. Für alle meine Freundinnen ist das die absolut romantischste Geschichte, die sie je gehört haben. Wie er dein Vormund geworden ist, deine Ausbildung hier im Internat bezahlt hat und dich anschließend sofort geheiratet hat.«

Auch Remy hatte das damals für romantisch gehalten. Pinkie war ihr wie ein Ritter in schimmernder Rüstung erschienen, der Flarra und sie vor Armut und sicherem Untergang gerettet hatte. Aber das schien ein Leben lang zurückzuliegen. Genauer gesagt: *ihr* Leben lang.

»Eines Tages wird sich auch ein Mann schrecklich in dich verlieben«, versicherte Remy ihr.

Von den beiden Schwestern war Flarra die Hübschere. Ihre lebhaften Augen leuchteten frühlingsgrün. Ihr Haar war schwarz und glänzend wie Remys, aber Flarras üppige Naturlocken ließen sich kaum bändigen. Da sie verschiedene Väter hatten, die sie beide nicht kannten, und die Familie ihrer Mutter nichts von ihr wissen wollte, konnte niemand genau sagen, von wem sie die Locken hatte.

Flarras junger Körper war schlank, biegsam und sportlich, aber an den richtigen Stellen sanft gerundet. Die strenggeschnittene Schuluniform konnte ihre weiblichen Formen nicht ganz tarnen. Deshalb schauderte es Remy bei der Vorstellung, wie ihre unschuldige Schwester spätnachts im French Quarter unterwegs war, wo sie rüpelhaften Touristen, betrunkenen Studenten und unzähligen Schurken mit perversen Absichten in die Hände fallen konnte.

»Wie soll sich jemand in mich verlieben, wenn ich hier eingesperrt bin?«, jammerte Flarra, so dass Remy sie wieder trösten musste.

»Nur noch eineinhalb Jahre, dann hast du deinen Schulabschluss und gehst aufs College, wo du viele neue Freundschaften schließen wirst.«

»Remy...« Flarra ließ sich von ihrem Sessel gleiten und kniete sich vor ihrer Schwester auf den Boden. »Hier gehe ich noch ein. Ich habe in diesen Mauern gelebt, solange ich zurückdenken kann. Ich will neue Orte erleben. Ich will neue und interessante Menschen kennenlernen. Ich will *Männer* kennenlernen. Ich bin noch nie geküsst worden.«

»Du hast mir erzählt, dass dein Tanzpartner dich beim Weihnachtsball geküsst hat.«

»*Das?*« Sie verzog angewidert das Gesicht. »Das zählt

doch nicht! Er hat mich angegrapscht und seinen Mund auf meinen gedrückt, als die Nonnen nicht hergesehen haben. Plump und primitiv. Er war ganz nervös und verschwitzt. Das hat mich nicht angetörnt, sondern nur wütend gemacht.«

Sie rutschte etwas näher und senkte ihre Stimme zu einem drängenden Flüstern. »Ich rede von einem richtigen Kuss, Remy. Ich will richtig ausgehen, ohne dass Nonnen jede meiner Bewegungen beobachten. Ich will...«

»Eine Romanze erleben.«

»Nun, was ist daran schlecht?« Sie griff nach Remys Händen und drückte sie. »Bitte, bitte, bitte, lass mich bei dir und Pinkie leben und auf eine Schule für Jungen und Mädchen gehen. Wenigstens in meinem letzten Schuljahr.«

Flarra gierte danach, endlich das richtige Leben kennenzulernen. Sie war neugierig auf Männer, weil ihre Erfahrungen auf Pinkie beschränkt waren, der sie wie ein Vater behandelte – oder zumindest wie ein liebevoller Onkel. Wie bei allen Jugendlichen ihres Alters befand sich ihr Hormonhaushalt in wildem Aufruhr, was noch verschärft wurde durch Flarras angeborene Lebenslust und ihre rege Fantasie, natürliche Überschwänglichkeit und unbezähmbare Neugier.

Remy konnte die Unruhe ihrer Schwester zwar verstehen, aber nicht nachvollziehen. Sie war als Teenager ins Internat aufgenommen worden, aber es war ihr nie als eine Art Gefängnis erschienen. Sie hatte hier eine Zuflucht gefunden. Für Remy war die Blessed Heart Academy ein sauberer, ruhiger und erholsamer Zufluchtsort gewesen.

Hinter den mit Efeu bewachsenen Schulmauern hatte sie ein bis dahin unvorstellbares Gefühl von Sicherheit und heiterer Zufriedenheit empfunden. Musik beschränkte sich auf die Kirchenlieder, die bei den Morgen- und Abendandachten gesungen wurden, denn hier gab es keine Radios, die Tag und Nacht Schlager plärrten. Keine finsteren Gestalten näherten sich der Nische, in der sie schlief. Es gab keine lüsternen Blicke, die man fürchten und denen man ausweichen musste, keine Tobsuchtsanfälle im Drogenrausch, keine zotigen Redensarten, keinen hektischen Sex auf ungemachten Betten oder anderen horizontalen Flächen, die gerade frei waren. Es gab keinen Hunger und kein weinendes Baby, für das sie allein verantwortlich war.

Remy zog zärtlich an einer von Flarras elastischen Locken, während sie sich liebevoll an das kränkliche, weinende Baby erinnerte, dem sie alles hatte geben müssen – Nahrung, Kleidung, Liebe und Schutz –, als sie selbst noch ein kleines Mädchen gewesen war. Trotz ihres kümmerlichen ersten Lebensjahrs war Flarra zu einer unglaublich intelligenten und schönen jungen Frau herangewachsen. Remy hatte ihre kleine Schwester als Neugeborene vor Schaden bewahrt und würde sie weiter schützen, solange sie lebte.

»Gut, ich rede mit Pinkie.«

»Versprochen?«

»Ich verspreche dir, mit ihm zu reden«, unterstrich Remy. »Ich verspreche dir nicht, dass unsere Entscheidung in deinem Sinn ausfällt.«

»Pinkie hätte nichts dagegen, mich bei euch wohnen zu lassen, stimmt's?«

»Seine Lieblingsschwägerin?«, spöttelte Remy.

Pinkie war tatsächlich dagegen gewesen, dass sie Flarra nach ihrer Hochzeit zu sich holten. Sie hatte in einem Pflegeheim gelebt, während Remy hier im Internat gewesen war; er hatte gesagt, es wäre grausam, die Kleine schon wieder aus ihrer Umgebung herauszureißen. Das war der

Grund gewesen, den er ihr gegenüber genannt hatte. Aber Remy wusste, dass er in Wirklichkeit nur keine Lust gehabt hatte, sich Remys Zeit, Aufmerksamkeit und Zuwendung mit ihrer kleinen Schwester teilen zu müssen.

Als Flarra ins schulpflichtige Alter gekommen war, hatte er sie in der Blessed Heart Academy untergebracht, nachdem er Remy davon überzeugt hatte, das Internat garantiere ihr die beste Ausbildung. Remy war nichts anderes übriggeblieben, als seine Entscheidung zu billigen, und wenn sie auf ihre Ehe mit Pinkie Duvall zurückblickte, erkannte sie, dass das tatsächlich die beste Lösung für alle Beteiligten gewesen war.

Vielleicht hatte Pinkie inzwischen seine Meinung über ein Zusammenleben mit Flarra geändert. Remy wusste es nicht. Sie hatte ihn nie danach gefragt, denn unterdessen war *sie* dagegen, dass Flarra unter ihrem Dach lebte. Gott behüte, dass ihre leicht zu beeindruckende und impulsive Schwester in Berührung mit Pinkies übel beleumdeten Partnern kam – mit Männern wie Wayne Bardo.

Flarras Wunsch zu erfüllen kam nicht in Frage, aber das konnte sie ihr nicht sagen, ohne eine Auseinandersetzung zu provozieren. Sie konnte Flarra auch nicht erklären, warum sie gegen ihr Vorhaben war, oder mit ihr über Dinge sprechen, die sie nicht verstand.

Sie konnte mit Flarra nicht über Galveston reden.

Deswegen äußerte Remy sich zunächst ausweichend. »Viel hängt davon ab, wie du dich im laufenden Schuljahr beträgst. Versprichst du mir, dich anständig zu benehmen?«

Die Sechzehnjährige begriff das als klares Vielleicht. Sie sprang auf und drehte eine graziöse Pirouette. »Ich verspreche es bei meiner Jungfräulichkeit.«

»Flarra!«

»Du brauchst nicht gleich auszuflippen. Das ist *alles,* was mit meiner Jungfräulichkeit passiert. Was ist mit Mardi Gras?«

»Was soll damit sein?«

»Letztes Jahr hast du gesagt, dass ich vielleicht zu eurer Party kommen darf.«

»Richtig – ich habe *vielleicht* gesagt.«

»Remy!«

»Darüber muss ich mit Pinkie sprechen, Flarra. Du hast eigentlich kein Recht, irgendwelche Bitten zu äußern.«

»Aber du fragst ihn?«, drängte das Mädchen.

»Ich frage ihn.«

Flarra ergriff Remys Hände und zog sie an sich, um sie zu umarmen. »Danke, Schwesterherz. Ich liebe dich.«

Remy drückte sie an sich und flüsterte: »Ich liebe dich auch.«

Als sie sich trennten, war Flarras Miene trübselig geworden. »Was würde sie wohl von mir denken? Von uns beiden?«

Damit konnte Flarra nur ihre Mutter meinen. »Wer weiß? Ich denke nie an sie«, log Remy.

»Ich auch nicht.«

Flarra log ebenfalls. Natürlich dachten sie an die Frau, die sie geboren und ohne eine Spur von Bedauern fortgegeben hatte. Anderseits, wenn sie es nicht getan hätte, wäre Flarra vermutlich vor ihrem zweiten Geburtstag gestorben. Und was Remy betraf, wusste sie nur allzu gut, was aus ihr geworden wäre.

»Ich muss gehen«, sagte Remy. Sie bewegte sich in Richtung Tür. »Pinkie kommt bald nach Hause.«

»Schlaft ihr jede Nacht miteinander?«

»Das geht dich nichts an.«

»Wir – meine Freundinnen und ich – glauben, dass ihr es tut. Völlig nackt und bei Licht. Haben wir recht?«

»Solltest du nicht lieber Geometrie lernen, statt über mein Sexualleben zu spekulieren?«

»Remy, ist mit dir alles in Ordnung?«

Flarra hatte die Angewohnheit, blitzschnell von einem Thema zum anderen zu springen. Diesmal erwischte sie Remy unvorbereitet. »Ob mit mir alles in Ordnung ist? Klar. Wieso fragst du?«

»Bei deinen letzten Besuchen hast du irgendwie, ich weiß nicht, müde ausgesehen.«

»Ja, ich bin ein bisschen müde. Vorgestern Abend haben wir eine große Party gegeben. Ich war sehr lange auf.« *Um die Spuren von Bardos Berührung abzuschrubben,* fügte sie im Stillen hinzu.

»Wenn du krank bist, darfst du mich nicht anlügen.«

»Ich bin nicht krank.«

Flarras Miene hellte sich auf, als sie flüsternd fragte: »Bist du vielleicht schwanger?«

»Nein, ich bin nicht schwanger.«

»Verdammt. Ich dachte, dass du vielleicht...« Sie biss sich auf die Unterlippe. »Du hast doch nicht etwa Krebs oder so, nicht wahr, Remy?«

»Nein! Natürlich nicht, Flarra, ich schwöre dir, mir fehlt nichts.«

»Aber wenn du etwas hättest, etwas Schreckliches hättest, würdest du es mir sagen?«

»Ich würde es dir sagen.«

»Ich bin nämlich kein Kind mehr.«

»Das weiß ich.«

»Wenn ich dich verlieren würde...« Sie schluckte schwer. »Ich könnte dich nicht verlieren, Remy.«

»Keine Angst, ich bin immer für dich da«, versicherte Remy ihr mit sanftem Nachdruck. »Wenn etwas nicht in Ordnung wäre, würde ich's dir sagen, aber es ist alles in bester Ordnung, also brauchst du dir keine Sorgen zu machen. Okay?«

Flarra atmete erleichtert auf und lächelte ihr bezauberndes Lächeln. »Okay. Dann sehen wir uns am Freitagabend.«

»Nein. Wir werden dich nicht wie geplant zum Abendessen ausführen.«

»Warum nicht?«

Remy drehte sich an der Tür von Schwester Beatrices Büro zu der niedergeschlagenen Flarra um. »Diese Vergünstigung hast du dir durch dein nächtliches Abenteuer verspielt.«

11. Kapitel

»Verdammt!«, sagte Burke halblaut.

Er fluchte ungläubig. Mrs. Remy Duvall war die Frau, die er in dem Pavillon gesehen hatte. Von seinem Wagen aus beobachtete er, wie sie das exklusive Mädchenpensionat betrat. Obwohl er einen halben Straßenblock entfernt parkte, war die Schwarzhaarige unverkennbar.

Vor etwas über einer Stunde hatte er Ruby Bouchereaux gefragt: »Was ist eine *Remy*?«

»Nicht *was*, sondern *wer*. Pinkies Frau.«

Rubys Mitteilung, dass Duvall verheiratet war, hatte Burke ehrlich verblüfft. Er konnte sich nicht daran erinnern, jemals etwas von einer Mrs. Duvall gehört zu haben. Eheliches Glück passte nicht ins Bild vom gerissenen Strafverteidiger.

Nachdem er das Bordell verlassen hatte, war er in Duvalls Wohnviertel mehrmals an dessen Villa vorbeigefahren. Er hatte gar nicht damit gerechnet, etwas zu sehen, aber er hatte Glück gehabt. Als er auf der Straße wenden wollte, kam eine Limousine aus der rückwärtigen Grundstücksausfahrt und fuhr an ihm vorbei. Um diese Tageszeit vermutete er Duvall vor Gericht oder in seiner Anwaltskanzlei in der Innenstadt. Saß die Dame des Hauses in der Limousine?

Er war ihr zur Blessed Heart Academy gefolgt und sah

betroffen, dass er die Frau wiedererkannte, die da mit Unterstützung des Chauffeurs ausstieg. Chauffeur und Leibwächter in einer Person, vermutete Burke. Nachdem Mrs. Duvall im Gebäude verschwunden war, postierte der Mann sich am Eingang. Diese Wachsamkeit überraschte Burke nicht. Ruby Bouchereaux hatte ihm bereits erzählt, dass Duvall seine Frau mit Argusaugen bewachte.

»Sie haben nicht gewusst, dass Pinkie verheiratet ist?«, hatte die Bordellbesitzerin gefragt, als sie sein Erstaunen bemerkte. »Das wundert mich nicht. Er hält sie ziemlich unter Verschluss.«

»Warum? Was ist mit ihr los?«

»Nichts«, hatte sie leise lachend erwidert. »Ich sehe sie gelegentlich. Sie ist eine richtige Schönheit. Genau wie ihre Mutter Angel – bis ihr Lebensstil seinen Tribut gefordert hat.«

Burke hörte gespannt zu, als sie ihm von Remys Mutter erzählte. »Sie war Schönheitstänzerin in einem von Pinkies Nachtclubs. Das war vor über zwanzig Jahren. Angel Lambeth war talentiert und hatte eine vielversprechende Karriere vor sich, aber dann wurde sie schwanger und musste aussetzen, bis sie das Baby bekommen hatte. Als sie wieder angefangen hat, hatte sie nicht nur ein Kind, sondern war drogenabhängig. Heroinsüchtig, glaube ich. Sie hat nicht mehr so gut getanzt wie früher. Die Drogen haben ihrem Aussehen geschadet. Also ist sie in einen Club mit weniger kritischem Publikum versetzt worden. In ein Bumslokal. Sie wissen, welche Art Club ich meine.«

»Und ihre Tochter?«

»Sowie Remy alt genug war, hat Pinkie sie geheiratet. Ansonsten weiß ich praktisch nichts über die geheimnisvolle Remy. Niemand weiß viel über sie.«

»Wie ist es Angel ergangen?«

»Schlecht. Sie ist später zur Kassiererin degradiert worden. Kurz nachdem Pinkie ihre Tochter geheiratet hat, ist sie gestorben. Angeblich an einer Überdosis.«

»Angeblich?«

Ruby zog vielsagend die Augenbrauen hoch. »Pinkie war damals schon ziemlich prominent. Der hätte doch keine Schwiegermutter brauchen können, die auf den Strich geht, um sich Geld für Drogen zu verdienen.«

»Sie glauben, er hat Angel beseitigen lassen, damit sie ihn nicht in Verlegenheit bringt?«

»Oder um die Kosten für die Entziehungskur zu sparen. Wahrscheinlich hat er gedacht, es lohne nicht, in Angel zu investieren. Jedenfalls kam ihm ihr Tod schrecklich gelegen, nicht wahr?«

Und nun saß Burke im Auto – der Hintern tat ihm vom langen Sitzen schon weh – und dachte über alle Aspekte dieser Geschichte nach. Er wünschte sich, er besäße weitere Informationen, um die Lücken füllen zu können. Was tat Mrs. Duvall hier in der Schule? Hatten die beiden eine Tochter?

Sein Magen knurrte und erinnerte ihn daran, dass er seit dem Frühstück am Vortag nichts mehr gegessen hatte. Er suchte im Auto nach etwas Essbarem und fand im Handschuhfach einen alten Schokoriegel.

Warum dauerte dieser Besuch so verdammt lange? Der Chauffeur hatte einen Zeitvertreib entdeckt: Er säuberte seine Fingernägel mit einem Taschenmesser. Als er damit fertig war, verschränkte er die Arme und lehnte sich mit dem Rücken an einen gusseisernen Gaslaternenpfahl. Burke konnte seine Augen nicht sehen, aber er wäre jede Wette eingegangen, dass sie geschlossen waren, weil der Kerl im Stehen ein Nickerchen machte.

Erst nach siebenundvierzig Minuten kam Remy Duvall wieder aus dem Schulgebäude. Sie wechselte kein Wort mit dem Chauffeur, bis sie die Limousine erreichten. Bevor sie einstieg, blieb sie kurz stehen und sprach ihn über die Schulter hinweg an. Er zog seine Schirmmütze.

»Ja, Ma'am. Ganz wie Sie wünschen, Ma'am. Ihnen den Hintern küssen? Aber gern! Springen? Wie hoch? Mich auf den Rücken wälzen? Mich totstellen? Ihr Wunsch ist mir Befehl.« Burkes gemurmelter Kommentar klang verächtlich, als er beobachtete, wie der Chauffeur sich beeilte, ihre Anweisungen auszuführen.

Er ließ den Motor seines Toyota an und folgte der Limousine in sicherem Abstand, damit er keinen Verdacht erweckte. Sie verließen den Garden District, fuhren die Canal Street entlang und bogen dann nach links, um über die Decatur Street das French Quarter zu erreichen.

Der Chauffeur parkte in zweiter Reihe, da die Parkplätze mit den Parkuhren alle besetzt waren. Vor ihnen lag der French Market. Der Chauffeur stieg aus, um Mrs. Duvall wie gewohnt den Schlag zu öffnen und ihr beim Aussteigen zu helfen.

Burke zwängte seinen Toyota weiter unten in eine Lücke und ignorierte die Markierungsstreifen, die sie als Ladezone kennzeichneten. Dann holte er eine Reisetasche vom Rücksitz. Als er wenig später ausstieg, trug er nicht mehr Sportsakko und schwarze Halbschuhe, sondern eine weite Regenjacke, Nike-Sportschuhe, eine Baseballkappe und eine dunkle Sonnenbrille.

Als er so mit beiden Händen in den Jackentaschen den Gehsteig entlangschlenderte, sah er wie ein Durchschnittsbürger aus, der an seinem freien Nachmittag anscheinend nicht mehr vorhatte, als auf dem French Market frisches

Obst und Gemüse einzukaufen und einen kleinen Rundgang zwischen den Ständen zu machen, an denen Händler alle erdenklichen Waren von Voodoopuppen bis zu Geldclips in Alligatorform anboten.

Er gab vor, sich für eine Kiste Vidaliazwiebeln zu interessieren, während Remy Duvall am Stand gegenüber Orangen begutachtete. Aus dieser Nähe – kaum mehr als zweieinhalb Meter – konnte Burke sie erstmals genau betrachten.

Heute ließ sie kein Dekolleté sehen, aber ihr Kostüm hätte für eine Barbiepuppe geschneidert sein können. Der Rock war kurz und eng. Die schmale Taille lenkte den Blick auf ihren Busen – zumindest seinen Blick. Ihre Absätze waren hoch, ihre Ohrringe auffällig. Der Brillant an ihrem Ringfinger war riesig. Sie sah wie eins der Mädchen in den Hochglanzmagazinen aus – nur ihr Haar passte nicht in dieses Bild. Es war nicht lang und zerzaust, sondern glänzend und glatt. Aber in der Art, wie es bei jeder Kopfbewegung ihre Wange streichelte, lag eine Einladung, es zu berühren. Kirschrote Lippen öffneten sich zu einem Lächeln, als sie eine der Orangen an ihr Gesicht hob, um daran zu riechen.

Abgesehen von dem kleinen goldenen Kreuz an ihrer Halskette hätte sie nicht aufreizender wirken können, wenn sie splitternackt gewesen wäre und *Fick mich!* auf ihre Titten tätowiert gehabt hätte.

Selbst der Obsthändler war fast zu verwirrt, um die beiden Orangen, die sie ausgesucht hatte, in eine Tüte zu stecken. Der Chauffeur bezahlte die Ware, aber der Händler gab die Tüte Mrs. Duvall, wobei er sich vielmals für ihren Einkauf bedankte.

Als sie weiterging, hielt der Leibwächter mit ihr Schritt

und beobachtete dabei aufmerksam ihre Umgebung. Burke nickte dem Zwiebelhändler dankend zu, ohne jedoch etwas zu kaufen. Stattdessen schlenderte er über die Straße, vorbei an dem Stand für afrikanische Handwerkskunst und Kleidungsstücke und zu dem Straßencafé hinüber, wo Mrs. Duvall an einem der kleinen, runden Tische Platz genommen hatte. Sie öffnete die braune Papiertüte und begann eine Orange abzuschälen, indem sie ihre langen Fingernägel in die Schale grub.

An der Kaffeebar bestellte Burke sich eine Bananencreme. Dabei stand er unmittelbar neben dem Leibwächter, dessen Unterarm dicker als Burkes Hals war. Er griff mit einer gewaltigen Pranke nach Mrs. Duvalls Cappuccino und brachte ihr die Tasse. Dann kam er wieder an die Bar, um sich ebenfalls einen Kaffee zu holen, kehrte damit aber nicht an Mrs. Duvalls Tisch zurück. Er setzte sich an einen freien Tisch in ihrer Nähe, während sie allein dasaß, ihre Orange Stück für Stück verzehrte und dazu ihren Cappuccino schlürfte.

Die Bananencreme schmeckte noch widerlicher, als Burke erwartet hatte, aber er trank sie mit kleinen, scheinbar genussvollen Schlucken, während er Mrs. Duvall in dem Spiegel hinter der Bar beobachtete.

Sie zog die Blicke vieler Passanten auf sich, aber sie erwiderte keinen und sprach mit niemandem. Für eine Frau ihres Aussehens, mit einem reichen Ehemann, einer Villa und einer Limousine mit Chauffeur machte sie erstaunlich viel Aufhebens um die einfache Tatsache, dass sie eine Orange verzehrte. Sie kaute jedes Stück sorgfältig und ließ sich mindestens eine Minute Zeit, bevor sie das nächste in den Mund steckte.

Burke begann sich zu fragen, ob sie vielleicht auf jemand

wartete. Setzte Duvall sie womöglich als Kurierin für seine außerplanmäßigen Aktivitäten ein? Aber niemand näherte sich ihr, und der Leibwächter wirkte keineswegs nervös. Er hatte den Kopf in einem Boulevardblatt vergraben.

Bis Remy Duvall ihre Orange aufgegessen und die Schale in eine Papierserviette gewickelt hatte, war seine Bananencreme zu einer siruppartigen Masse geschmolzen, die nach Sonnenlotion roch. Als sie aufstand, um die Schale in einen Abfallkorb zu werfen, faltete der Chauffeur seine Zeitung zusammen und sprang auf, um ihr behilflich zu sein. Dann machten die beiden sich auf den Rückweg zu ihrem falsch geparkten Wagen.

»He, Lady!« Burke ärgerte sich über seine impulsive Reaktion, aber jetzt konnte er nicht mehr zurück. Mrs. Duvall und ihr Wachhund hatten sich umgedreht und sahen ihn an.

Die braune Papiertüte mit der zweiten Orange war auf dem Tisch liegen geblieben. Er griff danach und trabte damit auf sie zu. »Die haben Sie vergessen.«

Der Chauffeur riss ihm die Tüte aus der Hand. »Danke.«

Burke ignorierte ihn, sprach sie an. »Gern geschehen.«

Er stand dicht genug vor ihr, um eine Mischung aus teurem Parfüm und Orangenduft zu riechen. In auffälligem Gegensatz zu Mrs. Duvalls rabenschwarzem Haar waren ihre Augen unglaublich blau. Der rote Lippenstift war abgegessen, aber der Säuregehalt des Fruchtfleischs hatte ihre Lippen gerötet.

»Vielen Dank«, sagte sie zu ihm.

Dann trat der Leibwächter zwischen sie, so dass Burke die Sicht versperrt war. Obwohl er Mrs. Duvall gern nachgeblickt hätte, wandte Burke sich ab und schlenderte in Gegenrichtung davon. Er wartete, bis die Limousine außer

Sicht war, bevor er zu seinem Wagen zurückkehrte, in dem er lange sitzen blieb: bewegungslos, aber wie nach einem Meilensprint keuchend.

»Und das war alles?«

Errol, der Chauffeur, schwitzte unter dem scharfen Blick, mit dem Pinkie Mandanten durchbohrte, von denen er wusste, dass sie logen. »Das war alles, Mr. Duvall. Ich schwör's Ihnen. Ich habe sie zur Schule gefahren. Danach wollte sie, dass ich sie zum Markt fahre. Sie hat ein paar Orangen gekauft und in dem kleinen Straßencafé einen Kaffee getrunken. Ich habe sie zur Kirche gefahren. Dort ist sie wie jedes Mal eine halbe Stunde geblieben. Dann habe ich sie heimgefahren.«

»Du hast sie sonst nirgends hingefahren?«

»Nein, Sir.«

»Und du hattest sie die ganze Zeit in Sichtweite?«

»Ja, Sir – bloß im Schulgebäude nicht.«

Pinkie legte die Fingerspitzen aneinander und tippte damit an seine Lippen, während er den nervösen Leibwächter finster anstarrte. »Nehmen wir mal an, Mrs. Duvall würde verlangen, dass du sie ohne meine vorherige Genehmigung irgendwo hinfährst... dann würdest du dich weigern und mir sofort Bericht erstatten, stimmt's?«

»Hundertprozentig, Mr. Duvall.«

»Wenn sie ein Fahrtziel angäbe, das nicht vereinbart gewesen ist, oder zu einem Treffen wollte, von dem ich nichts weiß, würdest du's mir sofort melden, richtig?«

»Richtig, Sir. Ich verstehe nicht, was...«

»Ich würde gar nicht gern feststellen müssen, dass deine Ergebenheit nicht mehr mir, sondern Mrs. Duvall gilt, Errol. Sie ist eine schöne Frau. Das weißt du sicher auch.«

»Himmel, Mr. Duvall, ich müsste doch...«

»Meine Frau kann jeden Mann um den kleinen Finger wickeln. Sie könnte einen Mann durchaus dazu bringen, etwas für sie zu tun, von dem sie genau weiß, dass es mir nicht recht wäre.«

»Ich schwör's Ihnen, Sir!«, beteuerte der Chauffeur sichtlich erschrocken. »Nein, Sir, das würde nie passieren. Nicht mir. Sie sind der Boss. Sonst niemand.«

Pinkie belohnte ihn mit einem breiten Lächeln. »Gut. Ich freue mich, dass du das sagst, Errol. Du kannst jetzt gehen.«

Errol schlich verwirrt und sichtlich niedergeschlagen aus dem Arbeitszimmer. Pinkie sah ihm nach und fand, er habe ihn vielleicht etwas härter angefasst als unbedingt notwendig. Aber nur so konnte ein Mann in seiner Position die Leute, die für ihn arbeiteten, in ständiger Angst halten.

Ein gutes Beispiel dafür war Sachel. Er war jetzt Staatsgast in Angola und würde noch einige Zeit dort bleiben müssen. War Angst etwa keine wirkungsvolle Antriebskraft? Insgeheim hatte Pinkie schon mehrmals darüber lachen müssen, wie blitzschnell Sachel kapituliert hatte, als er die Footballhoffnungen seines Sohnes in Gefahr sah.

Heute Abend war ihm jedoch nicht nach Lachen zumute. Mit Remy war irgendetwas los, aber er konnte einfach nicht rauskriegen, was.

Dieses Problem hatte ihm nun schon wochenlang – hartnäckigen Zahnschmerzen ähnlich – keine Ruhe mehr gelassen. Remy wirkte ungewöhnlich verschlossen, wobei *ungewöhnlich* das Schlüsselwort war, denn es kam durchaus einmal vor, dass sie sich in ihr Schneckenhaus zurückzog und nichts sie erreichen konnte – keine Scherze, keine großzügigen Geschenke, kein Sex und keine Aufforderungen, gefälligst wieder zur Besinnung zu kommen. Meist dauerten diese Anfälle nicht lange, und Remy kam stets selbst darüber hinweg. Sah man von diesem einzigen Charakterfehler ab, war sie die perfekteste Ehefrau, die man sich nur wünschen konnte.

Aber ihre jetzige Niedergeschlagenheit hielt schon länger an als in bisherigen Fällen, und sie saß tiefer. Blickte er Remy in die Augen, schien darin eine Jalousie herabgelassen zu sein. Lachte sie, was selten vorkam, wirkte ihr Lachen gezwungen. Sie war geistesabwesend, wenn er mit ihr sprach, und drückte sich vage aus, wenn sie mit ihm redete.

Sogar im Bett kam er nicht an sie heran, so zärtlich oder so kraftvoll er sich auch gab. Sie wies ihn nie ab, aber ihr Verhalten ließ sich bestenfalls als passiv beschreiben.

Ihre Symptome waren die einer Frau, die eine Affäre hatte – aber das war unmöglich. Selbst wenn sie einen anderen Mann kennengelernt hätte, was höchst unwahrscheinlich war, konnte sie sich mit niemandem treffen, ohne dass Pinkie davon wusste. Er war darüber informiert, wo sie jede Minute des Tages verbrachte.

Pinkie glaubte nicht, dass Errol zu ihr übergelaufen war. Dafür hatte der Mann zu viel Angst vor ihm. Aber selbst wenn es Remy irgendwie gelungen wäre, ihren Leibwächter zu bestechen, hätte jemand aus Pinkies großem Bekanntenkreis sie bei ihm angeschwärzt. Er hatte das Hauspersonal bereits nach ankommenden und abgehenden Telefongesprächen ausgefragt. Aber außer den Gesprächen mit Flarra hatte es keine gegeben. Niemand hatte sie zu Hause besucht. Sie hatte keine Briefe, Päckchen oder Pakete erhalten.

Eine Affäre schied also aus.

Aber was in Teufels Namen konnte sonst mit ihr los sein? Remy hatte alles, was sich eine Frau nur wünschen, wovon sie nur träumen konnte. Allerdings, das musste er zugeben, dachte sie über diesen Punkt vielleicht anders.

Nach ihrer Hochzeit hatte Remy geschmollt, als er ihr erklärt hatte, ein Collegestudium komme für sie nicht in Frage. Damals hatte sie angefangen, Fernkurse zu belegen und jedes bescheuerte Buch zu lesen, das ihr in die Hände fiel. Pinkie hatte ihren Wissensdurst toleriert, bis es ihm schließlich so lästig wurde, dass er sie zwang, ihre Studien einzuschränken und nur zu lesen, wenn er nicht im Haus war.

Einige Jahre später hatte Remy sich in den Kopf gesetzt, unbedingt arbeiten zu müssen – wenigstens auf Teilzeitbasis. Aber auch diese Laune hatte er ihr ausgetrieben.

War ihr jetziges Stimmungstief also nur eine weitere weibliche »Phase«, die er erdulden musste, bevor sie wieder normal wurde?

Oder war die Sache diesmal ernster?

Einem Impuls folgend, wählte er eine Telefonnummer aus der Rolodex-Kartei auf seinem Schreibtisch. »Dr. Caruth, bitte.« Als er seinen Namen nannte, wurde er sofort mit Remys Gynäkologin verbunden.

»Hallo, Mr. Duvall.«

Das Weibsbild begrüßte ihn knapp, als hätte es Wichtigeres zu tun, als seinen Anruf entgegenzunehmen. Von Ärzten, mit denen er Golf spielte, wusste er, dass sie ein verdammt harter Brocken, die Geißel des Krankenhauses war. Sie war eine dieser Frauen, die es anscheinend darauf anlegten, unattraktiv und unsympathisch zu wirken – vor allem auf Männer.

Pinkie hatte sie nie ausstehen können, und er wusste,

dass dieses Gefühl erwidert wurde. Aber Remy war ihre Patientin, weil er nicht im Traum daran dachte, einem anderen Mann, irgendeinem anderen Mann, so intimen Zugang zu seiner Frau zu gewähren.

»Rufen Sie im Auftrag von Mrs. Duvall an?«, erkundigte sie sich. »Ihr fehlt hoffentlich nichts?«

»Das wüsste ich gern von Ihnen. *Fehlt* ihr irgendwas?«

»Über eine Patientin kann ich Ihnen keine Auskunft geben, Mr. Duvall. Das wäre ein Verstoß gegen die ärztliche Schweigepflicht. Sie als Anwalt müssten das verstehen.«

»Wir reden nicht über irgendeine Patientin. Wir reden über meine Frau.«

»Trotzdem. Ist sie krank?«

»Nein. Nicht richtig.«

»Sollte Mrs. Duvall zu mir kommen wollen, möchte sie morgen meine Sprechstundenhilfe anrufen und sich einen Termin geben lassen. Dann nehme ich sie zwischendurch dran. Aber jede Fortsetzung dieser Diskussion wäre ein Verstoß gegen meine Schweigepflicht. Gute Nacht.« Sie legte einfach auf.

»Verdammte Lesbe!«

Ihre brüske Art regte ihn auf, aber durch dieses Gespräch hatte er bereits erfahren, was er wissen wollte. Dr. Caruth behandelte ihn immer hochnäsig. Sie behandelte jeden hochnäsig. Das war auch heute nicht anders gewesen. Hätte die Ärztin bei Remy in letzter Zeit eine schwere Krankheit diagnostiziert, wäre sie viel besorgter gewesen. Bestimmt hätte sie ihre schlechte Meinung von ihm beiseitegeschoben, um zu erfahren, welche Symptome an Remy ihn veranlasst hatten, sie anzurufen.

Von einem Anruf bei der Gynäkologin hatte er sich ohnehin nicht viel erhofft. Remys Problem hatte keine körperlichen Ursachen. Es war seelisch bedingt. Auf ihrem Gemüt lastete irgendetwas, das sie vor ihm verbergen wollte.

Was immer es war, er würde es herausfinden. Irgendwann würde das Problem an die Oberfläche kommen, und sobald es draußen war, würde er es beseitigen.

Diese kleinen Auflehnungsversuche hatten keine dauernden Folgen. Es waren vorübergehende Störungen – wie ein Mückenstich, der ein paar Tage lang wie der Teufel juckt und dann verschwindet, ohne auch nur eine Narbe zurückzulassen, die an ihn erinnern könnte.

Pinkie wusste, dass er Remys Einstellung so leicht ummodeln konnte, wie er feuchten Töpferton umformen konnte. Mit einigen Worten konnte er jegliche Unzufriedenheit beseitigen. Er besaß einen Feuerlöscher, mit dem er jegliche Feuer der Rebellion, die in ihrem Herzen brennen mochten, augenblicklich ersticken konnte.

Weil er wusste, was sie am meisten fürchtete.

12. Kapitel

Pinkie las einen juristischen Schriftsatz, als Remy aus ihrem Ankleideraum trat und zu ihm ins Bett kam. Er nahm seine Lesebrille ab und legte den Schriftsatz auf den Nachttisch.

»Remy, ich möchte wissen, was mit dir los ist.«

»Wie meinst du das?«

Er hatte sie noch nie geschlagen, aber jetzt war er dicht davor, sie zu ohrfeigen, um ihr diese Unschuldsmiene vom Gesicht zu putzen. Stattdessen ergriff er ihre Hand und drückte sie – aber nicht so fest, wie er es am liebsten getan hätte. »Ich habe dieses Spiel satt. Ich hab es schon seit Wochen satt. Damit ist jetzt Schluss, verstanden?«

»Was für ein Spiel?«

»Deine Geheimniskrämerei.«

»Ich habe keine Geheimnisse vor dir.«

»Lüg mich...« Er brachte seine Stimme unter Kontrolle und begann erneut: »Lüg mich nicht an!«

»Das tue ich nicht.«

Er musterte sie prüfend. »Hast du etwa vor, wieder wegzulaufen?«

»Nein!«

»Solltest du das nämlich vorhaben, möchte ich davon abraten. Ich bin einmal nachsichtig gewesen. Ich wäre es nicht noch mal.«

Sie wollte den Kopf abwenden, aber er umfasste ihr

Kinn mit einer Hand und zwang sie dazu, ihn anzusehen. Sein Daumen strich mit kräftigem Druck über ihre Unterlippe. »Ich habe dich gleich gewollt, als ich dich zum ersten Mal gesehen habe. Ich hätte dich sofort haben können. Aber ich war geduldig. Ich habe nicht getan, was ich hätte tun können, stimmt's? Antworte!«

»Nein, das hast du nicht.«

»Ich hätte dich damals haben können, aber ich habe gewartet. Und als du dann alt genug warst, hätte ich dich nicht zu heiraten brauchen, aber ich hab's getan. Hast du dir jemals überlegt, wo du jetzt wärst, wenn du damals versucht hättest, jemand anders zu bestehlen, Remy? Was wäre aus dir geworden, wenn ich nicht so verständnisvoll gewesen wäre?«

»Das weiß ich nicht.«

»O doch«, flüsterte er, während er ihre Wange streichelte. »Du wärst eine Hure wie deine Mutter.«

Sie hatte plötzlich Tränen in den Augen. »Nein, wäre ich nicht.«

»Doch. Als wir uns begegnet sind, warst du längst dabei, eine zweite Angel zu werden.« Er ließ seinen Blick auf eine ihr verhasste Weise über ihren Körper gleiten. »O ja, Remy. Schon damals warst du sehr reizvoll. Ich möchte wetten, dass die Freier deiner Mutter scharf auf dich waren, lange bevor ich in dein Leben getreten bin.«

Seine Finger schlossen sich fester um ihre Hand. Er brachte sein Gesicht näher an ihres heran und sprach leise weiter. »Vielleicht hätte dir das gefallen. Vielleicht wünschst du dir, ich hätte dich nicht vor all diesen Männern gerettet. Vielleicht haben dir ihr Gegrapsche und Gekeuche besser gefallen, als mit mir verheiratet zu sein.«

»Hör auf!« Sie entriss ihm ihre Hand und stand vom

Bett auf. »Womit drohst du mir, Pinkie – dass du mich nach so vielen Jahren anzeigen willst? Ich bin nicht einer deiner Mandanten. Oder einer deiner Handlanger. Sprich also nicht mit mir, als ob ich das wäre. Ich habe Anspruch darauf, nicht mit versteckten Drohungen belästigt zu werden. Ich bin deine Ehefrau.«

»Und ich verlange, dass meine Frau mir sagt, warum sie durchs Haus schleicht wie ein verdammtes Gespenst!«, brüllte er los.

»Also gut! Es geht um Flarra. Sie macht mir Sorgen.«

Flarra? Das war alles? Mehr nicht? Sie war deprimiert wegen ihrer dämlichen Schwester? Erst hatte sie sich über Bardo aufgeregt, jetzt machte sie sich Sorgen um Flarra. Er hatte das Schlimmste befürchtet, weil er vermutete, sie plane eine neue Flucht, aber jetzt erzählte sie ihm, hinter ihrer Niedergeschlagenheit stecke nichts Wichtigeres als Flarra. Oder war das gelogen?

»Was ist mit Flarra?«, fragte er brüsk.

Remy schlüpfte aufgebracht in ihren Morgenrock und knotete den Gürtel irgendwie zu. Während sie um Fassung rang, hob und senkte sich ihre Brust, so dass das goldene Kreuz an ihrer Halskette im Lampenlicht glitzerte. Er freute sich, sie so erregt zu sehen. Seine spöttischen Bemerkungen über ihr früheres Leben hatten sie daran erinnert, wie glücklich sie sich schätzen durfte, mit ihm verheiratet zu sein.

»Flarra hat sich wieder einmal davongeschlichen«, sagte sie. »Als ich sie heute ganz normal besuchen wollte, habe ich eine Gardinenpredigt über mich ergehen lassen müssen.« Sie berichtete von Flarras letztem Streich und Schwester Beatrices strenger Warnung vor den Folgen weiterer Verstöße gegen die Schulordnung. »Ich habe sie ausgeschimpft, aber ich weiß nicht, wie sehr das geholfen hat.«

»Sie müsste mal übers Knie gelegt werden, glaube ich.«

»Dafür ist sie schon ein bisschen zu alt.«

»Du behandelst sie zu nachgiebig, Remy. Vielleicht sollte ich mal für mehr Disziplin sorgen. Ich werde energisch und widerrufe einige ihrer Vergünstigungen. Du wirst sehen, das bringt sie wieder zur Vernunft.«

Remy, deren Ärger abgeklungen war, runzelte sichtlich enttäuscht die Stirn. »Nun, damit ist wohl auch die andere Frage beantwortet.«

»Welche?«

»Nicht weiter wichtig. Ich ...«

»Erzähl's mir.«

Sie machte eine nervöse Handbewegung. »Flarra bearbeitet mich deswegen schon seit Monaten. Das ist mir richtig nahgegangen, und ich habe dummerweise geglaubt, du würdest meine Verwirrung nicht wahrnehmen.« Sie lächelte schuldbewusst. »Ich möchte, dass meine Schwester glücklich ist, aber du bist mein Ehemann, und deine Wünsche haben Vorrang.« Sie fuhr sich mit der Zungenspitze über die Lippen. »Ich finde ihre Idee ehrlich gesagt nicht mal schlecht, Pinkie. Sie verlangt jedenfalls nichts Unmögliches.«

Er breitete die Hände aus, um ihr zu bedeuten, sie habe nach wie vor das Wort und er höre zu.

»Flarra möchte zu uns ziehen und in ihrem letzten Schuljahr eine Schule für Jungen und Mädchen besuchen. Sie möchte ein interessantes Leben führen. Neue Menschen kennenlernen. Erfahrungen machen, die andere Mädchen in ihrem Alter machen. Dagegen ist doch nichts einzuwenden, oder?«

Er starrte sie durchdringend an, bis sie das Gefühl hatte, hilflos vor ihm zu stehen. Dann tätschelte er mit einer Hand die freie Betthälfte neben sich. »Komm, Remy.«

»Was ist mit Flarra?«

»Das überlege ich mir noch. Komm jetzt wieder ins Bett.« Er deckte sich auf und ließ sie sehen, wie scharf er war. Ihr Zorn hatte ihn angeregt, aber ihr ernstliches Bitten war noch erregender gewesen.

Als sie sich wieder zu ihm gesellte, machte er ihr unmissverständlich klar, dass sie ihm gehörte. Er besaß sie ganz. Er konnte mit ihr, mit ihrem Körper, ihrer Seele und ihrem Verstand machen, was er wollte.

Danach erklärte er ihr, Flarra werde in der Blessed Heart Academy bleiben, bis sie die Schule absolviert habe.

Remy antwortete nicht gleich. Dann murmelte sie: »Wie du meinst, Pinkie.«

Er streichelte ihre Haare. »Deine Schwester ist noch jung und weiß selbst nicht, was sie will. Wir müssen dafür sorgen – oder vielmehr ich, weil du zu nachgiebig bist –, dass Flarra keine großen Fehler macht oder falsche Entscheidungen trifft. Ich weiß, was für sie am besten ist. Bei dir hab ich es damals auch gewusst.«

»Sie hat gebeten, zu unserer Mardi-Gras-Party kommen zu dürfen.«

»Ziemlich unverschämt, die Kleine«, sagte er schmunzelnd. »Auf der Gästeliste steht sehr viel Prominenz.«

»Deswegen möchte sie ja kommen.«

»Wir werden sehen.«

»Sei darauf vorbereitet, dass sie bei den nächsten Malen einen Flunsch zieht.«

»Sie kommt schon darüber hinweg«, sagte er und tat die Sache mit einer wegwerfenden Handbewegung ab.

Bevor er zufrieden lächelnd einschlief, überlegte er sich noch: *Gott sei Dank, dass damit jetzt Schluss ist.*

Burke ging in die Universitätsbibliothek, weil sie länger offen hatte als die Stadtbibliothek und viel von dem benötigten Material bereithielt.

Dort sah er sich stundenlang Mikrofiches der *Times Picayune* an. Vor einigen Jahren hatte die Zeitung über den prominentesten Rechtsanwalt von New Orleans berichtet. Patrick Duvall stammte aus einer normalen Durchschnittsfamilie, aber seine Eltern hatten hart gearbeitet, um ihn auf Konfessionsschulen schicken zu können, in denen er durch schulische und sportliche Leistungen glänzte. Er errang ein Universitätsstipendium, arbeitete während seines Jurastudiums nebenbei, schloss es als Jahrgangsbester ab und war neun Jahre in einer bekannten Anwaltsfirma tätig, bevor er sich dann selbständig machte und seine eigene Kanzlei eröffnete.

Wie viel davon wahr und wie viel erfunden war, konnte Burke nicht beurteilen, aber vermutlich basierte der Artikel weitgehend auf Tatsachen, weil sich vieles davon nachprüfen ließ. Deutlich wurde jedenfalls, dass der Dargestellte ein Mann mit übermäßigem Ehrgeiz war, der die Mittelmäßigkeit seiner Abstammung überwinden wollte. Und das hatte er geschafft.

Der Verfasser schilderte Duvall als Menschenfreund, aber die Nachtclubs und Oben-ohne-Bars, die ihm gehörten, wurden mit keinem Wort erwähnt. Aufgezählt wurden die vielen Ehrungen, die er von Bürgervereinigungen und Berufsverbänden für seine vorbildlichen Aktivitäten erhalten hatte. Aber Burke hätte ebenso viele Morde aufzählen können, die Duvall in Auftrag gegeben hatte – darunter erst vor Kurzem die Ermordung Raymond Hahns. Duvall führte ein Luxusleben und drehte der gesetzestreuen Öffentlichkeit, die ihn feierte, eine lange Nase.

Und das war es auch, so erkannte Burke, was Duvall antrieb. Der Drogenhandel bot ihm nicht nur die Möglichkeit, Geld zu scheffeln, es törnte ihn auch an: Er handelte mit Drogen, weil er ungestraft davonkommen konnte. Für ihn war es ein Spiel, und er war der Gewinner. Mit seinen illegalen Aktivitäten bewies er seine Überlegenheit – und sei es nur sich selbst.

Pinkie Duvall erschien häufig auf Titelseiten. Außerdem tauchte sein Name regelmäßig in den Gesellschaftsnachrichten auf. Aber seine Frau wurde auffällig selten erwähnt oder abgebildet. Erschien sie auf irgendeinem Schnappschuss, stand sie im Allgemeinen im Schatten ihres Mannes. Buchstäblich.

War sie kamerascheu? Oder konnte nicht einmal eine Schönheit wie sie einen medienerprobten Egomanen wie Pinkie Duvall übertrumpfen?

Burke fand es auch merkwürdig, dass so wenig über sie geschrieben worden war. Die *Times Picayune* hatte ihr nie einen Artikel gewidmet. Und sie wurde auch nie zitiert. Also hatte sie zu nichts eine Meinung, oder ihre Meinung war so trivial, dass sie keinen Nachrichtenwert hatte, oder ihre Meinung wurde nie eingeholt, weil ihr redegewandter Ehemann immer etwas Druckreifes parat hatte, das er Reportern oder Kolumnisten in die Feder diktieren konnte.

Mr. und Mrs. Pinkie Duvall standen in den Mitgliedslisten mehrerer Wohltätigkeitsorganisationen, aber Remy Duvall bekleidete kein Amt in einem gesellschaftlichen Frauenclub, gehörte keinem Ausschuss an, leitete keine Vereinigung, die Spendengelder sammelte.

Remy Lambeth Duvall war das genaue Gegenteil ihres prominenten Ehemanns. Sie war eine Null.

Er blieb sitzen, bis die Bibliothek geschlossen wurde. Als er ging, wurden buchstäblich die Türen hinter ihm abgesperrt. Er merkte, dass er hungrig war: Er hatte nur einen strohtrockenen Schokoriegel und so viel von seiner Bananencreme gegessen, wie er hatte hinunterbringen können. Damit die Kakerlaken nicht überhandnahmen, bewahrte er in dem Apartment nichts Essbares auf. Statt in ein Restaurant zu gehen, betrat er einen kleinen Laden, in dem er zwei Hotdogs aus der Mikrowelle und eine Cola kaufte.

Als er dann weiterfuhr, hatte er kein bestimmtes Ziel im Auge.

Aber er wusste, wohin er unterwegs war. Als er hinkam, war das Haus dunkel, bis auf die Außenbeleuchtung und ein Fenster im ersten Stock.

Die Würstchen in den Hotdogs waren gummiartig und die Brötchen altbacken, aber er kaute und schluckte mechanisch, ohne etwas zu schmecken, während er sich fragte, was Mr. und Mrs. Pinkie Duvall hinter diesen Fensterläden wohl trieben.

Unterhielten sie sich? Soviel Burke gehört und gelesen hatte, war sie kein Plappermaul. War sie nur im Gespräch mit ihrem Mann zu sprühender Konversation fähig? Blieben ihre Ansichten und Einsichten allein für seine Ohren reserviert? Unterhielt sie ihn abends mit ihren geistreichen Anmerkungen?

Schon wahr, dachte Burke sarkastisch, als er das Hotdog-Papier zusammengeknüllt auf den Wagenboden warf, natürlich stimuliert sie den alten Pinkie, aber ungefähr einen Meter südlich seines Gehirns.

Er musste rülpsen, hatte den Geschmack von schlechten Hotdogs im Mund und spülte ihn mit einem großen Schluck der viel zu kohlensäurehaltigen Cola hinunter.

Armer Pinkie. Er stand offenbar unter dem Pantoffel dieser Mieze und hatte keinen Schimmer von ihrer Affäre mit Wayne Bardo. Oder wusste er doch davon? Vielleicht teilte Pinkie sie sich mit seinen Mandanten. Vielleicht war sie eine Art Sonderprämie, auf die jeder Mandant, der es schaffte, nicht wegen Mordes verurteilt zu werden, Anspruch hatte.

Das Licht ging aus.

Burke starrte weiter das dunkle Fenster an. Der deutliche Film, der in seinem Kopf ablief, störte ihn so sehr, dass er die Augen zusammenkniff, als ließen sich die Bilder dadurch verscheuchen. In seinem Magen schien ein Bleiklumpen zu liegen. Das schob er auf die Hotdogs.

Eine halbe Stunde verging, bevor er den Motor seines Wagens anließ und wegfuhr.

Für ihn stand fest, dass Duvall in seine Frau vernarrt war. Er behandelte sie wie eine verdammte Prinzessin. Ruby Bouchereaux hatte ihm erzählt, Pinkie halte sie unter Verschluss. Er hatte selbst gesehen, wie gut sie bewacht und beschützt wurde.

»Was sagt dir das, Basile?«

Als er die Tür seines schäbigen Apartments aufschloss, lächelte er.

Remy lag ganz still und horchte auf Pinkies leise Schnarchtöne. Sie sprach ein kleines Dankgebet dafür, dass ihre List geklappt hatte. Er hatte Flarras Wunsch abgeschlagen, ohne zu ahnen, dass er damit nur tat, was Remy wollte.

Dies war nicht ihr erster Versuch gewesen, ihren Ehemann durch umgekehrte Psychologie zu manipulieren.

Meistens klappte es nicht. Aber diesmal war sie im Vorteil gewesen, da sie wusste, Pinkie würde nicht wollen, dass jemand ins Haus kam und sie zeitweilig für sich beanspruchte. Vor allem Flarra nicht. Pinkie wusste, wie sehr sie ihre Schwester liebte, und war eifersüchtig auf diese Bindung.

Gott, ich danke dir für diese Eifersucht. Lass ihn weiter eifersüchtig sein.

Überleg dir gut, worum du Gott bittest.

Wie in vielen anderen schlaflosen Nächten glaubte sie wieder, Schwester Beatrices mahnende Stimme zu hören. Sie verstand jetzt, was die Nonne ihr damit hatte sagen wollen. Hatte sie Gott als Kind nicht um ein anderes Leben, um ein Dasein ohne Armut und Verantwortung gebeten?

Nun, genau das war ihr gewährt worden. Sie hatte jedoch nicht geahnt, welch hohen Preis sie für die Erfüllung ihrer naiven Gebete würde zahlen müssen.

Pinkie schlief zufrieden, hatte einen Arm um sie geschlungen. Sein Gewicht schien sie zu erdrücken.

13. Kapitel

Die Männertoilette nahm eine Hälfte des quadratischen kleinen Betonbaus ein. Innen befanden sich zwei rostige Waschbecken, drei fleckige Urinale und eine einzelne WC-Kabine, deren Tür nur noch an einer Angel hing. Obwohl der Bau nicht überdacht war, stank die öffentliche Toilettenanlage, als müsste sie dringend geputzt werden. Burke hielt die Luft an, als er sie betrat.

Drinnen war es dunkel, weil jemand die Beleuchtung zertrümmert hatte. Dieser Vandalismus war dem für den City Park zuständigen Gartenbauamt vermutlich nicht gemeldet worden. Es gab nicht allzu viele Männer, die so verrückt waren, sich nach Sonnenuntergang hierherzuwagen, und die wenigen, die kamen, hatten es lieber dunkel.

Als Burke eintrat, war nur ein weiterer Mann in der Toilette. Er stand mit dem Rücken zur Tür an einem Urinal. Obwohl er gehört haben musste, dass jemand reingekommen war, sah er sich nicht einmal um, als sich Schritte näherten.

Burke stellte sich an eins der freien Urinale. Der Mann neben ihm war fertig, aber er zog seinen Reißverschluss nicht gleich wieder hoch. Stattdessen drehte er den Kopf etwas zu Burke hinüber und murmelte fast schüchtern: »Hier drin ist's irgendwie gruselig, nicht wahr?«

Burke zog seinen Reißverschluss hoch und drehte sich

zu dem Mann um. »Stimmt! Man weiß nie, wem man hier begegnet.«

Gregory James wich an die Wand zurück, fummelte an seinem Reißverschluss herum und ächzte: »Basile!«

»Freuen Sie sich denn nicht, mich zu sehen?«

»Scheiße.«

»Anscheinend nicht.« Burke packte den schlanken jungen Mann am Arm und zog ihn mit sich zum Ausgang.

Gregory sträubte sich. »Ich hab nichts gemacht. Sie können mich nicht festnehmen.«

»Ich sollte Sie allein schon wegen Ihrer Dummheit abführen. Woher haben Sie gewusst, dass ich nicht Jeffrey Dahmer bin? Oder ein Macho, der darauf aus ist, einen Schwulen zu vermöbeln? Eines Tages werden Ihre Überreste eingesammelt und in einen Leichensack geworfen. Irgendwann geraten Sie an den Falschen, und der macht Hackfleisch aus Ihnen.«

»Verhaften Sie mich nicht, Basile«, flehte der junge Mann. »Ich schwör's Ihnen, ich habe meine Lektion gelernt.«

»Klar haben Sie das. Deshalb lungern Sie nachts in einer Toilette im City Park herum.«

»Ich hab bloß mal austreten müssen.«

»Sparen Sie sich die Mühe, Gregory. Sie lügen wie gedruckt. Ich habe Sie beschattet, deshalb weiß ich, dass Sie aktiv waren, Freundchen. Sogar sehr.«

»Das stimmt nicht! Ich hab nichts mehr angestellt.«

»Bockmist. Der Kerl, den Sie gestern Nacht abgeschleppt haben, hat minderjährig ausgesehen. Wenn ich nichts Wichtigeres zu tun gehabt hätte, hätte ich Sie mitgenommen. Wir hätten Sie bestimmt wegen einer ganzen Latte von Verbrechen einsperren können.«

»O Gott!«, jammerte der junge Mann. Er war den Tränen nahe. »Wenn Sie mich festnehmen...«

»Dann sperren wir Sie ein und werfen den Schlüssel weg«, erklärte Burke ihm streng. »Sie sind eine Gefahr für die Gesellschaft.«

In seiner Verzweiflung begann der junge Mann zu betteln. »Bitte, Basile, lassen Sie doch mit sich reden. Ich habe Ihnen schon manches Mal einen Gefallen getan, nicht wahr? Wissen Sie noch, wie oft ich Ihnen geholfen habe?«

»Klar, damit Sie nicht hinter Gitter müssen.«

»Bitte, Basile, geben Sie mir 'ne Chance!«

Burke gab vor, darüber nachzudenken, dann sagte er brüsk: »Los, gehen wir, Kleiner.«

Gregory jammerte laut.

»Ruhe«, befahl Burke und schüttelte ihn. »Ich verhafte Sie nicht, sondern bringe Sie nach Hause und begleite Sie hinein, damit ich wenigstens weiß, dass Ihr Viertel diese Nacht vor Ihnen sicher ist.«

Auf dem Weg zu Burkes Wagen bedankte Gregory sich mehrmals überschwänglich. Gregory wohnte nur wenige Blocks vom City Park entfernt ganz allein in einem elegant renovierten einstöckigen Stadthaus. Das Haus und der Garten im Innenhof waren tadellos gepflegt – trotz der häufigen Abwesenheiten des Besitzers, der immer wieder wegen Sittlichkeitsverbrechen hinter Gittern saß.

Burke begleitete Gregory durch die Haustür mit Facettenglas in die Diele. »Sie brauchen nicht mit mir reinzukommen«, wehrte Gregory ab. »Ich gehe nicht wieder aus. Ehrenwort.«

»Ihre Eltern haben Ihnen doch sicher bessere Manieren beigebracht, Gregory. Bieten Sie mir eine Tasse Kaffee oder sonst was an.«

Der nervöse, zappelige junge Mann, der Burkes Absichten offenbar misstraute, stimmte hastig zu. »Richtig! Gute Idee. Darauf hätte ich selbst kommen müssen. Weiß gar nicht, woran ich gedacht habe.«

»Sie haben überlegt, wie Sie mich loswerden könnten, damit Sie wieder losziehen und jemanden aufreißen können.«

»Sie sind viel zu misstrauisch, Basile«, sagte Gregory mit mildem Tadel in der Stimme, während er Burke in die Küche führte.

»Weil ich mit zu vielen lügenhaften Kriminellen wie Ihnen zu tun gehabt habe.«

»Ich bin kein Krimineller.«

»Ach, wirklich nicht?« Burke nahm die Lehne eines Barhockers zwischen die Beine, während er zusah, wie sein Gastgeber die Kaffeemaschine anstellte. »Mal sehen, was mir alles einfällt. Ich erinnere mich an einen Fall von Kindesbelästigung.«

»Er war sechzehn und damit einverstanden. Das Verfahren wurde eingestellt.«

»Weil Ihr Daddy den Eltern des Jungen ein Schweigegeld gezahlt hat. Weiterhin erinnere ich mich, dass Sie mehrmals als Exhibitionist verhaftet worden sind.«

»Nichts Ernsthaftes. Ich hab immer Bewährung gekriegt.«

»Ihr Schwanzwedler seid ein jämmerlicher Haufen, wissen Sie das, Gregory?«

»Wenn Sie mich weiter beleidigen, zeige ich Sie wegen Amtsmissbrauchs an.«

»Bitte sehr! Ich rufe Ihren Daddy an und erzähle ihm, dass Sie es wieder wie früher treiben. Dann stellt er alle Zahlungen für dieses schöne Haus ein.«

Gregory biss sich auf die Unterlippe. »Okay, Sie haben gewonnen. Aber Sie sind echt ein gemeiner Kerl, Basile.«

»Das höre ich nicht zum ersten Mal.«

Burke hatte keinen Spaß daran, ihm zuzusetzen, aber Gregory James machte es einem leicht, ihn so zu verspotten. Er verkörperte den klassischen Fall des jungen Mannes, der die Anforderungen und Erwartungen seiner reichen Familie nicht hatte erfüllen können. Sein ältester Bruder war einige Jahre lang als Baseballprofi erfolgreich gewesen, hatte dann die Leitung des Firmenimperiums der Familie übernommen und das Vermögen um eine Million Dollar vergrößert. Der zweitälteste Bruder praktizierte als weltberühmter Neurochirurg.

Aber Gregory hatte diese Kette glänzender Erfolge durchbrochen. Vermutlich hätte er nicht einmal sein Studium abgeschlossen, wenn sein Vater ihm nicht durch eine beachtliche Stiftung an die Universität ein Diplom gekauft hätte. Danach trat Gregory ins Priesterseminar ein, weil die Familie der einhelligen Ansicht war, sie brauche zur Abrundung noch einen Geistlichen. Sie erwartete, dass er es mindestens bis zum Kardinal bringen würde.

Gregory hielt es eineinhalb Jahre im Priesterseminar aus, bevor er dieses Studium abbrach, weil er entdeckt hatte, dass seine Neigung zu sexuellen Verfehlungen mit dem Priesterberuf unvereinbar war. Um sich von dem schwarzen Schaf zu distanzieren, verbannte die Familie Gregory nach New York, wo er eine Schauspielschule besuchte.

Dort fand Gregory endlich seine Nische. Er war tatsächlich ein begabter Schauspieler und trat in mehreren Off-Broadway-Produktionen auf – bis er verhaftet wurde, weil er mit einem anderen Mann in einer Telefonzelle der Penn Station Unzucht begangen hatte. Auch diesmal intervenierte sein reicher Vater, und das Verfahren wurde eingestellt. Gregory kehrte skandalumwittert heim.

Nun hatte die Familie James endgültig die Nase voll; sie sagte sich von Sohn Nummer drei los, kam aber weiterhin für seinen Lebensunterhalt und das luxuriöse Stadthaus auf. Burke vermutete, dass sie lieber dieses Geld ausgaben, als Gregory bei sich zu Hause zu haben und ihrem einzigen Versager täglich ins Gesicht sehen zu müssen.

Gregory stellte ihm seinen Kaffee hin. »Möchten Sie etwas dazu? Sahne, Zucker, einen Likör?«

»Nein, danke, ich trinke ihn schwarz.« Als der junge Mann sich ihm an der Küchentheke gegenübersetzte, sah Burke, wie unruhig der andere war. »Warum so nervös, Gregory?«

»Ich weiß bloß nicht, was Sie hier wollen.«

»Ich besuche nur einen alten Bekannten. Sie haben selbst gesagt, dass wir uns schon ewig kennen.«

Gregory James gehörte zu den besten Informanten des Drogen- und Sittendezernats. Als aktiver Teilnehmer am Nachtleben im French Quarter bewegte er sich auch in Dealerkreisen, obwohl er selbst keine Drogen nahm. Er hatte schon oft Informationen geliefert, damit die Kriminalbeamten bei ihm ein Auge zudrückten.

»Sie hätten einer unserer wertvollsten Mitarbeiter sein können, wenn Sie nicht so oft hätten sitzen müssen«, stellte Burke fest, nachdem er einen Schluck Kaffee getrunken hatte.

»Vorhin haben Sie mich als Kriminellen bezeichnet. Daran nehme ich Anstoß, Basile«, sagte der junge Mann verdrießlich. »Ich bin kein Krimineller.«

»Was sind Sie sonst?«

»Ein Patient. Ich habe ein... Problem.«

»Das steht außer Zweifel.«

»Ich leide an einer schweren emotionalen Störung, die auf meine Kindheit zurückgeht. Meine Familie hat verkehrte Wertvorstellungen. Ich wurde gezwungen, mit meinen Brüdern zu konkurrieren, obwohl das nicht meiner Art entspricht. Sie waren ekelhaft zu mir.«

»Mein Gott, Gregory, Sie brechen mir das Herz.«

»Es stimmt aber! Der Gefängnispsychologe hat gesagt, mein Problem sei psychisch bedingt.«

»Genau wie bei einem Serienmörder.«

»Ich kann nichts dafür!«, rief der junge Mann aus. »Dieser Drang lässt sich nicht kontrollieren. Ich kann nichts dafür, dass ich… tue…, was ich manchmal… tue.«

»Hmm. Das ist heutzutage eine beliebte Ausrede. Weil Mommy mich gezwungen hat, weiße Socken zu tragen, und Daddy immer Diätlimonade getrunken hat, hab ich beide mit der Axt erschlagen müssen.« Burke grinste verächtlich. »Kerle wie Sie widern mich an. Sie jammern ständig und geben aller Welt die Schuld für das, was sie tun. Sie sind jetzt erwachsen, Gregory. Sie sind für Ihr Tun selbst verantwortlich.«

Burke sprang plötzlich auf, griff über die Theke und packte Gregory vorn am Hemd. »Ich hab mir die Sache anders überlegt. Ich nehme Sie doch mit.«

»Nein! Nein, Basile! Bitte. Sie haben es versprochen!«

»Tatsächlich?«

»Ja.«

»Ich kann mich nicht daran erinnern, etwas versprochen zu haben.«

»Haben Sie aber.«

Burke ließ ihn los und sank auf seinen Hocker zurück. Er starrte Gregory durchdringend an, bis der junge Mann nervös auf seinem Sitz herumzurutschen begann. Schließlich lächelte er Burke hilflos an. »Was *wollen* Sie denn von mir?«

»Ich denke nur gerade nach.« Er starrte Gregory weiter an, während er einen Schluck Kaffee trank. Dann stellte er seine Tasse ab und sagte: »Vielleicht könnte ich praktischerweise vergessen, dass ich Sie letzte Nacht mit einem Minderjährigen gesehen habe. Vielleicht könnte ich darüber hinwegsehen, dass Sie sich heute Abend in der Parktoilette an mich rangemacht haben. Vielleicht wäre ich bereit, diesmal auf eine Anzeige zu verzichten.«

»Wenn...«

»Wenn Sie mir einen kleinen Gefallen tun.«

Der Gesichtsausdruck des jungen Mannes wurde misstrauisch. »Was für einen Gefallen?«

»Darüber kann ich erst reden, wenn wir uns einig sind.«

»Das ist unfair!«

»Klar ist das unfair. Aber das ist mein Angebot. Sie haben die Wahl.«

»Würde ich mit Mac McCuen zusammenarbeiten?«

»Warum?« Burke kniff ein Auge zusammen. »Sie stehen wohl auf Mac?«

»Sie können mich mal, Basile.«

»Nicht in diesem Leben, Freundchen. Ich weiß, dass Sie ein Auge auf Mac geworfen haben, aber das können Sie vergessen. Er hat eine heiße junge Frau, die seinen Schwanz für einen Zauberstab hält. Also, was ist? Sind wir uns jetzt einig oder nicht? Das Angebot gilt nur noch dreißig Sekunden lang.«

»Falls ich ja sage...«

»Gehen Sie diesmal straffrei aus. Sonst nehme ich Sie auf der Stelle mit und lasse Sie einsperren.«

»Mit welcher Begründung?«

»Dass Sie sich auf der Männertoilette im Park an mich rangemacht haben.«

»Das hab ich nicht getan!«

»Weil ich Ihnen keine Gelegenheit dazu gegeben habe.«

»Also können Sie mir auch nichts vorwerfen.«

»Natürlich kann ich das. Wem wird man wohl glauben, Ihnen oder mir?«

»Scheiße.«

»Zehn Sekunden.«

Gregory fuhr sich mit beiden Händen durch die schwarzen Locken. »Sie lassen mir keine Wahl.«

»Stimmt nicht. Sie können auch nein sagen. Vielleicht ist es im Gefängnis diesmal weniger schlimm.«

Gregory hob den Kopf und starrte Burke traurig an. »Wissen Sie, was die mit Leuten wie mir dort machen?«

Burke wusste es, und in diesem Augenblick verabscheute er sich dafür, wie er den bedauernswerten jungen Mann manipulierte. Und menschlich gesehen hielt Burke ihn für bedauernswert. Aber er musste Gregory auch mit den Augen eines Cops betrachten. Eine seiner Straftaten hatte er auf einem Kinderspielplatz verübt. Es fiel Burke schwer, Mitleid mit einem Kerl zu haben, der sich vor Kleinkindern unsittlich entblößt hatte.

»Die Frist ist abgelaufen. Was soll's also sein?«

»Was glauben Sie denn?«, murmelte Gregory niedergeschlagen.

»Gut.« Burke stand auf, ging an die Kaffeemaschine, holte sich noch eine Tasse und klopfte Gregory aufmunternd auf die Schulter, bevor er wieder an seinen Platz zurückkehrte. »Machen Sie kein so trübseliges Gesicht. Ich gebe Ihnen Gelegenheit, eine anspruchsvolle Rolle zu spielen. Damit können Sie Karriere machen.«

»Bestimmt.« Gregory sah zu ihm hinüber. »Verraten Sie mir etwas, Basile. Woher zum Teufel haben Sie von dem Jungen gestern Abend gewusst?«

Das war eine aufrichtige Frage, die eine ehrliche Antwort erforderte. Burke erwiderte Gregorys Blick offen und sagte: »Ich hab's nicht gewusst. Ein Zufallstreffer.«

Am nächsten Morgen schloss Burke beim Weggehen die Tür seines Apartments ab, wandte sich zur Treppe und lief in Wayne Bardos Faust.

Er landete schmählich auf dem Hintern. Bardo beugte sich über ihn und lachte. »Alle sagen, dass Sie ein Arschloch sind, Basile. Ich glaub's allmählich auch.«

Burke, dessen Unterkiefer schmerzhaft pochte, kam langsam auf die Beine. Am liebsten hätte er den Kopf gesenkt und ihn diesem Dreckskerl in den Magen gerammt. Er hätte vielleicht ein paar Treffer landen können, aber er war im Moment weniger zornig als neugierig. Daher begnügte er sich vorläufig mit verbaler Aggressivität.

»Ich laufe wenigstens nicht wie ein Schwuler herum. Der, der Ihnen dieses lila Hemd verkauft hat, lacht bestimmt immer noch darüber.«

Obwohl Bardo weiter grinste, sah Burke, dass seine Bemerkung ihn getroffen hatte. Er revanchierte sich, indem er sarkastisch feststellte: »Hübsch wohnen Sie hier, Basile.«

»Danke.«

Burke sparte sich die Frage, wie Bardo ihn hier aufgespürt hatte. Duvall verfügte über ein effizienteres Informationssystem als das New Orleans Police Department, die Drogenbehörde, das FBI oder jede andere lokale, bundesstaatliche oder nationale Dienststelle mit Exekutivbefugnissen. Deshalb würde er niemals von einem Gericht verurteilt werden. Es gab nur eine Möglichkeit, Duvall und seinen Apparat zu stoppen, und Burke hatte sich vorgenommen, diesen Weg zu beschreiten.

Dass sie wussten, wo er wohnte, machte ihm Sorgen. Es bedeutete, dass sie ihn überwacht hatten. Wussten sie, dass er gestern mit Mrs. Duvall gesprochen hatte? Oder warum war Bardo sonst schon um diese Zeit hier?

Als hätte er seine Gedanken gelesen, sagte Bardo: »Mr. Duvall möchte mit Ihnen reden.«

»Duvall kann mich mal. Sie übrigens auch.«

Bardo trat einen halben Schritt näher. »Gut. Das gefällt mir. Sie wollen es mir schwermachen? Bitte sehr. Ich täte nichts lieber, als Sie zusammenzuschlagen und hier im Treppenhaus liegen zu lassen.«

Burke ließ sich von dieser Drohung nicht einschüchtern, aber ihn interessierte, wie viel die anderen wussten. Deshalb sagte er schulterzuckend: »Schön, gehen Sie voran.«

»Nein, nach Ihnen.« Bardo stieß ihn plötzlich in Richtung Treppe. Burke verlor das Gleichgewicht und stolperte ins Erdgeschoss hinunter. Vor dem Haus stieß Bardo ihn auf einen Cadillac neuesten Baujahrs zu, der am Randstein stand.

»Hey, Bardo«, fragte Burke spöttisch, »seit wann sind Sie vom Killer zum Laufburschen degradiert worden? Hat Duvall Ihnen die Messer weggenommen?«

»Maul halten! Und lassen Sie Ihre Hände dort, wo ich sie sehen kann.«

»Ich bin unbewaffnet.«

»Halten Sie mich für einen Idioten?«

»Wenn Sie so direkt fragen, ja.«

Bevor Burke einsteigen durfte, tastete Bardo ihn nach Waffen ab, ohne jedoch eine zu finden.

»Ich hab's Ihnen doch gesagt«, stellte Burke fest.
»Einsteigen, Klugscheißer.«
Burke grinste zu ihm hinüber. »Geben Sie's zu, Bardo. Ihr neues Hemd macht sich schon bemerkbar. Sie wollten mich bloß angrapschen.«

Pinkie Duvalls Anwaltskanzlei war ebenso protzig wie sein Haus, wenn auch auf andere Weise. Hier war die Einrichtung funktional und modern. Seine Assistentinnen und Sekretärinnen waren alle langbeinig und bildhübsch. Besucher und Mandanten bekamen keine Büromaschinen, sondern nur glatte Flächen aus Marmor und poliertem Holz zu sehen. Die Telefone klingelten nicht; sie gaben gedämpfte Glockentöne von sich.

Pinkie saß an seinem Schreibtisch, als eine Sekretärin ihm meldete, Mr. Basile sei jetzt da, als wäre dies ein freiwilliger Besuch, als hielte er einen vereinbarten Termin ein, als wäre er nicht unter Androhung körperlicher Gewalt zum Mitkommen gezwungen worden.

Duvall stand nicht auf, als Burke von Bardo hereingeführt wurde. Burke wusste, dass der andere ihn bewusst geringschätzig behandelte, um ihm das Gefühl zu geben, er sei ein Plebejer, der vor seinem Herrscher stand. Duvall sagte: »Hallo, Mr. Basile.«

»Duvall.« Vielleicht kleinlich, aber wenigstens hatte er sich damit revanchiert.

Pinkie gab vor, es nicht zu bemerken. »Nehmen Sie Platz.«

Burke setzte sich in einen Sessel, der dem etwa tischtennisplattengroßen Schreibtisch gegenüberstand. Links neben dem Telefon prangte in einem reichverzierten Silberrahmen ein Foto von Remy Duvall. Burke übersah es geflissentlich.

»Möchten Sie etwas trinken?«, fragte Pinkie.

»Vielleicht einen Schierlingsbecher?«

Duvall lächelte. »Ich habe eher an Kaffee gedacht.«

»Nein, ich will nichts.«

»Danke, dass Sie gekommen sind.«

»Ich bin nicht gekommen. Ich wurde hergebracht.«

Burke schlug die Beine übereinander und sah sich zu Bardo um, der auf einem Sofa an der Wand Platz genommen hatte. Er kehrte diesem Mann, den er als Killer kannte, nicht gern den Rücken zu, aber andererseits vermutete er, dass er längst tot wäre, wenn Bardo an diesem Morgen mit dem Auftrag losgeschickt worden wäre, Burke Basile umzulegen.

Als er sich wieder zu Duvall umdrehte, spürte er dessen Belustigung. Der Mann wartete darauf, dass er fragte, was zum Teufel dieses Gespräch sollte. Aber Burke hätte sich lieber die Zunge abgebissen, als ihn das zu fragen. Wozu Duvall die Befriedigung verschaffen, ihn neugierig oder ängstlich zu sehen? Dieses Treffen war seine Idee gewesen. Sollte er also das Gespräch eröffnen.

Nachdem dieses Patt längere Zeit gedauert hatte, sagte Duvall schließlich: »Sie fragen sich bestimmt, weshalb ich Sie sprechen wollte.«

Burke zuckte gleichmütig mit den Schultern.

»Ich habe überraschende Neuigkeiten gehört.«

»Ach ja?«

»Sie haben den Polizeidienst quittiert.«

»Ihre Quellen waren schon immer ausgezeichnet.«

»Sie hinterlassen im Drogendezernat eine große Lücke.«

»Das bezweifle ich.«

»Sie sind zu bescheiden.«

»Ich bin außerdem zu beschäftigt, um den ganzen Tag

dazuhocken und mit Ihnen über etwas zu schwatzen, was Sie nichts angeht.«

Duvall ließ sich auch diesmal nicht provozieren. »Vorzeitiger Ruhestand?«

»Schon möglich.«

»Warum sind Sie ausgeschieden?«

»Das geht Sie einen Dreck an.«

»Was haben Sie jetzt vor?«

Burke schüttelte ungläubig den Kopf und breitete die Arme aus. »Sie zwingen mich dazu, mich zu wiederholen.«

Duvall musterte ihn gelassen. »Ich vermute, dass Sie gegangen sind, weil Sie Mr. Bardos Freispruch nicht verwinden konnten. Wir haben gewonnen; Sie sind unterlegen und nehmen diese Niederlage persönlich. Könnte man Sie vielleicht als schlechten Verlierer bezeichnen, Mr. Basile?«

»Das würden Sie gern glauben, was? Für Ihr kolossales Ego wäre es befriedigend, sich einbilden zu können, dass Sie so viel Einfluss auf meine Entscheidungen haben. Sorry, dass ich Sie enttäuschen muss, aber da liegen Sie völlig falsch.«

Duvall lächelte, als wollte er beweisen, dass er Burkes Lüge durchschaue. »Interessiert Sie nicht, warum ich Sie hergebeten habe?«

»Nicht besonders. Eigentlich ist es mir egal.«

»Da wir jetzt keine Gegner mehr sind, möchte ich Ihnen einen Job in meiner Organisation anbieten.«

Burke Basile hatte nicht viel Sinn für Humor. Hemmungslose Fröhlichkeit war nicht seine Sache. Wer ihn kannte, wusste genau, dass er nur selten lächelte und noch viel seltener laut lachte. Viele seiner Kollegen hatten den nie erfüllten Ehrgeiz gehabt, Burke Basile einmal dazu zu bringen, schallend zu lachen.

Sie hätten ihren Ohren nicht getraut, wenn sie das herzhafte Gelächter gehört hätten, mit dem er Duvalls absurden Vorschlag quittierte. »Wie bitte?«

»Ich denke, ich habe mich klar ausgedrückt«, sagte Duvall, der nicht mehr amüsiert wirkte.

»Oh, ich hab Sie gut verstanden! Ich kann nur nicht glauben, was ich gehört habe. Ich soll für Sie arbeiten? In welcher Funktion denn?«

»Ein Mann mit Ihrer Erfahrung könnte mir viel wert sein. Bestimmt mehr, als Sie der Polizei wert waren.« Er griff in eine Schreibtischschublade, nahm mehrere zusammengeheftete Blätter heraus und hielt sie hoch, damit Burke sie sehen konnte. »Eine Fotokopie Ihrer letzten Einkommensteuererklärung. Eine Schande, mit welchen Almosen die Gesellschaft die Männer und Frauen abspeist, die sie schützen.«

Duvall hatte bestimmt keine Mühe gehabt, sich eine Kopie seiner Steuererklärung zu beschaffen. Als Quelle kamen alle möglichen Leute in Frage, von einem Angestellten der Steuerbehörde bis zu Burkes Briefträger. Ihm war egal, ob Duvall wusste, wie viel oder wenig er in seinem früheren Beruf verdient hatte. Ihn störte nur, wie leicht der Mann sich Informationen über ihn beschaffen konnte. Und genau darauf wollte Duvall offenbar hinaus.

»Ich bin kein Cop mehr«, sagte Burke, »aber davon dürfen Sie sich nicht täuschen lassen, Duvall. Sie und ich bleiben Gegner. Zwischen uns liegen Welten.«

»Sollten Sie sich nicht erst anhören, an welchen Job ich denke, bevor Sie den moralisch Überlegenen herauskehren?«

»Was der Job ist oder wie viel er bringt, spielt keine Rolle. Sie mögen es noch so elegant haben« – Burkes Handbewegung umfasste die luxuriöse Einrichtung –, »Sie bleiben ein Scheißkerl. Ich würd nicht auf Sie pissen, wenn Sie in Flammen stünden, deshalb denke ich nicht daran, für Sie zu arbeiten.«

Burke stand auf und ging zur Tür. Duvall befahl ihm, wieder Platz zu nehmen. Bardo sprang auf und hätte sich auf Burke gestürzt, wenn Burke ihn nicht aufgehalten hätte, indem er die flache Hand gegen seine Brust stemmte. »Wenn Sie mich noch einmal anrühren, breche ich Ihnen das Genick.« Seine Drohung klang so gefährlich, dass Bardo der Mut verließ. Er blieb, wo er war, aber seine Augen glitzerten hasserfüllt.

Burke sah zu Duvall hinüber. »Ich habe kein Interesse an Ihrem Job.«

»Wirklich nicht? Das ist merkwürdig.« Duvall faltete gelassen die Hände auf der Schreibtischplatte. Er lächelte sogar verständnisvoll, als er halblaut sagte: »Ich habe nämlich sehr gute Gründe für die Annahme, Sie könnten daran interessiert sein. Nicht wahr, Basile?«

Die beiden Männer starrten sich an. Der Abstand zwischen ihnen schien zu schrumpfen, bis Burke fast sein Spiegelbild in Duvalls schwarzen Pupillen erkennen konnte. Ein gequälter Mann starrte ihn daraus an.

Er nahm seine Hand von Bardos Brustbein. »Scheren Sie sich zum Teufel, Duvall.«

Duvalls Lächeln wurde breiter. »Hören Sie, ich halte mein Angebot vorläufig aufrecht, überlegen Sie sich die Sache und lassen Sie wieder von sich hören.«

»Klar, wird gemacht. Ich lasse wieder von mir hören.« *Nur anders, als du erwartest, du selbstgefälliges Arschloch.* Burke sah zu Bardo hinüber. »Sie brauchen mich nicht heimzubegleiten.« An Duvall gewandt, fügte er hinzu: »Ich finde allein hinaus.«

14. Kapitel

Punkt halb drei Uhr nachmittags betrat Remy Duvall die Kathedrale. Die Beichte wurde zwischen drei und fünf Uhr abgenommen, aber weil die Duvalls so großzügig spendeten, wurde für Remy zuvorkommenderweise eine Ausnahme gemacht, so dass sie schon früher beichten konnte. Pinkie hatte alles so arrangiert, dass sie um drei Uhr, wenn die anderen Gemeindemitglieder zur Beichte kamen, längst wieder in der Limousine saß und heimgefahren wurde.

Von seinem Posten in der Nähe des Hauptportals aus konnte Errol sie ständig im Auge behalten. Remy folgte einem Seitengang nach vorn, beugte am Ende einer Bankreihe das Knie und schlüpfte in die Reihe. Dann zog sie ihren Rosenkranz aus der Handtasche, klappte die Kniebank herunter und kniete nieder, um zu beten.

Selbst als sie ihr Gebet gesprochen hatte, blieb sie mit gesenktem Kopf und geschlossenen Augen knien. Diese tägliche halbe Stunde in der Kirche war ihr kostbar. Pinkie mokierte sich über ihre übertriebene Frömmigkeit, aber außer ihrem katholischen Glauben gab es einen weiteren Grund für ihre regelmäßigen Kirchenbesuche: Dies war die einzige Zeit, in der sie völlig allein war.

Auch wenn sie in den Pavillon hinausging, waren im Haus und auf dem Grundstück ständig Leute, die mit irgendwelchen Arbeiten beschäftigt waren. Seit sie Pinkie geheiratet hatte, war sie in ihrem Haus noch nie allein gewesen. Davor hatte sie in der Blessed Heart Academy mit ihren Mitschülerinnen in einem Schlafsaal gelebt. Und davor hatte sie sich mit ihrer Mutter ein einziges Zimmer geteilt. Darin war sie zwar jede Nacht allein zurückgeblieben, nachdem Angel zur Arbeit gegangen war, aber in diesen einsamen Nächten war Remy noch zu jung gewesen und hatte zu viel Angst vor dem betrunkenen Grölen auf der Straße und in den Nachbarwohnungen gehabt, um ihr Alleinsein schätzen zu können.

Hier in der Kathedrale war sie allein und in Sicherheit. Sie genoss die Stille, die Ruhe. Flackernder Kerzenschein und leise Orgelmusik erzeugten eine beruhigende Atmosphäre. Sie genoss die Illusion, einmal nicht unter Beobachtung zu stehen.

Heute bat sie Gott in ihrem Gebet um Klugheit und Mut. Sie brauchte Klugheit, um einen Plan zum Schutz Flarras auszuarbeiten, und Mut, um ihn in die Tat umzusetzen. Vorläufig war Flarra sicher im Internat untergebracht und würde dort bis zum Ende ihrer Schulzeit bleiben. Aber was dann? Auch wenn sie dieses Problem in Gottes Hände gelegt hatte, konnte sie nicht aufhören, sorgenvoll darüber nachzugrübeln.

Zuletzt bat sie um Vergebung oder versuchte es zumindest. Die Worte wollten nicht kommen. Sie konnte sich nicht einmal selbst die Sünde eingestehen, die auf ihr lastete und ihr allen Lebensmut nahm, so dass ihre Umgebung sie für krank hielt. Manche Sünden waren zu schwer, als dass man sie vor Gott hätte bekennen können. Wie sollte er ihr vergeben, wenn sie sich selbst nicht vergeben konnte?

Ein Blick zum Beichtstuhl zeigte Remy, dass darin jetzt Licht brannte. Der Priester erwartete sie. Sie verließ ihre

Bank, betrat den Beichtstuhl und zog den Vorhang hinter sich zu.

»Segnen Sie mich, Pater, denn ich habe gesündigt. Zuletzt war ich vor einer Woche bei der Beichte.«

Sie zählte einige lässliche Sünden auf, aber damit versuchte sie nur, Zeit zu gewinnen, um den Mut aufzubringen, ihre schwere Sünde zu bekennen. Bisher hatte sie mit keinem Menschen darüber reden wollen – nicht einmal mit einem Geistlichen. Sie spürte seine Gegenwart auf der anderen Seite des Gitters, fühlte ihn geduldig warten.

Schließlich hüstelte er leise und räusperte sich. »Sonst noch etwas, meine Tochter?«

»Ja, Pater.«

»Dann sprich.«

Vielleicht würde sie endlich Frieden finden, wenn sie darüber redete. Aber bei dem Gedanken, ihr Geheimnis ausplaudern zu müssen, wurde ihre Kehle plötzlich trocken, und ihr Herz jagte. Tränen trübten ihren Blick. Sie schluckte krampfhaft und begann: »Vor einigen Monaten bin ich schwanger geworden. Aber ich habe es meinem Mann nicht gesagt.«

»Das ist eine Unterlassungssünde.«

»Ich weiß«, sagte sie leise. »Aber ich... ich kann nicht. Ich befinde mich in einem Konflikt, Pater.«

»Weshalb?«

»Wegen des Babys.«

»Die Position der Kirche ist eindeutig. Ein Kind ist ein Geschenk Gottes. Willst du das Kind nicht?«

Sie starrte den großen Solitär an ihrem linken Ringfinger an und flüsterte unter Tränen: »Es gibt kein Kind mehr.«

Remy hatte gehofft, ihre Schuldgefühle würden augenblicklich von ihr abfallen, wenn sie diese Worte endlich laut aussprach, aber das war nicht der Fall. Stattdessen nahm der Druck in ihrer Brust zu, bis sie fürchtete, er könnte ihr die Rippen brechen. Sie bekam kaum noch Luft. Ihre hektisch keuchenden Atemzüge hallten im Beichtstuhl wider.

Der Priester sagte ruhig: »Wie die Kirche zu Abtreibungen steht, weißt du natürlich auch.«

»Es war keine Abtreibung. Ich hatte im zweiten Monat eine Fehlgeburt.«

Er verarbeitete diese Antwort und fragte dann: »Worin liegt dann deine Sünde?«

»Ich bin schuld«, sagte sie mit gebrochener Stimme. »Gott hat mich wegen meiner Undankbarkeit und Unentschlossenheit bestraft.«

»Kennst du Gottes Ratschlüsse?«

»Ich wollte mein Baby.« Sie rieb schluchzend ihren Bauch. »Ich habe es schon geliebt. Aber ich hatte Angst...«

»Angst? Wovor?«

Dass Pinkie seine Drohung wahrmachen und mich zur Abtreibung zwingen würde.

Aber das war zu furchtbar, als dass sie es selbst einem Priester hätte beichten können. Pinkie hatte ihr nach ihrer Hochzeit unmissverständlich erklärt, dass sie keine Kinder haben würden. Punktum. Ende der Diskussion. Schluss der Debatte. Er wollte keine Konkurrenz. Und er wollte nicht, dass ihre Figur auch nur vorübergehend entstellt war. Er hatte gesagt, wenn sie den Drang verspüre, jemanden zu umhegen, könne sie ihn umhegen, ohne grotesk missgestaltet zu werden.

Als ihr Verhütungsmittel dann versagte und sie ungewollt schwanger wurde, verschwieg sie es ihm. Sie fürchtete, er würde auf einer Abtreibung bestehen.

Aber sie fürchtete nicht weniger, dass er es doch nicht tun würde.

Was wäre, wenn er Kinder inzwischen mit anderen Augen sah, wenn seine Einstellung ihnen gegenüber sich verändert hatte? Was wäre, wenn er seine Meinung geändert hatte und von dieser Vorstellung angetan war? Wollte sie, dass ihr Kind unter Pinkies Kontrolle aufwuchs?

Während sie noch mit ihrem Dilemma kämpfte, löste es sich von selbst. Als sie an jenem schrecklichen Nachmittag ein schmerzhaftes Ziehen im Unterleib spürte und das Blut sah, das an ihren Beinen herunterlief, wusste sie im Grund ihres Herzens, dass sie sich die Fehlgeburt herbeigewünscht hatte. Wegen ihrer Feigheit war ein kostbares Leben geopfert worden.

Der Beichtvater wiederholte seine Frage, wovor sie Angst gehabt habe. »Gott hat gewusst, dass ich das Kind nicht vorbehaltlos gewollt habe, Pater, deshalb hat er es mir wieder genommen.«

»Hast du etwas getan, um die Fehlgeburt herbeizuführen?«

»Nur in Gedanken. Bitte beten Sie für mich, Pater.«

Aus dem verzweifelten Wunsch nach Verständnis und Vergebung hob sie instinktiv die rechte Hand und presste sie flach ans Trenngitter. Dann weinte sie mit gesenktem Kopf.

Plötzlich spürte sie an Fingern und Handfläche körperliche Wärme, als hätte der Priester auf der anderen Seite des Gitters seine Hand gegen ihre gelegt. Aber dieses Gefühl war sofort wieder vorbei, und als Remy den Kopf hob, sah sie nur ihre eigene Hand am Drahtgeflecht.

Aber sie fühlte sich durch diese körperliche oder geistige Berührung getröstet. Eine Ruhe, die sie seit Monaten nicht mehr gekannt hatte, breitete sich langsam in ihr aus. Die beengenden Bande der Schuldgefühle fielen ab, und sie konnte erstmals seit Langem wieder frei atmen.

Der Geistliche, dessen Stimme wohltuend beruhigend klang, erteilte ihr die Absolution und erlegte Remy eine Buße auf, die ihr im Vergleich zur Schwere ihrer Sünde sehr milde erschien. Gewiss, damit war ihre Schuld noch nicht von ihr genommen, aber es war immerhin ein Anfang, ein erster Schritt hin zur Erlösung, ein Ausweg aus dem Morast von Schuldgefühlen, in dem sie beinahe versunken wäre.

Remy ließ langsam ihre Hand vom Gitter sinken, trocknete ihre Tränen und verließ den Beichtstuhl mit den leise gemurmelten Worten: »Danke, Pater.«

Der Duft ihres Parfüms hing in der Luft, solange Burke im Beichtstuhl blieb.

Er musste schleunigst verschwinden. Er durfte nicht mehr hier sein, wenn der echte Priester kam, um Beichten abzunehmen. Jetzt zählte jede Sekunde.

Trotzdem widerstrebte es ihm, schon zu gehen. In der räumlichen Enge des Beichtstuhls war eine seltsame Intimität mit der Frau seiner Träume, mit der Frau in dem mondbeschienenen Pavillon entstanden.

Die zufällig auch Duvalls treulose Ehefrau war. Und Pinkie Duvall war sein Todfeind, den zu vernichten er geschworen hatte.

Dieser Gedanke brachte Burke dazu, sich endlich in Bewegung zu setzen. Als er aus dem Beichtstuhl trat, sah er sich im Kirchenschiff um, weil er hoffte, noch einen Blick auf sie erhaschen zu können, aber sie war verschwunden. Er sah zum Hauptportal hinüber. Auch der Leibwächter, mit dem er sie auf dem French Market gesehen hatte, war nicht mehr da.

Er zog ein Taschentuch aus der Hüfttasche seiner schwarzen Hose und tupfte sich die Schweißperlen von der Stirn, danach von der Oberlippe. Ohne Schnurrbart fühlte sie sich ganz nackt an. Heute Morgen hatte ihn aus dem Rasierspiegel ein Fremder angeblickt.

Burke verließ die Kathedrale durch den nächsten Seitenausgang. Draußen saß Gregory James bereits im Auto und wartete auf ihn. Burke setzte sich schweigend ans Steuer und fuhr davon. Im Auto kam es ihm ungewöhnlich heiß vor. Er stellte die Klimaanlage auf volle Kühlleistung und schaltete den Ventilator ein. Das schwarze Hemd klebte ihm unter der Jacke am Rücken. Der weiße Priesterkragen störte ihn. Er riss ungeduldig daran.

»Hat's nicht geklappt?«, fragte Gregory nervös.

»Es hat prima geklappt.«

»Die Lady war da?«

»Auf die Minute pünktlich.«

Nachdem er Remy Duvall ein paar Tage lang beschattet hatte, war Burke klargeworden, dass sie niemals allein war. Sie war in der Villa, wo niemand an sie herankam, in Gesellschaft ihres Mannes oder mit ihrem Leibwächter unterwegs. Sie verließ das Haus niemals ohne Begleitung. Allein war sie nur, wenn sie in der Kathedrale betete.

»Um zu *beten?*«, hatte er ausgerufen, als Ruby Bouchereaux erzählt hatte, wo sie Mrs. Pinkie Duvall gelegentlich sah.

Die Bordellbesitzerin zog eine sorgfältig nachgezogene Augenbraue hoch. »Was überrascht Sie mehr, Mr. Basile – dass Remy Duvall in die Kirche geht, um zu beten, oder dass ich es tue?«

»So hab ich's nicht gemeint«, murmelte er verlegen. »Ich bin nur etwas ...«

»Bitte.« Ihre Handbewegung zeigte, dass sie Burke sein Erstaunen nicht übelnahm. »Ich sehe Remy Duvall oft beten. Ich habe noch nie mit ihr gesprochen. Niemand spricht sie an. Sie geht nicht hin, um sich zu zeigen. Sie scheint sehr fromm zu sein und geht immer vor allen anderen zur Beichte.«

Nachdem er Pinkies Ehefrau an mehreren Tagen nacheinander in der Kathedrale beobachtet und Ruby Bouchereaux' Beobachtungen verifiziert hatte, hatte er gedacht: *Perfekt.*

Wo konnte man sich besser in eine Frau einfühlen und ihre innersten Gedanken kennenlernen als im Beichtstuhl während der Beichte? Nahm sie Drogen wie ihre Mutter Angel? Würde sie ihre Affäre mit Bardo beichten? Welch schwere Sünden würde sie ihrem Beichtvater anvertrauen, die jemandem nutzen konnten, der ihren Mann vernichten wollte?

Am kommenden Samstag wollte Burke im Beichtstuhl auf sie warten. Aber sein kühner, brillanter Plan hatte zwei Haken: Wie konnte er priesterlich wirken, und wie ließ sich verhindern, dass der echte Geistliche aufkreuzte?

Burke war am Tag nach der Beerdigung seiner Mutter zum letzten Mal zur Beichte gegangen – und auch das nur, um ihrer zu gedenken. Seine Kenntnisse, was den Ablauf der Beichte anging, waren etwas eingerostet, obwohl man die Redewendungen natürlich nie ganz vergaß, wenn man als Katholik aufgewachsen war. Aber selbst wenn er glaubwürdig auftreten konnte, stand er weiter vor dem Problem, dass der echte Priester vom Beichtstuhl ferngehalten werden musste.

Deshalb war er auf die Idee gekommen, Gregory James einzusetzen, der eine Ausbildung als Geistlicher und Schauspieler hatte.

»Haben Sie alles richtig gesagt?«, fragte Gregory ihn jetzt.

»Sie haben es ein Dutzend Mal mit mir geübt.« Burke fluchte über einen langsamen Fahrer, während er ihn gewagt überholte. »Ich habe alles richtig gesagt.«

»Sie hat nichts gemerkt?«

Ihre tränenreiche Reue konnte nicht gespielt gewesen sein. »Sie hat nichts gemerkt.«

»Nur gut, dass sie Ihre finstere Miene nicht hat sehen können. Sie sehen nicht gerade priesterlich aus.«

»Nun, sie hat es ja nicht gesehen, also können Sie sich wieder beruhigen.«

»Ich bin ganz ruhig. *Sie* sind derjenige, der schwitzt und wie ein Verrückter fährt.«

Nachdem Gregory das gesagt hatte, lehnte er sich lächelnd zurück. Seine Finger trommelten auf seinem Knie den Takt zu einer Melodie, die nur er hören konnte. »Ich habe meine Rolle glänzend gespielt. Ich habe mich genau an Ihre Anweisungen gehalten und den Geistlichen vor dem Pfarrhaus abgefangen. Ich habe ihm erzählt, ich sei auf der Suche nach Pater Kevin, der mit mir auf dem Priesterseminar gewesen sei.

Er hatte natürlich noch nie von Pater Kevin gehört. ›Bestimmt nicht?‹, habe ich ihn gefragt. ›Ich erinnere mich genau, dass seine Mutter mir am Telefon erzählt hat, er sei in Saint Michael's in New Orleans tätig.‹ Der Sprechunterricht, den ich in New York genommen habe, hat meinen Südstaatentonfall zum Glück verdeckt«, erklärte er Burke nebenbei.

»Jedenfalls hat der Priester gesagt, mein Freund könne gut in Saint Michael's tätig sein – ich sei hier in Saint Matthew's. Daraufhin haben wir gelacht. Ich habe gesagt, mein Taxifahrer müsse die Kirchen verwechselt haben. ›Oder seine Heiligen‹, hat der Priester gesagt. Und wir haben wieder gelacht.

Um ihn noch eine Weile aufzuhalten, habe ich ihn gefragt, ob er aus New Orleans stamme, und er hat mir erklärt, er sei seit zehn Jahren hier. Und er hat gesagt, er kenne alle guten Restaurants. Natürlich könne er sie sich nicht leisten, hat er hastig hinzugefügt, aber einige Mitglieder seiner Gemeinde verkehrten dort und seien so liebenswürdig, ihn häufig einzuladen. Und so weiter und so weiter. Auf diese Weise haben wir ungefähr zehn Minuten totgeschlagen. Genug?«

»Reichlich. Halten Sie jetzt bitte die Klappe?«

Burke hatte keine Lust, mit Gregory zu schwatzen. Er wollte über die wenigen Minuten nachdenken, in denen er nur durch eine dünne Wand und ein Gitter von Remy Duvall getrennt gewesen war. Er war ihr nahe genug gewesen, um ihr Parfüm riechen und ihr leises Schluchzen hören zu können, während sie eine Sünde beichtete, die er nicht erwartet hatte.

Drogenmissbrauch, Alkoholexzesse, Ehebruch – nichts davon hätte ihn schockiert. Aber Schuldbewusstsein wegen einer Fehlgeburt? Damit hatte er nicht gerechnet, so dass es ihm schwergefallen war, seine Rolle überzeugend weiterzuspielen.

Trotzdem würde er dieses Wissen zu seinem Vorteil nutzen. Noch während ihr Parfüm ihn verdammt froh darüber sein ließ, dass er nie ein Keuschheitsgelübde abgelegt hatte, hatte er wie ein guter Kriminalbeamter überlegt, wie sich diese vertrauliche Information für seine Zwecke verwenden ließe. Eine Eingebung – nicht unbedingt *göttlicher* Natur – hatte ihn auf eine Buße gebracht, die zu ihrer Sünde passte und sich gut mit seinem Gesamtplan vereinbaren ließ.

Aber er war nicht allzu glücklich darüber.

Er wünschte sich, er wüsste nichts von dem Baby, das sie verloren hatte. Das machte sie menschlich.

Er wünschte sich, er hätte ihre Hand nicht durchs Gitter berührt. Das machte ihn menschlich.

»He, Basile, haben Sie eine religiöse Erfahrung oder irgendwas in dieser Art gemacht?«

Burke, den diese Frage aus seinen Gedanken gerissen hatte, warf Gregory einen finsteren Blick zu.

»Sie benehmen sich nämlich echt komisch. Als Sie aus der Kirche gekommen sind, haben Sie ausgesehen, als hätten Sie Gott erblickt.« Burke starrte ihn finster an. »Okay, vergessen Sie's. Ich bin es wahrscheinlich nur nicht gewohnt, Sie ohne Schnurrbart und mit zurückgekämmtem Haar zu sehen. So würde Sie nicht mal Ihre Mutter erkennen, glaube ich. Und die Brille ist auch ein gutes Requisit.«

Burke, der erst jetzt merkte, dass er vergessen hatte, seine Hornbrille abzusetzen, nahm sie ab und legte sie ins Fach zwischen den Sitzen. Ihre Gläser bestanden nur aus einfachem Glas, aber es war merkwürdig, dass er vergessen hatte, sie abzunehmen. Solche Kleinigkeiten konnten einen das Leben kosten. Cop oder Krimineller – über kleine Dinge stolperte man am leichtesten.

Er befahl sich, sich zusammenzureißen. Wenn er anfing, seine Entscheidung anzuzweifeln, wurde er womöglich schwankend in seiner Entschlossenheit, Kevins Tod zu rächen. Wenn er seinen Plan nicht durchzog, konnte er nicht länger atmen. Was er sich vorgenommen hatte, musste er beenden – oder dabei draufgehen. Er streckte unwillkürlich die Finger seiner rechten Hand.

Als sie Gregorys Stadthaus erreichten, bog er in die Einfahrt ab und bremste so nachdrücklich, dass der Wagen wippend zum Stehen kam.

Gregorys Hand lag schon auf dem Türgriff. »Die Sache hat Spaß gemacht, so ungern ich das zugebe. Vielleicht sehen wir uns mal wieder, Basile. Aber nur, wenn ich Pech habe.«

Zu seinem Entsetzen stieg Burke ebenfalls aus und ging mit ihm über den gepflasterten Weg zur Haustür. »Freut mich, dass die Rolle Ihnen Spaß gemacht hat. Sie müssen sie nämlich weiterspielen, Pater Gregory.«

15. Kapitel

Pinkie schnitt ein Stück von seinem kurz gebratenen Lendenfilet ab. »Wie heißt das Heim?«

Remy wandte den Blick von dem blutigen Fleischsaft ab, der über seinen Teller lief. »Jenny's House. Es ist nach einer Dreijährigen benannt, die von ihrer Mutter verlassen worden ist. Man hat die Kleine halb verhungert aufgefunden. Sie konnten sie nicht mehr retten.«

»Unglaublich!«, rief Flarra aus. »In Amerika, einem Land voll übergewichtiger Menschen, die Unsummen für Diäten ausgeben, ist ein kleines Mädchen verhungert?«

»Ein schrecklicher Gedanke, nicht wahr?«

Remy hatte bewusst auf einen Abend gewartet, an dem Flarra bei ihnen zum Essen eingeladen war, um mit Pinkie über dieses Thema zu sprechen. Sie wusste, dass Flarra sich sofort auf ihre Seite schlagen würde. Ihre Schwester kämpfte gegen jede soziale Ungerechtigkeit.

Pinkie ließ seinen Merlot im Glas kreisen. »Dieser Geistliche, Pater…?«

»Gregory«, ergänzte Remy. »Er hat angerufen und gefragt, ob er sich mit mir treffen könne, um die speziellen Bedürfnisse seiner Einrichtung zu erläutern.«

»Bedürfnisse heißt Geld.«

Sie nickte. »Er hat gesagt, dass sie Geld brauchen, um Jenny's House eröffnen und betreiben zu können.«

»Solche Einrichtungen betteln immer um Geld. Wieso isst du nichts?«, fragte er und deutete auf ihren Teller.

»Ich habe keinen Hunger.«

»Das ganze Gerede über verhungerte kleine Mädchen hat dir den Appetit verdorben. Meine Frau, das weichherzige Wesen.« Er griff über den Tisch und streichelte ihre Hand. »Damit du dich besser fühlst, lasse ich meine Sekretärin Pater Gregory morgen einen Scheck schicken.«

»Das genügt nicht«, sagte Remy und entzog ihm ihre Hand. »Ich möchte mich persönlich engagieren.«

»Du hast keine Zeit, dich für irgendwas zu engagieren.«

Er glaubte, damit sei der Fall erledigt, und widmete sich wieder seinem Lendenfilet. Aber Remy konnte und wollte nicht einfach aufgeben. Für sie steckte viel mehr dahinter als nur das Bedürfnis nach einem Hobby. Die Sache hatte einen spirituellen Hintergrund. Ihr Beichtvater hatte gesagt: »Wenn Sie vielleicht etwas tun könnten, was Kindern hilft...«

Jenny's House war geradezu die Erfüllung ihrer Gebete. Sie hatte um Gelegenheit zur Wiedergutmachung gebetet – und prompt hatte heute Morgen Pater Gregory angerufen. Wenn Gott wollte, dass sie sich hier engagierte, konnte nicht einmal Pinkie Duvall sie davon abhalten.

Sie bemühte sich um einen neutralen Tonfall, als sie sagte: »Ich habe jede Woche ein paar Stunden, die nicht verplant sind.«

»Ich glaube, es täte ihr gut, Pinkie«, stimmte Flarra zu. »Sie ist in letzter Zeit so trübselig gewesen.«

»Nein, bin ich nicht«, widersprach Remy.

»Es ist dir also auch aufgefallen?« Pinkie ignorierte Remys Protest und wandte sich direkt an Flarra.

Sie nickte, dass ihre schwarzen Locken flogen. »In letzter Zeit war sie echt lahmarschig.«

»Oh, vielen Dank!«

»Es stimmt aber, Remy. Muss es ja wohl, wenn mein Lieblingsschwager und ich es beide gemerkt haben.« Flarra bedachte ihn mit einem Augenaufschlag. »Kann ich bitte ein Glas Wein haben?«

»Nein«, antwortete Remy an seiner Stelle.

»Himmel. Keine öffentliche Schule. Keine Jungs. Kein Wein. Ich könnte ebenso gut auf dem Mars leben.«

»Schwester Beatrice bekäme einen Anfall, wenn du angeheitert ins Internat zurückkämst.«

»Wetten, dass Schwester Bea öfter mal heimlich einen Schluck nimmt? Können wir über Mardi Gras reden?«

»Nicht heute Abend.« Remy fiel auf, dass Pinkie sich nicht in das Gespräch zwischen Flarra und ihr eingemischt hatte. Er konzentrierte sich ganz auf sie, und sein forschender Blick war ihr unangenehm. »Was denkst du, Pinkie?«

»Ich denke, wie widerwärtig mir die Vorstellung ist, meine Frau könnte Umgang mit Gesindel haben.«

»Ich weiß nicht einmal, was Pater Gregory mir vorschlagen will«, wandte Remy ein. »Vielleicht will er nur um Erlaubnis bitten, unsere Namen auf die Liste ihrer Förderer zu setzen, oder uns bitten, bei Freunden für Spenden zu werben. Das erfahre ich erst, wenn ich mit ihm rede, aber ich möchte mich wirklich für dieses Projekt engagieren. Das Allermindeste wäre, dass ich unseren Scheck persönlich überreiche.«

»Wo ist diese neue Einrichtung?«

»Das hat er nicht gesagt.«

»Und wo soll das Gespräch stattfinden?«

»Er hat mir die Wahl des Treffpunkts freigestellt.«

Sein Zeigefinger tippte ungeduldig an sein Weinglas. »Warum ist dir das so wichtig, Remy?«

Sie wusste, dass alles von ihrer Antwort abhing. Damit Pinkie zustimmte, musste er etwas hören, was ihm gefiel. »Es ist mir wichtig, weil die kleine Jenny keinen Pinkie Duvall gehabt hat, der rechtzeitig in ihr Leben getreten ist, um sie zu retten. Sie hat weniger Glück gehabt als Flarra und ich.«

»Davon krieg ich echt 'ne Gänsehaut«, sagte Flarra.

Pinkie entspannte sich und machte Roman ein Zeichen, ihm Wein nachzuschenken. »Also gut, Remy, du kannst dich mit Pater Gregory treffen. Hier im Haus. Tagsüber.«

»Danke, Pinkie.«

»Cool«, sagte Flarra.

Pater Gregory legte den Hörer auf und drehte sich zu Burke um. »In ihrem Haus, morgen Nachmittag.«

Bei ihrem vorigen Gespräch hatte Pater Gregory Mrs. Duvall die Nummer des Telefons bei der Herrentoilette in einem der Striplokale ihres Ehemanns angegeben. Durch die papierdünnen Wände drangen dumpf die Bässe.

»In ihrem Haus?«, wiederholte Burke. Er rieb sich den Nacken. »Ich hatte damit gerechnet, dass wir uns irgendwo in der Öffentlichkeit treffen würden.«

»Künstlerpech«, meinte Gregory. »Also wird nichts daraus, stimmt's? Sie müssen Ihr Vorhaben aufgeben.«

Burke dachte kurz nach und schüttelte den Kopf. »Vielleicht ist es so ja noch günstiger. Welche Uhrzeit haben Sie vereinbart?«

»Haben Sie nicht gehört, was ich gesagt habe, Basile?«

»Doch. Sie haben gesagt, dass sie uns morgen bei sich erwartet. Und ich habe nach der Uhrzeit gefragt.«

»Das klappt nie!«

»Doch, es klappt. Wenn Sie Ruhe bewahren und alles machen, was ich Ihnen sage, klappt die Sache.«

»Sie glauben vielleicht, mich zu kennen, Basile, aber Sie kennen mich nicht wirklich. Im Grunde meines Wesens bin ich ein Feigling. Ich denke bei jeder Entscheidung grundsätzlich zuerst an mich.«

»Gut. Das ist sehr gut. Denken Sie an sich selbst. Stellen Sie sich vor, wie Sie lange, verdammt lange hinter Gittern sitzen, wenn Sie mich im Stich lassen oder versagen und die Sache platzen lassen.«

Gregory ächzte verzweifelt. »Bestimmt geben Sie mir sogar dann die Schuld, wenn irgendwas ohne mein Dazutun schiefgeht.«

»Nein, das tue ich nicht. Ehrenwort«, versprach Burke aufrichtig. »Unabhängig davon, wie die Sache ausgeht, sind Sie anschließend frei und unbelastet.«

»Frei und unbelastet? Mit Pinkie Duvall im Nacken?« Gregory schnaubte verächtlich. »Ich krieg schon Magenkrämpfe, wenn ich bloß seine Telefonnummer wähle. Als ich noch zur Schule ging, haben sie daheim oft über ihn gesprochen. Der Kerl ist 'ne gottverdammte Legende, einer der mächtigsten Männer dieser Stadt, wenn nicht sogar *der* mächtigste!«

»Ich weiß über ihn Bescheid.«

»Dann wissen Sie auch, dass der Typ einem echt Angst einjagen kann. Es geht das Gerücht um, dass er Leute hat umlegen lassen, die ihn zu betrügen versucht haben.«

»Das ist kein Gerücht.«

Gregory starrte ihn ungläubig an. »Und trotzdem soll ich als angeblicher Priester sein Haus betreten, mit seiner Frau reden und Geld von ihr nehmen?«

»Es sei denn, Sie wollen lieber ins Gefängnis und dort der Geliebte eines Kerls werden, den alle nur den Stier nennen.«

»Dieses Guthaben ist aufgebraucht. Ich bin mit Ihnen zur Kathedrale gefahren und habe meine Rolle gespielt. Übrigens brillant, möchte ich anmerken. Damit sind wir quitt.«

»Das habe ich nie gesagt«, widersprach Burke ruhig. »Ich habe gesagt, dass ich Sie laufen lasse, wenn Sie Pater Gregory spielen.«

»Ich habe angenommen, ich müsste mich nur dieses eine Mal als Pater Gregory ausgeben.«

»Dann haben Sie sich eben getäuscht. Wann morgen Nachmittag?«

»Sie sind verrückt, Basile!«

»Wahrscheinlich.«

Gregory hatte natürlich recht. Dieser Plan, den er ausgearbeitet hatte, *war* verrückt. Dramatisch. Wirkungsvoll und entschieden verrückt.

Seitdem er Mrs. Duvall die Beichte abgenommen hatte, hatte er sämtliche Aspekte seines Plans durchleuchtet. Die Chancen, dass irgendetwas schiefging, standen immer verdammt gut, aber er hatte alle nur möglichen Sicherheitsvorkehrungen getroffen. Er war aus seinem Einzimmerapartment ausgezogen und hatte unter falschem Namen eine andere Bruchbude gemietet. Er fuhr nicht mehr den Toyota, sondern einen älteren Wagen.

War er mit dem Auto unterwegs, behielt er ständig den Rückspiegel im Auge. Als Fußgänger kontrollierte er häufig, ob er von Bardo oder seinesgleichen beschattet wurde. Das war ziemlich sicher nicht der Fall.

Hatte Duvall seine Meute zurückgepfiffen? Nachdem Burke sich geweigert hatte, für ihn zu arbeiten, hatte Duvall ihn möglicherweise als unbedeutend abgeschrieben. Vielleicht war er zu selbstsicher, um die Rache eines arbeitslosen, in Geldnöten steckenden, unglaubwürdig gewordenen Excops wie Burke Basile zu fürchten. Wenn er einen Racheakt erwartete, würde er wohl eher an eine Gewalttat denken.

Deshalb würde sein Plan vielleicht klappen.

»Warum kann nicht ein Cop den Priester spielen?«, jammerte Gregory. »Warum kann kein verdeckter Ermittler als Pater Gregory auftreten?«

»Weil Sie ein besserer Schauspieler sind als jeder meiner Kollegen.« Der junge Mann glaubte noch immer, an einem verdeckten Polizeieinsatz beteiligt zu sein.

»Ich steige aus«, sagte Gregory trotzig. »Ich will nicht mehr Pater Gregory spielen. Ich gehe lieber ins Gefängnis, als zu riskieren, dass Pinkie Duvall hinter mir her ist.«

Burke trat dichter an ihn heran. »Wenn Sie mich jetzt im Stich lassen, sorge ich dafür, dass jeder Perverse im Orleans Parish Jail Sie rannimmt.« Er drängte den jungen Mann gegen die fleckige Wand der Toilette und knurrte mit zusammengebissenen Zähnen: »Zum letzten Mal, Pater Gregory: *wann morgen Nachmittag?*«

»Ich freue mich sehr, Sie kennenzulernen, Mrs. Duvall.« Gregory James lächelte entwaffnend, als er ihrer Gastgeberin die Hand schüttelte. »Vielen Dank, dass Sie uns empfangen.«

Sie sah an ihm vorbei zu dem zweiten Geistlichen hinüber.

»Äh, das ist Pater Kevin«, stotterte Gregory. »Mein Amtsbruder, der Jenny's House mitbegründet hat.«

Dieses Pseudonym hatte Burke gewählt, um Kevin Stuarts Andenken zu ehren, was ihm passend erschien.

»Ich danke Ihnen beiden für Ihr Kommen«, sagte sie.

»Ich fühle mich geschmeichelt, dass Sie mich um meine Unterstützung bitten wollen.«

Vor dem Wintergarten, in den der Butler sie geführt hatte, lag eine weite Rasenfläche, auf der der Pavillon deutlich zu sehen war. Mit einem Blick nach draußen bemerkte Burke: »Ein herrlicher Besitz, Mrs. Duvall.«

Er machte sich keine Sorgen, dass sie seine Stimme wiedererkennen könnte. Im Beichtstuhl hatte er nur flüsternd gesprochen und dabei mehrmals gehüstelt. Sie würde auch keine Verbindung zwischen dem streng gekleideten Pater Kevin und dem schnurrbärtigen Mann in Regenjacke und Baseballkappe herstellen, der ihr die Orangentüte nachgetragen hatte, die sie im Straßencafé auf dem French Market vergessen hatte.

»Danke. Nehmen Sie bitte Platz.«

Gregory und er setzten sich nebeneinander auf das Rattansofa. Mrs. Duvall nahm ihnen gegenüber in einem Sessel Platz und fragte, ob sie ihnen einen Kaffee anbieten dürfe.

Pater Gregory sah lächelnd zu dem Butler auf. »Ich hätte gern eine Tasse. Bitte ohne Koffein.«

»Für mich auch«, sagte Burke.

Der Butler verschwand und ließ Mrs. Duvall mit den Geistlichen allein. Und mit ihrem Leibwächter.

Die breiten Schultern des Mannes ragten seitlich über die Sessellehne hinaus, und das Rattangeflecht schien unter seinem Gewicht zu ächzen. Sein dunkler Anzug passte nicht recht in den sonnigen Wintergarten. Er wirkte hier so fehl am Platz wie ein Schraubenschlüssel in einem Blumenarrangement.

Burkes Puls hatte sich unwillkürlich beschleunigt, als er den Wintergarten betreten und den Leibwächter gesehen hatte. Mrs. Duvall hatte ihn nicht wiedererkannt, aber dieser Mann war schließlich dazu ausgebildet, besonders wachsam zu sein. Burke hatte ihn freundlich lächelnd mit einem leichten Nicken begrüßt. Der Mann hatte etwas gegrunzt, ohne ihn jedoch zu erkennen. Wie viel Duvall diesem Einfaltspinsel auch zahlte, es war zu viel.

Mrs. Duvall wandte sich an den Leibwächter. »Sie brauchen nicht zu bleiben, Errol. Was wir zu besprechen haben, würde Sie bestimmt nur langweilen.«

Er dachte darüber nach, warf den beiden Geistlichen einen Blick zu, der offenbar als strenge Warnung gedacht war, und stand auf. »Okay. Aber ich bin gleich vor der Tür, falls Sie mich brauchen.«

Als Errol hinausgegangen war, wandte Pater Gregory sich an ihre Gastgeberin. »Ist er immer so? Oder ist er manchmal missmutig?«

Sie lachte spontan. Burke dankte Gregory im Stillen dafür, dass er ihr die Befangenheit genommen hatte. Bisher spielte der junge Mann seine Rolle hervorragend. Sie machten ungezwungen Konversation, bis der Butler, den sie Roman nannte, mit einem großen Silbertablett zurückkam, das er auf den Teewagen stellte. Mrs. Duvall goss den Kaffee selbst ein und bot ihnen dazu Törtchen mit pastellfarbenem Zuckerguss an. Alle ihre Bewegungen waren gewandt, mühelos, natürlich. Mit der schweren Silberkanne ging sie ebenso elegant um wie mit ihrem Löffel, mit dem sie eine sehr kleine Portion Sahne in ihren Kaffee rührte.

»Ich kann es kaum erwarten, alles über Jenny's House zu erfahren.«

Pater Gregory räusperte sich und rutschte etwas nach vorn. »Auf die Idee dazu bin ich gekommen, als ...«

Burke hörte kaum zu, während Gregory mit blumigen

Worten von einem nicht existierenden Heim für obdachlose Kinder erzählte. Obwohl er vorgab, sich auf Pater Gregorys Worte zu konzentrieren, beobachtete er in Wirklichkeit Remy Duvall. Sie hörte aufmerksam zu und reagierte wie erwartet auf die Schlüsselworte, die Gregory auf Burkes Anweisung einstreute. Ihre Fragen waren verständnisvoll und intelligent. Als Gregory die Leidensgeschichte der fiktiven kleinen Jenny wiederholte, hatte sie Tränen in den Augen.

»Das ist so tragisch.«

Da ihr Mitgefühl aufrichtig wirkte, wäre die Versuchung groß, wegen der krassen Manipulation ihrer Emotionen Schuldgefühle zu entwickeln. Aber dann erinnerte Burke sich daran, wie intim sie draußen im Pavillon mit Bardo gewesen war. Eine Frau, die sich freiwillig mit einem Kerl wie Bardo abgab, hatte kein Mitleid verdient.

Er stellte seine Kaffeetasse auf das Tischchen neben dem Sofa und stand plötzlich auf. »Bitte verzeihen Sie die Unterbrechung, Pater Gregory, aber ich muss mich einen Augenblick entschuldigen.«

Gregory drehte den Kopf so schnell zur Seite, dass seine Halswirbel knackten. Aus seinem Blick sprach nackte Panik. Diese Szene stand nicht im Drehbuch. Burke hatte sie absichtlich ausgelassen, um den jungen Mann nicht noch mehr zu ängstigen. Da Gregory sich in seiner Rolle wohl zu fühlen schien, hatte Burke das Gefühl, er könne ihn unbesorgt ein paar Minuten lang mit Mrs. Duvall allein lassen. Mehr Zeit brauchte er gar nicht.

»Eine Toilette finden Sie in der Eingangshalle unter der Treppe«, erklärte sie ihm.

»Danke.«

»Soll Errol sie Ihnen zeigen?«

»Nein, danke. Ich finde sie schon.«

Burke schlenderte aus dem Wintergarten, blieb aber gleich hinter der Tür stehen und sah sich nach dem Leibwächter um. Errol wartete nicht dort draußen, wie er angekündigt hatte. Stattdessen sah Burke ihn im Raum nebenan vor einem Fernseher sitzen. Er kehrte der Tür den Rücken zu. Offenbar hielt er die Patres Gregory und Kevin für nicht weiter gefährlich.

Burke betrat die Toilette und schloss für einen Augenblick die Tür hinter sich. Dann kam er wieder heraus, hastete die Treppe hinauf, nahm dabei je zwei Stufen auf einmal und fuhr zusammen, wenn eine Stufe knarrte.

Die erste Tür oben am Treppenabsatz führte in eine weitere kleine Toilette. Nach höchstens drei Sekunden war er wieder draußen.

Wie viele Dienstboten waren im Haus? Schwer zu sagen, aber sicherheitshalber musste er annehmen, dass es mehrere waren. Er konnte jeden Augenblick einer energischen Haushälterin über den Weg laufen, die barsch wissen wollte, was zum Teufel ein heiliger Mann in Mr. Duvalls Haus herumzuschnüffeln habe. Sie würde Krach schlagen, was wiederum Errol auf den Plan rufen würde, und der würde den Eindringling festhalten, bis Pinkie eintraf. Morgen um diese Zeit würde seine Leiche als Fischfutter auf dem Boden des Golfs von Mexiko liegen.

Er öffnete die zweite Tür im oberen Flur und fand, was er suchte: ein großes Schlafzimmer mit Bädern und Ankleideräumen auf beiden Seiten und einem breiten Balkon, der auf den Rasen vor dem Haus hinausging.

Burke verstand nichts von Antiquitäten, aber jedes Möbelstück in diesem Haus schien echt zu sein. Mit Drogengeldern ließen sich auf hochklassigen Auktionen schöne Sachen ersteigern. Eins der Stücke, ein gut drei Meter hoher Standspiegel in einer Zimmerecke, zeigte ihm einen Mann, der zu Priesterkleidung eine unnötige Brille trug.

»Schön blöd, was du da machst, Basile«, murmelte er.

Er warf einen Blick in den Ankleideraum, der offenbar Pinkie gehörte, aber das Zimmermädchen hatte hier aufgeräumt, nachdem der Hausherr morgens in die Stadt gefahren war. Alles war ordentlich. Nichts lag herum.

Im Schlafzimmer war leicht zu erkennen, wem welcher Nachttisch gehörte. Pinkie schlief links. Auf seinem Nachttisch lagen eine Lesebrille, eine Ausgabe von *Newsweek* und ein schnurloses Telefon. Burke wollte die Rufnummer ablesen, aber das Sichtfenster für das von der Telefongesellschaft mitgelieferte Kärtchen war leer. Wahrscheinlich hatte Pinkie eine ultrageheime Geheimnummer.

Er zog die Schublade auf, weil er hoffte, darin ein Telefonverzeichnis, ein Tagebuch oder ein Scheckbuch zu finden. Aber Pinkie war viel zu clever, um in seinem Nachttisch mehr aufzubewahren als ein Fläschchen Maalox, einen klecksenden Kugelschreiber, eine weitere Lesebrille und einen leeren Notizblock.

Auf Mrs. Duvalls Nachttisch sah er einen Rosenkranz, eine Schale mit Potpourri und eine Wasserkaraffe aus Kristallglas, über die ein kleines Trinkglas gestülpt war. Die Schublade enthielt lediglich eine Schachtel Briefkarten, aber kein Adressbuch. An wen schrieb sie?

Wie lange war er schon aus dem Wintergarten fort? Verdächtig lange für jemanden, der nur hatte austreten wollen? Was wäre, wenn Errol während eines Werbeblocks einen Blick in den Wintergarten warf und nach dem zweiten Priester fragte, da er dort nur einen sah?

Los, weiter!

Er ging zu Mrs. Duvalls Ankleideraum hinüber. Das Zimmermädchen hatte dort nicht mehr aufgeräumt, seit die Hausherrin sich für den Besuch der beiden Priester umgezogen hatte. Auf dem mit Satin bezogenen Hocker vor dem Toilettentisch lag eine achtlos hingeworfene Bluse. Sie war offenbar in die engere Wahl gekommen, aber dann hatte Mrs. Duvall sich doch für die Bluse entschieden, die sie jetzt trug. Burke griff danach und prüfte das Gewebe zwischen Daumen und Zeigefinger. Seide. Er legte die Bluse wieder so hin, wie er sie vorgefunden hatte.

Im Bad fiel ihm eine in die Spiegelwand hinter dem Waschbecken eingelassene kleine Tür auf. Dahinter befand sich ein Schränkchen mit Toilettenartikeln: Zahnbürste und Zahnpasta, Augentropfen, Beruhigungstabletten, Q-Tips, Tampons, Aspirin, Antibabypillen. Keine sonstigen Medikamente.

Er schloss das Schränkchen wieder und wollte eben hinausgehen, als ihm auffiel, dass die Marmorplatte ihres Toilettentischs mit einer dünnen Schicht Puder bedeckt war. Der Körperpuder befand sich in einer runden Kristallglasdose mit reichverziertem Silberdeckel. Daneben lag eine flauschige Puderquaste. Er griff danach, um an ihr zu riechen. Dieser Duft war unverkennbar. Er ließ die Fingerspitzen über die samtige Oberfläche der Puderquaste gleiten und stellte aufreizende Spekulationen darüber an, welche exotischen Stellen sie zuletzt berührt haben mochte.

Was zum Teufel machst du da, Basile? Sieh zu, dass du hier rauskommst!

Er legte die Quaste an ihren Platz neben die Puderdose zurück und hastete aus dem Ankleideraum, als wäre ihm der Teufel auf den Fersen. An der Schlafzimmertür blieb er stehen, um zu horchen. Als er draußen nichts hörte, öffnete er leise die Tür und trat auf den Flur hinaus.

Er war erst auf halber Treppe, als Errol in der Eingangshalle auftauchte.

16. Kapitel

Errol, der offenbar auf die Toilette wollte, blieb wie angenagelt stehen, als er Pater Kevin die Treppe herunterkommen sah. Burke lächelte entwaffnend. »Falls Sie aufs Klo wollen, werden Sie das hier brauchen.« Er warf dem Leibwächter eine Rolle Toilettenpapier zu.

Errol, der noch immer verwirrt wirkte, fing sie unbeholfen auf und drückte sie an seine Brust.

»Auf der unteren Toilette ist kein Klopapier, deshalb habe ich die obere benutzen müssen.«

Errol stieß die Toilettentür auf und starrte den leeren Klopapierhalter an, aus dem Burke die Rolle entfernt hatte, bevor er hinaufgegangen war. Jetzt hatte er sie wieder mitgebracht, aber die Rolle schien aus der anderen Toilette zu stammen. »Da ich schon mal oben war, wollte ich die Rolle hier unten ersetzen. Man weiß nie, wer mal Bedarf hat.« Er grinste von Mann zu Mann. »Hängt natürlich davon ab, was man gerade vorhat.«

»Ja«, murmelte Errol unsicher. »Danke.«

Burke ging in Richtung Wintergarten davon, bevor er sich nochmals umdrehte, als wäre er gerade auf eine Idee gekommen. »Hören Sie, falls Mr. und Mrs. Duvall sich für Jenny's House engagieren, hätten Sie vielleicht auch Lust, dort mitzuhelfen? Die Jungs betreuen, Spiele organisieren, irgendetwas in dieser Art.«

»Nein, lieber nicht. Mr. Duvall hat genug Arbeit für mich.«

»Na ja, war bloß 'ne Idee.« Burke wandte sich ab und blieb nicht mehr stehen, bis er wieder im Wintergarten war. Gregory redete immer noch.

»Pater Kevin und ich halten es für besonders wichtig, dass den Kindern, die in Jenny's House untergebracht sind, bestimmte Aufgaben zugewiesen werden. Dann sieht das Ganze weniger wie eine Wohlfahrtseinrichtung und mehr wie das Heim einer normalen Familie aus.«

»Eine ausgezeichnete Idee, Pater.«

Gregory sah merklich erleichtert zu Burke hinüber. »Pater Kevin und ich sind uns darin einig, dass das Verantwortungsgefühl der Kinder gestärkt und jede auch noch so kleine Leistung gelobt werden muss. Darin sehen wir einen ersten Schritt, um den schlimmen Erfahrungen der Kinder entgegenzuwirken und ihnen Selbstwertgefühl mit auf den Weg zu geben.«

Mrs. Duvall sah zu Burke hinüber, als erwartete sie eine Bestätigung von ihm. Er nickte zustimmend, aber in diesem Augenblick hätte er sogar der Theorie zugestimmt, der Mond bestehe aus Schmelzkäse. Es war verdammt schwierig, weiter ein frommes Gesicht zu machen, nachdem er gerade erst ihre Puderquaste in der Hand gehalten hatte. Er bemühte sich, auf einen Punkt über dem goldenen Kreuz an ihrer Halskette zu blicken, aber das löste ein gewaltiges Ringen zwischen Es und Ich aus.

»Auf diesem Besuch liegt Gottes Segen, Pater Kevin.« Gregory hielt einen auf Jenny's House ausgestellten Scheck über zehntausend Dollar hoch.

»Sie sind sehr großzügig, Mrs. Duvall. Gott segne Sie.«

»Gott segne Ihre Arbeit, Pater Kevin.«

Burke stand auf. »Wir wollen Ihre Zeit nicht ungebührlich in Anspruch nehmen.«

»Nein, das wollen wir nicht.« Gregory stand ebenfalls auf. »Wenn ich erst mal anfange, über Jenny's House zu reden, bin ich nicht mehr zu bremsen.«

»Ich habe Ihnen gern zugehört«, sagte sie. »Können Sie nicht bleiben, bis mein Mann heimkommt? Er würde Sie bestimmt gern kennenlernen.«

»Nein, nein, wir müssen weiter«, antwortete Gregory. »Wir haben weitere Besuche zu machen. Vielleicht ein andermal.«

Burke gab ihr eine Visitenkarte. »Bestimmt möchten Sie gelegentlich einen Zwischenbericht. Bitte rufen Sie mich jederzeit an.«

»Danke, das tue ich gern.«

»Vielleicht hätten Sie Spaß daran, das Heim selbst zu besichtigen?«

Dieser Vorschlag ließ Pater Gregory verstummen. Er starrte Pater Kevin ungläubig an. Mrs. Duvall dagegen war von seiner Idee entzückt. »Wäre das denn möglich?«

»Nein.«

»Selbstverständlich.«

Beide antworteten gleichzeitig, aber Burke sprach energischer als Gregory, der jetzt verlegen sagte: »Natürlich, wenn Pater Kevin es für richtig hält. Ich dachte nur, wir würden noch warten und einen Tag der offenen Tür veranstalten, wenn das Heim offiziell eingeweiht wird. Um alle Förderer gemeinsam einzuladen, wissen Sie?«, fügte er lahm hinzu.

»Ich bin sicher, dass Mrs. Duvall eine Privatführung lieber wäre«, sagte Burke und sah ihr dabei tief in die Augen.

»Ich erwarte keine Sonderbehandlung«, stellte sie fest, »aber ich würde sehr gern sehen, wie Ihre Arbeit vorangeht. Vielleicht kann ich irgendwo aushelfen.«

»Glauben Sie mir, Ihre Spende ist Hilfe genug«, beteuerte Pater Gregory mit leichter Verzweiflung in der Stimme.

»Aber wenn ich Positives zu berichten habe, fühlt sich mein Mann vielleicht veranlasst, noch mehr zu spenden.«

Burke lächelte. »Umso mehr Grund für einen persönlichen Besuch. Rufen Sie mich an, wann immer Sie uns besuchen möchten. Wir stehen Ihnen jederzeit zur Verfügung.«

»Wir stehen Ihnen jederzeit zur Verfügung? Du lieber Himmel, das überleben wir nicht!«

»Hören Sie bitte mit diesem Gejaule auf. Davon bekomme ich Kopfschmerzen.«

»In welche Sache haben Sie mich da bloß reingezogen, Basile? Das gefällt mir nicht. Ich habe mich bereit erklärt, Ihnen einen Gefallen zu tun, und Wort gehalten, stimmt's? Nicht nur einmal, sogar zweimal. Aber das war's. Finis. Applaus, Applaus. Vorhang. Lichter aus, und alle gehen heim. Keine Zugabe. Ich habe die letzte Szene mit Ihnen gespielt. Sie verändern ständig den Text. Und wo waren Sie, als Sie den Wintergarten verlassen haben?«

»Auf dem Klo.«

»Ja, natürlich. Ich denke, dass Sie rumgeschnüffelt haben, *das* glaube ich.«

»Das ist eins Ihrer Hauptprobleme, Gregory«, sagte Burke gelassen. »Sie denken zu viel. Sie kämen viel besser zurecht, wenn Sie sich einfach treiben ließen.«

»Damit würde ich bloß riskieren, eines Tages mit dem Gesicht nach unten im Mississippi aufgefunden zu werden.

Ich habe in meinem Leben nicht viel Großes geleistet, aber ich will nicht jetzt schon abtreten. Ich steige aus. In dieser Minute.«

Dieser Streit ging weiter, bis sie Gregorys Stadthaus erreichten. Burke lehnte sich nach rechts hinüber und öffnete die Beifahrertür. »Gehen Sie rein, legen Sie die Füße hoch, trinken Sie ein Glas Wein oder zwei und beruhigen Sie sich. Ich melde mich dann wieder.«

»Ich steige aus.«

»Im Gefängnis wird zum Abendessen kein Spätburgunder kredenzt, Gregory.«

»Sie können mir nicht weiter mit dem Gefängnis drohen. Sie haben nichts gegen mich in der Hand.«

»Heute vielleicht nicht. Aber lassen Sie mir ein, zwei Wochen Zeit. Ich bleibe Ihnen auf den Fersen, und früher oder später geben Sie Ihrem Drang nach. Sie haben ja selbst gesagt, dass Sie ihn nicht kontrollieren können.«

»Mein Psychiater und ich machen Fortschritte.«

»Nein, er schröpft einen Patienten, den er als hoffnungslosen Fall kennt. Für einen Psychologen sind Sie eine wahre Goldgrube!«

Gregory sank auf seinem Sitz zusammen. »Sie sind ein gemeiner Kerl, Basile.«

»Das haben wir schon mal festgestellt.«

»Sie sind stärker als ich. Ich kann mich bei Ihnen nicht durchsetzen. Alle hacken auf mir herum.«

Burke streckte eine Hand aus, packte Gregory am Haar und drehte seinen Kopf zu sich herum. »Jetzt passen Sie mal auf, Sie wehleidiger, verzogener kleiner Scheißer! Auch wenn Sie es nicht glauben wollen, ist das womöglich das Allerbeste, was Ihnen in Ihrem ganzen miserablen Leben jemals zugestoßen ist. Zum ersten Mal zwingt man Sie dazu, etwas zu tun, was Sie nicht tun wollen. Ich gebe Ihnen die Chance zu beweisen, dass Sie besser sind, als die anderen glauben. Ich gebe Ihnen die Chance, ein Mann zu sein.«

Gregory schluckte sichtlich bedrückt. »Ich glaube nicht, dass ich einer sein kann, Basile. Ich wäre gern einer – aber wie Sie selbst gesagt haben, bin ich ein hoffnungsloser Fall. An Ihrer Stelle würde ich lieber nicht auf mich zählen.«

»Leider«, knurrte Burke und ließ sein Haar los, »sind Sie alles, was ich habe.«

Gregory stellte einen Fuß auf das Pflaster, machte aber sonst keine Anstalten auszusteigen. Nach längerer Pause fragte er: »Das Ganze ist kein Polizeiunternehmen, nicht wahr?«

»Nein.« Burke sah ihm ins Gesicht. »Nein, ist es nicht. Es ist ein persönlicher Rachefeldzug wegen meines Freundes, der letztes Jahr erschossen worden ist.«

»So was Ähnliches habe ich mir schon gedacht. Danke, dass Sie mir endlich reinen Wein eingeschenkt haben.«

»Nichts zu danken.«

Burke wandte sich ab und sah durch die beschlagene Windschutzscheibe seines Wagens. Er brauchte nur wenige Sekunden nachzudenken, bevor er sagte: »Vergessen Sie's, Gregory. Ich hätte Sie nicht in die Sache hineinziehen dürfen. Ich habe Sie bewusst belogen und ständig manipuliert, und wie Sie selbst gesagt haben, ist das unfair.

Ich bin dabei, etwas Verrücktes und Gefährliches zu tun. Auch in dieser Beziehung haben Sie recht. Sie würden dabei vermutlich in Panik geraten, Fehler machen und zuletzt umkommen. Ich will nicht noch ein Menschenleben auf dem Gewissen haben. Ich habe Ihre Hilfe beim Priesterspielen gebraucht, aber ich denke, dass ich ab jetzt allein zurechtkomme. Vielen Dank für Ihre Hilfe.«

Dann fügte er noch hinzu: »Ich finde es schrecklich, wie Sie Ihr Leben ruinieren, Gregory. Wenn Sie nicht eines Tages draufkommen und Ihr Verhalten ändern, werden Sie irgendwann verhaftet und lange eingesperrt. Irgendwann mal kann Ihr Daddy Sie nicht mehr freikaufen, und dann werden Sie wegen eines Vergehens verurteilt, das nicht nur die Mehrheit der Bevölkerung, sondern auch der Gefängnisinsassen anwidert. Die machen Ihnen das Leben hinter Gittern zur Hölle und bringen Sie vielleicht sogar um. Überlegen Sie es sich gut, wenn Sie mal wieder den Drang verspüren, sich vor jemandem – besonders vor Kindern – zu entblößen.«

Burke machte mit schiefem Lächeln das Kreuzzeichen. »Gehe in Frieden und sündige nicht mehr, mein Sohn.« Dann legte er den Rückwärtsgang ein.

»Augenblick!« Der gutaussehende junge Mann zögerte sichtlich unentschlossen. Er biss sich auf die Unterlippe. »Könnte ich Schwierigkeiten bekommen? Gesundheit oder Leben riskieren?«

»Ich schwöre Ihnen, dass ich versuchen würde, das zu verhindern, aber die Sache ist riskant, ja.«

Nachdem Gregory lange Augenblicke schweigend nachgegrübelt hatte, seufzte er. »Zum Teufel damit! Ich mache weiter. Was habe ich sonst schon laufen?«

17. Kapitel

»Was soll das heißen, er ist verschwunden?«

Bardo zuckte mit den Schultern. »Nichts anderes, als ich gesagt habe, Pinkie. Er ist abgetaucht. Als ich in die Bruchbude zurückgekommen bin, in der er sich einquartiert hatte, war er ausgezogen. Ich hab mir den Hausherrn vorgeknöpft, aber der schwört, dass Basile irgendwann nachts abgehauen ist. Hat ihm Miete und Schlüssel in den Briefkasten geworfen. Eine Nachsendeadresse hat er natürlich nicht angegeben. Seither ist er spurlos verschwunden. Einer unserer Leute bei der Polizei hat ein bisschen herumgeschnüffelt. Er sagt, dass niemand mehr von Basile gehört hat, seit er seine Plakette abgegeben hat.«

»Sie hätten ihn beschatten lassen müssen.«

»Stimmt, aber wer hätte das gedacht?«

Basiles scheinbares Verschwinden bereitete Pinkie Unbehagen. Basile hatte den angebotenen Job nicht mit den Worten abgelehnt: »Nein, aber Ihr Angebot ehrt mich.« Er hatte ihn auf eine Art abgelehnt, die keinen Spielraum für Verhandlungen ließ. Das störte Pinkie aus zwei wichtigen Gründen.

Erstens war er sauer, weil diese Null von einem Excop sein gutgemeintes Angebot mit beleidigenden Ausdrücken zurückgewiesen hatte. Dies war Pinkies erster Versuch gewesen, Basile zu einem Frontwechsel zu bewegen, aber nicht das erste Mal, dass er daran gedacht hatte, einen Köder auszuwerfen, um zu sehen, ob Basile anbeißen würde. Gab es eine bessere Methode, einen Feind zu eliminieren, als ihn ins eigene Lager zu locken?

Und Basile war ein Feind. Als er noch im Drogendezernat gearbeitet hatte, war er ein ständiges Ärgernis gewesen, hatte darauf bestanden, dass jeder Einsatz – ob erfolgreich oder nicht – genau analysiert wurde. Er war ein Idealist, der gefordert hatte, klar herauszuarbeiten, wer für etwaige Fehler verantwortlich war und warum und weshalb Einsätze schiefgegangen waren. Er war die unermüdliche Stimme des Gewissens gewesen, die das Dezernat einigermaßen ehrlich erhalten hatte – wenn auch nicht ganz.

Noch schlimmer war, dass er anscheinend unbestechlich war. Pinkie hatte Spezialisten für alle möglichen Laster auf ihn angesetzt, damit sie die schwache Stelle in Basiles moralischem Panzer aufspürten. Keiner war erfolgreich gewesen – weder die Buchmacher noch die Drogendealer noch die Frauen. Alle hatten versucht, ihn zu kompromittieren; alle hatten versagt.

So hatte Basile über Jahre hinweg Pinkie Duvalls Drogenhandel behindert. Er war ein selbsternannter General im Krieg gegen Drogen, und er besaß die Fähigkeit, seine Truppe zu motivieren. Seit Kevin Stuarts Tod war daraus eine Privatfehde geworden. Basile war wegen dieser Sache noch immer verbittert und dachte trotz des Freispruchs für Bardo gar nicht daran, das Kriegsbeil zu begraben. Er würde nicht ruhen, bis er Stuarts Tod gerächt hatte. Sein Ausscheiden aus dem New Orleans Police Department hatte seine wahren Absichten verschleiern sollen.

Das brachte Pinkie auf den zweiten Grund, aus dem er gehofft hatte, Basile werde bei ihm anheuern: Als einen seiner Angestellten hätte er ihn genauer überwachen können. Solange Basile bei der Polizei gewesen war, hatten sich seine Aktivitäten leicht überwachen lassen. Jetzt war er verschwunden, und niemand schien zu wissen, wo er sich aufhielt und was er vorhatte. Das gefiel Pinkie nicht.

Die Machtposition, die Pinkie sich erkämpft hatte, erlangte man nicht, ohne sich auf dem Weg nach oben eine Legion von Feinden zu machen. Die realen oder indirekten Drohungen, mit denen er im Lauf der Jahre konfrontiert worden war, waren zahllos. Er gab viel Geld für Schutz vor Leuten aus, die ihm etwas nachtrugen. Er fühlte sich sicher. Trotzdem war er clever genug, um zu wissen, dass es trotz strenger Sicherheitsvorkehrungen niemals hundertprozentig wirksamen Schutz gab. Niemand – nicht einmal ein Staatsoberhaupt – war unverwundbar.

Burke Basile war irgendwo dort draußen: ein schießwütiger Kerl mit cholerischem Temperament, der Pinkie Duvall abgrundtief hasste. Er wäre ein Dummkopf gewesen, wenn ihn das nicht etwas nervös gemacht hätte.

Das System, auf das Basile vertraut hatte, hatte ihn enttäuscht, deshalb hatte er sich von ihm abgewandt. Seine jetzigen Aktivitäten richteten sich nicht mehr nach Gesetzen und den Vorschriften für den Polizeidienst. Das machte ihn doppelt gefährlich.

Gewiss, Basile konnte ihm nicht schaden, ohne selbst in Mitleidenschaft gezogen zu werden, aber das war kein richtiger Trost. Wie verrückt war dieser Mann eigentlich? Wie weit würde er gehen, um sich zu rächen? Was hatte er zu verlieren? Keine Karriere. Weder Frau noch Familie. Keine materiellen Besitztümer. Nicht einmal seine Integrität oder seinen guten Ruf, denn den hatten die Medien bereits zertrampelt.

Das beunruhigte Pinkie am meisten, denn er wusste aus Erfahrung, dass Menschen umso gefährlicher waren, je weniger sie zu verlieren hatten.

»Ich verlange, dass er aufgespürt wird«, erklärte er Bardo nachdrücklich.

»Was tue ich, wenn ich ihn gefunden habe?«

Pinkies Antwort bestand aus einem vielsagenden Blick.

Bardo nickte grinsend. »Wird mir ein Vergnügen sein.«

Pinkies Sekretärin klopfte an. »Entschuldigen Sie, dass ich störe, Mr. Duvall, aber Sie wollten diese Informationen haben, sobald ich sie bekäme.«

Da Bardo seinen Auftrag bereits hatte, entließ Pinkie ihn und griff nach dem getippten Bericht über Jenny's House, den seine Sekretärin ihm hinlegte. Als er gestern Abend heimgekommen war, hatte Remy fast wieder so unbefangen wie früher gewirkt. Sie hatte aufgeregt von der Wohltätigkeitsorganisation berichtet, die dieser Pater Gregory leitete, und von seiner Einladung, das zukünftige Kinderheim zu besichtigen. Pinkie hatte ihr versprochen, darüber nachzudenken. Die Sache schien harmlos zu sein – und sogar nützlich, wenn sie Remy aus dem Stimmungstief holen konnte, in dem sie in letzter Zeit steckte.

Er hatte Errol eingehend nach dem Besuch des Geistlichen befragt und zu seiner Überraschung erfahren, dass zwei Priester an der Besprechung teilgenommen hatten. Einer, hörte er, war älter und geschäftsmäßiger gewesen. Der jüngere Priester hatte gut ausgesehen, war aber nach Errols Einschätzung schwul. Dieser Pater Gregory hatte den größten Teil der Unterhaltung bestritten. Errol berichtete, er sei während ihres Besuchs im Wintergarten geblieben und die beiden Geistlichen hätten über nichts anderes als über ihr Heim für obdachlose Kinder gesprochen.

Pinkie spielte mit der Visitenkarte, die Remy von einem der Priester bekommen hatte, und fragte seine Sekretärin, ob sie die darauf angegebene Nummer angerufen habe. »Ja, Sir. Am Telefon hat sich eine Frau gemeldet.«

»Mit welchen Worten?«

»Jenny's House.«

»Der Laden ist also in Ordnung?«

»Oh, ganz sicher, Mr. Duvall. Ich habe Pater Gregory verlangt. Sie hat geantwortet, weder er noch Pater Kevin seien im Haus, aber sie sei gern bereit, ihnen etwas auszurichten.«

Die Sekretärin lachte. »Sie hat geglaubt, ich riefe an, weil ich vorhabe, dem Heim etwas zu spenden. Sie hat mir viel mehr erzählt, als ich eigentlich wissen wollte. Ich habe nicht alles wörtlich mitgeschrieben, aber wie Sie sehen, habe ich mir ausführlich Notizen gemacht.«

»Klasse gemacht, Dixie.« Burke nahm der jungen Frau den Hörer aus der Hand und legte auf. Das Münztelefon hing auf dem Flur im ersten Stock einer billigen Absteige, in der es nach schlechter Sanitärinstallation stank.

»Das ist vierzig Dollar wert gewesen.«

Obwohl Burke im Voraus gezahlt hatte, folgte Dixie ihm in das Zimmer, in dem er sich unter falschem Namen eingemietet hatte. Sie stieg aufs Bett, wobei sich die Bleistiftabsätze ihrer weißen Lacklederstiefel in die schmuddelige Tagesdecke gruben. Wenn sie wie jetzt lächelte, sah er den Klumpen apfelgrünen Kaugummis zwischen ihren Backenzähnen. »Findest du echt, dass ich wie 'ne Nonne geredet habe?«

»Ich wäre darauf reingefallen. Was zu trinken?«

»Klar doch.«

Burke angelte eine Limonadendose aus der Styroporkühlbox – hier gab es keinen Kühlschrank – und gab sie ihr.

»Ich hab gedacht, du meinst 'nen richtigen Drink...«

»Nichts da. In deinem Alter darfst du noch keinen Alkohol trinken.«

Sie fand das sehr witzig, riss die Dose auf und schlürfte einen Schluck Limonade. »War das vorhin dein Ernst?«

»Was denn?«

»Dass ich wie 'ne Nonne geredet hab. Vielleicht hab ich den Beruf verfehlt.«

»Vielleicht.«

»Aber wenn man darüber nachdenkt, bin ich eigentlich wie 'ne Nonne.«

Burke zog skeptisch die Augenbrauen hoch.

Dixie stützte sich auf beide Ellbogen. In dieser Stellung quoll ihr Busen fast aus dem tief ausgeschnittenen schwarzen Spitzenbüstenhalter unter ihrer offenen Jeansjacke. »Ich mein's ernst!«

»Nonnen tragen keine knallroten Miniröcke aus Kunstleder und schweres Parfüm, Dixie.« Der Gardenienduft war ihr Markenzeichen. Wenn das Sittendezernat sie suchte, brauchten die Beamten nur ihrer Nase zu folgen. In dem kleinen Raum, in dem bestimmt schon tausend anrüchige Transaktionen stattgefunden hatten, lag der süßliche Duft dick wie Sirup und erregte bei Burke leichte Übelkeit.

»Nonnen dienen ihren Mitmenschen. Das tue ich doch auch?«

»Ich glaube, dass der Unterschied darin liegt, *wie* man ihnen dient.«

»Na ja, klar, wenn du es so genau nimmst...« Sie schlürfte ihre Limonade. »Bist du katholisch, Burke?«

»Jedenfalls so aufgewachsen.«

»Schwer, sich vorzustellen, wie du betest und so weiter.«

»Das ist schon lange her«, murmelte er.

Selbstverständlich würde Pinkie Informationen über Jenny's House einholen – zumal seine Frau um Erlaubnis gebeten hatte, es besuchen zu dürfen. Von dieser Annahme ausgehend, hatte Burke einem notleidenden Künstler zwanzig Dollar für den Entwurf eines Logos für das nichtexistierende Kinderheim gezahlt. Damit war er in eine Schnelldruckerei mit Selbstbedienung gegangen und hatte sich ein Dutzend Visitenkarten mit diesem Logo und der Nummer des Münztelefons auf dem Flur gegenüber seinem Zimmer gedruckt. Eine dieser Karten hatte er dann Mrs. Duvall gegeben.

Heute Morgen hatte er sich auf die Suche nach einer »Sekretärin« gemacht und war dabei auf Dixie gestoßen. Sie war eine gute Nutte und eine noch bessere Informantin. Was ihre Fähigkeiten im Bett betraf, hatte er keine persönlichen Erfahrungen, aber er hatte sie schon mehrmals für Tips bezahlt, die sich immer als zutreffend erwiesen hatten. Dixie arbeitete seit ihrem dreizehnten Lebensjahr als Straßenmädchen. Burke erschien es fast wie ein Wunder, dass sie das reife Alter von siebzehn Jahren erreicht hatte.

»Weißt du, ich hab dich heute Morgen kaum wiedererkannt«, stellte sie fest, während sie mit dem kalten Dosenrand über ihre stark geschminkten Lippen fuhr. »Seit wann hast du keinen Schnurrbart mehr?«

»Seit ein paar Tagen.«

»Warum hast du ihn abrasiert?«

»Er hat mir nicht mehr gefallen.«

»Arbeitest du jetzt als verdeckter Ermittler?«

»Könnte man sagen.«

»Die Kuh am Telefon hat mir erklärt, dass sie im Auftrag von Pinkie Duvall anruft. Wie kommt das?«

»Das brauchst du nicht zu wissen.«

»Mein Gott, sei doch nicht so zugeknöpft.«

»Ich hab nur keine Lust, mich zu unterhalten, Dixie.« Er streckte sich neben ihr auf dem Bett aus und schob das flache Kissen unter seinem Kopf zusammen.

Dixie wälzte sich zu ihm hinüber und legte ein Bein über seine. »Das ist mir auch recht, Schätzchen. Wir brauchen nicht zu reden.«

Ihre Hand glitt über seine Brust zu seiner Gürtelschnalle hinunter und machte sich daran, sie zu öffnen. Er bedeckte ihre Hand mit seiner. »Nein, das hab ich nicht gemeint. Du hast dir deine vierzig Dollar schon verdient, und ich muss mein Geld zusammenhalten.«

Sie dachte kurz nach. Dann fuhr sie mit einem langen Fingernagel über seine glattrasierte Oberlippe. »Hol's der Teufel, du kriegst es als kostenlose Dreingabe.«

»Danke, lieber nicht.«

»Warum? Bist du der letzte treue Ehemann der Welt?«

»Nicht mehr.«

»Du bist nicht mehr treu?«

»Ich bin nicht mehr verheiratet.«

»Wo liegt denn das Problem? Los, komm schon, Burke! Ich hab schon andere Cops gehabt. Dutzende. Du bist der letzte Standhafte, und ich muss auf meinen Ruf achten. Kannst du ehrlich behaupten, dass du noch nie Lust hattest, mich zu bumsen?«

Er sah lächelnd zu ihr auf. »Dixie, du bist ein verdammt hübsches Mädchen. Es wäre sicher ein ganz besonderes Vergnügen, dich zu bumsen. Aber ich könnte eine Tochter in deinem Alter haben.«

»Was hat denn dein oder mein Alter damit zu tun?«

»Im Augenblick alles. Ich bin müde und muss schlafen.«

»Mitten am Tag?«

»Ich war nachts lange unterwegs.«

»Umso mehr Grund, sich zu entspannen und zu genießen. Die Arbeit übernehme ich.« Ihre Hand tastete sich erneut zu seiner Gürtelschnalle vor.

Burke hielt sie wieder fest. »Nein, nicht jetzt.«

Dixies Atem duftete nach grünen Äpfeln, als sie enttäuscht die Luft ausstieß. »Okay«, sagte sie widerwillig. »Kann ich dann einfach 'ne Zeitlang neben dir liegen und mich ausruhen?«

Sein Blick glitt von ihrem roten Schmollmund zu ihrem Busen, der aus den schwarzen Büstenhalterschalen hervorquoll. »Ich glaube nicht, dass ich viel Ruhe finden würde.«

Sie grinste lausbübisch. »Ich törne dich also *doch* an.«

»Hau ab, Dixie. Lass mich in Ruhe ein Nickerchen machen.«

Als er sie mit sanfter Gewalt von sich wegschob, krabbelte sie vom Bett. »Okay, ich hab's jedenfalls versucht.« Sie blieb an der Tür stehen und stemmte einen Arm in die Hüfte, während ihre andere Hand auf dem Türknauf lag. »Wer sich in Pinkie Duvalls Angelegenheiten mischt, kriegt bloß Schwierigkeiten.«

»Ja, ich weiß.«

»Anständige Kerle wie dich gibt's selten, Burke. Pass gut auf dich auf, okay?«

»Und du auf dich, Dixie.«

Gerade als sie die Tür öffnete, klingelte das Münztelefon im Flur. Burke sprang blitzschnell auf. »Los, meld dich«, wies er Dixie an und schob sie vor sich her über den Flur. »Genau wie vorher.«

Die Prostituierte sprach wie eine ausgebildete Sekretärin, als sie beim dritten Klingeln den Hörer abnahm. »Jenny's House, guten Tag.« Nachdem sie kurz zugehört hatte, sagte sie: »Augenblick, bitte.«

Sie bedeckte die Sprechmuschel mit einer Hand und flüsterte: »Sie will Pater Gregory sprechen.«

»Wer? Die Frau von vorhin?«

»Nein, ihre Stimme klingt anders.«

»Sag ihr, dass Pater Gregory nicht im Haus ist. Frag sie, ob sie Pater Kevin sprechen möchte.«

»Und der wäre ...?«

»Ich.«

Dixie warf ihm einen misstrauischen Blick zu, aber sie gab die Nachricht weiter. »Du bist dran, Padre«, flüsterte sie im nächsten Augenblick und hielt ihm den Hörer hin.

»Hallo. Hier ist Pater Kevin.«

»Hallo, Pater. Ich bin's – Remy Duvall.«

Er schloss kurz die Augen. Bisher klappte alles wie am Schnürchen. »Oh, natürlich. Hallo. Wie geht's, Mrs. Duvall?«

»Danke, gut. Gilt Ihre Einladung, Jenny's House zu besichtigen, noch immer?«

»Gewiss. Wann hätten Sie denn Zeit?«

»Übermorgen? Nach dem Mittagessen?«

Übermorgen. Nach dem Mittagessen. In knapp achtundvierzig Stunden. Ließen sich bis dahin alle Vorbereitungen treffen? »Gern«, hörte er sich sagen. »Um drei Uhr?«

»Perfekt. Geben Sie mir noch die Adresse?«

»Äh, das Haus ist nicht leicht zu finden, wissen Sie? Deshalb wär's einfacher, wenn Pater Gregory und ich Sie abholen und hinfahren.«

»Oh. Ich weiß nicht recht ...«

Als er ihr Zögern spürte, sagte er: »Ihre Spende war ein Geschenk Gottes für uns. Wir haben uns einen dringend benötigten Kleinbus angeschafft. Den möchten wir Ihnen vorführen.« Dixie kaute eifrig auf ihrem Kaugummi herum und beobachtete Burke amüsiert und neugierig.

»Ich freue mich, dass unsere Spende gute Verwendung gefunden hat«, sagte Remy Duvall.

»Sollen wir Sie also abholen?«

»Nun, dagegen wäre nichts einzuwenden, glaube ich.« Dann fügte sie entschlossener hinzu: »Ja, holen Sie uns hier ab.«

»*Uns?*«

»Mich und meinen... äh... Errol. Er kommt mit.«

»Kein Problem.«

»Gut, dann bis übermorgen um drei Uhr.«

Burke bestätigte den Tag und die Uhrzeit. Dann hängte er ein, ließ den Hörer jedoch nicht gleich los. Er stand da und schien ins Leere zu starren, aber sein Gehirn arbeitete auf Hochtouren. Erst nach einiger Zeit merkte er, dass Dixie noch da war, mit verschränkten Armen an der Wand lehnte und ihn forschend anstarrte. »Was hast du, Burke?«

»Wie meinst du das?«

»Du siehst wie ein Schuljunge aus, dem die Ballkönigin eben ein Rendezvous versprochen hat – aufgeregt und ein bisschen ängstlich.«

»Wohl kaum ein Rendezvous, Dixie«, sagte er geistesabwesend. Dann gab er sich einen Ruck und bedankte sich nochmals für ihre Hilfe. »Ohne dich hätte ich es nicht geschafft.«

»Was denn eigentlich?«

»Schon gut.« Impulsiv klopfte er seine Taschen nach einem Zettel ab, auf den er etwas schreiben konnte. »Pass auf, ich gebe dir eine Adresse. Heb sie gut auf. Falls du jemals einen sicheren Zufluchtsort brauchst, geh dorthin.«

In einer Hosentasche fand er eine alte Tankrechnung, auf die er eine Adresse kritzelte. Dixie warf nur einen flüchtigen Blick darauf, bevor sie den Zettel in eine ihrer Jackentaschen steckte. »Zufluchtsort? Mir passiert nichts.«

»Red keinen Stuss. Mädchen wie du haben keine hohe Lebenserwartung.« Er tippte auf die Tasche, in die sie den Zettel gesteckt hatte. »Nicht vergessen!«

Burke lehnte den Kopf an die Kopfstütze seines neuen Wagens. Na ja, nicht gerade neu, bloß anders als der Wagen, den er bisher gefahren hatte. Obwohl ihm das schwerfiel, widerstand er der Versuchung, kurz die Augen zu schließen. Hätte er das getan, wäre er vielleicht vor Erschöpfung eingeschlafen und hätte irgendetwas verpasst.

Nach all der Mühe, die es gekostet hatte, die Wanze anzubringen, konnte er nur hoffen, dass das verdammte Ding funktionierte.

Duvall ließ sein Haus vermutlich regelmäßig nach Abhörmikrofonen absuchen, und obwohl er nicht ahnen konnte, dass Burke Basile diese winzige Wanze unter seinem Nachttisch angebracht hatte, würden die beiden geistlichen Besucher zu den Verdächtigen gehören.

Da hochmoderne Geräte teuer waren und Burke sparen musste, hatte er sich an einen Cop gewandt, der im Asservatenraum arbeitete und ihm einen Gefallen schuldig war. Der Sohn dieses Polizeibeamten war vor einigen Jahren in schlechte Gesellschaft geraten und von Burkes Leuten wegen Drogenbesitzes verhaftet worden. Mit Einverständnis des Vaters hatte Burke sich den Jungen vorgeknöpft und ihm derartig Angst eingejagt, dass er auf den rechten Weg zurückfand. Dafür waren ihm die Angehörigen noch heute dankbar.

Das winzige Abhörmikrofon war bei einer Durchsuchungsaktion beschlagnahmt worden; niemand würde es vermissen, deshalb hatte der Cop es mitgehen lassen. Basile und er hatten es ausprobiert. Das Ding funktionierte, aber die Tonqualität war nicht überragend.

Heute Abend hatte er noch keine Gelegenheit gehabt, das Gerät zu testen. Nach eineinhalb Stunden Überwachung war es im Schlafzimmer der Duvalls immer noch dunkel. Er sah auf seine Armbanduhr: 23.12 Uhr. Wie lange konnte er noch warten? Er war völlig übermüdet. Seit Mrs. Duvall heute ihren Besuch angekündigt hatte, war er sehr beschäftigt gewesen.

»Vater Kevin« hatte keine Mühe gehabt, Duvalls Barscheck bei der bezogenen Bank einzulösen. Mit diesem Geld hatte er einen preiswerten Kleinbus gekauft, den ein Privatmann in einer Anzeige angeboten hatte. Den Bus hatte er sofort in eine Hinterhofwerkstatt mit Lackiererei gefahren, um einen Eilauftrag zu erteilen, der bis morgen Mittag ausgeführt wäre. Dann war er in seine Zimmer zurückgekehrt und hatte eine Pappschablone zurechtgeschnitten, mit der er die Türen des frischlackierten Busses mit dem Logo von Jenny's House verzieren konnte.

Die Limousine glitt an ihm vorbei.

Bis Burke merkte, dass der Wagen den Duvalls gehörte, hatte er bereits die Schlussleuchten vor sich. Er hielt den Atem an, bis die Limousine durch das Tor der rückwärtigen Grundstückseinfahrt gerollt war. Wenig später wurde im Schlafzimmer der Duvalls Licht gemacht.

Er setzte den Kopfhörer auf und hörte sofort Stimmen.

»…in der Oper… hab sie gehört… und null Talent.«
Das war Pinkie.

Burke rückte seinen Kopfhörer zurecht und hörte Mrs. Duvall sagen: »… beide stolz darauf, dass sie übers Probesingen hinausgekommen ist. Sie ist ihre einzige Tochter.«

»Ich hab mich verdammt gelangweilt. Hier drin ist es viel zu heiß. Dreh doch mal die Heizung runter.«

Danach war einige Minuten lang nichts mehr zu hören, und Burke vermutete, dass die beiden sich in ihren getrennten Ankleideräumen bettfertig machten. Schließlich sagte Mrs. Duvall: »Ich schreibe ihnen morgen ein paar Zeilen und bedanke mich für die Einladung.«

»Meinetwegen. Zieh das verdammte Ding aus.«

Das Licht wurde ausgeknipst. Aus dem Kopfhörer kamen Geräusche, die unschwer zu deuten waren: Bettwäsche raschelte, Körper veränderten ihre Haltung, Pinkie rückte näher an seine nackte Frau heran und streichelte die Haut, die nach Körperpuder aus einer Dose mit Silberdeckel duftete.

Burke schloss die Augen.

»Alle Männer, die heute Abend da waren, haben meine schöne Frau bewundert.«

»Oh, danke.«

Burke ermahnte sich, nicht länger zu lauschen. Die beiden würden nicht über Duvalls Drogengeschäfte sprechen. Er würde nichts Wissenswertes erfahren, wenn er dieses Privatgespräch noch länger belauschte. Aber er hörte trotzdem weiter zu.

»Den alten Salley habe ich dabei erwischt, wie er deine Titten angestarrt hat. Ich habe ihm einen bösen Blick zugeworfen. Er ist bis unter sein Toupet rot geworden.« Duvall lachte halblaut. »Bis es die Nachspeise gegeben hat, haben er und alle anderen Männer am Tisch ihre Servietten gebraucht, um ihren Steifen zu tarnen.«

»Sag das nicht.«

»Warum nicht? Es ist wahr.«

»Das glaube ich nicht.«

»Glaub's ruhig, Remy. Wenn ein Mann dich ansieht, kann er nur ans Vögeln denken.« Wieder ein Rascheln, die Bewegungen von Gliedmaßen. »Merkst du, was ich meine?«

Sie murmelte etwas mit so leiser Stimme, dass das Mikrofon ihre Worte nicht auffing.

Was sie sagte, gefiel Duvall jedenfalls, denn er lachte, als gratulierte er sich selbst. »Du weißt, was man damit machen kann, Süße.«

Im nächsten Augenblick grunzte Duvall zufrieden.

Burke senkte den Kopf und rieb sich kräftig die Augen.

Nach einiger Zeit, die Burke wie eine Ewigkeit erschien, stöhnte Duvall: »O mein Gott, das macht mich verrückt. Komm her!« Dann fragte er: »He, was ist mit dir los? Warum bist du nicht feucht?«

»Lass mich aufstehen, dann hole ich etwas.«

»Schon gut. Ziehe deine Knie... ja, genau so. Wie Pinkie es dir beigebracht hat.«

Burke presste den Hinterkopf an die Kopfstütze. Er hörte weiter zu. Er hörte die obszönen Ausdrücke, die Duvall hervorstieß, er hörte sein Ächzen und Stöhnen. Er hörte sich alles an, bis Duvall keuchend und fluchend den Höhepunkt erreichte.

Danach kam nichts mehr aus seinem Kopfhörer als ein leises Rauschen. Burke horchte noch einige Minuten lang angestrengt. Als sein Unterkiefer zu schmerzen begann, merkte er, dass er die Zähne fest zusammengebissen hatte. Seine Finger umklammerten das Lenkrad so angestrengt, dass sie weiß waren. Er löste sie langsam. Dann setzte er den Kopfhörer ab und warf ihn gereizt auf den leeren Beifahrersitz. Er fuhr sich mit einem Ärmel über die schweißnasse Stirn.

Nach einiger Zeit ließ er den Motor an und fuhr davon.

18. Kapitel

Burke ließ den frisch lackierten Kleinbus hinter einem leerstehenden Lagerhaus zurück und konnte nur hoffen, dass er ihn unbeschädigt vorfinden würde, wenn er morgen früh zurückkam. Bevor er um die Ecke bog, sah er sich nochmals nach dem Bus um. Er war mit seiner Schablonenarbeit zufrieden. Aus dieser Entfernung war das Logo von Jenny's House kaum zu erkennen. Es sah amateurhaft aufgesprüht aus – und genau diesen Eindruck sollte es erwecken.

In Gedanken versunken, schlenderte er den Gehsteig entlang. Er sah Mac McCuen erst, als der Mann vor ihm stand und ihm den Weg vertrat.

»Burke! Mann, ich hab die ganze Stadt nach dir abgesucht!«

Im Stillen ächzte Burke. Was er jetzt am wenigsten brauchen konnte, war Macs geistloses Geschwätz. Trotzdem rang er sich ein Lächeln ab und gab vor, sich zu freuen. »Hallo, Mac. Wie geht's?«

»Ich hätte dich fast nicht wiedererkannt. Was ist mit deinem Haar? Wo ist dein Schnurrbart geblieben?«

»Den hab ich zuletzt im Waschbecken gesehen.«

»Daran muss man sich erst mal gewöhnen.« Dann wechselte er von seinem nachdenklichen Tonfall in einen energischen über und wollte wissen, was zum Teufel Burke getrieben habe.

»Nicht viel. Wie hast du mich gefunden?«

»War nicht leicht. Ich habe vor ein paar Tagen angefangen, mich nach dir umzuhören, aber niemand hat gewusst, wo du steckst. Oder niemand hat damit rausrücken wollen. Dann ist mir Dixie eingefallen. Sie hat sich daran erinnert, dich gesehen zu haben.«

»Wie viel hat dich das gekostet?«

»Zehn Dollar.«

»Ich hab ihr zwanzig dafür gezahlt, dass sie's vergisst.«

»Nun«, sagte Mac mit gleichmütigem Schulterzucken, »du weißt ja, wie Nutten sind.«

Ja, er wusste, wie Nutten waren. Manche verkauften einen Freund für zehn Dollar. Andere prostituierten sich für Villen und Limousinen.

Weil Mac sich nicht leicht abschütteln lassen würde, machte Burke gute Miene zum bösen Spiel und lud ihn zu einem Bier ein. Zu seiner Überraschung lehnte Mac ab. »Ich hab's jetzt eilig. Aber ich habe dich gesucht, um dich zum Essen einzuladen. Heute Abend. Eine Art Abschiedsparty.«

Burke fiel keine Veranstaltung ein, die er lieber gemieden hätte. »Nett von dir, Mac, aber ich kann leider nicht.«

»Immer mit der Ruhe. Du brauchst nicht zu befürchten, dass ein Dutzend Leute hinter den Möbeln hervorspringen und ›Überraschung!‹ rufen. Nichts dergleichen. Nur du, ich und Toni. Sie will kochen.«

»Klingt nett, aber...«

Mac, der wieder mal nicht aufzuhalten war, bohrte seinen Zeigefinger in Burkes Brust. »Mich kannst du mit keinem Nein abspeisen. Ich wette fünf Dollar, dass du heute Abend nichts anderes vorhast. Sei also pünktlich um sieben Uhr da. Du weißt, wo ich wohne? Ich hab dir die Adresse hinten draufgeschrieben.« Er drückte Burke seine Karte in die Hand, der sie widerstrebend nahm.

Selbst für Mac, der immer übereifrig und hyperaktiv war, war dieses Benehmen merkwürdig. Als er gehen wollte, hielt Burke ihn am Ärmel fest. »Du hast mich noch nie zum Abendessen eingeladen, Mac. Was liegt an?«

»Deine Zukunft.« Burke legte fragend den Kopf schief, aber Mac sagte nur: »Heute Abend.« Er löste seinen Ärmel aus Burkes Griff und ging rasch davon.

Burke drehte die Karte um und las, was Mac auf die Rückseite geschrieben hatte. Es war nicht seine Adresse.

Burke war erst einmal bei den McCuens gewesen, als er Mac nach dem Dienst zu Hause abgesetzt hatte. Macs Auto war in der Werkstatt gewesen, und da er seiner Frau keine Unannehmlichkeiten hatte bereiten wollen, hatte er stattdessen Burke welche bereitet.

Damals war es schon dunkel gewesen, und Burke hatte nicht sonderlich auf die Wohngegend geachtet. Als er jetzt in der Abenddämmerung hinkam, stellte er überrascht fest, wie gut die McCuens lebten – viel luxuriöser als Barbara und er oder die Stuarts. Die Häuser in Macs Straße standen weit auseinander, dazwischen gepflegte Hecken und üppig grüne Rasenflächen. In allen Einfahrten standen teure neue Wagen.

Mac öffnete die Haustür, bevor Burke sie erreichte. »Freut mich, dich zu sehen, Burke. Komm, ich möchte dich meiner Frau vorstellen.«

Mac schüttelte Burke lächelnd die Hand und klopfte ihm auf die Schulter, während er ihn in die geräumige Diele zog. Sein Benehmen hatte nichts Geheimnisvolles mehr an sich, und seine auffällige Nervosität war völlig verschwunden. Burke hatte einen Sechserpack Importbier und einen Blumenstrauß mitgebracht. Das Bier gab er Mac, und die Blumen bekam Toni McCuen, als er ihr vorgestellt wurde.

Sie war eine zierliche Blondine, die tatsächlich so hübsch war, wie ihr stolzer Ehemann immer behauptete. Als sie sich bei Burke für den Blumenstrauß bedankte, sprach sie mit weichem Südstaatenakzent, der echt und ungekünstelt war. »Ich freue mich, Sie endlich mal kennenzulernen. Wenn man Mac so zuhört, muss man Burke Basile für eine lebende Legende halten.«

»Wohl kaum. Freut mich, Sie kennenzulernen, Toni.«

»Heute ist's draußen so schön. Wollt ihr euer Bier nicht auf der Veranda trinken, Jungs? Ich rufe euch, wenn das Essen fertig ist. Es dauert nicht mehr lange.«

Draußen zeigte Mac ihm, wo sie einen Swimmingpool bauen lassen wollten. »Ich habe Toni vor die Wahl gestellt – einen Pool oder ein Baby. Sie hat sich für den Pool entschieden.« Mac blinzelte mit Verschwörermiene. »Ich tue natürlich weiter mein Bestes, damit sie schwanger wird. Ich wette zehn zu eins, dass sie ein Baby erwartet, bis unser Swimmingpool fertig ist, aber was soll's?«

Auf der Veranda standen keine Billigmöbel, die man in der Hoffnung kauft, dass sie wenigstens einen Sommer lang halten. Und der Gartengrill war der Rolls-Royce unter den fahrbaren Grillgeräten. Als Toni sie dann zum Essen rief, war Burke zu dem Schluss gelangt, die McCuens lebten entweder weit über ihre Verhältnisse auf Kredit oder Toni hatte eine beträchtliche Mitgift mit in die Ehe gebracht oder Mac erzielte am Spieltisch ein erhebliches zweites Einkommen.

Eins stand jedenfalls fest: Nur mit dem Gehalt eines Cops konnten sie sich dieses Luxusleben nicht leisten.

Nach einem ausgezeichneten Abendessen, das aus Schweinelendchen mit Gemüse und Kartoffelkroketten bestand, scheuchte die reizende Toni die beiden Männer aus dem Esszimmer, damit sie aufräumen konnte.

»Findest du es draußen zu kühl?«, fragte Mac.

»Durchaus nicht.«

Sie gingen mit Cognac und Zigarren auf die Veranda zurück und saßen eine Zeitlang schweigend draußen, während sie beides genossen. Burke wartete darauf, dass Mac das Gespräch begann, das er offenbar außer Hörweite seiner Frau führen wollte. Er war entschlossen, weder Macs rätselhaften Hinweis auf seine Zukunft noch die Warnung anzusprechen, die Mac auf die Rückseite seiner Karte gekritzelt hatte: *Nimm dich in Acht. Du wirst beobachtet.* Dies war Macs Party. Also war es seine Aufgabe, für Unterhaltung zu sorgen.

Aus der Dunkelheit heraus fragte Mac: »Warum hast du gekündigt, Burke? Und erzähl mir nicht wieder diesen Scheiß, du seist ausgebrannt.«

»Das ist kein Scheiß. Seit Kevins Tod hat mir die Arbeit einfach keinen Spaß mehr gemacht.«

»Du warst stinksauer, als ich zum Detective Sergeant befördert worden bin und die Leitung seines Teams übernommen habe, stimmt's? Nein, sag lieber nichts«, wehrte Mac ab, als er sah, dass Burke widersprechen wollte. »Ich weiß recht gut, dass es dir nicht gepasst hat. Ich weiß auch, wie eng das Verhältnis zwischen Kevin und dir gewesen ist.«

»Das klingt, als wolltest du uns als Liebespaar oder so hinstellen.«

Mac unterdrückte ein Lachen. »Nein, natürlich nicht. Aber ich weiß, wie schwer dich sein Tod getroffen hat.«

Burke fiel keine passende Antwort ein, deshalb schwieg

er lieber. Er hatte nicht die Absicht, mit Mac über seine innersten Empfindungen zu sprechen, denn erstens gingen seine Gefühle niemanden etwas an – und zweitens traute er Mac nicht hundertprozentig. Dabei hatte er keinen bestimmten Grund, Mac zu misstrauen. Er hatte nur instinktiv den Eindruck, Macs liebenswürdige Lockerheit verberge einen dunkleren, bedrohlicheren Aspekt seiner Persönlichkeit. Solange Burke da nicht ganz klarsah, würde er Mac weiter mit gesundem Misstrauen begegnen.

»Damit will ich sagen«, fuhr Mac fort, »dass die Sache mit Stuart meiner Meinung nach kein Grund ist, den Krempel einfach hinzuschmeißen.«

»Das war nicht der einzige Grund.«

»Ich weiß, dass du dich von deiner Frau getrennt hast.«

»Solche Nachrichten machen schnell die Runde.«

»Vor allem, wenn sie eine Legende betreffen.«

Burke fluchte. »Diesen Scheiß höre ich heute Abend schon zum zweiten Mal. Schluss damit, sonst werd ich echt sauer! Ich bin keine Legende.«

Mac lachte halblaut, aber es klang nicht ganz echt. Er beugte sich vor, stützte beide Unterarme auf seine Knie und betrachtete das glühende Ende seiner Zigarre. »War Kevin derjenige welcher, Burke?«

»Wer denn?«

Mac hob den Kopf und erwiderte seinen Blick. »Der Verräter, der Maulwurf in unseren Reihen.«

Wenn Mac ihm die reizende Toni für diese Nacht als Bettgespielin angeboten hätte, hätte Burke nicht überraschter sein können. Aber dann schlug seine Verblüffung in Zorn um. »Glaubst du das etwa?«

»Ich nicht, nein«, antwortete Mac. »Aber die Leute reden...«

»Welche Leute?«

»Du weißt schon«, sagte Mac schulterzuckend. »Bei uns im Dezernat. Und die Innenrevision hat auch schon Fragen gestellt.«

Die Innenrevision stellte Fragen? Bedeutete das, dass die Ermittlungen, die Burke seit Langem gefordert hatte, endlich in Gang gekommen waren? Von Douglas Patout bis hinauf zum Polizeipräsidenten hatte er alle gegen sich aufgebracht, indem er darauf bestanden hatte, innerhalb des Dezernats müsse geheim ermittelt werden, bis der Maulwurf gefunden und ausgeschaltet sei. Aber was für eine Ironie des Schicksals, wenn jetzt Kevin verdächtigt würde.

»Manche Leute, aber nicht *ich*«, stellte Mac schnell richtig, »spekulieren darüber, du könntest Kevin Stuarts Verrat entdeckt haben und ihn, als sich eine Gelegenheit bot, umgelegt haben. War es so?«

»Nein«, sagte Burke mit gepresster Stimme.

»Oder ...«

Als der junge Mann nicht weitersprach, drängte Burke ihn: »Los, weiter, Mac! Was vermuten die Leute?«

»Dass du es gewesen bist.«

Burke ließ sich nicht anmerken, was er empfand, aber Mac schien seinen inneren Zorn zu spüren und einen Ausbruch zu befürchten, denn er sprach in atemloser Hast weiter: »Du musst die Sache auch von ihrem Standpunkt aus sehen, Burke. Neulich nachts haben wir eine verdammt erfolgreiche Razzia veranstaltet.«

»Davon hab ich gelesen. Glückwunsch.«

»Es wirkt eben ...«

»Sehr verdächtig, dass das Dezernat sofort nach meinem Ausscheiden einen großen Erfolg hat.«

»Alles sähe verdammt besser aus, wenn du zurückkommen würdest.«

»Ausgeschlossen.«

»Dann sag mir, dass die anderen unrecht haben«, verlangte Mac mit erhobener Stimme.

»Verdammt, ich habe nie dein Idol sein wollen, Mac. Ich will für niemand ein Idol sein.«

»Wer hat uns verraten?«

»Das weiß ich nicht, und es ist mir auch egal«, behauptete Burke.

»Du weißt es vielleicht nicht, aber es ist dir keineswegs egal. Du machst dir sogar sehr viel daraus. Darauf würde ich Tonis Hintern verwetten, obwohl mir der lieb und teuer ist.«

»Und das mit Recht.« Burke versuchte zu lächeln, aber das funktionierte nicht ganz, und Mac starrte ihn weiter aufgebracht an. »Okay, Mac, du hast recht: Es ist mir keineswegs egal. Ich mache mir etwas daraus, weil dieses Arschloch an Kevins Tod schuld ist. Aber je verbissener ich ihn aufzuspüren versucht habe, desto unbeliebter habe ich mich gemacht.

Nach der Pleite mit Sachel und dem Mord an Ray Hahn hatte ich die Sache endgültig satt. Ich hab gedacht: ›Zum Teufel damit!‹, und bin ausgestiegen. Seitdem ist mir wohler, und ich habe meine Entscheidung nicht bereut.«

Mac paffte nachdenklich seine Zigarre. »Das ist deine offizielle Version. Jetzt möchte ich die inoffizielle hören.«

»Die inoffizielle? Wenn ich herausbekomme, wer für beide Seiten gearbeitet hat, lege ich das Schwein um.«

Burke und der jüngere Kriminalbeamte wechselten einen langen Blick. Dann schienen sich Macs breite Schultern etwas zu entspannen. »Seit du das zugegeben hast, ist mir wohler. Wie kann ich dir helfen?«

»Gar nicht.« Burke schüttelte nachdrücklich den Kopf. »Kevin war mein Freund und Partner, er ist durch meine Schuld gestorben. Diese Sache geht nur mich etwas an.«

»Okay, ich verstehe, was du meinst. Aber ich glaube nicht, dass du es allein schaffen kannst – und von außerhalb ist alles noch viel schwieriger. Komm ins Dezernat zurück und arbeite drinnen weiter.«

»Kommt nicht in Frage.«

»Den Dienst quittiert man, wenn alles gut läuft«, argumentierte Mac, »und nicht, wenn man in der Scheiße sitzt. Dein Freund stirbt durch einen unglücklichen Schuss. Deine Ehe geht den Bach runter. Du stehst innerhalb des Dezernats schwer unter Druck. Jeder weiß, dass du 'ne Riesenwut im Bauch hast. Wer wird folglich als Erster verdächtigt, falls einem der Jungs im Drogen- und Sittendezernat etwas zustößt?«

Damit hatte Mac nicht unrecht, aber Burke sagte: »Das muss ich eben riskieren.« Er kniff die Augen vor dem aufsteigenden Zigarrenrauch zusammen. »Hat Patout dich beauftragt, mir diesen Vortrag zu halten?«

»Nein. Aber wenn er hier wäre, würde er dir das Gleiche erzählen.«

»Das hat er bereits getan, übrigens erst heute Morgen.«

Burke hatte an diesem Vormittag seinen ersten Termin bei einem Scheidungsanwalt gehabt. Barbara hatte umgehend die Scheidung eingereicht, was ihm ganz recht war. Er war nur sauer, dass er einen Anwalt bezahlen musste, obwohl er ihr erklärt hatte, sie könne ihren Footballtrainer, ihre Scheidung und alles andere haben, was sie wollte.

»Patout hat Barbara angerufen und sich den Namen meines Anwalts geben lassen. Er hat ausrichten lassen, dass ich ihn anrufen soll«, erklärte er Mac.

»Und?«

»Er hat genau wie du versucht, mich zum Zurückkommen zu überreden. Aber damit vergeudet ihr bloß eure Zeit. Ich bin und bleibe draußen.«

»Okay, schon gut«, sagte Mac gereizt. »Aber es geht nicht nur um deinen Ruf, Burke, sondern auch um deine Haut.«

»Ah, die Warnung auf der Rückseite deiner Karte. Ich bin mir vorgekommen wie in einem Fernsehkrimi.«

»Sie war vielleicht ein bisschen melodramatisch, aber wenn du dich mit Pinkie Duvall anlegst, musst du...«

»Wer sagt, dass ich mich mit Duvall anlege?«

»In letzter Zeit haben sich 'ne Menge Leute nach dir erkundigt. Wo lebst du? Was hast du vor? Fragen dieser Art. Die meisten sind nur neugierig oder echt interessiert. Aber einer der Kerle, der mich auszuhorchen versucht hat, arbeitet mit Wayne Bardo zusammen. Und wenn man die Punkte miteinander verbindet, kommt man automatisch auf Duvall. Ich fürchte, dass er gegen dich vorgehen will, weil du nicht mehr unter dem Schutz des Dezernats stehst.«

»Duvall hatte tatsächlich was mit mir vor, aber nichts Lebensgefährliches. Er hat mich aufgespürt und mir einen Job angeboten.«

»Einen *Job?*«

Burke berichtete von seinem Gespräch mit Duvall.

»Einen Job«, wiederholte Mac nachdenklich. »Nun, immerhin will er dich nicht umlegen lassen. Trotzdem gefällt mir das nicht. Wenn die Innenrevision erfährt, dass du irgendwie Umgang mit Bardo oder Duvall gehabt hast, wirft das ein schlechtes Licht auf dich.«

Burke rieb seine Zigarre aus. »Kein Grund zur Sorge,

Mac. Was ich von Duvall halte, habe ich längst zu Protokoll gegeben.« Er stand auf. »Es ist schon spät. Ich muss langsam gehen, glaube ich.«

Mac stand ebenfalls auf. »Wo wohnst du jetzt?«

»Wieso?«

»Falls ich etwas höre, muss ich dich doch erreichen können.«

»Ich habe noch nichts Endgültiges gefunden.«

»Lass es mich wissen, sobald du was hast.«

»Klar.«

»Was hast du jetzt vor?«

»In welcher Beziehung?«

»In der Sache, über die wir gesprochen haben«, antwortete Mac ungeduldig. »Hast du überhaupt Geld? Wie man hört, nimmt Barbara dich völlig aus.«

»Ich komme schon zurecht. Tatsächlich habe ich daran gedacht, für einige Zeit zu verreisen.«

»Wann?«

»Bald.«

»Für wie lange?«

»Das weiß ich noch nicht. Lange genug, um über verschiedene Dinge nachzudenken und ein paar Entscheidungen zu treffen.«

»Wohin willst du?«

»Weiß ich noch nicht.«

»Vielleicht ins Ausland?«

»Weiß ich noch nicht«, wiederholte Burke gereizt.

Wenn er Mac erzählt hätte, die Sache mit Kevin sei für ihn erledigt, hätte Mac gewusst, dass er log. Deshalb hatte er sich zu seinen Racheplänen bekannt, was an Macs Idealismus appellierte und zu seinem Bild vom legendären Burke Basile passte. Aber diese Fragen, mit denen Mac ihn nun bombardierte, machten ihn wieder misstrauisch. War Macs Interesse wirklich so aufrichtig und harmlos, wie er glauben sollte?

Wenn er den Kopf etwas zur Seite drehte, konnte er durchs Fenster Macs junge, hübsche Frau sehen, die die Küche aufräumte. Ein Playmate des Monats, das kochen und bügeln konnte und offenbar Spaß an der Hausfrauenrolle hatte. Der Junge war wirklich ein Glückspilz.

Trotzdem fragte Burke sich, warum Mac ständig so hungrig wirkte. Er glich einer ständig wachsamen, streunenden Straßenkatze, nicht einer zufriedenen Hauskatze, deren Sahneschüsselchen nie leer wurde.

Als spürte er Burkes Misstrauen, setzte Mac sein ansteckendes Grinsen auf und klopfte ihm auf die Schulter. »Wofür du dich auch entscheidest, deine Chancen stehen gut. Ich wette hundert zu eins, dass du zuletzt obenauf bist.«

»Das ist eine Wette, die du verlieren könntest, Mac«, antwortete Burke in vollem Ernst.

Die Luft wurde merklich kühler, aber nachdem Burke sich bei Toni für die Einladung bedankt hatte und weggefahren war, saß Mac noch lange auf der Veranda.

Als Mac zur Polizei gekommen war, genoss Burke Basile bereits einen ausgezeichneten Ruf. Basile gewann keine Beliebtheitswettbewerbe, weil er unbestechlich war, aber er wurde allgemein geachtet. Er gebrauchte lieber seinen Verstand als seine Pistole, aber wer ihn deswegen für feige hielt, irrte sich gewaltig. Basile legte es darauf an, Dealer zu überlisten, anstatt sie zu erschießen. Für ihn war der erfolgreichste Einsatz einer, bei dem niemand zu Schaden kam.

Trotzdem glaubte Mac ihm, wenn er sagte, er werde den Verräter erschießen, falls er ihn jemals enttarne.

»Mac?« Toni erschien barfuß auf der Veranda. »Ist dir hier draußen nicht kalt?«

Er griff nach ihrer Hand und küsste sie. »Basile war beeindruckt. Das Essen war große Klasse.«

»Danke. Kommst du jetzt rein?«

»Sofort.«

»Vergiss nicht abzusperren.« Toni zog sich zurück, zögerte dann aber auf der Schwelle der Verandatür. »Ist alles in Ordnung?«

»Klar, Schätzchen. Alles in bester Ordnung.«

»Ich mag Basile.«

»Ich auch.«

»Er ist netter, als ich erwartet hatte. Deinen Erzählungen nach hab ich jemand erwartet, der einem Angst macht.«

Aber Burke Basile konnte einem Angst machen, besonders seinen Feinden. Im Augenblick konnte einem jedoch eher vor seiner Zukunft angst werden.

Aber nicht stärker als vor Macs.

19. Kapitel

»Wir schätzen uns glücklich, dieses leerstehende Gebäude gefunden zu haben. Es ist weit entfernt von den verderblichen Einflüssen der Stadt, was in unseren Augen ein großer Vorteil ist.«

Das war Pater Gregorys Antwort auf Mrs. Duvalls Feststellung, sie habe nicht geahnt, dass Jenny's House so weit außerhalb der Stadt liege.

Burke fuhr den Kleinbus. Gregory, der auf dem Beifahrersitz saß, erzählte langatmig von den Vorzügen ihres nicht existierenden Kinderheims. Die beiden Mitfahrer saßen hinten. Errol, der sich sichtlich langweilte, starrte teilnahmslos aus dem Fenster. Remy Duvall hörte interessiert zu und stellte gelegentlich eine Frage.

Burke überließ Gregory die Unterhaltung nur allzu gern, denn im Gegensatz zu ihm war der junge Mann ein ausgesprochenes Konversationstalent. Als sie Mrs. Duvall und ihren Leibwächter abgeholt hatten, war Burke nicht einmal ausgestiegen. »Ich vermute, dass Duvall in seiner Kanzlei ist«, hatte er gesagt, als er mit dem Kleinbus vor der Villa parkte. »Aber für den unwahrscheinlichen Fall, dass er zu Hause ist, muss Pater Kevin außer Sicht bleiben.«

Gregory, der mit Gott und der Menschheit in Frieden zu leben schien, schlenderte den Weg zur Haustür entlang. Errol machte ihm auf und winkte ihn herein. Burke zählte sich im Stillen die Gründe auf, die Sache zu beenden, bevor er ein schweres Verbrechen verübte.

Er ignorierte sie jedoch und konzentrierte sich stattdessen auf die beiden Gründe, aus denen er seinen Plan durchführen musste: Peter und David Stuart. Sie waren Rechtfertigung genug. Dass die beiden Jungen vaterlos aufwachsen würden, war letztlich Pinkie Duvalls Schuld.

Dann öffnete sich die Haustür, und die drei kamen heraus. Burke sah an Errol vorbei und beobachtete die Frau, die über etwas lächelte, was Gregory gesagt hatte. Der Ausdruck »wie ein Lamm zur Schlachtbank« ging ihm durch den Kopf. Aber bis sie den Kleinbus erreichte, hatte Burke seine Schuldgefühle wieder verdrängt. Als sie Mrs. Pinkie Duvall geworden war, hatte sie die Risiken einer Ehe mit einem Kriminellen auf sich genommen.

Gregorys gewandtes Geschwätz ging Meile um Meile weiter. Er spielte seine Rolle gut und schien sich darin ganz zu Hause zu fühlen. Natürlich wäre er weit weniger unbefangen gewesen, wenn er gewusst hätte, wie dieser Nachmittag enden würde. Um Gregory nicht nervös zu machen, hatte Burke ihn nicht in die Einzelheiten seines Plans eingeweiht. Er hatte ihm nur versichert, ihm werde nichts geschehen und er werde nicht mit dem Gesetz in Konflikt kommen. Wenn alles nach Plan lief, würde er dieses Versprechen halten können.

»Entschuldigen Sie, Pater Gregory«, unterbrach Remy Duvall sein unaufhörliches Geplauder. »Pater Kevin, kommt da nicht Rauch aus der Motorhaube?«

Burke hatte sich gefragt, wann einem der anderen auffallen würde, was er schon vor zwei Meilen gesehen hatte. Pater Gregory, der sich zum Rücksitz gedreht hatte, sah wieder nach vorn. »Rauch?«

»Dampf«, antwortete Burke knapp. »Ich habe mir den Wagen vor dem Kauf gründlich angesehen, aber ich muss einen undichten Kühlwasserschlauch übersehen haben.«

»Was machen wir jetzt?«, fragte Pater Gregory verwirrt. Ein geplatzter Kühlwasserschlauch stand nicht im Drehbuch.

Burke bedachte seinen Kollegen mit dem priesterlichsten Lächeln, das er sich unter diesen Umständen abringen konnte. »Keine Angst, wir kommen heil hin.«

»Wie weit ist es denn noch?«, fragte Mrs. Duvall.

»Nur noch ein paar Meilen.«

»Ich glaub nicht, dass Sie das schaffen.« Das waren die ersten Worte, die Errol seit ihrer Abfahrt aus dem Garden District gesprochen hatte. Burke spürte seinen Atem im Nacken, als Errol sich nach vorn beugte und über seine Schulter sah, um die Situation zu begutachten. »Wenn Sie so weiterfahren, ruinieren Sie den Motor.«

Gregory geriet noch etwas mehr außer Fassung. »Äh, Pater Kevin, vielleicht sollten wir den Ausflug abbrechen und wiederholen, wenn der Bus repariert ist. Wir wollen Mrs. Duvall keine Unannehmlichkeiten machen.«

»Machen Sie sich meinetwegen keine Sorgen«, warf sie ein. »Ich möchte nur nicht, dass Ihr neuer Bus mit einem Motorschaden liegen bleibt.«

»Gott segne Sie für Ihre Selbstlosigkeit und Ihr Verständnis«, sagte Gregory. Er wandte sich wieder an Burke. »Am besten wenden wir hier und fahren in die Stadt zurück.«

»Das schafft der Bus nicht mehr«, wandte Errol ein. »Fahren Sie lieber in die Tankstelle dort vorn. Dort können Sie die Kiste reparieren lassen, und ich rufe Roman an, damit er Mrs. Duvall und mich abholt.«

»Pater Kevin, uns bleibt wohl nichts anderes übrig«, sagte Gregory.

Die Raststätte Crossroads lag auf unkrautüberwuchertem Brachland an der Kreuzung zweier Staatsstraßen. Die Tankstelle wies sechs Zapfsäulen und zwei Reparaturboxen auf. Das angebaute Café machte Reklame für kaltes Bier, Boudin-Wurst und diverse Flusskrebsgerichte, und über den Gebäuden wehten die amerikanische Flagge, die Flagge des Bundesstaats Louisiana und die Konföderiertenflagge.

Burke brachte den Kleinbus zum Stehen und stellte den Motor ab. Unter der Motorhaube quollen jetzt Dampfschwaden hervor, während eine kochend heiße Mischung aus Kühlwasser und Gefrierschutzmittel auf den Asphalt spritzte. »Ich sehe mal nach, ob ein Mechaniker da ist«, kündigte er beim Aussteigen an. »Pater Gregory, Sie begleiten Mrs. Duvall am besten ins Café und sorgen dafür, dass sie etwas zu trinken bekommt.«

»Das ist eine sehr gute Idee.« Gregory war sichtlich erleichtert, dass es einen brauchbaren Alternativplan gab.

»Ich rufe Roman vom Café aus an«, sagte Errol. »Ohne mich geht sie nirgends hin.«

Die drei gingen ins Café, während Burke sich auf die Suche nach dem Automechaniker machte. Er fand ihn in der Werkstatt. Langes, ungewaschenes Haar quoll unter seiner ölverschmierten Baseballkappe hervor und lag wie schmutziger Hanf auf seinen knochigen Schultern. Zu seinem schmuddeligen Overall trug er eine bunte Glasperlenkette und Sandalen.

Auf seinem hageren Gesicht stand ein erstaunter Ausdruck, als er Burke sah. »Als Sie gestern da gewesen sind, hab ich nicht gewusst, dass Sie Geistlicher sind.«

»Es geschehen noch Zeichen und Wunder.« Burke

drückte ihm einen Fünfziger in die Hand. »Wie schnell können Sie meinen Kühlwasserschlauch abdichten?«

Der Mechaniker zeigte auf eine Rolle Gewebeband. »Ich mache mich dran, sobald er abgekühlt ist. Soll ich nicht lieber gleich den Schlauch ersetzen? Das ist keine große Sache. Klebeband hält nicht lange.«

»Klebeband reicht. Wie lange? Zehn Minuten?«

Der junge Mann pfiff durch die gelblichen Zähne. »Schwer zu sagen. Der Motor ist verdammt heiß.«

Burke gab ihm noch einen Zwanziger. »Ziehen Sie Handschuhe an. Der Zündschlüssel steckt. Sobald Sie fertig sind, fahren Sie den Bus vors Café und lassen den Motor laufen.«

»Wird gemacht. Aber ich kapier's noch immer nicht. Warum haben Sie selbst dafür gesorgt, dass Ihr Kühlwasserschlauch undicht wird?«

»Gottes Wege sind unerforschlich.«

Burke betrat das volle Café und schlängelte sich zwischen den Tischen hindurch, bis er die drei anderen erreichte, die mit etwas Glück einen freien Tisch gefunden hatten. »Wir haben Ihnen einen Kaffee bestellt.«

»Danke, Pater Gregory.«

»Haben Sie mit dem Mechaniker gesprochen?«, fragte Mrs. Duvall.

Burke nickte lächelnd und versicherte ihr, die Reparatur werde nicht lange dauern. Eine Serviererin brachte ihre Bestellungen, und während er seinen Kaffee mit kleinen Schlucken trank, sah Burke sich scheinbar gelassen, aber in Wirklichkeit zunehmend besorgt im Lokal um.

Er hatte sich das Café gestern Nachmittag angesehen, als er mit dem Mechaniker gesprochen hatte. Dieser hatte ihm versichert, wenn er vor dem Wegfahren ein Loch in den

Kühlwasserschlauch bohre, käme er bestimmt nicht weit, bevor das Wasser zu kochen und zu verdampfen beginne.

Für sein Vorhaben war ihm das Café ideal erschienen, denn es lag in einer ländlichen Gegend mindestens vier Meilen vom nächsten Polizeirevier entfernt. Burke war kurz nach dem Mittagessen hier gewesen. Außer zwei müden Serviererinnen, einer kettenrauchenden Kassiererin, die sich in einem tragbaren Fernseher eine Seifenoper ansah, und einem älteren Ehepaar, das schweigend ein verspätetes Mittagessen einnahm, war das Lokal leer gewesen. Burke hatte angenommen, dass abends mehr Betrieb herrschen würde, da dann Stammgäste aus der näheren Umgebung ins Café kamen. Ansonsten hielt er es für ein ruhiges, etwas verschlafenes Lokal, in das sich nur einzelne Autofahrer verirrten, die eine Kleinigkeit essen wollten, während ihr Wagen vollgetankt wurde.

Leider hatte Burke sich getäuscht. Wie sich jetzt zeigte, war das Crossroads nachmittags die Stammkneipe vieler Arbeiter, die früh aufhörten und auf der Heimfahrt noch auf ein oder zwei Bier hier einkehrten.

Das Café war viel voller als erwartet. Eine Jukebox, die er gestern nicht einmal bemerkt hatte, plärrte Cajun-Musik. Alle Stühle an den Tischen, alle Bänke in den Sitznischen und sämtliche Barhocker waren besetzt. Ein weiteres Problem entstand aus der demographischen Zusammensetzung der Gäste. Mit Ausnahme der beiden Priester, Pinkies Gattin und des Leibwächters waren die Stammgäste testosteronstrotzende Hinterwäldler.

Im Mittelpunkt der Aufmerksamkeit stand natürlich Pinkie Duvalls Ehefrau.

Jeder der anwesenden Männer leckte sich die Lippen – manche tatsächlich, andere nur in Gedanken –, aber alle schienen darüber nachzugrübeln, was eine heiße Nummer wie sie in Gesellschaft zweier Gottesmänner und eines bulligen Kerls zu suchen hatte.

Errol war jedoch nicht so dumm, wie er aussah. »Das wird Mr. Duvall nicht gefallen«, sagte er, indem er einen der gaffenden Kerls anfunkelte. »Ich habe zu Hause angerufen. Roman ist unterwegs und macht Besorgungen, soll aber in ungefähr« – der Leibwächter sah auf seine Armbanduhr –, »in ungefähr zwanzig Minuten zurückkommen.«

»Bis dahin können wir mit dem Bus weiterfahren.«

Burkes beruhigende Versicherung konnte weder Errols Besorgnis noch Gregorys Nervosität mildern. Unter dem Tisch steppte sein Bein hektisch wie die Nadel einer elektrischen Nähmaschine. Diese nervöse Bewegung irritierte Burke so sehr, dass er den jungen Mann schon auffordern wollte, damit aufzuhören, als Gregory seinen Stuhl zurückschob und mit einer gemurmelten Entschuldigung aufstand. Er verließ den Tisch und verschwand auf der Toilette.

»Soll ich vielleicht Mr. Duvall anrufen?«, schlug der Leibwächter Mrs. Duvall vor. »Er könnte uns von Bardo oder sonst jemand abholen lassen.«

»Ich möchte ihn lieber nicht belästigen«, wehrte sie ab.

»Sie machen sich zu viel Sorgen, Errol.« Burke strengte seine Gesichtsmuskeln an, um wie ein wohlwollender Geistlicher zu lächeln. »Der Mechaniker hat mir versprochen, dass die Reparatur des Kühlwasserschlauchs nicht länger als zehn Minuten dauert. Sobald Mrs. Duvall ihre zweite Tasse Kaffee ausgetrunken hat, können wir weiterfahren. Zufrieden?«

»Muss ich wohl sein«, knurrte Errol. »Ich weiß nur, dass Mr. Duvall…«

»Du verdammte Schwuchtel!«

Das Gebrüll wurde durch das Splittern von Glas unterstrichen. Remy Duvall und Errol sahen sich wie alle übrigen Gäste im Café um, weil sie feststellen wollten, was diesen Ausbruch hervorgerufen hatte.

Burke sprang auf. »Scheiße!«

Gregory lag in einer Bierlache wimmernd auf dem Fußboden und schrak vor einem Mann zurück, der sich über ihn beugte, ihn am Genick und an seinem schwarzen Jackett packte und gewaltsam hochriss.

Mit roher, unkultivierter und unbarmherziger Stimme erklärte der Kerl den übrigen Gästen: »Ich steh draußen beim Pissen und seh zufällig zu ihm rüber, und dieser Scheißkerl *zeigt* ihn mir.« Sein Stiefel traf Gregorys Hintern und ließ ihn gegen den nächsten Tisch torkeln. »Der kleine Scheißer wird sich noch wünschen, er wäre tot!«

Die drei Männer, gegen deren Tisch Gregory gestoßen war, waren ebenfalls aufgesprungen. Sie hielten ihn fest, schlugen auf ihn ein und beschimpften ihn laut. Kurze Zeit später gesellten sich zwei weitere Männer zu ihnen.

Über seine Schulter hinweg sagte Burke zu Errol: »Bringen Sie sie hinaus. Wir treffen uns am Bus.«

Dann bahnte er sich mit den Ellbogen einen Weg durch die schwulenfeindliche Menge. Alle Gäste waren jetzt auf den Beinen. Manche standen auf ihren Stühlen und feuerten die Männer an, die auf Gregory eindroschen. Burke drang bis ins Epizentrum des Handgemenges vor, stürzte sich auf die Angreifer und schaffte es, einige davon von ihrem Opfer wegzureißen, bis er dem Objekt von Gregorys Begierde gegenüberstand. Liebe macht wirklich blind, sagte Burke sich, denn der Mann war wirklich potthässlich. Seine massige Gestalt bebte vor Wut und Empörung.

Seine Faust traf Burkes Kinn und ließ ihn rückwärts zu Boden gehen. »Bist du auch so einer?« Er trat drohend vor. »Ihr verdammten Perversen, die ihr euch hinter Priesterkrägen versteckt, ihr seid echt zum Kotzen!«

Er bückte sich, um Burke hochzureißen und weiter auf ihn einzuschlagen. Aber als sein zornrotes Gesicht nur noch eine Handbreit von Burkes entfernt war, hielt er so abrupt inne, dass er fast das Gleichgewicht verloren hätte und auf Burke gefallen wäre. Aufgehalten wurde er von Burkes Pistole, deren Mündung gegen seine Stirn gepresst wurde, während Burke sich langsam aufrappelte und seinen Gegner zurückdrängte.

»Schluss jetzt, Arschloch!«

»Was...«

»Deine Freunde sollen ihn in Ruhe lassen, sonst ist dein nächstes Sakrament die Letzte Ölung.«

Inzwischen hatten einige der anderen mitbekommen, dass der Priester ihren Freund mit einer Waffe bedrohte. Sie waren vor Schock, weniger vor Angst, wie gelähmt. Binnen Sekunden erstarrte jegliche Bewegung, und da in diesem Augenblick auch die lebhafte Musik aus der Jukebox verstummte, war nur noch Gregorys Schluchzen zu hören.

»Stell dich dort drüben hin.« Der Kerl hatte die Hände erhoben und gehorchte Burke so hastig, dass er dabei über die eigenen großen Füße stolperte. »Keiner macht Dummheiten, verstanden?«, ermahnte Burke die Männer, die ihn mit feindseligen Mienen umringten. Er trat auf Gregory zu und stieß ihn mit der Schuhspitze an. »Los, aufstehen!«

Gregory verbarg das Gesicht in den Armen und begann noch lauter zu schluchzen. Burke musste zähneknirschend gegen die Versuchung ankämpfen, selbst auf den jungen

Mann einzuschlagen. »Wenn Sie nicht sofort aufstehen und zur Tür gehen, überlasse ich Sie diesen Kerlen, das schwöre ich Ihnen. Bevor die mit Ihnen fertig sind, werden Sie sich wünschen, wieder im Gefängnis zu sitzen.«

Diese Warnung wirkte. Gregory rappelte sich wimmernd und schniefend auf. »Tut mir leid, ich...«

»Halten Sie den Mund!«

»Okay, aber lassen Sie mich nicht hier.« Er fuhr sich mit dem Jackenärmel über das blutige Gesicht und stolperte zum Ausgang.

Burke, dessen Hand mit der Pistole einen weiten Bogen beschrieb, bewegte sich jetzt rückwärts in Richtung Tür. »Wir verschwinden jetzt. Wir wollen keine Schwierigkeiten mehr. Passiert ist schließlich nichts. Macht einfach weiter wie bisher.«

Als sie die Tür erreichten, stieß er Gregory ins Freie und folgte ihm rasch. Zu seiner Erleichterung stand ihr Kleinbus mit laufendem Motor vor der Werkstatt. »Schnell in den Bus!«, rief er, während er zum Kassenraum der Tankstelle weitertrabte, wo er Errol mit Mrs. Duvall stehen sah. Der Leibwächter telefonierte und machte dabei weit ausholende Handbewegungen.

Burke stürmte in den Kassenraum, riss Errol den Telefonhörer aus der Hand und schlug dem Leibwächter den Hörer an die Schläfe. Dieser Schlag konnte nicht viel Schaden anrichten, aber er setzte Errol so lange außer Gefecht, dass Burke Remy Duvall am Arm packen und mit sich zur Tür ziehen konnte.

Sie versuchte sich loszureißen. »Lassen Sie mich los!«

Eine Kundin, die eben an der Kasse stand, stieß einen gellenden Schrei aus. Burke sah den Tankwart unter die Kassentheke greifen, als wollte er darunter eine Waffe hervorholen. »Halt! Keine Bewegung!«, rief er warnend. Der Tankwart erstarrte. Der alternde Hippie-Mechaniker, der an der offenen Tür zwischen Werkstatt und Kassenraum stand, wischte sich die Hände mit einem Knäuel Putzwolle ab und murmelte dabei immer wieder: »Wahnsinn.«

Burke ging rückwärts aus dem Kassenraum. Pinkie Duvalls Ehefrau kämpfte verzweifelt darum, sich zu befreien. Er schlang ihr einen Arm um die Taille und schleppte sie so mit sich zu dem Kleinbus. Obwohl sie strampelte und um sich schlug, war sie ihm körperlich unterlegen, aber ihre hohen Absätze trafen mehrmals kräftig seine Schienbeine, so dass er vor Schmerzen fluchte. Dann zerkratzten ihre langen Fingernägel ihm den Handrücken.

»Schluss jetzt!« Burke fasste sie noch fester um die Taille und sagte dicht neben ihrem Ohr: »Sie können sich wehren, so viel Sie wollen, aber das nützt nichts. Sie kommen mit mir.«

»Sind Sie verrückt? Lassen Sie mich sofort los!«

»Kommt nicht in Frage.«

»Mein Mann bringt Sie um.«

»Schon möglich. Aber nicht heute.«

Er riss die Fahrertür des Kleinbusses auf, schob Remy Duvall hinein und kletterte hinterher. Während er die Tür zuknallte, stellte er die Automatik bereits auf Drive und trat das Gaspedal durch. Die Reifen hinterließen schwarze Spuren auf dem Asphalt, als der Wagen davonschoss. Burke bog nach rechts auf eine der Staatsstraßen ab, geriet dabei weit auf die andere Fahrbahn und wäre fast mit einem entgegenkommenden Tanklaster zusammengestoßen. Der Sattelschlepper verfehlte ihren Bus nur um Haaresbreite.

Gregory kreischte, betete und schimpfte abwechselnd.

Burke brüllte ihn an, er solle endlich die Klappe halten. »Verdammter Idiot! Was hast du dir überhaupt dabei gedacht? Das hätte uns allen das Leben kosten können!«

»Es ist deine Schuld, nicht meine«, schluchzte Gregory. »Wieso hast du eine Pistole? Von einer Waffe war nie die Rede.«

»Sei lieber froh, dass ich eine hatte, um deinen erbärmlichen Arsch retten zu können. Ich weiß bloß nicht, warum ich's getan habe.«

Mrs. Duvall, die sich den Fahrersitz noch mit Burke teilte, klappte plötzlich die Armlehne hoch und ließ sich zwischen die beiden vorderen Sitze fallen. Sie kam wieder hoch und versuchte, den Verschlusshebel der rechten Schiebetür zu erreichen. »Halt sie zurück!«, rief Burke laut.

Gregory war in schlechter Verfassung, aber er hatte zu viel Angst vor Burke, um seinen Befehl nicht auszuführen. Er verließ den Beifahrersitz, warf sich auf Remy und packte sie an den Haaren. »'tschuddigung, 'tschuddigung.« Seine Lippen waren dick geschwollen, und seine blutige Nase schien gebrochen zu sein. »Er ist brutal. Ich will Ihnen nicht weh tun. Aber ich fürchte, dass er mich umbringt, wenn ich nicht mache, was er sagt.«

»Ja, ich verstehe«, sagte sie erstaunlich gefasst. »Bitte lassen Sie jetzt mein Haar los.«

Burke sprach sie über die Schulter hinweg an. »Niemand tut Ihnen etwas, wenn Sie nicht zu flüchten versuchen. Okay?« Sie nickte angespannt, aber er bezweifelte, dass sie es ehrlich meinte. »Bei dieser Geschwindigkeit würden Sie sich den Hals brechen«, fügte er hinzu, um sie vor der Gefahr zu warnen, die ihr drohte, wenn sie aus dem Fahrzeug sprang.

»Ja, ich verstehe.«

»Gut. Gregory, lass sie los und setz dich wieder auf deinen Platz. Sie«, sagte er zu ihr, »setzen sich hier zwischen uns auf den Boden.«

Gregory kehrte auf den Beifahrersitz zurück. Burke wartete nervös, bis Remy Duvall zwischen ihnen auf dem Boden saß. »Wer sind Sie?«, wollte sie wissen.

Als sie zu ihm aufsah, standen Tränen in ihren angstvoll geweiteten Augen. Ihr Gesicht war leichenblass. Noch mehr betont wurde ihre Blässe durch einen Blutfaden im linken Mundwinkel. Hatte sie sich auf die Lippe gebissen? Oder hatte er sie versehentlich geschlagen, als er sie zum Bus geschleppt hatte?

Burke, dem bei dieser Vorstellung unbehaglich wurde, sah wieder nach vorn. Im nächsten Augenblick entdeckte er im Rückspiegel einen Pick-up, der rasch aufholte.

»Verdammt!« Was konnte noch alles schiefgehen? Gregory und Mrs. Duvall bluteten beide, und hinter ihnen kam ein Pick-up mit aufgebrachten Hinterwäldlern herangerast, die es auf sie abgesehen hatten. »Gregory, nimm die Pistole.«

»Hä? Wozu?«

»Sieh dich um.«

Gregory warf einen Blick in den Außenspiegel und kreischte erschrocken, als er den rasch näher kommenden Pick-up sah. Der Mann aus der Toilette stand auf der Ladefläche, lehnte sich ans Fahrerhaus und benutzte das Dach als Auflage für seine Schrotflinte, mit der er auf den Kleinbus zielte. Er stieß einen gellend lauten Kriegsruf aus. Auf der Ladefläche hockten mehrere seiner Kumpane, und das Fahrerhaus war voller wutschnaubender Schwulenklatscher.

»Himmel! O Gott!«, jammerte Gregory. »Die bringen mich um!«

»Ich bring dich selbst um, wenn du dich nicht zusammenreißt«, drohte Burke ihm. »Nimm die Pistole!« Er lehnte sich über Mrs. Duvall hinweg und drückte Gregory die Waffe in seine zitternden Hände.

»Ich hab noch nie geschossen!«

»Du brauchst nur zu zielen und abzudrücken.«

Burke hoffte, dass diese lächerliche Verfolgungsjagd nicht in ein Feuergefecht ausarten würde. Er hoffte, dass er seinen Vorsprung vor dem Pick-up würde halten können, um das zu verhindern. Der Kleinbus war kein Rennwagen, und der provisorisch instand gesetzte Kühlwasserschlauch konnte sich jeden Augenblick als kritischer Faktor erweisen. Aber der Pick-up war schwer. Mit seiner zusätzlichen Last würde auch er nicht die volle Leistung erreichen.

Irgendwann würde der aufgebrachte Mob die Verfolgungsjagd vielleicht satthaben und beschließen, lieber umzukehren und im Café eine weitere Runde Bier zu trinken. Oder Burke würde es nach Einbruch der Dunkelheit gelingen, ihre Verfolger abzuschütteln.

Oder die Verfolgung würde weitergehen, bis die Männer sie einholten und alle drei umbrachten.

Der Pick-up schob sich stetig näher an sie heran, bis die Stoßstangen der beiden Fahrzeuge sich fast berührten. Burke fuhr in Schlangenlinien, um zu verhindern, dass der andere Wagen sich neben sie setzte oder sie überholte. Daraus entwickelte sich sehr bald ein Wettbewerb, bei dem ein Fahrer den anderen auszumanövrieren versuchte. Burke konzentrierte sich darauf, vor dem Pick-up zu bleiben und den Bus auf der schmalen Straße zu halten. Beim geringsten Fahrfehler würden sie in die gefährlichen Sümpfe auf einer der beiden Straßenseiten rasen.

Er konzentrierte sich so sehr auf seine Fahrerei, dass er

Mrs. Duvalls ausgestreckte Hand erst wahrnahm, als es schon fast zu spät war, um sie daran zu hindern, den Zündschlüssel aus dem Schloss zu ziehen. Seine Hand schoss nach unten, bedeckte ihre und hielt sie fest. Mrs. Duvall schrie erschrocken und vor Schmerz auf, als der Schlüsselring sich in ihre Handfläche grub.

»Loslassen!«, befahl Burke ihr. Weil er jetzt nur noch mit einer Hand lenkte, geriet der Kleinbus aufs Bankett, wirbelte dort Staub und Steine auf und wäre fast von der Straße abgekommen. Gregory kreischte entsetzt.

»So bringen Sie uns alle um!«, rief Mrs. Duvall aus. »Halten Sie an! Diese Leute lassen bestimmt mit sich reden.«

»Sind Sie übergeschnappt, Lady? Ihn und mich legen sie um und verfüttern uns an die Alligatoren. Sie werden erst umgebracht, nachdem jeder bei Ihnen drangekommen ist. Lassen Sie den verdammten Schlüssel los, nur dann haben wir vielleicht eine...«

Ein Schuss aus der Schrotflinte zersplitterte die Heckscheibe. Gregory kreischte wieder und verkroch sich im Fußraum vor dem Beifahrersitz, obwohl der Schrot weit gestreut hatte und die hohen Sitzlehnen ausreichend Schutz vor fliegenden Glassplittern geboten hatten. Mrs. Duvall schrie nicht, ließ aber sofort den Zündschlüssel los und duckte sich auf den Wagenboden.

Burke trat noch kräftiger aufs Gaspedal, obwohl es längst durchgetreten war. Da der Bus nicht schneller fahren konnte, war er sehr überrascht, als der Pick-up in seinem Rückspiegel kleiner wurde. Er brauchte einen Augenblick, um zu erkennen, dass das andere Fahrzeug langsamer wurde. Dieser Schuss aus der Schrotflinte war ein letztes Aufbäumen gewesen. Die Verfolger gaben auf.

In seinen Rückspiegeln schrumpfte der Pick-up auf

Stecknadelkopfgröße zusammen, aber Burke trat das Gaspedal weiter durch. Als er abbiegen musste, nahm er die Kurve auf zwei Rädern. Er behielt die Spiegel noch minutenlang im Auge, aber als unverkennbar war, dass die Jagd vorbei war, sagte er: »Ihr könnt euch wieder hinsetzen. Sie haben aufgegeben, weil wir die Mühe nicht lohnen.«

Gregory kam hoch und ließ sich ächzend auf den Beifahrersitz fallen. Er hatte kaum noch Ähnlichkeit mit dem gutaussehenden jungen Mann, für den dieser Nachmittag damit begonnen hatte, dass er einen Priester gespielt hatte. Sein Gesicht war geschwollen, mit blauen und grünen Flecken übersät und mit angetrocknetem dunklem Blut bedeckt.

Im Gegensatz dazu war das Blut auf dem Rücken von Mrs. Duvalls Jacke hellrot.

20. Kapitel

Pinkie öffnete die Beifahrertür, noch bevor Wayne Bardos Wagen ganz zum Stehen gekommen war. Ein Streifenwagen des Sheriffs war bereits eingetroffen; das war unangenehm, aber damit würde er fertig. Er sah Errol an der Außenwand des Cafés Crossroads lehnen. Der große Mann stand mit hochgezogenen Schultern und tief in den Hosentaschen vergrabenen Händen da und machte ein Gesicht, als wollte er jeden Augenblick in Tränen ausbrechen.

Remy war nirgends zu sehen, was hoffentlich bedeutete, dass sie vorerst in einem Büro oder sonst wo Zuflucht gefunden hatte. Dass seine Frau auch nur im Entferntesten in eine Kneipenschlägerei verwickelt gewesen war, war unvorstellbar. Darauf würden die Medien sich mit Begeisterung stürzen.

Bevor er zu Errol hinüberging, wies er Bardo an, Remy zu suchen und ins Auto zu setzen. »Je schneller wir hier verschwinden, desto besser.«

Bardo ging zu dem Büro hinter dem Verkaufsraum der Tankstelle hinüber, in dem der Sheriff Augenzeugen befragte. Pinkie knöpfte sich Errol vor. »Was ist passiert?«

»Der... der... der Bus hatte eine Panne. Ich hab ihm gesagt, dass er hier reinfahren soll...«

»Wem?«

»Pater Kevin. Er ist gefahren.«

Pinkie nickte ungeduldig. »Los, weiter!«, drängte er.
Errol stammelte seinen Bericht, wobei er betonte, er habe Mrs. Duvall keine Sekunde aus den Augen gelassen – nicht einmal, als er von der Tankstelle aus telefoniert habe, damit Roman sie abholte.

»Du hättest mich anrufen sollen.«

»Das habe ich vorgeschlagen, aber Mrs. Duvall hat gesagt, wir sollten Sie nicht belästigen. Mir war das nicht recht, aber sie...«

»Wie hat die Schlägerei angefangen?«

Pinkie hörte immer ungläubiger zu. »Der Priester, den meine Frau in unserem Haus empfangen hat?«

»Ich hab Ihnen doch gesagt, dass er meiner Meinung nach schwul ist«, sagte Errol, um sich zu verteidigen.

»Du hast mir nicht gesagt, dass ihm zuzutrauen wäre, sich auf der Toilette an einen anderen Kerl ranzumachen. Mein Gott!«

»Ich hab es Ihnen erzählt, wie ich es gesehen hab, Boss.«

»Okay, was ist dann passiert?«

»Die Kerle haben angefangen, Pater Gregory zu verprügeln. Sobald die Sache brenzlig geworden ist, hab ich Mrs. Duvall in Sicherheit gebracht. Ich hab sie in die Tankstelle dort drüben geführt. Von dort aus hab ich Ihre Kanzlei angerufen. Ich war gerade dabei, Ihrer Sekretärin alles zu erklären, als...«

»Okay. Den Rest kannst du mir später erzählen. Wir nehmen Remy mit und verschwinden.«

»Äh, Mr. Duvall...«

»*Pinkie!*«

Duvall fuhr herum, als er Bardo seinen Namen rufen hörte. Der andere kam sichtlich aufgeregt auf ihn zugerannt.

»Ihre Frau ist nicht da! Sie haben sie mitgenommen!«

»Was? Wer hat sie mitgenommen? Der Sheriff? Wohin?«

»Das wollte ich... Ich habe keine Gelegenheit gehabt, alles zu erzählen, Sir.«

Pinkie drehte sich wieder zu Errol um, der wie ein Mann aussah, der vor einem Erschießungskommando stand. »Als ich noch mal Ihre Kanzlei angerufen habe, waren Sie schon unterwegs. Und Bardo hat kein Mobiltelefon, deshalb konnte ich Sie unterwegs nicht erreichen. Ihre Sekretärin hat gesagt, dass Sie Ihren Piepser nicht eingeschaltet haben. Ich konnte Sie also nicht...«

Pinkie packte Errol an den Aufschlägen seines Sakkos und schüttelte ihn durch. »Du hast genau fünf Sekunden Zeit, meine Frau herbeizuschaffen.«

»Das kann ich nicht, Mr. Duvall«, sagte der große Mann. Er begann zu weinen. »P-P-Pater Kevin hat seine Pistole gezogen und...«

»Seine *Pistole?*«

»Ja, Sir. Er... er hat sie mir über den Kopf geschlagen und Mrs. Duvall mit dem Bus entführt.«

Pinkie sah plötzlich rot, als wäre unmittelbar hinter seinen Augen eine Arterie geplatzt und hätte sie mit Blut überschwemmt. Er zog die 38er Pistole, die er stets in einem Halfter hinten am Hosenbund trug, und rammte die Mündung des kurzen Laufs in das weiche Fleisch unter Errols zitterndem Kinn.

Die Erschütterungen, mit denen sie aus dem Bus gehoben wurde, ließen sie wieder zu Bewusstsein kommen. Ihr Rücken und ihre Schultern brannten, als wären sie von tausend wütenden Bienen gestochen worden. Sie nahm undeutlich wahr, dass sie getragen wurde. Sie schlug die Augen auf.

Am Nachthimmel standen Sterne. Millionen von Sternen. Mehr, als sie je gesehen hatte. Ihre Leuchtkraft erstaunte sie. Das musste bedeuten, dass sie sich weit außerhalb der Stadt befand. Hier wurde das Sternenbild nicht durch künstliche Lichtquellen beeinträchtigt. Die Luft war kühl, aber merklich feucht.

»Dredd! Dredd!«

Das war Pater Kevins Stimme. Gleichzeitig hörte sie rasche Schritte auf hohl klingenden Bohlen und erkannte, dass er sie anscheinend über eine Brücke oder einen Bootsanleger trug.

Am anderen Ende stand eine seltsame Konstruktion. Tatsächlich bestand sie aus mehreren Gebäuden, die anscheinend ohne vorher festgelegten Gesamtplan aneinandergebaut worden waren.

Hinter einer Fliegengittertür stand ein noch merkwürdiger aussehender Mann mit einer in Hüfthöhe in Anschlag gehaltenen Schrotflinte. Sie war auf sie gerichtet.

»Wer da?«

»Ich brauche deine Hilfe, Dredd.«

»Heilige Louisa!« Sie befanden sich jetzt in einem blassgelben Lichtkegel, den ein auf einen Holzmast montierter Scheinwerfer auf die Galerie – eine mit einem Geländer gesicherte Plattform über dem Wasser – warf. Der Mann namens Dredd kannte Pater Kevin offenbar, denn er stellte seine Schrotflinte weg und stieß die Fliegengittertür auf.

»Was zum Teufel hast du hier draußen zu suchen? Was ist mit ihr passiert?«

»Schusswunde.«

»Tot?«

»Nein.«

»Wie schlimm?«

»Ziemlich. Wo soll ich sie hinlegen?«

»Ich hab nur ein Bett, und du weißt, wo es steht.«

Als sie beim Hineingehen an Dredd vorbeikamen, stieg ihr plötzlich Rauchgeruch in die Nase. Sein Bart schien zu qualmen. Aber sie hatte natürlich Halluzinationen. Sie sah Raubtiere und Reptilien mit gefletschten Reißzähnen aus den Wänden ragen. Regale standen voller Gläser mit trüben Flüssigkeiten. Unidentifizierbare Tierskelette waren in bedrohlicher Haltung erstarrt. Häute und Felle streiften sie. Sie sah eine auf eine Sitzstange montierte Eule, und erst als der Vogel den Kopf zur Seite drehte, sie mit gelben Augen fixierte und dann gereizt die Schwingen ausbreitete, erkannte sie, dass er lebendig war.

Pater Kevin drehte sich zur Seite, um durch eine schmale Tür in einen kleinen Raum zu gelangen. Von einem Elektrokabel, das man einfach an die Bretterdecke geheftet hatte, hing eine nackte Glühbirne herab. Ihr schwacher Lichtschein warf unheimliche Schatten auf die mit vergilbten Zeitungen tapezierten Wände.

Er legte sie vorsichtig auf das schmale Bett. Die Bettwäsche roch muffig, als wäre sie lange nicht mehr gewaschen worden – oder noch nie. Wäre sie nicht zu schwach gewesen, hätte sie dagegen protestiert.

»Ich hab dich kaum wiedererkannt«, sagte Dredd zu Pater Kevin.

»Ich erkenne mich heutzutage selbst kaum wieder.«

»Was ist das für ein Typ?«

Aus dem Raum, den sie gerade durchquert hatten, war Pater Gregorys halblautes Jammern zu hören. »Später«, antwortete Pater Kevin.

»Er sieht aus, als wäre er in einen Baumhäcksler geraten.«

»Er wird's überleben – wenn ich ihn nicht vorher selbst umbringe. Aber sie macht mir Sorgen.«

»Schön, sehen wir sie uns mal an.«

Pater Kevin wich zurück, und der Unbekannte trat ans Bett. Remy war zu verblüfft, um erschrocken aufzuschreien. Seine Haut war so braungebrannt, dass sie kaum mehr menschlich wirkte, sondern an die gegerbten Häute erinnerte, die sie nebenan gesehen hatte. Sein Gesicht bestand aus einem Gewirr kreuz und quer verlaufender tiefer Runzeln und Falten. Er war bis zu den Hüften nackt, aber fast die Hälfte seines Oberkörpers wurde von einem krausen grauen Vollbart verdeckt, der an spanisches Moos erinnerte.

Sein Bart stand nicht in Flammen. Er hatte sich nur eine Zigarette in den Mundwinkel geklemmt.

Als er seine schwieligen Hände nach ihr ausstreckte, wich sie vor ihnen zurück. Seine Berührung war jedoch überraschend sanft. Er hob ihre linke Schulter hoch, bis sie fast auf der Seite lag. Sie stöhnte vor Schmerz und schrie laut auf, als er auf eine Stelle unterhalb des Schulterblatts drückte.

»Tut mir leid, *chérie*«, sagte er brummig. »Ich weiß, dass das jetzt weh tut, aber Dredd kriegt alles wieder hin.«

Er wälzte sie sanft auf den Rücken zurück und wandte sich ab. »Du stehst mir im Licht«, sagte er gereizt und schob Pater Kevin weg, der sich herandrängte.

»Wie schlimm ist sie verletzt? Wird sie wieder? Kommst du damit zurecht?«

»Ach, jetzt fragst du plötzlich! Wo du mich schon überrumpelt hast mit einer Frau, die Schusswunden hat und nur halb bei Bewusstsein ist, und einem Priester, der übel zusammengeschlagen wurde. Jetzt, wo sie mir das ganze

Bett vollgeblutet hat, fragst du mich, ob ich damit zurechtkomme?«

»Und, was sagst du?«

»Natürlich komme ich damit zurecht – wenn du mich in Ruhe arbeiten lässt. Zum Glück war's nur Vogelschrot, aber sie hat mehrere Kugeln abbekommen.«

»Was kann ich tun?«

»Du kannst mir aus dem Weg gehen.«

Remy schloss die Augen. *Ich bin angeschossen worden?*

Als sie darüber nachgrübelte, fiel ihr alles wieder ein: die Panne mit dem Bus, das Café, die Schlägerei, der Geistliche mit einer Pistole…

Sie schlug rasch wieder die Augen auf. Er stand neben dem Bett, blickte auf sie herab und starrte sie so unverwandt an, wie die Eule sie betrachtet hatte. Seine Flüche, sein Kampfgeist und sein ganzes Verhalten sprachen dagegen, dass dieser Mann ein Priester war. Ein Teil ihres Verstandes fragte sich nüchtern, wie sie so naiv hatte sein können. Bei näherer Betrachtung hatte er gar nichts Frommes an sich. Er strahlte eine Intensität aus, die mit der Gnade und dem Frieden – Lohn derer, die auf dem Pfad des Herrn wandeln – nicht vereinbar war. Sein Mund war nicht für Gebete gemacht. Er war zu hart, zu zynisch, besser für grobe Worte geeignet. Er war leidenschaftlich – aber nicht in seiner Liebe zu Gott oder seinen Mitmenschen. Obwohl er völlig unbeweglich dastand, schien er vor innerer Hitze zu vibrieren. Es ängstigte sie. Nicht nur ihretwegen, sondern auch um seiner selbst willen.

Der Mann namens Dredd kam mit einem vollen Glas zurück.

Pater Kevin nahm es ihm aus der Hand und roch misstrauisch daran. »Was ist das?«

»Mische ich mich in deinen Kram ein?«, fragte Dredd beleidigt und nahm ihm das Glas wieder weg.

»Hör zu, Dredd, sie ist ...«

»Sie ist verletzt. Ich versuche, ihr zu helfen. Wenn du mir nicht traust, kannst du mit ihr und dieser erbärmlichen Karikatur von einem Geistlichen dort draußen verschwinden und mich in Ruhe lassen. Ich habe nie verlangt, in dieses Chaos hineingezogen zu werden. Du hast es mir aufgedrängt. Was soll's also sein?«

Er fasste Pater Kevins Schweigen als Zustimmung auf. »Gut, dann sind wir uns also einig.«

Dredd konzentrierte sich wieder auf sie, beugte sich über sie und hielt ihr das Glas an die Lippen. »Trinken Sie das.« Die Flüssigkeit schmeckte bitter. Sie wollte den Kopf wegdrehen, aber er legte eine Hand auf ihre Wange und hinderte sie daran. »Kommen Sie, trinken Sie aus. Davon schlafen Sie ein. Dann spüren Sie nichts mehr.«

Er kippte das Glas leicht, so dass sie das bittere Zeug runterschlucken, es ausspucken oder daran ersticken musste. Sie rechnete sich aus, dass er lediglich mit einer weiteren Portion zurückkommen würde, wenn sie die Flüssigkeit ausspuckte. Außerdem war das Versprechen, nichts mehr spüren zu müssen, verlockend. Sie trank das Glas aus.

»Braves Mädchen. Ist Ihnen kalt?« Er zog eine Decke über ihre Beine. »Ich lasse Sie jetzt allein, um mein Zeug zusammenzusuchen. Bis ich zurückkomme, schlafen Sie wahrscheinlich schon, aber machen Sie sich keine Sorgen. Ich kümmere mich um Sie. Wenn Sie aufwachen, geht's Ihnen garantiert besser.« Er tätschelte ihre Hand und richtete sich auf. Beim Hinausgehen sagte er: »Du hast gefragt, was du tun kannst. Du kannst sie ausziehen und auf den Bauch legen.«

Dredd verließ den Raum, und sie war wieder mit ihrem Entführer allein. Er setzte sich auf den Rand der dünnen Matratze und machte sich daran, ihre Kostümjacke aufzuknöpfen. Sie konnte ihn nicht daran hindern. Das bittere Gebräu, das Dredd ihr eingeflößt hatte, wirkte schnell und nachhaltig. In ihren Zehen und Fingerspitzen kribbelte es bereits. Es fiel ihr immer schwerer, die Augen offen zu halten.

Als er sie hochhob, um ihr die Kostümjacke abzustreifen, sank ihr Kopf kraftlos nach vorn an seine Schulter. Die Arme, die er aus den Jackenärmeln zog, schienen nicht ihr zu gehören. Sie zuckte zusammen, als er den blutgetränkten Stoff von ihrer Haut löste, aber die Schmerzen waren längst nicht mehr so stark wie noch vor wenigen Minuten.

Sie fühlte, wie ihr Busen sich weich an seine Brust drückte, und wusste, dass er ihren BH-Verschluss geöffnet hatte. Normalerweise wäre sie nun in Panik geraten. Aber ihr fehlte die Kraft, sich auch nur Sorgen darüber zu machen.

Dann ließ er sie behutsam aufs Bett zurücksinken, und als sie die Augen öffnete, sah sie gerade noch, wie er sich den Schweiß von der Stirn wischte. Auf seinem Handrücken fielen ihr die vier blutigen Kratzer auf, die von ihren Fingernägeln stammten.

Die Spitze seines kleinen Fingers berührte ihren Mundwinkel. »Tut das weh?«

»Wer sind Sie?«

Ihre Blicke begegneten sich. Nach kurzem Zögern sagte er: »Ich heiße Burke Basile.« Er erwiderte ihren Blick einige Sekunden lang, bevor seine Hände nach ihren Schultern griffen, um ihr die BH-Träger abzustreifen.

»Nein. Bitte nicht.«

»Sie haben gehört, was Dredd gesagt hat«, antwortete er. »Ich soll Sie ausziehen und auf den Bauch legen, damit er Ihren Rücken versorgen kann.«

Das war es nicht, wogegen sie protestierte. Sie versuchte den Kopf zu schütteln, aber sie wusste nicht, ob der entsprechende Befehl ihre Muskeln erreichte – oder ob sie ihn noch ausführen konnte. »Tun Sie's nicht, Mr. Basile«, flüsterte sie. Dann gab sie das Bemühen auf, ihre Augen offen zu halten, holte tief Luft und sagte kaum hörbar: »Er bringt Sie um.«

21. Kapitel

»Sehen Sie, Sheriff«, sagte Pinkie jovial, »Pater Kevin hat die Pistole meiner Frau nur benutzt, um sie zu schützen. Eigentlich komisch, wenn man es sich recht überlegt – ein Priester mit einer Waffe.«

Aber der Sheriff schien das nicht ganz so amüsant zu finden. »Wozu braucht Ihre Frau eine Waffe?«

»Durch meine Karriere habe ich mir viele Feinde gemacht, was Sie nicht überraschen dürfte. Obwohl Mrs. Duvall einen Leibwächter hat, rate ich ihr, immer eine Waffe in ihrer Handtasche zu haben. Nur gut, dass sie heute ihre Pistole dabeihatte.«

Der Sheriff rieb sich das Kinn. »Ich weiß nicht recht, Mr. Duvall. Die Augenzeugen behaupten, sie habe sich gegen ihn gewehrt.«

Pinkie schmunzelte leutselig. »Das ist wieder mal typisch für sie. Meine Frau ist eigensinnig und lässt sich nicht gern Befehle erteilen. Pater Kevin hat versucht, sie aus der Gefahrenzone wegzubringen, aber sie wollte dableiben und Pater Gregory verteidigen. Sie bedauert ihn zutiefst wegen seiner… nun, seien wir barmherzig, nennen wir es Schwäche.

So ist sie eben. Immer auf der Seite der Schwächeren und stets bereit, dem Tyrannen entgegenzutreten. Ich bin Pater Kevin für sein promptes Eingreifen wirklich dankbar.

Er hat geistesgegenwärtig reagiert, als er sie von hier weggebracht hat. Ich bin ihm zu großem Dank verpflichtet.«

»Wissen Sie bestimmt, dass die beiden sie nach Hause bringen?«

»Ganz sicher.« Pinkie streckte ihm die Hand hin. »Ich kann nicht behaupten, es hätte mich gefreut, aber ich finde es sehr befriedigend, dass ihr Leute hier im Jefferson Parish es versteht, in einer kritischen Situation schnell zu reagieren.«

»Danke, Mr. Duvall. Wir tun unser Bestes.«

»Gute Nacht.« Pinkie wollte zu Bardos Wagen gehen.

»Halt, noch etwas, Mr. Duvall: Warum hat der Priester Ihren Mann hier niedergeschlagen?«

»Pater Kevin war bestimmt sauer auf ihn, weil er nicht rechtzeitig eingegriffen hat.« Er sah zum Auto hinüber und fügte finster hinzu: »Eine Sache, mit der ich mich gleich befassen werde.« Er winkte dem Sheriff grüßend zu, bevor er vorn einstieg.

»Wohin?«, fragte Bardo.

Pinkie war versucht, die Verfolgung des Kleinbusses aufzunehmen, aber da es mittlerweile dunkel geworden war und er nicht wusste, wohin die Entführer wollten, riskierte er, stundenlang auf diesen Landstraßen herumzukurven und nicht mehr zu erreichen, als sich hoffnungslos zu verfahren. »In meine Kanzlei.«

Bardo fuhr in Richtung Stadt davon. »Was haben Sie unserem Meisterdetektiv dort hinten erzählt?«

»Ich habe mir eine Geschichte einfallen lassen.«

»Und die hat er geglaubt?«

»Ich habe ihm keine andere Wahl gelassen. Wenn ich zugelassen hätte, dass er die Sache als Entführung behandelt, hätte er das FBI verständigt.«

»Schlecht fürs Geschäft.«

»Sehr schlecht. Außerdem sind die meist nicht imstande, mit zwei Händen den eigenen Arsch zu finden. Ich bin besser dran, wenn ich alles selbst übernehme.«

Bardo sah sich kurz zu der Gestalt auf dem Rücksitz um. »Wenigstens haben Sie keine Mordanklage am Hals. Ich habe Sie gerade noch rechtzeitig zurückgerissen.«

Errol kauerte in einer Ecke des Fonds, sichtlich mitgenommen von seinem Scharmützel mit dem Tod und einem heftigen Anfall von Übelkeit. Pinkie war tatsächlich kurz vor dem Abdrücken gewesen, als Bardo ihm in den Arm gefallen war. Er hatte Pinkie die 38er Pistole entwunden und beschwichtigend auf ihn eingeredet, bis er seinen Zorn unter Kontrolle hatte.

»Ich hätte gute Lust, dich abzuknallen!«, hatte Pinkie Errol angebrüllt, der sich zu diesem Zeitpunkt ins dürre Unkraut hinter der Tankstelle übergab. »Ich lasse dich nur am Leben, weil ich dich brauche, um sie zu finden.«

Dann war der Sheriff auf Pinkie zugetreten und hatte sich ihm vorgestellt. Er teilte ihm mit, was seine Ermittler bisher herausbekommen hatten. »Der Tankwart war so fertig, dass er am Telefon kein klares Wort hervorbrachte. Deshalb hatten meine Jungs keine Ahnung, was sie hier erwartet. Als sie dann mit den Leuten geredet haben, haben sie bald gemerkt, dass hier mehr passiert ist als bloß 'ne Kneipenschlägerei. Ich sag's nicht gern, Mr. Duvall, aber Ihre Frau ist anscheinend entführt worden.«

Nach einstündiger Diskussion war es Pinkie endlich gelungen, dem Sheriff einzureden, die Zeugen seien hysterisch und hätten nicht wirklich gesehen, was sie gesehen haben wollten. Das gehörte zu Duvalls Spezialitäten. Diese Technik hatte er in Hunderten von Gerichtsverfahren bis zur Perfektion entwickelt. Zeugen, die anfangs jeden Eid geschworen hätten, alles habe sich so abgespielt, wie von ihnen geschildert, widerriefen ihre Aussage, nachdem Pinkie Duvall sie ins Kreuzverhör genommen hatte.

»Was ist mit dem Mechaniker?«, hatte der Sheriff gefragt. »Er sagt, dass der Priester gestern in normaler Kleidung bei ihm gewesen war und sich erkundigt hat, wie man einen Kühlwasserschlauch zum Platzen bringen kann.«

Pinkie zog den Sheriff beiseite und tat so, als rauchte er einen Joint. »Sie verstehen, was ich meine?«

Der Sheriff gestand ein, die Aussage des als Kiffer bekannten Mechanikers sei vielleicht nicht unbedingt zuverlässig. Die Kundin, die während des Vorfalls an der Kasse gestanden hatte, beharrte zunächst auf ihrer Aussage, aber auch sie traute zuletzt ihren eigenen Augen und Ohren nicht mehr. Der Tankwart, den Pinkie durch alle möglichen Alternativen verwirrte, räumte ein, dem Geistlichen sei es offenbar mehr darauf angekommen, Mrs. Duvall aus der Gefahrenzone zu bringen, als ihr zu schaden. Die Raufbolde, die den Kleinbus verfolgt hatten, liefen auseinander, als sie einen Streifenwagen vor dem Café Crossroads stehen sahen. Und die im Café zurückgebliebenen Gäste wussten angeblich nix über nix und niemand.

Pinkie Duvall war eine lebende Legende. Der Sheriff hatte ihn mit den Worten begrüßt: »Ist mir 'ne große Ehre, Mr. Duvall. Ich kenne Sie aus dem Fernsehen.« Die Tatsache, dass jemand im Fernsehen erschien, wirkte auf gewöhnliche Sterbliche wie ein starker Voodoo-Zauber. Pinkie hatte den Respekt des Sheriffs schamlos ausgenützt. Seine Berühmtheit überstrahlte nicht nur das Pflichtbewusstsein des Gesetzeshüters, sondern auch seine Fähigkeit, logische Schlussfolgerungen zu ziehen.

Pinkie hatte sein Ziel erreicht, weitere Ermittlungen und eine Großfahndung zu verhindern, aber das hatte Zeit gekostet. Deshalb hatten die Entführer seiner Frau einen großen Vorsprung. Er drehte sich um und sprach Errol an.

»Wer war es?«

Errol schluckte geräuschvoll und zog die massigen Schultern bis zu den Ohrläppchen hoch. »Priester.«

»Erzähl mir nicht, dass es Priester waren«, sagte Pinkie mit leiser, drohender Stimme. »Ist in den Klumpen Scheiße, der sich als dein Gehirn ausgibt, noch nicht vorgedrungen, dass die beiden Männer nicht das sind, wofür sie sich ausgegeben haben?«

Errol reagierte nicht auf diese Beleidigung, sondern antwortete: »Ich weiß nur, dass es die gleichen Männer waren, die vor ein paar Tagen bei uns im Haus gewesen sind.«

»Wie sehen sie aus?«

»Na ja, wie…« Er wollte *Priester* sagen, verstummte jedoch, als er sah, dass Pinkies Augen sich drohend verengten. »Wie ich Ihnen schon gesagt hab, Mr. Duvall, Pater Gregory ist jung und sieht gut aus. Schlank. Dunkles Haar, schwarze Augen. Bestimmt schwul. Der Kerl hält nie die Klappe. Pater Kevin redet nicht viel, aber er bestimmt, was gemacht wird. Ganz eindeutig.«

»Wie ist er?«

»Clever und gerissen. Ich hab' ihm gleich nicht getraut. Ihn hab ich dabei erwischt, als er… äh.«

»Wobei?«

Errol sah zu Bardo hinüber. Er fuhr sich mit der Zungenspitze über die Lippen. Er rieb sich die feuchten Handflächen an den Oberschenkeln trocken. »Du hast ihn dabei erwischt, als er was getan hat?«, fragte Pinkie, wobei er jedes Wort einzeln betonte.

»Ich, äh, war auf dem Weg zum Klo. Zu dem im Erdgeschoss. Und ich ... ich hab' Pater Kevin auf der Treppe erwischt. Er ist von oben runtergekommen.«

»Er war oben? Er war im Obergeschoss meines Hauses, und du hast mir nichts davon erzählt?«

Bardo pfiff leise durch die Zähne.

»Er hat gesagt, dass er oben aufs Klo gehen musste, weil unten kein Papier war. Ich hab nachgesehen. Der Klopapierhalter war tatsächlich leer.«

»Was für ein Detektiv!« Bardo schnaubte verächtlich. »Sie und Nancy Drew.«

»Maul halten!«, knurrte Duvall. »Wie sieht dieser Dreckskerl aus? Körperlich.«

Errol beschrieb den Mann: überdurchschnittlich groß, sehnig, schlank, regelmäßige Gesichtszüge, keine sichtbaren Narben, keine besonderen Kennzeichen, bartlos.

»Augenfarbe?«

»Schwer zu sagen. Er trägt eine Brille.«

»Haar?«

»Dunkel, glatt nach hinten gekämmt.«

Die Personenbeschreibung traf auf hundert Männer aus Pinkies weitem Freundes-, Bekannten- und Feindeskreis zu. »Wer er auch ist – er hat nicht mehr lange zu leben.«

Niemand eignete sich etwas an, was Pinkie Duvall gehörte, und kam ungestraft davon. Und dieser Dreckskerl hatte ihm seinen kostbarsten Besitz geraubt. Wenn er ihr etwas antat ... Wenn er sie auch nur berührte ... Er genoss die Vorstellung, den unbekannten Mann mit bloßen Händen zu erwürgen.

Bardo unterbrach Pinkies mörderischen Tagtraum. »Das versteh ich nicht – zwei Geistliche, einer davon schwul, entführen eine Frau. Was wollen sie mit ihr?«

»Sie haben's nicht auf Remy abgesehen. Sondern auf mich.«

Dafür hatte Pinkie keinen Beweis; er hätte seine Schlussfolgerung auch nicht logisch begründen können. Aber er wusste, dass er recht hatte.

»Schieb, verdammt noch mal!«
»Ich schiebe doch schon.«

Gregory war ebenso unbrauchbar, wenn es darum ging, einen Kleinbus in einem sumpfigen Bayou zu versenken, wie bei jeder anderen Tätigkeit. Burke forderte ihn auf, sich mehr ins Zeug zu legen. Die beiden Männer stemmten sich nochmals mit aller Kraft gegen das Fahrzeug, um es über den weichen Boden zu schieben. Endlich rollte es mehrere Meter weit vorwärts. Burke glaubte schon, sie hätten es geschafft. Aber dann blieb der Bus im Bodenschlamm des sumpfigen Flussarms stecken und ging nicht unter.

»Was machen wir jetzt?«
»Wir lassen ihn stehen«, antwortete Burke knapp. »Irgendwann wird er zwar gefunden, aber bis dahin weiß Duvall, wer seine Frau entführt hat.«

Burke ignorierte Gregorys Jammern, während sie über das sumpfige Gelände zu Dredds Pick-up zurückstapften. Er hatte ihn zu dieser abgelegenen Stelle gefahren, und Gregory war ihm mit dem Bus gefolgt. Unterwegs hatte Burke den Rückspiegel wachsam im Auge behalten. Nach jeder Kurve war er langsamer gefahren, bis die Busscheinwerfer wieder hinter ihm auftauchten. Er war darauf gefasst, dass Gregory jederzeit durchdrehen konnte. Aber was der junge Mann dann tun würde, ließ sich unmöglich voraussagen.

Jetzt kletterte er fügsam in den Pick-up, der sie zurückbringen würde. Burke folgte einer kurvenreichen Straße durch ein weites Sumpfgebiet. Die aus dem Wasser ragenden verdickten Stämme von Sumpfzypressen rückten bis fast an den Fahrbahnrand heran. Über der Straße wölbte sich ein Dach aus tief herabhängenden Nadelzweigen, an denen spanisches Moos wuchs. Tagsüber erinnerten die Äste an die mit Spitzenschleiern drapierten Arme einer knicksenden Südstaatenschönheit, nachts hatten sie unheimliche Ähnlichkeit mit den Knochenarmen eines Skeletts, das sein zerfetztes Leichentuch hinter sich herzog. Das Scheinwerferlicht ließ zwischendurch immer wieder die Augen von Nachttieren erglühen, die vor ihnen aus dem Weg hasteten oder in den Sumpf zurückglitten.

Burke fuhr sicher, aber schnell. Er machte sich Sorgen um die Patientin.

Dredd hatte sie mit einem selbstgebrauten Trank narkotisiert. Weiß der Teufel, was der alles enthalten haben mochte. Aber was immer die Zutaten waren, sie hatten gewirkt. Sie hatte tief geschlafen, während Dredd die Schrotkugeln aus ihrem Rücken und ihrer linken Schulter herausgeholt hatte. Dabei hatte er auch mehrere Glassplitter entfernt.

Die kleinen Wunden hatten stark geblutet, aber Dredd hatte sie sorgfältig desinfiziert und dann mit einer Salbe bestrichen, die seiner Aussage nach heilend und stark schmerzlindernd wirken würde. Während er die Wunden versorgte, war Burke nicht von seiner Seite gewichen, was Dredd noch reizbarer als sonst gemacht hatte.

Schließlich hatte er Burke fast mit Gewalt aus dem Zimmer geschoben und ihn ermahnt, den Kleinbus zu beseitigen, bevor der gesamte Süden Louisianas morgen Vormittag über Dredds Laden herfiel. »Nichts ist schlechter fürs Geschäft, als wenn Streifenwagen vor dem Laden parken.«

Also war Burke weggefahren – widerstrebend, aber mit dem Bewusstsein, dass sein Freund recht hatte, was die Beseitigung des Fahrzeugs betraf. Nachdem das jetzt erledigt war, hatte er es eilig, zurückzufahren und nach Mrs. Duvall zu sehen.

»Du hast mich ausgenützt.«

»Was?« Als der junge Mann seine Aussage verdrießlich wiederholte, antwortete Burke: »Du hast unseren Deal akzeptiert, Gregory.«

»Als wir den Deal abgeschlossen haben, hast du mir nicht gesagt, dass dazu auch Waffengebrauch und Entführung gehören.«

»Was hast du denn gedacht, was passieren würde, als wir Remy Duvall heute abgeholt haben?«

»Ich dachte, du würdest sie bequatschen, eine Menge Geld für dieses angebliche Kinderheim zu spenden. Ich dachte, du würdest Pinkie Duvall betrügen, ihn mit Gaunertricks wie in dem Film *Der Clou* abzocken. Aber ich hätte nie gedacht, dass du seine Frau entführen würdest!«

»Du bist selbst schuld daran, dass du in die Entführung mit reingezogen wurdest. Wenn du nicht diesen Typ angemacht hättest, hätte ich dich im Café Crossroads zurückgelassen. Ich wollte Errol und dich dort abschütteln. Aber nein, du hast dich an diesen Kerl ranmachen müssen. Du kannst jetzt schmollen, so viel du willst, aber von mir brauchst du kein Mitleid zu erwarten. Nur weil du so pervers bist, wurde Mrs. Duvall angeschossen. Du bist schuld, dass wir alle beinah draufgegangen wären.«

»Ich bin auch verletzt«, schluchzte Gregory.

»Pech gehabt. Wenn ich nicht anderweitig beschäftigt gewesen wäre, hätte ich dich selbst erwürgt. Halt jetzt die Klappe, sonst tue ich's noch!«

»Du bist gemein. Richtig gemein.«

Burke lachte humorlos. »Gregory, du hast mich noch nie gemein erlebt.«

Als sich dem jungen Mann ein weiterer schluchzender Hickser entrang, verspürte Burke einen Anflug von Mitleid. Gregory war in eine schlimme Sache hineingeraten. Was ihm anfangs als Filmdrehbuch erschienen sein mochte, hatte sich rasch in einen regelrechten Alptraum verwandelt. Burke hatte vorgehabt, ihn morgen sicher in die Stadt zurückbringen zu lassen. Wenn er dort untergetaucht wäre, bis sein Gesicht abgeheilt war, wäre ihm nichts passiert. Niemand kannte seine wahre Identität. Er würde nie wieder als Pater Gregory auftreten. Keiner würde vermuten, der drittälteste Sohn einer prominenten Familie sei an einer gewagten Entführung beteiligt gewesen. Außerdem wäre Duvall hinter ihm her, nicht hinter Gregory. Gregory hatte nichts zu befürchten.

Gregory schmollte weiter und murmelte vor sich hin, bis er einnickte. Burke rüttelte ihn wach, als sie Dredds Haus erreichten. »Soll Dredd dein Gesicht verarzten?«

»Du spinnst wohl? Ich denke nicht daran, mich von diesem Waldschrat anfassen zu lassen.« Er sah zu dem seltsamen Bau am Ende des Bootsanlegers hinüber und schüttelte sich leicht.

»Wie du willst«, sagte Burke und stieg aus. »Im Wohnzimmer steht eine Couch. Ich schlage vor, dass du etwas zu schlafen versuchst.«

Burke fiel auf, wie mühsam Gregory aus dem Pick-up kletterte. Obwohl der junge Mann es abgelehnt hatte, sich verarzten zu lassen, würde er Dredd bitten, Gregory ein Schmerzmittel zu geben. Er fand ihren Gastgeber noch immer an Mrs. Duvalls Bett.

»Wie geht's ihr?«

»Sie schläft wie ein Baby.«

Burke zuckte unwillkürlich zusammen, weil dieses Wort ihn an ihre Beichte und das Baby erinnerte, das sie verloren hatte. Dredd hatte die Glühbirne ausgeknipst, aber auf der rohen Holzkommode brannte eine flackernde Kerze. Sie schlief auf dem Bauch und hatte ihren Kopf zur Seite gedreht, so dass eine Wange sichtbar war, während die andere im Kissen vergraben war. Ihr Haar war aus dem Gesicht zurückgestrichen und über das Kopfkissen gebreitet. Dredd verstand sich auch auf solche Dinge.

Ihre Wunden bluteten nicht mehr. Sie waren sehr schmerzhaft, aber doch nur oberflächlich gewesen. Trotzdem fragte Burke sich, ob Narben zurückbleiben würden. Das wäre schade gewesen, denn ihre Haut war makellos und wirkte fast durchsichtig. Er dachte an den ersten Abend zurück, an dem er sie in dem Pavillon gesehen hatte. Sie erschien ihm auch jetzt nicht realer als damals.

»*C'est une belle femme.*«

»Ja, das ist sie.«

»Hat diese Erscheinung auch einen Namen?«

Burke drehte sich um und sah in Dredds runzliges Gesicht. »Mrs. Pinkie Duvall.«

Es gab keinen Aufschrei, der Burkes Geisteszustand anzweifelte, keinen ungläubigen Ausruf, er wurde weder mit Fragen noch mit lautstarken Forderungen nach einer Erklärung bombardiert. Dredd starrte Burke nur lange prüfend an, dann nickte er. »Im Wandschrank steht eine Flasche Whiskey. Bedien dich.« Er ging zur Tür.

»Der Mann dort draußen hat Schmerzen.«

Dredd machte eine Handbewegung, die zeigen sollte, dass er verstanden hatte, blieb aber nicht stehen.

Burke holte sich den Whiskey aus dem Schrank und stellte erleichtert fest, dass es ein Markenprodukt und kein schwarzgebrannter Whiskey aus einem Krug war. Der einzige Stuhl im Zimmer hatte wackelige Holzbeine und eine aus Schilf geflochtene Sitzfläche, die Nagetiere angeknabbert hatten, aber Burke zog ihn ans Bett und setzte sich vorsichtig darauf.

Er hatte seit dem Frühstück vor fast vierundzwanzig Stunden nichts mehr gegessen. In Dredds Küche hätte er bestimmt etwas Essbares finden können, aber er war so müde, dass er lieber darauf verzichtete. Er saß eine Zeitlang einfach nur da, beobachtete die friedlich Schlafende, sah zu, wie ihr Rücken sich bei jedem Atemzug leicht hob und senkte, und kam sich wie ein Widerling vor, weil er sich vorstellte, wie ihr Busen unter ihrem Körper flachgedrückt wurde.

Er hatte sie ritterlich und mit aller gebotenen Zurückhaltung entkleidet. Mit der gebotenen Zurückhaltung. Das bedeutete nicht, dass er nichts gesehen hatte. Gott, wie denn auch nicht? Wenn man Gelegenheit bekommt, die Frau seiner Träume nackt zu sehen, sieht man natürlich hin. Man begutachtet ihren Busen und stellt fest, dass die Brustspitzen wohlgeformt, aber sehr blass sind. Wie hätte er ihre halterlosen Strümpfe nicht wahrnehmen sollen? Er war schließlich nicht blind. Und ihren Slip, der so durchsichtig war, dass sie genauso gut keinen hätte tragen können?

Er trank zwei große Schlucke Whiskey rasch nacheinander. In seinem leeren Magen brannten sie wie Feuer.

Ihr rechter Arm lag so neben ihr, dass die geöffnete Handfläche nach oben zeigte. Er sah die roten Eindrücke, die der Schlüsselring zurückgelassen hatte, als er ihre Hand um den Ring herum zusammengepresst hatte. Burke konnte der Versuchung nicht widerstehen, eine Hand auszustrecken und die grausamen Spuren mit der Fingerspitze zu berühren. Reflexartig schlossen sich ihre Finger. Er riss schuldbewusst seine Hand zurück.

Der dritte Schluck brannte schon viel weniger schlimm.

Sein Blick glitt wieder zu ihrem Gesicht hinauf. Ihre Lider blieben geschlossen. Ihre Lippen waren entspannt und leicht geöffnet. Aus einem Mundwinkel war etwas Speichel gelaufen, der durch Blut aus der Platzwunde an ihrer Lippe rosa verfärbt war. Er berührte ihn wie zuvor mit der Spitze seines kleinen Fingers und ließ die Feuchtigkeit dort trocknen.

Er nahm einen weiteren Schluck aus der Whiskeyflasche.

Nun, er hatte es getan. Er hatte ein Verbrechen verübt, das vom Bund verfolgt wurde. Sein Leben hatte sich unwiderruflich verändert. Selbst wenn er Mrs. Duvall morgen zurückbrachte, konnte Burke Basile nicht einfach so weiterleben wie früher. Für ihn gab es kein Zurück mehr. Er hatte alle Brücken hinter sich verbrannt.

Eigentlich hätte er wohl mehr Schuldbewusstsein, Scham und Angst empfinden müssen, als er tatsächlich empfand.

Vielleicht machte der Whiskey einfach zu dumm, um die Konsequenzen zu fürchten, die ihn erwarteten. Aber als er einschlief, während er auf Remy Duvalls leise Atemzüge horchte, fühlte er sich verdammt gut.

22. Kapitel

»Was soll das heißen – er ist weg?«

Nach nur wenigen Stunden Schlaf auf dem unbequemen Holzstuhl hatte Burke einen steifen Hals, sein Rücken fühlte sich an, als wäre eine Armee darüber marschiert, von dem Whiskey waren dumpfe Kopfschmerzen zurückgeblieben, und der neue Tag warf das kalte Licht der Realität auf die Tatsache, dass Burke die Linie zwischen Gesetzeshüter und Gesetzesbrecher überschritten hatte.

»Schrei mich nicht an!«, knurrte Dredd. Er gebrauchte eine langzinkige Gabel, um ein Stück Fleisch umzudrehen, das er in einer Pfanne briet. »Er ist dein Priester, nicht meiner.«

»Er ist kein Priester.«

»Ach, was du nicht sagst.«

Burke, der sich eine Schläfe massierte, runzelte bei diesem sarkastischen Tonfall die Stirn. »Er heißt Gregory James und ist ein arbeitsloser Schauspieler. Unter anderem.«

»Er kann sein, was er will«, sagte Dredd aufgebracht, »jedenfalls ist er ein verdammter Dieb. Er hat mir meine beste Piroge geklaut.«

Burke ließ die Hand sinken. »Soll das heißen, dass er in die Sümpfe abgehauen ist?« Die Idee, Gregory James stake einen Einbaum durch die lebensgefährlichen Sümpfe, war unvorstellbar. »Er ist doch nie näher an die Sümpfe herangekommen als heute Nacht, als wir versucht haben, den Bus zu versenken. Dort draußen kann er unmöglich allein überleben!«

»Vermutlich nicht«, sagte Dredd und schüttelte dabei seinen langen grauen Pferdeschwanz.

Ohne auf die Jahreszeit zu achten, trug er zerschlissene, an den Knien abgeschnittene Jeans. Kein Hemd und keine Schuhe. Seine hornhautgepanzerten Füße erinnerten an Hufe, wenn sie über das aufgewölbte Linoleum schlurften. In der Stadt hätte er überall Aufsehen erregt, aber diese seltsame Aufmachung passte in seine selbstgeschaffene Umgebung. Ein zerschlissener, ausgebleichter Union Jack diente als Vorhang. Der Küchenherd, dessen Abzug durch die Wand ins Freie ragte, stand am Ende der Ladentheke, an der Dredd Bier, Tabak und Lebendköder verkaufte, und nicht weit von seinem Arbeitsplatz als Tierpräparator entfernt. Das Ganze war der Alptraum eines Gesundheitsinspektors, aber Dredds eingeschränkter Kundenkreis achtete vermutlich nicht auf solche Kleinigkeiten.

Gregorys Überlebenschancen betrachtete er philosophisch. »Ich hoffe bloß, dass mein Boot hierher zurücktreibt, wenn er in der Nahrungskette als Nächster drankommt. Willst du was zum Frühstück?«

»Was gibt's denn?«

»Bist du hungrig oder wählerisch?«

»Hungrig«, antwortete Burke widerstrebend.

Dredd verteilte das gebratene Fleisch auf zwei Teller und übergoss es mit einer Sauce, die er aus dem Fleischsaft, einer Handvoll Mehl und etwas Milch gemacht hatte. Dazu gab es Weißbrot und starken Kaffee, der à la New Orleans zum Teil aus Zichorie bestand.

»Als du dich gewaschen hast, habe ich nach Remy gesehen«, murmelte Dredd mit vollem Mund.

Burke hörte zu essen auf und sah ihn fragend an.

»Sie hat mir ihren Namen gesagt.«

»Sie ist wach?«

»Immer mal wieder.«

Burke nahm den letzten Rest Sauce mit etwas Brotrinde auf und stellte überrascht fest, dass sein Teller tatsächlich leer war. Das undefinierbare Fleisch war unglaublich schmackhaft gewesen, aber andererseits verstand Dredd sich auf Gewürze so gut wie auf die Wurzeln und Kräuter, aus denen er seine Naturheilmittel zubereitete. Er schob den leergegessenen Teller beiseite und griff nach dem Kaffeebecher. »Sie hat sich nachts kaum bewegt, glaube ich.«

»Die Wirkung des Beruhigungsmittels ist abgeklungen. Als ich ihre Wunden versorgt habe, habe ich sie gleich noch ein Glas trinken lassen. Davon müsste sie so ziemlich den ganzen Tag schlafen.«

»Wann ist sie transportfähig?«

Dredd, der jetzt ebenfalls aufgegessen hatte, machte sich auf die Suche nach Zigaretten. Er fand eine Packung, zündete sich eine Zigarette an, nahm einen Zug und behielt den Rauch längere Zeit in seiner Lunge. »Es geht mich ja nichts an, aber was zum Teufel machst du mit Pinkie Duvalls Frau?«

»Ich habe sie entführt.«

Dredd räusperte sich, zog noch mehrmals an seiner Zigarette und klaubte sich Brotkrümel aus dem Bart. Zumindest hoffte Burke, dass es Brotkrümel waren. »Aus irgendeinem bestimmten Grund?«

»Rache.«

Burke erzählte seine Geschichte – von der Nacht, in der

Wayne Bardo ihn durch einen Trick dazu gebracht hatte, Kevin Stuart zu erschießen, bis zu ihrer haarsträubenden Flucht vor einer Horde wutschäumender Raufbolde. »Als ich gesehen habe, dass sie verletzt war, habe ich sofort an dich gedacht. Ich habe nicht gewusst, wo das nächste Krankenhaus ist, und wir waren nur ein paar Meilen von hier entfernt. Ich weiß, wie wertvoll dir ein beschauliches Leben hier ist. Tut mir echt leid, dich da reingezogen zu haben, Dredd.«

»Schon gut.«

»Die Sache ist bloß, ich weiß, dass ich dir vertrauen kann.«

»Du vertraust mir, ha? Vertraust du mir genug, um dir von mir die Wahrheit sagen zu lassen?«

Burke wusste genau, was kommen würde, aber er nickte Dredd zu, er solle seine Meinung sagen.

»Du musst völlig übergeschnappt sein, Basile. Die Polizei könnte dich einsperren, aber das ist nichts gegen das, was dir von Duvall droht. Weißt du überhaupt, mit wem du dich da angelegt hast?«

»Besser als du.«

»Dir ist es also egal, dass Pinkie Duvall dich wie ein Wildschwein ausweiden und deinen Kadaver für die Bussarde liegen lassen wird?«

Burke grinste schief. »Autsch!«

Dredd hatte seine Frage keineswegs witzig gemeint. Während er sich die nächste filterlose Zigarette anzündete, schüttelte er irritiert den Kopf. »Bevor die Sache vorbei ist, liegt irgendwer tot da.«

»Darüber bin ich mir im Klaren«, antwortete Burke. Er lächelte nicht mehr. »Mir wär's lieber, wenn's nicht mich träfe, aber wenn doch...« Er zog vielsagend eine Schulter hoch.

»Du hast ohnehin nichts mehr, wofür es sich zu leben lohnt. Versuchst du, mir das zu erzählen? Du hast deinen eigenen Partner erschossen, mit deiner Karriere ist Schluss, deine Ehe ist gescheitert – wofür also weiterleben? Trifft es das in etwa?«

»So ähnlich.«

»Bock...mist.« Dredd teilte das Schimpfwort in zwei deutlich getrennte Silben auf, während er einen Tabakkrümel ausspuckte. »Jeder hat etwas, wofür es sich zu leben lohnt – und wenn's nur der nächste Sonnenaufgang ist.« Er beugte sich über den Tisch und benutzte seine Zigarette als Ersatz für einen mahnend erhobenen mütterlichen Zeigefinger. »Du hast Stuart *versehentlich* erschossen. Du hast bei der Polizei gekündigt, nicht sie dir. Du hast eine miserable Ehe geführt. Es war höchste Zeit, dass du diese Frau losgeworden bist. Ich hab sie ohnehin nie gemocht.«

»Ich habe dir nicht Details aus meinem Privatleben anvertraut, damit du sie mir jetzt an den Kopf wirfst.«

»Pech gehabt! Okay, ich sollte es vielleicht nicht tun. Aber das Recht dazu habe ich mir verdient, als du gestern Abend hier reingeplatzt bist und mir eine blutende Frau aufgehalst hast. Außerdem«, fügte Dredd knurrig hinzu, »mag ich dich irgendwie und möchte nicht zusehen müssen, wie du dich umbringen lässt.«

Sein strenger Gesichtsausdruck wurde weicher, obwohl Mitgefühl nicht zu seiner Aufmachung passte. »Glaub mir, ich weiß, wovon ich rede, Basile. Man kann echt in die Scheiße geraten, aber Leben ist Leben, und tot ist tot. Für immer. Es ist noch nicht zu spät, den Köder abzuschneiden und einen Rückzieher zu machen.«

Dredd gehörte zu den wenigen Männern, die Burke wirklich achtete, und er wusste, dass dieses Gefühl auf Ge-

genseitigkeit beruhte. »Ein vernünftiger Rat, Dredd. Und ich weiß, dass du's gut mit mir meinst. Aber was auch passiert, ich muss Wayne Bardo und Pinkie ohne Rücksicht auf die Konsequenzen bestrafen oder bei dem Versuch umkommen.«

»Das verstehe ich nicht. Warum?«

»Ich habe dir gesagt, warum. Aus Rache.«

Dredd starrte ihn durchdringend an. »Nein, das nehm ich dir nicht ab.«

»Sorry.« Burke griff nach seinem Kaffeebecher und nahm einen Schluck, um anzudeuten, das Thema sei beendet.

Dredd erkannte offenbar, dass weitere Erörterungen zwecklos waren. Er klemmte sich seine Zigarette in den Mundwinkel, stand auf, räumte den Tisch ab und stellte das Geschirr in den Ausguss. »Was hast du mit ihr vor?«

»Nichts, ich schwör's dir. Sie ist durch meine Schuld verletzt worden, und das tut mir verdammt leid. Ich hatte nie vor, sie auch nur anzurühren. Das täte ich nie. Du weißt, dass ich das niemals täte.«

Dredd drehte seinen haarigen Kopf zur Seite und warf ihm einen vielsagenden Blick zu.

»Was?«

»Du gelobst ja verdammt viel auf meine Frage hin.«

Burke sah weg, als könnte er Dredds forschenden Blick nicht ertragen. »Mir geht's nicht um sie, mir geht's um ihn.«

»Okay, okay, ich glaube dir«, sagte Dredd. »Ich hab nur gemeint: Wo willst du sie unterbringen, bis Duvall angebissen hat? Das ist bloß eine Vermutung. Du benutzt sie als Lockvogel, stimmt's?«

»Mehr oder weniger. Ich bringe sie in meine Fischerhütte.«

Burke benutzte seine Hütte nur ein-, zweimal pro Jahr, wenn er das Glück hatte, ein paar Tage Urlaub machen zu können. Vor jedem dieser Besuche kam er bei Dredd vorbei, um Lebensmittel, Bier und Köder einzukaufen.

Dredds kleiner Laden lag ziemlich einsam, aber für Angler und Jäger, die sich in dem Labyrinth aus Bayous – Louisianas sumpfigen Flussarmen – auskannten, war er ein wohlbekanntes Wahrzeichen. Für Autofahrer war er nur über eine Schotterstraße zu erreichen. Die meisten seiner Kunden benutzten das Hauptverkehrsmittel dieses Gebiets: Boote.

Dredd machte nicht viel Geld, andererseits brauchte er auch nicht viel. Den größten Teil seines Einkommens verdiente er in der Jagdsaison. Er jagte Alligatoren und verkaufte dann ihre Häute. Nebenbei verdiente er sich etwas Geld als Tierpräparator.

»Wer weiß sonst noch von deiner Hütte?«, fragte Dredd.

»Nur Barbara, aber sie weiß nicht, wo sie liegt. Sie ist nie mit mir draußen gewesen, weil ihr allein schon der Gedanke daran zuwider war.«

»Sonst noch jemand?«

»Mein Bruder Joe ist ein paarmal übers Wochenende mit mir zum Angeln rausgefahren. Unser letzter Angelausflug liegt allerdings schon Jahre zurück.«

»Du hast Vertrauen zu ihm?«

Burke lachte. »Zu meinem *Bruder?* Natürlich habe ich Vertrauen zu ihm.«

»Wie du meinst. Was ist mit dem jungen Kerl, diesem Gregory?«

»Er ist harmlos.«

»Und du bist ein verdammter Narr«, sagte Dredd grob. »Nehmen wir mal an, er hätte Glück und käme aus den

Sümpfen heraus, bevor ihn ein Alligator erwischt. Nehmen wir mal an, er würde sich überlegen, was Pinkie Duvall täte, wenn er ihn in die Finger bekäme. Nehmen wir mal an, er würde beschließen, sich an Duvall zu wenden und dich zu verraten, um seine eigene Haut zu retten.«

»Das macht mir keine Sorgen.«

»Warum nicht?«

»Weil Gregory ein Feigling ist.«

»Er war tapfer genug, um meine Piroge zu stehlen und in die Sümpfe abzuhauen.«

»Das hat er nur getan, weil er mich mehr fürchtet als die Elemente. Gregory hat Angst, ich könnte ihn wegen seines Verhaltens im Crossroads immer noch umbringen. Das habe ich ihm oft genug angedroht; vielleicht glaubt er, ich hätte es ernst gemeint. Jedenfalls wird er überleben. Dieser Junge ist gegen alle Gefahren gefeit. Wenn ihn die Sümpfe dann wieder ausspucken, rennt er so schnell und so weit, wie er nur kann. Aber zu Duvall geht er nicht.«

»Wie willst du dich mit ihm in Verbindung setzen?«

»Mit wem, mit Duvall? Nein, die Sache funktioniert andersrum, Dredd. Er soll sich mit mir in Verbindung setzen.«

»Wie soll er das denn hinkriegen?«

»Sein Problem. Jedenfalls bringe ich dich durch meine Anwesenheit in Gefahr. Deshalb zurück zu meiner ursprünglichen Frage: Wann ist sie transportfähig?«

Douglas Patout nahm langsam seine Füße vom Schreibtisch und stellte sie auf den Fußboden. Neben seinem Ellbogen begann sein Kaffee abzukühlen. Er las den Zeitungsbericht dreimal durch.

Die Meldung war unscheinbar; ihr Text nahm nicht mehr als fünfzehn Zentimeter einer Spalte auf Seite zwanzig der *Times Picayune* ein. Sie berichtete kurz über eine Schlägerei im Café einer Tankstelle im Jefferson Parish. Daran beteiligt gewesen waren zwei katholische Priester, die Ehefrau eines bekannten Anwalts aus New Orleans und ihr Leibwächter. Nach Auskunft eines Sprechers des Sheriffs war der Zwischenfall ohne irgendwelche Festnahmen beigelegt worden.

Zwei Aspekte dieses scheinbar belanglosen Berichts erregten Patouts Aufmerksamkeit. Erstens: Wie viele Ehefrauen bekannter Anwälte aus New Orleans hatten Leibwächter? Zweitens: Augenzeugen war aufgefallen, dass einer der nicht namentlich genannten Priester die seltsame Angewohnheit hatte, die Finger seiner rechten Hand reflexartig zu strecken.

Patout drückte eine Taste seiner Gegensprechanlage. »Könnten Sie einen Augenblick zu mir reinkommen?«

Keine sechzig Sekunden später kam McCuen mit der für ihn typischen Lässigkeit hereingeschlendert. »Was gibt's?«

»Hier, lesen Sie das.«

Patout schob die Zeitung über den Schreibtisch und deutete auf den Bericht, den er meinte. Mac überflog ihn und hob den Kopf. »Und?«

»Kennen Sie jemand, der die seltsame Angewohnheit hat, die Finger seiner rechten Hand reflexartig zu strecken?«

Mac ließ sich in den Besuchersessel vor dem Schreibtisch seines Vorgesetzten sinken. Er las den Zeitungsbericht nochmals. »Ja, aber der ist ja wohl kein Geistlicher.«

»Wann haben Sie ihn zuletzt gesehen?«

»Ich habe Ihnen davon erzählt, erinnern Sie sich? Vor ein paar Tagen war er zum Abendessen bei mir.«

»Wie hat er gewirkt?«

»Wie unser guter alter Basile.«

»Wie unser guter alter Basile, der seinen guten alten Groll gegen Pinkie Duvall hegt?«

Mac warf einen Blick auf die Zeitung. »Ach, Scheiße.«

»Ja.« Patout rieb sich den Kopf, als wäre er wegen der größer werdenden kahlen Stellen dort oben besorgt. »Hat Burke irgendwelche Andeutungen darüber gemacht, was er in letzter Zeit getan hat?«

»Er hat nicht viel geredet. Aber sonderlich redselig war er ja noch nie. Er lässt sich nicht gern in die Karten sehen. Er hat nur gesagt, er wolle für einige Zeit verreisen, um in Ruhe über seine Zukunft nachzudenken.«

»Allein?«

»Das hat er gesagt.«

»Wohin?«

»Wollte er sich noch überlegen.«

»Wissen Sie, wo er zu erreichen ist?«

»Nein.« Mac lachte nervös. »Hören Sie, Patout, das ist doch verrückt. Der Kerl mit der seltsamen Angewohnheit war ein katholischer Geistlicher. Und die Frau wird nicht ausdrücklich als Mrs. Duvall identifiziert. Sie kann's nicht gewesen sein. Auch mit Leibwächtern würde Duvall sie nicht näher als fünfzig Meter an Burke Basile herankommen lassen.«

»Stimmt. Die beiden sind Erzfeinde.«

»Auch wenn sie es nicht wären. Soviel ich weiß, ist sie zum Anbeißen und viel jünger als Duvall.«

Patout zog die Augenbrauen hoch und nickte Mac zu, er solle weitersprechen.

»Nun, Burke ist der starke, schweigsame Typ, auf den viele Frauen fliegen. Er ist kein Schönling wie Brad Pitt, aber Toni findet ihn sehr attraktiv. Ich habe immer geglaubt, sein Sex-Appeal beruhe auf seinem Schnurrbart, aber offensichtlich hat er noch andere Qualitäten. Er hat irgendwas an sich, was nur Frauen...«

»Er hat sich den Schnurrbart abrasiert?« Patouts Magennerven verkrampften sich.

»Habe ich das nicht erwähnt?«

Patout stand auf und griff nach seiner Anzugjacke am Garderobenständer.

Mac beobachtete ihn verwirrt. »He, was ist los? Wohin wollen Sie?«

»In den Jefferson Parish«, sagte Patout über die Schulter hinweg, während er hinaushastete.

Trübes Rinnsteinwasser beschmutzte die Reifen von Bardos Wagen, als er am Randstein hielt. »Hier ist es.«

Pinkie betrachtete das Gebäude angewidert. In einer ähnlich heruntergekommenen Wohngegend, in einer ähnlich heruntergekommenen Absteige hatte er damals Remy mit ihrer Mutter und ihrer kleinen Schwester entdeckt. »Verwahrlost« war ein noch zu freundlicher Ausdruck dafür.

Er hatte sich die ganze Nacht lang mit Bardo und anderen beraten und versucht, Remys Entführer, die sich als Priester ausgegeben hatten, zu identifizieren. In seinem Untergrundnetzwerk liefen wegen der Entführung die Drähte heiß. Er hatte eine hohe Belohnung für jeden ausgesetzt, der sich mit brauchbaren Informationen meldete.

Bei einer der zahlreichen Wiederholungen seines Berichts über den Ablauf der Entführung fiel Errol etwas ein, was er bisher nicht erwähnt hatte: »Der Kerl, der sich Pater Kevin genannt hat, hätte den anderen am liebsten selbst vermöbelt. Ich hab gehört, wie er von Gefängnis gesprochen hat.«

»Gefängnis?«

»Ja. Ich weiß nicht mehr genau, was er gesagt hat, weil ich damit beschäftigt war, meine Pflicht zu tun und Mrs. Duvall rauszubringen. Aber irgendwas hat mich auf die Idee gebracht, Pater Gregory könnte schon mal wegen solchen Sachen gesessen haben.«

Der Leibwächter war so verzweifelt bemüht, sich wieder bei ihm einzuschmeicheln, dass Pinkie sich fragte, wie zuverlässig seine Aussage war. Es war denkbar, dass ein ehemaliger Häftling versuchte, sich für eine längst vergessene Kränkung zu rächen; ebenso denkbar war jedoch, dass Errol diese Geschichte nur erfunden hatte, um seinen Arsch aus der Schusslinie zu kriegen. Aber da Pinkie jedem Hinweis nachgehen musste, ließ er einen seiner Informanten bei der Polizei eine Liste von Sexualtätern zusammenstellen, die wiederholt eingebuchtet worden waren.

Eine Mitarbeiterin einer Telefongesellschaft, die ein Anwaltshonorar abzuarbeiten hatte, sollte den Standort des Telefons feststellen, dessen Nummer auf der Visitenkarte mit dem Logo von Jenny's House – das nicht existierte, wie Pinkie inzwischen wusste – angegeben war. Seine Sekretärin hatte sich in seinem Auftrag über den Laden informiert, war jedoch offenbar von sehr cleveren Leuten getäuscht worden.

Als sie nun vor weniger als einer halben Stunde erfahren hatten, dass die Nummer auf der Visitenkarte zu einem Münztelefon in diesem Gebäude gehörte, hatte Bardo hastig ein Team aus vier Männern zusammengestellt, das ihnen in einem zweiten Wagen folgte.

Pinkie hatte darauf bestanden, Bardo zu begleiten. Er wollte diesen dreisten Priestern ins Auge sehen, wenn sie starben. Jetzt sprang er, von Adrenalin und Empörung befeuert, aus dem Wagen auf den mit Abfällen übersäten Gehsteig. Bardo postierte zwei der Männer am Hauseingang und schickte die beiden anderen auf die Rückseite des Gebäudes, falls die Entführer versuchten, Remy durch einen Hinterausgang fortzuschaffen.

Pinkie und Bardo stiegen über einen im Hauseingang schlafenden Obdachlosen hinweg und betraten das Gebäude. Pinkie hatte das eigenartige Gefühl, von außen gesteuert zu werden und genau das zu tun, was der Entführer wollte. Der Standort des Telefons war allzu leicht zu ermitteln gewesen. Wer eine so raffinierte Entführung geplant hatte, hätte dieses grundsätzliche Detail nicht übersehen dürfen. Deshalb fragte Pinkie sich, ob dahinter Absicht steckte.

Andererseits wusste er aus Erfahrung, dass selbst die cleversten Ganoven durch die dümmsten Fehler aufflogen.

Links neben dem Eingang befand sich der ehemalige Empfang, der aber unbesetzt war. Bardo durchquerte die heruntergekommene Eingangshalle, trat vor das Münztelefon an der Wand und kontrollierte die Nummer. Als er den Kopf schüttelte, deutete Pinkie nach oben.

Sie stiegen leise die Treppe hinauf. Als sie den Treppenabsatz im ersten Stock erreichten, sahen sie etwa in der Mitte des schmalen, graffitiverzierten Flures ein weiteres Münztelefon. Die Beleuchtung war so trüb, dass Bardo sein Feuerzeug an das verkratzte Sichtfensterchen auf der Vorderseite des Apparats halten musste, um die Nummer ablesen zu können. Ein hochgereckter Daumen signalisierte Pinkie, dass er fündig geworden war.

Pinkies Blutdruck stieg gewaltig an. Er deutete mit seinem Kinn auf die Tür am Ende des Flurs. Als Bardo auf seine halblaute Aufforderung, die Tür zu öffnen, keine Antwort bekam, trat er die Tür ein. In dem Raum dahinter lag ein sinnlos betrunkener Mann quer über dem Bett. Von Remy keine Spur. Der Zustand des Betrunkenen und die leeren Bourbonflaschen, von denen er umgeben war, bewiesen ihnen, dass dies nicht ihr Mann war. Außerdem war er dicklich, schweinchenrosa und Mitte sechzig, was nicht zur Personenbeschreibung der beiden angeblichen Geistlichen passte.

Das zweite Zimmer war leer und anscheinend schon längere Zeit unbewohnt. Im dritten Zimmer schrak eine Frau entsetzt vor ihnen zurück und begann laut und rasend schnell auf Spanisch zu lamentieren. Bardo schlug ihr mit dem Handrücken auf den Mund. »Halt's Maul, Schlampe«, zischte er drohend. Sie hielt den Mund und drückte ihre beiden hungrig aussehenden Kleinkinder an sich, um sie am Weinen zu hindern.

Auch das vierte und letzte Zimmer war leer. Aber auf dem Bett stand, ans Kopfkissen gelehnt, ein weißer Briefumschlag, der in Druckschrift Pinkie Duvalls Namen trug.

Er griff danach und riss ihn auf. Ein einzelnes Blatt fiel aus dem Umschlag auf den schmuddeligen Teppich. Er hob es auf und las die getippte Mitteilung.

Dann stieß er einen Wutschrei aus, der die Fensterscheiben erzittern ließ.

Bardo nahm ihm den Zettel aus der Hand. Er fluchte, während er die Mitteilung las. »Das würden die nicht wagen!«

Pinkie lief aus dem Zimmer und stürmte, mit Bardo auf den Fersen, die Treppe hinunter. Bardos Männer wurden angewiesen, ihnen zu folgen. Sie sprangen in den zweiten Wagen und hatten Mühe, zu Bardo aufzuschließen, als er davonraste.

Pinkie kochte vor Wut. Sein Blick glitzerte mordlüstern. »Ich bring sie um! Die beiden sind so gut wie tot. Tot!«

»Aber wer sind sie?«, fragte Bardo, während er das Lenkrad herumriss, um einem Lieferwagen auszuweichen. »Wer hätte Remy das angetan?«

Remy. *Seine* Remy. Sein Eigentum. Ihm gewaltsam entrissen. Wer diese Dreckskerle auch waren, sie hatten Mut, das musste er ihnen lassen. Nur schade, dass solcher Mut an Kerle vergeudet war, die schon bald sterben würden. Und sie würden sterben. Langsam. Qualvoll. Erst um Gnade, später um den Tod flehend. Sie würden sterben, weil sie ihm geraubt hatten, was ihm gehörte, was er *erschaffen* hatte.

Vor dem Friedhof Lafayette hielten die beiden schweren Wagen mit quietschenden Reifen. Sechs Männer sprangen heraus. Duvall und Bardo führten die Gruppe an, die durch das hohe, schmiedeeiserne Portal stürmte. Pinkie wartete nicht auf Bardo oder die anderen Männer. Er machte sich auf die Suche nach der in der Mitteilung angegebenen Grabreihe und hastete quer über die breiten Friedhofswege, bis er die gesuchte Reihe gefunden hatte. Er trabte weiter, hörte die zerstoßenen Muschelschalen, mit denen der Weg bestreut war, unter seinen Schuhen knirschen und sah den Hauch seines Atems vor sich.

Was er schließlich vorfinden würde, konnte er nicht einmal vermuten. Remys sterbliche Überreste in einem dort abgelegten Leichensack? Ein kürzlich geöffnetes Grab, dessen Stein mit ihrem Blut besprengt war? Einen Schuhkarton mit ihrer Asche? Ein Voodoo-Opfer?

Er nahm sich vor, seinen unbekannten Gegner nie wieder zu unterschätzen. Der Mann war clever und listig; er kannte Pinkie Duvall gut genug, um zu wissen, wie ihm am besten beizukommen war. Er hatte Pinkie auf diese makabre Schnitzeljagd geschickt, die damit enden würde, dass er ... dass er *was* fand?

Seine Schuhe rutschten über den Kies, als er jetzt ruckartig haltmachte, weil er das Grab erkannte, sobald er es vor sich sah.

Er fand weder Blut noch eine Tote, aber die Botschaft war ebenso deutlich. Er stand mit pochenden Schläfen und geballten Fäusten da und las den Namen auf dem Grabstein.

Dies war die letzte Ruhestätte von *Kevin Michael Stuart.*

23. Kapitel

»Hat er vor, mich umzubringen?«

Dredd fütterte Remy mit der Suppe, und als etwas Flüssigkeit danebentropfte, machte er sich umständlich daran, ihre Lippen mit einer Papierserviette abzutupfen. Brummend warf er sich seine Ungeschicklichkeit vor, ohne jedoch ihre Frage zu beantworten.

»Tun Sie nicht so, als hätten Sie mich nicht verstanden, Dredd«, sagte sie und bedeckte seine Hand mit ihrer, als er den nächsten Löffel Suppe an ihren Mund führen wollte. »Keine Angst, ich gerate nicht in Panik. Ich will's nur wissen. Hat er vor, mich umzubringen?«

»Nein.«

Als sie in seinem Gesichtsausdruck nichts sah, was Zweifel hätte wecken können, ließ sie sich wieder in die Kissen zurücksinken, die er ihr in den Rücken gestopft hatte, um sie leichter füttern zu können. Remy hatte behauptet, selbst essen zu können, aber er hatte darauf bestanden, sie zu füttern, und sie war jetzt froh, dass sie zugestimmt hatte. Die Schusswunden an ihrem Rücken waren nicht mehr so schmerzhaft wie zuvor, aber sie war nach ihrem langen, betäubten Schlaf noch immer benommen. Sie hätte nicht die Kraft gehabt, mehr als ein paar Löffel an ihren Mund zu führen, obwohl sie überraschend hungrig war. Die Suppe, die Dredd als *court-bouillon* bezeichnete, bestand aus Fischbrühe mit Reis, Tomaten und Zwiebeln. Sie war würzig und schmackhaft.

»Hat er es auf ein Lösegeld abgesehen?«

»Nein, *chérie*. Basile macht sich nicht allzu viel aus materiellen Gütern.« Dredd sah sich in seinem Schlafzimmer um, dessen Einrichtung er vom Sperrmüll geholt hatte, und fügte blinzelnd hinzu: »In dieser Beziehung sind wir zwei uns ähnlich.«

»Weshalb sonst?«

»Sie kennen die Geschichte von Basiles Freund, dem Prozess gegen Wayne Bardo und so weiter?«

»Rache?«

Der Alte murmelte etwas auf Cajun-Französisch, aber sein vielsagendes Schulterzucken sprach Bände.

»Mein Mann bringt ihn um.«

»Das weiß er.«

Remy sah ihn fragend an.

»Basile ist es egal, ob er stirbt, wenn er nur Duvall mitnehmen kann. Ich habe heute Morgen versucht, ihn zur Vernunft zu bringen, aber er will nicht hören. Er wird von Dämonen getrieben.«

In der Hoffnung, ihn als Verbündeten gewinnen zu können, ergriff sie seine Hand und umklammerte sie. »Bitte, rufen Sie die Polizei an. Nicht nur für mich, Dredd, sondern auch für Mr. Basile. Er kann sich noch immer freiwillig stellen. Oder vergessen Sie die Polizei. Rufen Sie meinen Mann an. Basile kann verschwinden, bevor Pinkie hier eintrifft. Ich überrede Pinkie dazu, auf eine Anzeige zu verzichten. Bitte, Dredd.«

»Ich wäre Ihnen liebend gern behilflich, Remy, aber Burke Basile ist mein Freund. Ich würde sein Vertrauen nie enttäuschen.«

»Auch nicht, wenn es zu seinem Besten wäre?«

»Er würde es nicht so sehen, *chérie*.« Dredd entzog ihr behutsam seine Hand. »Für Basile ist diese Sache eine... eine Mission. Er hat sich geschworen, Kevin Stuarts Tod zu rächen. Davon kann ihn jetzt niemand mehr abbringen.«

»Sie kennen ihn wohl sehr gut?«

»So gut wie jeder andere, schätze ich. Er ist kein Mann, den man leicht kennenlernt.«

»Was für ein Mensch ist er?«

Dredd kratzte sich nachdenklich das Kinn unter dem dichten grauen Bart. »Droben in New Orleans war mal 'n Mann, der hat seine Frau und seine drei Kinder immer wieder verprügelt. Ich meine, er hat sie schlimm zugerichtet, immer wenn er betrunken war, und das war er die meiste Zeit. Aber seine verarmte weiße Familie und seine Freunde haben ihn jedes Mal mit irgendwelchen Tricks aus dem Gefängnis rausgeholt, wenn er wieder mal verhaftet worden war.

Eines Abends meldet eine Nachbarin beim Notruf, dass er diesmal anscheinend seine Familie umbringt, weil das Gekreisch der Kinder in der ganzen Nachbarschaft zu hören ist. Der erste Cop am Tatort wartet nicht lange auf Verstärkung, weil die Kinder in Gefahr sind – und außerdem denkt er, er braucht keine Hilfe, um mit einem einzelnen bösartigen Betrunkenen fertigzuwerden. Also geht er allein rein.

Nun, als das Geschrei vorbei ist, liegt der prügelnde Ehemann tot auf dem Küchenfußboden, und Frau und Kinder haben zum ersten Mal Ruhe vor ihm. Aber gegen den Polizeibeamten, der das Schwein erschossen hat, wird ein Ermittlungsverfahren der Innenrevision eingeleitet.

Sehen Sie, ein paar Bürohengste beim New Orleans Police Department haben sich gefragt, ob der Cop es vielleicht so satthatte, dass dieses Schwein seine Frau und die Kinder als Punchingball benutzt, dass er ihn bei der nächstbesten Gelegenheit abgeknallt und danach auf Notwehr plädiert hat.

Der Besoffene ist mit einem armlangen Tranchiermesser auf den Cop losgegangen, aber solche Tatsachen haben die Innenrevision nicht interessiert. Schlechte Publicity, wenn ein Tatverdächtiger bei der Festnahme von einem Cop erschossen wird. Die Medien prangern die Polizei an. Alle stimmen das alte Lied von der Polizeibrutalität an. Jedenfalls hat keiner die Partei dieses Cops ergriffen.

Keiner außer Basile. Basile hat zu ihm gehalten, als kein anderer auch nur mit ihm reden wollte. Die anderen Cops wollten nicht mit einem Kollegen in Verbindung gebracht werden, gegen den ermittelt wird, wissen Sie, aber Basile hat ihm bewusst seine Freundschaft angeboten, als er dringend Freunde brauchte, aber keine finden konnte.«

Nachdem Dredd diese Geschichte erzählt hatte, nahm er das Tablett von ihrem Schoß und stellte es auf die Kommode neben der Tür.

»Was ist aus dem Beamten geworden?«, fragte Remy.

»Der hat zwangsweise gekündigt.«

»Und in den Bayous einen Laden eröffnet.«

Er drehte sich zu ihr um. »Das ist acht Jahre her. Hab mich seitdem nicht mehr rasiert.« Sein Bart teilte sich und ließ ein kurzes Grinsen sehen.

»War es denn Notwehr?«

»Ja, aber das ist nicht der springende Punkt. Wichtig ist nur, dass Basile im Zweifelsfall für Officer Dredd Michoud gestimmt hat. Basile war kein hohes Tier, aber er hat offen zu mir gehalten, obwohl das unpopulär und taktisch unklug war.«

Als er ans Bett zurückkam, brachte er eine kobaltblaue Flasche mit. Er entkorkte sie und goss ein paar Tropfen aus der Flasche in eine Tasse Tee.

»So, das trinken Sie jetzt, *chérie*. Ich habe Sie mit all diesem Geschwätz ermüdet. Es wird Zeit, dass Sie wieder schlafen.«

»Was geben Sie mir da?«, fragte sie.

»Der Name würde Ihnen nichts sagen.«

»Wahrscheinlich ist es in Wasser aufgelöstes Aspirin.« Remy blickte auf und sah den Mann, über den sie gesprochen hatten, an der offenen Tür stehen. Er fügte scherzhaft hinzu: »Aber die geheimnisvolle Flasche ist ein gutes Requisit, Dredd. Damit wirkst du wie ein echter Alchimist.«

Dredd machte ein finsteres Gesicht. »Du hast keine Ahnung. Ein Schnapsglas von diesem Zeug würde dich für ungefähr eine Woche umhauen, Klugscheißer.«

Der schon mit Dredds Fundsachen vollgestopfte Raum schien noch kleiner zu werden, als Basile sich zwischen die Kommode und das Fußende des Bettes zwängte.

»Wie geht's ihr?«

»Warum fragst du sie das nicht selbst?«

Tatsächlich war Remy froh, dass Basile sie nicht direkt angesprochen hatte. Sie wollte ihn lieber ignorieren. »Von wem haben Sie gelernt, Kranke zu pflegen, Dredd?«

»Von meiner Großmutter. Wissen Sie, was ein *traiteur* ist?«

»Ein Heiler?«

»Sie sprechen Französisch?«

Die Frage kam von Basile, der überrascht zu sein schien. »Und Spanisch«, antwortete sie ruhig, bevor sie sich wieder an Dredd wandte. »Der Cajun-Dialekt unterscheidet sich sehr vom Schulfranzösischen, nicht wahr?«

»Das kann man wohl sagen!«, kicherte er. »Wenn wir miteinander reden, bekommen Außenstehende kein Wort mit. Und genau das gefällt uns.«

»Wie war Ihre Großmutter?«

»Unheimlich wie der Teufel. Sie war schon ziemlich alt, als ich als Sohn ihres jüngsten Sohns auf die Welt gekommen bin. Aus irgendeinem Grund, den ich nie verstanden habe, hat die alte Dame einen Narren an mir gefressen. Sie hat mich oft in die Sümpfe mitgenommen, wenn sie Kräuter und Wurzeln für ihre Elixiere gesammelt hat. Sie hat Dutzende davon hergestellt. Die Leute sind zu ihr gekommen, um sich Mittel gegen alles von Gelbsucht bis Eifersucht zu holen.«

»Sie scheint eine faszinierende Frau gewesen zu sein.«

Sein graues Haupt nickte nachdrücklich. »Heilkundige hat's bei den Cajuns schon immer gegeben. Manche Leute halten sie für Hexen, die schwarze Magie praktizieren. In Wirklichkeit sind es Frauen mit besonderen Heilfähigkeiten, die sich auf Kräutermedizin verstehen.«

»Frauen?«

»Meistens. Ich bin eine Ausnahme«, sagte er fast prahlerisch. »Ich habe nicht alles gelernt, was Großmutter Michoud wusste, bei Weitem nicht, aber nachdem ich mich hier angesiedelt hatte, habe ich angefangen, einige ihrer weniger komplizierten Tränke herzustellen.«

»Eines Tages wirst du noch jemanden vergiften«, behauptete Basile.

»Aber nicht heute Abend«, widersprach Dredd. Wie um Basile in seine Schranken zu verweisen, drückte er die Teetasse an Remys Lippen. »Trinken Sie nur, *chérie.*«

Möglicherweise hatte Basile recht. Der Tee konnte vergiftet sein und sie so tief schlafen lassen, dass sie nie wieder aufwachte. Aber sie vertraute Dredd instinktiv, deshalb trank sie die Tasse aus. Er stellte sie mit aufs Tablett und trug es zur Tür. Dort blieb er stehen und knurrte Basile an: »Lass sie in Ruhe, ja?«

Als sie allein waren, vermied Remy es, ihn anzusehen. Basile erschien ihr bedrohlicher als der Alligatorschädel auf der Kommode hinter ihm oder die fast zwei Meter lange Schlangenhaut, die an die mit Zeitungen tapezierte Wand gepinnt war. Tatsächlich war sie lieber mit Dredds makabren Dekorationsstücken allein als mit Basile. Sie empfand bereits eine willkommene Schläfrigkeit, aber sie fühlte sich verwundbar, wenn sie mit geschlossenen Augen dalag, während er sie anstarrte. Ihre Schultern über der schmuddeligen Bettdecke waren nackt. Sie konnte sich nicht daran erinnern, wie es gekommen war, dass sie nichts mehr anhatte. Sie wollte es auch gar nicht wissen.

»Wenn ich es wirklich für möglich hielte, er könnte Sie vergiften, hätte ich Sie nicht zu ihm gebracht.«

Obwohl er ruhig sprach, klang seine Stimme in dem kleinen Raum so unnatürlich laut, dass Remy die Schallwellen körperlich spürte. Wahrscheinlicher war, dass Dredds selbstgebrauter Schlaftrunk ihren Verstand betäubt, aber alle ihre Sinne geschärft hatte.

Sie kämpfte gegen den Impuls an, ihn anzusehen, aber ihr Blick wurde unwiderstehlich zum Fußende des Betts hingezogen. Seine Hände umfassten das eiserne Querrohr des Bettgestells. Er schien es regelrecht zu umklammern, stützte sich sogar darauf, als fürchtete er, das Bettgestell könnte plötzlich zu schweben beginnen.

»Was hätten Sie mit mir getan, Mr. Basile, wenn Sie mich nicht hierhergebracht hätten? Mich irgendwo am Straßenrand ausgesetzt?«

»Ich habe nie gewollt, dass Sie verletzt werden.«

»Nun, es ist aber passiert.« Er schwieg hartnäckig, aber dass er sich nicht entschuldigte, überraschte sie nicht. »Ihre Tarnung war sehr gut.«

»Danke.«

»Ist Pater Gregory echt?«

»Nein. Er ist ein Schauspieler, den ich dazu erpresst habe, mir bei dieser Sache zu helfen. Es war seine Schuld, dass Sie verletzt wurden. Sie und ich hätten das Crossroads allein verlassen sollen.«

»Was haben Sie mit ihm gemacht?«

»Überhaupt nichts«, knurrte er. »Als ich heute Morgen aufgewacht bin, war er verschwunden. Er ist irgendwann vor Tagesanbruch heimlich abgehauen.«

Sie wusste nicht recht, ob sie ihm das glauben sollte, aber andererseits hätte er Pater Gregory schon gestern beseitigen können, als er so wütend auf ihn gewesen war. »Mit dieser Sache kommen Sie nie durch, Mr. Basile.«

»Das erwarte ich auch nicht.«

»Was erhoffen Sie sich dann davon?«

»Seelenfrieden.«

»Mehr nicht?«

»Das ist schon viel.«

Sie musterte ihn prüfend, ohne seine Miene deuten zu können. »Was wird aus mir?«

»Sie werden's überleben.«

»Pinkie bringt Sie um.«

Er verließ seinen Platz am Fußende und trat neben das Bett. Er griff nach ihr; auf seiner Hand waren noch immer die tiefen Kratzer ihrer Fingernägel zu sehen.

»Nein!«, schrie sie. Trotz ihrer Mattigkeit packte sie sein Handgelenk.

»Lassen Sie los.«

»Was haben Sie vor? Bitte, tun Sie mir nichts.«

»Lassen Sie los«, wiederholte er.

Sie ließ die Hand sinken, weil sie nicht die Kraft hatte, sich wirklich gegen ihn zu wehren. Ihr Blick verfolgte ängstlich, wie seine Hand neben ihrem Kopf verschwand. Seine Finger berührten ihr Haar.

Dann zog er die Hand wieder zurück, und Remy sah, was er zwischen Daumen und Zeigefinger drehte, eine weiße, flaumige, leicht gekrümmte Daunenfeder aus Dredds modrigem Kopfkissen.

»Haben Sie Angst vor mir?«

Ihre Augen fixierten die sich langsam drehende Feder, als würde sie hypnotisiert. Sie hob langsam den Blick und sah zu ihm auf. »Ja.«

Er nahm ihre Antwort zur Kenntnis, ohne ihr jedoch hastig zu versichern, sie habe keinen Grund, sich vor ihm zu fürchten. »Haben Sie Schmerzen?«

Ihre Augen schlossen sich, als hätte seine Frage sie daran erinnert, dass Dredd ihr ein Beruhigungsmittel gegeben hatte. »Nein.«

»Irgendwo?«

»Nein.«

»Tut die Stelle weh, wo Sie sich auf die Lippe gebissen haben?«

»Hab ich das getan?«

»Gestern Abend hat die Stelle geblutet.«

»Ach, jetzt erinnere ich mich. Nein, sie tut nicht weh.«

»Wird Ihnen von Dredds Medizin schlecht?«

»Überhaupt nicht.«

»Ich habe überlegt, ob es nicht vielleicht besser wäre, Sie würden dieses Zeug nicht trinken. Vielleicht ist es nicht gut für... Also, ich meine, soll ich ihm von dem Baby erzählen, das Sie verloren haben?«

»Wenn ich noch schwanger wäre, vielleicht, aber...« Der Schock ließ sie zusammenfahren, aber ihre Augen öffneten sich nur langsam, und selbst danach musste sie darum kämpfen, Burke Basile deutlich zu sehen.

Er stand immer noch an ihrer Seite, völlig reglos bis auf die rechte Hand, die er streckte und zur Faust ballte. Unverwandt blickte er ihr in die Augen, fast als könnte er ihre Gedanken lesen und in ihr Herz sehen.

»Woher wissen *Sie* von meinem Baby?«

Douglas Patout war nicht überrascht, bei seiner Rückkehr Pinkie Duvall in seinem Dienstzimmer vorzufinden. Bevor er die Tür hinter sich geschlossen hatte, ging Duvall bereits in die Offensive. »Wo haben Sie den ganzen Tag gesteckt?«

Patout, der die Stimmung seines Gastes richtig deutete und den Grund dafür kannte, verzichtete auf die üblichen Höflichkeitsfloskeln. Er schlüpfte aus seiner Jacke, hängte sie auf und setzte sich hinter den Schreibtisch. »Im Jefferson Parish. Seltsamerweise ist dort in letzter Zeit verdammt viel los. Wie ich höre, waren Sie gestern Abend auch draußen.«

»Dann wissen Sie also, was passiert ist.«

»Ja. Aber ich weiß nicht, warum Sie diesen Zirkus mit dem Sheriff aufgeführt haben. Warum haben Sie den Fall nicht der Polizei überlassen, solange die Spur noch heiß war?«

»Ich löse meine Probleme auf meine Art.«

»Hier geht's um mehr als nur ein Problem, Duvall.«

»Sie waren außerhalb Ihres Zuständigkeitsbereichs, Patout. Wie sind Sie mit diesen Hinterwäldlern verblieben?«

»Nicht anders als Sie, aber ich habe ein paar Stunden im Büro des Sheriffs zugebracht. Als Gefallen unter Kollegen durfte ich die Niederschriften der Zeugenaussagen lesen. Und ich habe mit den Deputys gesprochen, die als Erste am Tatort waren. Auch wenn Sie den Sheriff und seine Leute davon überzeugt haben, der Vorfall sei nichts weiter als eine bizarre Abfolge falsch interpretierter Ereignisse gewesen, steht für mich fest, dass Ihre Frau entführt wurde.« Er fügte unwirsch hinzu: »Halten Sie es nicht allmählich für ratsam, das FBI einzuschalten?«

»Nein. Wenn ich Burke Basile erwische, bringe ich ihn eigenhändig um.«

Seine Arroganz verstörte und verärgerte Douglas Patout. »Sie haben vielleicht Nerven – platzen hier rein und stellen solche Behauptungen auf!« Er riss die unterste Schublade seines Schreibtischs auf und nahm eine Flasche Jack Daniel's heraus. Dann kippte er den öligen Rest seines Morgenkaffees in den Müllbeutel, mit dem sein Papierkorb ausgekleidet war, und goss einen Schuss Whiskey in den Becher. »Im Regal dort drüben steht irgendwo ein zweiter Becher.«

»Nein, danke. Ich trinke nicht mit Cops.«

»Arroganz *und* Beleidigungen.« Patout hob seinen Becher, wie um Duvall zuzutrinken, stärkte sich mit einem Schluck Whiskey, schenkte nach, trank noch mal und wandte sich dann an den einflussreichsten Anwalt der Stadt, der eben unmissverständlich angekündigt hatte, er werde den Cop – den ehemaligen Cop –, der seine Frau entführt hatte, eigenhändig umbringen.

»Was hatte Mrs. Duvall mit diesen angeblichen Geistlichen zu schaffen?«

Duvall berichtete, was er über den Schwindel mit Jenny's

House in Erfahrung gebracht hatte, und schilderte seine eigenen Nachforschungen, die ihn zu der schäbigen Absteige geführt hatten. Patout lächelte humorlos, als er von dem Hinweis auf dem Friedhof Lafayette hörte. »Typisch Basile! Damit dürfte auch sein Tatmotiv klar sein.« Er schüttelte den Kopf und murmelte bedauernd: »Gott, er muss übergeschnappt sein.«

»Nein, ist er nicht«, widersprach Duvall. »Wenn er verrückt wäre, hätte ich vielleicht Mitleid mit ihm und würde ihn schnell umbringen. Aber er ist ein verschlagener Kerl und weiß genau, was er tut, deswegen reiße ich ihm bei lebendigem Leib das Herz aus der Brust.«

»Beherrschen Sie sich gefälligst, Duvall. Überlegen Sie, wo Sie sind.«

»Ich weiß genau, wo ich bin, aber das ist mir scheißegal. Was ich hier sage, bleibt unter uns. Sie wollen so wenig wie ich, dass dieser begriffsstutzige Sheriff oder das FBI sich in den Fall einmischen, weil Sie den Ruf des New Orleans Police Department und Ihres Freundes Basile schützen wollen.«

»Basile hat den Dienst quittiert. Er ist nicht mehr bei der Polizei, also bin ich nicht mehr für ihn verantwortlich.«

»Offiziell vielleicht nicht. Aber wenn er schon bald nach seinem Ausscheiden so verrückte Dinge tut, werden die Leute sich fragen, warum denn niemand die ersten Anzeichen erkannt hat, bevor er übergeschnappt ist. Warum hat man ihn nicht in Therapie geschickt, nachdem er Stuart erschossen hatte? Warum hat der Chef des Drogen- und Sittendezernats seine Gemütsveränderung nicht bemerkt? Sie sehen, worauf ich hinauswill, Patout? Wenn ich Basile nicht aufspüre, bevor die Polizei ihn schnappt, stecken Sie verdammt tief in der Scheiße.«

»Hören Sie auf, mir zu drohen, Duvall!«

»Ich erzähle Ihnen nur, wie die Dinge stehen.«

»Wenn Basile sich strafbar gemacht hat, wird er dafür zur Rechenschaft gezogen.«

»Da haben Sie verdammt recht, das wird er!«

Patout wünschte sich, Burke wäre hier. Es hätte ihn gefreut, dass er Pinkie Duvall so weit gebracht hatte, einen ganz gewöhnlichen Wutanfall zu bekommen. Patout genoss es wirklich, Duvall so aufgelöst zu erleben. Im Stillen gratulierte er seinem Freund dazu.

»Vielleicht ist es schwieriger, Basile umzubringen, als Sie denken«, sagte er. »Sind Sie sich darüber im Klaren, mit was für einem Menschen Sie es da zu tun haben? Basile trieft geradezu vor Integrität. Ehre ist sein zweiter Vorname.«

»Wirklich?« Duvall schnaubte verächtlich. »Sie kennen ihn anscheinend nicht so gut, wie Sie glauben.«

»Vielleicht nicht«, gestand Patout ein. »Ich hätte nicht gedacht, dass er alles auf eine Karte setzen und etwas so Dramatisches tun würde, aber er hat's getan, was die Situation für Sie noch gefährlicher macht. Basile rechnet mit keiner friedlichen Lösung. Er tut Ihrer Frau nichts. Um ihre Sicherheit mache ich mir keine Sorgen. Aber ich bin sehr um *Ihre* besorgt.«

»Ich habe keine Angst vor diesem ausgebrannten Excop, der sich als Priester ausgibt, verdammt noch mal!«

»Das sollten Sie aber. Basile ist clever. Weit cleverer als ich und vielleicht sogar cleverer als Sie, Duvall – auch wenn Sie das für unmöglich halten. Und sein Motiv ist Rache. Das ist ein starkes Motiv. Es ist töricht, ihn nicht zu fürchten.«

Duvall funkelte ihn an, protestierte aber weder gegen die

Beleidigung noch gegen das Charakterbild, das Patout von Basile entwarf. »Wer war der andere Kerl?«

»Der zweite Geistliche? Keine Ahnung.«

»Wo soll ich mit der Suche nach Basile anfangen?«

»Das weiß ich auch nicht. Aber mit diesem Kleinbus kommt er nicht weit. Der Beschreibung nach muss er leicht zu erkennen sein.«

»Der Bus ist bereits gefunden.«

Das verblüffte Patout. »Wo? Wer hat ihn gefunden?«

»Ich habe ein paar Leute losgeschickt, damit sie ihn suchen. Sie haben ihn vor zwei Stunden gefunden – verlassen und halb im Wasser eines Bayous zwischen hier und Houma versunken.«

»Wo ist er jetzt?«

»Das erfahren Sie nie.«

»Duvall, ich bestehe darauf, dass er als Beweismittel der Polizei übergeben wird.«

»Sie bestehen darauf?«, fragte Duvall spöttisch. »Vergessen Sie's, Patout. Selbst wenn Sie darauf *bestehen*, ist der Bus jetzt verschwunden.«

Patout starrte Duvall an, dann schüttelte er verständnislos den Kopf. »Sie sind so verrückt wie Basile. Ich kann nicht zulassen, dass das so weitergeht.« Er griff nach seinem Telefon, aber Duvall schlug ihm den Hörer aus der Hand.

Patout sprang auf und funkelte den Anwalt wütend an. »Das lasse ich mir nicht bieten, Duvall, auch nicht von Ihnen! Ich muss das FBI benachrichtigen.«

»Pinkie Duvall braucht das FBI nicht.«

»Braucht es nicht oder will es nicht?« Patouts Zeigefinger bohrte sich in Duvalls Brust. »Sie wollen nicht, dass das FBI sich mit diesem Fall beschäftigt, weil Sie zu viel zu verbergen haben. Würde es sich erst mal mit Ihren Angelegenheiten befassen, könnte es die Entführung Ihrer Frau als nebensächlich betrachten und anfangen, wegen der *wirklich* großen Sachen zu ermitteln.«

Obwohl Patout sich darüber im Klaren war, dass er ein Ungeheuer ohne Gewissen vor sich hatte, grinste das Ungeheuer jetzt. Duvalls Stimme klang gelassen, einschmeichelnd und bedrohlich. »Vorsicht, Patout. Sie wollen doch nicht, dass ich mich aufrege, stimmt's?«

Er schob Patouts Hand beiseite. »Ich weiß, wie gut Ihnen Ihre gegenwärtige Position gefällt. Und ich weiß, dass Sie leidenschaftlich gern Superintendent werden möchten. Deshalb schlage ich vor, dass Sie sofort anfangen, nach unserem Freund Basile zu fahnden, und nicht aufhören, bis Sie ihn gefunden haben, wenn Sie Ihre Beförderungschancen nicht restlos abschreiben wollen.«

Bei Patout drehte sich alles um seine Karriere. Er hatte frühzeitig erkannt, dass sein beruflicher Ehrgeiz und ein glückliches Familienleben nicht zusammenpassten; deshalb hatte er auf Ehe und Familie verzichtet, lebte allein und widmete sich ausschließlich seiner Arbeit. Er hatte seine Karriere zum Mittelpunkt seines Lebens gemacht und diese Entscheidung nie bedauert. Unter keinen Umständen wollte er sie beendet sehen.

Da er wusste, dass Duvall beste Verbindungen hatte, konnte er seine Drohungen nicht mit einem Lachen abtun. Er wusste auch, dass hinter jeder Drohung, die Duvall aussprach, ein Dutzend unausgesprochener stand, und diese unausgesprochenen Warnungen beunruhigten ihn am meisten.

»Wenn ich die beiden finde«, sagte Patout langsam, »und wenn Basile zustimmt, diese irrwitzige Vendetta auf der

Stelle zu beenden, müssen Sie mir Ihr Wort geben, ihm nichts anzutun.«

Duvall überlegte kurz, dann griff er über den Schreibtisch und schüttelte Patout die Hand, als hätten sie eine Vereinbarung getroffen. Aber er sagte dabei: »Ausgeschlossen, Patout. Der Dreckskerl hat meine Frau entführt. Dafür stirbt er.«

24. Kapitel

»Jetzt kann's losgehen«, sagte Burke, ohne den stummen Tadel seiner beiden Gefährten zu beachten. Remy Duvall saß in einem rostigen Gartensessel auf der Galerie. Die Außenwand des Holzgebäudes hinter ihr war mit abgelaufenen Autokennzeichen gepanzert.

Dredd, der sich eine Zigarette in den Mundwinkel geklemmt hatte, war damit beschäftigt, eine Angelrute mit Lebendködern zu bestücken. Der Rauch seiner Zigarette vermischte sich mit den aus dem Wasser aufsteigenden Nebelschwaden. »Wenn du das durchziehst, bist du echt ein Idiot«, murmelte er, während er einen Flusskrebs auf den Angelhaken spießte.

»Das hast du mir schon ungefähr tausendmal gesagt.« Burke machte Remy ein Zeichen, auf den Anleger hinaus zu dem kleinen Boot zu gehen, das er mit Vorräten von Dredd beladen hatte.

»Siehst du nicht, wie schwach sie ist?« Dredd ließ sein Angelzeug fallen, ging zu ihr hinüber, legte seine schwielige Hand unter ihren Ellbogen und half ihr aufstehen. Er führte sie um eine Toilettenschüssel aus weißem Porzellan herum, die im Sommer mit Blumen bepflanzt war, aber jetzt als Mülleimer und Aschenbecher diente. Sie gingen miteinander den Anleger entlang zu den Dalben, an denen das Boot vertäut lag.

Burke stieg als Erster ins Boot und streckte ihr die Hand entgegen. Er merkte, dass sie zögerte, ihre Hand in seine zu legen, aber dann tat sie es doch und stieg vorsichtig in das schwankende Boot hinunter. Burke stützte sie leicht, als sie sich auf das ungehobelte Brett setzte, das quer über dem flachen Metallrumpf lag und einen primitiven, unbequemen Sitz bildete. Sie ließ die Arme sinken und hielt sich mit beiden Händen angestrengt an dem Sitzbrett fest, während sie in die Nebelschwaden über dem schlammigen Wasser starrte.

»In ein paar Tagen komme ich wieder und hole weitere Vorräte«, sagte Burke zu Dredd, während er die Festmachleine von der kurzen Dalbe löste.

»Du verfährst dich bestimmt nicht?«

»Bestimmt nicht.«

»Falls du dich doch…«

»Ich verfahre mich nicht.«

»Okay, okay.« Dredd blickte auf Remy herab und sagte: »Sehen Sie zu, dass er Sie gut behandelt, *chérie*. Wenn nicht, bekommt er's mit mir zu tun.«

»Sie waren sehr gut zu mir, Dredd. Vielen Dank.«

Als er den sanften Tonfall hörte, kam Burke sich ziemlich ausgeschlossen vor.

Dredd wandte sich an ihn. »Falls eine ihrer Wunden wieder aufgeht…«

»Du hast mir schon gesagt, was ich dann tun muss«, unterbrach Burke ihn ungeduldig.

Der Ältere murmelte etwas in seinen Bart, was Burke nicht verstand. Vermutlich war das ganz gut. Burke hatte Dredds Vorhaltungen schon so oft gehört, dass er sie auswendig hätte hersagen können.

Dredd lebte praktisch als Einsiedler und ließ sich auf

keine neuen Bindungen ein. Aber er hatte eine dämliche Ergebenheit für Remy Duvall entwickelt, die Burke amüsant gefunden hätte, wenn sie nicht so verdammt irritierend gewesen wäre. Remy schien auf jeden Mann zu wirken, der ihr begegnete – auf jeden anders, aber im Endeffekt ähnlich stark.

Da er jedoch nicht in Unfrieden von Dredd scheiden wollte, rief er zu ihm hinauf: »Danke für alles, Dredd.«

Der Alte spuckte ins Wasser, wobei er Burke nur um wenige Zentimeter verfehlte. »Lass deine Hände im Boot. Es ist noch ein bisschen früh für sie, aber in ein, zwei Wochen sind sie wach und hungrig.«

Burke hatte von den beiden alten Alligatoren gehört, die Dredd zu gern hatte, um sie zu erlegen, und die er wie Schoßtiere behandelte. Ob das wirklich stimmte oder nur eine Geschichte war, die Dredd verbreitete, um Diebe fernzuhalten, konnte Burke nicht beurteilen. Aber er winkte, um zu zeigen, dass er die Warnung verstanden hatte, und stieß ab.

Er betätigte den Gasdrehgriff des tuckernden Außenbordmotors, legte das Ruder nach backbord und steuerte in die Nebelschwaden hinein. Kurz bevor er die erste Biegung des Flusses umrundete, sah er sich noch einmal um. Dredd saß am Rand des Anlegers und angelte. Sein grauer Vollbart reichte bis weit über die Brust hinunter, seine nackten Füße baumelten über dem nebelverhüllten Wasser, dünne Nebelfetzen trieben an seinen Waden vorbei.

»Friert er denn nicht?«, fragte Remy Duvall, die ebenfalls zu dem Alten hinübersah.

»Er ist erstaunlich abgehärtet. Seit er hier draußen lebt, habe ich ihn nie wärmer angezogen gesehen. Ist Ihnen kalt?«

»Nein.«

»Melden Sie sich. Ich gebe Ihnen eine Decke.« Da sie in einige von Dredds abgelegten Sachen gehüllt war, konnte sie eigentlich nicht frieren, aber irgend etwas stimmte nicht mit ihr. Sie saß stocksteif da und umklammerte das Sitzbrett mit beiden Händen, als hinge ihr Leben davon ab.

»So holen Sie sich Splitter.«

»Wie bitte?«

»Wenn Sie das Sitzbrett weiter so fest halten, können Sie sich Splitter einziehen. Keine Angst, wir haben unsere Höchstgeschwindigkeit schon erreicht. Man braucht kein Rennboot, um die Bayous zu befahren.«

»Ich würde den Unterschied nicht merken. Ich bin zum ersten Mal in einem.«

»In einem Bayou?«

»In einem Boot.«

Er lachte ungläubig. »Sie leben in einer Stadt, die praktisch schwimmt, und sind noch nie mit einem *Boot* gefahren.«

»Nein«, fauchte sie. »Ich hab noch nie in einem Boot gesessen. Wie viel deutlicher soll ich's noch sagen?«

Ihre scharfe Antwort schreckte einen Pelikan auf. Er verließ seinen Horst mit rauschenden Flügelschlägen. Mrs. Duvall fuhr zusammen.

»Ganz ruhig«, sagte Burke warnend.

Der große Vogel schwebte nur wenige Meter von ihnen entfernt über die Wasseroberfläche dahin, schien dann jedoch zu glauben, anderswo warte fettere Beute. Er stieg wie ein mythisches Wesen aus den Nebelschwaden auf und verschwand über den Baumkronen.

Je nach Standpunkt des Betrachters konnten die Bayous eine Kultstätte oder ein Schreckensort sein. Burke respektierte ihre Gefahren, aber er liebte sie. Er kannte sie, seit er als Collegestudent gemeinsam mit Kommilitonen so manch bierseliges Wochenende damit verbracht hatte, die endlose Wildnis aus Sümpfen und Wasserläufen zu erforschen. Nachträglich musste er sich eingestehen, dass ihre Abenteuertrips leichtsinnig und dumm gewesen waren, aber irgendwie hatten sie alles ohne schlimmere Folgen als Alkoholkater, Sonnenbrand und Insektenstiche überlebt.

Er hatte sich vorgenommen, sich einen Zufluchtsort in der Wildnis zu kaufen, falls er jemals genug Geld dafür zusammenkratzen konnte. Zu seinem Glück hatte sein Bruder sich dann zur Hälfte an den Kosten der Fischerhütte beteiligt. Joe genoss die Wochenenden, die sie gemeinsam dort draußen verbrachten, aber Burkes andächtige Ehrfurcht vor der primitiven Mystik der Sümpfe war ihm stets fremd geblieben.

An diesem Morgen wirkten sie besonders abschreckend: eine surreale, monochromatische Landschaft aus Wasser, Nebel und kahlen, mit spanischem Moos bewachsenen Bäumen, die ihre knorrigen Zweige in bittenden Gesten finster brütenden bleigrauen Wolken entgegenreckten.

Für jemanden, der ihre eigenartige Schönheit noch nie erlebt hatte, mussten die Sümpfe wie eine Landschaft aus einem Alptraum wirken. Vor allem, wenn dieser Neuling mit jemandem allein war, dem er misstraute und den er fürchtete.

Burke warf ihr einen Blick zu und stellte zu seiner Beruhigung fest, dass sie ihn forschend anstarrte. »Woher haben Sie von meinem Baby gewusst?«

Gestern Abend war es ihm gelungen, sich vor der Beantwortung dieser Frage zu drücken. Remy hatte ihn nur noch wenige Sekunden lang wortlos angestarrt, bevor Dredds

Schlaftrunk zu wirken begonnen hatte. Dann waren ihr die Augen zugefallen. Sie war ins Kissen zurückgesunken und hatte sofort tief geschlafen.

Irgendwann gestern war ihm eingefallen, dass eine Behandlung mit Medikamenten so kurz nach einer Fehlgeburt unter Umständen schädlich sein könnte. Was wäre, wenn Dredds Elixiere Krämpfe oder spontane Blutungen auslösten? Die Möglichkeiten waren alarmierend. Was ging im Körper einer Frau vor, die ein Kind verloren hatte? Wie lange brauchte sie, um sich davon zu erholen? Welche Vorsichtsmaßnahmen waren zu beachten? Lauter Dinge, von denen er keine Ahnung hatte.

Deshalb hatte er Remy gestern Abend nach ihrer Fehlgeburt fragen müssen. Zur eigenen Beruhigung hatte er sich vergewissern müssen, dass Dredds selbstgebraute Tränke ihr auf keinen Fall schaden würden.

»Beantworten Sie meine Frage!«, verlangte sie jetzt. »Woher haben Sie von meinem Baby gewusst? Außer meiner Ärztin hat niemand davon gewusst. Ich habe mit keiner Menschenseele darüber gesprochen.«

»Doch, Sie haben jemandem davon erzählt.«

Er beobachtete ihr Gesicht, während sie darüber rätselte, und erkannte genau, in welchem Augenblick sie des Rätsels Lösung fand. Ihre Lippen öffneten sich, als sie erschrocken Luft holte. Während sie ihn anstarrte, als wäre er der Antichrist in Person, füllten ihre Augen sich mit Tränen. Eine quoll über das untere Lid und lief über ihre Wange. Burke dachte an den dünnen Blutfaden in ihrem Mundwinkel. Diese einzelne Träne war ergreifender.

»Sie haben meine Beichte belauscht?«

Er drehte den Kopf zur Seite, weil er ihren Blick nicht ertragen konnte.

»Wie ist das möglich?«

»Spielt das jetzt noch eine Rolle?«

»Nein. Wie Sie es getan haben, ist wohl unwichtig; entscheidend ist, dass Sie es getan haben.« Im nächsten Augenblick fügte sie hinzu: »Sie sind böse und gemein, Mr. Basile.«

Er war selbst nicht gerade stolz auf seinen Trick mit der Beichte. Aber sein schlechtes Gewissen weckte in ihm nur den Wunsch, nun seinerseits auszuteilen. »Sie werfen mit Steinen, Mrs. Duvall? Das ist komisch. Ausgerechnet eine Frau, die sich als Nutte einen reichen Mann geangelt hat?«

»Was wissen Sie schon darüber? Was wissen Sie über mich? Nichts!«

»Pst!« Burke hob eine Hand, um sie zum Schweigen zu bringen.

»Ich weiß nicht, was Sie über mich denken. Mir ist gleich, was Sie...«

»Halten Sie die Klappe!«, blaffte er sie an. Er stellte rasch den Außenbordmotor ab und horchte.

Das Knattern der Rotorblätter eines Hubschraubers im Anflug war unverkennbar. Burke ließ fluchend den Motor wieder an, gab Vollgas und hielt auf die nächste Zypressengruppe zu. Der Bootsrumpf stieß gegen klobige Baumwurzeln, die wie Stalagmiten aus dem Wasser ragten.

Er legte Remy eine Hand auf den Kopf und drückte sie nach unten, damit sie nicht an tief herabhängende Äste stieß. Sobald sie unter den Bäumen waren, stellte er den Motor wieder ab und hielt sich an einer Zypressenwurzel fest, damit das Boot nicht davontrieb. Zum Glück tarnte der Nebel ihr Kielwasser.

Remy kämpfte gegen den Druck seiner Hand an und versuchte ihren Kopf zu heben.

»Halten Sie doch still!«

Seine Hand drückte sie energisch weiter nach unten, während er den Himmel absuchte. Der Hubschrauber kam wie vermutet im Tiefflug über die Bäume heran. Er war zu klein, um eine der Maschinen zu sein, die Arbeiter zu Bohrinseln hinausbrachten, und hatte nicht die richtige Lackierung für einen Polizeihubschrauber. Wenn er zur Verkehrsüberwachung diente, hatte sein Pilot sich verflogen, denn hier gab es meilenweit kein Auto. Er konnte auf einem Schulungsflug sein, bei dem der Fluglehrer seinem Schüler die Sümpfe einmal von Nahem zeigen wollte – aber wie wahrscheinlich war das an einem nebligen Tag?

Zutreffender war bestimmt die Vermutung, dies sei ein von Pinkie Duvall gecharterter Hubschrauber, der seine Frau und ihren Entführer suchen sollte.

Mrs. Duvall griff nach oben und bemühte sich, seine Hand wegzuschieben. »Er ist wieder weg. Lassen Sie mich los.« Sie machte sich verständlich, obwohl ihre Stimme von den dicken Wollsachen, die Dredd ihr gegeben hatte, stark gedämpft wurde.

»Keine Bewegung.« Er horchte angestrengt, um festzustellen, ob der Hubschrauber wirklich davonflog oder etwa zurückzukommen drohte.

»Ich kriege keine Luft!« Sie begann sich ernstlich zu wehren.

»Nein, Sie bleiben unten. Nur noch...«

»Lassen Sie mich los!«

Burke spürte ihre Panik und ließ sie los. Sie versuchte aufzustehen, knallte mit dem Kopf an einen niedrigen Ast und fiel zurück. Als das kleine Boot gefährlich schwankte, griff sie hektisch nach dem Bootsrand, wodurch das Schwanken sich noch verstärkte. Burke packte sie an den

Schultern. »So sitzen Sie doch still, verdammt noch mal! Oder wollen Sie, dass wir kentern? Das möchte ich Ihnen nicht raten.«

Er deutete mit dem Kinn nach rechts. Sie sah in die angegebene Richtung. Ein Alligator schwamm keine zehn Meter von ihrem Boot entfernt vorbei: eine bedrohliche Erscheinung, auch wenn nur die Reptilienaugen über Wasser sichtbar waren, während das Tier lautlos durch den Nebel glitt.

Remy hörte auf, sich zu wehren, atmete jedoch weiter hektisch keuchend. »Ich hab keine Luft mehr bekommen.«

»Entschuldigung.«

»Lassen Sie meine Arme los.«

Burke, der sie weiter wachsam beobachtete, zog sich allmählich zurück. Sie legte ihre Hände auf die Brust, als bemühte sie sich, ihrem hektischen Heben und Senken Einhalt zu gebieten. »Machen... machen Sie mit mir, was Sie wollen, aber ersticken Sie mich nicht.«

»Ich habe nicht versucht, Sie zu ersticken. Ich wollte nur nicht, dass Sie sich den Kopf anschlagen.«

Sie warf ihm einen tadelnden Blick zu. »Sie wollten mich daran hindern, den Hubschrauber auf uns aufmerksam zu machen. Ich bin nicht dumm, Mr. Basile.«

»Okay, das stimmt. Ich habe Ihren Kopf hinuntergedrückt, um Sie daran zu hindern, den Hubschrauber auf uns aufmerksam zu machen. Aber setzen Sie sich nicht noch mal so zur Wehr. Sie hätten dieses verdammte Ding beinahe zum Kentern gebracht. Nächstes Mal haben wir vielleicht weniger Glück.«

»Nein, ins Wasser fallen will ich unter keinen Umständen. Ich kann nämlich nicht schwimmen.«

Er schnaubte skeptisch. »Ich bin auch nicht dumm, Mrs. Duvall.«

»Das ist er. Das ist Pater Gregory.« Errol tippte triumphierend auf ein Foto, das Gregory James zeigte. Er war seit Stunden damit beschäftigt, die illegal beschafften Fotoalben des polizeilichen Erkennungsdiensts durchzublättern.

Pinkie blieb weiter skeptisch, weil er nicht ausschließen konnte, dass Errol diesen Teil der Geschichte nur erfand, um sich wieder bei ihm einzuschmeicheln. »Gregory James«, las er unter dem Foto. »Keine Aliasnamen. Mehrere Verhaftungen wegen Erregung öffentlichen Ärgernisses. Eine Verurteilung nach Absprache mit der Staatsanwaltschaft, eine Haftstrafe auf Bewährung ausgesetzt.« Er wandte sich an einen seiner im Hintergrund wartenden Leute. »Stellen Sie fest, wo der Kerl sich im Augenblick aufhält.«

»Er ist mit Burke Basile und Mrs. Duvall zusammen«, sagte Errol, als der Mann hinausging, um Pinkies Auftrag auszuführen.

»Du hast Basile nicht erkannt, obwohl du ihn bei der Verhandlung gegen Bardo gesehen hast. Warum soll ich dir glauben, dass du Pater Gregory identifizieren kannst?«

»Ich hatte Basile nur aus der Ferne gesehen. Und außerdem hat er anders ausgesehen als Pater Kevin. Ich weiß bestimmt, dass das Pater Gregory ist. Er hat sogar seinen eigenen Vornamen benutzt.«

Pinkie wollte sich nicht festlegen. »Warten wir's ab.«

Errol schwitzte Blut und Wasser, bis der andere Mann zurückkam. »Scheint zu stimmen, Mr. Duvall. Gregory James ist vor ein paar Monaten zu einer Haftstrafe verurteilt worden. Im Augenblick hat er Bewährung.«

»Sehen Sie, ich hab's Ihnen gesagt!«

»Nun, ich muss mich anscheinend bei dir entschuldigen, Errol. Dir ist zu verdanken, dass Pater Gregorys Identität kein Geheimnis mehr ist.«

Errol grinste erleichtert in die Runde. Pinkie ließ ihn gehen, forderte ihn aber auf, sich für den Fall, dass er noch gebraucht wurde, in der Nähe aufzuhalten. Als Errol praktisch mit einer Verbeugung das Chefbüro verließ, kam Bardo herein. »Del Ray macht draußen alle verrückt. Er ist seit einer Stunde hier. Hat angeblich wichtige Informationen, will aber nur mit Ihnen sprechen. Können Sie ihn jetzt empfangen?«

Pinkie nickte ohne große Begeisterung und forderte Bardo auf, den Mann hereinzuschicken.

Del Ray Jones betätigte sich auf vielen Gebieten als Ganove, aber in erster Linie war er ein Kredithai. Seit es in New Orleans legale Spielkasinos auf Mississippidampfern gab, florierte sein Geschäft und steigerte sein Selbstbewusstsein noch, dabei war es im Verhältnis zum wahren Wert dieses Mannes ohnehin schon übergroß.

Er war ein gemeiner, bösartiger, aalglatter kleiner Kerl, der sehr gut mit dem Messer umgehen konnte. Eines Nachts hatte er bei einem Schuldner, der mit seinen Zahlungen im Rückstand war, die Beherrschung verloren und ihm die Kehle durchgeschnitten. Das war sein erster und bisher einziger Mord gewesen. Danach war er in panischer Angst zu seinem Anwalt gelaufen, um bei ihm Rat zu suchen.

Pinkie hatte ihm geraten, für ein paar Wochen unterzutauchen, und ihm versichert, das Verschwinden eines kleinen Spielers werde in der Unterwelt von New Orleans nicht sonderlich viel Aufsehen erregen. Er hatte recht behalten. Das Verbrechen blieb unaufgeklärt. Unterdessen wusste Pinkie, wo die Leiche vergraben war. Buchstäblich.

Da Pinkie gegenwärtig eine Krise durchmachte, war Del Ray begierig, sich für den damals erwiesenen Gefallen zu revanchieren und zugleich seine Loyalität und Nützlichkeit zu beweisen. Bardo führte ihn herein. Um die Sache kurz zu machen, sagte Pinkie mit drohendem Unterton in der Stimme: »Ich will hoffen, dass Sie meine Zeit nicht vergeuden.«

Del Rays Grinsen entblößte seine spitzen Zähne. »Nein, Sir, Mr. Duvall. Was ich zu erzählen habe, wird Ihnen gefallen.«

Das bezweifelte Pinkie. Del Ray war nur auf seinen eigenen Vorteil bedacht, ein gerissener Ganove, ein Sachel ohne dessen Ungeniertheit. Er hätte den Zuhälter seiner Mutter gespielt, wenn damit Geld zu verdienen gewesen wäre.

Überraschenderweise wuchs Pinkies Interesse jedoch, während er sich Del Rays Geschichte anhörte, die mit hoher, einschmeichelnder Stimme vorgetragen wurde. Als der andere fertig war, sah Pinkie fragend zu Bardo hinüber, der lakonisch sagte: »Klingt gut.«

»Es ist gut, Mr. Duvall«, versicherte Del Ray ihm.

»Dann also los.«

»Ja, Sir.« Del Ray grinste wie eine zufriedene Ratte und hastete aus dem Raum. Bardo folgte ihm.

Als Pinkie allein war, stand er auf, reckte sich und rieb sich das schmerzende Kreuz. Am frühen Morgen hatte er im Bad neben seinem Arbeitszimmer geduscht. Roman hatte ihm von zu Hause frische Sachen gebracht, damit er sich umziehen konnte. Er fühlte sich erfrischt, aber keineswegs ausgeruht. Seine Augen waren vom Schlafmangel gerötet.

Er goss sich einen Drink ein. Ohne darauf zu achten, ob er sich damit seinen Gaumen verdarb, den er für erlesene Weine kultiviert hatte, kippte er ein Glas besten Scotch pur. Den zweiten trank er mit kleinen Schlucken, während er nachdenklich in seinem Arbeitszimmer auf und ab ging.

Was hatte er übersehen? Was konnte er noch tun? Welche Gefälligkeiten konnte er noch einfordern, damit er Remy schneller wiederfinden und den Dreckskerl, der sie entführt hatte, umlegen konnte?

Er hatte schon alle verfügbaren Mittel eingesetzt und eine beachtliche Anzahl von Männern mobilisiert. Mit der Präzision geräuschlos vorgehender, gut ausgebildeter Kommandos durchkämmten sie die Stadt und ihre nähere Umgebung, stellten Fragen und hielten die Ohren offen. Bisher hatte keiner auch nur den geringsten Hinweis auf Remys Aufenthaltsort entdeckt. Andere waren nur damit beschäftigt, Informationen über Burke Basile, seine Interessen, Stärken und Schwächen zu sammeln. Ein Hubschrauber war unterwegs, um die Sümpfe im Tiefflug nach den beiden abzusuchen; bisher hatte er jedoch nur den verlassenen Kleinbus gefunden.

Mit Blutflecken auf dem Boden.

Gregory James' Blut? Wahrscheinlich. Nach Aussage der wenigen Zeugen, die bereit waren, den Mund aufzumachen, hatten ihn die Hinterwäldler dort draußen ordentlich verprügelt. Außerdem war jedoch die Heckseite des Kleinbusses zersplittert. In den Rückenlehnen der Sitze hatte man Vogelschrot gefunden. Also konnte auch Remys Blut geflossen sein. Aber Pinkie durfte nicht riskieren, die Untersuchung zu veranlassen, die dies hätte feststellen können. Damit weder der Sheriff noch das FBI auf diese Blutspuren aufmerksam wurden, hatte er dafür gesorgt, dass der Kleinbus beseitigt wurde.

Wenn Remy verletzt war, wenn sie irgendwo in den Sümpfen war, würde sie Todesängste ausstehen.

Oder vielleicht nicht?

Eine weitere Möglichkeit war Pinkie nur allmählich bewusst geworden. Anfangs war sie nicht mehr als ein flüchtiger Gedanke gewesen – ähnlich wie leichtes Unbehagen, das sich nicht identifizieren oder lokalisieren lässt –, nur seine vage Vermutung, dass nicht alles in Ordnung sei, und die Vorahnung, dass alles noch schlimmer werden müsse, bevor eine Besserung eintreten könne. Als immer mehr Stunden vergingen, ohne dass eine Meldung über Remy und ihren Entführer einging, ohne dass ein Anruf oder eine Lösegeldforderung kam, hatte die Idee begonnen, sich langsam wie ein Krebsgeschwür in ihm auszubreiten.

Was wäre, wenn Remy gar nicht entführt worden war? Wenn sie mit Basile durchgebrannt war?

Die Idee war absurd. Pinkie war entsetzt darüber, dass sein Unterbewusstsein sich eine so bizarre Alternative zu den offenkundigen Tatsachen hatte einfallen lassen. Schließlich gab es dafür keinen Grund. Nicht den geringsten. Sie hatte keine Ursache, ihn zu verlassen. Er betete sie an. Er las ihr jeden Wunsch von den Augen ab.

Nein, das stimmte nicht ganz.

Remy hatte sich kirchlich trauen lassen wollen, aber Pinkie hatte ihr diesen Wunsch abgeschlagen. Die Ehe war ein Sakrament, das ihr als gläubiger Katholikin viel bedeutete. Er hatte jedoch behauptet, es sei ebenso Unsinn wie der übrige Kirchenrummel. Religion sei etwas für Frauen und Weicheier. Deshalb waren sie ohne solchen Schnickschnack in einem Richterzimmer getraut worden.

Remy war immer noch der Auffassung, dass sie in Sünde zusammenlebten.

Außerdem hatte sie sich ein Kind gewünscht. Bei dem Gedanken daran, sie unförmig aufgedunsen zu sehen, runzelte Pinkie angewidert die Stirn. Was hatte man nach neun elenden Monaten mit morgendlicher Übelkeit, entstellter Figur und miserablem Sex? Ein Baby. Himmel!

Schlimm genug, dass er sich Remy mit ihrer jüngsten Schwester teilen musste. Ihre gegenseitige Zuneigung war ein ständiger Quell von Ärger und Unannehmlichkeiten. Über Familienbande dachte Pinkie ähnlich wie über Religion: Ein wahrhaft unabhängiger Mann brauchte keine.

Aber die enge Beziehung der beiden Schwestern ließ sich auch zu seinem Vorteil nutzen. Er machte davon Gebrauch, um Remy zu steuern, wenn sie von dem Kurs abwich, den er für sie festgelegt hatte.

Sofort nach seiner Rückkehr aus Jefferson Parish, wo seine Frau zuletzt gesehen worden war, hatte er die Rektorin der Blessed Heart Academy angerufen. Ohne Remys Entführung zu erwähnen, hatte er sich nach Flarra erkundigt und zu seiner Erleichterung erfahren, dass seine junge Schwägerin sich nach wie vor im Internat aufhielt.

Remy hätte ihre Schwester Flarra niemals allein zurückgelassen. Damit war die Theorie erledigt, sie könnte mit Basile durchgebrannt sein. Wo hätte sie ihn schließlich kennenlernen sollen? Wie und wann hätten sie diesen komplizierten Fluchtplan aushecken sollen? Pinkie schüttelte nachdrücklich den Kopf, um seine eigenen Befürchtungen zu vertreiben. Sie war nicht weggelaufen; sie war mit roher Gewalt und gegen ihren Willen entführt worden.

Von Burke Basile. Der Dreckskerl, der ihm ins Gesicht gelacht hatte, als er ihm die Chance seines Lebens geboten hatte, hatte jetzt seine Frau. So viel wusste Pinkie. Er wusste nur nicht, was Basile mit ihr vorhatte.

Aber er konnte es sich vorstellen.

Dieser Gedanke brachte ihn so sehr auf, dass er sein

Glas quer durch den Raum an die Wand warf, wo es zerschellte und einen großen Scotchfleck hinterließ. Sofort kam Errol hereingestürzt. »Raus!« Errol zog sich eingeschüchtert zurück, verließ rückwärtsgehend den Raum und machte die Tür wieder zu.

Pinkie lief in seinem Arbeitszimmer auf und ab, als suchte er ein Ventil für seinen Zorn. Seit dem Tag, an dem er Angel ihre Tochter abgehandelt hatte, war Remy sein Eigentum gewesen. Er hatte sie in der Blessed Heart Academy untergebracht, um die Garantie zu haben, dass sie rein blieb. Dass sie Schulbildung erhielt, war notwendig, aber nach Pinkies Auffassung weniger wichtig als der andere Unterricht, auf dem er bestanden hatte. Er hatte veranlasst, dass Remy Sprech- und Benimmunterricht erhielt, damit sie ihn später in der Öffentlichkeit nicht blamierte, sondern ihm im Gegenteil Ehre machte, wenn er sie einmal ausführte.

Nach der Hochzeit hatte Pinkie ihr alles beigebracht, was eine Frau wirklich wissen musste – wie man einen Mann befriedigte. Er wählte ihre Garderobe aus, ihren Schmuck, ihre Schuhe. Er hatte Remy nach seinem Geschmack geformt, sie allein für seinen Gebrauch erschaffen.

Pinkie Duvalls Ehefrau musste ebenso vollkommen sein wie seine Orchideen, seine Weine und seine Karriere. Deshalb war er so aufgebracht. Remy war jetzt für ihn wertlos. Er konnte sich nie wieder an ihr freuen.

Auch wenn Basile sie nicht anrührte...

Was er natürlich tun würde.

Aber selbst wenn er es nicht tat, würde alle Welt denken, er hätte es getan, und das war genauso schlimm.

Wie sollte Pinkie ertragen können, dass alle Welt dachte, sein Feind habe seine Frau gevögelt? Das konnte er nicht. Das wollte er nicht. Damit hätte er sich lächerlich gemacht.

Nein, seit ihrer Entführung war Remy befleckt und besudelt und somit nicht mehr zu brauchen.

Folglich musste sie wie Basile sterben.

25. Kapitel

Das auf Pfählen erbaute Blockhaus bildete eine Insel aus verwittertem Holz, umgeben von Wasser, dessen Farbe und Konsistenz an Erbsensuppe erinnerten. »Nicht gerade das Hotel Ritz«, stellte Basile fest, als er mit dem Boot an einem der alten Reifen anlegte, die als Fender an den Pfählen hingen. Er kletterte auf den Steg, machte das Boot fest und half Remy dann beim Aussteigen.

»Ein Steg verbindet das Blockhaus mit der Halbinsel dort drüben«, erklärte er, wobei er nach rechts deutete, »aber wenn das Wasser im Winter höher steht, ist er überflutet. Außerdem ist er schon sehr baufällig.«

Sie blickte über den Kanal und sah einen dichten Wald, der mit Unterholz und Riedgras durchsetzt war. Von dieser Stelle aus war nirgends fester Boden zu sehen. Alle Pflanzen, sogar die Bäume, schienen direkt aus dem Wasser zu wachsen.

»Wie tief ist das Wasser?«

»Tief genug«, antwortete er knapp. Er gab ihr eine braune Papiertüte mit Lebensmitteln. »Die Tür ist nicht abgesperrt. Nehmen Sie das mit rein.«

Remy überließ es ihm, das Boot auszuladen und die gekauften Vorräte auf dem ungefähr einen Meter über dem Wasser liegenden Steg zu stapeln. Ihre Schritte klangen dumpf auf den verwitterten Planken, als sie auf den Bau zuging, den er als Blockhaus bezeichnet hatte, obwohl Hütte eine zutreffendere Bezeichnung gewesen wäre.

Sie hob den Fallriegel hoch und stieß die Tür auf. Das Innere der Hütte lag im Halbdunkel, weil die Fensterläden geschlossen waren. Es roch modrig. Im Süden Louisianas war es selbst in den vornehmsten Häusern schwierig, die Auswirkungen der Tatsache zu bekämpfen, dass man auf Meereshöhe lebte. In dieser Hütte war der Kampf gegen Moder und Schimmel offenbar längst verloren.

»Ich habe Sie gewarnt, dass die Unterkunft nicht luxuriös ist.« Basile, der jetzt hinter ihr stand, schob sie über die Schwelle. »Stellen Sie die Tüte vorerst auf den Tisch. Bevor wir auspacken, muss ich die Hütte nach Kakerlaken absuchen.«

Remy tat wie geheißen und sah sich danach in der Hütte um. Sie bestand eigentlich nur aus einem Raum, wies jedoch eine zweite Tür auf, auf die jemand eine Mondsichel gemalt hatte, um sie als WC-Tür zu kennzeichnen.

»Das Abwasser aus der Toilette läuft – meistens – in einen Klärgrubenbehälter drüben auf der Halbinsel«, erklärte er ihr. »Hier gibt's auch fließendes Wasser, aber ich rate Ihnen, nur Mineralwasser zu trinken. Waschen kann man sich vor dem Regenwasserfass an der Westwand. Baden oder schwimmen im Bayou ist nicht empfehlenswert.«

Sie warf ihm einen bösen Blick über die Schulter zu, bevor sie an eins der Fenster trat und die Lamellen des Fensterladens öffnete. Der Tag war so grau und wolkenverhangen, dass nur wenig Licht hereinfiel. Trotzdem wurde es im Hütteninnern dadurch etwas heller.

An einer Wand stand ein altes Sofa, das aussah, als wäre es bei der Möbelsammlung der Wohlfahrt abgelehnt worden. In der Raummitte stand ein Küchentisch aus den fünfziger Jahren mit Resopalplatte und rostigen verchromten Beinen. Die Beine der drei Küchenstühle waren ähnlich korrodiert, aber ihre hellblauen Kunstlederpolster waren tadellos erhalten. Remy sah nur einen zweiflammigen Gaskocher, keinen Kühlschrank.

»Hier gibt's keinen Strom«, sagte er, als würde er ihre Gedanken erraten. »Aber wir haben ein Gasheizgerät, und ich habe von Dredd eine volle Gasflasche mitgebracht. Ist Ihnen kalt?«

»Bisher nur kühl.«

Er machte sich daran, das Heizgerät in Betrieb zu setzen; sie sah sich weiter in der Hütte um. Außer einer Kommode und einigen eher zufällig verteilten Tischen und Wandregalen war das einzige größere Möbelstück ein breites Bett. Die Sprungfedern hatten sich nach draußen gebohrt; sie waren rostig. Die Matratze war mit blau-weißem Drell überzogen, der hoffnungslos fleckig war. Über dem Bett hing ein zusammengebundenes Moskitonetz.

Während sie noch das Bett betrachtete, landete ein vollgestopfter Kopfkissenbezug mitten auf der Matratze. »Ich habe frische Bettwäsche mitgebracht«, erklärte Basile. »Während ich das Ungeziefer ausräuchere und dieses Zeug wegräume, können Sie das Bett machen.«

Sic war dankbar, eine Aufgabe zu haben, die sie auf andere Gedanken brachte. Sie schüttelte den Inhalt des Kopfkissenbezugs aufs Bett und sah erleichtert, dass er daran gedacht hatte, nicht nur weiße Bettwäsche, sondern auch einen wattierten Matratzenschoner einzupacken. »Wie lange bleiben wir hier?«

»Bis Ihr Mann uns gefunden hat.«

»Er findet uns.«

»Darauf zähle ich.«

»Vielleicht sollten Sie auch darauf zählen, dass er Sie erschießt.«

Er war damit beschäftigt, Konservendosen aus der blauen Tüte in ein primitives Regal zu räumen. Jetzt machte er eine Pause, stellte eine Dose genau in die Mitte des unteren Fachs und drehte sich dann langsam zu Remy um.

»Ich sollte Ihnen wohl fairerweise erzählen, dass ich vor ein paar Tagen meine Pistole in der Hand hatte und daran dachte, mir eine Kugel in den Kopf zu jagen. Ich habe es nur nicht getan, weil ich erst noch die Männer erledigen wollte, die meinen Freund auf dem Gewissen haben. Was danach aus mir wird, ist mir völlig egal.«

»Da täuschen Sie sich, Mr. Basile. Wenn Sie erst einmal vor der Wahl zwischen Leben und Tod stehen, werden auch Sie sich fürs Leben entscheiden.«

»Wie Sie meinen«, sagte er gleichmütig und arbeitete weiter.

»Was ist mit Ihrer Familie?«

»Ich habe keine.«

»Keine Frau?«

»Nicht mehr.«

»Oh, ich verstehe.«

»Nein, das tun Sie nicht.« Er knüllte die leere Papiertüte zusammen. »Ich habe Ihnen das alles nicht erzählt, um ein Gespräch anzufangen. Ich habe es Ihnen erzählt, damit Sie mir und sich alle Einschüchterungsversuche ersparen, die Ihnen vielleicht noch einfallen. Sie nützen Ihnen nichts. Ich weiß bereits, was für ein schlimmer Bösewicht Ihr Mann ist. Er wird mich nicht daran hindern, Kevin Stuarts Tod zu rächen.«

Er warf die Papiertüte in eine Ecke und ging dann hinaus,

um weitere Sachen aus dem Boot zu holen. Das Gasheizgerät gab bereits spürbar Wärme ab. Remy schlüpfte aus der Seglerjacke und Dredds altem Pullover und machte sich daran, das Bett zu beziehen. Als sie im Bettkasten eine zusammengelegte Bettdecke sah, zog sie den Kasten heraus, griff nach der Decke und roch vorsichtig daran. Sie war einigermaßen sauber, musste aber ausgeschüttelt werden.

Sie kam nur bis zur Tür. Dort begegnete sie Basile, der einen Seesack auf der Schulter trug. »Wohin wollen Sie?«

»Ich will die Decke ausschütteln.«

Er stellte seinen Seesack auf dem Steg ab. »Geben Sie her. Ich schüttle sie aus.«

Er hielt die Decke über den Rand des Stegs und schüttelte sie kräftig aus. Nachdem er sich davon überzeugt hatte, dass sich kein Ungeziefer in der Bettdecke eingenistet hatte, gab er sie ihr zurück. »Jetzt ist sie sauber.«

»Danke.«

Als sie sich abwandte, hörte sie ihn hinter sich halblaut fluchen. »Legen Sie die Decke weg.«

»Warum, was ist los?«

»Tun Sie's einfach.«

Er wartete nicht darauf, dass sie seine Anweisung befolgte, sondern nahm ihr die Decke aus der Hand und warf sie aufs Bett. Dann drehte er Remy um, so dass sie ihm den Rücken zukehrte, und zog ihr das Flanellhemd aus der Hose, die Dredd ihr geliehen hatte. Bevor sie protestieren konnte, schob er das Hemd bis zu den Schultern hoch, so dass er ihren nackten Rücken vor sich hatte.

»Was machen Sie da?«

»Sie haben Blutflecken auf dem Hemdrücken. Einige der Wunden müssen aufgeplatzt sein. Wenn sie sich entzünden, reißt Dredd mir den Kopf ab. Setzen Sie sich.« Er zog einen Stuhl unter dem Küchentisch hervor und legte ihr eine Hand auf die Schulter, um sie auf den Sitz zu drücken. Remy sträubte sich jedoch. »Was ist los? Was haben Sie?«

»Ich bin von einem Mann entführt worden, der mir eben erklärt hat, dass er mehrere Menschen umbringen will. Vielleicht liegt es daran, dass ich ein bisschen nervös bin.«

Er fluchte wieder. »Ich tue Ihnen nichts, okay? Sie brauchen nicht jedes Mal zusammenzuzucken, wenn ich in Ihre Nähe komme. Setzen Sie sich jetzt hin und drehen Sie sich um.«

Sie gehorchte, blieb aber am äußersten Stuhlrand sitzen.

Dredd hatte alles Nötige in eine Segeltuchtasche gepackt. Basile stellte sie auf den Tisch und rollte dann ihr Flanellhemd bis zum Hals nach oben, damit es nicht bei der Arbeit störte. Remy hielt es dort fest, indem sie ihre Arme vor der Brust kreuzte. Er tupfte die blutenden Wunden mit einem Wattebausch ab, den er mit einem Antiseptikum getränkt hatte.

»Brennt's?«

»Nein«, log sie. Es brannte wie Feuer, aber sie erduldete den Schmerz mit stoischer Gelassenheit.

Er arbeitete systematisch und schweigend, reinigte zuerst ihre Wunden und bestrich sie dann mit Dredds Heilsalbe. Seine Bewegungen waren laienhaft unsicher; er besaß weder Dredds Geschicklichkeit noch seine heilenden Hände. Und er verstand es nicht, während der Behandlung beruhigend auf die Patientin einzureden. Sein Schweigen war unbehaglicher als das Brennen des Antiseptikums.

»Wie oft kommen Sie hierher?«

»Nicht so oft, dass jemand mich hier suchen wird – für den Fall, dass Sie hoffen, ein Freund könnte vorbeikommen.«

»Das tue ich nicht.«

»Wie auch immer.«

»Kommen Sie meistens allein her?«

»Manchmal mit meinem Bruder.«

»Für zwei Männer ist die Hütte schrecklich klein.«

»Wir knobeln, wer das Bett bekommt.«

»Der Verlierer schläft auf dem Sofa?«

»Hmm.« Er klappte den Deckel der Salbendose zu, um ihr zu signalisieren, dass er fertig war. »Die Wunden müssen aufgebrochen sein, als Sie das Bett gemacht haben. Am besten schonen Sie sich für den Rest des Tages ein bisschen.«

»Was ist mit mir?«

»Was soll mit Ihnen sein?«

»Muss ich mit Ihnen um das Bett knobeln?«

Als er nicht gleich antwortete, sah sie sich zu ihm um. Sie hatte zwar weiterhin die Arme vor der Brust gekreuzt, aber der Hemddrücken war noch bis zum Hals hochgerollt. Als sie über ihre nackte Schulter blickte, erkannte sie zu spät, dass ihre Fragen provokant geklungen haben mussten.

»Wie sähe dabei der Einsatz aus, Mrs. Duvall? Habe ich bei Zahl verloren und muss aufs Sofa? Gewinne ich bei Kopf und bekomme das Bett und Sie dazu?« Er lächelte verächtlich. »Wahrscheinlich müsste ich mich geschmeichelt fühlen, weil Sie sich Duvall weit teurer verkaufen. Aber meine Antwort lautet trotzdem: Nein, danke.«

»Mrs. Duvall?«

Del Ray Jones brachte sein Gesicht bis auf eine Handbreit an das seines Kunden heran. »Hab ich gestottert?«

»Nein, aber Sie haben die schlimme Angewohnheit,

beim Reden zu spucken, Del Ray. Ihre Mama hätte dafür sorgen sollen, dass Sie als kleiner Junge eine Zahnspange bekommen.«

Del Rays Knopfaugen wurden noch kleiner. »Wenn Sie sich ein bisschen Mühe geben, fällt Ihnen bestimmt etwas zu Mrs. Duvall ein.«

»Mrs. *Pinkie* Duvall?«

»Sehen Sie, Sie wissen bereits mehr, als Sie ursprünglich geglaubt haben.«

»Bloß gut geraten«, sagte der andere Mann und bewegte die Schultern, als wollte er eine Verkrampfung lösen. »Falls Sie Pinkies Alte meinen, so habe ich sie noch nie gesehen und weiß überhaupt nicht, wovon Sie reden.«

Del Ray legte den Kopf schief und grinste herausfordernd. »Ach, kommen Sie. Lügen Sie den alten Del Ray nicht an. Dafür sind wir schon zu lange Freunde.«

»Freunde? Dass ich nicht lache! Sie sind nicht mein Freund. Sie sind ein ekelhafter Kerl.«

»Das trifft mich tief«, behauptete Del Ray und legte eine Hand aufs Herz. »Ehrenwort, dass Sie nichts über Mr. Duvalls Frau wissen?«

»Ehrenwort.«

»Sie haben nicht gehört, dass sie verschwunden ist?«

»Verschwunden?«

»Gut, gut. Das war echt gut. Wirklich aufrichtig. Wenn ich's nicht besser wüsste, könnte ich wirklich glauben, diese Nachricht habe Sie überrascht.«

Der andere Mann zuckte mit den Schultern. »Okay, ich habe Gerüchte gehört, aber keine Tatsachen. Lassen Sie mich jetzt in Ruhe. Wir treffen uns wie vereinbart am Freitag. Vorher will ich Ihr hässliches Gesicht gar nicht sehen, verstanden?«

Als sein Kunde sich abwandte, hob Del Ray blitzschnell die rechte Hand. Ein Schnappmesser blitzte auf. Er drückte die Klinge leicht an die Backe des anderen. Del Ray lächelte nicht mehr – nicht einmal bösartig –, als er sagte: »Sie könnten versuchen, nach Ihrer Pistole zu greifen, aber Ihr Gesicht wäre hinüber, bevor Sie mich erschießen.«

»Sie haben mir Zeit bis Freitag gegeben«, sagte der Mann, der kaum die Lippen bewegte. »Dann bekommen Sie Ihr Geld.«

»Sie haben mich schon früher angelogen.«

»Diesmal nicht. Ich habe das Geld schon in Aussicht.«

»Ohne Scheiß?«

»Ich schwör's Ihnen!«

»Also passen Sie auf.« Del Ray ließ das Messer sinken und schlug sich mit der flachen Klinge in die Hand, als dächte er über etwas nach. »Wenn Sie jetzt mitkommen, kann ich vielleicht jemanden dazu überreden, Ihre Schulden für Sie zu bezahlen.«

»Meine Schulden für mich bezahlen?«

»Und Sie haben behauptet, ich wäre nicht Ihr Freund. Schämen Sie sich!« Der Kredithai schob seinen Kunden zu einem am Randstein geparkten Cadillac. »Mr. Duvall möchte Sie sprechen.«

»Pinkie Duvall will mich sprechen?«

»Ja. Und ist es nicht nett von ihm, dass er Ihnen eine persönliche Einladung zukommen lässt?«

»Ich freue mich, dass Sie so kurzfristig kommen konnten, Mr. McCuen.«

Mac betrat Pinkie Duvalls luxuriös eingerichtetes Arbeitszimmer. Del Ray Jones und Wayne Bardo blieben ihm auf den Fersen. Wenn dies nicht die Löwengrube war, wusste er nicht, wo sie sonst liegen sollte. Und wer Daniel war, stand ebenfalls fest. Duvall hielt eindeutig alle Trümpfe in der Hand.

Er bemühte sich, nonchalant zu wirken, als er in dem angebotenen Sessel Platz nahm. Jones und Bardo postierten sich rechts und links neben ihm. Mac sah dem Anwalt offen ins Gesicht. »Schön, hier bin ich also, Duvall. Was wollen Sie von mir?«

»Ich will meine Frau zurückhaben.«

»*Zurückhaben?*« Mac rang sich ein Grinsen ab. »Ist sie Ihnen verlorengegangen? Nun, ich habe sie nicht, aber Sie dürfen mich gern durchsuchen.«

Er merkte, dass Duvall keinen Sinn für diese Art Humor hatte. »Da gibt's nichts zu lachen, McCuen. Meine Frau wurde entführt.«

»Verdammt, was Sie nicht sagen!«, rief Mac aus. Er sah erst zu Del Ray, dann zu Bardo auf und zog die Augenbrauen hoch, um zu demonstrieren, wie sehr ihn diese wichtige Besprechung beeindruckte. Anschließend wandte er sich wieder an Duvall. »Für Entführungen ist das FBI zuständig. Was soll ich in dieser Sache unternehmen?«

»Es geht nicht darum, ein Verbrechen aufzuklären. Ich weiß, wer sie entführt hat. Burke Basile.«

Obwohl Mac damit gerechnet hatte, längst darauf gefasst gewesen war, sogar selbst zu diesem Schluss gelangt war, machte erst Duvalls Mitteilung diese Tatsache offiziell.

Douglas Patout war nervös gewesen, seit er den Zeitungsbericht über den merkwürdigen Vorfall im Café Crossroads gelesen hatte. Er hatte Mac angeblafft, als der sich danach erkundigt hatte, was Patout im Jefferson Parish in Erfahrung gebracht habe. Mac hatte ihn mit Fragen bestürmt, aber Patout hatte sich geweigert, auf Einzelheiten einzugehen, und stattdessen behauptet, das Ganze sei tatsächlich kein Fall für die Polizei. Vielleicht war es *offiziell* kein Fall für die Polizei, aber zumindest war ihm nun klar, wieso Patout so verstört war – seine Befürchtung, Basile könnte in diese Sache verwickelt sein, hatte sich bestätigt.

Basile hatte gute Gründe für einen Rachefeldzug gegen Duvall. Aber er hatte ihn verdammt dramatisch begonnen. War Rache wirklich sein einziges Motiv?, fragte Mac sich. Der Gedanke, dahinter könnte mehr stecken, als auf den ersten Blick zu erkennen war, war beunruhigend. Mac sagte sich jedoch, die beste Methode, mehr Auskünfte von Duvall zu erhalten, sei bestimmt, sich weiter dumm zu stellen.

»Wie kommen Sie darauf, dass Basile Ihre Frau hat? Was sollte er denn mit ihr anfangen? Ah«, sagte er dann, als wäre ihm plötzlich ein Licht aufgegangen. »Rache für Kevin Stuart, möchte ich wetten.«

Duvall sah zu Bardo hinüber und zuckte auf eine Art, die Mac nervös machte, mit den Schultern, fast als wollte er sagen: *Ich hab's auf die nette Tour versucht, aber das klappt nicht.* »McCuen, ich bin müde, besorgt und sauer. Deshalb will ich geradewegs zur Sache kommen.«

»Gut. Ich hab auch Wichtigeres zu tun.«

»Trotz Ihrer lukrativen Nebenbeschäftigung schulden Sie Del Ray rund fünfzigtausend Dollar, nicht wahr?«

Macs Lage war kritisch gewesen, als die Kreditkartengesellschaften gedroht hatten, seine Kreditkarten zu sperren, wenn die Konten nicht ausgeglichen wurden. Er konnte Toni nicht erzählen, dass er sein Einkommen verspielt hatte, anstatt damit ihre Schulden zu tilgen. Und er konnte sie nicht auffordern, die von einer Sperre bedrohten Kreditkarten nicht mehr zu benutzen.

Weil Mac dringend Geld brauchte, hatte er Hilfe gesucht, die sich ihm in der abstoßenden Gestalt von Del Ray Jones angeboten hatte. Del Ray hatte ihm etwas Geld geliehen, das Mac prompt beim Super Bowl verwettet hatte. Als er den ersten Kredit nicht zurückzahlen konnte, hatte Del Ray ihm noch mehr Geld geliehen. Und noch mehr.

Jetzt schwor er sich, für den Rest seines Lebens die Finger von allen Glücksspielen zu lassen, wenn er dieses Gebäude heil und ganz verlassen konnte. Er würde nie mehr auf Pferde oder große Sportereignisse wetten. Er würde Blackjack, Würfeln und Poker abschwören. Er würde schlagartig mit allem aufhören. Verdammt, er würde nicht einmal mehr Kopf-oder-Zahl spielen.

Duvall wusste offenbar von seinen Schulden, also konnte er sie ebenso gut eingestehen. »Wohl eher fünfunddreißigtausend.«

»Heute ab Mitternacht sind es fünfzigtausend«, erklärte Duvall. »Und morgen noch mehr. Oder...« Er machte eine Pause, um die Gewissheit zu haben, dass Mac gut zuhörte. »Oder Sie könnten Ihre Schulden loswerden. Voll und ganz. Sie haben die Wahl.«

Da Mac wusste, mit welchen Methoden Duvall arbeitete, war ihm bewusst, dass dieses Angebot zu schön war, um wahr zu sein. Sein Herz dachte nicht daran, vor Freude schneller zu schlagen. »Als Gegenleistung wofür?«

»Basile.«

Mac lachte ungläubig. »Ich weiß ja nicht mal, wo er ist!«

»Sie müssen irgendeinen Verdacht haben.«

»Er hat sich mir nie anvertraut, als wir noch zusammengearbeitet haben«, sagte Mac. Er hörte, wie dünn seine Stimme vor Nervosität geworden war. »Und jetzt tut er's erst recht nicht, das können Sie mir glauben!«

»Er war am Tag vor der Entführung meiner Frau zum Abendessen bei Ihnen.«

Mac schluckte trocken. Gott, der Mann wusste anscheinend *alles.* »War nur eine Geste von mir – ein Abschiedsessen, sonst nichts.«

»Er hat Ihnen den Entführungsplan also nicht erläutert?«

»Teufel, nein! Hören Sie, Mr. Duvall, Basile vertraut sich niemandem an. Nach Stuarts Tod ist er erst recht schweigsam geworden. Keiner steht ihm wirklich nahe – auch Patout nicht. Basile fühlt sich am wohlsten, wenn er allein ist.«

»Richtig«, knurrte Duvall. »Und im Augenblick ist er mit meiner Frau allein.«

»Schon möglich, aber darüber weiß ich nichts. Sie haben Ihre Zeit vergeudet.« Mac stand auf, machte kehrt und sah sich plötzlich Del Ray gegenüber. »Die Fahrt zu mir raus hätten Sie sich sparen können, Arschloch. Ich habe Ihnen gleich gesagt, dass ich nichts über diese Geschichte weiß. Ihr Geld bekommen Sie wie versprochen am Freitag.« Er stieß den Kredithai beiseite und ging zur Tür.

Hinter ihm sagte Duvall: »Schlafen Sie eine Nacht darüber, McCuen. Durchforschen Sie Ihr Gedächtnis. Vielleicht hat Basile Ihnen einen versteckten Hinweis gegeben, an den Sie sich im Moment nur nicht erinnern.«

Mac griff nach dem Türknauf und zog die Tür auf. »Ich habe keine Ahnung, wo Basile steckt. Belästigen Sie mich nicht wieder mit dieser Sache.«

»Mr. McCuen?«

»Was?« Mac war zornig und ängstlich. Wo zum *Teufel* sollte er fünfzigtausend Dollar auftreiben? Und noch dazu bis Freitag! Selbst wenn es ihm gelang, Del Ray zu einem nochmaligen Zahlungsaufschub zu überreden, war das Problem Duvall damit nicht gelöst. Er drehte sich um und starrte den Anwalt mit einer Selbstsicherheit an, die er nicht empfand. »Was gibt's, Duvall?«

»Grüßen Sie Ihre Frau von mir.«

Macs Herz begann zu jagen. »Meine Frau?«, krächzte er heiser.

»Toni ist ein so bezauberndes Wesen.«

Mac sah zu Bardo hinüber, der einen obszönen Schmatzlaut von sich gab, bei dem Del Ray kichern musste.

Als Mac langsam die Tür von Pinkie Duvalls Arbeitszimmer schloss, war er noch drin.

26. Kapitel

Einen Augenblick lang bildete Gregory sich ein, wieder auf der Bühne zu stehen, obwohl der Scheinwerfer schwach und sein Strahl diffus war. Er glaubte, Applaus zu hören. Der Beifall schien anders als sonst zu klingen, aber er hielt an. Das war befriedigend.

Als er jedoch blinzelte, um die Lichtquelle besser sehen zu können, entdeckte er, dass über ihm kein Theaterscheinwerfer, sondern ein wässriger Mond leuchtete. Was er irrtümlich für Beifall gehalten hatte, war in Wirklichkeit das rhythmische Poltern, mit dem sein dümpelndes Boot gegen ein Hindernis unter Wasser stieß. Dieses Hindernis konnte ein versunkener Baumstamm oder der Leib eines Leviathans sein. Gregory wusste es nicht und war nahe daran, sich nichts daraus zu machen. Paradoxerweise hatte blankes Entsetzen seine Angst abgestumpft.

Die Sümpfe wirkten fast zeitlos – vor allem an bewölkten Tagen, an denen das Licht von Sonnenaufgang bis Sonnenuntergang gleich war und die einzige subtile Veränderung aus dem Grad seiner Grauheit bestand. Gregory schätzte, dass ungefähr sechsunddreißig Stunden verstrichen waren, seit er sich aus Dredds Laden geschlichen und den bärtigen Besitzer dieser makabren Bude auf seinem Liegestuhl schnarchend zurückgelassen hatte.

Basile war im Hinterzimmer gewesen, wo er auf einem

Stuhl an Mrs. Duvalls Bett saß und mit auf die Brust gesunkenem Kinn schlief. Gregory hatte ihn durchs Fenster gesehen, als er draußen vorbeigeschlichen war, um ans Ende des Anlegers zu gelangen. Er fürchtete Basile sogar, wenn er schlief – und das mit Recht. In seiner rechten Hand hielt Basile die Pistole, die er bei der Entführung gezogen hatte.

Gregory, der Mühe hatte, ein verzweifeltes Wimmern zu unterdrücken, war auf Zehenspitzen ans Ende des Anlegers geschlichen und in das Boot gestiegen, das er an einem der schleimigen Pfähle gesehen hatte. Wie winzig das Fahrzeug war, merkte er erst, als er die Leine löste und mit dem Boot vom Anleger abstieß. In einem Augenblick der Panik erkannte er, dass er nicht einmal wusste, ob das verdammte Ding schwimmfähig war. Er traute Basile die extreme Maßnahme zu, die manche europäischen Entdecker bei der Erforschung neuer Länder ergriffen hatten: Um zu verhindern, dass sich ihre abergläubischen und verängstigten Mannschaften davonmachten, hatten sie ihre eigenen Schiffe vernichtet.

In diesen ersten angstvollen Minuten auf dem Wasser hatte er mindestens ein Dutzend Mal mit dem Gedanken gespielt, wieder umzukehren. Letztlich fürchtete er Basile jedoch mehr als die Sümpfe. Gregory entschied sich für die unbekannten Schrecken, die ihm den Tod bringen konnten, und gegen Basile, der ganz sicher imstande war, ihn eiskalt umzulegen.

Nach etwa einer halben Stunde gestattete er sich zu glauben, dass Basile keine Löcher ins Boot gestoßen hatte und er nicht in dem schlammigen Wasser würde versinken müssen. Das Boot hatte keinen Motor, deshalb benutzte er das Stechpaddel, bis seine Schulter- und Rückenmuskeln brannten. Jedes unbekannte Geräusch ängstigte ihn.

Jeder sich bewegende Schatten ließ sein Herz jagen. In seiner Verzweiflung wäre er am liebsten in Tränen ausgebrochen, aber er paddelte ohne Kurs und Ziel weiter, folgte blindlings unbekannten Wasserläufen und redete sich ein, er werde sich orientieren können, sobald es Tag wurde.

Aber mit Sonnenaufgang verschlimmerten sich seine Ängste noch mehr. Das Tageslicht zeigte ihm alle Gefahren, die das Dunkel der Nacht gnädig verborgen hatte. Bei jeder kleinen Bewegung im Wasser stellte er sich gleich Giftschlangen und bösartige Alligatoren vor, die ihn dicht unter der Oberfläche belauerten. Vögel mit riesigen Flügelspannweiten strichen ärgerlich krächzend über ihn hinweg.

Und die Gleichförmigkeit der Sumpflandschaft trieb einen zum Wahnsinn. Er paddelte weiter, immer weiter, denn er hoffte, unmittelbar hinter der nächsten Biegung etwas anderes als diese verfluchte Eintönigkeit vorzufinden. Aber obwohl er bestimmt viele Meilen paddelte, nahm er keine Veränderung der Landschaft, sondern nur kleine Wechsel von Licht und Schatten wahr.

Gegen Mittag des ersten Tages gestand er sich ein, dass er sich hoffnungslos verirrt hatte. Er war erschöpft, weil er in der Nacht zuvor keine Sekunde geschlafen hatte. Und er spürte die Folgen der Prügel, die er bezogen hatte, schlimmer als unmittelbar danach. Sein linkes Auge war beinahe zugeschwollen. Sein Atem pfiff durch verschobene Nasenlöcher, aus denen ab und zu hellrotes Blut tropfte. Eine vorsichtige Erkundung seiner Lippen mit einer Fingerspitze zeigte ihm, dass sie grotesk geschwollen waren.

Innerlich und äußerlich zerschlagen, hätte er eine Million Dollar für ein Aspirin gegeben, aber selbst wenn er eins gehabt hätte, hätte er es trocken hinunterschlucken müssen. In der irrigen Annahme, nach ein bis zwei Stunden irgendwo anlegen zu können, um sich mit Essen und Trinken zu stärken, bevor er sich von jemandem nach New Orleans zurückfahren ließ, hatte er keinen Proviant, auch kein Trinkwasser mitgenommen.

Aber dass er hungrig und durstig war, erschien ihm unwichtig im Vergleich zu der trostlosen Erkenntnis, dass er allein und ungeliebt in dieser Wildnis sterben würde. Welch unwürdiges Ende für einen Jungen, der mit allen Privilegien aufgewachsen war, die Amerika den Reichen und Schönen zu bieten hatte!

Selbst als er an einem Uferstreifen vorbeikam, der aus festem Boden zu bestehen schien, dachte er nicht daran, dort an Land zu gehen. Die schrecklichste Zeit seines Lebens – jedenfalls vor dieser Woche – hatte er in einem Sommerlager verbracht. Seine Eltern hatten ihn dort hingeschickt, weil sie fanden, er müsse abgehärtet werden. Er hatte es nicht geschafft, sich auch nur die einfachsten Fertigkeiten für ein Leben in freier Natur anzueignen. Nach zwei Wochen hatte die frustrierte Lagerleitung seine Eltern angerufen und ihnen die Rückerstattung der Kursgebühr versprochen, wenn sie kämen und Gregory abholten.

Selbst erfahrene Angler und Jäger waren schon in den Sümpfen umgekommen – als Opfer der feindlichen Umgebung oder der Raubtiere, die dort lauerten. Er hatte viele Berichte über grässliche Todesfälle gelesen. Manche Pechvögel waren hier verschwunden, ohne dass ihre Angehörigen jemals erfuhren, welches brutale Schicksal sie erlitten hatten. Wenn Gregory James es schon im Sommerlager nicht geschafft hatte, war er seelisch, geistig und körperlich keineswegs fürs Überleben in den Sümpfen geeignet. Es wäre Selbstmord gewesen, auch nur zu versuchen, sich zu Fuß durchzuschlagen.

Solange er im Boot blieb, hatte er vielleicht eine Chance. Obwohl es nicht viel hermachte, war es eine relativ sichere schwimmende Insel. Es schützte ihn vor direktem Kontakt mit dem Wasser, aber auch mit Raubtieren und Giftschlangen.

Während die Stunden langsam verrannen, wurden seine Überlebenschancen jedoch immer geringer, und seine schwache Hoffnung nahm rasch ab. Er wusste nicht mehr, wann er aufgegeben, sein Paddel weggelegt und sich in dem übelriechenden Bootsrumpf ausgestreckt hatte, um den Tod zu erwarten. Es konnte gestern gewesen sein, weil er sich vage erinnerte, eine weitere Nacht verbracht zu haben. War heute endlich aus den tiefen Wolken Regen gefallen? Oder war das gestern gewesen? Er hatte jegliches Zeitgefühl verloren.

Jetzt war es wieder Nacht. Schwacher Mondschein versuchte die Wolken zu durchdringen. Das war nett. Ein tapferer Mond verlieh seinem Hinscheiden eine romantische Note. Wenn er jetzt wieder einschlief, würde er vielleicht nochmals träumen, er stehe im Scheinwerferlicht, sei der Star eines sensationellen neuen Broadwaystücks, überhäuft mit begeisterten Kritiken, und spiele vor Zuschauern, die ihn anbeteten und stundenlang mit stehenden Ovationen feierten.

Plötzlich wurde Gregorys verträumte Benommenheit von einem Lichtstrahl zerstört, der so gleißend hell war, dass er seinen Schädel zu durchbohren schien. Er hob in einer Reflexbewegung eine Hand, um seine Augen zu bedecken. Worte prasselten auf ihn herab, aber er verstand sie nicht. Er versuchte zu sprechen, musste jedoch feststellen, dass er seine Stimme verloren hatte.

Riesige Hände griffen aus dem Dunkel außerhalb des

Lichtstrahls nach ihm, packten ihn unter den Armen und zogen ihn hoch und aus dem Boot, um ihn dann unsanft auf den feuchten, weichen Boden plumpsen zu lassen. Der schlammige Boden fühlte sich herrlich weich an. Gregory wollte im Schlamm liegen bleiben, seine Wange hineinbetten und in seinen Traum zurückkehren.

Aber er wurde auf den Rücken gedreht und in Sitzstellung hochgerissen. Ein Gegenstand wurde an seine Lippen gedrückt, so dass er vor Angst und Schmerzen aufschrie. Dann füllte Wasser seinen Mund und lief seine Kehle hinunter. Er begann gierig zu trinken, bis er sich verschluckte.

Als sein Husten nachließ, versuchte er wieder zu sprechen. »Vie... vielen Dank.« Seine Lippen fühlten sich geschwollen und gummiartig an, als hätte er den ganzen Tag auf einem Zahnarztstuhl verbracht. Er fuhr sich mit der Zungenspitze darüber und schmeckte Blut.

Das Licht, das ihn aufgeschreckt hatte, war dankenswerterweise ausgeschaltet worden, aber der Mondschein war hell genug, um ihn erkennen zu lassen, dass seine barmherzigen Samariter schlammbespritzte, kniehohe Stiefel trugen. Die Hosenbeine hatten sie in die Stiefel gestopft. Blödsinnigerweise fiel ihm dabei ein, dass er seine Hosenbeine noch nie in irgendwelche Stiefel gesteckt hatte.

Er löste die schwierige Gleichung im Kopf: Vier Stiefel entsprachen zwei Männern.

Sie sprachen halblaut miteinander, aber Gregory verstand noch immer kein Wort. Er legte den Kopf zurück, weil er ihnen erneut dafür danken wollte, dass sie ihn gerettet hatten, aber als er ihre Gesichter sah, erstarben die Worte auf seinen geschwollenen Lippen, und er fiel in Ohnmacht.

»Wie spät ist es?«

Als Burke ihre Stimme hörte, wandte er sich vom Gaskocher ab. Remy saß auf der Bettkante und rieb sich den Schlaf aus den Augen.

»Bald sechs Uhr.«

»Habe ich so lange geschlafen?«

»Bestimmt wirkt Dredds Medizin noch nach.«

Sie ging auf die Toilette. Als sie wieder herauskam, goss sie sich ein Glas Wasser ein und trank es langsam aus. Wenig später sagte sie: »Das Fett ist zu heiß.«

Er war kein Meisterkoch, aber er hatte schon oft Fisch gebraten, und man hatte ihn durchaus essen können. »Wo haben Sie kochen gelernt?«, fragte er verdrießlich.

»Ich hab's mir selbst beigebracht.«

Er räusperte sich.

»Meine Fertigkeiten sind ein bisschen eingerostet. Ich komme nicht mehr oft dazu, selbst zu kochen, aber ich verstehe etwas davon, und wenn Sie die Gasflamme nicht kleiner drehen, verbrennt das Paniermehl, bevor der Fisch durchgebraten ist. Wenn Sie wollen, löse ich Sie ab.«

»Das kann ich mir denken. Und ich hätte plötzlich heißes Bratfett im Gesicht.«

»Ich habe Hunger, Mr. Basile, und würde gern etwas essen, bevor ich mit meinem kühnen Fluchtversuch beginne. Außerdem bezweifle ich, dass ich diese gusseiserne Kasserolle mit beiden Händen heben könnte.«

In dem brutzelnden Fett brieten zwei Fischfilets viel zu schnell viel zu stark an. Er blickte auf sie herab und sagte sich, dass sie wahrscheinlich nicht die Kraft hatte, ihn außer Gefecht zu setzen, ohne dabei selbst k.o. zu gehen. Deshalb trat er beiseite und forderte sie mit einer Handbewegung auf, seinen Platz einzunehmen.

»Haben Sie den Fisch gefangen?«

»Heute Nachmittag.«

»Wenn Sie nichts dagegen haben, möchte ich von vorn anfangen. Nehmen Sie bitte die Kasserolle vom Feuer?« Nachdem er das getan hatte, drehte sie die Flamme kleiner. Dann kratzte sie mit einem Spatel die verkohlten Filets aus dem rauchenden Fett. Während sie darauf wartete, dass die Kasserolle abkühlte, zerrieb sie eine Probe seiner Paniermischung aus Mais- und Weizenmehl zwischen Daumen und Zeigefinger. »Haben Sie Salz dazugetan?«

»Äh, nein.«

»Überhaupt irgendwelche Gewürze?«

Er schüttelte den Kopf.

In einem schmalen Wandregal hinter dem Gaskocher standen mehrere Gewürzdosen. Sie griff nach dem Cayennepfeffer. Burke trat hastig einen Schritt zurück, worüber sie lachen musste. »Polizeibeamter durch eine Prise Pfeffer erledigt«, sagte sie, während sie das Paniermehl würzte. »Ich sehe die Schlagzeilen schon vor mir.«

»Ich bin kein Polizeibeamter mehr.«

»Nein, Sie sind auf die andere Seite übergelaufen und haben angefangen, Straftaten zu verüben.«

»Ich habe nur eine verübt. Bisher.«

»Ist eine Entführung nicht ein bisschen ehrgeizig für Ihr Debüt als Krimineller?«

»Wollen Sie mich necken, Mrs. Duvall? Halten Sie das alles für komisch?« Aufgeschreckt von seinem Tonfall, drehte sie sich erstaunt zu ihm um. »Finden Sie es amüsant, dass Wayne Bardo schon wieder zwei Morde verübt hat, seit Ihr Mann ihn freibekommen hat? Mindestens zwei Morde, von denen die Polizei weiß. Ein echter Heuler, nicht wahr?

Und was halten Sie von folgender Lachnummer? Bei seinem Tod hat Kevin Stuart zwei kleine Söhne hinterlassen, die aufwachsen werden, ohne jemals zu wissen, was für ein großartiger Kerl ihr Vater gewesen ist. Denken Sie mal *daran,* wenn Ihnen wieder zum Lachen zumute ist.«

»Es ist Pinkies Aufgabe, seine Mandanten freizubekommen. Dafür sind Strafverteidiger da.«

»Ah, da merkt man, dass er Sie gut indoktriniert hat. Aber Sie waren ja schon immer verdammt clever, stimmt's? Sie haben bei Ihrer Mutter schon in frühester Jugend genügend Hurentricks abgeschaut, um sich einen reichen und mächtigen Mann angeln zu können.«

»Sie haben keine Ahnung, wovon Sie reden.«

»Falsch, Mrs. Duvall. Ich weiß es sehr gut. Ich weiß alles über Angel, über ihren Job als Schönheitstänzerin, aber auch über ihren lukrativen Nebenberuf als Nutte, womit sie ihre Drogensucht finanziert hat.«

Das rief eine Reaktion hervor, doch er konnte sie nicht recht einordnen. War sie überrascht, dass er so viel wusste? Aufgebracht, weil er ihre Vergangenheit, die sie wohl am liebsten vergessen hätte, ans Tageslicht gezerrt hatte? War sie beschämt oder wütend? Er wusste es nicht. Aber sie setzte sich jedenfalls zur Wehr.

»Wenn Sie das alles wissen, wie können Sie mir dann vorwerfen, dass ich von Angel und diesem Leben wegkommen wollte? Wenn ich Pinkie nicht begegnet wäre, hätten Flarra und ich...«

»Flarra?«

»Meine Schwester.«

Schwester? Wie hatte er die übersehen können? Dann erinnerte er sich daran, dass sie eine teure Privatschule besuchte. »Wie alt ist sie?«

»Sechzehn. Aber sie war noch ein Baby, als Pinkie das Sorgerecht für uns übernommen hat.«

»Angel hat Sie beide einfach weggegeben?«

»Nicht direkt.«

»Was sonst?«

Sie drehte den Kopf zur Seite, aber er baute sich vor ihr auf und zwang sie dazu, ihn anzusehen. »Wie sind Sie an Duvall geraten?«

»Ich dachte, das wüssten Sie alles, Mr. Basile«, sagte sie spöttisch.

»Was ich nicht weiß, kann ich mir denken.«

»Bitte sehr.«

»Angel ist Tänzerin in einem seiner Clubs, aber er bezahlt sie nicht nur fürs Tanzen. Er ist einer ihrer Freier. Eines Tages sieht er Sie, und Sie gefallen ihm noch besser als Mama. Angel verlangt von Ihnen, etwas in die Praxis umzusetzen, was sie Ihnen beigebracht hat, und verspricht Ihnen, dass Sie sich damit einen reichen Mann angeln können. So war es doch, nicht wahr?«

Sie ließ scheinbar bedrückt und beschämt den Kopf hängen, aber nur wenige Augenblicke. Als sie dann trotzig den Kopf zurückwarf, standen in ihren Augen helle Zornestränen.

»Angel hat mir allerdings etwas beigebracht, Mr. Basile. Schon als Sechsjährige konnte ich Zigaretten für sie klauen, ohne erwischt zu werden. Mit acht Jahren bin ich dazu übergegangen, Lebensmittel zu stehlen, um nicht hungern zu müssen. Aber Lebensmittel haben sich auf die Dauer nicht rentiert, deshalb hat Angel mich von einem ihrer Freier zur Taschendiebin ausbilden lassen. Er hat gesagt, ich sei ein Naturtalent. Meine Finger sind immer flinker geworden. Ich habe geübt, bis ich besser war als mein Ausbilder. Das war gut, denn als Flarra zur Welt gekommen ist, konnten wir von meiner Beute als Taschendiebin Milch und andere Sachen für sie kaufen.«

Remy machte eine Pause, um sich eine Träne von der Wange zu wischen. »Allerdings war nie genug Geld für alles da, und manchmal hat Angel es mir weggenommen, um Drogen zu kaufen, bevor ich es für das Baby ausgeben konnte. Also musste ich kühner werden, häufiger stehlen.

Eines Tages bin ich vor Antoine's an den Falschen geraten. Pinkie Duvall hat mich bis nach Hause verfolgt, um mich festnehmen zu lassen. Aber als er gesehen hat, wie wir lebten, hat er es sich anders überlegt.«

»Er hat Angel ein Angebot gemacht. Er würde auf eine Anzeige verzichten, wenn er dafür Sie bekäme.«

»Flarra und mich. Mutter war damit einverstanden, ihn zu unserem Vormund zu machen.«

»Das kann ich mir denken. Sie hat genau gewusst, was Duvall wollte. Sie hat aufmerksam registriert, wie seine Augen beim Anblick ihrer bildhübschen älteren Tochter geleuchtet haben.«

»Nein, so war es nicht!«, widersprach sie mit energischem Kopfschütteln.

»Pinkie Duvall ist aus der Güte seines Herzens, aus christlicher Nächstenliebe euer Vormund geworden?« Burke lachte. »Das glauben Sie doch selbst nicht! Warum sollte ich es glauben?«

»Er hätte nicht auch die Verantwortung für Flarra übernehmen müssen.«

»Doch, das musste er, wenn alles ordentlich und legal zugehen sollte. Wahrscheinlich hätte ihm kein Richter abgenommen, dass er nur aus Menschenfreundlichkeit der Vormund eines halbwüchsigen Mädchens werden will. Zwei unterprivilegierte, in Armut lebende Schwestern waren da gleich viel glaubwürdiger.«

Vielleicht lag es an der Erinnerung an Kevins Familie, die seine Freundschaft zurückgewiesen hatte, an der Spur von Mitleid, die er für die kleine Remy und das Baby Flarra empfand, oder am eigenen schlechten Gewissen, dass sein Zorn neue Nahrung erhielt und ihn erneut anstachelte. Er spürte eine finstere Bösartigkeit in sich aufsteigen. Er wollte Remy Duvall mit grausamen Kränkungen überhäufen, damit auch sie wusste, was wahrer Schmerz war. Es fühlte sich an, als wäre das eigene Herz mit Stacheldraht umwunden. Nun war es an der Zeit, fand er, dass jemand anders empfand, was er seit der Nacht, in der er Kevin erschossen hatte, erdulden musste.

Er trat näher an sie heran, folgte ihr, als sie zurückwich, und baute sich so dicht vor ihr auf, dass er sein Spiegelbild in ihren dunklen Pupillen sah.

»Sie haben sich inzwischen eine harmlosere Erklärung zurechtgelegt, aber Sie wussten damals und wissen es auch heute, was Duvall wollte. Er wollte eine junge Hure, die bei einer erfahrenen Professionellen gelernt hatte.«

»Warum hassen Sie mich?«

»Bestimmt hat Angel für Ihre Jungfräulichkeit garantiert, oder? Wären Sie keine Jungfrau mehr gewesen, hätte Duvall volles Rückgaberecht gehabt.«

»Ich lasse mich nicht von Ihnen beleidigen!«

»Hat er ein paar Tage gewartet oder Sie gleich in der allerersten Nacht ausprobiert?«

Sie warf ihm den Spatel an den Kopf und flüchtete.

Heißes Fett spritzte ihm ins Auge. Burke rieb es sich mit einer Hand, während er zur Tür stolperte. Sobald er die Schwelle überschritt, traf ihn etwas Hartes am Hinterkopf und ließ ihn in die Knie sinken. Im nächsten Augenblick traf ihn ein weiterer Schlag.

Als er zusammenbrach und nach vorn auf den Steg knallte, war er schon bewusstlos.

»Nanci?«

Nanci Stuart war dabei, ihre beiden wilden Söhne auf den Rücksitz ihres Wagens zu scheuchen. Als sie ihren Namen hörte, machte sie auf dem Absatz kehrt und rief überrascht aus: »Doug! Was um Himmels willen machen Sie hier?«

»Ich habe mir den letzten Trainingsabschnitt angesehen«, antwortete Patout. »Wenn Ihre Jungs so weitermachen, spielen sie später mal in der Profiliga.«

»Ich finde, dass es noch zu kalt für Baseball ist, aber die Trainer wollen möglichst mit fliegendem Start in die Saison gehen.«

»Haben Sie eine Minute Zeit für mich?«

»Nun«, sagte sie ausweichend, »wir wollen zu einer Pizzaparty mit dem Team.«

»Hmm.« Patout sah sich um, senkte dann den Kopf und bewegte mit der Schuhspitze ein paar Kieselsteine. »Tut mir leid, dass ich Sie so überfalle, aber ich möchte Ihre Meinung über etwas hören, was nicht am Telefon besprochen werden sollte.«

Auf ihr hübsches Gesicht trat ein besorgter Ausdruck. »Um was geht's denn?«

»Es geht um Basile. Er ist ausgeflogen. Ich muss ihn dringend finden.«

Die Jungen begannen, sich über die Verzögerung zu beschweren. Nanci öffnete die Autotür und ließ sie wieder aussteigen. »Fahrt mit den Haileys. Sagt Mrs. Hailey, dass ich gleich nachkomme. Und hört auf zu toben!«

Ohne ihre Ermahnung zu befolgen, jagten sie wild über den Parkplatz zu einem Kleinbus, der mit lärmenden Jungs beladen wurde. Die andere Mutter ließ die beiden Stuarts einsteigen und winkte dann Nanci zu, um den Empfang ihrer Mitteilung zu bestätigen.

Nanci drehte sich wieder zu Patout um. »Die Jungs haben Sehnsucht nach Burke. Sie fragen ständig nach ihm. Ich wollte vermeiden, dass sie dieses Gespräch mitbekommen.«

»Sie haben Sehnsucht nach ihm?«, fragte er verständnislos. »Ich dachte, er käme regelmäßig zu Besuch.«

»Das hat er getan, bis ich ihn gebeten habe, nicht mehr zu kommen.«

Patout hörte sich an, wie sie die Entscheidung begründete, Burke zu bitten, sie nicht mehr zu besuchen. »Ich weiß, dass ich ihm weh getan habe, Doug, aber seine häufigen Besuche haben mir weh getan. Jeder Besuch hat mich an Kevin und seinen Tod erinnert. Ich habe versucht, das alles zu überwinden. Aber Burke hat es mir immer wieder ins Bewusstsein zurückgerufen.«

Patout fragte Nanci, wann Burke sie zuletzt besucht habe, und runzelte bei ihrer Antwort die Stirn. »Das war ungefähr zum Zeitpunkt seiner Kündigung.«

»Kündigung? Er ist aus dem Polizeidienst ausgeschieden?« Er erzählte ihr von Basiles langsamem, aber stetigem Niedergang. »Ich hab nicht mal gewusst, dass Barbara und er sich getrennt haben«, sagte Nanci bedauernd. »Mir hat er kein Wort davon gesagt.«

»Die Trennung hat ihm nicht entfernt so zugesetzt wie Kevins Tod. Den hat er nie verwunden. Sogar mir ist erst jetzt klar geworden, wie sehr er darunter gelitten hat.«

»Was ist passiert, Doug? Was haben Sie damit gemeint,

als Sie gesagt haben, er ist ausgeflogen? Soll das heißen, dass er verschwunden ist?«

»Sieht so aus.«

Sie bedeckte ihren Mund mit zitternden Fingern. »Vermuten Sie etwa, dass er sich was angetan hat?«

»Nein. Das nicht, aber mehr zu sagen wäre Burke gegenüber unfair, weil die Einzelheiten nur in Umrissen bekannt sind.«

»Welche Einzelheiten? Hat er... etwas getan?«

Patout antwortete ausweichend. »Darüber möchte ich lieber nicht sprechen, Nanci. Es hat einen Vorfall gegeben, aber dem wird noch nicht offiziell nachgegangen, weil die Betroffenen großen Wert auf Diskretion legen. Aber die Situation ist explosiv, Nanci. Wenn es mir mit viel Glück gelingt, Burke rasch aufzuspüren, kann ich vielleicht eine echte Katastrophe verhindern. Schaffe ich das nicht, ist sein Leben praktisch zu Ende.«

Sie rang stöhnend die Hände. »Das ist alles meine Schuld!«

»Nein, nein, Sie können nichts dafür. Er war kurz vor dem Durchdrehen und wäre auch übergeschnappt, wenn Sie sich seine Besuche nicht verboten hätten.«

Sie war keineswegs überzeugt und erbot sich natürlich, ihm zu helfen, wo sie nur konnte.

»Erzählen Sie mir, wo er stecken könnte«, forderte Patout sie auf. »Hat er jemals einen Zufluchtsort erwähnt? Irgendeinen abgelegenen Ort?«

»Hmm, ich weiß nicht recht. Vielleicht eine Fischerhütte, aber...« Sie rieb sich die Stirn, als wollte sie dadurch ihr Gedächtnis anregen. »Falls er jemals beschrieben hat, wo sie liegt, habe ich's vergessen. Barbara müsste es wissen.«

Patouts Miene wurde säuerlich. »Als ich sie zu Hause nicht erreichen konnte, habe ich in der Schule angerufen. Sie und ihr Freund haben sich ein paar Tage Urlaub genommen und sind nach Jamaika geflogen. Sie waren schon verreist, als Burke verschwunden ist. Ich gehe jede Wette ein, dass Barbara nichts darüber weiß.«

Nanci wirkte ratlos. »Ich wollte, ich könnte Ihnen helfen. Ich habe Burke sehr gern. Es hat mir sehr weh getan, ihn bitten zu müssen, mich nicht mehr zu besuchen. Aber Sie verstehen, warum ich das tun musste, nicht wahr?«

»Ja, ich verstehe es. Und ich bin sicher, dass er es auch verstanden hat.« Er berührte zum Abschied kurz ihre Hand und entschuldigte sich dafür, dass sie seinetwegen verspätet zur Pizzaparty kam. Beim Weggehen sagte er: »Rufen Sie mich bitte an, falls Ihnen noch etwas einfällt.«

»Haben Sie mit seinem Bruder gesprochen?«

Patout blieb stehen. »Mit seinem Bruder?«

27. Kapitel

Burke war nur einige Minuten lang bewusstlos, aber in der kurzen Zeit hatte Remy Duvall es geschafft, das Boot fünfzehn bis zwanzig Meter weit wegzurudern. Jetzt mühte sie sich ab, den Motor anzulassen.

Er kroch bis ans Ende des Stegs und rief ihren Namen. Hinter seinen Augäpfeln explodierte greller Schmerz, und er fragte sich, womit sie ihn niedergeschlagen hatte und wie eine so zierliche Frau solche Kraft in einen Schlag hatte legen können.

Sie hielt auf die Halbinsel zu, von der Burke zuvor gesprochen hatte, doch der alte Steg lag in Wirklichkeit auf der anderen Seite der Hütte. Er hatte sie bewusst falsch informiert. »Mrs. Duvall, selbst wenn Sie es schaffen, festen Boden zu erreichen, kommen Sie dort draußen um. Sie verirren sich und finden nie aus den Sümpfen heraus.«

Remy gab es auf, sich mit dem Motor abzumühen, setzte die Riemen ein und begann wieder zu rudern. Burke überlegte, ob er ins Wasser springen und die Verfolgung aufnehmen sollte. In manchen Sumpfgebieten war das Wasser nur knietief, aber hier hätte er nicht stehen können. Normalerweise wäre das kein Problem gewesen. Schwimmend hätte er das Boot in wenigen Sekunden erreichen können. Aber er fühlte sich schwindlig und benommen und wusste nicht, ob er durchhalten würde, wenn er zu schwimmen versuchte. Er konnte bewusstlos werden und ertrinken. Dann würden sie beide sterben, denn seine Warnung vor den Gefahren, die einem in den Sümpfen drohten, war ernst gemeint gewesen, verdammt noch mal!

Also blieb ihm nur eine Möglichkeit, die ihm selbst zuwider war.

Aber weil er sie nicht anders aufhalten konnte, rappelte er sich mühsam auf. Er blieb schwankend stehen und musste kurz die Augen schließen, während der Horizont in seine natürliche Lage zurückkippte. Als der stärkste Schwindel abgeklungen war, stolperte er in die Hütte zurück – mit unbeholfen staksigen Schritten, die ihn bestimmt wie eine schlechte John-Wayne-Imitation aussehen ließen.

Die Pistole lag dort, wo er sie versteckt hatte.

So schnell, wie sein gestörter Gleichgewichtssinn es zuließ, ging er zum Steg zurück, hob die Pistole mit beiden Händen und zielte auf das kleine Boot. »Sie kehren jetzt sofort um und kommen zurück, Mrs. Duvall. Sonst schieße ich Löcher ins Boot und versenke es.«

Sie sah zu ihm hinüber und erkannte die Pistole in seiner Hand, aber die Waffe schien sie nicht zu beeindrucken. »Das glaube ich nicht, Mr. Basile.«

»Warum nicht?«

»Weil Schüsse uns verraten würden, und das wollen Sie nicht.«

»Schon mal was von Schalldämpfern gehört?«

Das zeigte Wirkung. Sie ließ die Riemen sinken. »Sie sind kein Mörder. Wenn Sie das Boot versenken, ertrinke ich.«

»Los, rudern Sie zurück!«

Sie machte keine Bewegung. »Denken Sie daran, ich habe Ihnen gesagt, dass ich nicht schwimmen kann.«

»Und denken *Sie* daran, dass ich Ihnen gesagt habe, ich bin nicht dumm.«

Er drückte mehrmals ab. Seine Schüsse, die Remy absichtlich verfehlten, durchschlugen den Bootsrumpf und hinterließen eine Reihe kreisrunder Löcher knapp unterhalb der Wasserlinie.

Später fiel ihm ein, dass sie nicht aufgeschrien hatte, wie zu erwarten gewesen wäre. Oder falls sie es doch getan hatte, war ihr Schrei im Kreischen der Vögel untergegangen, die bereits ihre Schlafplätze in den oberen Ästen der Bäume bei der Hütte bezogen hatten. Jetzt protestierte die Vogelkolonie lärmend. Trotz des Schalldämpfers hatten die Schüsse in der samtigen Stille der herabsinkenden Nacht unnatürlich laut geklungen.

Das ins Boot eindringende Wasser versetzte Remy sofort in Panik. Sie versuchte, die Löcher mit beiden Händen abzudichten, aber das nützte natürlich nichts.

»Am besten springen Sie gleich rein und schwimmen zurück, Mrs. Duvall. Und ziehen Sie das Boot hinter sich her.«

»Ich kann nicht!«

»Natürlich können Sie das. Sie behalten einfach die Leine in der Hand und ziehen es mit.«

Sie wurde immer verzweifelter, und aus der Ferne sah es überzeugend aus. Burke vermutete einen Trick. Sie wirkte etwa so listig und gefährlich wie ein Schmetterling, aber sie hatte ihn schon zu oft hereingelegt – sie hatte während der Verfolgungsjagd versucht, an die Schiebetür des Kleinbusses zu gelangen, den Zündschlüssel herausziehen wollen, ihm den Spatel, von dem heißes Fett tropfte, an den Kopf geworfen und ihm dann mit einem Prügel fast den Schädel eingeschlagen, als er durch die Hüttentür getaumelt war.

Nein, er würde sich von ihrer zerbrechlichen, unschuldigen Fassade nicht noch einmal täuschen lassen.

Burke musste allerdings zugeben, dass dies ihre bisher reifste schauspielerische Leistung war. Sie schien wirklich panische Angst zu haben, als sie jetzt aufstand, wobei das Boot gefährlich schwankte. »Bitte, Mr. Basile. Ich ertrinke, wenn Sie mir nicht helfen.«

»Sie ertrinken nicht.«

»Bitte!«

Es passierte, als sie einen Arm ausstreckte, wie wenn sie aus der Ferne seine Hand zu ergreifen versuchte. Das Boot kippte zur Seite, kenterte, und sie fiel ins trübe Wasser. Sie schlug wild um sich, ging aber unter. Und blieb unten. Burke konnte sie nicht sehen. Er hielt den Atem an, während er zunehmend besorgt die Wasserfläche absuchte. Schließlich sah er ihren Kopf wieder auftauchen.

Er atmete aus. Nur einer ihrer Tricks.

Aber sie blieb nur eine Sekunde lang oben, dann ging sie wieder keuchend und um sich schlagend unter. Diesmal kam sie nicht mehr hoch.

»Scheiße«, flüsterte Burke. Dann lauter: *»Scheiße!«*

Er vergaß die Schmerzen hinter seinen Augen, achtete nicht mehr auf die Gehirnerschütterung, und nahm sich nicht einmal Zeit, die Schuhe abzustreifen, sondern ließ seine Pistole auf den Steg fallen und hechtete ins Wasser.

Er hatte das Gefühl, durch eine Schale Hafergrütze zu schwimmen. Wie in einem Alptraum schien er umso langsamer voranzukommen, je länger seine Armzüge, je kräftiger seine Beinschläge waren. Als er das gekenterte Boot erreichte, brannten seine Muskeln und seine Lunge: Er legte beide Arme über den Bootsrumpf, holte keuchend mehrmals tief Luft, ließ dann los und tauchte hinab.

Er schwamm in größer werdenden Kreisen und tastete blindlings um sich, bis er auftauchen musste, um Luft zu holen. Dabei sah er einige Meter von sich entfernt Luftblasen aus dem Wasser aufsteigen. Er holte nochmals tief Luft und tauchte in diese Richtung.

Er fühlte ihr Haar wie seidenweiches Seegras über seinen Arm streichen, aber als er nach ihr griff, blieb seine Faust leer. Er tastete mit beiden Händen verzweifelt um sich, bis er sie gefunden hatte. Seine Lunge drohte zu platzen, als er mit einem Arm ihren Leib umschlang und sich vom Morast des Flussbetts abstieß. Das Wasser war nicht besonders tief, aber es schien so dickflüssig, dass er eine Ewigkeit brauchte, um die Oberfläche zu erreichen.

Er holte keuchend Luft, wartete aber nicht, bis er wieder zu Atem gekommen war, sondern schwamm sofort zum Steg zurück und zog Remy Duvall hinter sich her. Sie hatte sich nicht bewegt oder sich gegen seinen Lebensrettungsversuch gewehrt, wie es Ertrinkende oft taten. Er fürchtete sich davor, den Grund dafür zu erfahren. Trotzdem zwang er sich, einen Blick in Remys Gesicht zu werfen. Unter dem Schlamm war es still und leichenblass.

Als er den Steg erreichte, ergab sich das nächste Problem: Wie sollte er hinaufklettern und gleichzeitig Remy festhalten? Jetzt zählte jede Sekunde. Sie ruhte schlaff in seiner linken Armbeuge. Wie lange hatte sie schon keinen Sauerstoff mehr bekommen?

Die Verzweiflung gab ihm die Kraft, nach oben zu greifen und mit der rechten Hand eine der Klampen zu umfassen. Er bemühte sich zweimal vergeblich, sich so weit hochzuziehen, dass er sein rechtes Bein auf den Steg schieben konnte. Als er beim dritten Versuch das Bein nach oben schwang, grub sich sein Schuhabsatz in die Planke, und er blieb sekundenlang in dieser Stellung, während er versuchte, Kraft zu sammeln und seine Muskeln dazu zu überreden, das zu tun, was er von ihnen fordern würde.

Mit fast übermenschlicher Anstrengung gelang es ihm, sein rechtes Bein über den Steg zu schieben, bis es ebenfalls mithelfen konnte, seinen Körper hochzuziehen. Mit Hand und Ellbogen, Fuß und Knie gelang es ihm schließlich, sich über den Rand des Stegs zu wälzen. Als sein Bauch die Planken berührte, stieß er vor Erleichterung fast ein Lachen aus.

Er zog Remy Duvall zu sich hoch und streckte sie auf dem Steg aus. Haarsträhnen klebten an ihren Lippen. Er strich ihr die Haare aus dem Gesicht und begann sofort mit einer Wiederbelebung. Drücken, drücken, drücken, Pause, eins, zwei, drei, Pause. Nasenlöcher zuhalten, in den Mund atmen. Drücken, drücken, drücken, Pause.

Wie lange war sie ohne Sauerstoff gewesen? Sie war keine zwanzig Sekunden unter Wasser gewesen, als er hineingesprungen war. Okay, vielleicht dreißig. Dazu kamen die fünfundvierzig Sekunden, vielleicht mehr, die er gebraucht hatte, um zu dem Boot zu schwimmen. Und bestimmt eine Minute unter Wasser. Das ergab welche Gesamtzeit?

Drücken, drücken, drücken, Pause. Drücken, drücken...

Sie hustete Wasser aus. Er legte ihr eine Hand unter die Wange und drehte ihren Kopf zur Seite, damit sie nicht an dem Wasser erstickte, das sie hervorwürgte. Mehrere Minuten verstrichen, bis ihre Atmung sich normalisierte und die Blaufärbung ihrer Lippen allmählich verschwand.

Als sie dann die Augen aufschlug, hatte sie ihn direkt vor sich. Sie konnte es unmöglich vermeiden, ihn anzusehen; er konnte es unmöglich vermeiden, den Vorwurf in ihrem Blick zu lesen. »Tut mir leid. Ich habe Ihnen nicht geglaubt. Ich habe gedacht, das sei ein Trick.« Weil ihm nichts einfiel, was er sonst hätte sagen können, wiederholte er: »Tut mir leid.«

Er rappelte sich müde auf und blickte übers dunkle Wasser hinaus. Da das Boot gekentert war, schwamm es noch. Wenn er es nicht zurückholte, waren sie hier abgeschnitten. Er wusste, dass er sofort etwas unternehmen musste, bevor völlige Erschöpfung einsetzte und ihn bewegungsunfähig machte. Also hechtete er zum zweiten Mal ins Wasser.

In ihren Adern floss nicht gerade die Milch der frommen Denkungsart, aber immerhin hatten sie ihn nicht umgebracht. Noch nicht.

Gregory gab sich größte Mühe, harmlos zu wirken, was ganz leicht war, weil er nicht nur harmlos, sondern völlig hilflos war. Außerdem bezweifelte er, dass der Leibhaftige persönlich diese Leute hätte einschüchtern können. Wenn sie ihm die Kehle durchschnitten, dann nur zur Unterhaltung, nicht aus einem Gefühl der Bedrohung heraus.

Was Gregory persönlich betraf, zitterte er innerlich vor Entsetzen. Wahrscheinlich konnten sie seine Angst trotz des verlockend duftenden Okraeintopfes, der auf dem Herd brodelte, sogar riechen. Die Hausherrin brachte Gregory einen Teller davon, den sie mürrisch vor ihm auf den Tisch knallte.

Sie war keineswegs freundlicher als die zwei Mannsbilder – ihr Ehemann und ihr minderjähriger Sohn, vermutete Gregory –, die ihn buchstäblich durch den Wald zu diesem Haus geschleift hatten, wo die Frau und zwei jüngere Mädchen ihn misstrauisch begutachtet hatten. Er hatte das Gefühl, ihnen dafür dankbar sein zu müssen, dass sie ihn gerettet hatten, bevor ein Alligator ihn fraß oder er an Hunger, Durst und Erschöpfung starb.

Sie hatten ihn vor den Gefahren der Sümpfe gerettet, aber ihre Gastfreundschaft ließ viel zu wünschen übrig. Ihr Misstrauen konnte jederzeit in Bösartigkeit umschlagen. Mit Leuten dieser Art war nicht zu spaßen. Gregory fühlte sich unwillkürlich an den Film *Deliverance – Beim Sterben ist jeder der Erste* erinnert.

Um die allgemeine Stimmung zu verbessern, sah er lächelnd zu seiner Gastgeberin auf. »Das sieht köstlich aus. Ich danke Ihnen, Ma'am.«

Sie fauchte nur, wobei sich eine große Zahnlücke zeigte, wo mehrere Zähne hätten sein sollen. Dann sagte sie etwas auf Cajun-Französisch zu ihrem Mann, der eine säuerliche Antwort knurrte. Die Kinder waren so verschlossen wie ihre Eltern. Sie hielten sich schweigend im Hintergrund und sahen zu, wie Gregory seinen Eintopf löffelte.

Er war ausgehungert, aber nach wenigen Löffeln merkte er, dass er den Gumbo erst hätte kosten sollen, bevor er ihn in sich hineinschlang. Der dicke, dunkle Eintopf enthielt Fleisch von verschiedenen Schalentieren, Okraschoten, Zwiebeln, Tomaten und Reis, aber die Köchin hatte reichlich Gewürze dazugetan, die ihm den Schlund verbrannten.

Nach einem großen Schluck Wasser aß Gregory langsamer weiter. Da sein Magen in den letzten Tagen geschrumpft zu sein schien, war er schnell satt und konnte die Portion nur halb aufessen. »Vielen Dank«, sagte er und klopfte sich auf den Bauch. »Das war köstlich, aber ich bin voll.«

Die Frau räumte kommentarlos Suppenteller und Esslöffel ab, ließ aber das Wasserglas stehen. Der Mann setzte sich ihm gegenüber an den Tisch. Der Kerl war unglaublich behaart. Dicke schwarze Haare wuchsen ihm aus Nase und Ohren und auf den Fingerknöcheln. Seine Kopfbehaarung war von einer Kappe zusammengedrückt worden, aber sein Kinn verschwand unter einem buschigen Vollbart, der bis zu der dichten Brustbehaarung reichte, die unter seinem offenen Hemdkragen hervorquoll.

»Wie heißt du?«

Gregory, der ihn erstmals Englisch sprechen hörte, stotterte: »Äh, Gregory.«

»Pater Gregory?«

Gregory war im ersten Augenblick verblüfft, bis ihm einfiel, dass er noch immer den hinten zugeknöpften Kragen trug. »Äh, ja. *Pater* Gregory.« Einen Priester würden Sie vielleicht ehrerbietig behandeln. Zum Beispiel konnte sein Tod kurz und schmerzlos statt lang und qualvoll sein.

Seine Lüge zeigte die erhoffte Wirkung. Die Familienmitglieder waren sichtlich beeindruckt, einen Mann Gottes in ihrer Mitte zu haben, und schwatzten aufgeregt durcheinander. Nach einiger Zeit stieß der Hausherr jedoch einen schrillen Pfiff aus, der die anderen sofort zum Schweigen brachte.

Er musterte Gregory misstrauisch. »Was ist mit deinem Gesicht?«

»Ich bin gegen einen Ast geprallt.«

Zwei Augenbrauen, die wie auf die Stirn geklebte Raupen aussahen, zogen sich zu einem ungläubigen pelzigen Stirnrunzeln zusammen.

»Ich habe mich verirrt, wissen Sie«, sagte Gregory. Sein Gegenüber musterte ihn unverändert misstrauisch. Er sprach hastig weiter. »Ich, äh, ein Freund von mir und ich wollten einen Campingausflug machen. Er ist mit dem Wagen und unserem Proviant vorausgefahren. Ich sollte das Boot nehmen und mich an einer vereinbarten Stelle mit ihm treffen. Aber ich habe mich verfahren. Hab nicht aufgepasst und bin an einen tiefhängenden Ast geknallt. So heftig, dass ich gleich umgekippt bin. Dann ist mein Boot endlos lange mit mir weitergetrieben, bis es dort hängen geblieben ist, wo Sie mich gefunden haben.« Er schlug das Kreuzzeichen. »Gott segne Sie, mein Freund.« Um seinen Monolog abzuschließen, fügte er hinzu: »Mein Amtsbruder macht sich bestimmt große Sorgen um mich. Ich möchte wetten, dass er längst einen Suchtrupp organisiert hat.«

Der struppig Behaarte sah zu seiner Frau auf und grunzte nichtssagend; sie sog die Luft durch eine Lücke ein, wo ein Schneidezahn hätte sitzen sollen.

Ihre Zurückweisung traf Gregory schwer. Am liebsten hätte er geweint. Er saß so in der Klemme, dass ihm nur noch ein denkbarer Ausweg blieb: Er musste an die Gutherzigkeit seiner Eltern appellieren. Obwohl sie sich schon ein Dutzend Mal von ihm losgesagt hatten, halfen sie ihm doch immer wieder aus der Patsche, wenn seine Lage verzweifelt war – und er konnte sich keine verzweifeltere Situation als diese vorstellen.

Bestimmt konnte er ihnen etwas vorflunkern, das bei ihnen elterliche Besorgnis oder wenigstens ihr Verantwortungsgefühl wecken würde. Schließlich hatten sie ihn in die Welt gesetzt. Sie würden ihm gern eine Fernreise bezahlen. Vielleicht nach Europa oder in den Orient. Sie würden ihn weit, weit wegschicken, nur um ihn loszuwerden und die Peinlichkeiten zu umgehen, die seine Anwesenheit in New Orleans ihnen verursachen konnte.

Er würde morgen abreisen. Sein Daddy konnte alles für ihn arrangieren. Binnen weniger Stunden wäre er vor Burke Basile und Pinkie Duvall und der ganzen schrecklichen Geschichte in Sicherheit. Er verfluchte den Tag, an dem er sich auf diese Sache eingelassen hatte, aber jetzt war ihm ein Licht aufgegangen, und die Rettung war nur noch ein Telefongespräch entfernt.

»Sie waren schrecklich freundlich. Wenn ich jetzt bitte Ihr Telefon benutzen dürfte ...«

»Haben wir nicht«, sagte der Mann brüsk.

»Oh, okay.« Keine drei Meter entfernt hing deutlich sichtbar ein Telefon an der Küchenwand, aber Gregory hielt es für ratsam, nicht darauf hinzuweisen, zumal wieder eine hitzige Familiendiskussion ausgebrochen war. Er konnte etwas Französisch, aber das Schulfranzösisch hatte ganz anders geklungen, so dass er der Debatte nicht folgen konnte, die eine Zeitlang weiterging, bis der Vater sie durch eine herrische Geste beendete.

»Du führst diesen Jungen hier zum Altar.«

Gregory starrte ihn erschrocken an. »Wie bitte?«

Der Vater deutete auf den stämmigen Jugendlichen, der an der Rettungsaktion beteiligt gewesen war. »Er will heiraten. Du traust ihn, *oui?*«

Die Suppe brodelte wieder – diesmal in Gregorys Magen. Er hatte nach tagelangem Fasten zu viel gegessen. Und er schwitzte so stark wie die Hausherrin, die sich immer wieder mit einem über die Schulter hängenden Geschirrtuch die Oberlippe abwischte.

Die Situation wurde mit jeder Minute kritischer. Um hier heil herauszukommen, würde er seine gesamten schauspielerischen Fähigkeiten einsetzen müssen. Der Jüngling war ungefähr achtzehn und würde in ein paar Jahren vermutlich so behaart sein wie sein Vater. Gregory bedachte ihn mit einem gütigen Lächeln. »Du willst heiraten, mein Sohn?«

Der Junge sah zu seinem Vater hinüber, der für ihn antworten sollte.

Der Bärtige erschreckte Gregory, indem er auf Cajun-Französisch einen Befehl blaffte.

Eine Seitentür des Wohnraums wurde geöffnet, und ein unglaublich junges Mädchen kam herein. Das heißt, die Kleine war viel zu jung, um hochschwanger zu sein.

»O Gott«, stöhnte Gregory, was aber nicht als Gebet gedacht war.

28. Kapitel

Burke schleppte das Boot hinter sich her zum Steg zurück und schwamm dabei ungefähr so geschickt wie ein Mann, der einen Amboss um den Hals hängen hat. Sein Kopf fühlte sich an, als wäre er mit einem Fleischklopfer bearbeitet worden. Als er endlich den Steg erreichte, musste er die letzten Kraftreserven einsetzen, um das Boot aus dem Wasser zu ziehen. Er hob die Pistole auf, mit der er den Bootsrumpf durchlöchert hatte, verzichtete aber darauf, den Schaden gleich zu begutachten. Im Augenblick machte er sich weit weniger Sorgen um Dredds Boot als um Duvalls Frau.

Sie lag noch dort, wo er sie zurückgelassen hatte, aber sie hatte sich auf die Seite gedreht und die Knie hochgezogen, als versuchte sie, sich dadurch etwas zu wärmen. Als er sich über sie beugte, tropfte Wasser von seiner Kleidung auf ihr Gesicht. Trotzdem bewegte sie sich nicht. Er legte eine Hand an ihren Hals, um sich davon zu überzeugen, dass ihr Puls zu fühlen war.

»Warum haben Sie mich nicht einfach ertrinken lassen?« Sie öffnete die Augen erst, nachdem sie das gefragt hatte.

»Tot nützen Sie mir nichts«, sagte er heiser. Nachdem er Zeit gehabt hatte, darüber nachzudenken, dass sie beinahe vor seinen Augen ertrunken wäre, war ihm vor Erleichterung fast schwindlig.

»Wäre mein Tod nicht Ihre Rache gewesen?«

»Ich will nicht, dass Duvall um Sie trauert. Ich will, dass er kommt und Sie zu befreien versucht.«

Daraufhin tat sie etwas, was er am wenigsten erwartete – sie lachte.

Er zog verärgert seine Hand zurück und überließ sie ihrer unangebrachten Heiterkeit. Wenn es ihr schon wieder so gut ging, dass sie lachen konnte, hatte ihr das unfreiwillige Bad offenbar nicht geschadet. Er war ein sentimentaler Dummkopf, wenn er sich ihretwegen Sorgen machte.

Seine Schuhe quatschten auf den Planken, als er über ein Brecheisen hinwegstieg – zweifellos ihre Waffe –, um auf die andere Seite der Hütte zu gelangen, wo er sich trotz der Kälte nackt auszog.

Er wusch sich gründlich mit Wasser aus der Regenwassertonne und einem Stück unparfümierter Seife. Nachdem er sich die Haare mit Shampoo gewaschen hatte, säuberte er mit Waschlappen und Seife auch die Gehörgänge, damit sich dort keine Mikroorganismen einnisten konnten. Als er sich ausreichend sauber fühlte, ging er in die Hütte, um sich vor dem Gasheizgerät zu trocknen, bevor er frische Sachen anzog.

Durchs Haarewaschen war die große Beule an seinem Hinterkopf noch schmerzhafter geworden. Sie tat verdammt weh, aber da weder Gedächtnis noch Sehvermögen beeinträchtigt war, hatte er vermutlich keine Gehirnerschütterung. Er schluckte zwei Aspirin gegen die Schmerzen und ging dann wieder hinaus.

Mrs. Duvalls Lachanfall war inzwischen vorüber. Sie schien jetzt eingeschlafen zu sein. »He!« Er stieß ihr Knie mit einem Zeh an. »Sie müssen sich waschen und umziehen.«

Sie zog leise ächzend die Knie höher.

»Das Wasser ist voller Keime und Krabbeltiere. Ich will nicht, dass Sie mir wegen irgendeines Parasiten wegsterben.«

Burke wollte ihre Hand ergreifen und sie hochziehen, aber sie machte nicht mit. Er fluchte halblaut vor sich hin, beugte sich über sie und richtete sie auf. »Ich bin auch müde, Madame. An der ganzen Misere sind Sie schuld. Hätten Sie nicht diesen dämlichen Fluchtversuch unternommen, wäre Ihnen jetzt nicht so elend zumute.«

Er zog sie hoch, bis sie auf den Beinen stand, und führte sie dann unter großen Mühen auf die andere Seite der Hütte zur Regenwassertonne. Dort füllte er den Eimer mit frischem Wasser und klatschte ihr das Stück Seife in die Handfläche.

»Waschen Sie sich gründlich«, wies er sie an. »Ohren, Nase, alles. Schrubben Sie sich ordentlich ab. Wenn Sie fertig sind, müssen Sie rosig wie ein Babypopo sein. Danach kümmere ich mich um Ihre Wunden.« Er machte sich Sorgen wegen einer möglichen Infektion. Offene Wunden boten Bakterien leichten Zugang, und das brackige Sumpfwasser war eine Brutstätte für einzellige Killer.

Burke ließ sie allein, damit sie sich waschen konnte, und ging in die Hütte zurück, in der es durchdringend nach ihrem nicht gegessenen Fisch roch. Er kippte die rohen und gebratenen Fischfilets in einen Plastikbeutel, den er fest verschloss. Auf die Kasserolle legte er den Deckel, weil er sie erst später auswaschen wollte. Er hatte keinen Appetit mehr und nahm an, dass es ihr ähnlich ging. Aber er würde sie vorsichtshalber fragen.

Beim Hinausgehen griff er sich zwei Handtücher und zog die Decke vom Bett, um sie ebenfalls mitzunehmen.

Damit ging er bis zur Ecke der Hütte. »Mrs. Duvall?«, rief er. Sie gab keine Antwort. Er horchte, ohne das Geräusch von plätscherndem Wasser zu hören. Hinter der Ecke blieb es totenstill. »Mrs. Duvall?«

Als sie auch diesmal nicht antwortete, sah er um die Ecke. Er hätte sich keine Sorgen zu machen brauchen, dass man ihn für einen Voyeur halten könnte. Sie saß in ihren nassen Sachen auf einem niedrigen Hocker an der Hüttenwand, ließ den Kopf hängen und hatte beide Hände untätig im Schoß liegen. Burke fiel auf, dass sie die Seife noch immer in der rechten Hand hielt.

»Was ist los mit Ihnen?« Er trat misstrauisch auf sie zu. Ihre scheinbare Apathie konnte wieder ein Trick sein. Als er näher kam, sah er sie zittern. »Ich weiß, dass es hier draußen kalt ist, aber Sie sollten sich das Zeug wirklich abwaschen. Je früher, desto besser.«

»Ich wollte sterben.«

»Wie bitte?«

»Ich wollte...«

»Ich hab gehört, was Sie gesagt haben«, unterbrach er sie gereizt. »Aber halten Sie es für einen schönen Tod, in dieser Brühe zu ertrinken?«

»Nein«, sagte sie und schüttelte den Kopf. Ihre Haare waren immer noch klatschnass, zerzaust und voll Entengrütze. »Als kleines Mädchen habe ich jeden Abend vor dem Einschlafen darum gebetet, Engel sollten kommen und mich vor dem Aufwachen in den Himmel holen.«

Jetzt wurde ihm klar, dass ihr Lachen vorhin auf dem Steg ein Anzeichen von Hysterie gewesen war. Dies war Phase zwei. Sie hatte panische Angst vor dem Sumpf, vor dem Ertrinken gehabt – und vielleicht auch vor ihm. Sollte er sie wachrütteln, sie ohrfeigen oder auf sie eingehen?

Er entschied sich für letztere Möglichkeit. »Irgendwann träumt das jedes Kind. Meistens wenn es sauer auf seine Eltern ist und sie dafür bestrafen will, dass sie so streng waren.«

»Ich habe mich geschämt.«

»Weil Sie sterben wollten?«

»Nein, wegen der Dinge, die Angel getan hat und zu denen sie mich gezwungen hat.«

Falls sie schauspielerte, um sein Mitleid zu erregen, war das eine verdammt gute Leistung. Sie sprach mit leiser, wie aus weiter Ferne kommender Stimme. Sie klang ganz wie das Kind, das unter seiner Bettdecke zusammengerollt die Engel bittet, herabzukommen und es zu holen.

»Ich glaube, dass Gott mir deshalb mein Baby genommen hat. Um mich dafür zu bestrafen, dass ich um die falschen Dinge gebetet habe.«

Burke hatte genug gehört. »Kommen Sie, stehen Sie auf.«

Er zog sie hoch und öffnete ihren Gürtel. Wäre der Stoff trocken gewesen, wäre die weite Hose sofort heruntergerutscht. Stattdessen blieb das schwere Gewebe an ihren Hüften kleben.

Da kniete er vor ihr nieder und zog die Hose über ihre Beine herunter. »Hören Sie, so funktioniert das Leben nicht.« Er griff nach einem Knöchel und zog ihren Fuß aus dem Hosenbein. Dann kam der zweite Fuß dran. »Gott ist viel zu sehr damit beschäftigt, die Welt zu managen, um für jedermann eine persönliche Punktekarte führen zu können.«

Er warf ihre Hose beiseite und fing an, Dredds altes Flanellhemd von unten nach oben aufzuknöpfen. Dabei sprach er weiter, um sich von ihrem glatten Bauch abzulenken. »Dieser Quatsch mit dem schlechten Gewissen frisst Sie irgendwann auf. Glauben Sie mir, ich weiß, wovon ich rede. Sie müssen endlich aufhören, sich weiszumachen, dass Sie das Baby durch Ihre Schuld verloren haben, sonst werden Sie noch so verrückt wie ich. Die Fehlgeburt war ein biologischer Vorgang – sonst nichts!«

»Das brauchen Sie nicht zu tun.«

Er hob den Kopf, sah ihr prüfend in die Augen und erkannte, dass sie bei klarem Verstand war. Die Krise war vorüber. Er stand auf, aber seine Hände lagen leicht auf ihren Hüften. »Sie wären beinahe durchgedreht.«

»Jetzt bin ich wieder in Ordnung.«

»Bestimmt?«

»Trauen Sie sich nicht, mich allein zu lassen, weil ich davon gesprochen habe, sterben zu wollen?«

»Vielleicht.«

»Wenn ich das noch immer wollte, hätte ich vorhin zulassen können, dass ich ertrinke. Aber das wollte ich nicht.«

»Ich wollte auch nicht, dass Sie ertrinken. Es wäre meine Schuld gewesen, weil ich Ihnen nicht geglaubt habe, dass Sie nicht schwimmen können.«

»Und Ihr Gewissen ist bereits mit Schuldgefühlen überlastet?«

»So ähnlich.«

Burke hätte nicht sagen können, wie viele Sekunden so verstrichen, denn er genoss ihre ungeteilte Aufmerksamkeit – zumindest erwiderte sie unbeirrbar seinen Blick – und spürte, wie ihre Haut sich unter seinen Handflächen erwärmte.

Das spürte sie offenbar ebenfalls, denn sie sah auf seine Hände herab, worauf er sie losließ und einen Schritt zurücktrat.

»Der Schlamm trocknet allmählich an«, sagte er. »Dann ist er schwer abzuwaschen. Beugen Sie sich übers Geländer, ich helfe Ihnen beim Haarewaschen.«

Sie zögerte, als überlegte sie, ob sie sein Angebot annehmen sollte. Weil er ihre Zurückhaltung ärgerlich fand, fügte er rasch hinzu: »Ein Eimer Wasser ist schwer, vor allem wenn man versucht, ihn sich über den Kopf zu schütten. Okay?«

Sie trat ohne weitere Diskussion an den Rand des Stegs und beugte den Kopf übers Geländer. Burke kippte ihr einen halben Eimer Wasser über den Kopf, schäumte ihr Haar mit Shampoo ein und wusch es gründlich. Nachdem er den gröbsten Schmutz herausgespült hatte, wusch er ihr Haar zum zweiten Mal.

Seifiger Schaum quoll unter seinen Fingern hervor, während er ihr die Haare wusch und die Kopfhaut massierte. Lavaströme von Schaumbläschen liefen über ihren Nacken und in die Mulden hinter den Ohren. Eine Perlenkette aus Schaumblasen glitt ihre Kehle entlang, floss über die Goldkette mit dem Kruzifix und verschwand unter Dredds hässlichem Flanellhemd, das einen schönen Busen verbarg, wie er recht gut wusste.

Er musste sich dazu zwingen, die Kopfwäsche nicht zu lange auszudehnen. Schließlich füllte er den Wassereimer erneut. Da er nicht recht wusste, was er sagen sollte, griff er um ihren Kopf herum, umfasste ihr Kinn mit seiner Hand und drückte es sanft nach unten. Während er ihr langsam Regenwasser über den Kopf goss, drehte er ihr Kinn mit leichtem Druck von einer Seite auf die andere.

Dann war der Eimer leer.

Burke trat zurück. Er stand einen Augenblick lang nur da und starrte ihren gebeugten Kopf an, bevor er den Eimer wieder füllte und ihn in ihrer Nähe auf den Steg stellte. »Auf dem Hocker hinter Ihnen liegen zwei Handtücher. Wenn Sie fertig sind, ist Ihnen bestimmt kalt. Vielleicht wickeln Sie sich am besten in die Bettdecke.« Er wandte sich ab und ging.

In der Hütte blieb er mitten im Raum stehen, atmete keuchend tief durch und drückte beide Handballen gegen die Augenhöhlen. Seine Kopfschmerzen hatten sich von der Beule am Hinterkopf hinter seine Augäpfel verlagert, wo sie heftig pulsierten. Und er schwitzte, als schriebe man Juli statt Februar.

Unbeholfen breitete er auf dem Tisch die Dinge aus, die er für die Versorgung ihrer Wunden brauchte. Als er den Tisch und einen Stuhl näher an das Gasheizgerät heranrückte, kam Remy von draußen herein. Die Bettdecke hatte sie wie einen Sari um sich gewickelt, und auf dem Kopf trug sie einen Handtuchturban. »Meine Sachen habe ich im Eimer eingeweicht. Ich wasche sie morgen aus.«

Er bot ihr mit einer Handbewegung den Stuhl an. »Am besten kümmere ich mich gleich darum, bevor Sie sich anziehen.«

»Also gut.«

Als sie mit dem Rücken zu ihm auf dem Stuhl saß, schob er die Decke tiefer, um ihren Rücken freizulegen. Er untersuchte die Wunden und stellte erleichtert fest, dass keine frisch geblutet zu haben schien. Dann tupfte er die Wunden so unbeteiligt wie möglich mit dem Antiseptikum ab und trug wieder Salbe auf. Sie sprach dabei kein Wort. Es gab auch keine Hintergrundgeräusche – weder Radio noch Fernsehen noch Verkehrslärm –, die das bedrückende Schweigen hätten abmildern können. Nichts störte die Stille außer das Atmen zweier Menschen.

Als er fertig war, zog er die Bettdecke unbeholfen wieder hoch und glättete sie mit einer Hand. »Ist Ihnen warm genug?«

»Ja.«

»Ich, äh, habe ein paar Sachen für Sie mitgebracht. Dinge, die Sie vielleicht brauchen, während Sie hier sind. Sie finden sie in der Reisetasche in der Toilette.« Er hatte gewusst, dass er für ein paar Tage packen musste, wenn er New Orleans verließ, um angeblich zu Jenny's House hinauszufahren. Sie nicht.

»Danke.«

»Nichts zu danken.«

Sie verschwand auf die Toilette und schloss die Tür hinter sich. Burke öffnete eine Mineralwasserflasche und trank sie fast ganz aus. Seine Arme und Beine waren zittrig; er fühlte sich noch immer leicht schwindlig und hatte ein Klingeln in den Ohren. Er führte seine Benommenheit darauf zurück, dass er auf leeren Magen zwei Aspirin genommen hatte, dass er sich bei der Rettung seiner Geisel und der Bergung des Boots überanstrengt hatte, dass er zwei heftige Schläge auf den Kopf bekommen hatte. Er führte sie auf alles andere als den tatsächlichen Grund zurück.

Als sie aus der Toilette zurückkam, hatte sie den Turban abgelegt, aber ihre Haare waren noch immer nass. Sie hatte sie bis hinter die Ohren zurückgestrichen. Sie trug jetzt einen grauen Jogginganzug, den er in New Orleans für sie gekauft hatte. »Diesen Anzug wollte ich Ihnen heute Morgen geben«, sagte er, »aber Dredd hatte Sie schon eingepackt. Er wäre sauer gewesen, wenn ich darauf bestanden hätte, dass Sie sich umziehen.«

Obwohl sie ihn ansah, hatte er den Eindruck, sie verstehe kein Wort von dem, was er sagte. Er fürchtete schon, sie sei wieder in einen halbkatatonen Zustand verfallen, aber als er einen Blick auf ihre ausgestreckte Hand warf, verstand er ihr sprachloses Entsetzen.

Die Dose mit Körperpuder war nicht aus Kristall und hatte keinen Silberdeckel. Sie war nicht annähernd so kostbar wie die andere, die er auf ihrem Toilettentisch gesehen hatte – aber sie enthielt den gleichen Puder mit dem unverkennbaren Duft, den er auf dem French Market und im Beichtstuhl an ihr wahrgenommen hatte.

Burke las die Frage in ihrem Blick, zuckte leicht mit den Schultern und sagte: »Als Pater Gregory und ich Sie besucht haben, habe ich ein bisschen herumgeschnüffelt.«

Remy stellte die Puderdose auf den Tisch und starrte sie weiter an, während sie mit einer Fingerspitze das vertraute Markenzeichen nachfuhr. »Wie habe ich Sie nur jemals für einen Geistlichen halten können?«

Was sollte er darauf antworten? Er wusste es nicht, daher hielt er lieber den Mund.

Ohne ihren Blick von der Dose zu nehmen, fragte sie: »Damals im Beichtstuhl...«

»Hmm?«

Sie machte eine leicht abwehrende Schulterbewegung. »Ach, nichts.«

»Was?«

»Schon gut.«

»Weiter! Was wollten Sie fragen?«

»Haben Sie...« Sie machte eine Pause, um tief Luft zu holen. »Haben Sie meine Hand berührt?«

Es dauerte eine Ewigkeit, bis ihre Blicke sich begegneten. Tatsächlich schien die Zeit fast stillzustehen. Ihr letztes Wort hing wie ein vibrierender Geigenton noch einige

Sekunden lang in der Luft. Als er dann erstarb, war die Stille greifbar und süßlich bedrückend.

Burkes Herz hämmerte vor Aufregung. Irgendetwas Zartes hing in der Schwebe, aber er wagte nicht, es zu definieren. Der Abstand zwischen ihnen hatte sich auf wundersame Weise verringert, obwohl er sich nicht daran erinnern konnte, näher an sie herangetreten zu sein. Auch Remy hatte sich nicht bewegt. Ihre Hand lag noch immer auf dem Deckel der Puderdose, während die andere bewegungslos an ihrer Seite blieb.

Das war die Hand, die Burkes Handrücken gerade leicht gestreift hatte. Kaum berührt hatte. Seine Hand wich zurück. Zögerte. Berührte die andere Hand wieder und blieb diesmal da. Hände drehten sich zueinander, Handflächen glitten aufeinander zu. Lagen aneinander und verstärkten den Druck. Finger verflochten sich langsam.

Burke krümmte den Arm, hob seine rechte Hand und ihre Linke. Dann drehte er sein Handgelenk, so dass ihre Hand obenauf lag. Er starrte sie an und bewunderte die Glattheit ihrer Haut, die Schlankheit ihrer Finger. Vor allem des Ringfingers.

»Ihr Ehering ist weg«, stellte er fest.

»Der ist mir im Wasser vom Finger gerutscht.«

Ihr Ehering war weg. Trotzdem blieb sie die Frau eines anderen Mannes. Nicht *irgendeines* Mannes, sondern seines erbittertsten Feindes. Wenn Duvall Lust hatte, ihren Hals dort zu küssen, wo eine Ader unter dem dünnen Goldkettchen pochte, war das sein gutes Recht. Wollte er sie betrachten, berühren, bumsen, konnte er auch das tun. Und das brachte Burke so auf, dass er seine Wut an ihr ausließ.

»Sie können sich einen neuen Brillantring kaufen. Von Duvalls Lebensversicherung.«

»Wie können Sie nur so etwas Grässliches sagen?«, rief sie und entriss ihm ihre Hand.

»Sie wissen, was ich täte, wenn ich wirklich grässlich sein wollte.«

Er rechnete ihr hoch an, dass sie nicht etwa erschrocken vor ihm zurückwich. Stattdessen reckte sie trotzig ihr Kinn vor. »Soll ich Ihnen etwa dafür danken, dass Sie mich nicht vergewaltigen?«

»Sie sollen überhaupt nichts. Diese Sache betrifft nicht Sie, sondern nur Duvall und mich. Sie sind nur der Köder, der ihn anlocken soll.«

»Damit werden Sie keinen Erfolg haben, Mr. Basile.« Remy schüttelte den Kopf und bedachte ihn mit einem traurigen Lächeln. »Ich verstehe, worauf Ihr Plan basiert, aber Sie haben meinen Mann falsch eingeschätzt. Er wird nicht anbeißen. Er wird nicht versuchen, mich zu befreien. Sobald ich mehrere Tage und Nächte allein mit Ihnen verbracht habe, will mein Mann mich nicht mehr zurückhaben.«

Burke lachte kurz auf. »Das können Sie mir nicht weismachen.« Er griff mit einer Hand in seine Hüfttasche und packte mit der anderen ihr Handgelenk.

»Was machen Sie da?«

»Ich lege Ihnen Handschellen an.« Das Stahlband schnappte nachdrücklich klickend zu.

»Woran wollen Sie mich fesseln?«

»An mich.«

29. Kapitel

Pinkie ließ den Rest seines Sandwichs auf dem Teller liegen und trat ans Fenster seines Arbeitszimmers. Durch die Lamellen der Jalousie blickte er auf die nächtliche Skyline hinaus. »Warum zum Teufel findet sie niemand? Sie können doch nicht einfach verschwunden sein!«

»Anscheinend doch«, murmelte Bardo, der den Mund voll Abendessen hatte.

Seit der verlassene Kleinbus aufgefunden worden war, hatte es bei der Suche nach Basile und Remy keine weiteren Fortschritte mehr gegeben. Die Leute, die alle öffentlichen Verkehrsmittel von und nach New Orleans überwachten, meldeten Fehlanzeige. Der Hubschrauberpilot hatte nichts gesehen. Und keiner von Duvalls Spitzeln im Süden Louisianas hatte eine Meldung für ihn.

»Wissen Sie bestimmt, dass diese Nutte Sie nicht angelogen hat? Sie hat wirklich nichts gewusst?«

Bardo rülpste hinter vorgehaltener Hand. »Dixie? Als sich rausstellte, dass sie Basile geholfen hat, hab ich sie ganz schön rangenommen.« Pinkie drehte sich ruckartig um und starrte ihn prüfend an. Bardo schüttelte grinsend den Kopf. »Nein, so weit bin ich nicht gegangen. Sie ist wahrscheinlich schon wieder auf der Straße. Aber ich hab sie gründlich ausgequetscht, und wenn sie was gewusst hätte, hätte sie's verraten.«

Pinkie Duvall starrte weiter aus dem Fenster. Die Lichter der Großstadt verschwammen in Dunst und Nebel, aber er nahm sie ohnehin nicht wahr. Seine Gedanken kreisten ausschließlich um sein Dilemma. In dem Augenblick, da Errol ihn aus dem Café Crossroads angerufen hatte, war sein vollkommenes, wohlgeordnetes Leben zusammengebrochen. Seine Mandanten mussten vorerst ohne ihren Anwalt auskommen. Richter hatten ihm wegen »Erkrankung eines Familienmitglieds« Verfahrensaufschub gewährt. Seine Sekretärin hatte alle beruflichen und gesellschaftlichen Termine abgesagt. Anrufe blieben unbeantwortet, wenn sie nicht ausdrücklich die gegenwärtige Krise betrafen.

Der Teufel sollte Basile dafür holen, dass er sein sorgfältig programmiertes Leben in ein Chaos verwandelt hatte!

Das würde ihm der Dreckskerl büßen, schwer büßen. Aber wo steckte er, verdammt noch mal? Pinkie hatte Douglas Patout gewaltig zugesetzt, aber der einzige Beitrag des Captains war bisher die Meldung gewesen, Basiles Frau sei mit ihrem Freund außer Landes, was Pinkies Leute längst festgestellt hatten.

Sein Instinkt sagte Pinkie, dass Patout die Wahrheit sagte, wenn er behauptete, nicht zu wissen, wo Basile war. Trotzdem hätte er Patout vielleicht verdächtigt, Basile zu unterstützen, wenn er nicht eins sicher gewusst hätte: Patouts Karrierestreben war stärker als die Wertschätzung, die er jedem seiner Leute entgegenbrachte – auch die für seinen Favoriten Basile. Patout wollte in die Führungsspitze des New Orleans Police Department aufsteigen. Er war kein Schwächling, aber andererseits auch kein Dummkopf. Er war sich bewusst, wie riskant es war, Pinkie Duvalls Unzufriedenheit zu provozieren.

Nach dem Schreck, den sie Mac McCuen eingejagt hatten, erwartete Pinkie, dass er in ihrem Team mitmachen würde. Aber wer konnte das sicher voraussagen? Vielleicht war er Basile ein so loyaler und verlässlicher Freund, wie dieser es für Kevin Stuart gewesen war.

»Verdammte Cops«, murmelte er.

»Wie?«, fragte Bardo.

»Schon gut.«

Nach kurzer Pause sagte Bardo: »Wissen Sie, ich habe eben über etwas nachgedacht.«

»Worüber?«

»Ich habe mir bloß überlegt, wie viel Mrs. Duvall über unsere Geschäfte weiß.«

Pinkie drehte sich langsam um. »Was soll das heißen?«

»Das soll heißen, dass Basile wahrscheinlich viel Überzeugungskraft entwickeln könnte, wenn er nur wollte. Besonders einer Frau gegenüber.«

Unabsichtlich hatte Bardo damit Pinkies größte Sorge angesprochen. Obwohl er Remy nie in die Details seiner Drogengeschäfte eingeweiht hatte, konnte sie alle möglichen Informationen aufgeschnappt haben, die nur noch miteinander verwoben werden mussten, um den Strick zu bilden, mit dem er aufgehängt werden konnte. Remy wusste vermutlich sogar mehr, als sie ahnte. Selbst eine locker hingeworfene Bemerkung konnte einem Mann wie Basile weiterhelfen, dessen angeborene Fähigkeit, logische Schlussfolgerungen zu ziehen, durch seine Polizeiausbildung noch geschärft worden war. Bedrohte er Remys Leben, mochte der Teufel wissen, wie viel ihr plötzlich über die Geschäfte ihres Mannes und seine kompromittierenden Verbindungen einfallen würde. Daher war es umso wichtiger, dass sie aufgespürt und zum Schweigen gebracht wurde.

»Basile braucht bloß ein bisschen Süßholz zu raspeln und sich auf die nette Tour an sie ranzumachen, und schon erzählt sie ihm womöglich alles«, vermutete Bardo. »Was denken Sie?«

»Ich denke«, antwortete Duvall ruhig, »dass ich Ihnen die Zunge herausreiße, wenn Sie noch einmal so über meine Frau reden.« Es war in Ordnung, wenn er selbst Spekulationen über Remys Loyalität anstellte; es war nicht in Ordnung, wenn andere das taten.

»Gott, Pinkie, nun werden Sie doch nicht gleich sauer. Ich hab nur gemeint ...«

»Ich muss hier raus!«, sagte Duvall plötzlich.

»Wohin wollen Sie?«

»Weg.«

»Ich komme mit.«

»Sie bleiben hier. Sie haben noch zu arbeiten. Oder haben Sie das vergessen?«

Pinkie riss wütend die Tür auf und marschierte durchs Vorzimmer in den Empfangsbereich seiner Kanzlei hinaus. Errol, der in einem Sessel geschlafen hatte, hob benommen den Kopf und war im nächsten Augenblick hellwach. »Wohin, Mr. Duvall?«

»Ich mache einen Spaziergang. Allein.«

Er fuhr ins Erdgeschoss hinunter, ging an dem Wachmann vorbei, ohne ihn eines Blickes zu würdigen, und stieß die Glastür auf, die der Wachmann von seinem Platz aus elektronisch entriegelt hatte.

Pinkie ging zwei Straßenblocks weit zu Fuß, bevor er eins der berüchtigt teuren Taxis anhielt. Als er der Fahrerin die Adresse nannte, warf sie ihm im Rückspiegel einen amüsierten Blick zu.

Mardi-Gras-Feiernde sorgten dafür, dass die Mädchen in Ruby Bouchereaux' Etablissement alle Hände voll zu tun hatten. Bis am Faschingsdienstag um Mitternacht die Fastenzeit begann, durften die Gentlemen nur eine Stunde bleiben – außer gegen ein exorbitant hohes Zusatzhonorar. Ruby hatte ihre Mädchen daran erinnert, dass häufige Wechsel mehr Gewinn für alle bedeuteten.

Die Karnevalswoche brachte jedes Jahr gewaltige Umsätze. Das Haus war jeden Abend voller Stammkunden, die sich nach den großen Bällen und Partys noch etwas ohne ihre Frauen amüsieren wollten, und Touristen, die zum Mardi Gras in New Orleans waren. Männer zwischen achtzehn und achtzig suchten im besten Bordell der besten Partystadt des Landes Spaß und Unterhaltung.

Ruby Bouchereaux war an den meisten Abenden auf der Empore über dem großen Salon anzutreffen. Von ihrem exzellenten Ausguck aus konnte sie die Aktivitäten unter sich überblicken, die von ihrem ausgezeichneten Personal umsichtig geleitet wurden. Sie rauchte eine Zigarre, trank mit kleinen Schlucken einen Cognac, überschlug in Gedanken, wie viel Gewinn dieser Abend abwerfen würde, und lächelte, zufrieden mit dem Ergebnis ihrer Schätzung.

Ihr Lächeln verblasste, als sie Pinkie Duvall sah.

Pinkie trat an die Bar, ohne mit jemandem zu sprechen, bestellte sich einen Drink, den er sofort austrank, und verlangte einen zweiten. Dass er sonst den Weinkenner spielte, hatte Ruby schon immer amüsiert. Im Augenblick erinnerte nichts an diese Rolle, denn er kippte seinen Schnaps so hastig wie ein Matrose, der nach einem halben Jahr auf See endlich wieder einmal Landurlaub hatte.

Ruby machte eine ihrer Hostessen auf sich aufmerksam und gab ihr ein Zeichen, sich um Pinkie zu kümmern. Diese grazile Blondine war eins ihrer besten Mädchen. Als Tochter eines amerikanischen Diplomaten hatte sie mit ihren Eltern die ganze Welt bereist und vornehmste Privatschulen besucht. Sie sprach mehrere Sprachen fließend und konnte sich über eine Vielzahl von Themen unterhalten. Sie konnte mit einem langweiligen Intellektuellen diskutieren oder die große Kokotte spielen. Keine Phantasie war ihr zu bizarr, wenn es darum ging, einen Kunden zu befriedigen, solange Misshandlungen und schmerzhafte Praktiken ausgeschlossen blieben. Sie kannte weder Schamgefühl noch Hemmungen, betrachtete Sex als Kunstform und praktizierte die exotischen Methoden, die sie in anderen Ländern gelernt hatte, während sie dort ihre eigene Version von Auslandsbeziehungen gepflegt hatte.

Ein hässlicher Vorfall in Birma, an dem sie und ein hoher Regierungsbeamter beteiligt gewesen waren, hatte zur vorzeitigen Pensionierung ihres Vaters geführt. Der wiederum hatte daraufhin seine Tochter verstoßen. Mittellos und skandalumwittert hatte sie dagestanden und die naheliegende Berufswahl getroffen – eine Entscheidung, die sie nie bereute. Kunden mussten ihre Dienste teuer bezahlen. Obwohl ein Teil ihres Verdienstes an Ruby ging, wurde sie reich, und da sie viel jünger aussah, als sie war, würde sie sicher bis Mitte dreißig arbeiten können. Ihr Künstlername war Isobel.

An diesem Abend war Pinkie leichte Beute. Die Transaktion an der Bar dauerte keine Minute, dann folgte er der blonden Schönheit die breite Treppe hinauf. Ruby ließ ihre Zigarre in einem Aschenbecher aus Kristallglas liegen und fing sie auf dem Treppenabsatz ab.

»Guten Abend, Pinkie.« Obwohl Ruby ihn lieber angespuckt hätte, schenkte sie ihm ihr entwaffnendstes Lächeln.

Er sah sie so ungern wie sie ihn und ärgerte sich sicher darüber, dass sie ihn zwang, mit ihr zu reden. »Hallo, Ruby.«

»Ich habe Sie nicht mehr gesehen, seit Bardo meinem Mädchen das Gesicht zerschnitten hat. Wie freundlich von Ihnen, uns mit Ihrer Gegenwart zu beehren.«

Er ignorierte diese Spitze. »Ihr Geschäft geht gut. Aber Hurerei hat ja schon immer gute Gewinne abgeworfen.«

Rubys Lächeln wurde an den Ecken brüchig, und ihre Augen glitzerten boshaft. »Weil es immer Männer geben wird, die es nicht umsonst kriegen können. Deshalb frage ich mich auch, was Sie heute Abend zu uns führt. War Ihre Frau vielleicht nicht in Stimmung? Remy, nicht wahr? Hat Remy Ihnen heute Abend einen Korb gegeben?«

Sie stellte befriedigt fest, dass an Pinkies Schläfe eine Ader zu pochen begann. Er forderte Isobel mit einer brüsken Handbewegung zum Weitergehen auf. Ruby sah ihnen gedankenvoll nach.

Als Junggeselle hatte Pinkie ihr Etablissement mehrmals die Woche aufgesucht. Seit er verheiratet war, kam er erheblich seltener, wurde jedoch in den oberen Schlafzimmern weiterhin gesichtet. Manchmal kam er zur Erholung, manchmal, um sich abzureagieren, aber Ruby hatte ihn noch nie so durcheinander erlebt wie heute Abend. Interessant.

»Miss Ruby?«

Sie drehte sich um. Eins der Dienstmädchen, das schon in Rubys Kindheit hier im Haus gearbeitet hatte, sprach sie mit leiser Stimme und melodischem westindischem Akzent an. »Sie haben gesagt, dass ich Sie holen soll, wenn das arme Lämmchen aufwacht.«

Die beiden Frauen gingen die Empore entlang und bogen nach rechts in einen Flur ab, der zur Rückseite des Hauses und zu einem kleinen, versteckten Dachzimmerchen führte. »Wie geht's ihr?«, fragte Ruby, als sie sich der geschlossenen Tür näherten.

»Sie ist sehr verängstigt.«

Das Zimmer war behaglich eingerichtet, obwohl es zu klein war, um geschäftlich genutzt zu werden. Im Allgemeinen wurden dort erkrankte Mädchen untergebracht, die in Quarantäne gehalten werden mussten, bis die Krankheit nicht mehr ansteckend war, oder neue Mädchen, die einen Schlafplatz brauchten, während sie ausgebildet und in den Gebräuchen des Hauses unterwiesen wurden.

Ruby trat ans Bett und beugte sich mit der Besorgnis einer liebenden Mutter über das Mädchen. »Na, wie fühlst du dich?«

Dixies Zungenspitze berührte vorsichtig ihren Mundwinkel, in dem eine hässliche Wunde verschorft war. »Das Schwein hat mich schlimm zugerichtet, was?«

»Der Arzt hat gesagt, dass du im Gesicht zum Glück keinen Knochenbruch hast.«

»Kaum zu glauben, wenn ich daran denke, wie er zugeschlagen hat.« Ihre Augen füllten sich mit Tränen. »Ich sehe bestimmt scheußlich aus.«

»Du hast schon besser ausgesehen«, gab Ruby zu und legte ihr sanft eine Hand auf den Arm. »Aber das wird schon wieder. Mach dir deswegen keine Sorgen. Der Arzt hat ein Schmerzmittel für dich dagelassen. Du kannst hierbleiben, bis alles ausgeheilt ist. Ich rechne mit zwei, drei Wochen.«

»Zwei, drei Wochen?« Dixie wollte lachen, aber das war so schmerzhaft, dass sie zusammenzuckte. Ihr Blick erfasste das Zimmer, dann Ruby und das an der Tür wartende Dienstmädchen. »Wenn ich nicht arbeite, habe ich nichts zu essen. Wovon soll ich das hier bezahlen?«

»Als du hergekommen bist, hast du gesagt, Burke Basile habe dich geschickt. Ist er ein Kunde von dir?«

»Ein Freier, meinen Sie? Das wär doch was!«, murmelte Dixie. »Er hat mir manchmal Geld gegeben – aber immer nur für Informationen. Für nichts anderes. Bei unserem letzten Treffen hat er gesagt, wenn ich Hilfe bräuchte, sollte ich zu Ihnen gehen. Sind Sie mit ihm befreundet?«

»Sagen wir einfach, dass wir einander sehr schätzen und ein gemeinsames Ziel haben.«

»Hmm. Nun, wenn er für mich bezahlen muss, geschieht's ihm ganz recht! Wegen ihm hat Bardo mich…«

»Wayne Bardo?« Rubys sanfter Gesichtsausdruck verhärtete sich. »Der hat dich so zugerichtet?«

Dixie nickte schwach. »Erst hab ich ihm einen blasen müssen. Als ich ihm dann nichts über Basile erzählen wollte, hat er wie verrückt auf mich eingeschlagen.«

Ruby setzte sich auf die Bettkante und begutachtete Dixie mit dem Blick einer Expertin. Ihr Gesicht war übel zugerichtet, aber die Knochenstruktur war ausgezeichnet, und als sie das Mädchen ausgezogen hatten, hatte Ruby ihre verführerische Figur bemerkt. Im Allgemeinen wollte sie nichts mit Straßenmädchen zu schaffen haben, aber Basile hielt Dixie offenbar für überdurchschnittlich, sonst hätte er ihr nicht geraten, zu ihr zu kommen.

Sie musste verfeinert werden. Vor allem brauchte sie einen Namen, der ungewöhnlich und reizvoll klang. Die Zeiten, in denen sie sich mit billigem Gardenienduft parfümierte, waren vorbei. Auch der silberne Nagellack und der rote Kunstlederrock mussten verschwinden.

Sie musste gründlich umgemodelt werden, aber sie besaß unübersehbar Potenzial.

Ruby strich ihr einige Haarsträhnen aus der Stirn, auf

der Bardos Fäuste blaue Flecken hinterlassen hatten.

»Warum hat Bardo sich nach Mr. Basile erkundigt?«

»Er hat ihn gesucht.«

»Hat er gesagt, warum?«

»Nein. Aber ich glaube, dass er ihn sucht, weil ... Augenblick, vielleicht sollte ich nicht darüber reden. Basile hat mich dafür bezahlt, dass ich den Mund halte.«

»Aber mir darfst du's unbesorgt erzählen. Schließlich hat er dich zu mir geschickt, nicht wahr?«

»Ja, das stimmt wohl. Okay, ich glaube, dass die Sache mit Pinkie Duvalls Frau zusammenhängt.«

»Wirklich?« Mit geheuchelter Gleichgültigkeit hörte Ruby sich Dixies hochinteressante Geschichte an. »Als Priester?«

Dixie schnaubte. »Können Sie sich das vorstellen? Wenn Basile ein Priester wäre, käme es den Frauen während der Messe. Hören Sie, wenn ich hier schon nichts zahlen muss, könnte ich dann vielleicht noch was zu trinken haben?«

»Gewiss.« Ruby drehte sich zu ihrem Dienstmädchen um und wies es an, eine Tasse Tee zu bringen.

»An Tee hab ich eigentlich weniger gedacht«, sagte Dixie, als das Dienstmädchen hinausging.

Ruby lächelte nachsichtig. »Du trinkst deinen Tee, nimmst deine Medizin und ruhst dich aus. Wenn du tust, was ich dir sage, kann sich diese Tracht Prügel als Geschenk des Himmels für dich erweisen. Aber das bereden wir alles, wenn du dich wieder besser fühlst.«

Ruby überließ es ihrem Dienstmädchen, Dixie zu versorgen, und kehrte an ihren Platz auf der Empore zurück, um darüber nachzudenken, was das Mädchen erzählt hatte. Konnte es sein, dass Burke Basile für Pinkies gereizte Stimmung verantwortlich war? Erstreckte seine Vendetta gegen

Duvall sich auf dessen junge, schöne Frau? War er deswegen so begierig gewesen, alles zu erfahren, was Ruby über sie wusste?

»Sehr clever gemacht, Mr. Basile.« Ruby kicherte leise in sich hinein, als sie ihren Cognacschwenker hob, um dem ehemaligen Drogenfahnder stumm zuzutrinken.

Nur schade, dass er nicht mehr lange zu leben hatte.

Todsicher nicht, wenn er Pinkie Duvalls Frau auch nur angerührt hatte.

Mac erzählte Toni, er habe Papierkram aufzuarbeiten, und fuhr früher zum Dienst als sonst. Er hatte gehofft, lange vor der Rushhour unterwegs zu sein, aber wegen des Wetters war der Verkehr auf der I-10 bereits zähflüssig. Über Nacht war ein Tiefdruckgebiet vom Golf herangezogen und hatte starke Regenfälle mitgebracht.

Als er das Präsidium erreichte, stellte er den Wagen ab, ohne jedoch das Gebäude zu betreten. Stattdessen kämpfte er mit einem Schirm und ging dann mehrere Straßenblocks entfernt in ein Café, in dem er nur eine Tasse Kaffee bestellte. Er verbrannte sich die Zunge, weil er nicht wartete, bis der heiße Kaffee etwas abgekühlt war. Dann ließ er sich von der Kassiererin Kleingeld geben, ging ans Münztelefon und rief eine Nummer an, die er am Vorabend aus Burke Basiles archivierter Personalakte abgeschrieben hatte.

»Hallo?«

»Joe Basile?«

»Ja.«

Macs stummer Dank galt der für glückliche Fügungen zuständigen Gottheit. Burke hatte schon vor Jahren angegeben, falls ihm etwas zustoße, solle außer seiner Frau auch sein Bruder in Shreveport verständigt werden. Aber

Bruder Joe hätte seit damals umziehen oder eine andere Telefonnummer haben können. Mac wusste, dass er verdammt Glück gehabt hatte, weil er gleich beim ersten Versuch fündig geworden war.

»Ich heiße Mac McCuen.« Er achtete darauf, dass sein Tonfall freundlich, locker und vor allem nicht drängend klang. »Ich bin ein Kollege Ihres Bruders. Oder war es zumindest. Bis er vor Kurzem ausgeschieden ist.«

»Im Drogendezernat?«

»Richtig. Hat Burke mich vielleicht mal erwähnt?«

»Nach Kevin Stuarts Tod haben Sie die Leitung eines Teams übernommen.«

»Wieder richtig.« Er fragte sich, in welchem Zusammenhang Basile ihn erwähnt haben mochte. Kritisch? Lobend? Er hatte nicht den Mut, danach zu fragen. »Ich habe aus der Zusammenarbeit mit Ihrem Bruder viel gelernt und es sehr schade gefunden, dass er so plötzlich gekündigt hat.«

»Burke war völlig ausgebrannt. Jedenfalls hat er das mir gegenüber behauptet. Er hat geschworen, mit der Polizeiarbeit sei endgültig Schluss, aber ich wäre nicht überrascht, wenn er weitermachen würde. Vielleicht nicht in New Orleans, aber anderswo.«

»Die Welt wäre sicher ein besserer Ort, wenn er es täte.« Um nicht zu dick aufzutragen und Misstrauen zu erregen, fuhr Mac fort: »Burke war neulich zum Abendessen bei uns und hat davon gesprochen, er wolle für einige Zeit fort. Mir steht meine Schwiegermutter ins Haus«, improvisierte er. »Also hab ich mir überlegt, warum nimmst du nicht ein paar Tage Urlaub und überlässt das Haus den beiden Frauen? Wie wär's, wenn du Burke Gesellschaft leisten würdest? Miteinander rumhängen, Bier trinken, über alte Zeiten quatschen. Sie wissen, was ich meine.«

»Hmm«, sagte Bruder Joe sehr distanziert.

»Ich weiß nur nicht, wo er zu erreichen ist.«

»Wie kommen Sie darauf, dass er erreicht werden möchte?«

Aufgewecktheit lag bei den Basiles in der Familie. Bruder Joe war kein Polizist, aber auch nicht auf den Kopf gefallen. »Als wir uns verabschiedet haben, hat er gemeint, es sei schade, dass ich nicht mitkommen könne – irgendwas in dieser Art. Da ich jetzt kann, denke ich, dass er über etwas Gesellschaft froh wäre.«

Am anderen Ende trat ein langes Schweigen ein. Nervös kaute Mac auf seiner Unterlippe herum. Sein unsteter Blick suchte das Café ab, während er zu entdecken versuchte, welcher der wenigen Morgengäste ihn vielleicht im Auftrag Pinkie Duvalls oder Del Ray Jones' beschatten sollte. Niemand schien sich im Geringsten für den Mann am Münztelefon zu interessieren.

»Ich kann Ihnen leider nicht weiterhelfen, Mr. McCuen«, sagte Joe Basile schließlich. »Als ich zuletzt mit Burke telefoniert habe, hat er einen recht deprimierten Eindruck gemacht. Er hat mir auch erzählt, er wolle für einige Zeit verreisen, aber ich hatte ehrlich gesagt den Eindruck, er wollte in Ruhe gelassen werden.«

Mac vergaß sein voriges Dankgebet und murmelte stumme Flüche. »Ja, ich verstehe.«

»Aber ich mache Ihnen einen Vorschlag. Wenn Burke mich anruft, richte ich ihm Ihre Nachricht aus. Er kann Sie ja dann zu sich einladen, wenn er will. Okay? Mehr kann ich nicht für Sie tun.«

Mac überlegte, ob er Joe sagen sollte, sein älterer Bruder habe ein schweres Verbrechen verübt. Vielleicht hätte ihn das kooperativer gemacht. Aber er verwarf diesen Gedanken sofort wieder. Duvall wollte nicht, dass über die Entführung seiner Frau geredet wurde. Wenn die Nachricht die Runde machte und man die undichte Stelle zu Mac McCuen zurückverfolgen konnte, hatte er bestimmt die längste Zeit gelebt.

»Hören Sie, Mr. McCuen, ich muss jetzt gehen«, fuhr Joe Basile fort. »Hat mich gefreut, mit Ihnen zu reden. Sollte ich von Burke hören, sage ich ihm, dass Sie jetzt Zeit hätten, zu ihm zu kommen. Schönen Tag noch.«

Joe legte auf und ließ ihn mit dem Hörer in der Hand stehen. Mac hängte ein und ging mit schleppenden Schritten zur Theke zurück, wo er sich Kaffee nachschenken ließ und trübselig in seine Tasse starrte.

Gott, wie hatte alles so schnell so schlimm werden können?

Vor ein paar Wochen war er mit seinem Leben noch rundum zufrieden gewesen. Er war zwar bei Del Ray Jones verschuldet, aber er hatte auch schon früher Schulden gehabt. Man konnte sich immer Geld beschaffen, man musste nur wissen, wie man es anstellen sollte. Klar, der Betrag war höher als je zuvor, aber war das nicht einfach eine Frage der Nullen? Natürlich war es dumm gewesen, sich mit Del Ray einzulassen – dieses Schwein brachte alle Kredithaie in Verruf –, aber das war nur eine vorübergehende Krise, deren Lösung gleich hinter der nächsten Ecke wartete. Er war zuversichtlich gewesen, dass alles sich in Wohlgefallen auflösen würde.

Jetzt war plötzlich der Teufel los. Basile hatte den Krempel hingeschmissen und damit das gesamte Drogendezernat düpiert. Die Innenrevision hatte beschlossen, es sei Zeit für eine weitere Überprüfung, was alle – auch Mac – in miserable Stimmung versetzt hatte. Patout war deprimiert und nicht auf dem Posten, weil Basile gekündigt hatte und in einen mutmaßlichen Entführungsfall verstrickt war. Del Ray Jones hatte sein hässliches Haupt erhoben, und diesmal stand Pinkie Duvall hinter seinen Drohungen, wodurch sie viel glaubwürdiger wirkten.

Macs einzige Hoffnung, aus dieser Sache lebend rauszukommen, bestand darin, Basile für Duvall aufzuspüren, und seine einzige Hoffnung, Basile zu finden, hatte ihm eben einen angenehmen Tag gewünscht.

»Verdammt unwahrscheinlich«, murmelte er, während er ein paar Geldscheine aus seiner Hosentasche angelte und auf der Theke zurückließ.

Pinkie hatte ihm eine Frist von vierundzwanzig Stunden gesetzt. Bis heute Abend musste er wissen, wo Basile sich mit der Frau des Anwalts versteckt hielt – oder die Folgen tragen. Seine Chancen standen verdammt schlecht.

Joe Basile legte nachdenklich den Hörer des Telefons in seinem Arbeitszimmer auf und grübelte darüber nach, was dieser seltsame Anruf von Mac McCuen wohl zu bedeuten hatte. Aber er konnte sich nicht lange damit beschäftigen, denn am Esstisch in der Küche saß ein Gast, der mit Linda Kaffee trank. Linda hatte nicht damit gerechnet, so früh am Tag schon die Gastgeberin spielen zu müssen. Da sie aus dem Bett geklingelt worden war, trug sie ihren ältesten und wärmsten Morgenrock. Ihre Augen waren vom Schlaf noch leicht verquollen.

Sie sah auf, als er in die Küche kam. »Wer war das?«

»Jemand aus dem Büro, um zu fragen, wann ich heute komme.«

Sie musterte ihn zweifelnd, sagte aber nichts dazu und bot ihrem Gast an, ihm Frühstück zu machen.

»Nein, vielen Dank, Mrs. Basile«, antwortete Douglas Patout. »Ich habe unterwegs gefrühstückt. Ich muss mich dafür entschuldigen, dass ich um diese Zeit bei Ihnen aufkreuze.«

»Kein Problem.«

»Sie sind gestern Abend aus New Orleans heraufgekommen?«, fragte Joe ihn.

»Ja, ich bin ziemlich spät angekommen und fahre gleich wieder zurück. Ich habe gewusst, dass ich mich hier nicht lange aufhalten würde.«

»Warum haben Sie nicht einfach angerufen?«

»Das hätte ich tun können, aber ich wollte persönlich mit Ihnen reden.«

»Ist die Sache so wichtig?«

»Ich glaube schon. Ihr Bruder hat sich im Lauf seiner Karriere eine Anzahl von Feinden gemacht – nicht nur in der Unterwelt, sondern auch in Kollegenkreisen. Deshalb wollte ich diese Angelegenheit nicht am Telefon besprechen.«

»Sie machen uns Angst, Mr. Patout«, sagte Linda. »Ist Burke etwas zugestoßen?«

»Das weiß ich nicht, aber ich möchte es rausbekommen. Er hat bei uns gekündigt und ist ein paar Tage später unter geheimnisvollen Umständen verschwunden.«

»Er hat mich angerufen und erzählt, er wolle für einige Zeit verreisen, um in Ruhe über seine Zukunft nachdenken zu können«, warf Joe ein. »Nach seiner Trennung von Barbara und seiner überraschenden Kündigung kommen mir diese Umstände keineswegs geheimnisvoll vor.«

»Sie wissen nur nicht, welche Faktoren sonst noch eine Rolle spielen.«

»Zum Beispiel?«

»Tut mir leid, Mr. Basile, aber darüber darf ich nicht sprechen. Dienstgeheimnis, Sie verstehen.« Er legte seine gefalteten Hände auf den Tisch und appellierte an das Ehepaar Basile. »Bitte, sagen Sie mir, ob Sie irgendeine Idee haben, wo Burke sich aufhalten könnte. Es ist entscheidend wichtig, dass ich ihn finde, bevor andere es tun. Ich kann nicht genug betonen, wie wichtig das ist.«

»Soll das heißen, dass Burkes Leben in Gefahr ist?«, fragte Linda.

»Möglicherweise.«

Also ja, sagte Joe sich. Er fühlte die Last dieser Zwangslage. Sein älterer Bruder und er sahen sich nur ein- bis zweimal im Jahr, aber sie standen einander näher, als diese unregelmäßigen Treffen vermuten ließen. Man hätte sogar behaupten können, sie liebten sich.

Wenn Burke in irgendeiner Klemme steckte, hätte Joe Himmel und Hölle in Bewegung gesetzt, um ihm herauszuhelfen. Schuld an seinem jetzigen Dilemma war die Tatsache, dass er nicht wusste, was er tun sollte, weil er keine Ahnung hatte, ob Burke gefunden werden wollte. Von irgendjemandem. Von McCuen. Oder Douglas Patout.

Joes Instinkt sagte ihm, dass Burke in Ruhe gelassen werden wollte, wenn er mit unbekanntem Ziel verschwunden war. Was konnte er noch mit »Dienstgeheimnissen« zu schaffen haben, wenn er doch aus dem Polizeidienst ausgeschieden war? Und warum suchten McCuen und Patout ihn einzeln? Keiner hatte den anderen erwähnt. Warum versuchten sie nicht gemeinsam, Burke zu finden, wenn die Lage so kritisch war, wie beide behaupteten?

»Tut mir leid, Mr. Patout, ich kann Ihnen nicht weiterhelfen«, sagte Joe, wie er bereits McCuen erklärt hatte. »Burke hat mir nicht gesagt, wohin er wollte.«

»Irgendwelche Ideen?«

»Nein.«

»Würden Sie es mir sagen, wenn Sie's wüssten?«

»Nein, Mr. Patout«, sagte Joe ehrlich.

Patout seufzte. Ein Blick zu Linda hinüber zeigte ihm sofort, dass sie die Entscheidung ihres Ehemanns rückhaltlos unterstützte. Er lächelte schief. »Sie sind Ihrem Bruder sehr ähnlich, Mr. Basile.«

»Danke. Das betrachte ich als Kompliment.«

Patout legte seine Visitenkarte auf den Tisch und stand auf. »Sollten Sie sich die Sache anders überlegen, können Sie mich jederzeit anrufen. Mrs. Basile, entschuldigen Sie nochmals, dass ich Sie unangemeldet überfallen habe. Danke für den Kaffee.«

Das Ehepaar Basile beobachtete von der Haustür aus, wie er in seinen Wagen stieg und wegfuhr. Linda wandte sich an Joe. »Dein Büro ruft doch nie an, um zu fragen, wann du kommst.«

»Das war Mac McCuen – noch ein Cop. Kannst du dir denken, was er wissen wollte?«

»Wo Burke ist?«

»Genau. Und Patout ist eigens nach Shreveport gefahren, um uns heute Morgen aufzusuchen.«

»Was bedeutet das? Was ist los, Joe?«

»Weiß der Teufel. Aber ich werd's rauskriegen.«

Joe ging in die Küche zurück und blätterte in ihrem Telefonverzeichnis, bis er die Nummer von Dredds Laden gefunden hatte.

Dredd, dem der Regen nichts ausmachte, war schon draußen gewesen, um nach seinen Langleinen zu sehen. Er hockte am Ende des Anlegers, nahm Fische aus und warf die Innereien ins Wasser, als er das Telefon klingeln hörte.

Er fluchte über diese Unterbrechung, während er O-beinig und plattfüßig auf das Gebäude zutrabte, wobei seine nackten Füße bei jedem Schritt auf die nassen Planken klatschten.

»Moment, Moment, ich komme schon«, rief er laut, als er die Fliegengittertür öffnete. Keuchend vor Anstrengung, riss er den Hörer von der Gabel und sagte: »Hallo?«

Nichts, nur der Wählton. Er knallte den Hörer auf die Gabel zurück. »Hölle und Teufel!«

Dredd konnte Telefone nicht leiden; er ärgerte sich nicht darüber, den Anruf verpasst zu haben. Wenn es wichtig war, würde der Anrufer sich nochmals melden.

Was ihn aufbrachte, war etwas, was er gesehen hatte, als er nach draußen geblickt hatte: Ein Pelikan hatte sich über seinen Fang hergemacht.

Trotz des Dauerregens standen die Touristen Schlange, um mit dem Schaufelraddampfer *Creole Queen* flussaufwärts zu fahren und einige aus der Zeit vor dem Bürgerkrieg stammende Plantagenvillen zu besichtigen. Sie waren mit Broschüren, Schirmen, durchsichtigen Regencapes, Kameras und Videokameras beladen, als sie die Gangway hinauf an Bord trabten.

Verzögert wurde ihre Einschiffung durch das schlechte Wetter und eine Gruppe von Senioren, von denen einige Hilfe benötigten, um an Bord zu gelangen.

Ganz unterbrochen wurde sie durch einen gellenden Schreckensschrei.

Er kam von einer Frau, die gegen ihren verblüfften Ehemann sank und mit zitterndem Finger in die schlammigen

Fluten des Mississippis deutete, wohin sie während ihres langsamen Vorrückens geistesabwesend gestarrt hatte.

Andere Touristen drängten an die Reling, um hinunterzusehen und festzustellen, was die Frau so entsetzt hatte. Manche holten erschrocken tief Luft und wandten sich angewidert ab. Andere bedeckten ihren Mund mit den Händen, um sich nicht übergeben zu müssen. Leute mit besseren Magennerven knipsten oder machten Videoaufnahmen. Hier und dort wurden Gebete geflüstert.

Dort unten trieb Errol, der tot weit mehr Aufmerksamkeit erregte als je im Leben, und starrte mit glasigen Augen blicklos gen Himmel.

30. Kapitel

Burke stand an der offenen Hüttentür, trank mit kleinen Schlucken seinen Kaffee und beobachtete den Regen, als er sie hinter sich herankommen hörte. Er sah sich um und erwartete beinahe, sie dabei zu ertappen, wie sie einen Kochtopf oder irgendeinen anderen stumpfen Gegenstand hob, um ihm damit den Schädel einzuschlagen.

Gestern Abend war sie fuchsteufelswild gewesen, als er angekündigt hatte, er werde sie mit Handschellen an sich fesseln, und hatte sich so kräftig gewehrt, dass Burke Mühe gehabt hatte, ihren Widerstand zu brechen, ohne ihr weh zu tun. »Es wäre nicht nötig, wenn Sie nicht zu fliehen versucht hätten«, hatte er ihr erklärt. »Ich darf nicht riskieren, dass Sie mich k. o. schlagen oder umbringen, während ich schlafe.«

»Daran habe ich nicht einmal gedacht!«

»Nun, *ich* habe daran gedacht.« Er hatte sich auf dem Bett ausgestreckt und sie zu sich heruntergezogen. »Ich habe einen langen, anstrengenden Tag hinter mir. Ich werde schlafen und schlage Ihnen dasselbe vor.«

Sie wollte sich nicht hinlegen. Kochend vor Wut, blieb sie auf der Bettkante sitzen. Er schloss die Augen und ignorierte sie. Nach einiger Zeit war ihre Erschöpfung stärker; sie streckte sich neben ihm aus und war lange vor ihm eingeschlafen. Morgens hatte er die Handschellen aufgeschlossen und war aufgestanden, ohne sie zu wecken. Sie war offensichtlich noch immer sauer, versuchte aber nicht, sich mit einer Waffe an ihn anzuschleichen.

»Kaffee steht auf dem Herd«, erklärte er.

Burke setzte nonchalant seine Wetterbeobachtung fort. Die Sicht war durch schweren Regen beeinträchtigt, der anscheinend nicht so bald aufhören würde. Nur gut, dass er genügend Proviant für mehrere Tage mitgenommen hatte. Heute wollte er jedenfalls nicht zu Dredd fahren. Er hätte sowieso nicht hinfahren können, weil das Boot jetzt Löcher hatte. Das Wetter hielt sie in der Hütte fest. War es da nicht logisch, dass es auch alle anderen fernhalten würde? Wie nahe war Duvall daran, sie hier aufzuspüren? Wann würde er aufkreuzen? In den nächsten zehn Minuten? Oder vielleicht erst nächste Woche?

Burke dachte, lieber früher als später. Die Hütte schien um sie herum zusammenzuschrumpfen. Er begann die Enge zu spüren, und dieser Druck setzte ihm immer mehr zu. Als er nachts neben ihr lag, hatte er jeden ihrer Atemzüge wahrgenommen, selbst die kleinste ihrer Bewegungen registriert. Sein Schlaf war ständig durch ihre Seufzer gestört worden. Obwohl er ihr jetzt den Rücken zukehrte, wusste er genau, wo sie stand und was sie tat.

In New Orleans hatte sie Sachen getragen, die sie unverblümt als Sexualobjekt herausgestellt hatten. Ihre Garderobe war teuer, aber irgendwie flittchenhaft gewesen.

In dem grauen Jogginganzug aus einem Warenhaus erschien sie ihm jetzt weicher und attraktiver als in jener Nacht im Pavillon in ihrem tief ausgeschnittenen schwarzen Kleid. Ohne Make-up, mit schlafgeröteten Wangen und zerzaustem Haar sah sie warm, anschmiegsam und unschuldig wie ein Kätzchen aus. Und verdammt sexy.

Burke fiel es zunehmend schwerer, das Verlangen zu unterdrücken, das sie auf den ersten Blick in ihm geweckt hatte. Die Begierde, die in jener Nacht in ihm aufwallte, war nicht einmal abgeklungen, als er entdeckt hatte, dass die ätherische Göttin aus dem Pavillon Duvalls Frau war.

Warum war er nach dieser Entdeckung nicht vernünftig genug gewesen, sich eine nette, gefällige Frau zu suchen und eine Nacht mit ihr zu verbringen, nur um etwas ruhiger zu werden? In den letzten Monaten ihrer Ehe waren Barbara und er nicht mehr intim gewesen, so dass sich eine Menge in ihm angestaut hatte. Er hätte Dixies Angebot annehmen sollen. Oder Ruby Bouchereaux' Angebot. Eine Stunde mit einem ihrer talentierten Mädchen hätte ihm bestimmt gutgetan. Aber er hatte dankend abgelehnt. Wie konnte man nur so dämlich sein?

Allerdings hätte wohl selbst eine erfahrene Nutte, die alle bekannten Sextricks praktizierte, dieses ganz bestimmte Feuer nicht löschen können.

Wo zum Teufel blieb Duvall?

War die Macht, die er angeblich besaß, maßlos übertrieben – Bestandteil einer Imagekampagne, die seinen Feinden Angst einjagen sollte? Existierte sein Heer von Söldnern gar nicht? Oder waren seine Leute – falls es sie tatsächlich gab – alle unfähig? Oder war Burke Basile als Entführer eine Ausnahmeerscheinung? Besaß er ein bisher unentdecktes Talent für solche Straftaten?

Wie auch immer, das Entscheidende war, dass er jetzt den vierten Tag mit seiner Geisel begann, und es wurde schwieriger, nicht leichter, objektiv über den Ausgang seines Vorhabens zu urteilen.

Er beförderte seinen Kaffeesatz in den Regen hinaus. »Haben Sie Hunger?«

»Ja. Wir sind gestern Abend nicht dazu gekommen, etwas zu essen.«

Er warf ihr einen Blick zu, der zu fragen schien: *Und wessen Schuld war das?* Tatsächlich sagte er jedoch: »Ich sehe mal nach, was wir haben.«

Burke sichtete ihre Vorräte an Konservendosen, die er aus Dredds Laden mitgebracht hatte. »Außer Brot und Crackern haben wir Sardinen, gesalzene Nüsse, Thunfisch, Senfkraut, Chili, Tomatensuppe, verschiedene Fleischkonserven, weiße Bohnen, Beefaroni, Ananas, noch mehr Bohnen und Erdnussbutter.«

»Senfkraut?«

»Auch wer in der Wildnis lebt, braucht Ballaststoffe, denke ich.«

»Für mich bitte ein Erdnussbutterbrot und ein bisschen Ananas.«

Während sie aßen, erkundigte er sich nach ihren Schusswunden. »Ich habe sie mir auf der Toilette im Spiegel über dem Waschbecken angesehen«, erklärte sie. »Sie scheinen ganz gut abzuheilen. Glauben Sie, dass es nötig ist, sie nochmals zu behandeln?«

»Dredd würde mir ewig Vorwürfe machen, wenn ich zuließe, dass sie sich entzünden. Ich versorge sie lieber noch ein bisschen – zumindest heute noch.«

»Vielleicht kann ich die Salbe selbst auftragen.«

Burke, der nach ihrem leeren Pappteller gegriffen hatte, ließ ihn auf den Tisch fallen. »Ach, ich verstehe! Ihnen ist nicht die Salbe, sondern meine Berührung zuwider.«

»Ich habe nicht gesagt, dass ...«

»Meine Hände sind so sauber wie Bardos, und Sie hatten offenbar nichts dagegen, sich von ihm begrapschen zu lassen, also hören Sie auf mit dem Scheiß.«

»Bardo?«, rief sie aus.

»Na klar. Ich habe Sie am Abend nach seinem Freispruch draußen im Pavillon in heißer Aktion mit ihm beobachtet. Duvall hat die Party gegeben, aber Bardo und Sie haben Ihre eigene kleine Siegesfeier veranstaltet.«

»Ich weiß nicht, was Sie gesehen zu haben glauben, Mr. Basile, aber Sie irren sich.«

»Ich habe genug gesehen. Ich bin gegangen, bevor die Sache echt peinlich wurde.« Er schob seinen Stuhl zurück und stand auf. »Und glauben Sie ja nicht, dass ich nicht merke, wie Sie die Arme über der Brust verschränken, als hätten Sie Angst, ich könnte heimlich Ihre Titten anstarren. Ich habe sie schon aus ihrem Ausschnitt quellen sehen, deshalb weiß ich, dass dieser plötzliche Anfall von Sittsamkeit nichts als Komödie ist. Damit erreichen Sie bei mir nicht viel, Mrs. Duvall. Es macht mich bloß sauer.«

Burke drehte auf dem Absatz um und marschierte aus der Hütte.

Ob Regen oder Sonnenschein, er musste sein verdammtes Boot reparieren.

Bevor Gregory die Augen öffnete, versuchte er sich einzureden, er habe lediglich einen wüsten Alptraum gehabt. Er hatte gestern Abend zu viel getrunken, allzu starkes Gras geraucht oder *irgendwas* getan, das sein Unterbewusstsein dazu veranlasst hatte, ein bizarres Abenteuer zu erfinden, in dem Burke Basile, Pinkie Duvall, ein Einsiedler, der in den Sümpfen hauste und Alligatoren jagte, und eine schöne Frau vorkamen. Und um dieses verrückte Ensemble zu komplettieren, hatte er selbst die Rolle eines Priesters gespielt.

Gott sei Dank, dass der Alptraum vorüber war.

Aber als er jetzt die Augen öffnete, sah er nicht die Lamellen der Läden an den Fenstern, die auf den Innenhof seines Stadthauses hinausführten. Stattdessen sah er zwei hässliche Vorhänge, die zipfelig an einer angelaufenen Messingstange hingen. Schwaches graues Licht drang zögernd durch den ausgebleichten bedruckten Baumwollstoff. Bleischwere Regentropfen klatschten von der Traufe des Hauses, in dem er die Nacht verbracht hatte.

Er hatte seine Lebensretter gesegnet. Er hatte sich überschwänglich für ihre Gastfreundschaft bedankt. Sie hatten ihrerseits seinen Segen für ihren Sohn und dessen hochschwangere Cousine zweiten Grades erbeten. Pater Gregory sah keinen anderen Ausweg und erklärte sich damit einverstanden, die Trauung vorzunehmen.

Sie sollte heute stattfinden. Hoffentlich konnte er sich an alles erinnern, was er zu sagen hatte. Seine Zeit im Priesterseminar schien Äonen zurückzuliegen. Aber das galt für sein ganzes Leben vor dem Tag, an dem Basile ihn auf der Männertoilette im City Park festgenommen hatte. Gregory verfluchte sein Pech. Was hatte ihn dazu gebracht, sich an diesem Abend im Park herumzutreiben? Warum war er nicht lieber ins Kino gegangen?

Das hätte auch nichts genützt, überlegte er sich trübselig, während er seine schmutzigen Sachen anzog. Früher oder später hätte Basile ihn für seinen Privatkrieg gegen Pinkie Duvall rekrutiert. Basile hatte jemanden gebraucht, der über seine einzigartige Kombination von Fähigkeiten verfügte. Wenn Basile ihn nicht im Park gestellt hätte, hätte er ihm anderswo aufgelauert.

Nachdem Gregory sich in dem halbblinden Spiegel begutachtet hatte, verließ er das Schlafzimmer. Die Familie war in dem großen Raum versammelt, der durch eine

Theke von der Küche getrennt war. Der Bräutigam saß dort und löffelte schmatzend Cornflakes in sich hinein; die Braut drehte ihre Haare mit Lockenwicklern auf.

Die Hochzeitsvorbereitungen liefen auf Hochtouren. Gregory bekam einen Becher Kaffee in die Hand gedrückt und wurde den Großmüttern, Tanten und Nichten vorgestellt, die vorzeitig gekommen waren, um mitzuhelfen, damit alles fertig war, wenn die Gäste eintrafen. Der Regen wurde gutmütig verflucht; Gregory wurde aufgefordert, ein gutes Wort einzulegen, damit Gott wenigstens nachmittags die Sonne scheinen ließ. Er lächelte matt und versprach, die Bitte weiterzuleiten.

Vom Herd gingen köstliche Kochdüfte aus, die das ganze Haus erfüllten. Bierkästen wurden auf den Schultern stämmiger Verwandter hereingeschleppt. Gregory, der sich möglichst unauffällig verhielt, ging von einem Fenster zum anderen, starrte in den Regen hinaus und versuchte einen Fluchtweg zu finden. Nachts hatte er den Eindruck gehabt, das Haus liege auf einer Insel. Jetzt stellte er erleichtert fest, dass es in Wirklichkeit an der Spitze einer schmalen, ungefähr fünfzig Meter langen Halbinsel stand, auf die eine mit Muschelgranulat befestigte Stichstraße vom Festland hinausführte.

Etwa ab Mittag füllte sich das Haus mit Freunden und Verwandten, die alle Essen mitbrachten: Gumbo und Langusten, Andouille- und Boudin-Würste, Shrimp Creole, Reis mit roten Bohnen, geräuchertes Schweinefleisch und sogar eine mehrstöckige Kokostorte, auf der ein Plastikbrautpaar stand.

Von ihrer lebhaften Unterhaltung verstand Gregory nur wenig. Offenkundig war jedoch, dass sie eine verschworene Gemeinschaft bildeten, in der er ganz entschieden der einzige Außenseiter war. Jeder Neuankömmling musterte ihn erst einmal misstrauisch. Er bemühte sich, ihr Misstrauen durch ein gütiges Lächeln zu zerstreuen, wusste aber nicht, ob es überzeugend wirkte, weil sein Gesicht noch immer aussah, als wäre ein ganzes Footballteam darübergetrampelt. Keiner der Angehörigen oder Hochzeitsgäste fragte, weshalb er bereit war, eine Trauung zu vollziehen, die andere Priester aus moralischen Gründen abgelehnt hatten. Als er den Trauschein unterschrieb, murmelte der Vater einen Dank.

Auch wenn sie den Fremden nicht mit offenen Armen aufnahmen, machte ihnen das gesellige Beisammensein untereinander hörbar Spaß. Die Hauswände schienen von ihrem Lärm zu erzittern – vor allem als die Musiker anfingen, ihre Instrumente zu stimmen.

Um zwei Uhr nachmittags betrat die junge Braut schüchtern den großen Wohnraum. Sie trug ein langes, geblümtes Kleid, das eine der Großmütter zuvor hastig für die Schwangere geändert hatte, wie Gregory beobachtet hatte. Die Mannsbilder schoben den stolpernden, halbbetrunkenen Bräutigam nach vorn, damit er seinen Platz an der Seite der errötenden Braut einnahm.

Nun standen die beiden vor Pater Gregory, der die Zeremonie begann, indem er Gottes Segen für diese wundervolle Versammlung von Freunden und Angehörigen erbat. Falls er beim Sakrament der Ehe patzte, waren die Anwesenden nicht nüchtern genug, um etwas zu merken.

Nach weniger als fünf Minuten wandte das glückliche Paar sich einander zu, um seine gänzlich ungültige Ehe mit einem Kuss zu besiegeln. Pater Gregory war das scheißegal. Er wollte nur möglichst schnell verschwinden, bevor er als Hochstapler entlarvt wurde.

Er aß mit ihnen. Er trank ein Bier. Sie waren weniger zurückhaltend und kippten scheinbar unbegrenzte Mengen in sich hinein. Je mehr sie tranken, desto lauter wurde die Musik, desto wilder wurde getanzt. Zweimal brachen Schlägereien aus, die aber mit minimalem Blutvergießen beigelegt wurden. In der Abenddämmerung dampfte es im Haus von warmgehaltenen Speisen, schwitzenden Menschen und der Leidenschaft, die alles zu befeuern schien, was sie taten. Irgendjemand riss die Türen auf, um frische Luft hereinzulassen.

Und durch eine dieser Türen schlich Pater Gregory hinaus, angetan mit der Mütze und Wolljacke eines Cousins der Braut.

Regen peitschte ihm ins Gesicht, aber sobald er im Freien war, hetzte er wie verrückt zu dem Schuppen mit dem Boot hinüber, mit dem er gestern Abend angekommen war. Aber er dachte nicht daran, wieder in die Piroge zu steigen, die er Dredd gestohlen hatte und die jetzt neben dem Boot der Familie vertäut lag. Keine Sümpfe mehr, vielen Dank. In Zukunft würde er sein Glück an Land versuchen. Gewiss, auch dort drohten viele Gefahren, aber wenigstens waren sie nicht ganz so fremdartig.

Ein Blick vom Bootsschuppen zum Haus hinüber ließ kein Anzeichen dafür erkennen, dass seine Flucht bemerkt worden war. Gregory zog den Kopf ein und rannte durch den Regen los. Er lief in geduckter Haltung so schnell wie noch nie in seinem Leben, holte das Letzte aus sich heraus und rannte keuchend weiter, bis er glaubte, seine Lunge müsste platzen. Als er das Ende der Stichstraße erreichte, schluchzte er vor hemmungsloser Freude los.

Die Querstraße war eine asphaltierte zweispurige Straße. Er stützte die Hände auf die Knie und holte keuchend Luft, bevor er rasch in die Richtung weiterging, in der hoffentlich der nächste Ort lag.

Zu Fuß würde er nicht weit kommen. Seine einzige Hoffnung war, dass ein Auto vorbeikommen würde, bevor die Hochzeitsgäste merkten, dass Pater Gregory verschwunden war, und sich auf die Suche nach ihm machten. Nachdem er den Sündern durch die Trauung Absolution erteilt hatte, war er jetzt entbehrlich.

Sein Herz begann zu jagen, als er hinter sich Autoscheinwerfer herankommen sah. Es konnten Hochzeitsgäste sein, die man losgeschickt hatte, um ihn zu finden und zurückzubringen. Oder Polizeibeamte oder FBI-Agenten, die nach Mrs. Duvalls Entführern fahndeten. Oder einer von Pinkie Duvalls Leuten, der sich eine Belohnung verdienen wollte, indem er ihre Entführer aufspürte.

Oder es war sein Transportmittel zurück in die Zivilisation.

Bitte, lieber Gott!, betete er, während er kehrtmachte und seinen Daumen hochreckte. Der Pick-up wurde langsamer; der Fahrer musterte ihn, gab dann wieder Gas und spritzte ihn mit schlammigem Regenwasser voll. Gregory war so verzweifelt, dass er zu schluchzen begann. Er heulte noch immer, als fünf Minuten später das nächste Auto vorbeikam. Anscheinend sah er so mitleiderregend aus, dass er den Insassen leidtat, denn der Wagen hielt, als er schon an ihm vorbeigefahren war.

Gregory trabte hinterher. Die Beifahrerin, ein Teenie, hatte das rechte Fenster heruntergekurbelt. Am Steuer saß ein noch jüngeres Mädchen. Die beiden betrachteten ihn interessiert, dann fragte die Beifahrerin: »Wo ist Ihr Auto, Mister?«

»Das habe ich im Sumpf versenkt, nachdem ich einen

Priester gespielt habe, um die Frau eines reichen und berühmten Mannes zu entführen.«

Sie kicherten, weil sie annahmen, er habe einen Scherz gemacht. »Cool«, sagte die Beifahrerin. Sie nickte nach hinten. »Steig ein.«

»Wo fahrt ihr hin?«, fragte er vorsichtig.

»Nach New Orleans«, erklärte sie. »Wir wollen ein bisschen feiern.«

»Cool«, sagte Gregory und stieg hinten ein.

Die Fahrerin trat das Gaspedal durch; der Wagen fuhr auf dem nassen Asphalt schleudernd an und schoss in die Regennacht davon. Die beiden Teenager, die er auf höchstens fünfzehn schätzte, trugen Klamotten, die sogar Madonna die Schamröte ins Gesicht getrieben hätten. Miniröcke, durchsichtige Blusen und Spitzen-BHs. Ihre Ohren, Nasen und Lippen waren gepierct. Dramatisches Make-up betonte ihre Augen und Lippen.

Als sie das French Quarter erreichten, wollte Gregory abgesetzt werden, aber die beiden versuchten ihn dazu zu überreden mitzukommen. »Wir könnten dir zeigen, wie man richtig Spaß hat«, sagte die eine.

»Denk bloß nicht, wir wüssten nicht, wie das geht«, prahlte die andere.

»Das ist es ja gerade«, sagte er mit seinem charmantesten Lächeln. »Ihr seid zu erfahren für mich, Mädels.«

Diese Schmeichelei wirkte. Sie hielten an einer Kreuzung, und Gregory stieg aus. Als sie weiterfuhren, warfen sie ihm Kusshändchen zu. Ihr dämlicher Leichtsinn machte ihn ganz sprachlos. Hatten ihre Eltern sie nicht davor gewarnt, Anhalter mitzunehmen? Sahen sie denn keine Fernsehnachrichten? Schließlich hätte er auch ein Perverser sein können.

Dann erinnerte er sich trübselig daran, dass er ja ein Perverser war.

Er wich den Massen aus, die trotz des Wetters zusammengeströmt waren, um Mardi Gras zu feiern, sah keinem Menschen ins Gesicht und ging die letzten Straßenblocks zu Fuß. Seine Stimmung besserte sich schlagartig, als er seine Straße erreichte. Die letzten zwanzig Meter bis zu seinem Stadthaus legte er trabend zurück. Der Hausschlüssel lag noch immer dort, wo er ihn an dem Morgen, an dem er sich mit Basile getroffen hatte, um Mrs. Duvall zu Jenny's House zu begleiten, versteckt hatte.

»Du brauchst gerade vom dämlichen Leichtsinn anderer Leute zu reden«, murmelte er selbstkritisch.

Das FBI verbreitete sein Fahndungsbild wahrscheinlich bereits im In- und Ausland. Er wurde steckbrieflich gesucht. Auf seine Ergreifung als Kidnapper und weiß der Teufel was noch war ein Kopfgeld ausgesetzt. Sein Vater wäre endgültig stocksauer. Er würde Gregory verstoßen und enterben.

Was tun? Zuallererst eine kalte Flasche Wein und eine lange, heiße Dusche. Er würde hier übernachten. Morgen früh würde er packen und dann schnellstens verschwinden.

Gregory wusste nur nicht recht, wie er eine Reise ohne Unterstützung seines Vaters finanzieren konnte. Sollte er ein letztes Mal an die Großmut des gemeinen alten Kerls appellieren? Wenn er zuerst mit seiner Mutter sprach, gelang es ihm vielleicht, ihren Mutterinstinkt zu wecken, falls Batlady einen besaß.

Er nahm sich vor, erst mal darüber zu schlafen, und knipste das Licht an.

»Hallo, Gregory.«

Er stieß einen Schrei aus. Auf seinem Wohnzimmersofa

saßen zwei Polizeibeamte. Gleich riesigen Spinnen hatten sie im Dunkeln gesessen und auf ihn gewartet.

Das gab der eine sogar zu. »Wird allmählich Zeit, dass Sie kommen. Wir warten schon seit zwei Tagen auf Sie. Himmel«, sagte er, während er Gregorys Gesicht aus der Nähe begutachtete, »Sie sehen ja beschissen aus. Jetzt kann Sie niemand mehr mein Hübscher nennen.«

»Das Leben auf der Flucht ist nicht so toll, wie es immer hingestellt wird, was?«, meinte der andere. »Nun, mit Ihren Eskapaden ist jetzt Schluss. Ihre Verbrecherlaufbahn ist vorzeitig beendet, Gregory. Sozusagen im Keim erstickt. Einfach so.« Er schnippte drei Zentimeter vor Gregorys geschwollener Nase mit den Fingern.

Gregory sackte rückwärts gegen die Wand, schloss die Augen und drehte den Kopf stöhnend von einer Seite auf die andere. Der Alptraum ging weiter.

31. Kapitel

Der Regen hatte nachgelassen, aber die dunklen, dräuenden Wolken über dem Bayou bildeten eine tiefe Wolkendecke. Remy stand an der offenen Hüttentür und beobachtete, wie Basile das Boot mit dem Bug voraus zu Wasser ließ.

Er hatte die Einschusslöcher mit Material aus einer außen an der Hüttenwand stehenden geräumigen Gerätekiste geflickt. Soweit Remy es hatte sehen können, hatte er dazu Klebeband und eine pechartige Substanz benutzt. Diese primitive Reparatur hatte auch eine Menge primitiver Flüche erfordert, aber sie taugte offenbar etwas, weil das Boot nicht unterging. Basile machte es am Steg fest.

»Ist es wasserdicht?«, fragte sie, als er zur Hütte zurückkehrte.

»Vielleicht komme ich hin, ohne abzusaufen.«

»Wohin?«

»Zu Dredd.«

»Wann?«

»Morgen früh. Falls der Regen aufhört. Könnten Sie mir ein Handtuch holen? Wenn ich so reingehe, mache ich den ganzen Fußboden nass.«

Er hatte tagsüber selbst bei strömendem Regen hartnäckig und gleichmäßig gearbeitet, ohne irgendeinen Regenschutz zu tragen. Sein Hemd und seine Jeans waren klatschnass. Er nahm ihr das Handtuch mit einem lakonischen

»Danke!« ab und verschwand um die Ecke, um sich zu waschen. Als er einige Minuten später zurückkam, trug er das Handtuch um die Hüften. Ohne ein Wort zu sagen, nahm er frische Sachen mit auf die Toilette.

Seine Schultern, das fiel ihr auf, waren mit Sommersprossen gesprenkelt.

Als er aus der Toilette kam, zeigte er auf den Tisch. »Was ist das?«

»Abendessen.« Mit dem wenigen vorhandenen Geschirr und Besteck hatte sie den Tisch für zwei Personen gedeckt. In einer Schublade mit Küchengeräten hatte Remy sogar eine Kerze gefunden. Sie stand jetzt in einem Wachspfützchen auf einer angeschlagenen Untertasse und machte das rustikale Innere der Fischerhütte wohnlicher. »Es gibt nur Chili und Bohnen, aber ich dachte, Sie würden Hunger haben, weil Sie mittags nichts gegessen haben.«

»Ja. Gut.«

Er setzte sich an den Tisch, und sie servierte das Essen. Eine Schachtel Cracker und eine Flasche Wasser vervollständigten das Mahl. Die beiden aßen einige Minuten lang schweigend. Basile ergriff als Erster das Wort. »Nicht ganz das, was Sie gewohnt sind.«

Remy legte den Löffel in die Keramikschale und sah sich in dem einzigen Raum der Hütte um. Er war mit ausgemusterten Möbeln eingerichtet und wurde von einem Gasheizgerät erwärmt und von einer Sturmlaterne erhellt, aber er war trocken und behaglich – ein Zufluchtsort in unwirtlicher Umgebung. »Nein, das bin ich wirklich nicht gewohnt, aber mir gefällt's trotzdem. Vielleicht, weil es ganz anders ist als alles, was ich bisher kenne.«

»Hatten Sie denn nie einen Cajun-Beau, der Sie bei einem Rendezvous in seine Fischerhütte eingeladen hat?«

»Ich hatte nie ein Rendezvous – und auch keinen Beau.«
Sie knabberte die Ecke eines Crackers ab, legte ihn neben die Suppenschale und griff nach ihrem Glas Wasser. Als sie seinem Blick begegnete, wunderte sie sich über sein Erstaunen. »Was gibt's?«

»Sie hatten nie ein Rendezvous?«

»Nein, außer man würde Pinkie mitzählen. Seit der Trennung von meiner Mutter habe ich nur in der Blessed Heart Academy und in Pinkies Haus gelebt. Nicht viel Gelegenheit, sich einen Freund zuzulegen. Ich bin nicht einmal zu den Schulbällen gegangen.«

»Wieso nicht?«

»Ich habe damals mit Angel in einer Einzimmerwohnung gelebt«, sagte sie ruhig. »Mein Eindruck von Männern war nicht sehr vorteilhaft. Ich hatte gar nicht den Wunsch, zu Tanzveranstaltungen zu gehen. Und wenn ich Lust gehabt hätte, hätte Pinkie es nicht gestattet.«

Sie verfielen erneut in Schweigen, das nur durch das leise Klappern ihrer Löffel an den Keramikschalen unterbrochen wurde. Schließlich fragte Basile: »Haben Sie jemals daran gedacht, Nonne zu werden?«

Die Frage amüsierte Remy; sie lachte halblaut. »Nein. Pinkie hatte andere Pläne mit mir.«

»Die Rückzahlung.«

»So könnte man es wohl nennen. Er hat mich gleich nach der Schulabschlussfeier geheiratet.«

»Kein College?«

»Ich wollte studieren, aber Pinkie hat es nicht erlaubt.«

»Pinkie hätte es nicht gestattet. Pinkie hatte andere Pläne. Pinkie hat es nicht erlaubt.«

Sie fand seinen Tonfall kränkend und sagte: »Das verstehen Sie nicht.«

»Nein.«

»Ich bin nicht dumm. Ich habe mich durch viele Fernkurse weitergebildet.«

»Ich halte Sie nicht für dumm.«

»Doch, das tun Sie! Ihre schlechte Meinung von mir ist offenkundig, Mr. Basile.«

Er schien widersprechen zu wollen, überlegte sich die Sache dann jedoch anders, zuckte mit den Schultern und sagte: »Gut, es geht mich nichts an. Ich kann nur nicht begreifen, wie jemand – egal, ob Mann oder Frau – sein Leben einem anderen übergeben und sagen kann: ›Hier, entscheide du für mich, ja?‹ Haben Sie denn niemals eine eigene Entscheidung getroffen?«

»Doch. Ich habe mich einmal gegen Pinkie aufgelehnt und mich heimlich um einen Job in einer Galerie beworben. Ich hatte mich mit Kunst befasst, es hat mir Spaß gemacht, und ich habe den Galeristen beim Vorstellungsgespräch mit meinem Wissen und meiner Begeisterung überzeugt. Er hat mich eingestellt. Aber es ging nur zwei Tage.«

»Was ist passiert?«

»Die Galerie wurde niedergebrannt. Das Gebäude mitsamt allen Kunstschätzen war völlig zerstört.« Sie warf ihm einen bedeutungsvollen Blick zu. »Der Brandstifter wurde nie gefasst, aber ich habe mich auch nie wieder um einen Job beworben.«

Er saß mit aufgestützten Ellbogen da, hielt die gefalteten Hände vor den Mund und starrte Remy über seine Fingerknöchel hinweg an. Sie stellte fest, dass er auch auf den Backenknochen kleine Sommersprossen hatte. Seine Augen waren nicht braun, wie sie ursprünglich gedacht hatte, sondern grün, aber so dunkelgrün, dass man sie für braun halten konnte, wenn man nicht sehr genau hinsah.

»Möchten Sie noch etwas?«

Er schien ihre Frage nicht gleich zu verstehen, dann warf er einen Blick in seine leere Schale. »Äh, bitte.«

Seine zweite Portion aß er schweigend.

Als er fertig war, deckte sie den Tisch ab. Er erbot sich, das Geschirr abzuwaschen, und sie nahm sein Angebot an. Sie trocknete ab.

»Einen Menschen wie Sie habe ich noch nie kennengelernt«, sagte er. »Heute Morgen haben Sie mich praktisch angefleht, Sie zu Ihrem Mann zurückkehren zu lassen, und jetzt erfahre ich, was für ein Tyrann Duvall ist. Sie werden in Ihrem eigenen Haus wie eine Gefangene gehalten. Sie treffen niemals irgendwelche Entscheidungen. Ihre Meinung zählt nicht mal, wenn es um Ihre eigene Zukunft geht. Sie sind lediglich Duvalls Besitztum – eine Kostbarkeit, mit der er angibt.«

»Wie seine Orchideen.«

»Orchideen?«

»Er verbringt viele Stunden damit, in seinem Treibhaus Orchideen zu züchten.«

»Soll das ein Witz sein?«

»Nein. Aber das ist irrelevant. Bitte reden Sie weiter.«

»Ich nehme an, dass es Sie nicht stört, wie ein Gegenstand in seinem Besitz behandelt zu werden, wenn Sie bedenken, was Sie dafür alles bekommen. Elegante Kleidung, Schmuck. Eine Limousine mit Fahrer. Wie die Mutter, so die Tochter. Sie kassieren nur mehr als Angel.«

Eine Ohrfeige hätte sie nicht schmerzhafter treffen können. Sie warf das Geschirrtuch zu Boden und wandte sich ab, aber eine seiner nassen Hände packte blitzschnell ihr Handgelenk.

»Lassen Sie mich los!«

»Sie haben sich mit Leib und Seele an Pinkie Duvall verkauft und halten Ihre Entscheidung für gerechtfertigt, weil Ihre Mutter eine drogensüchtige Nutte war. Aber das stimmt nicht, Mrs. Duvall. Kinder können sich weder ihre Eltern aussuchen noch die Umstände, in denen sie aufwachsen, aber als Erwachsene sind wir in unseren Entscheidungen frei.«

»Wirklich?«

»Sind Sie anderer Meinung?«

»Vielleicht waren Ihre Entscheidungen leichter zu treffen als meine, Mr. Basile.«

»Oh, ich glaube, dass Ihnen die Entscheidung sehr leichtgefallen ist. Als schöne, begehrenswerte junge Frau hätte ich mich vielleicht auch an den Meistbietenden verkauft.«

»Ist das Ihr Ernst?«

»Ich hätte es vielleicht getan.«

»Nein, ich meine, finden Sie mich wirklich schön und begehrenswert?«

Er machte ein Gesicht, als hätte sie ihm einen Kinnhaken verpasst, und ließ ihr Handgelenk los. Aber obwohl sie sich nicht mehr berührten, starrte er sie weiter an. Schließlich sagte er: »Ja, das tue ich. Außerdem wissen Sie das doch genau. Sie setzen Ihre Sexualität wie ein Zahlungsmittel ein, und jeder Mann, der Ihnen begegnet, möchte es einlösen – von einem mürrischen alten Griesgram wie Dredd bis hin zu dem stotternden Kerl, der Ihnen neulich auf dem French Market die Orangen verkauft hat.«

Ihre Lippen öffneten sich erstaunt.

»Ich war der Mann mit der Baseballkappe, der Ihnen mit der Orangentüte nachgelaufen ist«, sagte er. Seine Stimme klang verärgert. »Ich habe Ihnen an diesem Tag ebenso nachspioniert wie an dem Abend, an dem Sie in Ihrem Pavillon ein Rendezvous mit Bardo hatten.«

»Ich hatte mit Bardo kein Rendezvous. Weder an diesem Abend noch sonst jemals. Er ist mir widerwärtig.«

»Den Eindruck habe ich nicht gehabt.«

»Mich wundert, dass Sie so selbstgerecht und vorschnell sind. Dabei müssten Sie doch am besten wissen, dass der äußere Schein trügen kann. Sie müssten besser als jeder andere wissen, dass es auch in einer scheinbar eindeutigen Situation Umstände geben kann, die alles verändern.«

Er trat einen Schritt näher an sie heran. »Wie meinen Sie das, verdammt noch mal?«

»Sie haben Ihren Partner erschossen. Sie haben den Schuss abgegeben, der ihm den Tod gebracht hat. Auch wenn das unbestreitbar ist, wäre es unfair, Sie allein aufgrund dieser Tatsache zu verurteilen. Schließlich haben auch äußere Faktoren eine Rolle gespielt. Und diese Faktoren entlasten Sie.«

»Okay. Und?«

»Wie können Sie es dann wagen, mich über mein Leben belehren zu wollen, ohne meine gesamten Lebensumstände zu kennen?«

»Mrs. Duvall?«, fragte er ruhig.

»Was?«

»Haben Sie Ihren Mann jemals so angekreischt?« Diese unerwartete Frage und der ruhige Tonfall, in dem er sie stellte, brachten sie aus dem Gleichgewicht. Er zog die Augenbrauen hoch. »Nein? Vielleicht sollten Sie das mal tun. Vielleicht würde er aufhören, Häuser niederzubrennen, wenn Sie einmal ›Wie kannst du es wagen?‹ kreischen und ihm drohen würden, ihn zu verlassen.«

»Verlassen?«, rief sie bitter aus. »Was für eine brillante

Idee, Mr. Basile! Wieso bin ich da nicht selbst draufgekommen? Wieso habe ich...«

»Psst!« Er trat dicht an sie heran, schlang einen Arm um ihre Taille und hielt ihr mit der anderen Hand den Mund zu. Sie versuchte sich zu befreien, aber er verstärkte den Druck seines Arms und umklammerte ihre Taille noch fester. »Psst!«

Dann hörte sie das Geräusch auch. Es klang wie ein Außenbordmotor.

»Da Sie nicht wissen, wer es ist«, sagte er leise, »rate ich Ihnen, den Mund zu halten.«

Sie dachte an die Männer aus dem Café Crossroads, die sie verfolgt hatten, und nickte, um zu zeigen, dass sie verstanden hatte. Er ließ sie los. »Blasen Sie die Kerze aus.« Während sie die Kerze ausblies, griff er nach der Sturmlaterne und drehte sie herunter, bis sie nur noch schwach leuchtete. »Bleiben Sie außer Sicht.«

Er legte ihr die Hand auf den Kopf wie im Boot, als der Hubschrauber über sie hinweggeflogen war, drückte sie hinunter und deutete auf den Tisch. Sie kroch darunter.

Dann trat er lautlos wie ein Schatten an den Wandschrank, und sie beobachtete, wie er die Pistole ganz oben vom Schrank nahm. Das war ungefähr die einzige Stelle, an der sie, während er mit dem Boot beschäftigt gewesen war, nicht gesucht hatte. Er steckte sie hinten in den Hosenbund seiner Jeans, trat dann auf den Steg hinaus und blieb gleich neben der Tür stehen.

Das Motorengeräusch wurde lauter. Wenig später tauchte ein Licht auf, das durch die mit spanischem Moos behangenen Äste flackerte und vor dem näher kommenden Boot einen schwachen Lichtstrahl auf das bewegte Wasser warf. Sie konnte genug sehen, um zu erkennen, dass das Boot ungefähr so groß wie das war, das Basile tagsüber repariert hatte.

Ein Mann rief ihn auf Cajun-Französisch an. Er antwortete mit einem lakonischen: »Abend, Leute.«

Remy spürte die Vibrationen, als das Boot längsseits kam und gegen einen der Fender aus Altreifen am Steg stieß. Sie kroch auf allen vieren unter dem Tisch hervor und quer durch den Raum zum Fenster hinüber. Dort hob sie den Kopf gerade so weit, dass sie übers Fensterbrett sehen konnte. In dem Boot hockten dicht zusammengedrängt drei Männer.

Sie wusste nicht, ob sie sich zeigen und den Neuankömmlingen zurufen sollte, sie werde gefangen gehalten, oder lieber versteckt bleiben sollte. Sie musste dringend nach New Orleans zurück – aber würden diese Männer sie zuverlässig hinbringen? Oder war sie bei Basile sicherer?

Während Remy überlegte, was sie tun sollte, fragte Basile die Männer, ob die Fische anbissen. Also waren sie keine Gesetzeshüter. Oder war das nur ein Trick, mit dem Basile ihr suggerieren wollte, sie seien keine?

Sie warf erneut einen verstohlenen Blick nach draußen. Bei den schlechten Lichtverhältnissen waren die Männer kaum zu erkennen, aber ihr struppiges Aussehen sprach nicht gerade dafür, dass sie Polizeibeamte waren, und auch ihr Boot trug keine amtlichen Kennzeichen.

Auf Englisch erklärte der Sprecher der Gruppe Basile, sie seien nicht unterwegs, um zu fischen. »Wir suchen jemand. Einen Priester.«

»Bloß irgendeinen Priester oder einen bestimmten?« Basiles Tonfall klang locker, aber Remy wusste, dass seine Freundlichkeit nur gespielt war.

»Dieser Priester, dieser Pater Gregory, ist vielleicht

in Schwierigkeiten, denken wir. Wer weiß?« Remy entdeckte ein gallisches Schulterzucken hinter den Worten des Cajuns. »Falls er Feinde hat, wollen wir keine Schwierigkeiten mit ihnen bekommen.«

»Wie kommt ihr darauf, dass er Feinde haben könnte?«

Basile hörte sich den Bericht des Mannes kommentarlos an. Als der andere ausgesprochen hatte, meinte er: »In den Sümpfen verirrt? Armes Schwein. Jedenfalls ist hier niemand aufgetaucht, seit ich vor ein paar Tagen hergekommen bin.«

Die drei Männer im Boot berieten sich flüsternd, dann bedankte ihr Sprecher sich bei Basile, wünschte ihm eine gute Nacht und stieß vom Steg ab. Sie wendeten und fuhren in die Richtung zurück, aus der sie gekommen waren.

Remy überlegte, ob sie ins Freie stürmen und sie zurückrufen sollte, entschied sich dann aber doch dagegen. Was sie wohl an sich hatten, das Pater Gregory mehr geängstigt hatte als die Gefahren der Sümpfe? Er musste einen gewichtigen Grund gehabt haben, ihnen nicht zu trauen.

Oder hatte er nur Angst gehabt, sie würden ihn der Polizei übergeben?

Sie sprang auf und lief zur Tür, aber dort stand Basile und vertrat ihr den Weg. »Wenn Sie jetzt schreien, kommen sie zurück«, sagte er mit leiser, drängender Stimme, »aber Sie haben keine Garantie, dass sie Ihnen nichts tun.«

»Welche Garantie habe ich, dass *Sie* mir nichts tun?«

»Habe ich Ihnen schon was getan?«

Remy konnte seine Augen nicht sehen, aber sie fühlte die Intensität seines Blicks und wusste, dass Basile recht hatte. Sicherheitshalber musste sie sich für den Teufel entscheiden, den sie bereits kannte.

Er spürte ihren Entschluss, durchquerte rasch den Raum

und löschte die Sturmlaterne, so dass die Hütte in tiefer Dunkelheit lag. »Nur für den Fall, dass sie uns von der nächsten Biegung aus beobachten«, sagte er.

»Was ist aus Pater Gregory geworden, nachdem er sich von der Hochzeit weggeschlichen hat?«, flüsterte sie.

»Keine Ahnung. Aber immerhin weiß ich, dass er's bis dorthin geschafft hat.«

Gregory hatte sich damit abgefunden, bald sterben zu müssen.

Man würde ihn für seine Rolle bei der Entführung zwar nicht zum Tode verurteilen, aber im Gefängnis würde er es nicht lang machen. Männer wie er waren hilflose Beute, und die Raubtiere waren immer in der Überzahl. In einem Zellenblock hatte er vielleicht ein paar Monate zu leben. Aber selbst nach dieser kurzen Zeit würde er den Tod als wahre Erlösung empfinden.

Sein Herz jagte wie verrückt, als er auf dem Rücksitz des neutralen Polizeifahrzeugs hockte. Zu seiner Überraschung waren sie jedoch nicht zum Revier im French Quarter unterwegs. »Bringen Sie mich ins Präsidium?« Die beiden Polizeibeamten ignorierten ihn jedoch und unterhielten sich weiter über ihre Pläne für Mardi Gras.

Als sie dann mit unvermindertem Tempo am Polizeipräsidium vorbeifuhren, wuchs Gregorys Entsetzen ins Unendliche. »Wohin bringen Sie mich?«

Der Mann auf dem Beifahrersitz drehte sich zu ihm um. »Halten Sie die Klappe, ja? Wir versuchen, uns hier vorn zu unterhalten.«

»Seid ihr FBI-Agenten?«

Beide lachten, und der Fahrer sagte: »Na klar.«

Gregory, dem ihr hämisches Lachen nicht gefiel, begann

zu winseln. »Ich bin zum Mitmachen gezwungen worden. Basile ist ein ganz gemeiner Kerl. Er hat mir gedroht, mich umzubringen, wenn ich ihm nicht helfe. Ich hab nicht mal gewusst, was er vorhatte. Ich... ich habe nichts von der Entführung geahnt, bis es so weit war.«

Da seine Unschuldsbeteuerungen die beiden nicht zu beeindrucken schienen, versuchte er es mit einer anderen Methode. »Mein Daddy ist reich. Wenn Sie mich zu ihm bringen, zahlt er Ihnen einen Haufen Geld, ohne Fragen zu stellen. Sie brauchen nur zu sagen, wie viel Sie wollen, dann bekommen Sie das Geld. Er ist stinkreich, ich schwör's Ihnen.«

»Wir wissen alles über Sie, Gregory«, sagte der Beifahrer. »Halten Sie jetzt endlich die Klappe, sonst werd ich echt wütend.«

Gregory schluckte alle weiteren Bitten herunter, die ihm noch auf der Zunge lagen, und begann leise zu weinen. Er war sich jetzt darüber im Klaren, dass er sich nicht in der Obhut von Polizeibeamten befand, und die letzten Zweifel schwanden, als sie in die Tiefgarage eines Bürogebäudes fuhren. Um diese Nachtzeit parkten dort unten nur wenige Autos.

Tiefgaragen waren der Schauplatz zahlloser Filmmorde, und diese grässlichen Szenen schossen ihm nun alle durch den Kopf. Gregory erwartete, dass sie ihn nun an die Betonwand stellten und mit einem Schuss in den Hinterkopf erledigten. Morgen früh würde seine gesichtslose Leiche dann von einem früh zur Arbeit kommenden Büroangestellten aufgefunden werden.

»Bitte«, wimmerte er, als er vor dem Mann zurückwich, der die hintere Autotür öffnete. »Bitte nicht!«

Aber dieser Mann, den er irrtümlich für einen Cop gehalten hatte, packte ihn vorn am Hemd und zerrte ihn aus dem Wagen. Gregory sank auf die Knie und begann um sein Leben zu flehen, aber die beiden Männer zogen ihn hoch und schleppten ihn zwischen sich zum Aufzug.

Okay, dann würden sie ihn also nicht in der Tiefgarage erschießen. Wahrscheinlich wollten sie kein Blut auf ihre Anzüge bekommen. Sie würden mit ihm aufs Dach des Gebäudes gehen und ihn hinunterstoßen, damit seine Hinrichtung wie ein Selbstmord aussah. Als Komplize eines Entführers hatte er dem Druck seines Gewissens nicht standgehalten und war in den Tod gesprungen. Verständlich.

Aber der Aufzug hielt, bevor sie das Dachgeschoss erreichten. Als die beiden ihn aus der Kabine zerrten, fand Gregory sich zu seiner Überraschung auf einem mit Teppichboden ausgelegten Flur mit Mahagonitüren auf beiden Seiten wieder. Am Ende dieses strengen Korridors erreichten sie eine Doppeltür mit einem Namensschild aus Messing.

Als Gregory den eingravierten Namen las, gaben seine Knie nach, und er sank zu Boden.

»Los, stehen Sie auf!«, sagte einer seiner Begleiter.

»Kommen Sie schon, seien Sie nicht blöd.«

Gregory krümmte sich in fötaler Haltung zusammen und wimmerte erbärmlich.

Die Doppeltür wurde geöffnet, und er hörte eine Stimme durch den Flur donnern: »Was geht hier vor?«

»Er will nicht aufstehen. Was sollen wir mit ihm machen, Mr. Duvall?«

Den Namen laut ausgesprochen zu hören war noch schlimmer, als ihn auf dem Messingschild zu lesen. Gregory hielt sich die Ohren zu. Aber er beobachtete, wie zwei blitzblanke Slipper aus Schlangenleder näher kamen und in dem luxuriös hochflorigen waldgrünen Teppichboden Schuhabdrücke Größe fünfundvierzig hinterließen. Die Schuhe machten erst eine Handbreit vor seinem Kopf halt.

Hoch über ihm sagte Pinkie Duvall: »Es geht nicht darum, was wir mit ihm machen, Gentlemen. Ab jetzt liegt Mr. James' Schicksal allein in seiner Hand.«

32. Kapitel

»Mr. Duvall? Entschuldigen Sie die Störung, Sir. Miss Flarra ist am Telefon. Sie ist schrecklich aufgeregt.«

»Danke, Roman. Ich nehme das Gespräch an.« Sobald der Butler sich aus seinem häuslichen Arbeitszimmer zurückgezogen hatte, nahm Duvall den Hörer der Nebenstelle ab. »Flarra? Wie geht's dir, meine Süße?«

»Ich bin ganz krank vor Angst! Was ist eigentlich los? Ich habe Roman anbetteln müssen, damit er mich mit dir reden lässt. Er hat gesagt, er habe strengste Anweisung, keine Gespräche durchzustellen. Wo ist Remy? Warum kommt sie mich nicht besuchen? Ich habe seit Tagen nichts mehr von ihr gehört. Irgendwas Schlimmes ist passiert, das weiß ich!«

»Beruhige dich. Hier ist nichts Schlimmes passiert.«

»Aber was ist los? Remy ist die ganze Woche nicht bei mir gewesen, obwohl sie sonst regelmäßig kommt. Und wenn ich sie anrufen will, werde ich abgewimmelt.«

»Deine Schwester hatte eine schlimme Angina.«

»Geht's ihr wieder gut?«, erkundigte Flarra sich hörbar besorgt.

»Noch ein paar Tage Ruhe, dann ist sie wieder auf dem Damm.«

»Warum habe ich davon nichts erfahren?«

»Remy wollte nicht, dass du dir unnötig Sorgen machst,

deshalb hat sie das Personal gebeten, dir nichts davon zu sagen. Sie bekommt Antibiotika und hat sich schon gut erholt, auch wenn sie noch starke Halsschmerzen hat. Daher kann sie kaum reden. Und ich habe mit einem Fall zu tun, der meine gesamte Zeit beansprucht. Entschuldige bitte, dass ich dich nicht angerufen habe. Das war unverzeihlich von mir.«

Pinkie horchte auf das Schweigen am anderen Ende, während Flarra seine Lügengeschichte verarbeitete. Wenn er ihr die Wahrheit gesagt hätte, hätte er auch noch eine hysterische junge Frau am Hals, was seine Probleme nur vergrößert hätte. Flarra war impulsiv und unberechenbar; er wollte sich nicht auch noch Sorgen darüber machen müssen, wie sie auf die Entführung ihrer Schwester reagieren würde. Bald würde er vor der Aufgabe stehen, ihr Remys Ableben beizubringen, aber diese Brücke würde er überqueren, wenn er sie erreichte.

»Kann ich morgen kommen und sie besuchen?«, fragte sie.

»Das geht leider nicht, Liebes. Die Entzündung ist sehr ansteckend. Remy würde auf keinen Fall wollen, dass du sie auch bekommst. Schwester Beatrice würde uns nie verzeihen, wenn wir bei euch im Internat eine Anginaepidemie auslösen.«

»Wer hat Remy das Medikament verschrieben?«

»Welche Rolle spielt das?«

»Ich weiß nicht, Pinkie, aber ich... Remy ist in letzter Zeit so matt und abgespannt gewesen.«

»Und?«

»Nun, ich hab mir überlegt – es ist natürlich bloß eine Vermutung –, aber könnte sie nicht, du weißt schon, schwanger sein?«

Pinkie starrte den Briefbeschwerer aus Steuben-Kristallglas auf seinem Schreibtisch an, ohne ihn wirklich zu sehen. Er nahm nur die absurde Vermutung seiner jungen Schwägerin wahr, die ihm plötzlich gar nicht mehr so absurd vorkam.

Ohne etwas von seiner Reaktion zu ahnen, fuhr Flarra fort: »Wenn ja, sollte sie dann Antibiotika nehmen?«

»Sie ist nicht schwanger.«

»Weißt du das bestimmt?«

»Meinst du nicht, dass ich es wüsste, wenn meine Frau schwanger wäre?«, blaffte er.

»Du brauchst mir deswegen nicht gleich den Kopf abzureißen. Ich will mich nicht in eure Angelegenheiten mischen, Pinkie. Aber ich vermute, dass Remy sich insgeheim ein Baby wünscht und traurig ist, weil sie anscheinend keins bekommen kann. Ich habe gehofft, das könnte der Grund für ihre Niedergeschlagenheit sein. Ich habe sie neulich sogar gefragt.«

»Was hat sie geantwortet?«

»Sie hat nein gesagt.«

»Da hast du's. Wozu sollte sie lügen?«

»Vermutlich hast du recht«, gab Flarra zu. »War nur so eine Idee.« Dann bat sie ihn, Remy den Telefonhörer ans Ohr zu halten. »Ich will bloß ein paar Worte mit ihr reden. Sie braucht nicht mal zu antworten.«

»Sie schläft gerade.«

»Ach, dann will ich sie lieber nicht wecken«, sagte Flarra enttäuscht.

»Remy hat von deinen Anrufen erfahren und weiß deine Besorgnis zu schätzen.«

»Mir hat noch was anderes Sorgen gemacht«, fügte sie hinzu. »Remy muss diese Sache mit Errol schrecklich nahegegangen sein.«

»Du hast davon gehört?«

»Ich hab's in der Zeitung gelesen. Remy ist bestimmt fast ausgeflippt.«

»Tatsächlich weiß sie noch gar nichts davon. Sie war so krank, dass ich es nicht übers Herz gebracht habe, ihr davon zu erzählen.«

»Hat die Polizei schon eine Spur?«

»Nicht dass ich wüsste. Ich fürchte, dass das eins dieser sinnlosen Gewaltverbrechen gewesen ist – ein Mord, der nie aufgeklärt werden wird.«

»Errol war bärenstark«, überlegte sie laut. »Wie hat ihn ein gewöhnlicher Straßenräuber bloß überwältigen können?«

»Ich will nicht schlecht von einem Toten reden, aber Errols Körperkräfte haben seine Geistesgaben bei Weitem überstiegen. Es war wirklich leichtsinnig von ihm, mitten in der Nacht allein auf dem Uferdamm spazieren zu gehen.«

»Schon möglich, aber ich finde es seltsam, dass ...«

Pinkie, der von ihrem Telefongespräch genug hatte, unterbrach sie. »Flarra, Süße, du musst mich jetzt bitte entschuldigen.«

»Hast du schon über den Faschingsdienstag nachgedacht? Du weißt schon, ob ich zu eurer Party kommen darf?«

»Ich habe mir Gedanken darüber gemacht, ja. Aber ich habe noch nichts entschieden und kann jetzt wirklich nicht darüber reden. Aber auf der anderen Leitung ist ein Gespräch hereingekommen, das meinen Fall betrifft. Ich sage Remy einen lieben Gruß von dir.«

»Okay«, antwortete sie niedergeschlagen. »Sag ihr, sie möchte mich anrufen, sobald sie sich wieder besser fühlt. Tschüss.«

Sobald Pinkie den Hörer aufgelegt hatte, wies er Roman an, Bardo herzubestellen. Als der Mann sein Arbeitszimmer betrat, übergab Pinkie ihm eine Rolodex-Karte. »Setzen Sie einen Ihrer besten Leute auf sie an. Er soll äußerst diskret vorgehen, aber ich will wissen, was sie zum Frühstück isst.« Bardo nickte wortlos und steckte die Karte ein. Pinkie fragte ihn: »Hat unser Pseudopriester sich entschlossen, mit uns zusammenzuarbeiten?«

Bardo grinste bösartig. »Wir haben ihm noch etwas Bedenkzeit eingeräumt.«

»Was ist mit McCuen? Schon von ihm gehört?«

Der Polizeibeamte hätte sich früher an diesem Abend mit Bardo treffen sollen, war aber nicht gekommen. Männer waren losgeschickt worden, um sein Haus zu überprüfen. Sie hatten gemeldet, es sei niemand da und im ganzen Haus herrsche Unordnung, als wäre in größter Eile gepackt worden.

»Ich lasse schon nach ihm fahnden. Irgendwann taucht er wieder auf«, sagte Bardo mit gewohnter Selbstsicherheit. Aber dann fragte er leicht zweifelnd: »Was machen wir, wenn weder der Schwule noch McCuen auspacken?«

Pinkie sah aufs Telefon hinunter und dachte an sein Gespräch von vorhin. Während er mit einem Finger über den Hörer strich, lächelte er wie ein Glücksspieler, der das entscheidende Ass im Ärmel hat. »Dann versuche ich was anderes.«

»Gott, wer kann das sein?«

Joe Basile musste zugeben, dass seine Frau allen Grund hatte, ungehalten zu sein. Der vergangene Tag hatte schlecht begonnen, da Douglas Patout im Morgengrauen bei ihnen aufgekreuzt war. Und jetzt hatte das Telefon sie mitten in der Nacht geweckt. Er tastete nach dem Hörer und meldete sich beim fünften Klingeln.

»Mr. Basile, hier ist noch mal Mac McCuen. Legen Sie bitte nicht auf, bevor Sie mich haben ausreden lassen.«

»Was gibt's, Mr. McCuen?«, fragte er ungeduldig.

»Ich habe Sie heute Morgen belogen.«

Joe stemmte sich hoch, bis er auf der Bettkante saß. »Wie das?«

»Ich habe Ihnen erzählt, Burke habe mich in sein Urlaubsdomizil eingeladen. Das stimmt nicht. Aber ich muss ihn sehr dringend erreichen. Ich habe Sie belogen, weil ich Sie nicht mit hineinziehen wollte. Leider bleibt mir keine andere Möglichkeit mehr.«

»Wo hineinziehen?«

»Ihr Bruder steckt verdammt tief in der Scheiße.«

Obwohl McCuen sich drastischer ausgedrückt hatte, stimmte seine Aussage mit der Patouts überein. »Soll das heißen, dass er in Gefahr ist?«

»In großer Gefahr. Wenn Sie wissen, wo er ist, müssen Sie es mir sagen. Ich muss Burke erreichen, bevor andere ihn aufspüren.«

Auch das war fast wörtlich dasselbe, was Patout gesagt hatte. Nachdem Joe zweimal bei Dredd angerufen und niemanden erreicht hatte, hatte er es nicht wieder versucht. Jetzt wünschte er sich, er hätte es getan. Falls Burke sich irgendwohin zurückgezogen hatte, war er wahrscheinlich in ihrer Fischerhütte. Und falls Burke sich dort aufhielt, würde Dredd es wissen.

Obwohl der grauhaarige alte Tierpräparator und seine gruselige Behausung Joe persönlich etwas unheimlich waren, wusste er, dass zwischen Dredd und Burke eine starke Bindung bestand. Er nahm an, dass Dredd ihm wahrheitsgemäß Auskunft gab. Nur hatte er ihn leider nicht erreichen können.

»Mr. Basile, Joe, sagen Sie mir bitte die Wahrheit«, bat McCuen. »Wissen Sie, wo Burke ist?«

»Ich habe Ihnen doch erst heute Morgen gesagt, dass ich's nicht weiß.«

»Ja, das haben Sie gesagt, aber wissen Sie es?«

Sein Tonfall kam bei Joe schlecht an. »Entschuldigen Sie, Mr. McCuen, aber ich habe den Eindruck, dass Sie in einer verzweifelten Lage sind – nicht Burke.«

Nach längerer Pause antwortete McCuen: »Bitte entschuldigen Sie, dass ich Ihnen unterstellt habe zu lügen. An Ihrer Stelle würde ich auch lügen. Ich respektiere Ihre Loyalität Burke gegenüber. Aber Sie müssen mir glauben, dass Sie ihm schaden, wenn Sie mir nicht sagen, wie ich ihn erreichen kann.«

»Auf die Gefahr hin, mich zu wiederholen: Ich weiß nicht, wo er ist«, sagte Joe, wobei er jedes Wort einzeln betonte.

»Aber Sie müssen doch irgendeine Idee haben«, drängte McCuen. Joe zögerte nur für den Bruchteil einer Sekunde, aber der Polizeibeamte hakte sofort nach. »Was kann ich sagen, um Sie davon zu überzeugen, dass Sie mir helfen müssen, ihn zu finden? Was kann ich bloß sagen?«

Im Allgemeinen schlief Burke leicht. Deshalb überraschte es ihn, dass er nicht aufwachte, bevor sie anfing, um sich zu schlagen. Sie versuchte, ihre rechte Hand zu heben, aber das ging nicht, weil sie mit Handschellen an Burkes linkes Handgelenk gefesselt war. Ihr plötzliches Reißen und Zerren hatte ihn schmerzhaft aus tiefem Schlaf geweckt.

Zuerst verstand er den Grund für ihre heftigen Bewegungen falsch. »He! Schluss damit!«

Aber als er ganz wach war, erkannte er, dass sie nicht darum kämpfte, von ihm loszukommen. Das Moskitonetz über dem Bett hatte sich gelöst und war genau auf ihr Gesicht gefallen. Und Remy war jetzt verzweifelt bemüht, sich davon zu befreien.

Doch mit ihren Bemühungen hatte sie nur erreicht, dass sich das Gewebe um ihren linken Arm wickelte. Je mehr sie dagegen ankämpfte, desto mehr verstrickte sie sich darin. Sie öffnete den Mund, um zu schreien, aber beim Luftholen geriet das Netzgewebe in ihren Mund, was ihre Panik noch verstärkte.

»Ganz ruhig. Ich befreie Sie.«

Ihre Augen waren offen, aber die Nachwirkungen eines Alptraums oder ihre panische Angst hinderten sie daran, vernünftig zu denken. Als Burkes Hand sich ihrem Gesicht näherte, um ihr zu helfen, das Moskitonetz wegzuziehen, fing sie an, sich gegen ihn zu wehren. Sie warf den Kopf von einer Seite zur anderen. Sobald sie versuchte, den Kopf zu heben, zog sich das Netz nur noch enger zusammen. Sie schlug mit der linken Hand nach Burke und riss mit der rechten weiter an der unnachgiebigen Handschelle. Er schob sein rechtes Bein über ihre Beine, um sich vor ihren kräftigen Tritten zu schützen. Sie versuchte wieder zu schreien, aber das feinmaschige Netzgewebe füllte ihren Mund und erstickte jedes Geräusch.

»Um Gottes willen, halten Sie still!«, sagte er. »Ich versuche doch nur, Ihnen zu helfen.«

Schließlich gelang es ihm, das Gewebe zwischen die Finger zu bekommen. Er zerriss es mit einem kräftigen Ruck, so dass es sich nicht mehr über ihrem Kopf spannte. Aber dünne Stofffetzen lagen weiter wie Spinnweben auf Remys Gesicht. Sie wischte sie mit der linken Hand weg, bis es wieder ganz frei war. Ihr Atem ging laut, schnell und keuchend.

»Alles in Ordnung«, versicherte er mit leiser, beruhigender Stimme. »Das Moskitonetz ist weg. Sie können wieder frei atmen.«

Er wollte ihr eine Haarsträhne aus dem Gesicht streichen, aber sie schlug mit der Linken nach seiner Hand. »Fassen Sie mich nicht an!«

»Beruhigen Sie sich doch«, sagte er mit abwehrend erhobener Hand. »Das Moskitonetz ist auf Sie gefallen. Das war alles.« Sie starrte ihn benommen an, während ihre Atmung sich allmählich beruhigte. »Möchten Sie einen Schluck Wasser?«

Sie nickte wortlos. Abends hatte sie sich ein Glas Wasser auf das dreibeinige Tischchen gestellt, das als Nachttisch diente. Burke griff über sie hinweg nach dem Glas. »Können Sie sich aufsetzen?« Sie stützte sich auf einen Ellbogen und trank aus dem Glas, das er ihr an die Lippen hielt.

Obwohl der Regen noch immer monoton auf das Wellblechdach der Hütte trommelte, fiel wässriges Mondlicht durch die Fenster. Nachdem die Männer mit dem Fischerboot weggefahren waren, hatte Burke noch mindestens eine halbe Stunde lang nervös und wachsam an der Hüttentür gestanden. Die drei hatten nicht bedrohlich gewirkt, sondern waren anscheinend nur neugierig gewesen, warum der Priester, dem sie das Leben gerettet hatten, sich während der Hochzeitsfeier abgesetzt hatte. Aber Burke, der lieber übervorsichtig sein wollte, hatte die Sturmlaterne nicht wieder angezündet und an der Hüttentür Wache gehalten, bis er bestimmt wusste, dass ihnen von den Männern keine Gefahr drohte.

Schließlich hatte er seiner Geisel vorgeschlagen, ins

Bett zu gehen. Er hatte Remy wieder an sich gefesselt, was einen weiteren Streit ausgelöst hatte, den er mit dem Argument beendet hatte, seit er das Boot repariert habe, stehe ihr wieder eine Fluchtmöglichkeit offen. Nach ihrem Alptraum hatte er ein schlechtes Gewissen, weil er sie wieder gefesselt hatte – zumal er nicht nur aus Sicherheitsgründen neben Remy schlafen wollte.

Sie trank so gierig, dass ihr etwas Wasser über die Lippen lief. Als sie das Glas geleert hatte, stellte er es auf den Nachttisch zurück.

»Geht's wieder besser?«

Sie sagte auch diesmal nichts, sondern nickte nur.

Sein Blick glitt langsam über Remys Augenbrauen, Wangenknochen, Nase und Mund. Nach kurzem Zögern fuhr er ihr mit dem Daumen über Kinn und Unterlippe. Danach war sein Daumen feucht.

»Keine Angst, ich trete Sie nicht, Basile.«

Irgendwas, vielleicht Begierde, machte ihn begriffsstutzig. »Wie bitte?«

Als sie sich mit einiger Anstrengung bewegte, merkte er, dass sein Bein noch immer über ihren Beinen lag und sie auf der Matratze festnagelte. Sein Fuß, seine Wade und sogar die Innenseite seines Oberschenkels berührten sie, wie es ein Liebhaber hätte tun können. Sein Unterleib war gegen ihre Hüfte gepresst. Er senkte den Blick, um erneut ihre Lippen zu betrachten. Er hatte sie mit dem Daumen berührt. Sie waren feucht. Und unglaublich weich.

»Nicht, Basile. Bitte.«

33. Kapitel

Die Worte waren nur geflüstert, aber sie hätten nicht deutlicher sein können. Ihre Bitte, von seinem Vorhaben abzulassen, konnte sich auf etwa ein halbes Dutzend Verstöße gegen Sitte und Anstand beziehen, die Burke durch den Kopf gegangen waren. Mit mehr Selbstbeherrschung, als ein Mann sein Leben lang aufbringen müssen sollte, zog er sein Bein zurück und streckte sich neben ihr aus. Danach war er einige Zeit mit seinem eigenen Elend beschäftigt, ehe er merkte, dass sie ihr rechtes Handgelenk mit der linken Hand massierte.

»Tut's weh?«, fragte er.

»Ein bisschen.«

»Sie haben heftig daran gerissen. Erst davon bin ich aufgewacht. Brauchen Sie eine Salbe dafür?«

War das nicht geradezu pfadfinderhaft gehandelt? Er ließ sie nicht nur in Ruhe, weil sie ihn darum gebeten hatte, sondern erbot sich sogar, ihr Erste Hilfe zu leisten. Dafür hätte er eine Medaille bekommen müssen.

»Wenn Sie so um mein Handgelenk besorgt sind, könnten Sie mir die Handschellen abnehmen.«

»Kommt nicht in Frage.«

»Bitte.«

»Nein. Reden wir nicht mehr darüber.« *Zum Teufel mit dem Pfadfindergehabe.*

Sie waren sich so nahe, dass er jeden ihrer Atemzüge spürte, und sein Begehren war nichts, was auf Befehl wieder verschwand. Aber zwischen ihnen existierten Barrieren, die undurchdringlicher waren als eine Stahlwand. Eine der wirkungsvollsten war, dass sie »Nicht, Basile« gesagt hatte, denn er war zwar ein Entführer, aber kein Vergewaltiger.

Außerdem war sie die Frau eines anderen. Gewiss, Ehebruch war eine weitverbreitete, weithin akzeptierte Sünde. Wären außereheliche Freuden noch immer mit öffentlicher Steinigung bestraft worden, hätte es auf dem Planeten längst keine Steine mehr gegeben. Was Sünden betraf, war Ehebruch eigentlich nur mehr zum Gähnen.

Neben den religiösen Aspekten hatte das Ganze jedoch auch eine moralische Seite. Burke wollte sich weiter einbilden können, über Barbara und ihrem Footballtrainer zu stehen. Außerdem hatte die Dame seiner Wahl nein gesagt, deshalb kam es ohnehin nicht in Frage. Also befahl er sich, nicht länger darüber nachzudenken und wieder einzuschlafen.

Er lag einige Zeit neben Remy: hellwach und etwa so entspannt wie ein Kantholz. Dabei spürte er, dass es ihr ebenso schwerfiel, wieder Schlaf zu finden. Eigentlich war ihm nicht nach einem kleinen Schwatz zumute, aber er fürchtete, sein Unterkiefer könnte brechen, wenn er nicht bald den Mund aufmachte. »War es ein Alptraum?«

»Nicht direkt«, antwortete sie. »Mehr wie eine... Ja, man könnte es wohl als Alptraum bezeichnen.«

»Hat es mit Ihrer Erstickungsangst zu tun?«

Er fühlte sie nicken.

Um zu diesem Schluss zu gelangen, brauchte man nicht lange nachzudenken. »Woher kommt diese Angst?«

Sie ließ sich mit der Antwort so lange Zeit, dass er schon glaubte, sie habe seine Frage bewusst überhört. Aber dann begann sie doch, stockend zu sprechen. »Ich war damals zwölf. Er war einer von Angels Stammkunden. Ich hatte früh gelernt, mich still zu verhalten, wenn sie Männerbesuch hatte. Nicht weinen. Nicht winseln. Nicht betteln oder sonst wie Aufmerksamkeit erregen. Ich habe versucht, mich so klein wie irgend möglich zu machen – anfangs, um nicht bestraft zu werden, und später, um nicht gesehen zu werden. Ich habe mir oft gewünscht, unsichtbar zu sein, damit sie mich nicht so anstarren könnten.

Aber dieser eine hat sich nicht von mir ignorieren lassen. Er hat sich mir immer in den Weg gestellt, mich geneckt und Angel gegenüber freche Bemerkungen gemacht. Anfangs habe ich sie nicht begriffen, später dann aber nur zu gut.

Eines Nachts hat sie ihn nach ihrem Auftritt mit heimgebracht. Ich hatte längst geschlafen, aber ihr Lachen hat mich geweckt. Die beiden waren natürlich high und haben ihre wilde Party fortgesetzt, ohne sich im Geringsten um mich zu kümmern. Irgendwann sind sie in Angels Bett umgekippt, und ich bin wieder eingeschlafen.

Ich weiß nicht mehr, wie lange ich geschlafen habe. Wenn ich früher aufgewacht wäre, hätte ich ihn abwehren und aus der Wohnung rennen können. Aber als ich aufgeschreckt bin, war er bereits auf mir und hat meine Hände über meinem Kopf festgehalten. Ich habe nachts ein T-Shirt und einen Slip getragen. Er hatte das T-Shirt hochgeschoben, so dass mein Gesicht damit bedeckt war.«

Burke schloss die Augen und rührte sich nicht.

Einige Sekunden vergingen, bevor Remy leise weitersprach. »Ich hatte gerade angefangen, mich zu entwickeln.

Meine Brüste waren noch klein und zart. Er... er hat schreckliche Sachen geflüstert. Sein Atem hat schlecht gerochen, seine Finger haben mich gezwickt, und ich hab keine Luft mehr bekommen. Er hat eine Hand in meinen Slip geschoben und... Nun, er hat mir weh getan. Ich wollte um Hilfe rufen, aber mein Gesicht war ja bedeckt, und ich hab keine Luft bekommen.«

Sie rang wieder nach Atem und legte die linke Hand auf ihre Brust. Ihre Panik ließ nur allmählich nach. »Dann ist Angel aufgewacht und hat gesehen, was er da macht. Sie hat Krach geschlagen und ihn rausgeworfen.«

»Hat sie ihn angezeigt, ihn festnehmen lassen?«

Wie auf ein Zeichen hin wandten ihre Köpfe sich einander zu. Remys Blick war kaum zu deuten. »Angel war nicht auf ihn wütend. Ihr Zorn hat sich gegen mich gerichtet. Sie hat mich verhauen, weil ich ihren Freund in mein Bett gelockt hatte.«

»Mein Gott!«

»Ich habe noch Glück gehabt, dass sie aufgewacht ist, bevor er mehr tun konnte, als mich zu begrapschen. Tatsächlich hat dieser Vorfall sie auf die Idee gebracht, mich für sich arbeiten zu lassen. Sie muss sich gedacht haben, dass eine kleine Prostituierte mehr Geld einbringen würde als eine kleine Taschendiebin. Sie hat nie mit mir darüber gesprochen, aber ich weiß, was sie gedacht hat. Ich habe sie manchmal dabei überrascht, wie sie mich nachdenklich und berechnend angestarrt hat.

Seit dieser Nacht habe ich immer ein Tranchiermesser mit ins Bett genommen. Ich habe zwei ihrer Freier damit verletzt und einige weitere mit dem Messer bedroht. Aber ich habe gewusst, dass es nur noch eine Frage der Zeit war, bis einer von ihnen mich vergewaltigen würde.

Dann ist Angel schwanger geworden. Sie war wütend, weil sie die Schwangerschaft erst bemerkt hat, als es für eine Abtreibung schon zu spät war. Im letzten Schwangerschaftsdrittel hat sie verstärkt mit Drogen gehandelt, um den Verdienstausfall als Tänzerin und... in ihrem Zweitberuf wettzumachen. Nach Flarras Geburt hat sie mich das Baby versorgen lassen, damit sie wieder arbeiten konnte. Was sie mit mir vorhatte, hat sie nie in die Tat umsetzen können. Da hatte ich noch Glück.«

»Warum ist das nie gemeldet worden? Wo waren die Leute, die Kindesmissbrauch verhüten sollen?«

»Eine Betreuerin des Jugendamts ist regelmäßig zu uns gekommen.« Remy fügte ausdruckslos hinzu: »Sie hat bei Angel Drogen gekauft, bis ihre Behörde davon erfahren und sie entlassen hat. Ihrer Nachfolgerin sind wir irgendwie nie zugeteilt worden.«

Burke bedeckte die Augen mit dem rechten Unterarm. Obwohl er praktisch vaterlos aufgewachsen war, hatte er in seiner Kindheit keine größeren Probleme gekannt, als die Hausaufgaben pünktlich zu erledigen und das Zimmer, das er sich mit Joe teilte, halbwegs in Ordnung zu halten, weil ihnen sonst eine Strafpredigt ihrer Mutter blühte. Aber ihre Mutter hatte sich trotz der hohen Arbeitsbelastung stets aufmerksam und liebevoll um ihre beiden Söhne gekümmert.

Remy hatte täglich Herausforderungen bestehen müssen, nur um überleben zu können. Seit dieses Schwein sie als Zwölfjährige begrapscht hatte, hatte sie immer wieder Alpträume und litt an pathologischer Erstickungsangst und unter mangelndem Selbstwertgefühl. Die Geschichte erklärte auch, warum Remy so häufig die Arme vor der Brust verschränkte.

Aber es war wenig glaubwürdig, denn sie trug tief ausgeschnittene Kleider, die ihren Busen zur Schau stellten.

Burke ließ den Arm sinken, setzte sich auf und blickte auf sie herab. »Warum haben Sie mir das alles erzählt? Haben Sie diese Geschichte erfunden, um bei mir Mitleid zu schinden?«

»Es ist alles wahr, aber mir ist es egal, ob Sie ein Wort davon glauben oder nicht.«

»Solange es mich Ihnen vom Hals hält, stimmt's?«

»Scheren Sie sich zum Teufel!«, sagte sie aufgebracht.

Das war das erste Mal, dass er von ihr eine wenn auch milde Verwünschung zu hören bekam, und das brachte ihn wieder zur Vernunft. Er glaubte ihr. Schließlich hatte er selbst erlebt, wie sie dreimal in Panik geraten war, wenn sie nicht genug Luft bekam. Und wie hätte sie sich das alles ausdenken können? Ihre Geschichte war zu grausig, um erfunden zu sein.

Etwas besänftigt, fragte er: »Okay, warum haben Sie mir das alles erzählt?«

»Weil Sie der Mann sind, der mich mit Handschellen gefesselt hat«, fauchte sie. »Ich war ein Opfer. Das hat mir nicht gefallen. Ich weigere mich, *Ihr* Opfer zu sein, Mr. Basile.«

»Habe ich Ihnen etwas getan?«

»Getan?«, wiederholte sie ungläubig lachend. »Sie kapieren wohl überhaupt nicht? Für einen Drogenfahnder sind Sie ja nicht sehr clever. Nein, Sie haben mich nicht geschlagen, nicht vergewaltigt, nicht hungern lassen oder mich körperlich misshandelt. Aber glauben Sie im Ernst, dass ein derart pingeliger Mensch wie Pinkie mich nach dieser Sache noch haben will?«

»Warum zum Teufel sollten Sie zu ihm zurückgehen wollen?«, fragte er ebenso wütend. »Er hält Sie in einer Beziehung gefangen, die richtiggehend mittelalterlich ist. Ich habe nicht geahnt, dass es in der freien Welt noch so etwas gibt! Wieso um Himmels willen bleiben Sie bei dem Dreckskerl?«

»Sie denken wohl, ich hätte nie versucht, von ihm wegzukommen?«, rief sie aus. »Ich hab's getan. Einmal. Ich hatte genug Geld zusammengespart, um mir eine Busfahrkarte zu kaufen. Genau, Mr. Basile – ich habe kein eigenes Geld. Ich bekomme ein kleines Taschengeld. Damit kann ich auf dem Markt Orangen kaufen, aber viel weiter reicht es nicht.

Es hat Monate gedauert, bis ich das Geld für die Busfahrkarte beisammenhatte. Ich hatte es aus Pinkies Geldbörse gestohlen – jedes Mal nur ein paar Dollar, damit er nichts merkt. Dann bin ich meinem damaligen Leibwächter, einem gewissen Lute Duskie, im Maison Blanche entwischt.

Ich bin bis nach Galveston in Texas gekommen, wo ich einen Job als Aushilfskraft in einer Gärtnerei gefunden habe. Gewohnt habe ich in einer preiswerten Pension, die Zimmer wochenweise vermietet hat. Ich habe lange Strandspaziergänge gemacht, meine Freiheit genossen und Pläne geschmiedet, wie ich Flarra zu mir holen und mit ihr ein neues Leben beginnen würde. Ich war ganze vier Tage lang allein.

Am fünften Tag habe ich im Treibhaus Begonien gegossen, als ich Pinkie durch den Mittelgang hereinkommen sah. Seinen Gesichtsausdruck werde ich nie vergessen. Er hat gelächelt. Und er hat mir zu meiner Gerissenheit gratuliert. Ihn hereinzulegen gelinge nicht vielen, hat er gesagt. Ich könne sehr stolz auf mich sein.

Ich war natürlich sprachlos. Ich hatte erwartet, dass er verdammt wütend wäre. Stattdessen hat er mir erklärt, wenn ich nicht länger mit ihm verheiratet sein wolle, hätte er nicht die Absicht, mich zurückzuhalten. Wenn ich mit ihm darüber gesprochen hätte, hätte er mich gehen lassen, ohne mir irgendwie böse zu sein. Wenn ich meine Freiheit wollte, könne ich sie jederzeit haben.«

»Die Sache hatte einen Haken.«

»Ja, sie hatte einen Haken«, bestätigte Remy mit vor innerer Bewegung heiserer Stimme. »Er hat mich gebeten, ihn noch zu seinem Wagen hinauszubegleiten. Ein Blick durch die getönten Scheiben hat genügt, um mir zu zeigen, welchen Preis ich für meine Freiheit würde zahlen müssen. Auf dem Rücksitz hat Flarra gesessen.

Er hatte sie mitgebracht. Sie war damals ungefähr in dem Alter, in dem die Freier meiner Mutter auf mich aufmerksam geworden sind. Ich könne jederzeit gehen, hat Pinkie mir erklärt, aber Flarra bleibe bei ihm.« Sie suchte Burkes Blick, bevor sie hinzufügte: »Sie sprechen davon, dass man immer die Wahl hat, Mr. Basile. Sagen Sie mir, wofür hätte ich mich entscheiden sollen?«

Er murmelte einen Fluch. »Sie sollte Sie ersetzen.«

»Das war das Beste, was ich für sie erhoffen konnte.«

»Das *Beste?*«

»Seit Pinkie unser Vormund geworden ist, hat er mich verwöhnt, weil er mich auf seine Art liebt. Für Flarra empfindet er nichts dergleichen. Er ist freundlich und großzügig zu ihr, aber seine Freundlichkeit soll lediglich mich zufriedenstellen und hat nichts mit echter Zuneigung zu tun.

Pinkie weiß, dass meine Schwester mir das Liebste auf der Welt ist. Sollte ich ihn jemals verlassen, wird er sie benützen, um sich an mir zu rächen. Und ich habe Angst, dass er das tun wird, weil ich mich habe entführen lassen.

Oh, noch etwas. Auf der Rückfahrt von Galveston haben wir eine Pause gemacht, um eine Kleinigkeit zu essen. Pinkie ist mit Flarra ins Café vorausgegangen; mich hat er gebeten, Errol – Lute Duskies Nachfolger – kurz behilflich zu sein. Errol hat mehrere schwere Plastiksäcke aus dem Kofferraum der Limousine geholt und in einen Müllcontainer hinter dem Lokal geworfen. Ich habe Mr. Duskie nie mehr gesehen oder etwas von ihm gehört.« Sie machte eine Pause und starrte ihn durchdringend an. »Ich glaube, Mr. Basile, dass Sie bestenfalls hoffen dürfen, schnell zu sterben.«

Dies war eine Nacht der Premieren. Remy begann zu weinen. Seit sie entführt worden war, hatte sie keine einzige Träne vergossen. Burke hatte Tränen in ihren Augen stehen sehen, aber sie hatte nie richtig geweint.

Er berührte sie fast, beherrschte sich aber gerade noch rechtzeitig und zog seine Hand zurück. Aber dann sah er Tränen aus ihren Augenwinkeln quellen und über ihre Wangen laufen. Er brachte seine Hand näher an ihr Gesicht heran, bis die Fingerknöchel eben ihre Haut berührten, und wischte die Tränen weg. Als Remy nicht vor ihm zurückschreckte, wischte er sie auch von der anderen Wange ab.

»Ich darf nicht zulassen, dass Flarra meinetwegen etwas geschieht«, flüsterte sie drängend. »Ich liebe sie. Seit ihrer Geburt habe ich sie geliebt und versucht, sie zu beschützen. Sie ist alles, was ich auf dieser Welt habe. Sogar mein Baby hat man mir wieder genommen.«

Burke verstand plötzlich, dass die Geste, die er in jener Nacht, als er sie in dem Pavillon beobachtet hatte, irrtümlich für eine Demonstration ihrer Sinnlichkeit gehalten hatte, in Wirklichkeit ein Ausdruck ihres unerträglichen Verlusts gewesen war. Jetzt wiederholte sie diese Geste, indem sie die ausgebreitete linke Hand auf ihren Unterleib presste.

Er reagierte impulsiv, ohne erst lange darüber nachzudenken, und bedeckte ihre Hand mit seiner. Diese Intimität verblüffte sie so sehr, dass sie sofort zu weinen aufhörte. Auch Burke staunte über die eigene Kühnheit. Er starrte die aufeinanderliegenden Hände an, als wollte er sich vergewissern, dass seine Sinne ihn nicht trogen.

Eine merkwürdige Stille sank über sie herab. Beide nahmen den angehaltenen Atem des anderen wahr, die Herzschläge, die aber eigenartig synchron waren, die Hitze, die sich unter der Haut ausbreitete, und den Druck seiner Hand auf ihrer.

Er hob den Kopf und sah Remy an. Ihre forschenden Blicke begegneten sich im Halbdunkel.

»Hast du deine Frau geliebt?«

Ihr Flüstern war so leise, dass sein pochender Herzschlag es fast übertönte. »Barbara?«

»Hast du sie geliebt?«

Barbara hatte ihn stärker beeinflusst als jede andere Frau in seinem Leben. Sie hatte ihn erregt und stimuliert. In ihrer Gegenwart hatte er sich besser gefühlt als in ihrer Abwesenheit. Aber weder in ihrer Anfangszeit noch in den langen Jahren ihrer Beziehung, weder an den Tagen vor noch an den Tagen nach der Hochzeit, wo sie miteinander geschlafen hatten, weder bei erbittertem Streit noch in guten Zeiten hatte er das empfunden, was er jetzt empfand, nämlich eine vollständige, bedingungslose, erfüllende, allumfassende Leidenschaft für einen anderen Menschen.

»Ich hab's geglaubt«, antwortete Burke, der darüber

staunte, welcher Täuschung er aufgesessen war. »Vielleicht nicht.«

Er änderte langsam seine Körperhaltung, bis sein Gesicht sich über ihrem befand, ihre Hände, die gefesselten und die ungefesselten, zu beiden Seiten ihres Kopfes ineinander verschlungen waren und er bei jedem Atemzug das Heben und Senken ihrer Brust unter sich spürte und ihren Atem auf seinen Lippen.

Burke legte seine Wange an ihre, rieb seine Nase an ihrem Ohrläppchen und atmete ihren Duft ein. Einige gewissenlose Augenblicke lang stellte er sich vor, wie sein Mund auf ihrem lag und seine Hände ihren Körper erforschten, der ihn in sich aufnahm.

Die Vorstellung war so realistisch, dass er vor Begierde stöhnte. Aber er zog sich zurück. Als er das tat, schlug sie die Augen auf, in denen noch immer Tränen glitzerten. Aber in ihrem Blick stand auch Verwirrung. »Burke?«

»Weiß Gott, ich will dich«, sagte er mit heiserer Stimme. »Aber ich nehme dich nicht. Ich will dir keinen Grund geben, mich zu hassen.«

34. Kapitel

Dredd sah ihn kommen und erwartete ihn am Rand des Bootsanlegers. »Wird langsam Zeit, dass du aufkreuzt. Hatte dich schon aufgegeben.«

»Bisher hat mich noch keiner ermordet«, antwortete Burke. »Dass ich nicht gekommen bin, hat nur am Regen gelegen.«

Als Dredd die primitiven Reparaturen sah, fragte er: »Was ist mit meinem Boot passiert?«

»Es hat mich hergebracht, oder?«, knurrte Burke ungewohnt aggressiv.

Er war denkbar schlechter Laune, und je eher sein Freund das begriff, desto besser war es für beide. Die Grundregeln für jeglichen Dialog mussten gleich jetzt festgelegt werden, damit später niemand beleidigt war.

Schuld an seinem Missmut war die Nacht, die er neben Remy verbracht hatte, während er seinem Entschluss treu geblieben war, sie nicht anzurühren. Was er nachts zu ihr gesagt hatte, war nur die halbe Wahrheit gewesen. Wenn er mit ihr geschlafen hätte, hätte sie ihn gehasst. Er wäre wie alle anderen Männer einschließlich ihres Ehemanns gewesen, von denen sie ausgenutzt worden war.

Die Kehrseite dieser Medaille war, dass er sich selbst gehasst hätte, wenn er mit ihr geschlafen hätte.

Vor fünf Tagen hatte er sie dafür verachtet, dass sie eine

Beziehung, *irgendeine* Beziehung, zu einem Verbrecher wie Pinkie Duvall unterhielt. Seine Verachtung hatte ihn vor ihrer Anziehungskraft geschützt. Aber seit er jetzt mehr über ihr Leben vor und nach Pinkies Auftauchen wusste, hatte er seine Meinung über sie geändert. Drastisch. Beunruhigend. Er konnte nicht mehr darauf vertrauen, dass Verachtung ihn zurückhielt.

»Wie geht's dort draußen?«

Burke ließ das Boot gegen den Anleger treiben und warf Dredd die Leine zu. »Frag lieber nicht.«

Dredd wälzte seine Zigarette von einem Mundwinkel in den anderen. »Hmm. Ich würde fragen: ›Wie steht's?‹, aber ich kann es mir denken. Die *pichouette* hat's dir angetan, was?«

Als Burke auf den Anleger stieg, warf er seinem Freund einen missmutigen Blick zu. »Wie kommst du darauf?«

»Ich bin nicht von gestern, deshalb komme ich darauf. Selbst wenn sie eine potthässliche Alte wäre, wäre das Ganze eine schlechte Idee gewesen. Aber nachdem sie...«

»Ich weiß, was du meinst«, wehrte Burke unwirsch ab.

Dredd bellte sein keuchendes Raucherlachen. »*Pater Kevins* finstere Miene lässt vermuten, dass er sein Keuschheitsgelübde nicht gebrochen hat, aber die Versuchung war offenbar verdammt groß.«

Burke ignorierte seine Hänselei und marschierte über den Anleger auf Dredds Laden zu. »Hast du einen Kaffee für mich?«

»Natürlich. Wo ist Remy?«

»Ich hab sie in der Hütte gelassen.«

»Allein?«

»Dort passiert ihr nichts.«

Dredds zweifelnder Blick bewirkte jedoch, dass Burke

sich wegen seiner Entscheidung, bei der ihm ohnehin unwohl gewesen war, noch unbehaglicher fühlte.

»Wie lange bist du fort?«, hatte sie ihn gefragt, bevor er losgefahren war.

»Nur so lange, wie ich brauche, um zu Dredd zu fahren, ein paar Sachen einzukaufen und zurückzukommen.«

»Stunden.«

»Hier passiert dir nichts.«

»Nimm mich mit.«

»Schlechte Idee.«

»Warum?«

»Weil ich nicht weiß, was ich dort vorfinden werde. Unter Umständen muss ich… flexibel sein, und das kann ich nicht, wenn ich mir Sorgen machen muss, ob dir etwas zustößt.«

»Hier kann mir auch etwas zustoßen.«

»Sollte ein Boot vorbeikommen, lässt du dich nicht sehen. Ich komme so schnell wie möglich zurück.«

»Aber was ist, wenn du verhaftet wirst und ich hier draußen festsitze?«

»Dann sage ich ihnen, wo du bist.«

»Aber was ist, wenn du umkommst und ich hier draußen festsitze?«

»Dredd weiß, wo du bist.«

Diese Diskussion war noch eine halbe Stunde so weitergegangen, aber er hatte sich nicht umstimmen lassen. Als er jetzt Dredds starken Kaffee schlürfte, hatte er noch immer das Bild vor Augen, wie Remy mit dem Gesichtsausdruck eines kleinen verlorenen Mädchens in der Hüttentür gestanden und ihm nachgesehen hatte. Er wusste, dass er erst wieder aufatmen konnte, wenn er sie bei seiner Rückkehr unversehrt vorfand. Er hatte die drei Männer, die gestern am frühen Abend auf der Suche nach Pater Gregory vorbeigekommen waren, nicht vergessen.

Jetzt fragte er Dredd nach Gregory. »Er ist nicht zufällig zurückgekommen?«

»Nachdem er mein Boot geklaut hat? Verdammt unwahrscheinlich. Ich hätte ihn sofort erschossen.«

Burke erzählte ihm, was er von dem Suchtrupp gehört hatte. »Geschieht ihm ganz recht«, sagte Dredd kichernd. »Eine Hochzeit?«

»Das haben sie gesagt.« Burke deutete auf seinen uralten Schwarzweißfernseher. Dredd, der jeglichen Kontakt zur Außenwelt mied, stellte den Fernseher eigentlich nur an, wenn sich im Golf von Mexiko ein Wirbelsturm zusammenbraute. Aber Burke hatte ihn gebeten, die Lokalnachrichten zu verfolgen. »Irgendwas über uns?«

»Keine Silbe.«

»Das hab ich mir gedacht. Duvall will nicht, dass jemand von der Entführung seiner Frau erfährt. Rufschädigend.«

»Danach sieht es aus. Aber wie lange kann seine Frau verschwunden bleiben, bevor das anderen auffällt?«

»Im Haus sind Dienstboten, die aber natürlich dichthalten, wenn Duvall es von ihnen verlangt. Remy hat allerdings eine Schwester, und die wird sich allmählich fragen, wo sie geblieben ist.«

»Aha, jetzt heißt sie schon Remy, was?«

Burke überhörte Dredds spöttische Frage, zog einen Zettel aus einer Tasche seiner Jeans und klatschte ihn auf die Verkaufstheke. »Hier ist mein Einkaufszettel. Hast du irgendwas Frisches da?«

»Zum Beispiel?«

»Gemüse. Obst. Sie mag Orangen.«

»Mag Orangen«, wiederholte Dredd, während er einen letzten Zug aus seiner Zigarette nahm, bevor er sie im Bauch eines Keramikalligators ausdrückte. »Burke, wenn ich jünger und stärker wäre und dich nicht so gernhätte, würde ich dich zu Boden ringen und an Händen und Füßen fesseln, um zu verhindern, dass du mit dieser Sache weitermachst. Aber ich bin zu alt, ich bin nicht mehr so stark wie früher, und ich habe dich gern. Deshalb bleibt mir nur übrig, ein paar mahnende Worte zu verlieren. Ich mische mich nicht gern in anderer Leute Angelegenheiten ein, aber...«

»Jetzt geht's los!«

»Ja, jetzt geht's los«, bestätigte Dredd grimmig. »Warum bringst du diese hübsche Lady nicht von hier fort? Warum taucht ihr beiden nicht einfach unter, wenn du sie magst und sie dich auch? Verschwindet, solange ihr das noch könnt. Lasst die Geschichte hinter euch und haut irgendwohin ab, wo euch niemand kennt.«

»Sie würde nicht mit mir durchbrennen, Dredd. Und selbst wenn sie's täte, würde ich die Geschichte, wie du sie bezeichnest, unbedingt abschließen wollen.«

»Aber was soll noch werden? Wie wird sie enden?«

»Das weiß ich nicht.«

»Aber du weißt, wie sie *nicht* enden wird«, sagte Dredd. Er unterstrich seine Worte, indem er Burke mit einem schwieligen Zeigefinger an die Brust tippte. »Sie endet ganz bestimmt nicht angenehm.«

»Nein, das tut sie nicht.«

Dredd raufte sich entnervt den Bart. »Du hast dich schon an Duvall gerächt«, sagte er mit erhobener Stimme. »Du hast seine Frau entführt. Ob du sie nun gebumst hast oder nicht, ist unwichtig. Du hast es ihm gezeigt, das steht fest. Lass es damit bewenden, Burke.«

»Ich höre erst auf, wenn Duvall tot ist.«

»Warum tust du das? Warum?«

»Weil ich muss!«, schrie Burke. Dann mäßigte er seinen Ton und sagte irritiert: »Pack mir die Sachen zusammen, damit ich abhauen kann, okay?«

Dredd griff brummend nach dem Einkaufszettel, holte die Ware aus den Regalen und warf sie zornig in eine große braune Tüte. Burke ging ans Münztelefon, warf Geldstücke ein und wählte eine Nummer.

Am anderen Ende wurde nach dem zweiten Klingeln abgehoben. »Guten Morgen, Duvall«, sagte er. »Ich hab mir gedacht, dass ich Sie so früh erwischen würde.«

»Basile.«

Wenn Pinkie Duvall seinen Namen aussprach, klang er wie eine Verwünschung. Gut. Burke konnte nur hoffen, dass der Gedanke an ihn den Anwalt Tag und Nacht verfolgte.

»Sie haben einen riesigen Fehler gemacht, Basile – größer und selbstmörderischer als der, den Stuart gemacht hat, als er ins Lagerhaus gestürmt ist.«

»Kevin hat nicht gewusst, was ihn erwartet. Ich weiß, mit wem ich es zu tun habe.«

»Dann wissen Sie auch, dass ich Sie umlegen werde.«

»Mich umlegen? Dazu müssen Sie mich erst mal finden, Sie Arschloch!«

Burke hängte den Hörer ein, starrte ihn aber noch einige Sekunden lang nachdenklich an. Duvalls Ehefrau war entführt worden. Sie war seit mehreren Tagen verschwunden, sie befand sich in der Gewalt eines Mannes, der Duvall Rache geschworen hatte. Trotzdem hatte Duvall sich mit keinem Wort nach ihrem Befinden erkundigt.

»Arschloch!«, wiederholte Burke, diesmal überaus zornig.

Pinkie hörte nur noch den Wählton. »Das Gespräch war zu kurz, als dass wir hätten feststellen können, woher der Anruf kam, Mr. Duvall«, sagte ein Mitarbeiter aus dem Vorzimmer. »Sorry. Unser Mann in der Zentrale kann ihn zurückverfolgen, aber das dauert einige Zeit.«

»Danke, nicht weiter wichtig.«

Zum Erstaunen des Mitarbeiters begann Duvall zu lachen – erst halblaut, dann höchst befriedigt. Er sah zu Wayne Bardo hinüber, der ebenfalls grinste, und sagte lachend: »Basile hat so verdammt selbstbewusst gewirkt. Der Dreckskerl ahnt nicht, dass wir ihn bereits haben.«

Bardo, der ebenfalls gut gelaunt war, legte ihm einen braunen Umschlag auf den Schreibtisch. »Damit dürfte Ihr Vormittag gerettet sein.«

Pinkie las das Etikett, bevor er den Inhalt des Umschlags vor sich auf die Schreibtischplatte kippte. »So schnell? Ich bin beeindruckt.«

Er blätterte die Schwarzweißfotos durch. Sie waren körnig und wegen der Entfernungen leicht unscharf, aber die Abbildungen waren deutlich zu erkennen. »Ts, ts«, machte Pinkie, »wie unanständig, Dr. Caruth.« Er sah zu Bardo auf. »Der neue Mann soll meinen Wagen vorfahren. Ich mache einen Hausbesuch.«

Dredd hatte die Vorräte im Boot verstaut, als Burke auf den Anleger herauskam. »Hab ein paar Orangen gefunden«, brummte er mürrisch.

»Danke.«

»Mit all dem Zeug müsstest du wieder ein paar Tage auskommen«, sagte Dredd noch.

Burke nickte, aber er war in Gedanken woanders. »Pass auf, Dredd, ich habe Duvall gerade etwas aufgehetzt. Nimm dich also in Acht. Sobald es brenzlig wird, verschwindest du in den Sümpfen und machst dich unsichtbar.«

»Danke, ich komme schon zurecht, mein Lieber, ich bin zwar alt und grau, aber keineswegs hilflos.«

»Hör mir mal zu«, sagte Burke. Er vergewisserte sich, dass Dredd ihm aufmerksam zuhörte. »Mit Duvalls Leuten darfst du dich *nicht* einlassen. Versprich mir, dass du dich verdrückst, sobald hier verdächtige Gestalten auftauchen. Sei wachsam!«

»Okay, okay... Ach verdammt, schon wieder das Telefon.«

»Wir sehen uns in ein paar Tagen, vielleicht schon eher.«

Dredd marschierte halblaut fluchend in den Laden zurück. Burke wusste nicht, ob er über das Telefon oder seine Ermahnungen fluchte. Er hatte den alten Knaben aufrichtig gern. Wenn Dredd etwas zustoßen würde, könnte Burke sich nicht verzeihen, ihn in diese Sache hineingezogen zu haben.

»Burke!«

Er hatte erst zwanzig Meter zurückgelegt, als Dredds Stimme das Geräusch des Außenbordmotors übertönte. Er drehte sich um und sah, dass Dredd ihm zuwinkte, er solle zurückkommen. Burke wendete sein Boot und rief: »Was gibt's?«

»Telefon für dich.«

Sein Herz begann zu jagen. Hatte er sich mit der Zeit verschätzt? Hatte Duvall seinen Anruf so schnell zurückverfolgt? War er bereits hierher unterwegs? Er fühlte einen Adrenalinschub und sprang auf den Anleger, bevor noch das Boot alle Fahrt verloren hatte. »Wer ist dran?«

»Dein Bruder.«

Burke blieb stehen. »Joe?«

»Hast du mehr als einen?«

»Was will er? Wie hat er gewusst, dass ich hier zu erreichen bin?«

»Solltest du das nicht lieber *ihn* fragen?«

Burke trabte in den Laden und griff schwer atmend nach dem Telefonhörer. »Joe?«

»Hallo, Burke. Kaum zu glauben, dass ich dich persönlich erwische. Ich habe angerufen, damit Dredd dir ausrichtet, du möchtest mich anrufen, falls du bei ihm aufkreuzt.«

»Alles in Ordnung mit dir?«

»He, großer Bruder, mir geht's bestens. Aber du steckst angeblich in der Scheiße. Jedenfalls scheinen das viele zu glauben.«

»Wovon redest du?«

»Fangen wir damit an, dass Douglas Patout gestern Morgen in aller Frühe bei uns aufgetaucht ist. Er ist fast die ganze Nacht durchgefahren und war in verdammt trüber Stimmung.«

»Weswegen?«

»Wegen deines geheimnisvollen Verschwindens. Er hat ziemlich herumgedruckst, bevor er zuletzt gesagt hat, dass du in der Klemme steckst. Hat mich gefragt, ob ich weiß, wohin du verschwunden bist.«

»Worauf du ihm ...«

»Worauf ich ihm die Wahrheit gesagt habe. Ich hab's nicht gewusst. Ich habe ihm erklärt, dass ich zwar einen Verdacht habe, mich aber aus Loyalität dir gegenüber nicht äußern will.«

»Gut. Danke, Joe.«

»Augenblick, das ist noch nicht alles. Während Linda mit ihm in der Küche gesessen hat, habe ich im Arbeitszimmer einen Anruf entgegengenommen. Es war Mac McCuen.«

»Du lieber Himmel. Was hat er gewollt?«

»Dasselbe. Seine Andeutungen waren etwas dramatischer...«

»Typisch Mac.«

»Aber ich habe ihm nichts anderes gesagt als Patout – dass ich ihm leider nicht helfen kann.

Nachdem Patout weg war, habe ich zweimal versucht, Dredd zu erreichen, weil ich gedacht habe, du seist vielleicht in der Fischerhütte und hättest bei ihm vorbeigeschaut. Beide Male ist Dredd nicht ans Telefon gegangen. Da bin ich nervös geworden und habe befürchtet, du wärst *wirklich* in Gefahr.«

»Bin ich nicht.«

»Warum glauben das dann sowohl Patout als auch dieser McCuen? McCuen wollte sich einfach nicht abwimmeln lassen.«

»Ich weiß, wie hartnäckig er sein kann.«

»Er hat mich mitten in der Nacht angerufen und noch viel aufgeregter belabert als beim ersten Mal. Ich hab ihm gesagt, er soll sich zum Teufel scheren.«

»Gut.«

»Aber heute Morgen hat er schon wieder angerufen, Burke. Unterdessen ist Linda in heller Aufregung, weil sie glaubt, du bist tot oder sonst was. McCuen bittet und bettelt, schwört tausend Eide, dass er nur dein Bestes will, und beteuert, wir müssten deine Beerdigung planen, wenn ich ihm nicht sage, was er wissen will. Er behauptet, dass du so gut wie tot bist, wenn ich ihm keinen Hinweis auf deinen Aufenthaltsort gebe. Also habe ich's getan.«

»Was getan?«

»Ihm einen Hinweis gegeben.«

Burke trat einen Schritt zurück und schlug mit dem Hinterkopf kräftig an die Bretterwand.

»Was wird überhaupt gespielt, Burke? Hab ich was falsch gemacht?«

Burke konnte seinem Bruder keinen Vorwurf daraus machen, dass er McCuen Auskunft gegeben hatte. Mac war hartnäckig und konnte sehr überzeugend argumentieren. Joe hatte aus durchaus ehrenwerten Motiven gehandelt. »Mach dir keine Sorgen.«

»Was läuft eigentlich? Kann ich dir irgendwie helfen? Patout hat gesagt, es handle sich um eine vertrauliche Polizeisache.«

»Irgendwas in dieser Art.«

»Burke, falls du doch Hilfe brauchst...«

»Hör zu, Joe, tut mir leid, aber ich hab's gerade ziemlich eilig.« Burkes Verstand arbeitete auf Hochtouren. Jetzt begann er, ebenso rasch zu sprechen. »Unterbrich mich bitte nicht. Tu einfach, was ich dir sage. Fahr für ein paar Tage weg. Nimm die Familie mit. Fahr mit dem Auto, zahl überall bar. Keine Kreditkarten, keine öffentlichen Verkehrsmittel.«

»Was zum Teufel...«

»Tu's einfach!«, sagte Burke drängend. »Ich liebe euch alle – dich, Linda, die Kids. Tu einfach, was ich dir sage.«

Nach kurzer Pause stimmte Joe widerstrebend zu. »Also gut. Für wie lange?«

»Ich rufe dich im Büro an und hinterlasse eine Nachricht auf deinem Anrufbeantworter. Lass dir ein neues Kennwort geben. Sag keinem Menschen, wohin du fährst. Okay?«

»Klar.«

»Und noch was, Joe: Ruf Nanci Stuart an.«

»Kevins Witwe?«

»Richtig. Sag ihr, dass sie mit den Jungen wegfahren soll. Dieselben Anweisungen. Sie muss ebenso dringend fort. Kapiert?«

»Ja.«

»Danke, Joe. Wann hat Mac heute Morgen angerufen?«

»Vor weniger als einer Stunde.«

»Aus New Orleans?«

»Vermutlich.«

»Hast du ihm beschrieben, wie er zu Dredd kommt?«

»Nein. Er wollte sich den Umweg sparen und gleich zu unserer Hütte rausfahren.«

Scheiße! »Ich muss jetzt wirklich gehen. Pass gut auf dich auf, Joe.«

Er hängte den Hörer ein und stürmte ins Freie. Dredd war auf der Galerie und blockierte ihm den Weg. Burke wich ihm geschickt wie ein Footballspieler aus und rannte mit unvermindertem Tempo den Anleger entlang. »Joe hat Mac McCuen beschrieben, wo unsere Hütte liegt!«, rief er Dredd über die Schulter hinweg zu.

»Verdammt. Auf welcher Seite steht McCuen?«

»Weiß ich nicht. Genau das macht mir Sorgen.«

»Bringt er jemand mit?«

»Würd mich nicht wundern. Jedenfalls muss ich ihn vorher abfangen.«

»Soll ich mitkommen?«

»Die Sache ist mein Problem, Dredd. Wirf die Leine los, ja?«, sagte er, als er ins Boot sprang.

»Ich hatte auch mal ein Problem, und du hast mir geholfen.«

»Du hast mir bereits geholfen. Und dafür bin ich dir ewig dankbar.« Burke ließ den Außenbordmotor an. »Übrigens wollte ich dir noch sagen, wie gut deine Medizin gewirkt hat. Remys Wunden sind schon fast verheilt. Sollte mir etwas zustoßen, musst du ihr unbedingt sagen, dass… Sag ihr einfach, dass… dass mir alles leidtut.«

35. Kapitel

Mac McCuen überschlug in Gedanken, wie gut seine Chancen waren, sich hier zu verirren, und hielt sie für ausgezeichnet.

Das Boot hatte er von einem Mann mit mehr Warzen als Zähnen gemietet, der behauptete, nie etwas von den Brüdern Basile oder ihrer Fischerhütte gehört zu haben. McCuen vermutete, dass der Kerl log, und war froh, sich Joe Basiles Wegbeschreibung notiert zu haben. Die Einheimischen schienen diese Sümpfe als ihr Revier zu betrachten und sich über jeden Fremden zu ärgern, der dort einzudringen versuchte.

Seinetwegen konnten sie diesen gottverlassenen Landstrich für sich behalten. Mac verstand nicht, weshalb manche Leute so von der natürlichen Schönheit der Bayous und Sümpfe seines Heimatstaats schwärmten. Hier wimmelte es von Insekten, Schlangen, Alligatoren, Luchsen, Wildschweinen und weiteren Wildtieren, und er wollte nichts damit zu schaffen haben. Schon als Junge hatte er nicht viel für die freie Natur übriggehabt. Auf jeder Pferderennbahn fand er bereits alles, was er an Natur brauchte. Auf Rennbahnen und im eigenen Garten.

Als er an sein Zuhause dachte, fiel ihm wieder Toni ein. Gott, was musste sie denken? Gestern Abend – ungefähr zu dem Zeitpunkt, an dem er sich mit Del Ray Jones und

Wayne Bardo hätte treffen sollen – hatte er in höchster Eile gepackt und seine junge, schöne Frau zu ihrer Mama nach Jackson, Mississippi, verfrachtet. Als er angefangen hatte, ihre Sachen in die Koffer zu werfen, war sie natürlich etwas sauer gewesen und hatte wissen wollen, was zum Teufel das solle.

Er hatte eine Lügengeschichte über einen verhafteten Dealer improvisiert, der den an der Festnahme beteiligten Drogenfahndern mit Racheakten gegen ihre Angehörigen gedroht hatte. »Vermutlich bloß leeres Gerede, aber Patout hat uns angewiesen, die entsprechenden Vorsichtsmaßnahmen zu ergreifen.«

Sie hatte ihm diese Lüge geglaubt. Aber selbst wenn sie es nicht getan hätte, wäre er unnachgiebig geblieben. Zu ihrer Sicherheit musste sie New Orleans verlassen... Punktum, Schluss der Diskussion. Duvalls Ultimatum war abgelaufen, und diese Tatsache würde nicht unbemerkt bleiben. Die Verfolger würden sich mit dem Jagdinstinkt und der Beharrlichkeit von Bluthunden auf seine Fährte setzen.

Duvalls Anspielungen auf Toni hatten bei ihm wie beabsichtigt sämtliche Alarmglocken schrillen lassen. Mac wusste, was Wayne Bardo einer Frau antun konnte. Er hatte die großformatigen Tatortaufnahmen von Morden gesehen, die Bardo wahrscheinlich verübt hatte, auch wenn die Beweise nie für eine Anklageerhebung ausgereicht hatten.

Deshalb hatte er Toni hastig weggeschickt, und sie würde in Jackson bleiben, bis dieses Duell zwischen Burke Basile und Pinkie Duvall so oder so vorüber war.

Verdammt, wie war er bloß ins Kreuzfeuer geraten?

Den Grund dafür kannte Mac natürlich: Spielleidenschaft. Seine Sucht war an allen Fehlentscheidungen schuld, die er je getroffen hatte, und er hatte viele getroffen. Alle krummen Dinger, die er jemals gedreht hatte, waren darauf zurückzuführen, dass er Geld für seine Sucht gebraucht hatte. Dass Mac hier und dort wettete, war allgemein bekannt, aber niemand ahnte, was er alles getan hatte, um seine Schulden zu begleichen – weder seine Angehörigen noch seine Frau noch seine Kollegen. Das wusste niemand. Aber *er* wusste es. Und sein Gewissen machte ihm schwer zu schaffen.

Er schwor sich bei Gott, sein Leben lang nie mehr zu wetten, wenn Toni und er noch einmal mit heiler Haut davonkamen. Aber im nächsten Augenblick wettete er mit sich selbst hundert zu eins, dass er diesen Schwur brechen würde.

Plötzlich sah er die Hütte vor sich.

Mac hätte beinahe laut gelacht. Als er mit dem Boot losgefahren war, hätte er keinen Cent darauf gesetzt, dass er die Hütte wirklich finden würde, aber er hatte sich genau an Joe Basiles Wegbeschreibung gehalten, und da stand die Hütte tatsächlich, genau wie Joe Basile sie beschrieben hatte, bis hin zu den alten Autoreifen am Steg.

Für eine vorsichtige Annäherung war es zu spät. In dieser trostlosen Stille musste Basile den Außenbordmotor längst gehört haben, bevor das Boot in Sicht gekommen war. Vermutlich stand er jetzt hinter einem der Fliegengitterfenster und beobachtete ihn. Macs Herz begann zu jagen, als wüsste es, dass es sich im Fadenkreuz eines Zielfernrohrs befand.

Er stellte den Motor ab und ließ sein kleines Boot an den Steg treiben. »Ich bin allein, Burke«, rief er, »und muss mit dir reden!« Er griff mit beiden Händen nach einem Pfahl und hielt sich daran fest, bevor er unbeholfen aus dem Boot kletterte und die Leine festmachte.

Obwohl der Tag kühl war, schwitzte er vor Nervosität aus allen Poren. Er fühlte hungrige, feindselige Blicke, die ihn aus unzähligen Verstecken entlang des Bayous beobachteten, aber keiner war so bedrohlich wie der Basiles.

Seine Schritte hallten laut, als er über den Steg auf die primitive Hütte zuging. Er war dafür ausgebildet, potentielle Gefahren zu wittern, aber seine gesamte Polizeiausbildung ließ ihn jetzt im Stich. Er hatte sich auf unbekanntes Gelände begeben, das für ihn neu und fremd war wie der Neptun. Er fühlte sich unfähig und schwerfällig, was keine guten Voraussetzungen für einen Polizeibeamten waren, der ein Problem zu bewältigen hatte – vor allem eins von der Größe Burke Basiles.

Als er die Fliegengittertür erreichte, schluckte er trocken. »Burke, so geht's nicht, Mann. Lass mich reinkommen und mit dir reden. Okay?«

Mac achtete darauf, dass seine Hände sichtbar blieben, und zog die Fliegengittertür auf. Die Holztür dahinter war nicht abgesperrt. Er stieß sie auf, zögerte kurz und trat dann über die Schwelle.

Sein unsteter Blick glitt hastig durch den einzigen Raum der Hütte.

»Scheiße!«

Er kam sich wie ein Idiot vor und war äußerst frustriert, denn die Hütte war verlassen, und er sah sofort, dass sie lange nicht mehr bewohnt gewesen war. Jedenfalls nicht von Menschen. Irgendwelche Nagetiere hatten die Sitzpolster eines der Lehnstühle aufgefressen. Kakerlaken nahmen vor ihm Reißaus. Eine Spinne ignorierte ihn, während sie weiter ihr Netz um die an einem Nagel hängende Petroleumlampe wob. Aus dem Wasserhahn über dem schmutzigen Küchenausguss fielen schwere Tropfen.

Joe Basile hatte sich getäuscht. Oder er war ebenso gerissen wie sein älterer Bruder, hatte Gefahr für Burke gewittert und dessen leichtgläubigen Kollegen bewusst irregeführt.

Was nun? Verdammt, was sollte er jetzt machen? Ohne Basile durfte er nicht zurückkommen. Ohne Basile... Daran wollte er nicht einmal denken, aber jedenfalls stand fest, dass die stinkenden, furchteinflößenden Sümpfe nichts im Vergleich zu der Hölle waren, die ihn in New Orleans erwartete, wenn er Basile nicht mitbrachte.

Mac wandte sich angewidert ab. Dann machte er abrupt halt und holte erschrocken tief Luft, als er die Silhouette sah, die sich auf der Fliegengittertür abzeichnete.

Dredd war dabei, eine Langleine mit Ködern zu bestücken, als auf der Zufahrt von der Hauptstraße ein Auto erschien. Er beobachtete, wie es näher kam, langsamer wurde und zum Stehen kam. Der Fahrer stieg aus. Als er Dredd sah, winkte er ihm zu.

»Hi, Dredd.« Gregory James kam zögernd den Anleger entlang. Er grinste verlegen. »Wie geht's immer?«

»Scheißkerl!«, knurrte Dredd. »Wo ist mein Boot? Ich hätte gute Lust, Sie aufzuschlitzen und Ihre Eingeweide als Köder zu benutzen.« Er fuchtelte mit dem Messer herum, mit dem er seine Köder zugeschnitten hatte.

Gregory hob die Hände, als ergäbe er sich. »Die Sache mit Ihrem Boot tut mir echt leid. Ich bezahle es Ihnen. Mein Daddy ist reich.«

»Was machen Sie hier? Schade, dass Sie nicht früher gekommen sind. Ihr Freund Burke Basile war vorhin da.«

»Wo ist er jetzt?«

»Das wüssten Sie gern, was?«

»Können wir reingehen und dort weiterreden?«

Der Alte wandte sich ab. »Ich hab Wichtigeres zu tun.«

»Bitte, Dredd. Sehen Sie mich an.«

Dredd machte kehrt und betrachtete das Gesicht des jungen Mannes genauer. Es war teilweise noch immer geschwollen und mit Prellungen übersät. Aber zwischen den blauen Flecken war die Haut leichenblass, und sein Gesichtsausdruck verriet Angst und Nervosität.

Mit gemurmelten Verwünschungen wegen seiner eigenen Gutherzigkeit bedeutete Dredd Gregory, ihm in den Laden zu folgen. Sobald sie über die Schwelle getreten waren, fing Gregory zu brabbeln an. »Ich habe nur zehn Minuten Zeit.«

»Und dann?«

»Dann kommen sie her. Sie haben's auf Sie abgesehen. Sie wollen Sie notfalls mit Waffengewalt zwingen, Sie foltern, was weiß ich. Aber sie fahren nicht ohne Remy Duvall und Burke Basile zurück, und Sie sollen sie zum Versteck der beiden führen.«

»Den Teufel werd ich tun!«

»Dann bringen sie Sie um.«

»Wer sind *sie?*«

»Männer, die für Duvall arbeiten.«

»Bardo?«

Gregory schüttelte den Kopf. »Bardo ist in der Stadt geblieben. Zwei andere Kerle. Sie haben mir in meinem Haus aufgelauert, als ich heimgekommen bin.«

»Weiter!«

»Ich habe letzte Nacht einen Handel mit Duvall abgeschlossen. Er hat mich vor die Wahl gestellt, entweder im Gefängnis zu landen, wo er dafür sorgen würde, dass ich missbraucht und zu Tode gequält werde, oder diese Berufskiller an den Ort zu führen, an dem ich Basile und Duvalls Frau zuletzt gesehen habe.«

Dredd schnaubte verächtlich. »Das klingt ja nach 'nem Klassedeal für eine feige Schwuchtel.«

»Würde ich Sie denn warnen, wenn ich den Deal wirklich akzeptiert hätte?«, fragte Gregory mit vor Verzweiflung quiekender Stimme. »Außerdem bringen sie mich auch um, sobald ich ihnen nichts mehr nützen kann.«

»Warnen Sie mich deshalb? Damit ich Sie vor den beiden beschütze?«

»Wahrscheinlich. Aber, vielleicht auch...« Er zupfte an seiner Unterlippe, die wieder leicht zu bluten begann. »Ich habe ein schlechtes Gewissen, weil Basiles Plan meinetwegen gescheitert ist. Und Mrs. Duvall wurde durch meine Schuld angeschossen. Oder vielleicht auch, weil ich immer den leichtesten Weg gewählt habe und das jetzt wiedergutmachen will.«

»Heben Sie sich das für die Beichte auf«, sagte Dredd verächtlich. »Aschermittwoch ist erst übermorgen. Dann könnten Sie Abbitte leisten.«

»Okay, ich kann Ihnen nicht verübeln, dass Sie meinen Motiven misstrauen. Aber uns bleiben nur noch sieben Minuten. Sie warten an der Hauptstraße. Wenn ich nicht rechtzeitig zurück bin, um zu melden, dass keine Kunden im Laden sind, kommen sie her und geben sich als Angler aus, um Sie im geeigneten Augenblick zu überwältigen.«

Dredd kratzte sich nachdenklich unter seinem Bart am Kinn. »Warum haben Sie sie hergeführt, wenn Sie es ehrlich mit mir meinen?«

»Damit ich wenigstens eine kleine Chance habe, lebend aus dieser Sache rauszukommen.«

»Aber woher weiß ich, dass Sie mich nicht reinzulegen

versuchen? Woher weiß ich, dass Sie nicht mich verraten, während Sie vorgeben, Duvall zu verraten?«

»Halten Sie mich für so clever?«

Dredd musterte ihn prüfend. »Gutes Argument.«

»Sie glauben mir also?«

»Wahrscheinlich bin ich blöd«, murmelte Dredd, »aber ich tu's anscheinend.«

»Was haben Sie jetzt vor?«

»Weiß ich noch nicht. Aber Sie müssen sich hinsetzen, bevor Sie mir umkippen. Sie sind nervös wie 'ne Hure in der Kirche. Durstig? Ich hol Ihnen eine Limo.«

Gregory setzte sich dankbar an den Tisch. Aus dem Augenwinkel heraus sah Dredd, wie er vor den Schädeln seiner Babyalligatoren zurückschreckte. Ein Dutzend lag mit Schellack präpariert auf dem Tisch, um zu trocknen.

»Hier.« Dredd hielt ihm eine schon aufgerissene Dose mit kalter Limonade hin. Gregory griff mit zitternder Hand danach und trank gierig.

»Was haben Sie vor?«, fragte er nach den ersten Schlucken.

»Ich bin auf dem Anleger und fische.«

»Okay«, stimmte Gregory zu. »Und ich?«

Dredd beobachtete ihn aufmerksam. »Hmm?«

»Isch habbe sacht ... ich habbe sacht ... Wassumteufel?«

Gregory verlor das Bewusstsein und fiel nach vorn. Sein Kopf knallte dicht neben einem Alligatorschädel mit aufgerissenem Rachen auf die Tischplatte.

»Der Junge verträgt einfach keine Limo.«

Dredd trat hinter Gregory, packte ihn unter den Armen und schleifte seinen schlaffen Körper ins Schlafzimmer, wo er ihn zwischen Bett und Wand ablegte. Das Versteck war nicht ideal, aber es würde vorläufig genügen.

Gregory würde mit leichten Kopfschmerzen aufwachen, weil er mit dem Kopf auf die Tischplatte geschlagen war, aber keine Nachwirkungen von dem Schlafmittel spüren, das Dredd in seine Limonade gekippt hatte. Die Dosis war nur klein gewesen – eben genug, damit Gregory ruhiggestellt war und ihm nicht in die Quere kam, während er Duvalls Killer ausschaltete.

Der Adrenalinschub, den Dredd fühlte, war besser als jede natürliche oder künstliche Droge. Den starren Reglementierungen seines früheren Jobs, den strikten Bestimmungen und Vorschriften trauerte er nicht nach, aber die Aufregung fehlte ihm. Bisher war ihm nicht bewusst gewesen, wie sehr sie ihm fehlte. Er freute sich schon jetzt auf die kommenden Minuten.

Falls Gregory die Wahrheit gesagt hatte und seine Berechnungen stimmten, blieben Dredd höchstens noch vier Minuten, bis die »Angler« aufkreuzten. Bis dahin hatte er eine Menge zu tun.

»Hallo, Mac. Was führt dich hierher?«

»Verdammt, du hast mir richtig Angst eingejagt.«

Burke zog die Fliegengittertür auf und trat in die Hütte. »Wen hattest du erwartet?«

»Niemand. Ich meine, ich habe erwartet, hier Mrs. Duvall und dich anzutreffen.«

»Tatsächlich?«

»Ja, dein Bruder...«

»Das weiß ich bereits. Ich habe heute Morgen mit Joe telefoniert. Er hat mir von deinen dringenden Anrufen erzählt. Dass du ihm Angst eingejagt hast, gefällt mir nicht, Mac.«

»Mir ist keine andere Wahl geblieben.«

»Also, wo brennt's denn?«

»Verdammt noch mal, Burke, hör auf!«, rief Mac aus. »Du bist übergeschnappt. Du hast Pinkie Duvalls Frau entführt und hältst sie hier in deiner Hütte versteckt.«

»Das stimmt nur teilweise«, stellte Burke nüchtern fest. »Ich bin übergeschnappt und habe Mrs. Duvall entführt – aber ich war so clever, sie nicht hierherzubringen.«

Dredd hatte ihm davon abgeraten, Remy in seiner Fischerhütte unterzubringen, wo irgendwann jemand aufkreuzen konnte, der sie suchte. Er hatte vorgeschlagen, Burke solle sich mit ihr in einer Hütte einquartieren, die ihm gehörte und die er gelegentlich vermietete. Diese Hütte war ähnlich eingerichtet, lag aber noch einsamer in einem schwer zu findenden Nebenarm eines wenig befahrenen Bayous. Weil Burke diesen Rat befolgt hatte, war sein Versteck weiterhin ein Geheimnis, das nur Dredd und er kannten.

»Solltest du Mrs. Duvall hier suchen, bist du auf der falschen Spur, Mac. Auf der ganz falschen. Außerdem ist das Hausfriedensbruch. Verschwinde!«

»Burke, hör mir bitte zu. Ich weiß, dass du nie viel von mir gehalten hast. In Ordnung. Ich weiß, dass ich dir auf die Nerven gegangen bin und du mich vermutlich für einen miserablen Cop hältst. Auch das ist in Ordnung. Du kannst denken, was du willst, aber gestehe mir wenigstens zu, dass ich dieses Mal weiß, wovon ich rede. Er will dich umlegen.«

»Ich vermute, dass du von Duvall redest.«

»Er will sich die Hände nicht schmutzig machen, aber er besteht darauf, deinen Kopf auf einem Silbertablett serviert zu bekommen – und wenn er selber dabei draufgeht.«

»Das hoffe ich. Dass er dabei draufgeht.«

»Und du verbringst den Rest deines Lebens hinter Gittern.«

»Ich kenne das Strafrecht des Bundesstaats Louisiana, aber trotzdem vielen Dank für deinen Auffrischungskurs und deine Ratschläge. Und jetzt habe ich zu tun. Bis bald, Mac.«

Mac ging um Burke herum und stellte sich zwischen ihn und die offene Tür. »Geht es ihr gut?«

»Teufel, natürlich geht es ihr gut«, antwortete Burke aufgebracht. »Glaubst du, ich würde einer Frau was tun?«

»Nein, aber ich hätte auch nie geglaubt, dass du imstande wärst, eine zu entführen!«, schrie Mac ihn an. Dann beherrschte er sich wieder und sprach in vernünftigem Tonfall weiter. »Ich versuche, dich daran zu hindern, dein Leben zu ruinieren. Du steckst bis zum Haaransatz in der Scheiße, aber noch lässt sich alles retten. Gib Duvall seine Frau zurück. Vielleicht lässt sich die Sache anschließend mit meiner Hilfe bereinigen.«

Burke lachte. »Du denkst wohl, dass Duvall vergibt und vergisst, dass ich seine Frau entführt habe? In welcher Traumwelt lebst du eigentlich, Mac?«

»Okay, dann lass mich sie nach Hause bringen. Du verschwindest. Ende der Geschichte.«

»Die Geschichte ist erst dann zu Ende, wenn Duvalls Herz zu schlagen aufhört und Bardo tot ist. Und bevor sie sterben, zwinge ich sie dazu, den Namen des Cops preiszugeben, der unser Dezernat verraten hat, und dann bringe ich den auch um.«

»Du willst ein Mörder werden?«

»Ein Scharfrichter, der begangene Verbrechen sühnt.«

»Das ist nicht deine Aufgabe.«

»Anscheinend schon.«

»Überlass das der Innenrevision.«

Burke lachte erneut, diesmal verbitterter als zuvor. »Die ist so korrupt wie alle anderen. Glaubst du, dass sie den Verräter dem Staatsanwalt übergeben würden, selbst wenn sie ihn endlich aufgespürt hätten? Teufel, nein! Kein Mensch im New Orleans Police Department unternimmt irgendetwas, außer eine Nebelkerze nach der anderen zu werfen und sich dabei nach Möglichkeit persönlich zu bereichern.«

»Es gibt auch ein paar ehrliche Cops, Burke. Seit deinem Ausscheiden allerdings einen weniger.«

»Diese wenigen können nichts am System ändern.«

»Wird Kevin Stuart durch weitere Morde wieder lebendig?«

Burke fiel auf, dass sein junger Partner noch nie so ernsthaft mit ihm diskutiert hatte. Er wirkte verzweifelt und hatte vor lauter Nervosität fast Zuckungen unter dem rechten Auge.

»Was tust du hier, Mac?«

»Das hab ich dir gesagt.«

»Du hast mir einen Haufen Bockmist erzählt. Du riskierst deinen Hals nicht für mich, weil du mich bewunderst. Wir sind auch keine Blutsbrüder. An diesem Bild stimmt irgendwas nicht. Aber was?«

Mac wich seinem Blick sekundenlang aus, bevor er ihn wieder suchte. »Ich schulde einem Kredithai fünfzig Riesen.«

»Ach, ich verstehe«, sagte Burke, der das Puzzle jetzt zusammensetzen konnte. »Duvall hat von deinen Schulden erfahren und dir das Angebot gemacht, sie zu bezahlen, sobald du ihm seine Frau und mich auslieferst. Das erklärt deine Verzweiflung.«

»Was hätte ich tun sollen, Burke? Sie haben mir damit gedroht, dass Toni etwas zustoßen würde.«

Burke packte ihn vorn am Hemd. »Hast du sie hergeführt?«

»Teufel, nein!« Mac riss sich los. »Ich hätte mich gestern Abend mit ihnen treffen sollen, aber ich bin nicht hingegangen. Ich hab gehofft, ich würde dich finden, bevor *sie* dich aufspüren. Sie wissen nicht, wo ich bin.«

»Nun, sie werden es rauskriegen. Bis demnächst, Mac. Alles Gute.«

Basile wollte an ihm vorbei, aber Mac vertrat ihm wieder den Weg. »Burke, ich schwöre dir, dass ich nicht riskiert hätte, mich in diese gottverdammten Sümpfe zu wagen, wenn es nur um Geld ginge. Meine Schwiegereltern würden meine Schulden bezahlen, wenn ich sie darum bäte. Hinter der ganzen Sache steckt viel mehr, als du weißt.«

»Ja, und ich bin sicher, dass es einen interessanten Gesprächsstoff abgäbe, aber im Augenblick hab ich's ein bisschen eilig.« Burke machte sich Sorgen um Remy, die in der anderen Hütte allein war. Er war schon viel länger fort, als er beabsichtigt hatte.

Außerdem würde er sich von Mac keinesfalls umstimmen lassen. Der Kerl war unzuverlässig. Wer garantierte ihm, dass Mac nicht Bardo und ein Killerteam geradewegs zu ihm geführt hatte? Er würde sich sein am Ufer verstecktes Boot holen und so schnell wie möglich zu Dredds Hütte zurückfahren. Dass Mac ihn dorthin verfolgen könnte, machte ihm keine Sorgen. In dem Labyrinth aus Bayous würde er ihn leicht abschütteln können.

Mac fasste ihn am Arm. »Ich kann dir helfen, Burke. Wir können uns gegenseitig helfen.«

»Du willst nur dir selbst helfen. Lass mich durch, verdammt noch mal!«

»Ich lasse nicht zu, dass du weitermachst.«

»Du kannst mich nicht daran hindern.«

Als Burke versuchte, ihn zur Seite zu schieben, griff Mac sich hinten an den Hosenbund.

»Gott, Mac, nein!«

Aber er hätte keine Angst zu haben brauchen, dass Mac ihn erschießen würde. Bevor Mac seine Waffe ziehen konnte, fiel ein Schuss. Mac sah verblüfft zu Burke auf; dann wurde sein Blick leer, und er kippte nach vorn.

36. Kapitel

Dredd hörte den Wagen herankommen. »Die ganze Woche hab ich bloß drei Kunden gehabt«, sagte er sich. »Aber heute Morgen läuft das Geschäft.«

Genau nach Gregorys Zeitplan kamen Duvalls Männer. Vielleicht wollte der Junge wirklich Wiedergutmachung leisten.

Zwei Autotüren öffneten sich und wurden zugeknallt, dann knirschten Schritte in dem Muschelgranulat auf dem Weg. »Guten Morgen!«, rief eine Stimme.

»Gleichfalls, Arschloch«, sagte Dredd, aber so leise, dass die Besucher ihn nicht hören konnten.

»Na, beißen sie heute Morgen?«

Das war eine zweite Stimme. Dredd gab auch diesmal keine Antwort. Er hatte dafür gesorgt, dass Duvalls Leute einen alten Mann sahen, der mit dem Rücken zu ihnen am Ende des Anlegers saß, eine Angelrute in den Händen hielt und seine Füße übers Wasser baumeln ließ. Sein Plan sah vor, dass die beiden glauben sollten, der alte Knabe sei schwerhörig.

Sie gingen nicht erst in den Laden, in dem sie zweifellos Gregory vermuteten, der angstvoll wartete, was draußen passieren würde. Stattdessen kamen sie den Anleger entlang. Ihre Schritte verrieten Dredd, dass einer der Männer weit schwerer als der andere war.

»Sie müssen Dredd sein.«

Dredd blieb unbeweglich sitzen.

»Was nehmen Sie als Köder?«

Er schätzte, dass sie bis auf drei Meter herangekommen waren. Nahe, aber noch nicht nahe genug.

»Ist der taub oder was?«, hörte er einen der Männer halblaut fragen.

»He, Alter«, sagte die erste Stimme. »Wir machen einen Angelausflug. Aber vorher müssen wir Proviant kaufen.«

Dredd wartete weiter, schweigend und unbeweglich.

»Der Kerl muss stocktaub sein.«

»Oder er ignoriert uns, bloß um uns zu ärgern. He, Alter! Ich rede mit dir!«

Als Polizeibeamter hatte Dredd sich oft darauf verlassen, dass die menschliche Natur ihm die Arbeit erleichtern würde. Der Homo sapiens folgte uralten Impulsen, die ihn berechenbar machten. Dredd vertraute darauf, dass kein Rowdy der Gelegenheit widerstehen konnte, ein Rowdy zu sein.

»Vielleicht hat er 'ne kleine Aufmunterung nötig«, schlug der eine vor.

»Ja«, stimmte das Schwergewicht lachend zu. »Vielleicht braucht er 'nen Anstoß.«

Die Stiefelspitze des anderen traf das Rückgrat des alten, tauben Anglers dicht unter dem grauen Pferdeschwanz. Obwohl der Tritt nicht allzu kräftig gewesen war, kippte der Fischer zu seiner Verblüffung nach vorn ins Wasser.

Dabei fiel der Anglerhut ab. Und die graue Perücke ebenfalls. Der Bart aus spanischem Moos trieb davon. Eine Halloweenmaske starrte zu ihm auf, aber die Augenschlitze waren leer.

Während er sich nach vorn beugte, um besser sehen zu können, rief er aus: »Was zum ...«

Dredd, der sich unter dem Anleger versteckt hatte, griff nach oben und bekam den Kerl am Knöchel zu fassen. Der andere ruderte mit den Armen, verlor das Gleichgewicht und klatschte ins Wasser. Dredds Messerklinge zuckte über seine Kehle. Er war tot, bevor er richtig nass war.

Nach Dredds Ansicht waren manche Leute einfach nicht dafür geeignet, unter anständigen Menschen zu leben. An jenem Abend, an dem er als Cop zu einem Familienkrach gerufen worden war, hatte er den prügelnden Ehemann und Vater einfach satt. An Frau und Kindern hatte er die blutigen Spuren neuer Gewalttaten entdeckt. Trotz aller Beteuerungen hatte dieses Schwein sich nicht gebessert. Er war eine große finanzielle Belastung für das System, das ihn routinemäßig einsperrte und wieder entließ, damit er seine Familie wie zuvor terrorisieren konnte. Für die Gesellschaft und seine engere Umgebung war er eine körperliche und seelische Plage.

Tu allen einen Gefallen und leg den Kerl um, war Dredd durch den Kopf gegangen, als er seine Waffe gezogen hatte. Obwohl er die schlimmen Folgen hatte tragen müssen, bereute er nicht, den Kerl erschossen zu haben. Unter denselben Umständen hätte er es noch mal getan.

Dieser Kerl, der jetzt schlaff in seinen Armen lag, hatte schon früher gemordet und hätte Gregory und ihn umgebracht, sobald sie ihren Zweck erfüllt hatten. Dredd machte sich kein Gewissen daraus, zuerst zugeschlagen zu haben. Das würde ihn heute Nacht keine Sekunde Schlaf kosten. Falls er diese Nacht noch erlebte.

Er holte tief Luft, zog die Leiche mit sich unter Wasser und befestigte sie mit einem Bootshaken an einem der Pfähle. Dann tauchte er nur weit genug auf, um durch die Nase atmen zu können.

»Charlie? Charlie?«

Recht so, Schwachkopf, verrat mir durch dein Geschrei, wo du bist. Dredd schwamm unter dem Anleger lautlos auf die Stimme zu.

»Charlie?« Dann: »O Gott!«

Dredd brauchte nicht zu raten, was daran schuld war, dass die Stimme des Killers nicht mehr verwundert fragend, sondern erschrocken klang. Dredd hatte lange genug in ihrer Nähe gelebt, um ihre Bewegungen zu spüren, auch wenn sie getaucht und unsichtbar waren. Er studierte ihre Lebensgewohnheiten, beobachtete sie in ihrem natürlichen Lebensraum. Teufel, er teilte ihren natürlichen Lebensraum mit ihnen.

Alligatoren.

Seine Lieblinge hatten den Winter halb erstarrt zugebracht – außer Sicht, ohne zu fressen und weitgehend untätig, während sie auf den ersten Tag warteten, der sonnig und warm genug war, um ihre Systeme nach monatelanger Lethargie wieder anspringen zu lassen. Heute war dieser Tag. Dredd spürte, wie die gefährlichen Räuber sich, angelockt von Charlies frischem Blut, durchs Wasser bewegten.

Trotzdem bewahrte er Ruhe. Er wartete. Wartete. Wartete.

»Charlie?«

Aus der heiseren Stimme des Mannes sprach jetzt panische Angst. Dredd konnte seine Gedanken lesen. Er wollte flüchten, wollte bloß weg von diesem unheimlichen Ort, und der Teufel sollte Duvall und seinen Auftrag holen. Aber Charlie und er arbeiteten schon seit Jahren zusammen. Außer ihm selbst war Charlie der gemeinste Kerl, den er kannte. Und der olle Charlie war praktisch vor seinen Augen verschwunden. Es lag in der menschlichen Natur, dass er wissen wollte, was aus seinem Kumpel geworden war. Eine rein menschliche Neugier.

Als der Kerl sich über den Rand des Anlegers beugte, um die Unterseite zu inspizieren, legte Dredd seine ganze Kraft in einen Scherenschlag, der ihn mit der Wucht eines Meeresungeheuers aus dem Wasser katapultierte. Der andere war dreißig Kilo schwerer als er, aber das Überraschungsmoment verschaffte Dredd einen riesigen Vorteil. Er schlang seine Hände um den Nacken des Kerls und zog ihn ins Wasser. Während er nach vorn fiel, durchstieß Dredds Messer seinen Adamsapfel.

Als Gregory wieder zu Bewusstsein kam, lag er Auge in Auge einem dreieinhalb Meter langen Alligator gegenüber.

Er rappelte sich mit einem Schrei auf und schlug sich den Kopf an dem eisernen Bettgestell an. Atemlos keuchend und mit jagendem Puls kroch er über das Bett, in dem Dredd erst vor wenigen Tagen Remy Duvall gepflegt hatte.

Sobald er die andere Seite des Raums erreicht hatte, sah er unters Bett, um sich zu vergewissern, dass der Alligator, den er gesehen hatte, ausgestopft war und nicht wirklich lebte. Andererseits traute er Dredd alles zu – auch dass er unter seinem Bett einen lebenden Alligator hielt.

Aber die bedrohlich glitzernden Augen waren aus Glas. Gregory hastete einigermaßen beruhigt durch die Schreckenskammern von Dredds Laden ins Freie. Der Esstisch war mit kleinen Alligatorschädeln übersät, die der Alte mit glänzendem Schellack überzogen hatte. Ihr Anblick weckte unangenehme Erinnerungen, die sich jedoch nicht konkretisierten. Draußen spülte Dredd den Anleger mit einem Gartenschlauch ab. Als er Gregory kommen hörte, drehte er sich um. Sein Bart und seine abgeschnittenen Jeans waren nass. »Na, haben Sie ein Nickerchen gemacht?«, erkundigte er sich freundlich.

»Was ist passiert? Warum habe ich hinter dem Bett auf dem Fußboden gelegen? Ich kann mich an nichts erinnern... Halt, jetzt fällt's mir wieder ein!«

Die Nebel in Gregorys Kopf lichteten sich allmählich. »Sie haben mir eine Limonade gegeben. Haben Sie mir da was reingetan?« Dann fiel ihm plötzlich alles wieder ein. Er fuhr herum und sah neben seinem Auto einen zweiten Wagen. »Sie sind hier?«, quietschte er in panischer Angst. »Wo sind sie? Was haben Sie ihnen erzählt? Warum haben Sie mir K.-o.-Tropfen gegeben?«

»Ganz ruhig, Jungchen. Sie haben nicht viel verpasst. Sie sind weg.«

»Wie sind Sie sie losgeworden? Was haben Sie ihnen erzählt?«

»Tatsächlich hatte ich nicht das Vergnügen, sie kennenzulernen. Gesprochen haben sie nur mit meinem Freund dort drüben.«

Gregory blickte in die Richtung, in die Dredd zeigte, und sah zu seiner Verblüffung in einem wackeligen Schaukelstuhl auf der Galerie eine lebensgroße Puppe sitzen, die an Dredd erinnerte – mit nassem Anglerhut, etwas schief auf einer Halloweenmaske sitzender grauer Perücke und einem Vollbart aus spanischem Moos.

»Den habe ich vor ein paar Jahren gemacht, um einen Dieb zu ködern«, erklärte Dredd ihm. »Dieses Arschloch hat jedes Mal bei mir eingebrochen, wenn ich auf der Jagd oder beim Fischen war.

Also habe ich diese Puppe gebastelt und in einem Boot wegtreiben lassen. Dann habe ich den Kerl auf frischer Tat geschnappt und windelweich geschlagen. Er hat sich nie wieder blicken lassen.« Dredd schmunzelte. »Irgendwie ist mir mein Freund ans Herz gewachsen, und ich habe beschlossen, ihn bei mir wohnen zu lassen. Er hört mir zu, wenn ich das Bedürfnis habe, mit jemand zu reden. Ein verdammt hässlicher Kerl, aber auch nicht hässlicher als ich, schätze ich. Heute Morgen hab ich ihn verdammt gut brauchen können.«

Gregory drehte sich langsam um. Er betrachtete den frisch geschrubbten Anleger, betrachtete mit Grausen das Wasser darunter, die beiden riesigen Alligatoren, die sich am jenseitigen Ufer sonnten, und zuletzt Dredd, der seinen Blick zufrieden und trotzig-gelassen erwiderte.

Das Schicksal der beiden Männer, die ihn herbegleitet hatten, war leicht zu erraten. Gregory schluckte seinen Abscheu hinunter, weil er sich sagte, Dredd habe ihm das Leben gerettet. Aber da er Pinkie Duvalls wilde Entschlossenheit kannte, wusste er auch, dass dies nur ein vorläufiger Aufschub war. »Duvall wird jemand anderen schicken.«

»Vermutlich«, antwortete Dredd mit gleichmütigem Schulterzucken. »Deshalb sollten Sie jetzt lieber abhauen.«

»Was ist mit ihrem Wagen?«

»Um den kümmere ich mich.«

Dredd erläuterte nicht, wie er sich darum kümmern wollte, aber Gregory war davon überzeugt, dass das Auto für immer verschwinden würde.

»Ich… Danke, Dredd.«

Dredd stieß eine Wolke Zigarettenrauch aus. »Sie haben Ihre Sache gut gemacht, mein Junge. Wenn ich Basile wiedersehe, vergesse ich bestimmt nicht, ihm zu sagen, dass Sie Ihre früheren Fehler ausgebügelt haben.«

Gregory war von dem Lob des Alten gerührt, geradezu

peinlich gerührt. In seinen Augen standen Tränen. Das musste Dredd gemerkt haben, denn nun war er seinerseits gerührt, was ihn unleidlich machte. »Was stehen Sie noch hier rum? Nach allem, was Sie bisher überlebt haben, wäre Basile stinksauer, wenn ich zuließe, dass Sie umgelegt oder verletzt oder eingesperrt werden. Also hauen Sie ab. Fort mit Ihnen!«

In einer Reflexbewegung griff Burke nach McCuen, als der andere zusammenbrach. »Mac!«

Aber Mac würde nie mehr antworten; er war tot. Obwohl Burke das wusste, wiederholte er noch mehrmals seinen Namen, während er Mac auf die Planken gleiten ließ.

Er blickte auf, als er Schritte hörte, und sah Douglas Patout über den Steg auf die Fischerhütte zustürmen. »Ist er tot?«

»Verdammt noch mal, Doug«, sagte Burke aufgebracht. »Er hatte ja keine Chance.«

»Du hättest auch keine gehabt, wenn er dir aus nächster Nähe in die Brust geschossen hätte.«

Patout kniete nieder und tastete nach Macs Halsschlagader. Nach einigen Sekunden stand er mühsam auf, als lastete eine schwere Bürde auf seinen Schultern. Er murmelte einen halblauten Fluch und fuhr sich mit der linken Hand über das abgehärmte Gesicht. Dann legte er Burke eine Hand auf die Schulter und musterte ihn besorgt. »Alles in Ordnung mit dir?«

»In Ordnung? Mein Gott, Doug. Natürlich nicht. Gerade ist wieder einer meiner Männer vor meinen Augen erschossen worden.«

»Mac wollte seine Waffe ziehen. Wenn ich nicht geschossen hätte, wärst du jetzt tot.«

Tatsächlich hatte Mac seine Pistole aus dem Gürtelhalfter hinter seinem Rücken gezogen. Sie lag jetzt ganz in der Nähe seiner erschlafften rechten Hand. Trotz dieses eindeutigen Beweises mochte Burke nicht glauben, dass McCuen ihn eiskalt erschossen hätte.

»Er war korrupt«, fuhr Patout fort. »Er hat sich auf einen Deal mit Duvall eingelassen.«

»Das hat er sogar zugegeben.«

»Hat er die Bedingungen genannt?«

»Seine fünfzigtausend Dollar Schulden sollten ihm im Tausch gegen mich erlassen werden.«

»Das ist nicht die ganze Wahrheit. Tatsächlich wollte man ihm seine Schulden erlassen, wenn er dich umlegt, aber dazu sollte er noch einen Anteil am Gewinn bekommen.«

»Am Gewinn?«

Patout nickte zu Mac hinunter. »Das ist der Kerl, den du aufspüren wolltest. Wir haben unwiderlegbare Beweise dafür, dass McCuen für Duvall gearbeitet hat.«

Burke starrte Patout ungläubig an. »Mac ist ein Witzbold, ein lästiger Schwätzer, ein Taugenichts.«

»Alles nur gespielt. Er war klüger, als er sich hat anmerken lassen. Er hat sich überall beliebt gemacht und brauchbare Arbeit geleistet, ohne jemals zu glänzen. Und er hat nicht lockergelassen, bis er schließlich ins Drogen- und Sittendezernat versetzt worden ist. Gehörte alles zum Plan. Er war Duvalls Informant, seit er bei uns angefangen hat.«

»Irgendwas hat bei ihm wirklich nicht gestimmt«, überlegte Burke laut. »Macs Lebensstandard hat nicht zu seinem Gehalt gepasst. Ich habe immer gedacht, er sei ein verdammt erfolgreicher Glücksspieler oder der größte Glückspilz, den ich kenne.«

»Heute hat sein Glück ihn verlassen.«

»Du sagst, du hast Beweise dafür, dass Mac für Duvall gearbeitet hat?«

»Unsere Innenrevision hat seit Monaten geheime Ermittlungen angestellt. Ich habe als Einziger im Dezernat davon gewusst. Mir war klar, wie frustriert du warst, weil anscheinend niemand daran interessiert war, den Verräter aufzuspüren, aber ich wurde zur Geheimhaltung verpflichtet und durfte nicht einmal dich einweihen. Allerdings«, fuhr er fort, »hätte ich es am liebsten getan, damit du deine Kündigung zurücknimmst.

Jedenfalls hat die Innenrevision nach monatelangen gründlichen Ermittlungen die fehlgeschlagenen Razzien zu McCuen zurückverfolgt.« Etwas leiser fügte er hinzu: »Auch die eine in der Nacht, in der Kevin umgekommen ist.«

Burke warf ihm einen scharfen Blick zu.

Patout nickte. »Es stimmt. Du wolltest den Kerl finden, der damals die Dealer gewarnt und Kevins Tod verschuldet hat. Hier liegt der Schuldige.«

Burke, der seinen Ohren nicht trauen wollte, starrte Patout durchdringend an. Als er endlich begriff, was er da gehört hatte, bekam er weiche Knie, lehnte sich an die Hüttenwand und rutschte langsam daran hinunter, bis er in die Hocke gegangen war.

Patout ließ ihm einen Augenblick Zeit, diese Nachricht zu verarbeiten. Dann fragte er: »Alles in Ordnung mit dir?«

»Ja. Klar.« Burke musste sich räuspern, bevor er weitersprach. »Ich dachte ... ich dachte, mir wäre anders zumute, wenn ich erfahre, wer es war.«

»Wie fühlst du dich?«

»Leer.«

Sie schwiegen eine Zeitlang. Burke stellte fest, dass die Blutlache, die sich unter Macs Leiche gebildet hatte, nicht mehr größer wurde. Bald würde sie zu gerinnen anfangen. So viel Blut. Von Mac. Von Kevin.

Nach einiger Zeit sah er zu Patout auf. »Wenn Macs Informationen dafür gesorgt haben, dass Duvalls Drogengeschäft floriert, wäre er dann nicht viel zu wertvoll gewesen, um mir hinterhergeschickt zu werden?«

»Duvall war anscheinend nichts wichtiger, als sich an dir zu rächen. Mac hat dir nahegestanden, war jemand, dem du nur die besten Absichten unterstellt hast. Und Mac war entbehrlich.«

»Weil Duvalls Ressourcen unbegrenzt sind. Er hat vermutlich schon einen Cop in der Tasche, der Mac ersetzen soll.«

Patout nickte grimmig. »Wahrscheinlich hast du recht.«

Burke blickte auf Macs im Tode erstarrtes Gesicht hinab, dachte an die irritierenden Angewohnheiten des jungen Mannes, aber auch an seinen nicht zu leugnenden Charme, dachte an seine hübsche, junge Frau und daran, was für eine schreckliche Verschwendung dies alles war. Am liebsten hätte er wütend um sich geschlagen.

Dann fragte er Patout: »Woher hast du gewusst, dass Mac heute Morgen hier rauskommen würde?«

»Wir haben ihn überwacht, haben jede seiner Bewegungen beobachtet. Wir haben erst neulich festgestellt, dass er bei einem Kredithai namens Del Ray Jones verschuldet war.«

»Den kenne ich.«

»Als Mac vorgestern Abend mit Del Ray zu Duvall gefahren ist, haben wir uns ausrechnen können, was los ist.«

Burke stand wieder auf. »Das ist kein schlüssiger Beweis, Doug. Woher willst du wissen, dass Mac nicht hergekommen ist, um mich zu warnen oder mir eine Nachricht von Duvall zu überbringen? Genau das hat er nämlich behauptet.«

»Er hat nach seiner Pistole gegriffen, stimmt's? Hätte ich lieber abwarten sollen, ob er dich erschießt?«

Burke musste zugeben, dass er recht hatte.

»Jedenfalls«, fuhr Patout fort, »habe ich gewusst, warum Mac hergeschickt wurde, weil ich mit Duvall gesprochen habe. Ich habe ihn heute Morgen angerufen, um ihm mitzuteilen, dass Mac enttarnt ist. In seiner verklausulierten Juristensprache, die sich jeder Richter verbitten würde, hat er angedeutet, welchen Auftrag Mac hatte. Dann hat er geprahlt, unabhängig davon, ob es Mac gelingt, dich zu liquidieren, habe er einen Notfallplan.«

»Er hat geblufft. Ich habe heute Morgen selbst mit ihm telefoniert. Er hat's noch immer auf mich abgesehen. Aber wenn er dann kommt, um seinen Notfallplan auszuführen, warte ich schon auf ihn.«

»Gott, merkst du eigentlich, wie du da redest?«, rief Patout aus. »Duvall und du, ihr seid wie zwei Schuljungen, die einen Wettbewerb im Weitpissen veranstalten. Wach endlich auf, Burke, und sieh richtig hin. Ein Mann ist wegen dieser Scheiße bereits tot, und das trifft mich schwer, weil ich ihn habe erschießen müssen. Auch wenn Mac uns verraten hat – er war trotzdem einer meiner Leute.«

Er fuhr in verändertem Tonfall fort: »Ich bitte dich, hör endlich mit deinem Rachefeldzug auf. Du hast den Kerl, auf den du es letztlich abgesehen hattest – den Cop, durch dessen Schuld Kevin umgekommen ist. Los, holen wir Mrs. Duvall ab, wo immer du sie versteckt hältst, und bringen sie sicher nach Hause.«

»Nicht bevor ich das Weiße in Duvalls Augen sehe.«

»Okay, nehmen wir mal an, es gelänge dir, Duvall und Bardo zu erledigen. Dafür kommst du in die Todeszelle. Wem hast du damit geschadet?«

»Ich bringe sie nicht zurück.«

»Nehmen wir mal den schlimmsten Fall an: Duvall überlebt, und du landest hinter Gittern. Glaubst du, dass er die Sache auf sich beruhen lässt? Niemals! Er wird dir schaden, wo er nur kann. Erinnerst du dich an Sachel und seinen Sohn? Duvall ist skrupellos. Was sollte ihn daran hindern, Bardo auf Nanci Stuart anzusetzen? Er wird die Menschen, die dir nahestehen, benutzen, um dich zu quälen. Ich habe deinen Bruder kennengelernt. Er ist ein netter Kerl. Aber du wirst sie nicht schützen können. Nicht aus einer Zelle in Angola.«

»Umso dringender muss ich dafür sorgen, dass keiner der beiden überlebt.«

»Verdammt, Burke, hör auf mich!«

»Nein, du hörst jetzt auf *mich*«, antwortete Burke ebenso laut. »Ich habe diese Sache angefangen, und ich werde sie auch zu Ende bringen.«

»Dann verhafte ich dich.«

»Aus welchem Grund?«

»Entführung.«

»Habe ich Lösegeld gefordert? Welchen Beweis hast du, dass ich Mrs. Duvall gewaltsam entführt habe? Vielleicht haben sie und ich zum Schein eine Entführung ausgeheckt, um ihr die Flucht vor ihrem tyrannischen Mann zu ermöglichen.«

Patout schüttelte den Kopf. »Hör zu, noch lässt sich alles hindrehen. Kurz nach der Entführung hat Duvall Verbindung mit mir aufgenommen, um mich zu warnen, dass er dich liquidieren will. Wenn du darauf beharrst weiterzumachen, stehst du allein da. Aber wenn du jetzt mitkommst, hast du den Schutz der Polizei hinter dir.«

»Nein, danke. Die Polizei...«

Bevor er reagieren konnte, krachte Patouts Pistole an seine Schläfe. Er taumelte gegen die Hüttenwand, während hinter seinen Augen ein Feuerwerk explodierte. Der Steg vor ihm schien sich meilenweit zu erstrecken, als sähe er ihn durch ein umgedrehtes Fernglas. Sein Tunnelblick verengte sich weiter, als das Dunkel von allen Seiten hereinbrach. Dann sah er nichts mehr.

Burkes letzter bewusster Gedanke galt Remy. Sie war allein und wartete auf seine Rückkehr.

37. Kapitel

Als Burke zu sich kam, hörte er Stimmen, verstand aber nicht gleich, was sie sagten. Er kam nur langsam wieder zu vollem Bewusstsein und stellte dann fest, dass er sich in einer Hütte befand. Er lag auf der Seite, hatte die Hände auf dem Rücken gefesselt, und ihm dröhnte der Kopf.

Wo immer er sich befand, draußen herrschte erstaunlich viel Aktivität. Obwohl er die blinkenden Leuchten des Krankenwagens nicht wirklich sah, fühlte er ihr Pulsieren auf seinen geschlossenen Lidern. Bis er mehr erfuhr, wollte er lieber die Augen geschlossen halten und weiter den Ohnmächtigen spielen.

Endlich konnte er eine der Stimmen identifizieren.

»Heute geht's hier zu wie in der Grand Central Station«, knurrte Dredd missmutig. »Bei all diesem Kommen und Gehen beißen die Fische bestimmt eine Woche lang nicht.«

»Wer denn?«, fragte Douglas Patout.

»Wer denn was?«

Obwohl Burke noch immer halb benommen war, merkte er, dass Dredd sich dumm stellte. Er fragte sich, ob Patout sich darüber im Klaren war.

»Wer ist hier heute gekommen und gegangen?«, fragte Patout weiter.

»Na ja, heute Morgen sind erst mal zwei Kerle vorbeigekommen, die sich nach Burke Basile erkundigt haben.«

»Was für zwei Kerle?«

»Hab sie nicht gekannt, aber eins kann ich Ihnen sagen: Mir ist es recht, wenn sie nicht wiederkommen. Die beiden waren Ganoven.«

»Woher wissen Sie das? Was haben sie getan?«

»Nichts Besonderes. Hatte bloß so ein Gefühl, wissen Sie? Meine Zeit als Cop liegt viele Jahre zurück, Patout, aber der Instinkt funktioniert noch.« Dredd machte eine Pause, um an seiner Zigarette zu ziehen. »Sie haben Anglerklamotten getragen, aber wenn die beiden schon jemals einen Fisch gefangen haben, fress ich die Alligatoren dort drüben.«

»Sie *haben* die Alligatoren dort drüben gefressen.«

Dredd lachte gutmütig. »Schon recht, Patout, aber Sie wissen, was ich meine. Jedenfalls hab ich schleunigst ihre Sechserpacks Bud abkassiert und war froh, als sie wieder fort waren.«

»Was haben Sie ihnen über Burke erzählt?«

»Ich hab ihnen nicht mehr erzählen können als Ihnen. Burke war vor ein paar Tagen hier.«

»Wann genau?«

»Weiß ich nicht mehr. Ich achte kaum noch auf den Kalender, obwohl mir aufgefallen ist, dass morgen Mardi Gras ist. Ich wette, dass in der ganzen Stadt schon große Vorbereitungen...«

»Bleiben wir bei Burke, ja?«

»Ah, richtig. Basile hat sich ein bisschen mit mir unterhalten, aber redselig war er ja nie, wissen Sie? Er hat ein paar Sachen gekauft, dann ist er abgehauen.«

»Und die Frau war bei ihm?«

»*Frau* ist untertrieben. Uiii!« Mit vertraulich gesenkter Stimme fügte er hinzu: »Als sie weg waren, hab ich mir zweimal einen runtergeholt. Wer ist sie gleich wieder?«

Patout fasste die Tatsachen, die der Alte natürlich schon kannte, kurz zusammen. Als er fertig war, sagte Dredd: »Hmm. Hätte sie nie für Basiles Geisel gehalten. Hab nicht den Eindruck gehabt, als würde er sie zu irgendwas zwingen. Sie ist freiwillig zu ihm in den Wagen gestiegen.«

»Die beiden sind mit dem Auto weggefahren?«

Dredd begann mit einer komplizierten Lügengeschichte über Marke, Farbe und Modell des nichtexistenten Wagens. Wären die Umstände nicht so ernst gewesen, hätte Burke laut aufgelacht. »Da die Hauptstraße von hier aus nicht zu sehen ist, weiß ich nicht, in welche Richtung sie gefahren sind.«

Patout erkundigte sich, ob die beiden von einem weiteren Mann, vielleicht von einem Priester, begleitet worden seien. Dredd verneinte lachend und fügte hinzu, er meide jeden Kontakt mit Geistlichen und Basile komme ihm auch nicht gerade wie ein religiöser Mensch vor.

Als Nächstes wollte Patout wissen, wie Basile ausgesehen habe. »Wie immer«, antwortete Dredd. »Na ja, vielleicht doch nicht ganz. Er hat sich den Schnurrbart abrasiert.« Nach einer Pause fügte er hinzu: »Ich kann mir Basile nicht als Kidnapper vorstellen.«

»Ich auch nicht, aber er scheint einer zu sein.«

»Erzählen Sie noch mal, Patout, wer ist dieser Kerl, den Sie umgelegt haben?«

»Detective Sergeant Mac McCuen.«

»Einer Ihrer eigenen Männer.«

»Ja«, sagte Patout verbittert. »Er hat sich Pinkie Duvall gegenüber verpflichtet, Burke und Mrs. Duvall zurückzuholen. Ich bin ihm hierhergefolgt, und das war Burkes Glück. Er hatte den Auftrag, Burke zu ermorden.« Er berichtete Dredd von McCuens Enttarnung als Verräter.

»Haben Sie vorher schon mal einen Mann erschossen, Patout?«

»Einen. Als junger Streifenpolizist. Über so was kommt man nicht leicht hinweg.«

»Hängt vermutlich davon ab, wie dringend der Kerl beseitigt werden muss«, sagte der pensionierte Polizeibeamte. Burke glaubte zu sehen, wie er mit den sonnenverbrannten Schultern zuckte. »Sie haben das Department von einem echt korrupten Beamten befreit. Wahrscheinlich haben Sie damit allen viel Zeit und Arbeit erspart.«

»Ich finde es grässlich, dass jemand sterben musste. Ich habe immer gehofft, die Sache ließe sich friedlich beilegen. Wenigstens habe ich Basile davor bewahrt, einen Fehler zu machen, für den er für den Rest seines Lebens hätte büßen müssen. Auch wenn er vielleicht anderer Meinung ist, habe ich ihm einen Gefallen getan.«

Dredd schnaubte skeptisch. »Irgendwie bezweifle ich, dass er es als Gefallen betrachtet, niedergeschlagen und gefesselt zu werden. Wenn er aufwacht, haben Sie garantiert alle Hände voll zu tun.«

»Er ist bestimmt sauer«, bestätigte Patout, »aber ich habe es nur zu seinem Besten getan. Zum Teufel mit dem alten Starrkopf!« Dann sagte er: »Da kommt der Krankenwagen.«

Burke hörte, wie Stühle scharrend zurückgeschoben wurden, dann ließen Schritte die Bodendielen knarren. »Ich muss los, um den Abtransport von Macs Leiche zu überwachen und den Papierkram mit den hiesigen Kollegen zu erledigen. Sobald der Krankenwagen abgefahren ist, komme ich zurück und hole Basile.«

»Was ist mit Mrs. Duvall?«

»Ich erkundige mich nach ihr, sobald Burke zu sich

kommt. Die Lady muss sofort nach Hause gebracht werden.«

Burke wartete, bis Patouts Schritte verhallt waren, bevor er die Augen öffnete. Wie er bereits vermutet hatte, lag er auf dem Sofa in Dredds Wohn- und Arbeitsraum.

»Wie lange bist du schon wach?«, fragte Dredd flüsternd. Er drehte sich dabei nicht um, sondern stand am Fenster, rauchte gelassen und beobachtete das rege Treiben im Freien durch die schmutzige Scheibe. Burke fragte sich wieder einmal, ob der *traiteur* etwa doch ein Hexer mit übernatürlichen Kräften war. Besaß er nicht nur Heilkräfte, sondern auch Augen im Hinterkopf?

»Lange genug, um Patouts Kurzbericht mitzubekommen.«

»Ist alles so abgelaufen, wie er's erzählt hat?«

»Genau. Ich habe die Hütte ein paar Minuten vor McCuen erreicht und mein Boot im Riedgras versteckt. Als wir uns dann gegenüberstanden, hat er zugegeben, mit Duvall einen Deal vereinbart zu haben. Mac hat geglaubt, wir könnten mit ihm verhandeln und irgendeine Lösung finden.«

»Das kannst du doch vergessen!«

»Genau meine Reaktion. Macs Zukunft stand auf dem Spiel, deshalb hat er mir immer dringender zugesetzt. Dann wollte er seine Pistole ziehen. Aber Patout, der ihn schon eine Weile beschattet hatte, ist ihm gefolgt. Er muss ihn die ganze Zeit im Visier gehabt haben. Die Kugel hat sein Herz von hinten durchschlagen. Den Rest will Patout nun unbedingt streng nach Vorschrift abwickeln.«

»Das ist nicht alles. Duvall lässt auch nicht locker. Er hat's auf dich abgesehen, Jungchen.«

Während Dredd scheinbar nicht mehr tat, als die Verladung von Macs Leiche in den Krankenwagen zu beobachten, erzählte er Burke, dass Gregory bei ihm aufgetaucht war und ihn vor den beiden Killern in seiner Begleitung gewarnt hatte.

»Was du Patout von den beiden angeblichen Anglern erzählt hast, hat also gestimmt?«

»Größtenteils«, sagte Dredd. »Sie waren hier, sind aber nicht mehr weggefahren.«

Seine Worte klangen so ominös, dass sie nicht zu weiteren Fragen verlockten. Burke wollte lieber nicht so genau wissen, was aus diesen beiden Männern geworden war.

»Was ist mit Gregory?«

»Für den Jungen besteht noch Hoffnung. Er hätte uns echt reinlegen können, aber er hat sich sehr anständig verhalten. Ich hab ihm geraten, er soll abhauen, und er hat meinen Rat befolgt.«

»Gut.« Er zerrte an den Handschellen. »Hilf mir aus diesen verdammten Dingern raus.«

Dredd wandte sich vom Fernseher ab. »Die Leiche ist eingeladen, und Patout redet mit dem Sheriff. Wir haben schätzungsweise noch neunzig Sekunden Zeit, um dir die Flucht zu ermöglichen.«

»Wo ist meine Pistole?«

»Die hat Patout. Aber ich leihe dir eine von meinen.«

Dredd holte eine Magnum 357 aus einer Schublade, zog das Magazin heraus, um sich davon zu überzeugen, dass es voll war, griff sich eine Schachtel Munition und half Burke beim Aufstehen. Der hatte weiche Knie, und sein Kopf fühlte sich wie eine wackelig auf seinen Schultern sitzende Wassermelone an, aber er folgte Dredd durch mehrere windschiefe Räume und die Hintertür ins Freie hinaus.

In einem Werkzeugschuppen, in dem sämtliche seit der Eisenzeit erfundenen Geräte zu hängen schienen, fand

Dredd einen Bolzenschneider, mit dem er die Handschellen aufzwickte. Er gab Burke die Pistole und die Schachtel mit Munition, dann zog er ein Boot unter dem Anleger hervor.

»Du verbrauchst meine Boote wie ein geiler Junge die erste Schachtel Gummis. Wenn du so weitermachst, kann ich hier bald zusperren.«

»Den Schaden ersetze ich dir, Dredd.«

»Ja, ja, aber pass nur auf, dass du nicht umkommst, bevor du ihn ersetzen kannst. Der Tank ist voll, aber lass den Motor erst an, wenn du mindestens 'ne halbe Meile weg bist. Kannst du so weit paddeln?«

»Ich muss! Remy ist dort draußen allein.«

»Basile? Du hast sie gern?«

Die beiden Männer wechselten einen langen Blick, aber Burke sagte nur: »Noch mal vielen Dank, Dredd.«

»Nichts zu danken. Alles Gute und... oh, Scheiße. Das ist mir jetzt echt zuwider.«

Burkes Faust krachte gegen Dredds Kinn, und nicht einmal der buschige Bart konnte die Wucht seines Kinnhakens mildern. Als der alte Mann nach hinten kippte, traf ihn ein zweiter Schlag an der Schläfe, weil Burke leider dafür sorgen musste, dass alles so aussah, als hätte er ihn überwältigt. Er schlug jedoch nicht so kräftig zu, dass Dredd später noch lange Kopfschmerzen gehabt hätte.

Dann sprang er ins Boot und stieß vom Anleger ab.

Als er nach dem Paddel griff, hörte er hinter sich aufgeregte Schreie und herantrabende Schritte.

Zum Teufel mit dem Gepaddel; Burke ließ den Außenbordmotor an und gab Vollgas.

Schon ab Mittag begann Remy, nach ihm Ausschau zu halten. Sie verzichtete sogar aufs Mittagessen, weil sie annahm, dass er hungrig sein würde, wenn er zurückkam, und dann mit ihm essen wollte. Aber die Mittagszeit verstrich, und weit und breit war nichts von ihm zu sehen.

Während des langen Nachmittags wagte sie sich nach draußen, um den ersten Sonnentag zu genießen, den sie in den Sümpfen erlebte, aber sie konnte sich an der exotischen Schönheit ihrer Umgebung nicht recht freuen, weil sie ständig an Basile denken musste und sich überlegte, weshalb er so lange fortblieb.

Der Sonnenuntergang vergrößerte ihre Angst noch. Sie ging wie ein Wachposten auf dem Steg auf und ab. Sie horchte auf das Geräusch eines Außenbordmotors, aber sie hörte nichts außer den nächtlichen Geräuschen im Sumpf, die ihr anfangs beängstigend vorgekommen waren, aber jetzt vertraut und sogar irgendwie beruhigend klangen.

Als es draußen dunkel geworden war, ging sie in die Hütte zurück. Um sicherer zu sein, zündete sie die Sturmlaterne nicht an, sondern hielt in völliger Dunkelheit Wache. Sie hatte seit dem Frühstück nichts mehr gegessen, aber sie war nicht hungrig.

Was war passiert, als Basile Dredds Laden erreicht hatte?

Was wäre, wenn er irgendwo unterwegs von den drei Männern überfallen worden war, die gestern Abend hier vorbeigekommen waren – angeblich auf der Suche nach Pater Gregory?

Was wäre, wenn Pinkie Männer losgeschickt hatte, die ihn bei Dredd erwarteten?

Was wäre, wenn Dredd und er tot waren und niemand wusste, wo sie sich befand?

Diese und ähnlich schlimme Möglichkeiten gingen ihr unablässig durch den Kopf. Ihre körperliche Erschöpfung zwang sie endlich dazu, sich hinzulegen und die Augen zu schließen. Da sie geglaubt hatte, vor Angst und Sorge unmöglich Schlaf finden zu können, war ihre erste Reaktion, als sie aufschreckte, Überraschung darüber, dass sie überhaupt geschlafen hatte.

Und gleich darauf fragte sie sich, wovon sie aufgewacht war. Wie als kleines Mädchen, wenn sie von Angel und einem ihrer Freier geweckt worden war, lag Remy unbeweglich und mit bis zum Hals schlagendem Herzen da.

Wodurch war sie aufgewacht? Ein Geräusch? Eine bedrohliche Bewegung im Dunkel? Die Vorahnung drohender Gefahr?

Sie strengte sich an, ein Geräusch zu hören, aber um sie herum blieb alles still. War sie davon aufgewacht, dass ein Boot an einen der Pfähle gestoßen war, auf denen der Steg ruhte?

Sollte sie einfach liegen bleiben und vorgeben, sie wäre unsichtbar, wie sie es in ihrer Ecke von Angels schäbiger Welt getan hatte? Aber sie war kein Kind mehr. Und sie hatte Basile erklärt, sie wolle nie wieder ein Opfer sein. Wer oder was konnte bedrohlicher sein als der Mann, mit dem sie zwölf Jahre lang zusammengelebt hatte? Sie hatte Pinkies grausamen seelischen Misshandlungen widerstanden; sie konnte allem widerstehen.

Sie kroch unter der Bettdecke hervor, schlich lautlos durch den Raum und ertastete ein Küchenmesser. Es war nicht besonders scharf, aber ihre einzige Waffe, weil Basile seine Pistole mitgenommen hatte. Sie griff auch nach der Laterne und einem Zündholzbriefchen, bevor sie leise ans nächste Fenster trat und hinaussah.

Sie sah eine Gestalt, nicht mehr als ein dunkler Schatten inmitten anderer Schatten, die auf Zehenspitzen über den Steg schlich. Der Unbekannte machte einmal halt, als horchte er, und bewegte sich dann lautlos weiter auf die Tür zu.

Remy duckte sich unters Fensterbrett und umklammerte ihr Messer. Sie fragte sich, wie man es genau anstellte, eine Sturmlaterne als Waffe zu verwenden.

Als die Türangeln quietschten, zögerte der Unbekannte, bevor er die Tür gerade weit genug öffnete, um hindurchschlüpfen zu können. Er schob die Tür hinter sich zu.

»Remy?«

Ihr wurde vor Erleichterung ganz schwach. »Burke?«

Sie sprang auf und lief auf ihn zu, blieb dann aber abrupt stehen, als sie die Pistole in seiner Hand sah.

Burke atmete erleichtert auf, als er Remy unversehrt sah; er wollte sie gerade in die Arme schließen und an sich drücken, als ihm auffiel, dass sie in einer Hand ein Messer und in der anderen die Laterne hielt.

Den Außenbordmotor hatte er ungefähr eine Meile vor der Hütte abgestellt, weil er wusste, wie weit das Motorengeräusch über dem Wasser zu hören war. Er wollte die Leute, die ihn suchten, nicht unabsichtlich zu seinem Versteck führen. Während er sich abgemüht hatte, endlich zurückzukommen, hatte er nicht eine Sekunde lang gedacht, Remy könnte ihrerseits eine Gefahr darstellen.

Aber das Messer fiel klappernd zu Boden, und sie stellte die Laterne auf den Tisch.

Er sicherte seine Pistole und legte sie neben die Sturmlaterne.

Dann standen sie einander gegenüber. Er sprach als Erster.

»Alles in Ordnung mit dir?«

Sie nickte nachdrücklich. »Ich hatte Angst.«
»Wovor?«
»Ich habe zuerst nicht gewusst, wer du bist.«
»Ich hatte Angst, du könntest nicht hier sein.«
»Wo hätte ich sonst sein sollen? Warum hast du dich heimlich angeschlichen, anstatt...«
»Um nicht gefasst zu werden.«
»Gefasst?«
»Nach mir läuft eine Großfahndung.«
»Warum?«
»Das ist eine lange Geschichte.«
»Du schwitzt.«
»Ich bin gepaddelt.«
»Oh.«
Dann standen sie wieder da und starrten sich im Halbdunkel an.
Dann sagte sie: »Du warst so lange fort.«
»Ja, ich weiß. Tut mir leid. Ich konnte nicht früher kommen.«
»Schon gut. Ich habe nur...«
»Ich wurde aufgehalten. Wäre ich...«
»Was ist passiert?«
»Ist jemand hier vorbeigekommen?«
»Nein.«
»Hast du jemanden gesehen?«
»Den ganzen Tag nicht. Ich war völlig durcheinander.«
»Vor Angst?«
»Vor Sorge.«
»Vor Sorge?«
»Dass dir was zugestoßen sein könnte.«
Der Abstand zwischen ihnen verringerte sich. Später konnte er sich nicht daran erinnern, sie bewusst an sich

gezogen zu haben. Er konnte sich nicht daran erinnern, sie in die Arme geschlossen zu haben. Das geschah ganz unwillkürlich. Eben noch hatte er sich danach gesehnt, Remy in den Armen zu halten; im nächsten Augenblick lag sie in seinen Armen.

Er drückte sie an sich. Ihr Körper fühlte sich unglaublich klein und weich an. Er begrub sein Gesicht in ihrem Haar. Seine Hand umfasste ihren Kopf und drückte ihr Gesicht gegen seine Kehle.

Ihre Lippen bewegten sich an seiner Haut, sie sagte: »Ich hatte Angst, du würdest mich nicht mehr holen kommen.«

»Nichts hätte mich daran hindern können, zu dir zurückzukommen.«

»Das hab ich nicht gewusst.«

»Natürlich hast du es gewusst, Remy.«

»Woher hätte ich es wissen sollen?«

»Weil ich es dir versprochen hatte.«

Damit suchte sein Mund blindlings den ihren. Burke küsste sie hart, drückte seine Lippen erst so, dann so, dann wieder anders auf ihre. Er war ungeschickt, sogar unbeholfen. Aber ausgehungerte Männer essen gierig. Als er sie erstmals schmeckte, stieg ein leises Stöhnen in ihm auf – aus Befriedigung, aber auch aus Begierde.

Nach einiger Zeit zog er sich etwas zurück, vergrub seine Finger in ihrem Haar, neigte ihren Kopf sanft nach hinten und blickte in ihr Gesicht, um zu sehen, ob er ihre Reaktion missdeutet hatte. Aber auf ihrem Gesicht las er das gleiche Erstaunen, die gleiche Verwirrung, die er selbst empfand.

Sie hob schüchtern eine Hand und berührte mit den Fingern seine Lippen.

Burke schloss die Augen und drängte sich gegen sie. Dabei ging er etwas in die Knie, um in das Dreieck zwischen ihren Schenkeln zu passen. Seine Hände glitten zu ihren Hüften hinunter und pressten sie gegen sich. Ihre Hand, die nun leicht auf seinem Haar lag, zog seinen Kopf zu ihr herab, und sie küssten sich erneut – leidenschaftlicher und weniger zurückhaltend als zuvor.

Er stolperte rückwärts auf das Bett zu, ohne sie loszulassen, bis seine Waden die Matratze berührten. Dann setzte er sich, spreizte seine Beine und zog sie dazwischen. Er streifte ihr ungeduldig das Sweatshirt über den Kopf. Die Hose ihres Jogginganzugs wurde heruntergeschoben, damit sie aus den Beinen steigen konnte. Danach wanderten erst seine Blicke, dann seine Hände über ihren Körper – Schultern, Brüste, Taille, Hüften, Oberschenkel –, als wollte er möglichst schnell möglichst viel von ihr berühren.

Er ließ seine heiße Wange an ihrem Bauch ruhen, und ihre Arme umfassten seinen Kopf. Er streichelte ihre Waden und die Rückseite ihrer Oberschenkel. Seine Hände drückten ihre Gesäßbacken. Er küsste ihr Haardreieck durch den Slip hindurch, dann rieb er mit Kinn, Nase und Augenbrauen zärtlich darüber, als wollte er sie lieben.

Er legte Remy aufs Bett, streckte sich neben ihr aus und schob seine Hand vorn in ihren Slip. Elastisches Haar lockte sich um seine Finger. Er teilte die geschwollenen Lippen. Sie war schon sehr feucht. Er ließ seine Finger tief hineingleiten, zog sie wieder heraus und benutzte dann die Spitze seines Mittelfingers, um die empfindlichste Stelle zart zu massieren.

Leise stöhnte sie seinen Namen, was er als Erlaubnis nahm. Sekunden später waren seine Jeans abgestreift, und er lag auf ihr. Als er in sie eindrang, schluchzte er beinahe vor Vergnügen. Er wollte nichts überstürzen, aber seine

Empfindungen waren so intensiv, so lange erhofft und so oft in seiner Phantasie durchlebt, dass sie ihn überwältigten und er sich nicht länger zurückhalten konnte.

Der Höhepunkt war viel zu rasch vorüber. Er hob den Kopf mit einer Entschuldigung auf den Lippen. Aber ihre Gesichtszüge waren weich und schlaff. Auf ihrer Oberlippe standen winzige Schweißperlen; ihre Augen waren geschlossen. Unter ihm hob und senkte sich ihre Brust. Die Brustspitzen waren aufgerichtet. Er fuhr ganz leicht mit dem Daumen darüber. Er spürte, wie ein Zittern ihren Leib durchlief, bevor sie sich im nächsten Augenblick auf die Unterlippe biss.

Er schob sich etwas nach vorn und blieb in ihr, um diesen flimmernden, pulsierenden Druck mitzugenießen. Als die Wellen abklangen, wälzte er sich auf die Seite, zog sie eng an sich, drückte ihren Kopf an seine Brust und streichelte ihren Rücken. So blieben sie lange liegen, und er wäre am liebsten ewig in dieser Umarmung geblieben. Aber er hatte das Bedürfnis, etwas zu sagen.

»Hör zu, ich weiß, wie fromm du bist. Du hältst Ehebruch wahrscheinlich für eine Todsünde. Wenn du willst, kannst du also behaupten, ich hätte dich dazu gezwungen. Aber... aber bitte fühle dich deswegen nicht schlecht, okay? Ich will nicht, dass du dich deswegen schlecht fühlst. Nicht meinetwegen.«

Sie neigte ihren Kopf nach hinten, um ihm ins Gesicht sehen zu können. Sie legte eine Hand auf seine Wange und erwiderte seinen Blick. »Darüber brauchst du dir keine Sorgen zu machen. Ich bin nicht richtig verheiratet.«

38. Kapitel

Vom Fenster seines Arbeitszimmers aus beobachtete Pinkie die Menge unten auf der Straße. Der Festzug war vorüber, aber die Massen drängten sich noch immer, um mit Begeisterung zu sündigen, bevor in gut vierundzwanzig Stunden die Fastenzeit begann.

Er drehte sich um, als hinter ihm die Tür geöffnet und geschlossen wurde. Bardo kam ungewöhnlich bedrückt hereingeschlichen. »Meine Männer wollen sich draußen nicht blicken lassen. Sie sagen, dass es dort noch immer von Gesetzeshütern in allen Formen wimmelt. Cops, Sheriffs, State Police, Coroner. Was man sich nur denken kann.«

»Wurde inzwischen bestätigt, dass McCuen tot ist?«

»Mausetot. Wie man hört, soll Patout ihn umgelegt haben, um Basile zu schützen.«

»Was ist mit Basile?«, fragte Pinkie.

»Sie werden es nicht glauben. Patout hatte ihn festgenommen, aber Basile konnte fliehen.«

Duvall fluchte gotteslästerlich.

»Basile hat den alten Knacker überwältigt, der dort draußen Proviant und Köder verkauft.«

»Überwältigt, dass ich nicht lache!«, brüllte Duvall. »Hat Patout das etwa geglaubt?«

»Weiß ich nicht.«

»Gregory hat uns doch erzählt, dass Basile und dieser

alte Wie-heißt-er-gleich-wieder die besten Freunde sind. Wenn es dort draußen wirklich von Polizei wimmelte, wäre nicht mal Sankt Basile ohne fremde Hilfe die Flucht gelungen. Und was zum Teufel ist aus Gregory und den Männern geworden, die wir ihm mitgegeben haben? Irgendwelche Neuigkeiten?«

Bardo schüttelte den Kopf. »Nichts.«

»Ich glaube nicht, dass sie je bis zu Dredds Laden gekommen sind. Sie haben uns offensichtlich verkauft.«

»Es sind zwei meiner zuverlässigsten Jungs«, widersprach Bardo. »Ich sage ihnen, was zu tun ist, und sie tun es – ohne Fragen zu stellen.«

»Gregory James stammt aus einer stinkreichen Familie. Er hat die beiden bestochen, damit sie ihn laufen lassen. Jetzt sind sie vermutlich schon in Vegas und bumsen je zwei Nutten auf einmal.«

»Die lassen sich nicht bestechen«, stellte Bardo unbeirrt fest.

»Dann erklären Sie mir mal, wo sie jetzt sind.«

Bardo zuckte mit den Schultern, und Pinkie fluchte.

Er konnte sich nicht daran erinnern, sich jemals so hilflos und unfähig gefühlt zu haben. Zweimal hatte er eine ausgezeichnete Gelegenheit gehabt, Basile zu fassen, aber beide Versuche waren fehlgeschlagen. McCuen hatte offenbar die Absicht gehabt, Del Ray Jones zu umgehen und auf eigene Faust zu handeln. Dagegen hatte Duvall nichts. Er fand McCuens Initiative sogar bewundernswert. Aber es war schiefgegangen, und McCuen war tot. *Danke, Douglas Patout,* dachte Pinkie. Mit dem würde er sich auch noch befassen müssen.

Jedenfalls war Gregory James verschwunden und hatte zwei erfahrene Berufskiller mitgenommen. Wie zum Teufel hatte diese feige Schwuchtel das geschafft? Wo Basile auch stecken mochte, er lachte sich wahrscheinlich halbtot über diese stümperhaften Mordanschläge.

Bardo unterbrach seine finsteren Gedanken. »Nehmen Sie es mir nicht übel, wenn ich jetzt was sage.«

Pinkie starrte ihn erbost an, aber Bardo sprach weiter, ohne sich einschüchtern zu lassen. »Basile könnte Mrs. Duvall gleich am ersten Tag umgebracht und ihre Leiche in den Sümpfen versenkt haben. Sie könnte längst tot sein. Oder ...«

»Nun? Oder was?«

»Oder ... Teufel, denken Sie doch mal darüber nach, Pinkie. Wenn sie seit fast einer Woche mit Basile zusammen ist, hat sie vielleicht ... Sie wissen schon ... Vielleicht macht sie es so interessant für ihn, dass er seinen Rachefeldzug vergessen hat. Oder er rächt sich jetzt auf andere Weise.«

Pinkies Blick wurde gefährlich kalt und finster. »Sie meinen also, dass meine Frau entweder tot ist oder sich mit Basile dumm und dämlich bumst?«

Bardo breitete beredt die Arme aus. »Sie kennen doch die Weiber. Die sind nicht viel anders als Hunde. Solange man sie füttert und ihnen manchmal den Kopf tätschelt, lieben sie einen. Hab ich recht?«

»Keine Ahnung.«

Bardo schien nicht zu merken, dass sein Boss sich nur mit äußerster Willensanstrengung beherrschte. Undiplomatischerweise fuhr er fort: »Ich habe ein wirklich schlechtes Gefühl bei dieser Sache. Von Anfang an ist es schiefgelaufen. Alles hat sich gegen uns verschworen.«

»Reden Sie nicht um den heißen Brei herum. Was wollen Sie sagen?«

Bardo steckte eine Hand in die Hosentasche, klimperte

mit Kleingeld. Machte eine arrogante Bewegung mit den Schultern. »Ich steige aus, Pinkie.«

»Den Teufel tun Sie!«

»Hören Sie, ich will nicht umgelegt werden, vor allem nicht wegen einem Weibsbild, das ich nie gekriegt habe.«

Pinkie sah rot, war mit einem Satz bei Bardo und packte ihn am Revers seines Zweitausenddollaranzugs. Remy mochte seine beleidigenden Äußerungen verdient haben, aber er bestimmt nicht. Aus seinen Diensten schied keiner aus, nur weil er gerade Lust dazu hatte. Woher nahm Wayne Bardo die Frechheit, sich einzubilden, er könne einfach gehen?

»Sie tun, was ich Ihnen sage, sonst erzähle ich Littrell ein bisschen über Wayne Bardos Leben und Abenteuer.«

»Sie sind mein Anwalt. Sie können dem Staatsanwalt nichts erzählen, ohne Ihre Zulassung zu verlieren.«

»Ganz recht«, bestätigte Pinkie in jenem trügerisch sanften Tonfall, in dem er vor Gericht seine Fragen stellte, von denen er wusste, dass sie einen Zeugen diskreditieren würden. Ein hiesiger Journalist, der Pinkie bewunderte, hatte sie einmal mit einem Hammer im Samtfutteral verglichen.

»Ich darf keine vertraulichen Informationen weitergeben, aber ich kann jemanden beauftragen, es an meiner Stelle zu tun. Jede Menge Leute wären sofort bereit, mir diesen kleinen Gefallen zu tun. Bevor Sie auch nur blinzeln könnten. Und dann wären Sie erledigt, Wayne. Da, wo man Sie dann reinsteckt, gibt's keine Weiber. Sie müssten Ihren Schmuck, Ihre schnellen Wagen und Ihre eleganten Anzüge zurücklassen. Sie würden so weit weggesperrt, dass Sie von Glück sagen könnten, wenn Sie sich einmal im Monat duschen und rasieren dürfen.«

Ohne Bardo Zeit zu einer Erwiderung zu lassen, trat Pinkie noch dichter an ihn heran, bis ihre Nasenspitzen nur mehr eine Handbreit voneinander entfernt waren. »Diese Sache, bei der Sie ein schlechtes Gefühl haben, ist erst abgeschlossen, wenn Basile tot ist. Ist das klar?«

Er beschloss, das, was er mit Remy vorhatte, vorläufig für sich zu behalten. Bardo hatte gewiss keine Skrupel, wenn es darum ging, Frauen zu ermorden, aber Pinkie wollte seinen Appetit nicht zu früh wecken.

»Vorerst habe ich einen anderen Auftrag für Sie.« Pinkie ließ Bardo los, strich sein Revers glatt und tätschelte ihm freundlich die Wange. »Das wird Ihnen Spaß machen.«

»Pinkie hat sich geweigert, sich kirchlich trauen zu lassen. Wenn die Kirche unsere Ehe nicht anerkennt, kann ich's auch nicht.« Remy fügte flüsternd hinzu: »Also bin ich wohl wirklich eine Nutte, wie du mir vorgeworfen hast.«

Burke streichelte ihre Wange. »Nein, nein, du bist keine Nutte.«

Die beiden hielten sich mit einer Leidenschaft umklammert, in die sich Verzweiflung mischte. Burke hatte sie nur lange genug freigegeben, um aufzustehen und sich ganz auszuziehen. Sie rieb ihre Wange an seiner behaarten Brust. »Was wird aus uns, Burke?«

Die Selbstverständlichkeit, mit der sie seinen Namen benutzte, entlockte ihm ein Lächeln. Aber ihre Frage war ernüchternd. »Keine Ahnung«, antwortete er seufzend.

»Du musst mich gehen lassen. Ich muss zu ihm zurück.«

Er schüttelte den Kopf.

»Aber ...«

Er hob den Kopf, um ihr in die Augen sehen zu können. »Nein!« Dann küsste er sie besitzergreifend.

Später fragte Remy ihn nach seiner Ehe mit Barbara. »Wodurch ist sie auseinandergegangen?«

»Ich habe sie nicht glücklich machen können.«

»Hat sie dich glücklich gemacht?«

»Nein«, sagte er und erkannte erstmals, dass ihre Ehe nicht allein durch seine Schuld unglücklich gewesen war. Barbara hatte sich auch nicht sonderlich viel Mühe gegeben, ihm Erfüllung zu schenken. »Wir haben uns mit einer partnerschaftlichen Beziehung zufriedengegeben. Das tun wohl die meisten Ehepaare.«

»Aber das sollten sie nicht tun müssen.«

»Nein, das sollten sie nicht tun müssen.« Er betrachtete sie einige Augenblicke lang, zeichnete mit einem Finger die Umrisse ihres Gesichts nach. »Nehmen wir mal an, du könntest tun oder sein, was du willst – was würdest du dann machen?«

»Du meinst, wenn Pinkie keine Bedingungen stellen würde?« Er nickte. »Ich würde in einer Galerie arbeiten«, antwortete sie sofort. »Ich habe mich mit Kunstgeschichte befasst und verstehe viel von moderner Kunst. Ich wäre sehr gut.«

»Das wärst du bestimmt«, sagte er ernsthaft.

Sie schob beide Hände auf dem Kopfkissen unter ihre Wange und betrachtete ihn versonnen. »Was wäre wohl geschehen, wenn wir uns unter normalen Umständen zu einer anderen Zeit an einem anderen Ort begegnet wären?«, fragte sie nachdenklich. »Nehmen wir mal an, ich hätte in einer der exklusiven Galerien in der Royal Street gearbeitet und du wärst zufällig reingekommen und hättest mich gesehen.«

»Ich hätte gar nicht das Geld, um mir überhaupt leisten zu können, eine der Galerien in der Royal Street zu betreten.«

»Wir tun doch nur so, als ob, Burke. Da kann alles passieren.«

»Okay. Ich komme rein und sehe dich, stimmt's?« Sie nickte. »Nun, sobald ich die Sprache wiedergefunden hätte, würde ich wahrscheinlich all meinen Mut zusammenkratzen, um dich anzusprechen.«

Sie lachte. »Du würdest ein Gespräch mit mir anfangen. Das ist gut. Und dann?«

»Und dann nichts. Du würdest sofort merken, dass ich hoffnungslos ungebildet bin.«

»Warum?«

»Bei einer Gegenüberstellung könnte ich vermutlich die Mona Lisa identifizieren, aber damit sind meine Kunstkenntnisse praktisch erschöpft. Du würdest mich schnellstens hinauskomplimentieren.«

»Das bezweifle ich.« Schüchtern lächelnd gestand sie leise: »Jedenfalls hat Pater Kevin einen bleibenden Eindruck bei mir hinterlassen.«

»Dieser humorlose Priester?«, fragte er spöttisch.

»Er war recht ernst, ja, aber ich habe viel über ihn nachgedacht.«

»Was hast du denn so gedacht?«

»Unartige Dinge.«

»Nein!«

»Mh-hm. Ich habe mir gedacht, dass er eine Versuchung für jede Frau in seiner Gemeinde sein müsste.«

»Unsinn!«

»Das stimmt aber«, beteuerte sie. »Für einen heiligen Mann kam er mir viel zu attraktiv vor.«

»Ich bin kein heiliger Mann.«

»Aber das habe ich damals noch nicht gewusst. Ich habe gedacht, er besitzt unglaublichen Sex-Appeal.«

»Wirklich?«

»Ja. Und das war, bevor ich gewusst habe, dass er Sommersprossen auf den Schultern hat.«

Burke lachte, weil er ihre Aufmerksamkeit, ihr Flirten genoss. »Hab ich nicht.«

Remy stimmte in sein Lachen ein. »Doch, hast du schon.«

Sie verbrachten noch mehrere Stunden damit zu schmusen, sich zu küssen und ihre Körper mit jener reizvollen Neugier zu erforschen, die neuen Liebenden vorbehalten bleibt, die von jeder Entdeckung begeistert sind.

Sie spannen ihr Spiel weiter aus, sie hätten sich zu einer anderen Zeit an einem anderen Ort getroffen und könnten unbefangen lachen und all ihren Launen aus schierem Vergnügen nachgeben. Sie neckten sich viel, aber zwischendurch gab es auch lange Pausen, in denen sie sich nur ansahen.

»Du bist so schön«, sagte Burke irgendwann. »Ich kann noch immer nicht glauben, dass wir hier zusammen sind.«

»Ich mag dein Gesicht«, antwortete Remy flüsternd. »Es ist so ehrlich, aber...«

»Aber was?«

»Hinter deinen Augen liegt etwas Dunkles, Burke.« Sie musterte ihn prüfend. »Was verbirgst du dort?«

»Alle meine Sünden und Fehler.«

»Das können nicht so viele sein.«

»Du würdest staunen. Oder vielleicht auch nicht«, fügte er leise lachend hinzu.

Sie fuhr mit einer Fingerspitze über seine Lippen. »Du lächelst hier, aber nicht mit deinen Augen. Wie kommt das? Was hat dich so unglücklich gemacht?«

Es war etwas beunruhigend, dass sie ihn so durchschaute, aber zugleich beeindruckte ihn, dass sie dazu imstande war und den Wunsch hatte, den ganzen Mann zu kennen. Er wollte ihr sagen, wie viel ihm das bedeutete.

»Remy...« Er betrachtete ihr Gesicht, sah ihr tief in die Augen und fand nicht die richtigen Worte. Also küsste er sie stattdessen, drückte sie an sich und erklärte ihr widerstrebend, sie müssten jetzt versuchen, etwas zu schlafen.

Burke drehte sie auf die Seite, so dass sie ihm den Rücken zuwandte, schob einen Arm unter ihrer Taille hindurch und zog Remy an sich, bis ihr Gesäß an seinem Bauch lag. Er hatte ehrlich geglaubt, in dieser Umarmung einschlafen zu können, aber es dauerte nicht lange, bis er wieder erregt war.

Bald versuchte seine Erektion, sich Zugang zu schaffen, seine Hand tastete nach einer Brust und streichelte sie, bis ihre Spitze hart wurde und sich aufrichtete. Er küsste ihren Nacken, schob seine Hüften nach vorn, fand sie weich und offen, drängte sich gegen sie und murmelte ihren Namen, als ihre feuchte Hitze ihn wieder umgab.

Er begann zu stoßen und verlor sich fast in seinem Rhythmus, als ein leiser Laut aus ihrer Kehle ihn aus seinem erotischen Rausch riss.

Er glitt aus ihr heraus und drehte sie auf den Rücken. Sie weinte. Er wischte ihr behutsam die Tränen ab. »Entschuldige, Remy. Ich höre auf. Jetzt ist es wieder gut.«

»Ich wollte nicht, dass du aufhörst.«

Er schluckte angestrengt. »Was hast du denn?«

Sie nahm sein Gesicht zwischen ihre Hände. »Du weißt, wie mein Leben mit Pinkie gewesen ist. Du weißt, warum er mich zu sich genommen hat, was er aus mir gemacht hat und was ich in all diesen Jahren für ihn gewesen bin.«

Was sie damit ausdrücken wollte, stand außer Zweifel. Er nickte ernst.

»Ich habe auf Befehl für ihn funktioniert«, sagte sie eindringlich, damit er sie nur ja richtig verstand.

»Das weiß ich.«

Sie holte keuchend tief Luft. »Und du willst mich noch immer?«

»Ob ich dich will?«, wiederholte er verstört. »Ob ich dich *will*?«

Er wälzte sich über sie und drang wieder in sie ein – alles mit einer einzigen fließenden Bewegung. Seine Finger glitten durch ihr Haar und umfassten zärtlich ihren Kopf, während er mit halblauter, drängender Stimme auf sie einsprach. »Vielleicht sterbe ich, bevor ich diese Sache zu Ende gebracht habe. Vielleicht muss ich auch für den Rest meines Lebens hinter Gitter. Beides macht mir nicht viel aus.«

Plötzlich stieß er tiefer in sie hinein. »Aber ich könnte nicht ertragen, dass du zu ihm zurückgehst. Alles andere habe ich verdient und bin bereit, es zu akzeptieren.« Er kniff die Augen zusammen und legte seine Stirn an ihre. »Aber du darfst nicht zu Duvall zurück. Du darfst einfach nicht. Alles, nur das nicht.«

39. Kapitel

»Mr. Duvall?«

»Mit wem spreche ich?«

»Douglas Patout. Ihre Frau ist wieder aufgetaucht.«

Roman hatte Pinkie, der im Speisezimmer frühstückte, das schnurlose Telefon gebracht. »Wo?«, fragte er brüsk.

»Bei Dredds Laden. Zwei Deputys sind bei ihr. Ich bin dorthin unterwegs.«

»Was ist mit Basile?«

Er spürte Patouts Widerstreben, seine Frage zu beantworten. »Er hat Mrs. Duvall dort abgeliefert und ist verschwunden.«

»Wie geht es ihr?«

»Nach Mr. Michouds Auskunft geht's ihr gut. Sie freut sich auf ihre Heimkehr.«

»Ich verlange, dass Basile gefunden wird, Patout. Ich will, dass jeder gottverdammte Quadratzentimeter von Louisiana abgesucht wird, bis er aufgespürt ist und vor Gericht gestellt werden kann.«

»Ich bezweifle ernstlich, dass es Ihnen um Gerechtigkeit geht«, sagte Patout irritierend gelassen. »Sie haben die Sache nie als Entführung betrachtet, sonst hätten Sie das gesamte FBI vom Direktor abwärts nach Ihrer Frau fahnden lassen. Aber wenn Sie darauf bestehen, verständige ich das FBI, damit es Mrs. Duvall zu ihrer Entführung befragt.«

Pinkies Hand umklammerte das Telefon so krampfhaft, dass seine Fingerknöchel weiß waren. Der Brillantring schnitt sich schmerzhaft in seinen kleinen Finger ein. Aber er hatte diesen Feststellungen nichts entgegenzusetzen, und das wusste Patout genau.

»Darf ich ganz offen sein?« Ohne Pinkies Erlaubnis abzuwarten, fuhr Patout fort: »Alles weist darauf hin, dass es sich um eine Ehekrise handelt. Und dafür sind nicht die Polizeidienststellen zuständig, sondern Ihre Frau und Sie. Und vielleicht noch Basile. Ich schlage vor, dass Sie es unter sich abmachen.«

Pinkie wusste später nicht mehr genau, wie er es geschafft hatte, nicht zu explodieren, jedenfalls hatte es ungeheure Selbstbeherrschung erfordert. Patouts scheinheilige Bemerkungen stellten sie bis zum Äußersten auf die Probe.

»Danke für den Rat, Patout, aber ich brauche keine Ratschläge von Ihnen, wie ich meine Frau behandeln soll. Ihnen wär's am liebsten, wenn die Sache damit erledigt wäre, nicht wahr? Sie möchten sie mit einer hübschen Schleife zubinden und wegstellen, um sich nie mehr damit befassen zu müssen. Nachdem Sie Ihren Freund Basile die ganze Zeit in Schutz genommen haben, wären Sie jetzt erleichtert, wenn er halbwegs heil aus dieser Sache rauskäme.«

Pinkie, der in ständiger Angst lebte, seine Telefone könnten abgehört werden, war zu clever, um übers Glasfaserkabel zu erläutern, was er mit Basile vorhatte. Er hatte Patout – vielleicht unvorsichtigerweise – bereits mitgeteilt, dass er den ehemaligen Drogenfahnder liquidieren lassen werde. Er sah keinen Grund, diese Drohung jetzt zu wiederholen.

Aber Patout sollte wissen, dass er sich seine Einstellung und seine mangelnde Kooperationsbereitschaft gut merken würde. »Ihr großes Ziel, die Nummer eins im New Orleans Police Department zu werden, können Sie sich abschminken, Patout. Von dieser Minute an werden Ihre Feinde von allen Seiten zum Angriff blasen. Darauf können Sie Gift nehmen!«

Es sprach für Patout, dass er trotzdem cool blieb. »Ich habe einen Polizeihubschrauber angefordert, der mich nach Jefferson Parish bringt. Ich werde Mrs. Duvall persönlich heimbegleiten. In ein paar Stunden sind wir da.« Das schnurlose Telefon in Pinkies Hand verstummte.

Roman erschien an der Tür und fragte zögernd: »Kommt Mrs. Duvall heute heim, Sir?«

»Ganz recht, Roman.«

»Der Herr sei gelobt!«

»Hmmm. Ja.« Pinkie trommelte mit den Fingern gedankenverloren auf den Tisch. Kurze Zeit später sah er lächelnd zu seinem Butler auf. »Ich denke, das sollte gefeiert werden, findest du nicht auch?«

»Dann haben Sie also nicht vergessen, Sir, dass heute Mardi Gras ist? Für einige Zeit der letzte Tag, an dem wir eine Party geben können.«

»Nein, Roman, das hatte ich nicht vergessen. Ich war nur anderweitig abgelenkt. Ich hatte vor, eine große Party zu geben. Hier. Heute Abend. Kümmerst du dich um die Vorbereitungen?«

»Schon geschehen, Sir.«

Roman hastete hinaus, um dem restlichen Personal die frohe Botschaft zu überbringen. Pinkie tippte die Nummer von Bardos Mobiltelefon ein. »Remy ist wieder aufgetaucht.«

»Wo?«

»Die Einzelheiten erzähle ich Ihnen später. Patout liefert sie hier ab.«

»Und Basile?«

»Gegenwärtiger Aufenthaltsort unbekannt.«

»Was soll ich also jetzt tun?«

»Was wir gestern Abend besprochen haben.«

»Obwohl Mrs. Duvall heimkommt?«

Pinkie starrte den leeren Stuhl an, auf dem Remy sonst immer saß. »Erst recht, weil Mrs. Duvall heimkommt.«

Schwester Beatrice kniff missbilligend die Lippen zusammen. »Das ist höchst ungewöhnlich.«

»Ja, schon möglich, dass das ungewöhnlich ist, aber Mr. Duvall wünscht es eben.« Wayne Bardos Arroganz ließ erkennen, dass ihm weder ihre Ordenstracht noch ihr frommes Unternehmen imponierten. Aus seiner Sicht war sie bloß irgendein Weibsbild, das ihm Scherereien machte. Bardo konnte um sie herum, über sie hinweg oder durch sie hindurch gehen, aber sie würde ihn nicht daran hindern, den Auftrag auszuführen, für den Duvall ihn bezahlte.

»Ich rufe Mr. Duvall an und spreche selbst mit ihm.«

»Bitte sehr. Tun Sie das, Schwester.«

Bardo schob ihr Telefon über den Schreibtisch zu ihr hinüber, setzte sich dann einfach hin, ohne dazu aufgefordert worden zu sein, und legte den linken Fußknöchel aufs rechte Knie. Er pfiff tonlos durch die Vorderzähne, während sie die Nummer von Duvalls Haus wählte.

»Mr. Duvall, bitte. Hier ist Schwester Beatrice – von der Blessed Heart Academy. Ich muss ihn unbedingt sprechen.«

Wayne Bardo hörte hämisch grinsend zu, als ihr bestätigt wurde, Duvall habe ihn zur Schule geschickt, um seine Schwägerin abholen zu lassen.

»Und Mrs. Duvall ist damit einverstanden?«, fragte sie. Kurze Zeit später murmelte sie: »Ja, ich verstehe. Also gut, Mr. Duvall. Entschuldigen Sie die Störung, aber mir ging es nur um Flarras Sicherheit.« Dabei sah sie zu Bardo hinüber, der sein charmantestes Lächeln aufblitzen ließ.

»Alles cool?«, fragte er, als sie auflegte.

»Ja, alles ist cool.«

Sie war so cool, dass sie geradezu eisig war, als sie aufstand und hinter dem Schreibtisch hervorkam. Ihre Schwesterntracht raschelte, und ihr Rosenkranz klapperte.

»Ich richte Flarra aus, dass sie sich fertig machen soll. Sie kommt gleich herunter.«

»Gleich« dauerte zwanzig Minuten. Unterdessen ging Bardo dieses Büro allmählich auf die Nerven – vor allem ein Gemälde, das einen blutigen, gekreuzigten Christus zeigte, dessen seelenvoller Blick ihm zu folgen schien, während er auf dem Teppich vor dem Schreibtisch auf und ab marschierte. Heilige und Engel auf rosa Wolken verdammten ihn aus ihren reichgeschmückten Goldrahmen. Er hätte schwören können, dass die Statue irgendeines militanten Heiligen in einer Ecke des Raumes ihr gerechtes Schwert gegen ihn erhob. Von diesem ganzen religiösen Scheiß konnte man eine Gänsehaut bekommen.

Als die Bürotür hinter ihm aufging, war er völlig mit den Nerven herunter. Er fuhr herum und rief dann aus: »Heiliger Strohsack!«

Selbst dieser milde Fluch veranlasste Schwester Wiehieß-sie-gleich-wieder dazu, ihre Lippen noch fester zusammenzukneifen, aber Bardo hatte sich einfach nicht beherrschen können. Pinkie hatte ihm versprochen, er werde für diesen Auftrag nicht nur ein gutes Honorar bekommen, sondern auch seinen Spaß dabei haben.

Was für eine Untertreibung! Er würde jeden Augenblick genießen! Bardo fielen sofort ein Dutzend verschiedener Perversitäten ein, die er an Remys kleiner Schwester Flarra ausprobieren würde.

Ihre Wangen waren vor Aufregung rosig angehaucht, als sie mit ausgestreckter Hand quer durchs Büro auf ihn zukam. »Hallo, Mr. Bardo. Freut mich, Sie kennenzulernen.«

»Gleichfalls, Miss Lambeth.« Dies war vermutlich das erste Mal in seinem Leben, dass er einer Frau die Hand gab, aber er nutzte dankbar die Gelegenheit, dieses Wesen zu berühren, das fast zu heiß war, um echt zu sein.

»Ist es wahr, was Schwester Beatrice mir erzählt hat? Darf ich wirklich heute Abend zur Mardi-Gras-Party kommen?«

»Echt wahr, Mr. Duvall findet, dass Sie zu lange hier eingesperrt waren. Nichts für ungut, Schwester«, sagte er über Flarras Schulter hinweg zu der Nonne. »Sie sollen heute mal richtig auf die Pauke hauen, findet Ihr Schwager. Er hat gesagt, er betrachte diesen Abend als Ihre Einführung in die Gesellschaft.«

»Und Remy hat nichts dagegen?«

»Natürlich nicht. Sie freut sich auf Sie. Und Ihr Kostüm hat sie höchstpersönlich ausgesucht.«

Sie legte eine Hand auf ihren kleinen, wohlgeformten Busen und keuchte, als wäre ihr fast schwindlig: »Ich darf wirklich hin! Ich kann's nicht glauben!«

Bardo griff nach ihrem Koffer und bot ihr seinen Arm an. »Glauben Sie es nur, Schätzchen.«

Pinkie erwartete sie an der Haustür. Er riss sie auf, bevor Patout klingeln konnte. Sogar jetzt bestand noch eine winzige Chance, dass er seine bereits angelaufenen Pläne umstoßen würde, dass Remy und er weiter zusammenleben würden, als wäre nichts geschehen.

Aber selbst diese geringe Hoffnung verflog, sobald Pinkie in ihre Augen sah. Denn obwohl sie schwach lächelte und mit zitternder Stimme seinen Namen sprach, als sie in seine Arme kam, wusste er, dass Basile sie gehabt hatte.

Dieser Dreckskerl hätte ebenso gut seine prämierten Orchideen vergiften oder in eine Flasche Château Lafite Rothschild pissen können. Remy war besudelt worden. Das herrliche Mädchen, das er zu einer perfekten Kurtisane ausgebildet hatte, war jetzt für ihn wertlos.

Er verbarg seinen Widerwillen und zog sie an sich. »Mein Liebling, Gott sei Dank, dass du wieder da bist! Wenn ich daran denke, was du durchgemacht hast...« Er machte eine Pause, als könnte er vor Rührung nicht weitersprechen. »Hat dir jemand was getan?«

Pinkie hörte zu, als sie schilderte, wie sie bei der Verfolgungsjagd eine Ladung Vogelschrot abbekommen hatte. »Aber diese kleinen Wunden sind schon fast wieder verheilt. Ich bin nur sehr müde.«

»Basile hat dich nicht...«

Remy schüttelte verneinend den Kopf. »Er wollte sich an dir rächen, Pinkie. Das war alles. Er hat mich nicht misshandelt.«

Douglas Patout, der sich im Hintergrund gehalten hatte, um ihr Wiedersehen nicht zu stören, trat nun vor. »Mrs. Duvall wollte unterwegs nicht über ihre Erlebnisse in der Gewalt des Entführers sprechen, aber jetzt möchte ich ihre Version der Ereignisse hören und ihr zugleich ein paar Fragen stellen, wenn Sie nichts dagegen haben.«

»Doch, ich habe etwas dagegen«, antwortete Pinkie knapp. »Sie haben mich erst heute daran erinnert, dass dies

eine Privatangelegenheit ist. Sie haben recht, glaube ich.«
Er knallte Patout die Haustür vor der Nase zu.

»Mr. Patout befürchtet, dass du Vergeltungsmaßnahmen gegen Basile planst«, sagte Remy, als er sie mit einer Handbewegung aufforderte, mit nach oben zu kommen. »Aber du planst keine, stimmt's, Pinkie?«

Er lächelte nur und tätschelte beruhigend ihren Arm. Oben im Schlafzimmer trug Roman einen Sandwichteller für sie auf, den sie jedoch unberührt auf dem Tablett stehen ließ. Als sie wieder allein waren, fragte Pinkie sie nach Einzelheiten ihrer Entführung aus.

»Ich würde gern die Fischerhütte sehen, in der er dich gefangen gehalten hat. Könntest du mich hinführen?«

»Nein, leider nicht. Für mich sehen die Sümpfe überall gleich aus.«

»Warum hat er dich freigelassen?«

»Das weiß ich nicht«, sagte sie heiser. »Er hat mich heute Morgen sehr früh geweckt und mir erklärt, er lasse mich frei. Dabei hat er von Anfang an betont, er benutze mich nur als Köder, um dich anzulocken, und es sei ihm egal, wie lange es dauert.

Obwohl er diesen plötzlichen Sinneswandel nicht begründet hat, denke ich, dass es etwas mit dem Polizeibeamten zu tun gehabt hat, der gestern erschossen wurde. Und mit Dredd. Er wollte nicht, dass Dredd oder Patout oder sonst einer seiner früheren Kollegen unter seinen strafbaren Handlungen zu leiden haben. Er hat gesagt, es sei Zeit, das Ganze abzublasen, bevor noch jemand verletzt oder getötet wird.«

»Das hätte er sich vorher überlegen sollen. Jetzt ist es zu spät.«

»Wie meinst du das?«

»Reden wir nicht mehr davon«, wehrte er ab. »Hast du zu flüchten versucht?«

»Natürlich!«, rief sie aus. Sie erzählte, wie sie fast ertrunken wäre. »Danach hat er mir Handschellen angelegt.« Ihre unglaublich ausdrucksvollen Augen suchten die seinen. Dann legte sie ihm eine Hand auf den Arm, umfasste ihn fest. »Aber jetzt bin ich wieder bei dir in Sicherheit, und nur das zählt. Ich betrachte das Ganze als einen Alptraum, der hoffentlich bald verblassen wird.«

Remy schlang ihm die Arme um den Hals. »Pinkie, bitte hör auf Mr. Patout. Führ diese Fehde mit Basile nicht fort. Das wäre sinnlos. Er wollte dir nur einen gehörigen Schrecken einjagen, und nachdem er sein Ziel erreicht hat, sehen und hören wir bestimmt nichts mehr von ihm. Wenn Basile mit dieser Sache aufhören kann, sollten wir es auch können. Hmm? Lass es damit bewenden.«

Pinkie beendete ihre Bitte um das Leben ihres Liebhabers mit einem fast gewalttätigen Kuss, den er dann abrupt abbrach. Er merkte, dass sie das überraschte. Erwartete die Schlampe wirklich, dass er mit ihr ins Bett ging? Am liebsten hätte er ihr laut ins Gesicht gelacht, aber die Zeit war noch nicht reif für die Überraschungen, die auf sie warteten.

»Schlaf jetzt ein bisschen«, sagte er und tätschelte ihre Wange. »Ich möchte, dass du heute Abend blendend aussiehst.«

»Heute Abend?«

»Auf unserer Party!«

»Party?«

»Hör zu, sind diese Wiederholungen etwas, was du von Basile gelernt hast, Remy?«

»Entschuldige. Welche Party?«

»Unsere Mardi-Gras-Party. Hast du vergessen, dass heute Faschingsdienstag ist? Morgen müssen wir für unsere Sünden büßen, aber heute Abend dürfen wir noch über die Stränge schlagen. Ich habe jedenfalls die Absicht, mich...«

»Ich kann heute Abend auf keine Party gehen.«

»Das ist eine weitere lästige Angewohnheit, die du mitgebracht hast«, sagte er stirnrunzelnd. »Mich zu unterbrechen, während ich rede.«

Sie beherrschte sich, um ihn nicht schon wieder zu unterbrechen. Im nächsten Augenblick sagte sie mit dem vertrauten sanften Beben in ihrer Stimme: »Ich bin nur maßlos verblüfft, dass du von mir erwartest, am Abend meiner Rückkehr gleich Gastgeberin einer großen Party zu sein.«

»Wie könnten wir deine Heimkehr besser feiern?«

»Ich würde sie lieber zu zweit feiern.«

»Das ist lieb von dir, Süßes, aber ich kann die Party nicht mehr absagen, fürchte ich. Das würde zu viele Leute enttäuschen.« Er kniff sie sanft in die Wange. »Übrigens auch Flarra. Ich habe sie für heute Abend eingeladen.«

Sie wurde leichenblass. Sie schluckte krampfhaft, als kämpfte sie gegen aufsteigende Übelkeit an. »Ach, wirklich?«, fragte sie mit schlecht gespielter Begeisterung. »Warum hast du sie diesmal eingeladen? Das hast du doch noch nie getan.«

»Ich habe mir deine Argumente während unserer letzten Diskussion durch den Kopf gehen lassen. Du hattest recht, glaube ich. Es wird Zeit, dass wir ihr etwas mehr Freiheit lassen. Sie ist schließlich kein Kind mehr, sondern eine junge Frau.«

»In Wirklichkeit habe ich mich geirrt, Pinkie. Du hast recht gehabt. Du hast in solchen Dingen immer recht.«

Er runzelte die Stirn. »Dein Sinneswandel kommt zu spät, Remy. Ich kann Flarra nicht enttäuschen, nachdem ich sie bereits eingeladen habe. Das würdest du bestimmt nicht wollen. Es wäre grausam. So, du machst jetzt dein Nickerchen«, sagte er und stand auf. »Vielleicht bringt das wieder etwas Farbe in dein Gesicht. Entschuldige, dass ich das sage, aber du siehst ein bisschen abgekämpft aus.«

»Ich kann mir denken, wie schrecklich ich aussehe. Meine Frisur und meine Fingernägel sind verdorben. Aber ich fahre noch zum Friseur und lasse mir auch eine Maniküre machen.«

»Was an Schönheitspflege nötig ist, kannst du nach deinem Nickerchen selbst erledigen.« Er ging zur Tür. »Ach, übrigens noch etwas: Ich habe das Telefon entfernen lassen, damit du nicht gestört wirst.«

Sie sah zum Nachttisch hinüber, und er genoss den entsetzten Ausdruck, der auf ihr Gesicht trat. »Aber ich möchte gern Flarra anrufen. Ich habe seit über einer Woche nicht mehr mit ihr gesprochen, und sie fragt sich bestimmt, wieso ich mich so lange nicht gemeldet habe.«

»Keine Sorge, ich habe ihr eine kleine Notlüge erzählt – dass du eine Angina hattest. Inzwischen weiß sie, dass du wieder auf den Beinen bist und dich darauf freust, sie heute Abend hier zu sehen.«

»Aber ich muss mit ihr reden.«

»Heute Abend ist früh genug. Das Personal hat strikte Anweisung, dich auf keinen Fall zu stören. Nur ich werde tagsüber gelegentlich nach dir sehen.« Er warf ihr eine Kusshand zu und sorgte dafür, dass sie mitbekam, wie er die Tür von außen sicherte.

Remy lief zur Schlafzimmertür und packte den Knauf mit beiden Händen. Sie versuchte, ihn erst senkrecht, dann seitlich zu bewegen, aber er war wie festgeschweißt. Mit einem frustrierten Schluchzen sank sie gegen die Tür.

Sie hatte auf das Paradox vertraut, dass sie erst zu Pinkie zurückkehren musste, bevor sie ihm erfolgreich entrinnen konnte. Sie hatte gewusst, dass sie ihre gesamten schauspielerischen Fähigkeiten würde aufbieten müssen, um ihn davon zu überzeugen, sie habe unter ihrer Entführung gelitten und keinen anderen Wunsch, als dieses traumatische Erlebnis zu vergessen und ihr bisheriges Leben fortzuführen. Sie war bereit, diese Scharade fortzusetzen, bis Flarra vor Pinkies Zugriff sicher war, auch wenn das bedeutete – Gott sei ihr gnädig –, dass sie mit ihm schlafen musste, obwohl sie Basile *das* lieber nicht erzählt hatte.

Aber Pinkie hatte sie nicht sofort ins Bett geschleppt, was ungewöhnlich und allein deshalb alarmierend gewesen war. Es gab nur einen Grund, der ihn davon hätte abhalten können: der Verdacht, sie sei mit Basile intim gewesen. Und wenn er das vermutete, dann war ihr Leben, aber auch Basiles und Flarras in Gefahr.

Sobald er sie geküsst hatte, vielleicht auch schon vorher, musste Pinkie erkannt haben, dass sie anders heimgekehrt war, als sie fortgegangen war. Er musste auf den ersten Blick gesehen haben, dass sie völlig verändert war. Ein Mann, der winzige Fehlstellen auf der Blüte einer seiner Orchideen bemerkte, der sofort sagen konnte, ob der servierte Wein ein Grad zu warm oder zu kalt war, musste auch die tiefgreifende Veränderung spüren, die in den Sümpfen mit ihr vorgegangen war. Remy hatte gelernt, nicht nur Burke Basile, sondern auch wieder sich selbst zu lieben.

Ob sie nun hundert Jahre alt wurde oder schon heute starb, sie würde dem Schicksal für die einsamen Tage in dieser exotischen, urtümlichen Landschaft dankbar sein. Sie war gezwungen gewesen, sich selbstkritisch zu betrachten und sich einzugestehen, dass sie genau das geworden war, was Basile sie genannt hatte – eine Hure. Sie hatte sich aus den edelsten Motiven heraus prostituiert, um ihre Schwester zu schützen. Aber dafür hatte sie letztlich alles geopfert: ihren Stolz, ihre Selbstachtung, ihre Seele. Aber was konnte sie Flarra oder sonst jemandem noch nützen, nachdem sie sich selbst völlig aufgegeben hatte?

Sie verachtete jetzt Mrs. Pinkie Duvall, die passiv und ängstlich war, die nur durch weibliche Tricks und Manipulationen überleben konnte. Aber sie hegte wachsenden Respekt vor Remy Lambeth, deren Ansichten zählten, die stark und mutig war, sich aufs Überleben verstand und es wert war, von einem Mann, der Menschlichkeit und Integrität besaß, geliebt zu werden.

Burke! Sie musste ihn warnen, dass ihre Strategie fehlgeschlagen war. Aber bevor sie ihn anrufen konnte, musste sie irgendwie aus diesem Zimmer herauskommen. Sie machte sich daran, eine Fluchtmöglichkeit zu finden.

Der Freier ihrer Mutter, der sie zur Taschendiebin ausgebildet hatte, hatte sie auch gelehrt, die meisten handelsüblichen Schlösser zu knacken. Aber die Schließtechnik hatte sich weiterentwickelt, und Pinkie wollte von allem nur das Beste und Modernste haben. Als das Haus vor einigen Jahren renoviert worden war, hatte er ihr Schlafzimmer besonders sichern lassen – als Zufluchtsort für den Fall, dass es Eindringlingen gelang, alle übrigen Sicherungssysteme zu überwinden.

Draußen am Türrahmen befand sich ein Tastenfeld. Man

musste einen Zahlencode eingeben, um die Tür öffnen zu können. Von innen ließ sie sich mit einem Schlüssel aufsperren, aber obwohl Remy nicht nur das Schlafzimmer, sondern auch Pinkies Ankleidezimmer gründlich durchsuchte, war der Schlüssel nirgends zu finden. In ihrer Verzweiflung versuchte sie sogar, das Schloss mit einer Nagelschere, einer Nagelfeile oder einer Haarnadel zu öffnen, aber es war wie erwartet zu kompliziert, um sich von einer Amateurin mit so primitiven Mitteln öffnen zu lassen.

Als Nächstes wandte sie sich den Fenstern zu. Als sie die Vorhänge öffnete und die Innenjalousien hochzog, sah sie entmutigt, dass die äußeren Fensterläden geschlossen waren. Bisher waren sie erst einmal verriegelt worden. Damals hatte ein tropischer Wirbelsturm gedroht. Aber jetzt waren sie wieder fest geschlossen. Das Tageslicht drang kaum durch die schmalen Lamellen in den Raum.

Aber dieser Weg war ohnehin nicht gangbar. Selbst wenn es ihr gelungen wäre, die einfache Verriegelung der Fensterläden zu lösen, war das hochempfindliche Alarmsystem nicht zu überwinden. Sobald sie auch nur einen Fensterflügel öffnete, würde ein piepsender Warnton das Hauspersonal darauf aufmerksam machen, dass der Stromkreis unterbrochen war. Irgendjemand würde Pinkie diese Tatsache melden.

Da nun feststand, dass die Fenster nicht als Fluchtweg in Frage kamen, lief Remy vor dem Bett auf und ab und zerbrach sich den Kopf, wie sie sonst ins Freie gelangen konnte.

Durch die Luftöffnungen der Klimaanlage? Sie zog das Gitter von einer der Öffnungen ab. Zu klein.

Durch den Abzug des offenen Kamins aufs Dach hinauf? Wohl kaum.

Sie konnte auch nicht durch Wände gehen oder wie Rauch unter der Tür hindurchfließen.

Rauch!

Das Haus war nicht nur mit Alarmanlagen gesichert, sondern auch mit Rauch- und Feuermeldern ausgestattet, die mit einer privaten Überwachungszentrale und der hiesigen Feuerwehr in Direktverbindung standen. Sobald Feueralarm ausgelöst wurde, rückten Löschfahrzeuge aus. Dieses Signal konnte nicht widerrufen werden, und Fehlalarm war nicht vorgesehen. Die Löschfahrzeuge fuhren erst wieder weg, wenn alle Sensoren im Haus von einem Fachmann überprüft worden waren.

Einer der Rauchmelder war über der Tür zu ihrem Ankleideraum montiert. Remy zog die Schubladen des Nachttischs heraus, stellte die Lampe auf den Fußboden und zerrte das Möbelstück unter den Rauchmelder.

Sie zündete eine Duftkerze an, streifte ihre Schuhe ab und kletterte auf den Nachttisch. Mit hochgestrecktem Arm gelang es ihr, die Flamme bis auf wenige Zentimeter an den Rauchmelder heranzubringen.

»Das funktioniert nicht, Remy.«

Sie fuhr zusammen und ließ vor Schreck die Kerze fallen, die sofort ein Loch in den Teppichboden brannte. Pinkie war mit wenigen raschen Schritten neben ihr, trat die Kerze aus und sah dann tadelnd und amüsiert zu Remy auf.

»Du siehst ziemlich komisch aus, Remy, aber ich muss sagen, dass mir dein Einfallsreichtum imponiert. In der letzten halben Stunde hast du mehr Klugheit bewiesen als in all den Jahren, die ich dich nun schon kenne.«

Er wollte ihr ritterlich die Hand reichen, um ihr vom Nachttisch zu helfen. Als sie dieses Angebot verächtlich ignoriert und allein heruntergekletterte, schmunzelte er nur. »So elementare Dinge wie die Rauch- und Feuermelder habe ich natürlich nicht übersehen, meine Liebe, aber ich gebe zu, dass ich angenehm überrascht bin, dass du clever genug warst, darauf zu kommen.«

»Ich war immer viel klüger, als du mir zugetraut hast, Pinkie.«

»Du warst clever genug, mir deine Schwangerschaft und die Fehlgeburt zu verheimlichen, das gebe ich zu. Überrascht, Remy? Dr. Caruth war nur allzu gern bereit, mir alles über dich zu erzählen, als ich ihr ein paar ziemlich kompromittierende Schnappschüsse vorgelegt habe, die sie mit ihrer Geliebten zeigen. Die übrigens ihre Sprechstundenhilfe ist.

Obwohl ich tolerant bin, was die sexuellen Vorlieben anderer betrifft«, fuhr er mild fort, »glaube ich doch, dass ihre vornehmen Patientinnen, die so eifrig für Dr. Caruth werben, als wäre sie ihren männlichen Kollegen vorzuziehen, entsetzt wären, wenn sie von ihrem Privatleben erführen. Auch wenn sie dergleichen vielleicht vermuten, möchten sie ihre Vermutungen nicht bestätigt wissen, weil sie Dr. Caruth dann natürlich boykottieren müssten.

Wo waren wir stehengeblieben? Ah, richtig, bei deinem IQ. Eine Frau wie du braucht nicht intelligent zu sein, Remy. Ich möchte wetten, dass mir da sogar Basile zustimmen würde. Ich bezweifle ernstlich, dass er mit dir ein anregendes Gespräch geführt hat, bevor er dich gevögelt hat. Und er hat dich gevögelt, nicht wahr?«

»Er hat mich geliebt«, sagte sie trotzig. »Ich bin zum ersten Mal in meinem Leben von einem Mann geliebt worden.«

Er schlug ihr mit dem Handrücken ins Gesicht, wobei

der Backenknochen das meiste abfing. Die Wucht des Schlags und der jähe Schmerz ließen sie taumeln. Ihre Knie gaben nach. Sie ging zu Boden.

»Du bist eine Schlampe, Remy. Du warst nie was anderes und wirst nie was anderes sein, weil eine Schlampe dich geboren hat. Wahrscheinlich hast du deine Zeit mit Basile romantisch verklärt – das Leben in einer gemütlichen kleinen Hütte, zu zweit in der Wildnis allein. Aber gib dich keinen Illusionen hin. Basile ist ein Mann, und alle Männer erkennen sofort, was du bist. Er hat dich gevögelt, aber nur, um mich zu beleidigen. Also, wo ist er?«

»Das weiß ich nicht.«

Er trat sie in die Nieren. Sie wäre vor Schmerz fast ohnmächtig geworden, aber sie schaffte es irgendwie, bei Bewusstsein zu bleiben und die in Wellen auftretende Übelkeit abzuwehren.

»Wo ist er?«

»Er hat mich bei Dredd abgesetzt. Dann ist er allein weggefahren.«

»Mit dem Boot oder mit dem Auto?«

»Mit dem Boot.« Ihre Tränen waren echt, als sie sich an die letzten Augenblicke mit Basile erinnerte, in denen sie sich beide gewünscht hatten, es gäbe einen anderen Ausweg aus ihrem Dilemma. »Ich wollte mitfahren, aber ...«

Pinkies hämisches Lachen unterbrach sie. »Da siehst du's, Remy. Basile hat von dir bekommen, was er wollte, während du Ärmste mit gebrochenem Herzen zurückgeblieben bist.«

Sie sah trotzig zu ihm auf. »Du kannst mich nicht für immer hier einsperren, Pinkie. Irgendwann, irgendwie komme ich hier wieder raus.«

»Remy, wenn diese Nacht vorüber ist, wird es dir gleichgültig sein, ob du diesen Raum verlässt oder nicht. Dann ist dir völlig egal, was mit dir passiert.«

»Was hast du vor? Willst du mich weiter schlagen, bis ich lieber sterben möchte, als so weiterzuleben?« Sie hob stolz den Kopf. »Du kannst es versuchen, Pinkie. Aber du wirst dich wundern, wie widerstandsfähig ich geworden bin. Du hast nicht mehr die Macht, mich zu verletzen. Das weiß ich jetzt. Deine Beleidigungen prallen von mir ab. Ich bin gegen sie immun.«

»Deine Liebe hat dich stark gemacht?«, fragte er spöttisch.

»Genau.«

»Wirklich? Tapfere Worte, Remy. Aber warten wir doch ab, wie mutig du bist, wenn jemand, der dir am Herzen liegt, von jemandem besudelt wird, den du verabscheust.«

Ihrer Kehle entrang sich ein lautes Schluchzen. »Rühr sie nicht an!«

»Ah, du hast es also erraten. Unsere süße Flarra.« Er küsste seine Fingerspitzen. »So üppig herangereift, so begierig, das Leben kennenzulernen.«

Remys Hände umklammerten den Nachttisch. Sie zog sich daran hoch. Im nächsten Augenblick stürzte sie sich auf Pinkie und versuchte, ihm die Augen auszukratzen. Er wehrte sie mühelos ab und stieß sie aufs Bett zurück.

»Die Kleine strotzt vor Vitalität, nicht wahr?«, sagte er freundlich, als diskutierten sie über die Vorzüge eines Rennpferds. »Sie trägt ihre Sexualität wie ein Banner vor sich her. Man spürt sie förmlich um sie herum knistern. Flarra scheint mir noch begabter dafür, Männer zu befriedigen, als du, Remy. Wie erregend das für den Mann sein muss, der sie zum ersten Mal nimmt.«

Remy glitt nach vorn vom Bett. Sie rutschte auf den

Knien zu ihm hinüber, schlang ihre Arme um seine Oberschenkel und bat ihn heiser: »Bitte, Pinkie, tu ihr nichts! Ich flehe dich an. Ich mache alles, was du willst. Alles!«

Sie klammerte sich noch enger an ihn, zog sich an seiner Kleidung hoch und kam wieder auf die Beine. Dann bedrängte sie ihn mit Küssen und streichelte ihn unter dem Hosenstoff. »Mach mit mir, was du willst, aber tu ihr nichts!«

Er wich ihren Küssen aus und schob ihre Hände weg. »Schluss damit, Remy.«

»Bitte, Pinkie«, schluchzte sie. »Bitte, tu ihr nichts!«

»Ich habe nicht die Absicht, mein Liebling. Dachtest du etwa, ich wollte dich in meinem Bett durch Flarra ersetzen? Keineswegs.« Er streckte eine Hand aus und streichelte ihre Wange. »Ich habe sie verschenkt. An Bardo.«

Nachdem er gegangen war und die Tür wieder von außen abgesperrt hatte, stand Remy noch sekundenlang wie angenagelt da. Sie schien von Pinkies letztem verbalen Schlag noch leicht zu schwanken. *Bardo. Mit Flarra.*

Sie schlang die Arme um ihren Oberkörper und beugte sich nach vorn. Sie unterdrückte einen klagenden Laut, indem sie sich auf die Unterlippe biss. Dann flüsterte sie ein aufrichtiges Dankgebet, um dem Herrn dafür zu danken, dass er ihr eine letzte Chance gab, die Situation zu retten.

Dann öffnete sie langsam ihre rechte Hand und starrte den auf der Handfläche liegenden Schlüssel an, den sie Pinkie unbemerkt aus der Jackentasche gezogen hatte, während sie vorgegeben hatte, ihn um Barmherzigkeit anzuflehen.

40. Kapitel

»Das versteh ich nicht. Warum fahren wir nicht direkt zu Remy?«

Die Naivität der Kleinen törnte Bardo ebenso an wie seine Vorstellung von ihr ohne ihre Schuluniform. Die verführerische, süß duftende Flarra würde die Beste sein, die er seit langem gehabt hatte. Er musste sich beherrschen, um nicht aus Vorfreude auf kommende Genüsse mit den Lippen zu schmatzen.

»Im Haus geht's drunter und drüber«, erklärte Bardo ihr. »Es wird noch für die Party dekoriert. Dort wimmelt es überall von Arbeitern. Deshalb hat Ihre Schwester mich gebeten, Sie hierherzubringen, wo Sie sich ungestört und in Ruhe umziehen können.«

»Dass Remy das veranlasst haben soll, kommt mir merkwürdig vor, zumal wir uns über eine Woche lang nicht gesehen haben. Vielleicht sollte ich sie lieber anrufen.«

Bardo spürte ihr Misstrauen, während er sie auf dem überdachten Außengang des Motels zu dem Zimmer führte, das er sich vorher genommen hatte. Er hatte daran gedacht, sich in einem Luxushotel einzuquartieren, war aber wieder von dieser Idee abgekommen. Wozu Geld für Annehmlichkeiten wie Zimmerservice und parfümierte Seife ausgeben, wenn im Voraus feststand, wie dieser Nachmittag enden würde?

Außerdem hatte dieses Motel einen weiteren Vorteil: Falls Flarra Krach schlug, würde das hier, wo man sich ohne Weiteres mit dem Namen Mickymaus eintragen konnte, solange man im Voraus bar zahlte, am ehesten ignoriert werden.

Um ihre Befürchtungen wenigstens so lange zu zerstreuen, bis er sie im Zimmer hatte, seufzte er theatralisch. »Ich darf's Ihnen eigentlich nicht erzählen, aber Sie lassen mir ja keine andere Wahl.«

»Was erzählen?«

»Für Sie ist eine große Überraschung geplant. Etwas ganz Spezielles. Darum soll ich Sie vom Haus fernhalten, bis alles fertig ist.«

»Echt?«, quietschte sie und bedachte ihn mit ihrem Tausendwattlächeln. »Was kann das nur sein?«

»Ich weiß es, aber ich habe schwören müssen, nichts zu verraten!«

»Geben Sie mir einen kleinen Hinweis. Bitte, Mr. Bardo?«

»Ausgeschlossen. Der Boss und Mrs. Duvall würden mich skalpieren, wenn ich ihre Überraschung verraten würde. Ich habe Ihnen schon zu viel erzählt. Sie müssen mir versprechen, überrascht zu wirken.«

»Versprochen!«

Bardo schloss auf und führte sie ins Zimmer. Die Schachtel mit ihrem Kostüm hatte er unter den Arm geklemmt. Pinkie hatte auch diesmal an alles gedacht. Unterwegs hatte Flarra den Deckel der Schachtel abgenommen und einen Blick hineingeworfen, ohne jedoch die Innenverpackung aus Seidenpapier aufzureißen. Als er sie gefragt hatte, worauf sie noch warte, hatte sie ihm erklärt, sie wolle ihre Vorfreude noch eine Weile genießen.

Aber sie hatten das Zimmer kaum betreten, als Flarra

nach der Schachtel griff und sie aufs Bett legte. »Ich kann nicht länger warten!« Sie warf den Deckel beiseite und riss das pastellrosa Seidenpapier auf. Beim Anblick des sanft schimmernden, durchsichtigen Gewebes, das mit glitzerndem Strass und farbigen Steinen besetzt war, entrang sich ihr ein langgezogenes »Ahhhh!«. Wie ein kleines Mädchen, das vor dem Essen ein Tischgebet spricht, faltete sie die Hände unter dem Kinn.

»Beinahe zu schön, um es anzufassen. Was für ein Kostüm ist es?«

»Nehmen Sie's raus, dann sehen Sie es.«

Sie hob die beiden Kleidungsstücke so ehrfürchtig aus der Schachtel, als hielte sie Reliquien in den Händen, obwohl dieses Kostüm sicher nichts Heiliges an sich hatte. Der Büstenhalter bestand aus zwei strassbesetzten Schalen mit hautfarbenen dünnen Trägern. Das Unterteil war eine Haremshose, deren knapper Slip ebenfalls mit Strass besetzt war. Die durchsichtigen Beine der Pluderhose wurden an den Knöcheln von strassfunkelnden Bändern zusammengehalten. Vervollständigt wurde das Kostüm von einer runden Kappe mit angenähtem Halbschleier und Goldlederslippern mit Glöckchen an den Spitzen.

Ihre Reaktion war eine Mischung aus Staunen, Zweifel und Entzücken. »Wissen Sie bestimmt, dass das für mich ist? Vielleicht haben Sie die falsche Schachtel mitgenommen.«

»Gefällt's Ihnen nicht?«

»O doch! Sogar sehr. Es ist wundervoll«, sagte sie atemlos. »Nur ein bisschen knapp, fürchte ich.«

»Glauben Sie? Probieren Sie es doch gleich an! Wenn es Ihnen nicht gefällt, ist noch Zeit, sich ein anderes auszusuchen.« Er musterte sie kritisch und runzelte nachdrücklich die Stirn. »Hmm, vielleicht haben Sie recht. Für ein Mädchen in Ihrem Alter ist es vielleicht ein bisschen zu gewagt.«

Diese zweifelnde Bemerkung hatte sofort den erhofften Erfolg. Sie griff sich mit hochgereckter Nase das Kostüm, marschierte damit ins Bad, schloss die Tür energisch hinter sich und sperrte von innen ab. Bardo grinste nur. Frauen waren so verdammt berechenbar; war es da ein Wunder, dass Männer sich neue Möglichkeiten ausdenken mussten, sich mit ihnen zu amüsieren? Ob alt oder jung, schön, hässlich, dünn, dick, weiß, schwarz, gelb oder rot – welche Frau, die auf solche Weise herausgefordert wurde, hätte nicht das Bedürfnis, ihm das Gegenteil zu beweisen? Flarra konnte es jetzt kaum noch erwarten, ihm zu demonstrieren, wie erwachsen und raffiniert und aufgeklärt sie war.

Aber als sie volle zehn Minuten lang verschwunden blieb, wurde er allmählich ungeduldig. »Flarra? Brauchen Sie Hilfe? Ist alles in Ordnung?«

»Nein. Ich meine, nein, ich brauche keine Hilfe. Und ja, alles ist in Ordnung.«

»Sitzt es gut?«

»Hmm.«

»Schön, dann lassen Sie sich ansehen.«

Nach kurzem Zögern wurde die Badezimmertür geöffnet. Bardo sah Flarra erwartungsvoll entgegen, aber sogar ein Frauenkenner wie er war nicht auf diese zum Leben erwachte Männerphantasie gefasst, die nun mit klingenden Slippern über die Schwelle trat. Ihr Schleier, der Mund und Nase bedeckte, unterstrich nur die bezaubernde Sittsamkeit, mit der sie seinen Blick erwiderte. Ihre Brüste drohten aus den kleinen Schalen des Büstenhalters zu quellen.

»Meine Schwester hat bestimmt nicht gemerkt, wie

knapp es ist«, sagte sie, während sie sich verlegen mit der Hand über den nackten Bauch fuhr. Wären dort keine Pailletten angenäht gewesen, hätte er ihr Schamhaar sehen können. »Glauben Sie, dass es in Ordnung ist?«

»Aber klar.« Die Zunge schien ihm am Gaumen zu kleben. »Sie sehen großartig aus, finde ich.«

»Ehrlich?«

Er stand auf und trat auf sie zu. »Ehrlich. Sogar zum Anbeißen gut.«

Sein Lächeln wirkte anscheinend nicht sehr vertrauenswürdig, denn Flarra lachte nervös und wich einen Schritt zurück. »Danke.« Sie wandte sich ab. »Ich ziehe wieder meine Sachen an, glaube ich, bis es Zeit ist, mich für die Party umzuziehen.«

Bardo packte ihre Hand und zog sie zu sich herum. »Es ist bereits Zeit, Süße. *Dies* ist die Party.«

Er riss ihr die Kappe und den Schleier ab und presste seinen Mund auf ihre Lippen, die sich erschrocken geöffnet hatten. Dann steckte er seine Zunge in ihren Mund, während er einen Arm um ihre nackte Taille schlang, sie an sich zog und sein Becken an ihrem rieb. Flarra sträubte sich, was ihn nur noch mehr erregte. Sie schlug ihm sogar ins Gesicht, und das lieferte ihm einen sehr willkommenen Grund dafür, sie noch fester zu umklammern und mit ihr zu ringen, bis er ihr den rechten Arm auf den Rücken gedreht und zwischen ihren Schulterblättern hochgedrückt hatte.

»Was machen Sie da? Aufhören!«, rief sie erschrocken. »Das tut weh!«

Er senkte den Kopf und biss sie in eine aus dem BH quellende Brust. Sie kreischte.

»Halt's Maul!« Er hielt ihr Kinn zwischen Daumen und

Zeigefinger fest und drückte schmerzhaft zu. »Mach das noch mal, dann tu ich dir wirklich weh, verstanden?« Sie begann zu weinen, aber ihre Tränen steigerten seine Lust. Er hatte es gern, wenn sie vor Angst oder Schmerz weinten.

»Pinkie bringt Sie um, wenn Sie mir weh tun.«

Er lachte. »Na klar, das tut er bestimmt, Süße.«

»Was haben Sie mit mir vor?«

»Na, was glaubst du wohl?«, schnurrte er, ließ seine Hand zwischen ihre Schenkel gleiten und packte zu.

Das Schaudern, das ihren Körper durchlief, verriet ihren Abscheu. Für Bardo war es so gut wie ein ekstatisches Schaudern.

»Sie w-w-wissen, dass Sie mich haben«, stammelte sie. »Sie werden mich suchen.«

»Hast du es noch immer nicht kapiert, Süße? Dein Schwager hat diese kleine Party arrangiert.«

»Das ist gelogen! Pinkie würde niemals ...«

»Er hat's aber getan. Du kannst dich bei ihm für all den Spaß bedanken, den wir miteinander haben werden.«

»Meine Schwester ...«

»Hat genügend eigene Probleme. Sie macht sich jetzt keine Sorgen um dich.«

Sie schien endlich zu begreifen, wie verzweifelt ihre Lage war, und weinte noch heftiger. Bardo leckte ihr die Tränen vom Gesicht. »Schön locker bleiben, Süße. Wenn du alles tust, was ich dir sage, wirst du vielleicht 'ne gute Hure wie deine Mama. Na klar, ich weiß alles über Angel. Du bist dazu geboren. Aus dir kann noch mal 'ne Klassehure werden.«

»Bitte nicht«, schluchzte sie und versuchte, sich aus seinem Griff zu befreien.

Er zog ein Springmesser aus der Hosentasche. Die Klinge schnappte mit bedrohlichem Klicken auf, das sie erneut kreischen ließ. Er drückte die Spitze der Klinge an ihre Unterlippe.

»Wenn du sie benutzt, verlierst du sie. Kapiert? Noch so ein Schrei, dann schneid ich sie dir ab. Und das wäre bestimmt schade, weil ich schon ein paar Ideen habe, was du mit deinem süßen Mäulchen tun wirst.«

Er schob die Klinge unter einen der Träger ihres Büstenhalters und schnitt ihn durch. Als die Schale ihren Halt verlor, kippte sie nach vorn, sodass die Brust sichtbar wurde. Flarra wimmerte, und ihre Unterlippe zitterte unkontrollierbar, aber sie kreischte nicht wieder. Er zerschnitt den zweiten Träger auf die gleiche brutale Weise. »Ah, was haben wir da?«, gurrte er. Diesmal drückte er die Klinge an ihre Brustspitze. Als er sie leicht antippte, richtete sie sich auf.

»Pfui, pfui!«, spottete er grinsend. »Ein nettes katholisches Schulmädchen wie du. Was würde Schwester Wie-heißt-sie-gleich-wieder dazu sagen?«

Die Tür hinter Bardo flog auf. »Legen Sie das Messer weg und lassen Sie das!«

Burke Basile stand geduckt auf der Schwelle und umklammerte mit beiden Händen seine Pistole. Die nächste Hundertstelsekunde nahm er nur verschwommen wahr. In seinen Ohren gellte der Schrei des Mädchens. Er schoss auf Bardo, aber der Dreckskerl hatte Glück und machte instinktiv eine Ausweichbewegung. Das Geschoss verfehlte seinen Kopf und riss ein großes Loch in die hässliche geblümte Tapete hinter ihm. Burke drückte nicht wieder ab, weil er Angst hatte, das Mädchen zu treffen. Stattdessen rief er: »Sie sind verhaftet, Bardo!«

»Und Sie sind echt komisch, Basile«, schrie Bardo ebenso laut, während er sein Messer warf.

»Ha-ha-ha, Arschloch«, sagte der Scharfschütze, der hinter Basile auftauchte.

Bardo hatte noch einen Augenblick Zeit, ihn bestürzt anzustarren, bevor ein Geschoss dicht über seiner Nasenwurzel ein sauberes Loch in seine Stirn stanzte. Er brach lautlos zusammen. Sein Springmesser, das Basile nur um Haaresbreite verfehlt hatte, steckte noch vibrierend im Türrahmen.

Die Männer des Einsatzkommandos strömten um Basile herum, als sie in den Raum stürmten. Basile lief sofort zu dem Mädchen hinüber, das die blutige Masse, die noch vor wenigen Sekunden Bardos Kopf gewesen war, entsetzt anstarrte. Er zog seine Jacke aus und hängte sie ihr um die Schultern. »Alles in Ordnung?« Sie betrachtete ihn ebenso benommen wie zuvor die Leiche. Er musste seine Frage wiederholen, bevor sie unsicher nickte.

Einer der Polizeibeamten trat auf ihn zu. »Alles Weitere übernehmen wir, Basile.«

Basile schüttelte ihm die Hand. »Danke. Ihre Männer haben hervorragende Arbeit geleistet – von der Überwachung bis zu dieser Sache hier«, sagte er mit einem Blick auf den Toten.

Der andere legte grüßend die rechte Hand an sein Barett.

Basile nahm das Mädchen bei der Hand und zog es mit sich aus dem Zimmer und den überdachten Außengang entlang. Als sie den Parkplatz erreichten, der sich mit Dienstwagen zu füllen begann, schob er sie auf den Beifahrersitz eines neutralen Wagens, trabte vorn um die Motorhaube herum und setzte sich ans Steuer. Die Reifen quietschten, als er an einem vorfahrenden Krankenwagen vorbeiraste.

Sie waren noch keinen Straßenblock weit gefahren, als das Mädchen zu schimpfen begann. »Verdammt noch mal! Warum haben Sie so beschissen lange gebraucht? Dieser Dreckskerl war ja echt unheimlich! Und was fällt ihm ein, mir zu erzählen, ich könnte noch mal 'ne Klassehure werden?«

Damit hob Isobel, Ruby Bouchereaux' talentiertestes Mädchen, verärgert die Hand und riss sich ihre schwarze Lockenperücke vom Kopf.

41. Kapitel

Isobel sah nicht nur viel jünger aus, als sie wirklich war, sie war auch intelligent und abenteuerlustig. Ihre Spezialität in Rubys Etablissement waren Rollenspiele mit Kunden, die sich so etwas leisten konnten. Die Kombination dieser Eigenschaften hatte sie zur Idealbesetzung für die Rolle der Flarra Lambeth in Burke Basiles Inszenierung gemacht.

Natürlich sollte sie für ihre Zeit und Mühe ein sehr großzügiges Honorar erhalten. Nachdem Basile ihr einen beachtlichen Scheck überreicht hatte, trennten die Prostituierte und er sich vor der Tür von Rubys Büro. Burke hatte es eilig, aber es wäre sehr unhöflich gewesen, die Einladung der Bordellbesitzerin zu einem Drink abzulehnen, nachdem sie maßgeblich dazu beigetragen hatte, Bardo zu erledigen.

»So, hat alles nach Plan geklappt?«, fragte Ruby, während sie Burke ein Glas Whiskey reichte.

»Tadellos.« Er kippte seinen Drink. »Ich habe von Schwester Beatrices Vorzimmer aus mitgehört. Wenn ich es nicht besser gewusst hätte, hätte ich auch geglaubt, Isobel sei ein unschuldiges Schulmädchen.«

»Das war sie auch mal – aber das liegt schon lange zurück«, sagte Ruby leise lachend. »Jedenfalls freue ich mich, dass die List Erfolg hatte. Sie kennen Ihre Feinde gut, Mr. Basile.«

Er beobachtete, wie der Whiskey aus der Karaffe in das

bereitstehende Glas floss, als sie ihm nachschenkte. »Remy war der Überzeugung, dass Pinkie versuchen würde, Flarra etwas anzutun, um sich dadurch an ihr zu rächen. Und sie hat recht gehabt, obwohl wir uns nicht ausschließlich auf ihren Instinkt verlassen haben. Bardo ist bereits überwacht worden. Das Gespräch, das er heute Morgen mit Duvall geführt hat, wurde abgehört, daher haben wir gewusst, dass er Flarra abholen würde und was er mit ihr vorhatte.«

»Der Mann hatte den Tod verdient.«

»Ganz Ihrer Meinung«, sagte Burke grimmig. »Isobel und ich sind keine halbe Stunde vor ihm in der Blessed Heart Academy eingetroffen. Als Bardo mit ihr weggefahren ist, sind wir mit dem Einsatzwagen hinter ihm her zum Motel gefahren. Alles hat wie vorgesehen geklappt, auch wenn Isobel mir danach Vorwürfe gemacht hat, weil wir nicht früher eingegriffen haben.«

»Wo ist Flarra jetzt?«

»Sie steht unter Polizeischutz. Unter *zuverlässigem* Polizeischutz.«

»Und Bardo ist tot?«

»Eindeutig«, sagte Burke ruhig, bevor er auch den zweiten Drink kippte.

»Nur schade, dass Sie mir kein Ohr oder irgendein anderes Anhängsel mitgebracht haben. Ich hätte gern ein Andenken gehabt.« Die Bordellbesitzerin prostete ihm zu und leerte dann ihr Glas.

»Danke, dass Sie uns Isobel geliehen haben«, fuhr er fort. »Jetzt stehe ich wieder in Ihrer Schuld.«

»Unsinn! Seit Bardos Tod sind wir quitt. Außerdem bin ich Ihnen noch einen Gefallen schuldig. Sie haben mir Dixie geschickt, die sich bestimmt als Bereicherung des Hauses erweisen wird.«

Er lächelte zufrieden. »Ich habe mir gedacht, dass Sie sich mit ihr verstehen würden, aber mir tut's leid, dass sie gewartet hat, bis Bardo sie verprügelt hat, bevor sie zu Ihnen gekommen ist.«

»Sie hat sich recht gut erholt.« Ruby bot ihm einen weiteren Drink an, aber er schüttelte den Kopf. »Sie haben sich meine Dankbarkeit verdient, Mr. Basile – und die Gastfreundschaft des Hauses, wann immer Sie wollen.«

»Danke, aber ich bezweifle, dass ich dieses Angebot jemals annehmen werde.«

Die Bordellbesitzerin lächelte wissend. »Sie und Mrs. Duvall?«

»Remy«, verbesserte er sie.

In seinem ganzen Leben war ihm nichts so schwergefallen, wie Remy an diesem Morgen zu verlassen. Sie hatten bis tief in die Nacht hinein diskutiert, sich in den Armen gehalten, sich geliebt und versucht, einen Ausweg aus ihrer scheinbar aussichtslosen Situation zu finden.

Gegen Morgen hatte sich die betrübliche Erkenntnis durchgesetzt, dass Remy vorläufig zu Duvall zurückkehren musste. Ihr machte dieses Vorhaben weniger Schwierigkeiten als Burke, der sich geschworen hatte, sie werde Duvalls Haus nie wieder betreten. »Ich lasse dich nicht zu ihm zurückgehen. Nicht für einen Nachmittag. Nicht mal für eine Stunde.«

Aber noch während er das sagte, wusste er, dass ihnen keine andere Möglichkeit blieb.

»Mir graut davor, aber ich komme schon damit zurecht«, hatte sie erklärt. »Vor einer Woche hätte ich das vielleicht nicht gekonnt oder nicht gewollt. Aber jetzt kann und will ich dazu beitragen, meine Freiheit zurückzugewinnen. Du sorgst vor allem dafür, dass Flarra nichts passiert, und pass bitte, bitte gut auf dich auf.«

Sie hatten den Abschied immer weiter hinausgezögert, bis Dredd sich eingemischt und sie gewarnt hatte. Basiles Zeitplan müsse eingehalten werden und ihr Vorhaben werde garantiert fehlschlagen, wenn sie sich jetzt nicht beeilten. Also hatte Basile sie in Dredds Obhut zurückgelassen, bis Patout sie abholen kam.

Burke hielt Staatsanwalt Littrell für einen grundsätzlich ehrlichen Mann, der ohne große Erfolgsaussichten darum kämpfte, das New Orleans Police Department daran zu hindern, seinem landesweiten Ruf, eine der korruptesten Polizeibehörden Amerikas zu sein, weiterhin alle Ehre zu machen.

Littrell hatte eine viel schlechtere Meinung von Lieutenant Burke Basile, denn sie war durch schlechte Publicity, Gerüchte und bösartige Unterstellungen beeinflusst. Als Basile unangemeldet in sein Büro stürmte, war der Staatsanwalt zunächst verblüfft und drohte, ihn aus dem Dienstgebäude weisen zu lassen.

Aber was Burke hervorsprudelte, weckte sehr bald Littrells Aufmerksamkeit. Er hörte sich mit wachsender Empörung alles an, was Burke zu berichten hatte. Mit der Politikern eigenen Vorsicht versprach er jedoch nur, sich mit der Sache zu befassen und dann wieder mit ihm Kontakt aufzunehmen.

Daraufhin hatte Burke nach dem Telefon auf seinem Schreibtisch gegriffen und es hochgehalten wie ein Evangelist die Heilige Schrift. »Sie rufen jetzt sofort den Justizminister an – sonst telefoniere ich selbst mit ihm. Ob Sie es nun tun oder ich, ist mir egal. Dies ist nur ein Höflichkeitsbesuch, Mr. Littrell. Ich will Ihnen eine Chance geben, öffentlich zu demonstrieren, auf welcher Seite Sie in diesem Korruptionsfall stehen.«

Littrell hatte den Justizminister angerufen. Mit Einverständnis des Ministers waren alle nötigen Vorbereitungen in schwindelerregendem Tempo getroffen worden. Rasches Zupacken, gute Koordination und Glück hatten bewirkt, dass Bardo jetzt tot war.

Burke stand auf und schüttelte Ruby Bouchereaux die Hand. »Danke für die Drinks. Entschuldigen Sie, dass ich wegrenne, aber ich hoffe, bei Duvalls Verhaftung dabei sein zu können.«

»Heute Abend? Oh, ich bezweifle sehr, dass er heute Abend verhaftet wird, Mr. Basile.«

»Warum?«

»Heute ist Mardi Gras.«

»Und?«

»Und von Duvall hört man nur, dass er heute Abend ein großes Kostümfest gibt. Tatsächlich kommen einige der Gentlemen, die uns heute besuchen, eben aus Pinkies Haus, wo die Party schon auf Hochtouren läuft. Ihren Erzählungen nach muss es ein rauschendes Fest sein.«

Burke starrte sie an, während er langsam die erschreckende Konsequenz dieser Entwicklung begriff. Er kontrollierte seinen Pieper. Das Gerät war eingeschaltet; der Ladezustand des Akkus war gut. Aber Remy hatte ihn offenbar nicht angerufen, was nur bedeuten konnte, dass irgendetwas fürchterlich schiefgegangen war.

Er bat Ruby, das Telefon auf ihrem Schreibtisch benutzen zu dürfen. »Basile«, sagte er knapp, als sich am anderen Ende jemand meldete. »Haben wir Duvall schon?«

Er wurde mit drei verschiedenen Leuten verbunden, bis eine tapfere Seele ihm endlich die erschütternde Mitteilung machte. »Einen Prominenten wie Duvall zu verhaften ist eine schwierige Sache – erst recht, wenn alles strikt geheim bleiben soll. Da müssen erst alle möglichen bürokratischen Hindernisse beseitigt werden. Wir wollen exakt nach Vorschrift arbeiten, damit uns später keine Verfahrensfehler vorgeworfen werden können. Das kann Tage dauern...«

»Tage!«, brüllte Burke los. »Verdammt, Sie sind wohl übergeschnappt?«

»Wir tun unser Bestes, Mr. Basile. Es ist zwecklos, am Telefon Leute zu beschimpfen, die...«

»Hier stehen Menschenleben auf dem Spiel, Idiot!«

»Vielleicht schaffen wir's heute Abend noch, aber...«

»Sie bleiben dran, verstanden? Sie sorgen dafür, dass der Haftbefehl ausgestellt und Duvall noch heute verhaftet wird, sonst hetze ich Littrell und den Justizminister auf Sie, bevor ich selbst in Ihr Büro komme und Sie fertigmache.«

Burke knallte den Hörer auf die Gabel. »Ich muss dringend hin.« *Tage.* Remy konnte nicht noch tagelang bei Duvall bleiben, während die Bürokraten ihren Aktenkram erledigten. Wenn Duvall von Bardos Tod erfuhr, würde bei ihm sofort Alarmstufe Rot herrschen. Er glaubte bisher, Bardo habe sich mit Flarra in einem Motel einquartiert, um sie in seinem Auftrag zu entjungfern. Sowie er etwas anderes hörte, würde er die Puzzlesteine zusammensetzen und sehr schnell auf Remy kommen.

»Mr. Basile«, sagte die Bordellbesitzerin und hielt Burke am Ärmel fest, als er an ihr vorbeistürmen wollte, »in dieser Aufmachung würden Sie auf Pinkie Duvalls Party auffallen. Sollen wir Ihnen nicht ein Kostüm leihen?«

Obwohl Burke keine Sekunde Zeit verlieren durfte, sah er ein, dass es ratsam war, hier zu warten, bis Ruby ein Kostüm für ihn gefunden hatte. Er marschierte in ihrem

Büro auf und ab, verwünschte das System, das ihn wieder einmal im Stich ließ, und war ihm gleichzeitig dankbar.

Diese Verzögerung gab ihm Gelegenheit, etwas Besseres zu tun, als Duvall verhaften zu lassen. Sie gab ihm die Chance, den Dreckskerl umzulegen.

Remys Nierenschmerzen waren zu einem dumpfen Ziehen abgeklungen. Auf ihrem Backenknochen zeigte sich ein blauer Fleck, aber die Schwellung war minimal. Das Ziehen und die Schmerzen konnte sie aushalten. Unerträglich war ihr nur der Gedanke, Bardo könnte ihre Schwester missbrauchen.

Burke hatte versprochen, noch bevor er Pinkie verhaftete, für Flarras Sicherheit zu sorgen. Dieses Versprechen würde er wenn irgend möglich halten. Aber was wäre, wenn seine heroischen Bemühungen fehlgeschlagen waren? Sie selbst hatte versagt. Pinkie hatte ihr falsches Spiel sofort durchschaut. Vielleicht war Burke nicht erfolgreicher gewesen als sie. Vielleicht war es ihm nicht gelungen, Staatsanwalt und Justizminister dazu zu bewegen, rasch zu handeln.

Da sie nichts anderes erfahren hatte, musste sie annehmen, sein Rettungsversuch sei fehlgeschlagen. Das bedeutete wiederum, dass die Verantwortung für Flarras Rettung weiter auf ihren Schultern lag. Ein Telefon. Mehr brauchte sie nicht. Die erste Aufgabe, einen Weg aus dem Schlafzimmer zu finden, hatte sie erfolgreich gelöst – sie hatte jetzt einen Schlüssel. Der nächste Schritt bestand darin, ein Telefon aufzutreiben.

Sobald sie das Gefühl hatte, einen Versuch wagen zu können, probierte sie den Schlüssel aus. Er sperrte das Schloss fast geräuschlos auf. Sie wartete ab, während ihr

Herzschlag in ihren Ohren dröhnte, aber als nichts geschah, öffnete sie langsam die Tür.

Auf dem Gang war niemand. Sie sah sofort zu dem Tischchen oben an der Treppe hinüber, auf dem sonst immer ein Telefon stand, aber ihr Mann hatte natürlich auch dieses Detail nicht übersehen.

Sie schlich den Flur entlang in Richtung Treppe. Aber bevor sie die oberste Stufe erreichte, überlegte sie, was sie tun sollte, falls sie jemandem vom Personal begegnete. Diese Leute waren nicht ihr, sondern Pinkie treu ergeben, denn alle waren ehemalige Mandanten, die er vor hohen Gefängnisstrafen, vielleicht sogar vor der Todeszelle gerettet hatte. Keiner von ihnen würde ihr einen Gefallen tun, ohne erst Pinkies Zustimmung einzuholen.

Errol? Was wäre, wenn sie ihren Leibwächter traf? Ließ er sich dazu überreden oder durch einen Trick dazu bringen, ihr zu helfen? Errol war nicht besonders helle. Vielleicht ließ er sich dazu beschwatzen, sie heimlich aus dem Haus zu bringen. Sie hatte nicht vergessen, was Lute Duskie zugestoßen war, dem Leibwächter, der ihre Flucht nach Galveston nicht verhindert hatte. Die Vorstellung, Errol reinlegen zu müssen, gefiel ihr nicht sonderlich, aber sie würde tun, was notwendig war, und später versuchen, ihn zu schützen.

Sie nahm ihren ganzen Mut zusammen und trat auf die oberste Treppenstufe.

Weiter kam sie jedoch nicht. Am Fuß der Treppe hielt ein Mann Wache, der aber nicht Errol war.

Remy zog sich geräuschlos zurück, bevor er sie bemerkte. Wo war Errol? Warum war er durch diesen Mann ersetzt worden? Und dann wurde ihr klar, warum. Errol hatte nicht verhindern können, dass sie entführt wurde. Hatte er diesen Fehler mit seinem Leben bezahlt?

Aber sein Schicksal war im Moment irrelevant. Konnte sie den neuen Mann dazu überreden, ihr zu helfen, oder war er Pinkie treu ergeben? Vermutlich Letzteres. Er war noch neu. Er würde eifrig bemüht sein, dem Boss zu imponieren.

Ihr einziger Vorteil war, dass niemand wusste, dass sie das Schlafzimmer verlassen konnte. Aber wie lange würde sie diesen Vorteil noch genießen können? Wann würde Pinkie entdecken, dass der Schlüssel aus seiner Jackentasche fehlte? Bevor er das tat, musste sie einen neuen Plan ausarbeiten. Sie versuchte, sich von diesem Rückschlag nicht entmutigen zu lassen, ging auf Zehenspitzen ins Schlafzimmer zurück und sperrte sich ein.

Wie lange hatte Burke gebraucht, um die Gewalten zu entfesseln, die Pinkies Drogenimperium zertrümmern würden, wie er behauptet hatte? Wann würde er verhaftet werden? Und was geschah unterdessen mit Flarra?

Wenn sie nur gewusst hätte, dass Flarra in Sicherheit war – aber sie wusste es nicht. Deshalb machte sie sich weiter Sorgen, bis sie draußen auf dem Flur Schritte hörte. Remy legte sich rasch aufs Bett und zog die Knie an. Sie starrte blicklos ins Leere, als hätte sie alle Hoffnung aufgegeben.

Pinkie kam hereingestürmt und blieb ruckartig stehen, als er sie so lethargisch daliegen sah. Vermisste er den Schlüssel bereits? Hatte er erwartet, sie nicht mehr hier vorzufinden? Offenbar, denn als er sie sah, glätteten sich die Sorgenfalten auf seiner Stirn, und er lächelte.

Er trat ans Bett und blickte auf sie herab. »Rate mal, wer mich heute Nachmittag angerufen hat.« Remy gab keine Antwort; sie zeigte nicht einmal, dass sie ihn gehört hatte. »Schwester Beatrice«, fuhr er unverändert freundlich fort. »Sie hat aus dem Internat angerufen, als Bardo Flarra abholen wollte, um sie angeblich zu unserer Party zu begleiten. Inzwischen hat er deine geliebte kleine Schwester längst in die Freuden des Fleisches eingeweiht. Und bis morgen früh – wer weiß? Manchmal geht Bardos Leidenschaft mit ihm durch.«

Remy zog ihre Knie noch höher und vergrub ihr Gesicht im Kissen. Pinkie verschwand leise lachend in seinem Ankleideraum und sperrte die Tür hinter sich ab. Zwanzig Minuten später kam er wieder heraus als Heinrich VIII.

»Du scheinst nicht gerade in Festlaune zu sein, Remy. Ich werde dich bei unseren Gästen entschuldigen.«

Er blieb auf der Schwelle stehen. »Ach, was ich noch sagen wollte. Es ist nur eine Frage der Zeit, bis wir deinen Liebhaber aufspüren, aber ich habe strikt angeordnet, sein Leben zu schonen, bis er vor deinen Augen umgebracht werden kann. Und auch das erst, nachdem er hat mit ansehen müssen, wie du vor allen Polizeibeamten gefickt wirst, und ich kann dir versichern, dass es nicht wenige sind. Das wird bestimmt ein toller Abend.«

Pinkie war offenbar geistesgestört. Er hatte jeglichen Bezug zur Realität verloren und schien sich für unverletzlich und unbesiegbar zu halten – der übliche Niedergang von Egozentrikern, von Männern, die sich an ihrer eigenen Macht berauschen, bis sie paradoxerweise von ihr verzehrt werden.

Remy wies ihn jedoch nicht darauf hin, widersprach seinen verrückten Wahnvorstellungen nicht und warnte ihn auch nicht vor dem bevorstehenden Zusammenbruch seiner Welt. Stattdessen blieb sie von seinen grausigen Racheplänen scheinbar unbeeindruckt.

Aber sobald sie hörte, wie das Türschloss hinter ihm zuschnappte, sprang sie vom Bett auf. Ohne es zu wollen, hatte Pinkie sie auf eine neue Idee gebracht.

Bozo der Clown schlängelte sich durch die kostümierte Gästeschar.

Er lehnte dankend das Glas Champagner ab, das ihm ein maskierter Ober anbot, dessen Kostüm aus Cowboyhut, Leggings und Stiefeln bestand. Auf einer nackten Gesäßbacke hatte der Cowboy ein rotes Herz eintätowiert.

Als Gastgeber war Pinkie Duvall unschlagbar. Mit den Speisen und Getränken hätte man ein Kreuzfahrtschiff für eine lange Reise ausrüsten können. Die geschmackvoll dekorierten Räume seiner Villa wimmelten von Feiernden und hallten von Musik und Lachen wider. Maskierte Männer und Frauen tanzten mit bacchantischer Ausgelassenheit, während die Uhr auf Mitternacht und das Ende des Mardi Gras zutickte.

Als Bozo ihn erspähte, flirtete König Heinrich VIII. heftig mit einer Seejungfrau, die ein offenherziges Oberteil aus Goldpailletten trug. Er bewegte sich in ihre Richtung und erreichte die beiden, als der König eben sagte: »Wackle mal mit dem Schwanz für mich.«

Die Seejungfrau schlug ihm mit ihrem juwelenbesetzten Zepter spielerisch auf seine tastende Hand und wallte davon.

»Tolle Party, Euer Majestät«, sagte Bozo der Clown.

»Danke«, murmelte Duvall geistesabwesend, während er weiter der Seejungfrau nachsah.

»Wie ich höre, sind Sie auf der Suche nach Burke Basile.«

Jetzt starrte der König plötzlich den Clown an. Er versuchte, das Gesicht unter der dicken Schminke zu erkennen. »Verdammt«, zischte er. »Was …«

»Nicht hier – außer Sie wollen eine Szene vor allen Ihren Freunden.«

Duvall, dessen Gesicht unter seinem federgeschmückten Samtbarett rot angelaufen war, nickte wortlos und bedeutete dem Clown, ihm zu folgen. Sie gingen in Duvalls Arbeitszimmer. Bozo schloss die Tür.

»Okay, wo ist er?«, fragte Duvall und trat auf seinen Schreibtisch zu.

Der erste Schuss aus Bozos Pistole traf Duvall knapp oberhalb der Niere in den Rücken. Der Rechtsanwalt taumelte. Ein zweiter Schuss traf ihn genau zwischen den Schulterblättern. Er fiel nach vorn über seinen Schreibtisch.

Douglas Patout zog sich rasch einen Plastikhandschuh über den weißen Baumwollhandschuh, der zu seinem Kostüm gehörte. Mit seinen übergroßen roten Clownschuhen stapfte er zu Pinkie hinüber, der mit ausgestreckten Armen auf der Schreibtischplatte lag. Sein zur Seite gedrehter Kopf ließ eine Gesichtshälfte sehen, in der sein offenes Auge noch die Überraschung zeigte, die er empfunden haben musste, als er so überraschend und schmählich gestorben war ... wie ein Tölpel von hinten erschossen.

Patout zog die mittlere Schreibtischschublade auf. In einer Kunststoffschale lag neben Büroklammern, einigen Kugelschreibern und einem Briefmarkenheftchen ein geladener 38er Revolver mit kurzem Lauf. »Eine zweitklassige Waffe für 'nen zweitklassigen Kerl«, flüsterte Patout dem Toten ins Ohr.

Er nahm den Revolver aus der Schublade, legte ihn in Duvalls rechte Hand und schloss die Finger des Toten um den Revolvergriff, als hätte er eben abdrücken wollen.

Patout trat einen Schritt zurück und musterte den Tatort. Was hatte er übersehen? Was konnte den Verdacht auf ihn lenken? Duvall hatte Heerscharen von Feinden, von denen irgendeiner verkleidet zu seiner Party gekommen sein konnte. Er hatte Duvall in sein Arbeitszimmer gelockt, und als ihr Streit eskaliert war, hatte Duvall nach seinem Revolver gegriffen. Aber besagter Feind war ihm zuvorgekommen.

Seit er diesen Raum betreten hatte, waren nicht mehr als fünfzehn Sekunden vergangen. Trotz des Schalldämpfers waren die Schüsse nicht ganz leise gewesen, aber im allgemeinen Partylärm hatte sie bestimmt niemand gehört. Patout vertraute darauf, dass kein Mensch sich daran erinnern würde, mit welchem maskierten Gast Duvall zuletzt gesehen worden war. Und auch wenn sich jemand an Bozo den Clown erinnerte, würde der Mann, der dieses Kostüm getragen hatte, nie identifiziert werden.

Als er endlich sicher war, kein belastendes Detail übersehen zu haben, zog er den Plastikhandschuh aus, stopfte ihn in seine Tasche und ging zur Tür.

Und dann blieb er stehen, weil er merkte, dass er *doch* etwas übersehen hatte: Duvall hatte kein bisschen geblutet.

Bozo der Clown fuhr in einem Wirbel aus weißgepunktetem Taft herum, als Duvall eben den Revolver hob und abdrückte.

Das Hohlmantelgeschoss zerfetzte Patouts Eingeweide. Er hielt sich mit beiden Händen den Unterleib und brach zusammen.

»Ich empfehle dringend eine Kevlarweste«, sagte Duvall, während er mit seinen schwarzen Samtslippern um die Blutlache herumging, die sich unter Patout zu bilden begann. »Man weiß nie, wann irgendein feiger Verräter einen von hinten erschießen will.« Er zielte mit seinem Revolver auf Patouts Kopf.

»Mr. Duvall!« Jemand hämmerte gegen die Tür und riss sie dann auf. »Sie ist weg, Mr. Duvall!«

»*Was?*«

»Ich hab gerade im Zimmer nachgesehen, wie Sie's mir befohlen haben. Die Tür war abgesperrt, aber sie ist nicht mehr da.«

»Hast du auf dem Balkon nachgesehen?«

»Dort ist sie auch nicht, Sir. Die Fenstertür ist verriegelt.«

»Das ist unmöglich!«

»Tut mir leid, Sir, aber ich…«

»Aus dem Weg!« Duvall stieß seinen Mann beiseite. »Du erledigst hier den Rest.«

Heinrich VIII. stürmte mit wehendem Cape hinaus, um seine Frau zu suchen.

Douglas Patout blickte ins Gesicht eines Mannes, den er noch nie gesehen hatte, und er wusste, dass dies das letzte Gesicht war, das er sehen würde.

42. Kapitel

Burke, der als der Pirat Jean Lafitte verkleidet war, blieb seitlich des Hauses im Schatten, bis er den parkartigen Garten erreichte. Er sah zu dem Pavillon hinüber, in dem er Remy zum ersten Mal gesehen hatte. Ein Paar, das unter der weinumrankten Kuppel schmuste, nahm ihn nicht wahr, als er über den Zaun kletterte. Als er ins Haus ging, nahm er ein halbleeres Glas mit, das ein geladener Gast vergessen hatte, und schlenderte hinein, als wäre er nur kurz im Freien gewesen, um ein bisschen Luft zu schnappen.

In den festlich geschmückten Räumen im Erdgeschoss wimmelte es von Gästen, die alle kostümiert und maskiert waren. Burke hielt einen Ober auf – seiner Figur nach ein Bodybuilder, der regelmäßig Steroide einwarf –, der als Sumo-Ringer kostümiert war. Er musste laut schreien, um sich im Partytrubel verständlich zu machen. »Mr. Duvall sucht seine Frau. Haben Sie sie irgendwo gesehen?«

»Ich glaube nicht, dass sie schon runtergekommen ist.«

Hinter seiner schwarzen Halbmaske verdrehte Burke die Augen. »Der Boss ist bestimmt sauer, wenn sie ihren Arsch nicht die Treppe runterbringt, bevor diese verdammte Chose zu Ende ist. Danke.«

Er klopfte dem Bodybuilder auf die muskulöse Schulter und arbeitete sich dann mit den Ellbogen durchs Gedränge. Während er sich den Grundriss der Villa, den er von seinem vorigen Besuch kannte, ins Gedächtnis rief und auf Pinkie Duvall oder seine Leibwächter achtete, bewegte er sich Richtung Haupttreppe, wo ebenfalls dichter Verkehr herrschte. Burke hatte erwartet, der erste Stock werde menschenleer sein, aber er sah auf dem Korridor Gäste vor der Toilette anstehen.

Burke gab sich als einer dieser Wartenden aus, schlenderte den Flur entlang, betrachtete nonchalant die Bilder an den Wänden und bewunderte die antiken Möbel, bis er die Tür zum Schlafzimmer der Duvalls erreichte. Jener Tag, an dem er sich als Priester ausgegeben und in diesem Zimmer eine Wanze versteckt hatte, schien eine Ewigkeit zurückzuliegen. Das war gewesen, bevor er Remy wirklich gekannt hatte. Bevor er sie anders als nur verächtlich beurteilt hatte. Bevor er sie lieben gelernt hatte.

Die Tür stand einen Spaltweit offen. Burke stieß sie auf, warf einen Blick ins Zimmer und stellte fest, dass es leer war.

»Verdammt!«

»Irgendwas nicht in Ordnung?«

Er drehte sich um. Little Bo Peep sah lächelnd zu ihm auf. Rotblonde Locken umrahmten reizvoll ein Gesicht, dessen sinnlich-schwüler Ausdruck jedoch besser zu dem vollen Busen passte, der ihr tief ausgeschnittenes Oberteil zu sprengen drohte. »Äh, ja. Ich sollte Mrs. Duvall runterbegleiten. Aber sie ist anscheinend nicht hier.«

»Wie traurig«, sagte sie schmollend. »Du hast sie verloren, und ich habe mein Schaf verloren.« Dann streckte sie eine Hand aus und streichelte den Knauf des Degens, den Burke an der linken Hüfte trug. »Hübsches Schwert.«

»Danke. Hast du sie gesehen?«

»Es ist so lang und steif.«

»Hast du sie gesehen?«, wiederholte er, indem er jedes Wort einzeln betonte.

Sie nahm ihre Hand weg. »Gott, du bist vielleicht amüsant.«

»Ein andermal. Im Augenblick hängt mein Job davon ab, dass ich Mrs. Duvall finde.«

»Okay. Sie ist vorhin mit ein paar anderen an mir vorbeigekommen, als ich zur Toilette raufgegangen bin. Ich vermute wenigstens, dass sie es war. Sie ist als Marie Antoinette kostümiert.«

»Danke.« Burke drängte sich an ihr vorbei und rannte die Treppe hinunter. Vom erhöhten Aussichtspunkt der vorletzten Stufe aus konnte er das Meer von Gästen überblicken und versuchte, Marie Antoinette zu entdecken. Als er keine Maske sah, die Ähnlichkeit mit der unglückseligen französischen Königin hatte, stürzte er sich in das bunte Treiben, bahnte sich gewaltsam einen Weg durch die Menge und suchte einen überfüllten Raum nach dem anderen ab. Duvalls Gäste, die entschlossen schienen, sich in der noch verbleibenden kurzen Zeit bis Mitternacht großartig zu amüsieren, feierten immer ausgelassener.

Burke wurde von einem Jagdflieger à la Roter Baron aufgehalten, der mit einer kichernden Zigeunerin knutschte. Ein angetrunkener Mime haschte spielerisch nach Burkes Degen, und eine große Frau in einer wallenden Toga wollte unbedingt mit ihm tanzen.

»Auftrag ausgeführt.«

Burke drehte sich um.

Der Sumo-Ringer, der ein Tablett mit Drinks auf der Schulter balancierte, nickte ihm lächelnd zu. »Sie haben es also geschafft, sie runterzuholen. Nachdem wir miteinander geredet hatten, ist Mrs. Duvall an mir vorbeigegangen.«

»Bestimmt? Marie Antoinette?«
»Ja, ganz sicher. Dasselbe Kostüm wie letztes Jahr.«
»Wohin ist sie gegangen?«

Der Reifrock war fast so breit wie die Gänge des Gewächshauses. Remy hielt ihn mit beiden Händen zusammen, während sie im Halbdunkel dem Mittelgang folgte. Da sie wusste, dass Pinkie wahrscheinlich an allen Ausgängen Spione postiert hatte, und fürchtete, sie könnte ihm irgendwo über den Weg laufen, hatte sie nicht zu hoffen gewagt, dass ihr Plan klappen würde, bis sie das Haus unbemerkt verlassen hatte und zum Gewächshaus hinüberhastete.

Erst als sie Pinkie als Heinrich VIII. verkleidet gesehen hatte, war ihr wieder das prächtige Kostüm eingefallen, das ganz hinten in ihrem Kleiderschrank hing – komplett mit weißer Perücke, Augenmaske, Schuhen, unechtem Schmuck und sogar einem Schönheitspflästerchen für ihre Wange. Sobald sie sich umgezogen hatte, brauchte sie nur noch darauf zu warten, dass vor der Toilette im ersten Stock größerer Andrang herrschte, was bei dieser Unmenge von Gästen im Haus unvermeidlich war.

Dann war sie unbemerkt aus ihrem Schlafzimmer geschlüpft und hatte sich einer Damengruppe angeschlossen, die eben die Treppe hinunterging. Der neue Leibwächter, der eine anzügliche Unterhaltung mit Little Bo Peep führte, hatte Remy keines Blickes gewürdigt. Man hatte ihm vermutlich ein Foto von ihr gezeigt, aber er hatte nicht den Auftrag bekommen, auf Marie Antoinette zu achten.

Es wäre zwecklos gewesen, eins der Telefone in der Villa benutzen zu wollen. In allen Räumen lärmten betrunkene Gäste herum. Selbst wenn Remy die Notrufnummer gewählt hätte, hätte sie schreien müssen, um sich überhaupt verständlich zu machen, und dadurch andere auf sich aufmerksam gemacht. Aber auch im Gewächshaus gab es ein Telefon. Es stand in dem kleinen Raum ganz hinten, in dem sich auch die Schalttafel der Klimaanlage befand. Deshalb durfte außer Pinkie niemand diesen Raum betreten. Remy brauchte das Telefon nur für einen einzigen Anruf. Für einen. Sie brauchte nur eine einzige Nummer zu wählen. Sieben Ziffern.

Sie öffnete die Tür des kleinen Raums.

»Hallo, Remy.« Pinkie kniete vor einem in den Boden eingelassenen Safe, den sie noch nie gesehen hatte, weil er mit Fliesen abgedeckt war.

Sie erstarrte, als sie ihn sah. Aber nur einen Herzschlag lang. Dann machte sie kehrt und versuchte wegzulaufen. Aber Pinkie bekam ihr Handgelenk zu fassen, drehte ihr den Arm auf den Rücken, während er selbst aufstand, und drückte ihn zwischen ihren Schulterblättern nach oben. Dann stieß er sie grob vor sich her durch die Tür ins Gewächshaus hinein.

Er atmete schwer. Sein federgeschmücktes Samtbarett saß schief auf seinem Kopf. Schweiß hatte den Mastixgummi gelöst, mit dem sein falscher Bart angeklebt war.

»Ah, die entzückende Marie Antoinette«, flüsterte er ihr ins Ohr. »Sie soll auch eine Nutte gewesen sein. Hast du das gewusst, Remy?«

»Ich bin keine Nutte.«

»Eine zwecklose Diskussion, meine Liebe. Dafür haben wir im Augenblick keine Zeit, fürchte ich. Danke, dass du es mir so leichtgemacht hast, dich zu finden. Dich hätte ich als nächsten Punkt auf meiner Liste abhaken wollen, sobald ich einige Unterlagen aus diesem Safe vernichtet hätte.«

Sie hätte ihren Arm wahrscheinlich losreißen können, aber sie versuchte es nicht, weil er seine Pistole an ihre Schläfe hielt. Bei der ersten falschen Bewegung würde er sie erschießen.

»Da einer meiner wichtigsten Männer bei der Polizei vor ein paar Minuten versucht hat, mich zu erschießen«, fuhr Pinkie fort, »vermute ich, dass er den Mann eliminieren wollte, der ihn als Verräter hätte enttarnen können. Nämlich mich. Daraus schließe ich weiterhin, dass es bald Scheiße regnen wird, um es mal volkstümlich auszudrücken.«

»Du weißt nicht mal die Hälfte!«

»Basile?«

»Er. Staatsanwalt Littrell. Der Justizminister.«

»Dein Liebhaber war ja verdammt fleißig.«

»Mich zu erschießen öffnet dir auch keinen Ausweg.«

»Nein, aber damit bringe ich Basile um die Siegesbeute.«

Die drei Blumentöpfe, die Pinkie am nächsten standen, explodierten und überschütteten ihn mit Orchideensubstrat, Tonscherben und den Überresten seiner preisgekrönten Cattleyen.

»Legen Sie die Waffe weg und lassen Sie Remy los, sonst trifft der nächste Schuss Sie, Duvall!«

Burke war ins Freie gerannt und hatte die Rasenfläche hinter dem Haus abgesucht. Das schmusende Paar hatte den Pavillon verlassen. Der Garten war menschenleer. Hatte der Ober sich getäuscht, als er behauptet hatte, Remy sei auf die Terrasse hinausgegangen? Oder war das ein Trick gewesen? War er hereingelegt worden?

Als er die Rasenfläche nochmals absuchte, fiel sein Blick auf das Gewächshaus. Remy hatte es oft erwähnt. Burke hielt sich nicht lange mit dem Steinplattenweg auf, sondern nahm den kürzeren Weg über den Rasen.

Der Abend war kühl, deshalb waren die Glaswände des Treibhauses beschlagen. Aber auch das brachte ihn nicht dazu, stehen zu bleiben und sich zu überlegen, ob es klug war, dort hineinzustürmen, ohne zu wissen, was ihn erwartete. Er zog die Tür auf und rannte hinein. Erst war niemand zu sehen, aber dann hörte er Remy erschrocken aufschreien. Sekunden später stieß Duvall sie durch die Tür eines kleinen abgeteilten Raumes ins Gewächshaus hinein.

Burke hielt sich nicht damit auf, um Hilfe zu rufen oder auf Verstärkung zu warten. Er dachte nicht einmal daran, alles Weitere dem System zu überlassen. Das System hatte ihn schon oft genug enttäuscht.

Was wäre passiert, wenn ein Sonderkommando das Gewächshaus umstellt und Duvall streng nach Vorschrift überwältigt und verhaftet hätte? Pinkie konnte sich einen Verteidiger leisten, der so skrupellos war wie er selbst. Natürlich war Beweismaterial gegen ihn zusammengetragen worden. Roland Sachel, der das Gefängnisleben bereits satthatte, war bereit, gegen Duvall auszusagen, wenn er dafür vorzeitig auf Bewährung freikam. Aber je nach Richter und Geschworenen – und der Kompetenz des Anklagevertreters – war es möglich, dass er wie Bardo freigesprochen wurde.

Selbst wenn er zu einer Haftstrafe verurteilt wurde, die er absitzen musste, würde sein Leben hinter Gittern ihn nicht daran hindern, Remy und Flarra zu terrorisieren. Den Befehl, die beiden zu ermorden, konnte er in einem Zellenblock ebenso leicht wie in seinem Luxusbüro geben.

Das waren für Burke ausreichende Gründe, um allein mit Duvall abzurechnen. Aber nicht der Hauptgrund. In der Nacht, in der Burke seinem Freund Kevin Stuart geschworen hatte, seinen Tod zu rächen, hatte er damit nicht gemeint, er wolle dafür sorgen, dass Duvall seine gerechte Strafe vom System erhielt. Er hatte versprochen, ihn selbst zu bestrafen.

Deshalb schlich er sich in geduckter Haltung, in der sein Kopf unterhalb der niedrigsten Metallfächer für Pflanztröge blieb, lautlos vorwärts, bis er Duvall genau vor sich hatte. Die drei Warnschüsse in die Blumentöpfe und seine Aufforderung an Duvall, seine Waffe wegzuwerfen, sollten dem Ganzen nur einen legalen und bürgerrechtlich korrekten Anstrich geben. Burke war fest entschlossen, ihn zu erschießen.

Aber erst musste er Zeit gewinnen, um Remy aus der Gefahrenzone zu bringen.

Und das wusste Duvall natürlich auch. Er lachte über Burkes dramatische Warnung. »Los, erschießen Sie mich doch, Basile. Aber sie stirbt zuerst.«

»Darauf können Sie sich nicht verlassen.«

»Das brauche ich gar nicht. Schon die Möglichkeit hält Sie davon ab, auf mich zu schießen. Sie wollen doch keinen zweiten Fall Stuart erleben.«

Burke sah rot. Seine Finger krampften sich um den Pistolengriff, dass die Fingerknöchel weiß hervortraten. Er wollte dieses Schwein abknallen, diesen Dreckskerl umlegen, der Remy ihrer Selbstachtung beraubt, ihr jegliche Hoffnung auf Unabhängigkeit genommen und sie mit Fesseln aus Angst und Unterdrückung unterjocht hatte.

»Sie sind ausgebrannt, Basile. Ein Fall für den Psychiater«, spottete Duvall.

»Halten Sie den Mund!«

»Mir macht's nichts aus, die Schlampe zu erschießen«,

fuhr Duvall in ruhigem Gesprächston fort. »Sie hätte es verdient. Aber Sie wollen keine weitere Schweinerei auf Ihrem Gewissen haben, nicht wahr? Legen Sie also die Pistole weg, dann gebe ich sie frei.«

»Tu's nicht!«, rief Remy aus, die bisher geschwiegen hatte. »Tu nur, was du als richtig erkennst!«

»Wenn Sie versehentlich sie treffen, würden Sie sich als Nächstes bestimmt selbst eine Kugel durch den Kopf jagen, nicht wahr, Basile? Sie würden nicht mit dem Bewusstsein weiterleben können, einen Fehler gemacht und sie erschossen zu haben – genau wie damals Ihren Freund Stuart.«

»Sie sollen die Klappe halten.« Schweiß lief ihm über die Stirn in die Augen und ließ sie brennen. Er nahm Duvall nur noch undeutlich wahr. Auch seine Hände waren so schweißnass, dass er die Pistole kaum noch richtig festhalten konnte.

Duvall kniff die Augen zusammen. Seine Finger umfassten den Revolver in seiner Hand fester. Basile war sich bewusst, dass jemand wie Duvall, ein Mann ohne Gewissen, in dieser Pattsituation unter keinen Umständen nachgeben würde. Er kannte Basiles wunden Punkt und würde weiter darin herumbohren. Er würde Säure hineinschütten.

»Wissen Sie, dass Stuart sich in die Hose gemacht hat, als Sie ihn erschossen haben?«, fragte Duvall. »Das hat Bardo mir erzählt.«

»Seien Sie ruhig!«, schrie Burke mit brechender Stimme.

»Er hat gesagt, Stuart sei stinkend gestorben.«

»Ich warne Sie, Duvall.«

»Bardo hat gesagt, er habe widerlich gestunken.«

»Halten Sie endlich den Mund«, krächzte Burke.

»Na, stolz darauf, Ihrem Freund so einen Abgang verschafft zu haben, Basile?«

»Hören Sie auf!«

»Er hat auch eine nette Frau gehabt. Ich habe sie bei der Verhandlung gesehen. Sie haben die Ärmste zur Witwe gemacht. Und jetzt dürfen Sie zusehen, wie Remy stirbt.«

»Nein!« Burke ließ seine Pistole fallen und bedeckte seine Ohren mit den Händen. Er sackte laut schluchzend gegen einen der verzinkten Eisenständer, in denen die Orchideenregale eingehängt waren.

»Ich hab gewusst, dass Sie keinen Mumm haben. Kevin Stuart ist gestorben, weil...«

Aber Duvall brachte diesen Satz nicht mehr zu Ende. Seine Augen verdrehten sich, als versuchten sie, das Loch dicht über seiner Nasenwurzel zu sehen. In der Stirnmitte erschien ein zweites Loch. Dann fiel er rücklings auf den gefliesten Boden.

Basile stand auf und ging zu ihm hinüber. Er sah dem Toten in die offenen Augen und sagte: »Kevin Stuart ist gestorben, weil ich nicht danebengeschossen habe. Das hast du offenbar vergessen, du Arschloch.«

Remy trat auf ihn zu. Er schloss sie in die Arme. »Flarra ist in Sicherheit.«

»Bardo hat sie nicht...«

»Er hat sie nicht mal zu sehen bekommen.«

Remy sackte vor Erleichterung zusammen. Sie hielten sich sekundenlang eng umarmt, dann zog Burke sie sanft in Richtung Ausgang. »Ich muss telefonieren.«

Sie sah kurz auf Duvall hinunter, bevor sie sich abwandte. »Zum Glück ist er auf deinen seelischen Zusammenbruch reingefallen.«

»Du hast gewusst, dass er gespielt war?«

»Natürlich. Etwas besorgt war ich nur, als du deine Pistole hast fallen lassen.«

»Dabei war ich selbst etwas besorgt. Aber ich habe es riskieren müssen.«

Dann gingen sie Hand in Hand über den Rasen und betraten das Haus. Keiner der feiernden Gäste beachtete sie. Alle waren bestrebt, sich in den letzten Minuten vor Mitternacht noch einmal glänzend zu amüsieren.

»Der einzige für Gäste gesperrte Raum ist das Arbeitszimmer«, sagte Remy, die fast schreien musste, um sich in diesem Trubel verständlich zu machen. Er nickte ihr zu, sie solle vorausgehen.

Sie öffnete die Tür des Arbeitszimmers, wich aber entsetzt zurück, als sie den Clown in seinem Blut auf dem Teppich liegen sah.

Burke zog sie auf den Flur hinaus. »Wähl den Notruf. Sie sollen sich mit Littrell in Verbindung setzen.«

Remy nickte wortlos und bahnte sich einen Weg durch die Menge. Burke betrat Duvalls Arbeitszimmer, schloss die Tür hinter sich und sperrte sie ab, damit keiner der Gäste zufällig hereinkommen, die Leichen sehen und eine Panik auslösen konnte.

Er ging rasch zu dem jungen Mann im dunklen Anzug, beugte sich über ihn und fühlte seinen Puls. Er war tot.

Dann ging er neben dem Clown in die Hocke. Schmerzen hatten tiefe Furchen in die weiße Schminke gegraben. Die stark geschminkten Augen waren geschlossen. Das breite rote Lächeln war verschmiert und sah grotesk aus.

Burke wusste erst nicht, ob er noch lebte, aber dann öffneten sich seine Lider zitternd. Er bewegte die Lippen und sagte mit kraftloser, kaum hörbarer Stimme: »Burke?«

Burke atmete langsam aus. »Hey, Doug.«

»Ich verblute, nicht wahr?«

Burke sah auf Patouts Hand hinab. Der weiße Handschuh war voll Blut. Blut hatte auch sein weites Clownskostüm durchtränkt und bildete eine riesige Lache unter dem Körper. »Sieht leider so aus.«

»Duvall«, flüsterte Patout. »Aber wenigstens hab ich den anderen erledigt.«

Er hielt die Pistole, mit der er Duvalls Mann erschossen hatte, noch in einer kraftlosen Hand. Basile fasste sie nicht an. Dies war ein Tatort, an dem nichts verändert werden durfte. »Ich hab Duvall erwischt«, berichtete Burke.

Patout schloss die Augen. »Gut. Hol ... hol ... Hilfe.«

Burke stand auf und ging zur Tür, aber als er sie erreichte, öffnete er sie nicht, um Hilfe zu holen. Seine Hand hielt den Türknauf sekundenlang umklammert; dann ließ er ihn entschlossen los, kehrte zu Patout zurück und kauerte dicht neben ihm nieder.

»Hilf mir, Burke.«

Burke nahm ihm sanft die rote Knollennase ab und zog die feuerrote Perücke von seinem Kopf. »Kann ich nicht, Doug.«

Dougs flackernder Blick fand den seinen. Während er in Burkes ausdrucksloses Gesicht starrte, hörte man seine pfeifenden, flachen Atemzüge. »Du weißt es also.«

»Dass du der Maulwurf im Dezernat warst? Ja.«

»Wie lange schon?«

»Seit dem Tag, an dem du Mac McCuen ermordet hast. Und es war Mord, Doug. Mac hat mich nicht gesucht, um mich Duvall auszuliefern, wie du behauptet hast. Er ist gekommen, um mir zu erklären, es gebe einen besseren, saubereren Weg, Duvall zu erledigen, wenn ich nur noch etwas Geduld aufbrächte.

Ich bin heute Vormittag einer Vermutung nachgegangen, die sich bestätigt hat. Ich habe erst mit Littrell und dann mit dem Justizminister gesprochen. Offenbar hat der Justizminister kurz nach seiner Amtsübernahme eine Sonderkommission zur Bekämpfung von Polizeikorruption aufgestellt.

Mac hat diesem Team angehört. Er hat die Polizeiakademie absolviert und sich im Dienst hochgearbeitet – immer mit dem Ziel, eines Tages ins Drogen- und Sittendezernat versetzt zu werden, um den Verräter enttarnen zu können. Dich, Doug. Mac war dicht davor, dich zu entlarven. Das musst du gemerkt haben, denn du hast ihn erschossen, bevor er mir von seinem Verdacht erzählen konnte.

Er mag bei unserer Konfrontation draußen vor der Fischerhütte nach seiner Waffe gegriffen haben, aber er wollte mich nicht erschießen. Er wollte mich nur abführen und mit Einverständnis des Justizministers in die Mangel nehmen. Und er wollte mir schonend beibringen, dass der Mann, den ich immer für meinen Freund gehalten habe, in Wirklichkeit ein durch und durch korrupter Kerl ist.

Weißt du, was das Schlimmste daran ist, Doug? Was mich am meisten empört? Dass du versucht hast, deine eigenen Verbrechen Mac anzulasten.« Burke brachte sein Gesicht dicht an das des Sterbenden heran. »Warum, Doug? Weshalb um Gottes willen hast du für Duvall gearbeitet? Warum? Aus Geldgier?«

»Aus Feigheit«, ächzte Patout.

»Du bist kein Feigling.«

»Der Mann, den ich erschossen habe. Weißt du noch?«

»In unserem ersten Dienstjahr?« Burke erinnerte sich undeutlich an diesen Vorfall. »Er war bewaffnet und hat nach seinem Revolver gegriffen, als du ihn festnehmen wolltest. Ein klarer Fall von Notwehr.«

Patout schüttelte kaum merklich den Kopf. »Die Waffe

habe ich hingelegt. Ich bin in Panik geraten, habe ihn vorschnell erschossen, habe ihm den Revolver untergeschoben.« Er holte gurgelnd Luft. »Er war einer von Duvalls Leuten. Duvall hat gewusst, dass dieser Mann mit Messern, nie mit Schusswaffen arbeitete. Er konnte also nicht mit einem Revolver in der Hand gestorben sein. Seit damals hatte Duvall mich in der Hand.« Eine Träne lief durch die weiße Schminke. »Ich war immer ein guter Cop. Ich wollte einmal Superintendent werden.«

»Das wärst du nie geworden, Doug«, antwortete Burke traurig. »Wenn Mac dich nicht enttarnt hätte, wäre dir ein anderer auf die Schliche gekommen.«

»Du.«

»Ja, ich. Ich bin nur zu spät draufgekommen.«

Patout ließ die Waffe aus seinen Fingern gleiten und fasste mit letzter Kraft nach Burkes Piratenhemd. »Wie hast... wie hast du... das rausgekriegt?«

»Gar nicht. Du hast es mir selbst gesagt.«

Patout starrte ihn verwirrt an.

»Nachdem du Mac erschossen hattest«, erklärte Burke, »hast du behauptet, dass jede fehlgeschlagene Drogenrazzia zu ihm zurückverfolgt werden konnte – auch die in der Nacht, in der Kevin umgekommen ist. Aber ich habe gewusst, dass das gelogen war.«

Er beugte sich tiefer über Patout, damit der Sterbende jedes Wort mitbekam. »Dealer sind der Abschaum der Menschheit. Aber ein Cop, der mit ihnen gemeinsame Sache macht, ist noch viel schlimmer. Diese Kerle haben uns mit Hilfe eines unserer Kollegen überall und ständig reingelegt. Die Innenrevision hat nichts unternommen, weil viele ihrer Leute ebenfalls korrupt sind. Der Staatsanwalt hat Politiker gespielt und erst mal abgewartet. Das Team des Justizministers hat bestimmt ermittelt, aber davon haben wir nichts erfahren. Man konnte glauben, kein Mensch versuche, das Schwein zu fassen, das uns an Duvall verkauft hat.

Wie viele Razzien mussten noch fehlschlagen, bevor etwas unternommen wurde? Zehn? Fünf? Vielleicht nur eine. Vielleicht würde *ein* weiterer Fehlschlag irgendjemanden dazu bringen, aktiv zu werden. Wer hätte allerdings vorausahnen können, dass dieser eine Kevin das Leben kosten würde? Ich bestimmt nicht.

Siehst du, Doug«, fuhr er ruhiger fort, »du hast gelogen, als du damals in der Fischerhütte behauptet hast, Mac habe an jenem Abend die Dealer gewarnt. Ich habe gewusst, dass es nicht Mac war – weil der Tipp von mir kam.«

Patout stöhnte. Sein Kopf fiel kraftlos zur Seite, aber er starrte Burke weiter an.

»Ich habe sie gewarnt, weil ich geglaubt habe, eine weitere fehlgeschlagene Razzia – selbst gegen ein zweitklassiges Unternehmen, das nicht sehr bedeutend war – könnte endlich umfangreiche Ermittlungen auslösen. Mein brillanter Plan ist fehlgeschlagen. Ich konnte nicht wissen, dass Bardo sich in diesem Lagerhaus aufhalten würde. In dem einzigen Fall, in dem ich gegen meine Prinzipien verstoßen und mit faulen Tricks gearbeitet habe, ist Kevin Stuart umgekommen.«

Er beugte sich noch tiefer über seinen sterbenden Freund und flüsterte: »Ich muss bis ans Ende meiner Tage mit dieser Last auf dem Gewissen leben.« Er löste Patouts Finger aus dem Stoff seines Piratenhemds und schob seine Hand weg. »Aber du stirbst mit dieser Last.«

Patout wimmerte.

Burke warf einen Blick auf die Wanduhr. »Noch zwei

Minuten bis Mitternacht, Doug. Dann ist der Mardi Gras vorüber, und du bist tot.« Er räusperte sich und wischte sich Tränen aus den Augen. »Und dann werde ich Buße tun.«

Epilog

»Sie ist reizend, Burke.«

»Ja, das ist sie.«

Nanci Stuart und er saßen auf Dredds Galerie in der Hollywoodschaukel. Dieser Labor Day – der erste Montag im September – war ein heißer, schwüler Tag. Die beiden ruhten sich aus, während Dredd den anderen am Ende des Bootsanlegers Angelunterricht gab.

Burke fragte sich, woher die Fleischbrocken stammen mochten, die Dredd als Köder benutzte. Seines Wissens waren niemals Nachforschungen nach den beiden Killern angestellt worden, die Gregory James in Duvalls Auftrag hierherbegleitet hatten und spurlos verschwunden waren.

»Damit meine ich«, sagte Nanci, »dass Remy innerlich reizend ist.«

»Ich weiß, was du gemeint hast, Nanci. Das habe ich auch gemeint.«

Sie lachte, was ihn an die gute alte Zeit erinnerte, als Kevin noch gelebt hatte und sie zu dritt an ihrem Küchentisch gesessen hatten, um Kaffee zu trinken und sich freundschaftlich aufzuziehen. »Trotzdem ist dir bestimmt nicht entgangen, dass deine Zukünftige eine Schönheit ist.«

Er lächelte mit leicht schuldbewusstem Stolz wie ein kleiner Junge, der gerade den Ball besonders weit geschlagen hat – durchs Küchenfenster des Nachbarn. »Nein, das ist mir nicht entgangen.«

Er beobachtete, wie Remy Dredd aufmerksam zuhörte, seine Anweisungen mit der Entschlossenheit eines Neulings ausführte und dann strahlend lächelte, als er sie lobte.

Gott, wie er sie liebte. Seine Liebe war so stark, dass er manchmal erschrak. Manchmal schmerzte es auch. Mit jedem Tag nahm Duvalls Einfluss etwas mehr ab. Bald würde er nur noch eine düstere Erinnerung sein. Remy entwickelte sich zu einer selbstbewussten Frau, die sich ihrer selbst und seiner Liebe sicher war.

»Ihre Arbeit in der Galerie scheint ihr zu gefallen«, bemerkte Nanci.

»Diese Arbeit macht ihr wirklich Spaß. Und Remy versteht ihre Sache. Letzte Woche war ich wieder auf einer Vernissage. Ich habe nicht viel verstanden, als sie mit Kunden über die Bilder gesprochen hat, aber die Leute haben an ihren Lippen gehangen.«

»Du bist stolz auf sie.«

»Verdammt stolz«, bestätigte Burke ernsthaft. Ebenso aufrichtig fügte er hinzu: »Danke, dass du ihre Freundin geworden bist, Nanci. Deine Freundschaft bedeutet Remy viel. Sie hat nie eine richtige Freundin gehabt.«

»Das hat sich von selbst entwickelt. Ich mag sie sehr.«

Als er sich nach vorn beugte, um seine leere Coladose auf ein Holzfass zu stellen, stieß er einen Stapel Ansichtskarten herunter. Er bückte sich, um sie aufzuheben.

»Hat Dredd einen Brieffreund?«, fragte Nanci.

»Gewissermaßen. Ein alter Freund von uns beiden.«

Die Ansichtskarten waren etwa in Wochenabständen aus ganz Amerika gekommen. Keine trug eine Unterschrift. Alle stammten von Gregory James. Seine Mitteilungen waren knapp, immer nur wenige Sätze, und wären für jeden unverständlich gewesen, der die näheren Umstände der Flucht des jungen Mannes aus New Orleans nicht kannte. Gregory spielte auch auf Duvalls Tod und die große Erleichterung an, die er bei dieser Nachricht empfunden hatte. Durch seine Kartengrüße wollte Gregory sie wissen lassen, er sei in Sicherheit und mache sich ernsthaft Gedanken über seinen weiteren Lebensweg.

Seine letzte Karte war in Santa Fé aufgegeben. Der gesamte Text lautete: *Lukas 15, 11–24*. Dredd hatte in seiner Bibel nachgeschlagen und an der angegebenen Stelle das Gleichnis vom verlorenen Sohn gefunden.

»Er war längere Zeit fort«, erklärte Burke Nanci. »Aber ich glaube, dass er allmählich zu uns zurückkommt.«

»Hey, ich hab einen gefangen!«

Dieser Ausruf ließ die beiden wieder zum Anleger hinübersehen, wo Flarra ihren Fang hochhielt, damit die anderen Angler ihn neidvoll bewundern konnten. David Stuart, Nancis Ältester, erbot sich, den Fisch vom Haken zu lösen. Nanci vertraute Burke an, Flarra habe die Überzeugung ihrer Söhne, alle Mädchen seien doof und zickig, schwer erschüttert.

»Bevor sie Flarra gekannt haben, wollten sie nie was mit Mädchen zu tun haben. Aber sie hat ihren Entschluss ins Wanken gebracht.«

»Flarra mag die beiden auch. Die arme Kleine hatte außer Remy niemals eine Familie. Aber sie ist ein tolles Mädchen. Hochintelligent. Mit viel Sinn für Humor. Und sie freut sich sehr darauf, ab Herbst auf eine gemischte Schule zu gehen.« Er fügte schmunzelnd hinzu: »Sie mag sogar mich. Ist ständig hinter mir her und will wissen, warum Remy noch nicht schwanger ist.«

»Remy hat mir anvertraut, dass ein Baby geplant ist.«

»Wir tun unser Bestes«, antwortete er und fühlte, wie seine Lippen sich zu einem Lächeln verzogen. Heutzutage lächelte er unglaublich viel.

»Ich freue mich, dass du glücklich bist, Burke.«

»Danke.«

»Übrigens...« Sie biss sich auf die Unterlippe. »Ich habe jetzt einen Freund.«

»Echt wahr? Das... das ist großartig, Nanci!«

»Findest du wirklich?«, fragte sie schüchtern.

»Wenn er so ist, wie du es verdienst, dann ja.«

»Nun, ich weiß nicht, ob er so ist, wie ich es verdiene«, sagte sie verlegen. Dann lächelte sie strahlend. »Aber er ist schrecklich nett. Ein solider Geschäftsmann. Seine Frau ist vor ein paar Jahren an Krebs gestorben. Er hat sie geliebt, wie ich Kev geliebt habe, und das ist ein gutes Zeichen, findest du nicht auch?«

»Eindeutig. Wie versteht er sich mit den Jungen?«

»Bisher recht gut. Und ich finde, dass er in Jeans von hinten verdammt gut aussieht.«

»Das höre ich gern.«

»Aber er muss natürlich noch die Feuerprüfung bestehen.«

»Traue ich mich, danach zu fragen?«

»Dich zu treffen«, antwortete sie.

Er fühlte, wie sein neckendes Grinsen langsam verblasste. Das war ihr Ernst. »Warum sollte mein Eindruck von ihm eine so große Rolle spielen?«

Sie griff nach seiner Hand. »Remy ist meine neue Freundin, aber du bleibst mein bester Freund. Dein Urteil ist mir sehr wichtig.« Sie wechselten einen bedeutungsvollen Blick, dann stand Nanci auf und klopfte den Hosenboden ihrer Leinenshorts ab. »Ich merke, dass Peter allmählich frustriert ist. Er braucht ein paar aufmunternde Worte.«

Als sie zu den anderen hinüberging, um ihren Sohn zu trösten, sah Burke ihr bewegt nach.

Er stand auf und ging in den Laden, als wollte er sich eine neue Getränkedose holen. Tatsächlich stützte er sich jedoch mit beiden Händen auf Dredds Ladentisch und starrte die staubigen Schokoriegel und Minisalamis unter der angelaufenen Glasabdeckung an.

Eine Minute später ging die Fliegengittertür quietschend auf. »Burke?« Remy kam herein und blieb neben ihm stehen. Sie legte ihm eine Hand aufs Kreuz. »Alles in Ordnung?«

Er reagierte auf ihre Besorgnis, indem er zu ihr hinübersah und schwach lächelte. Aber seine Augen konnte er nicht verstecken. »Was ist los?«, fragte sie besorgt.

»Nichts.«

»Du bist traurig?«

»In Wirklichkeit bin ich glücklich.« Er fuhr sich mit dem Handrücken über die Augen und erzählte Remy, dass Nanci einen Verehrer hatte. »Ich bin ganz gerührt, weißt du, dass sie so großen Wert auf mein Urteil legt.«

»Sie vertraut dir absolut«, stellte Remy fest. »Das hat sie mir erst neulich beim Mittagessen erklärt.«

Die Nachricht von Duvalls Tod hatte weit über New Orleans und Louisiana hinaus Schlagzeilen gemacht. Im Anschluss daran waren ganze Artikelserien über die Korruptionsfälle im New Orleans Police Department und in der Stadtverwaltung, aber auch über die Sonderkommission geschrieben worden, die sie aufgedeckt hatte.

Als Joe Basile davon hörte, hatte er Burke angerufen, der ihm bestätigt hatte, dies sei die dienstliche Angelegenheit, mit der er befasst gewesen sei. Joes Familie und Nanci Stuart konnten jetzt wieder unbesorgt heimkehren.

Am Abend vor Douglas Patouts Beerdigung hatte Burke Nanci seine Mitschuld an Kevins Tod gestanden. Sie hatten miteinander geweint, und Nanci hatte ihm für seine Offenheit gedankt. Für sie beide war das eine befreiende Erfahrung gewesen. Trotzdem litt Burke noch immer unter den Folgen seiner damaligen Fehleinschätzung.

»Nach allem, was ich getan habe«, sagte er jetzt, »begreife ich einfach nicht, wie Nanci mir verzeihen und mich weiter für ihren besten Freund halten kann.«

»Burke«, sagte Remy, indem sie ihn umarmte, »der Einzige, der dir noch nicht verziehen hat, bist *du*. Der Justizminister hat dich damit beauftragt, alle Formen von Korruption bei der Polizei von New Orleans aufzuspüren. Staatsanwalt Littrell unternimmt in dieser Beziehung nichts, ohne deinen Rat einzuholen. Du wirst geachtet und bewundert.« Sie legte ihre Hände auf seine Brust. »Und zutiefst geliebt.«

»Ich brauche deine Nähe«, flüsterte er, zog sie an sich und ließ sein Kinn leicht auf ihrem Haar ruhen.

»Wenn ich mir die Jahre verzeihen kann, die ich mit Pinkie Duvall verbracht habe, kannst du dir doch diesen einzigen Fehler verzeihen, nicht wahr?«

Er hob ihr Gesicht an, küsste sie, verlor sich im Geschmack, der Wärme und der Weichheit ihrer Lippen, bis Remy den Kopf in den Nacken legte und murmelte: »Liebe mich.«

Er blickte über ihre Schulter und durchs Fenster auf den Anleger hinaus, wo die anderen redeten und lachten. »Was, jetzt?«

»Mh-hm.«

Mehr Ermunterung brauchte er nicht. Er zog sie an der Hand durch Dredds seltsam verschachtelte Räume, bis sie auf dem schmalen Bett ausgestreckt waren, in dem Remy schon einmal gelegen hatte, und beider Kleidungsstücke wie von einem Wirbelsturm verstreut um sie herum auf dem Boden lagen. Er küsste ihren Mund, ihre Kehle und ihre Brüste. Aber als er dann in sie eindringen wollte, überraschte sie ihn damit, dass sie die Initiative ergriff und etwas machte, was sie noch nie gemacht hatte.

Anfangs erhob er flüsternd Einwände, aber bald wurde er von wohligen Empfindungen so abgelenkt, dass er zu protestieren vergaß. Er stöhnte ihren Namen und vergrub seine Finger in ihrem Haar. Seine Hände folgten den Bewegungen ihres Kopfes, während sie ihn mit dem Mund liebte.

Dann bestieg sie ihn und nahm ihn ganz in sich auf. Es war überwältigend, wie sie ihn ritt, wie ihre Hinterbacken sich an seinen Oberschenkeln rieben, wie ihr Mund mit seinem verschmolz, als sie gemeinsam kamen.

Danach lagen sie still, ermattet und verschwitzt nebeneinander, wussten genau, dass sie sich hätten anziehen und wieder zu den anderen hinausgehen sollen, bevor ihre Abwesenheit bemerkt wurde, und blieben trotzdem liegen.

»Du hast gelauscht, nicht wahr?«, fragte sie leise.

»Hmm?« Ihn umfing noch immer unglaubliche Wohligkeit, und er war zu erschöpft, um mehr zu sagen.

»Du hast Pinkie und mich belauscht.«

Burke wurde schlagartig hellwach und räusperte sich verlegen. »Äh, ja. Ich habe in eurem Schlafzimmer eine Wanze versteckt.«

»Warum?«

»Ich habe mir eingeredet, ich könnte auf diese Weise

etwas über Duvalls Drogengeschäfte erfahren. Aber das war eine Ausrede. In Wirklichkeit bin ich von dir richtig besessen gewesen. Der Gedanke daran, wie er dich liebt, war mir widerwärtig. Aber trotzdem war es eine Art stellvertretender ...« Burke seufzte beschämt. »Himmel, ich bin anscheinend echt pervers.«

»Nein, nein, das bist du nicht.« Sie umarmte ihn noch fester, und sie schwiegen einige Zeit lang.

Dann fragte Burke sie, wie sie das mit der Wanze erraten habe.

Remy stützte sich auf einen Ellbogen, sah ihm ins Gesicht und strich ihm feuchte Haarsträhnen aus der Stirn. »Du hast bestimmte Sexpraktiken vermieden, weil du glaubst, sie könnten mich abstoßen. Du hast Angst, sie könnten mich an Pinkie erinnern.« Sie lächelte wehmütig. »Burke, nichts von allem, was wir tun, könnte mich an ihn erinnern – oder an irgendetwas, was ich bei Angel gehört oder gesehen oder erlebt habe. Das ist nicht das Gleiche. Mit dir geschieht alles zum ersten Mal. Es ist neu. Unverfälscht. Richtig. Es macht mir Freude, dich zu lieben. Es ist etwas ganz anderes.«

Burke griff nach ihrer Hand und drückte die Handfläche an seine Lippen. Er wollte Remy sagen, wie sehr er sie liebte, aber er war zum zweiten Mal an diesem Nachmittag zu bewegt, um etwas sagen zu können.

Außerdem wusste sie es bereits.

Ein Wirbelsturm aus Gefahr und Begierde.

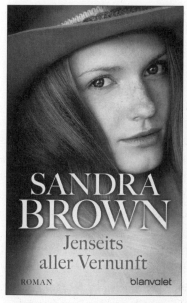

480 Seiten. ISBN 978-3-7341-0134-2

Auf dem Weg nach Texas quält sich ein Wagentreck durch die staubige Prärie. Auf einem der Wagen reist Lydia mit, eine geheimnisvolle Rothaarige, die vor Kurzem ihr Neugeborenes verloren hat. Auch Ross Coleman betrauert einen schrecklichen Verlust. Seine Frau ist im Kindbett gestorben. Doch der neugeborene Sohn braucht eine Mutter, und so geht er mit Lydia eine Vernunftehe ein. Eine Ehe – aus der Notwendigkeit geboren, zum Scheitern verurteilt? In der glühenden Präriesonne geraten Lydia und Ross in einen Sturm der Gefühle, der die bösen Schatten ihrer Vergangenheit ebenso ans Licht bringt wie ihre bedingungslose Leidenschaft.

Lesen Sie mehr unter: **www.blanvalet.de**

Nichts ist unvergesslicher als ungezügelte Leidenschaft ...

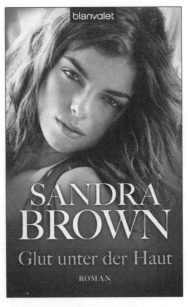

384 Seiten. ISBN 978-3-442-38184-5

Kathleen Haley ist fest davon überzeugt, dass Erik Gudjonsen – der Mann, den sie leidenschaftliche liebt – sie auf schamlose Weise benutzt und betrogen hat. Ohne ein Wort verschwindet sie aus seinem Leben und findet in San Francisco einen neuen Job und die ersehnte Geborgenheit in den Armen eines wohlhabenden Unternehmers. Doch Erik und die Leidenschaft, die sie von Anfang an mit ihm verband, gehen ihr einfach nicht aus dem Kopf. Und bald gerät sie in einen verzehrenden Kampf gegen ihr eigenes Herz und die Liebe, die immer noch in ihr brennt ...

Lesen Sie mehr unter: **www.blanvalet.de**

In dunklen Zeiten ist seine Liebe ihre einzige Hoffnung.

288 Seiten. ISBN 978-3-442-37985-9

Es ist die Zeit der großen Wirtschaftskrise, und Ella Barron braucht für ihre kleine Pension jeden zahlenden Gast, den sie kriegen kann. Sie kann es sich nicht leisten, David Rainwater abzuweisen, obwohl sie sofort ahnt, dass dieser mysteriöse Fremde Unruhe in ihr wohlgeordnetes Leben bringen wird. Doch mit seiner freundlichen, bedachten Art nimmt der neue Mieter rasch alle Bewohner des Hauses für sich ein – auch Ella. Doch erst als gewalttätige Ausschreitungen die kleine Stadt erschüttern, erkennt Ella, wie tief ihre Gefühle für David tatsächlich sind …

Lesen Sie mehr unter: **www.blanvalet.de**

Mitten aus dem Leben und mitten ins Herz!

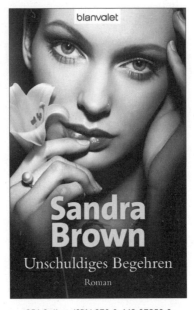

256 Seiten. ISBN 978-3-442-37958-3

Hailey Asthon ist eine schöne und selbstbewusste junge Frau, die ihr Leben allein meistert. Doch hinter der kühlen Fassade verstecken sich ein zartes Herz und eine romantische Seele. Bislang hat sie noch nicht den Richtigen getroffen, weil sie Angst vor Nähe und einer festen Bindung hat. Als sie jedoch ihrem Chef Tyler Scott begegnet, erwacht in ihr der Wunsch, auch einmal als begehrenswerte Frau wahrgenommen zu werden. Sie gibt sich ihm hin, doch dann versucht ihre Schwester Ellen Tyler zu verführen …

Lesen Sie mehr unter: **www.blanvalet.de**